MALA
fama

ADRIANA CRIADO

MALA
fama

ALFAGUARA

Primera edición: abril de 2023

© 2023, Adriana Criado
Autora representada por Editabundo Agencia Literaria, S. L.
© 2023, Penguin Random House Grupo Editorial, S. A. U.
Travessera de Gràcia, 47-49. 08021 Barcelona

Printed in Spain – Impreso en España

ISBN: 978-84-19366-88-7
Depósito legal: B-2.827-2023

Compuesto en Punktokomo, S. L.
Impreso en Romanyà Valls, S.A.
Capellades (Barcelona)

AL 66887

*Para María, Yaiza, Julia y Laura,
las primeras estudiantes de Keens University.
Gracias por creer siempre en mí.*

NOTA DE LA AUTORA

Las ciudades de Gradestate y Newford son ciudades ficticias, así como la Universidad de Keens, ubicada en el estado de Vermont (Nueva Inglaterra), en Estados Unidos.

A pesar de estar inspirada en la realidad, esta novela es una obra de ficción, por lo que me he tomado muchas libertades a la hora de hablar del sistema educativo, el funcionamiento de los clubes, la temporada de hockey, etc.

Espero que la disfrutéis.

Un saludo,

Adriana.

CAPÍTULO 1

Spencer

La casa está a rebosar de gente bailando y bebiendo sin parar. Lena está dando una fiesta de bienvenida en su hermandad porque acabamos de empezar el segundo año de universidad, aunque la he perdido de vista hace rato. Yo me limito a ir de un lado a otro observando a todo el mundo, que me mira más de la cuenta, seguramente por el minúsculo vestido que me he puesto y que ahora mismo me hace sentir desnuda.

Voy hacia la cocina para rellenarme el vaso de cerveza y al salir veo que mi grupo de amigos están jugando una partida de cartas que implica beber y quitarse ropa en cada ronda.

—¡Eh, Spencer! —me llama Greg—. ¿Juegas?

—¿Eres tonto o solo te lo haces? —pregunto, y él suelta una carcajada.

—Unas cervezas más y sabes que te apuntas.

Le hago un corte de mangas, ya que sigo enfadada con ellos. Mi novio, Troy, me puso los cuernos hace casi tres meses, a finales de junio. Estábamos pasando una mala racha y, mientras yo trataba de arreglarlo, él le metió la lengua hasta la campanilla a Olivia James en la fiesta de cumpleaños de Phoebe, una de mis mejores amigas. Yo estaba en esa fiesta, así que evidentemente lo vi con mis propios ojos. El problema es que, aunque la mayoría me defendió de primeras, terminaron enfadándose más por mi manera de reaccionar ante la situación que por el engaño de Troy en sí. Me llevan reprochando todo el verano mis acciones, mientras que a Troy le han seguido bailando el agua como si hubiesen aceptado que lo que me ha hecho no es tan malo. Ahora yo soy una loca exagerada, él es un campeón.

Sin embargo, a pesar de todo… cedo. Termino sentándome con ellos porque al final son mis amigos y este pueblo no es que sea muy grande como para tener otras opciones.

Durante la partida, sigo bebiendo mientras un chico, Miller, tontea conmigo todo el rato.

—Aquí estabais. —Lena y Phoebe se unen a nosotros.

Son mis amigas de toda la vida, hemos crecido juntas aquí en Gradestate y compartido clase cada año, así que me siento mejor cuando se unen a nosotros. Es cierto que últimamente las noto más distanciadas, sobre todo desde lo que sucedió, pero supongo que es una racha.

—Por fin venís —les digo, Lena me da un repaso de arriba abajo con sus ojos oscuros y sonríe, mientras se echa la melena castaña hacia atrás.

—Siempre vestida para matar, ¿eh, Spencie?

—Por supuesto —respondo. Levanto la barbilla para que nadie piense que me arrepiento de haberme puesto este vestido, por mucha piel que enseñe—. Vosotras vais geniales.

—Gracias —responde Phoebe, jugando con un mechón de pelo rubio—. ¿Estáis jugando al *strip poker*?

—No, Phoebs, cielo, se han quitado la ropa porque hace calor —se burla Lena, cosa que hace que todos rían. Phoebe simplemente se encoge de hombros, riendo también.

—¿Tú no juegas? —me pregunta, yo niego.

—Paso.

—A mí tampoco me apetece —dice, y se sienta junto a mí, mirando a mi acompañante con una ceja enarcada. Creo que me pregunta algo, pero mi atención está ahora mismo en la persona que acaba de llegar y no la escucho.

No me lo puedo creer. Troy se acerca a saludar a los chicos, que lo reciben como siempre. Como si yo no estuviese aquí. Hasta Lena pone los ojos en blanco cuando me ve la cara. El nudo de mi estómago es hasta doloroso cuando el muy capullo se sienta entre Lena y Greg como si nada.

—Oye, Spencer, intenta no agredir a Troy esta noche —se burla Greg.

Los demás se ríen, yo estoy llena de una rabia que intento controlar.

—¿Qué va a tocar hoy? —se une Noa—. ¿Un puñetazo? ¿Tirarle un jarrón? No, no, mejor: picante en su bebida. Eso no lo has hecho todavía, ¿no?

De nuevo, risas. Yo, en cambio, estoy furiosa. Troy no se ríe porque no le hacen ni puta gracia las jugarretas que le he hecho en venganza, pero no dice nada.

—¿Te apetece irnos de aquí? —le pregunto al tío que está a mi lado, para intentar no responder a las provocaciones. ¿Matt? Tengo la cabeza embotada y no puedo recordar su maldito nombre. Él sonríe como un tonto, asiente y se pone en pie a la misma vez que yo. Mi grupo nos abuchea pensando que son graciosos, así que me largo de ahí cuanto antes.

Pierdo la cuenta de cuántas cervezas he necesitado para que no me parezca del todo mal enrollarme con este chico, pero prefiero no pensarlo. Ni siquiera soy consciente de que me está metiendo la lengua en la boca hasta que tengo que reaccionar. Sobria no me lo habría ni planteado, borracha me da igual. Lo único en lo que puedo pensar es en la sonrisita de Troy, en que sabe que es bienvenido en nuestro grupo a pesar de lo que ha hecho y de que a mí me están dejando de lado cada vez más a pesar de mis esfuerzos por haber intentado que sucediese lo contrario.

Estoy llena de rabia y dolor, por eso sigo a... ¿Murphy? al cuarto de baño, donde terminamos echando un polvo rápido que no disfruto y no me molesto en fingir que sí. Ya me apañaré yo sola más tarde, qué remedio.

Cuando salimos del baño, me tomo unos cuantos chupitos de tequila sin pensarlo y clavo mi vista en mis amigos, apoyada en una pared desde la que tengo una visión perfecta de ellos. Todos se ríen de algo que ha dicho Troy.

¿Maddox? no para de hablarme y yo no soy consciente de qué le estoy respondiendo, o si lo estoy haciendo. Ahora mismo solo quiero estar tranquila, pero no sola, así que lo dejo que siga a lo suyo, mientras yo no paro de contemplar a mi grupo con un malestar de narices.

Hay una fina línea entre lo que es buena idea y lo que crees que lo es pero en realidad no lo es. Y, para mí, cruzarla tan solo depende de cuánto haya bebido y lo mal que me sienta en ese momento. Y ahora mismo llevo alcohol de más en el cuerpo y me siento como una mierda.

Es en el momento en que Troy cruza su mirada con la mía, cuando traspaso la línea definitivamente.

—Acompáñame —le digo a… como se llame, quien no rechista.

Atravieso la multitud para salir de la casa por la puerta principal. Hay gente por todos lados, celebrando el inicio de curso, y hay muchísimos coches aparcados en la calle, pero no tardo en localizar uno en específico.

El coche gris de Troy me llama a gritos. Está aparcado frente a una de las fraternidades de esta zona.

—¿Adónde vamos? —me pregunta el chico. Creo que va igual de pedo que yo por la forma en que arrastra las palabras.

—A vengarnos un poco más. —Una vez junto al coche, miro a mi alrededor, mientras intento dar con algo que me sirva—. Ve pasándome esas piedras.

—¿Esas? —Señala las grandes piedras que decoran la entrada a uno de los jardines de las casas. Yo asiento. Él parece pensarlo unos segundos, pero termina encogiéndose de hombros y haciendo lo que le pido.

No sé si estoy borracha, loca, o ambas cosas, pero empiezo a gritar con rabia la letra de una canción maravillosa.

—«*I bust the windows of your car*»…

Estampo la primera de las piedras en la luna delantera del coche de Troy, que se agrieta de inmediato.

—«*And no it didn't mend my broken heart*»…

La segunda hace que salte la alarma cuando abre un agujero enorme en el cristal.

—«*I'll probably always have these ugly scars*»…

Con la tercera rompo la ventanilla del conductor mientras el coche pita una y otra vez.

—«*But right now I don't care about that part*».

No me importa nada. Ni siquiera toda la gente que se ha arremolinado a mi alrededor, ni los móviles que sé que me están grabando. Ni siquiera me muevo del sitio cuando se escuchan de fondo las sirenas de policía, sino que me siento en el césped contemplando la obra de arte que he creado. Mi colega va borracho, pero no tanto como para no salir pitando cuando los coches de la policía del campus entran en la calle.

La gente empieza a desperdigarse, corre de un lado a otro para no meterse en problemas. Hay gente que me señala, así que dos policías vienen hacia mí mientras los demás van a, probablemente, multar a muchísima gente.

Reconozco al policía que me pide que me ponga en pie y él también a mí, porque suspira y niega con la cabeza.

—¿Tú otra vez?

—Yo otra vez.

No opongo resistencia cuando me esposan y me meten en el coche.

Esta vez me han encerrado en una de las celdas.

Las otras ocasiones tan solo me hicieron esperar sentada en los banquillos hasta que mi padre viniese a buscarme. Pero hoy ha tocado estar encerrada en una de las malditas celdas de la comisaría mientras espero.

Es pequeña, no está especialmente limpia, pero tampoco es una pocilga. Hay dos bancos, uno a cada lado de la pared. Yo estoy sentada en uno de ellos con las piernas cruzadas, he tirado los odiosos tacones en el suelo de cualquier forma. Mataría por seguir borracha. Al menos la espera se me haría más llevadera, pero dejé de beber hace bastantes horas y el ciego se me ha pasado por completo. Tan solo me duele la cabeza por la maldita resaca que se avecina.

Me han quitado el bolso con todas mis pertenencias, así que lo único que puedo hacer es dar pequeñas cabezadas. No sé con exactitud cuánto rato llevo aquí, pero mínimo unas tres horas.

Cuando ya pienso que voy a pasar el resto de la noche en comisaría, oigo voces en el pasillo. Escucho el tintineo de las llaves antes de que el policía de guardia y mi padre lleguen a la celda. Me incorporo y me agacho para recoger los tacones mientras la puerta se abre, pero tan solo alzo la vista cuando llego a ella. Los ojos color miel de mi padre se encuentran con los míos y no necesita decir nada para que sepa lo cabreado que está. Su expresión habla por sí sola. Está de brazos cruzados y me corta el paso, con los hombros cuadrados en esa postura que grita «Eh, soy policía» por todos los costados a pesar de que no lleva el uniforme. Sus cejas están casi unidas por lo muchísimo que ha fruncido el ceño y sus rasgos se vuelven más intimidantes por la forma en que me mira.

—Spencer. —Es su saludo, firme y cargado de reproche.

—Papá.

—Es la tercera vez este mes. Y estamos a día nueve.

Me encojo de hombros por toda respuesta. Lo veo apretar los dientes, cierra los ojos unos segundos antes de carraspear y volver a hablarme:

—¿Piensas contarme qué ha pasado esta vez?

—Ya sabes qué ha pasado. —Señalo con la cabeza al policía del campus, que nos observa en silencio.

Es él quien se ha encargado de hacer el informe y de llamarlo cuando me han traído a la comisaria de la ciudad en lugar de a la del campus, así que lo habrá puesto al día al llegar.

Mi padre suelta algo parecido a un gruñido antes de apartarse a un lado para dejarme salir. Cansada, voy tras él, con los tacones en la mano.

En la entrada, Frank me devuelve mi bolso a regañadientes. Me mira de arriba abajo con fastidio, al igual que cuando he llegado.

—Te haría falta pasar un par de noches en un calabozo de verdad para que escarmentaras —me dice. El pobre pringado ha estado de turno todas y cada una de las veces que he acabado aquí este verano, así que ya somos mejores amigos—. Aunque estoy seguro de que volveremos a verte por aquí, Spencer.

Esbozo una sonrisa sarcástica sin molestarme en contestar, es mi padre quien se despide.

—Siento las molestias. Otra vez.

—Nos vemos, Vincent.

Mi padre es uno de los policías más antiguos de la comisaría de nuestra ciudad y, como es tan pequeña, al final tiene amigos en todos lados. Los polis del campus lo conocen de toda la vida y por eso estas tres veces que me han detenido desde que ha empezado el curso me han traído aquí, en lugar de a la comisaría del campus, y lo han llamado de inmediato. El resto de los estudiantes que terminan en la comisaría del campus acaban cumpliendo las horas de detención, con un castigo por parte de la universidad o cualquier mierda, pero yo termino con papá llevándome a rastras de vuelta a casa.

No se digna a volver a mirarme ni a dirigirme la palabra mientras salimos del edificio. Yo tampoco me molesto en decir nada, es una tontería, sería repetirnos. Llevamos en esta situación todo el maldito verano.

La camioneta está aparcada nada más salir, intento llegar a ella con éxito sin hacerme mucho daño en los pies descalzos. Necesito darme una buena ducha en cuanto llegue a casa, eso es más que evidente. Sigo apestando a alcohol y a sudor, las plantas de los pies están muy sucias y el pelo se me ha enredado bastante. Aún no ha amanecido, así que con suerte podré dormir un par de horas antes de que mi padre me saque de la cama para darme una buena charla.

Como él no habla cuando nos ponemos en marcha, saco el teléfono del bolso y lo reviso. Apenas me queda batería, pero lo que sí tengo es un millón de notificaciones. El grupo en el que solo estamos Phoebe, Lena y yo tiene cincuenta y dos mensajes. Además, cada una me ha escrito como otros veinte por privado. El grupo en el que estamos todos tiene cerca de doscientas notificaciones y también me ha escrito Troy unas treinta y cinco veces. No me detengo a leer todo, tampoco me importa mucho lo que tengan que decirme. Solo echo un vistazo rápido por encima.

Phoebe
Dónde estás? Te hemos visto irte con Miller hace rato...

Así que el tío se llamaba Miller...

Phoebe
Spens, en serio???

Acaban de desmantelar toda la fiesta, joder.

Lena
La acabas de liar otra vez!?

No puedes estar resentida siempre.

La policía, Spencer, LA PUTA POLICÍA.

Has pensado en cómo va a afectar eso a Phoebe??

Phoebe
Te has pasado, espero no perder la beca de intercambio por tu culpa.

Ya te vale.

Troy
SPENCER, NO ME JODAS.

MI PUTO COCHE, SPENCER.

Eres una maldita zorra.

??!?!?!?!

Mi móvil muere antes de que pueda seguir leyendo nada más. Lo vuelvo a guardar en el bolso y, por fin, mi padre habla. No es que tenga ganas de discutir, pero lo prefiero mil veces al silencio. Al menos, si está enfadado, podemos gritarnos el uno al otro y desfogarnos. El silencio solo me consume.

—¿Piensas contarme qué ha pasado esta vez? —repite. Antes de que le diga que ya lo sabe, se adelanta—: Me da igual que ya lo sepa, Spencer, quiero oírlo de tu boca.

Finalmente suspiro y confieso:

—He roto las ventanillas del coche de Troy.

—Has roto las ventanillas del coche de Troy. —Frunce los labios y asiente un par de veces, como si estuviese tratando de asimilar la información—. ¿Y te parece normal?

—Sabes perfectamente que se lo merecía.

Conocí a Troy en las jornadas de bienvenida de la universidad. Es de aquí de toda la vida, pero iba a otro instituto y nunca habíamos coincidido. No tardamos mucho en enrollarnos y empezar a salir. Era mi primera relación seria, con Troy había química. O al menos eso es lo que yo pensaba cuando lo conocí. En cuanto empezamos a salir, todo fue en decadencia. La química se esfumó a pesar de que intenté mantenerla a flote. Él pasó de todo enseguida, pero aun así yo sentía algo por él, así que no tiré la toalla. No estaba enamorada de Troy pero, aunque me joda admitirlo, lo quería. Teníamos algo serio y me hizo daño. Más del que jamás reconoceré en voz alta.

Cuando me engañó, estallé. Llevaba tiempo sanando de otros problemas, lo que pasó sacó a flote sentimientos antiguos y se me fue la cabeza. Aparté a Olivia de él de malas maneras (ella no tenía la culpa de que el cabrón de mi novio me pusiese los cuernos, aunque habría estado guay por su parte que hubiese respetado nuestra relación) y le pegué un puñetazo al que inmediatamente se convirtió en mi ex. Le partí la nariz, se desmayó y tuvo que venir la ambulancia a por él porque se dio un buen golpe en la cabeza al caer.

Esa fue la primera vez que me arrestaron.

—Se merecía el puñetazo que le diste la primera vez —me reprocha papá—. Yo mismo se lo habría dado si no lo hubieses hecho tú, hija, lo sabes. —Me mira unos segundos antes de volver la vista al frente de nuevo—. Pero todo lo demás te hizo perder la razón, se te fue de las manos. ¿El laxante en su bebida la segunda vez? Te lo dejé pasar, aunque pusiste tanto que acabó de vuelta en urgencias. El grafiti en la fachada de su casa fue demasiado, te recuerdo que tuve que pintar yo mismo de nuevo para evitar que presentaran cargos por vandalismo. Y no me hagas seguir, Spencer, no tengo ganas de enumerar todas las barbaridades que llevas haciendo desde que te engañó. Y no solo por vengarte de él. Has perdido el juicio por completo y lo de hoy es la gota que colma el vaso.

Ni siquiera pienso mi respuesta antes de soltarla. Ahora mismo todo me da exactamente igual.

—Son unos cristales rotos, tampoco es para tanto.

El frenazo me pilla de improviso y tengo que apoyar la mano en el salpicadero para no dejarme los dientes en él. Joder.

—¡Deja de portarte como una cría! —grita mi padre, mientras agarra con fuerza el volante. Sé que debería achantarme y sentirme mal por lo que he hecho, por haber traicionado otra vez su confianza y meterlo a él en problemas. Pero no me avergüenzo, al menos no del todo. Porque al menos así siento algo—. ¿De verdad crees que puedes portarte como una niñata, hacer todo lo que estás haciendo e irte de rositas? ¡No, Spencer, no! No puedo seguir cubriéndote. No tendría que haberlo hecho ni una sola vez desde que me di cuenta de que se te había ido de las manos, pero soy tu padre y es mi obligación protegerte. —Hace una pausa en la que inspiro hondo; me guste o no, lleva razón. Él suspira y niega con la cabeza—. Pero no puedo seguir recogiéndote de la comisaría de madrugada porque has decidido ser impulsiva. ¡Al menos hoy ya se te ha pasado la borrachera!

Aparto la vista. No soy capaz de mirar a mi padre a los ojos cuando sé que lo he decepcionado tanto. Tampoco puedo prometerle que no volverá a pasar, pues ambos sabemos que volveré a salir de fiesta y me emborracharé tanto que cometeré alguna otra locura. Aunque creo que el problema radica en que no es solo el alcohol lo que me lleva a hacer tonterías, sino la ira.

Me despidieron del trabajo porque Troy y los chicos vinieron a tomarse algo a la cafetería y no pude ser más maleducada. Mi jefe se dio cuenta y me largó sin pensarlo. También me han echado de clase alguna vez, ya que resoplaba o criticaba cada vez que Troy intervenía. Y un día, saliendo del aparcamiento de la universidad, en lugar de hacer el ceda que me correspondía y dejar pasar a Troy, aceleré y le hice un precioso bollo a la parte delantera de su coche y, por desgracia, también se lo hice a mi Jeep. Sé que cada vez que vea a Troy haré alguna estupidez. Porque me hizo daño y le dio igual. Y, si rompes a Spencer Haynes, ella te destroza a ti.

—¿No piensas decir nada?

Alzo la vista, pero lo único que mi padre obtiene de mí es un encogimiento de hombros. Para mentir, prefiero no hablar.

—¿No te das cuenta de que estás desquiciada? Has perdido el norte, Spens. —Esta vez su tono es más suave, como si le doliese decir lo que piensa en voz alta. No creo que sea muy agradable para un padre ver que su hija se ha perdido.

—Estoy bien, papá —miento.

—Te he dado libertad desde que tu madre y yo nos separamos —menciona y, al recordar el divorcio, la espinita se me clava un poco más hondo—. Pensaba que al hacerte mayor lo necesitabas, enfadarte con el mundo, salir de fiesta y con chicos. Ser adolescente. Pero tienes diecinueve años y estás ya en tu segundo año de carrera, hija. No puedes hacer esto, es demasiado.

No soy capaz de rechistar, aunque me gustaría decir muchas cosas. Papá se pellizca el puente de la nariz, un gesto habitual en él, y aprieta los ojos cansado antes de seguir hablando.

—No estás estudiando, te han despedido del trabajo, sales de fiesta todos los días y vuelves borracha, te has convertido en una gamberra… ¡Tuviste que irte de la residencia!

En realidad, no «tuve» que irme de la residencia, él me obligó a dejarla y a volver a casa a modo de castigo por el verano que le he dado. Mi casa está bastante cerca del campus, así que no tenía excusa.

—¿De verdad no piensas decir nada? —El tono de cabreo vuelve a su voz, pero yo sigo sin ser capaz de defenderme a mí misma o justificarme ante él. Simplemente niego.

Papá resopla, vuelve a poner el coche en marcha. El silencio reina entre nosotros hasta que llegamos a casa. Mi Jeep está aparcado a un lado de la carretera, por lo que papá deja la camioneta en el camino de entrada. Ninguno de los dos se baja cuando apaga el motor.

—Ni siquiera lo sientes, ¿verdad?

Esa pregunta me pilla por sorpresa. Frunzo el ceño y abro la boca para responder, pero las palabras no salen. Siento que esto le esté haciendo daño, pero soy demasiado orgullosa para decírselo. Lo que no siento en absoluto es nada de lo que he hecho. Por eso me encojo de hombros una vez más.

Lo que dice a continuación sí que me pilla con la guardia baja:

—Necesito un respiro, Spencie. —Su mirada se suaviza, pero sus palabras son firmes—. No puedo permitir que te destruyas de esta forma. Y en parte es culpa mía por no haber sido más estricto contigo estos años… Pero yo necesito un respiro y tú necesitas un cambio de aires.

—No me gusta por dónde va esta conversación —le advierto.

—Voy a llamar a tu madre y te vas a ir con ella. Te he dado infinitas oportunidades, pero ya se te han acabado.

Se me escapa una carcajada incrédula, aunque estoy descompuesta.

—No quiero irme con mamá.

—Creo que necesitas irte de aquí, hija. Esta ciudad te está consumiendo.

—La respuesta es no.

—Spen…

No lo dejo terminar, me bajo del coche a toda velocidad y abro la puerta de casa con mis llaves para no tener que esperarle. Vuelve a llamarme, pero lo ignoro. Escucho un «ya hablaremos por la mañana» antes de encerrarme en mi cuarto. Me miro en el espejo, tengo el pelo negro totalmente enredado, los ojos miel están rodeados de manchas de máscara de pestañas y no queda rastro de pintalabios.

El chorro de agua fría de la ducha me espabila por completo y arrastra las estúpidas lágrimas que se me escurren por las mejillas a causa de la rabia.

Una vez con el pijama puesto, me dejo caer en la cama. En algún momento, el cansancio puede conmigo.

CAPÍTULO 2

Spencer

—Despierta.

Mi padre tiene que zarandearme para que abra los ojos y traerme de vuelta a la realidad. El sol ya entra por las ventanas, así que imagino que llego tarde a clase otra vez.

—¿Qué hora es?

—Tarde. Son casi las diez, así que despiértate, tenemos que hablar.

Me incorporo con un bostezo perezoso, pero él no se mueve de donde está.

—Tienes diez minutos para bajar.

Sale de mi habitación y, aunque quiero negarme porque no me apetece tener la misma conversación de siempre, cedo. Él no tiene la culpa de que esté hecha una mierda.

Está sirviendo el desayuno cuando bajo. Me siento a la mesa y él hace lo mismo, frente a mí.

—¿No tienes nada que decir? —pregunta. Yo niego. Inspira hondo antes de seguir hablando—: Estoy desesperado, Spencer. No sé cómo ayudarte ni qué más hacer para que vuelvas a ser la de siempre.

—No puedes ayudarme, papá.

Se me quiebra la voz de una manera que odio. Con él permito que aflore la debilidad que tanto me esfuerzo en ocultar. Y se da cuenta de que lloro, porque su voz es más suave cuando vuelve a dirigirse a mí.

—Hay veces que te echo tanto de menos, hija mía… Sé que estás ahí, cielo, pero en ocasiones no te reconozco.

Me muerdo el labio inferior con toda la fuerza de que soy capaz para no llorar. «Acabamos de empezar la conversación, Spencer, maldita sea».

—Soy la de siempre —susurro al fin. Él esboza una sonrisa tierna.

—Sabes que no es cierto. Eras buena estudiante, no te metías en líos, tenías claro tu futuro... Sé que no supimos gestionar el divorcio y eso te afectó, Spencie, pero he tratado de hacerlo lo mejor posible contigo para que...

—No —interrumpo—. No te culpes a ti, tú no has hecho nada mal. Yo solo estoy... no sé.

—Lo entiendo. Pero no podemos seguir así.

—No me quiero ir a Newford —repito, aunque es una verdad a medias.

Al principio, la idea era que estudiase en la Universidad de Keens, en Newford, donde vive mi madre ahora. Solicité plaza para el primer curso y entré sin problema, pero la rechacé para quedarme en la Universidad de Gradestate con mi padre. Volví a solicitar la plaza para el segundo curso por dos motivos: el primero, contentar a mi madre; el segundo, por el programa de Periodismo que ofrecen. Volví a entrar y la volví a rechazar. Creía que hacía lo correcto quedándome otra vez con mis amigas y mi novio. Estaba claro que me equivocaba. Digo que no quiero irme allí, pero he pedido plaza dos veces, así que en realidad no sé lo que quiero.

—Hasta ahora he respetado lo que tú querías —prosigue—, pero no puedo seguir haciéndolo.

—Papá...

—No —me interrumpe, y esta vez su tono vuelve a ser serio—. Me han dado un ultimátum en el trabajo, Spencer.

—¿Qué?

—Mi jefe se niega a que sigas haciendo gamberradas y saliéndote de rositas, da muy mala imagen al cuartel. Los padres de Troy no te denunciaron porque él los convenció, pero la fiesta de anoche ha sido la gota que colma el vaso. Si te detienen otra vez, me despiden.

Frunzo el ceño conforme va hablando. Esto es lo malo de vivir en una ciudad pequeña, que todo el mundo te conoce, las noticias se propagan y tu vida está en boca de cada vecino. A estas alturas, finjo que me da igual lo que digan de mí, pero no puedo tolerar que mi padre se quede sin trabajo por mi culpa.

—Vas a ir, te guste o no —prosigue—. He hablado con tu madre y me ha dicho que las solicitudes se guardan durante todo el mes de septiembre, así que aún puedes ir a Keens. Estoy seguro de que te vendrá bien empezar de cero a unos cuantos kilómetros, lejos de esta ciudad y de esa actitud autodestructiva que te está consumiendo. También necesitas pasar tiempo con tu madre, sé que la echas de menos aunque no lo digas. —Abro la boca para responder, pero él me interrumpe, anticipándose a lo que iba a decir—: Los Sullivan son buena gente y lo sabes. Mamá es feliz con Daniel, así que no inventes excusas.

¿Qué excusas voy a inventar? Acabo de quedarme sin ellas, sin su confianza y sin opciones. No si quiero que mi padre conserve su puesto. Irme significa empezar de cero y no creo que esté preparada para enfrentarme a eso. Toda mi vida está aquí, en Gradestate. Puede que no esté en la mejor situación personal, puede que esté cabreada con mis amigos y puede que mis amigas estén el doble de enfadadas que yo ahora mismo, pero al final esta es mi vida. Es todo lo que conozco, todo lo que tengo.

—No puedo irme —contesto—. No puedo dejar atrás mi vida como si nada, papá. Tengo aquí…

—¿Qué tienes aquí, Spencer? —me interrumpe con firmeza—. ¿Unas amigas de las que te quejas a diario? ¿Un ex que te está haciendo perder la razón? Crees que aquí tienes lo que quieres, pero no es así. Te estás dejando llevar por la costumbre, pero necesitas salir de esta ciudad. De verdad que tienes que alejarte de lo que te está haciendo daño, mi vida.

—¿Y empezar de cero? No puedo hacer eso a estas alturas.

—¿Por qué no?

—Porque no. —«Porque me da miedo», pienso—. Y no quiero vivir con mamá y los Sullivan, no pinto nada ahí.

—No vas a vivir con ellos, Spencer. Mamá te lo explicará, pero no vas a vivir en su casa.

—Ah. Ya. Pero da igual, no voy a ir —niego una vez más—. Deja que me quede, papá. Prometo no volver a meterme en líos. No voy a hacer que te despidan, lo sabes.

—Spens… —Mi padre se inclina para acunar mis manos entre las suyas—. Nunca he dudado de tu palabra, pero después de estos meses… no puedo seguir confiando en ti.

—Papá. Por favor —suplico—. No puedes mandarme a otra maldita ciudad así como así. Te prometo que voy a comportarme, no van a volver a llamarte la atención.

25

—No lo entiendes, hija. No se trata solo de mi trabajo, me daría igual que me despidiesen si eso significase que tú estás bien. Se trata de ti. Estar aquí te está consumiendo y no pienso permitir eso. Te vas, Spencer, y punto.

—¿De verdad no tengo ni voz ni voto en esto? Es mi vida.

—Tú eres mi vida, cariño, y te estoy intentando cuidar lo mejor que puedo. —Papá suspira y se acerca a mí para plantarme un beso en la frente—. De verdad que pienso que ambos necesitamos esto.

No replico aunque quiera hacerlo, porque sus palabras hacen mella en mí. No puedo ser egoísta con él, no puedo hacerle más daño. No quiero irme de esta ciudad y a la vez llevo toda la vida pensando en el día en que me largue de aquí. No quiero irme con mi madre y a la vez me muero por verla. No odio a los Sullivan, pero me quedo tranquila al saber que no voy a convivir con ellos. No quiero perder a mis amigas, pero en el fondo sé que lo hice hace mucho tiempo. No tengo ganas de volver a ver la cara de Troy y a la vez soy incapaz de alejarlo de mis pensamientos.

No tengo ni idea de qué quiero, qué necesito o incluso de quién soy. Por eso no discuto con mi padre y me limito a desayunar mientras él habla sin parar sobre lo bien que me va a venir el cambio de ciudad.

—…sin problema. Me parece bien, Alice. Sí, claro —escucho a mi padre hablar por teléfono mientras bajo las escaleras, masajeándome las sienes por el dolor de cabeza a causa de la siesta que he dado después de comer. Él alza la vista en cuanto entro en la cocina, me saluda con la mano mientras sigue hablando. Yo voy directa a por un vaso de agua—. De acuerdo, ¿se lo explicas tú cuando habléis? Bien. Sí, yo también pienso que es lo mejor. Estupendo, seguimos en contacto estos días. —Alza la vista y señala el teléfono—. Mamá dice que te quiere. —Gruño por toda respuesta—. Spens dice que ella también. —Suspira y suelta una pequeña risa—. No, no ha dicho eso. Bien, hasta mañana, Alice.

Cuando cuelga, se pone en pie y se guarda el móvil en el bolsillo. Va vestido aún con su uniforme de policía a pesar de que es bien entrada la tarde, lo que significa que sigue de guardia.

— Tu madre va a gestionar el traslado de universidad desde allí para que sea más fácil. Te llamará luego para hablar contigo y te mandará todo lo que necesites firmar en estos días. Seguramente lo deje todo solucionado entre hoy y mañana, así que cree que el lunes podrías estar ya en Newford para incorporarte esa semana.

—¿El lunes? Estamos a jueves, papá.

—¿Y? Con cuatro días tienes de sobra para hacer las maletas.

—¿En serio?

Papá se encoge de hombros como diciendo «es lo que hay», mientras se pone la chaqueta del uniforme.

—Empieza a despedirte de tus amigas, Spencer, el reloj corre.

Lo miro con incredulidad. En realidad, no me apetecía nada ver a «mi gente», no después de lo que pasó anoche, todo el mundo está al tanto de la que he liado esta vez. Papá se marcha tras despedirse y decirme que intente no meterme en problemas mientras está fuera.

Aún es demasiado pronto para cenar, pero mi estómago ruge como si no hubiese comido en días, así que cojo un paquete de galletas y empiezo a picar. Mientras tanto, me siento en uno de los taburetes y me enfrento a la barbaridad de mensajes de anoche.

Todo el mundo está enfadado conmigo.

Siguieron escribiéndome unas cuantas veces más. De hecho, el último mensaje es de Lena hace tan solo un par de horas. Les encantará saber entonces que me van a perder de vista en unos días por mucho tiempo. Ignoro los mensajes de todo el mundo y escribo en el chat que tenemos únicamente Phoebe, Lena y yo.

> **Yo**
> Tengo que hablar con vosotras. Es importante.

> Cenamos?

Ambas me dejan en leído apenas treinta minutos después.

Me paso el resto de la tarde tirada en la cama. Podría aprovechar el tiempo y empezar a hacer las maletas, pero es más productivo mirar las redes sociales una y otra vez sin ganas.

A eso de las seis, una única palabra aparece en el grupo.

Lena
Vale.

Cinco minutos después, es Phoebe la que escribe.

Phoebe
Daisy's. A las 7.

No permito que mi aspecto físico refleje mis sentimientos. No tengo ganas de arreglarme, pero si hay algo en lo que siempre se equivoca la gente cuando nos conoce, es en pensar que la superficial del grupo soy yo. Es Lena quien juzga a todo el mundo por lo que sea y por eso no voy a darle la oportunidad de hacerlo conmigo. Me recojo el pelo, largo y negro, en una coleta. Me visto sencilla: pantalones, top y Converse, y me maquillo como de costumbre: *eyeliner* y labios rojos. Troy odiaba que me los pintase de rojo. El muy gilipollas decía que intentaba llamar la atención. Por supuesto, lo hacía a diario.

Una vez lista, salgo de casa y me dirijo hacia mi coche. Es un Jeep negro y pequeño, fue un regalo de Navidad de mis padres tras sacarme el carnet, en un intento de hacerme sentir mejor. Un coche no arregló nada, pero al menos me ayudó a tener más libertad para ir y venir a todos lados. Siempre lo he tenido impecable, pero ahora tiene un bollo en la parte delantera tras el golpe que le di al de Troy. Imagino que tendré que arreglarlo antes de irme, así que más tarde lo dejaré en el taller y me despediré de gran parte de mis ahorros.

Daisy's no está lejos de mi casa. Lena y Phoebe ya están sentadas en una mesa al fondo cuando llego. Ambas van muy arregladas, cosa que hace que desentone por completo cuando me uno a ellas. Está claro dónde van después de hablar conmigo. Y, por supuesto, no estoy invitada. Me siento en el banco de enfrente a ellas para así poder mirarlas a las dos mientras hablo. Ninguna dice nada, tan solo me miran como si acabase de degollar a sus mascotas.

—No me miréis así —replico cruzándome de brazos.

Phoebe es la primera en romper el silencio.

—¿Eres consciente de la que liaste anoche, Spencer? —pregunta directamente, sin rodeos—. La policía del campus desmanteló la fiesta por completo y retuvo allí a casi todo el mundo. Multaron a más de treinta personas por estar bebiendo alcohol sin tener la edad. Me tuve que esconder para que mi beca no peligrase. Si me llego a quedar sin ir a Canadá el semestre que viene por tu culpa…

—Ahora mismo todo el mundo te odia, Spens —añade Lena con una mueca.

Genial, al final voy a tener que agradecerle a mi padre que me mande a otro estado.

—Solo quería fastidiar a Troy —me excuso—. No quería perjudicaros a los demás.

—Llevas haciéndolo muchísimo tiempo —prosigue Lena. Siempre ha sido igual de directa que yo, pero no me gusta que esta vez me toque a mí comerme sus riñas. De nuevo. Llevamos unos meses en los que no nos aguantamos—. Llevamos años soportando tus tonterías. Tu actitud y tu ego, todos los tíos con los que te has enrollado, tus borracheras… Pero es que lo de Troy te ha hecho perder la cabeza por completo, te portas como una cría y estamos cansadas.

—Voy a ignorar todo lo que has dicho, Lena. Lo que me jode más ahora mismo es que Troy me engañó en mis narices y parece que se os ha olvidado —les recuerdo. Al parecer quejarse de los actos de alguien es muy sencillo, pero nadie se pone en mi lugar.

—Eso no justifica todo lo que llevas hecho. ¡Te has puesto básicamente a su altura!

—Y qué esperabais que hiciera, ¿eh? ¿Que llorase por las esquinas? Por el amor de Dios, ¡seguís siendo sus amigas! Nos conocemos desde los seis años, hemos sido amigas toda la vida. He estado ahí para vosotras siempre. —Señalo a Lena con la cabeza—. Cuando Tom rompió contigo te defendí a muerte a pesar de que no llevabas razón, porque es lo que hacen las amigas. —Después miro a Phoebe—. Fui yo quien escribió tu redacción de por qué querías el intercambio a Canadá. ¡Entre otras miles de cosas! Pero mi novio me engañó y vosotras me soltasteis esa mierda de: «Estaba borracho, Spencer, no se lo tengas en cuenta. Ya vendrá otro». ¡Y seguís siendo sus amigas! —repito, levanto la voz y noto que voy perdiendo los nervios—. Vosotras y todos los demás. ¡Pero quienes me duele que sigan riéndole las gracias después de lo que me ha hecho sois vosotras!

Ambas se quedan en silencio. Es una norma no escrita que, si a tu amiga le hacen daño, esa persona pasa automáticamente a estar en tu lista negra. Mi lista es gigante, he apuntado en ella a muchísimas personas a lo largo de los años por el simple hecho de haber mirado mal a una de mis amigas. Pero ellas siempre han seguido llevándose con gente que, de una forma u otra, me han hecho algo a mí. Y la última persona ha sido Troy. No solo lo intentaron justificar, sino que siguen saliendo con él como si no hubiese pasado nada. De los demás chicos me lo esperaba, pero ¿de ellas?

—Te enrollaste con Troy sabiendo que me gustaba —suelta Lena y mi incredulidad aumenta—. Y empezaste a salir con él.

—Me dijiste que no te gustaba tanto y esa noche te enrollaste con otro.

—Porque te vio con Troy un rato antes —interviene Phoebe.

—Bueno, pues te he ahorrado ser una cornuda —respondo, ellas dos chistan y yo me cabreo más. El guantazo de realidad me da en toda la cara e intento ignorar la sensación de abandono que me quiere consumir—. ¿Habéis sido en algún momento mis amigas de verdad? —La pregunta me sale casi con asco, aunque lo que siento es decepción. Lena resopla y Phoebe pone los ojos en blanco.

—¿Cómo puedes preguntar eso, Spens? —Los ojos azules de Phoebe se fijan en los míos unos segundos antes de que los aparte, intimidada. Según ella, soy agresiva hasta mirando a la gente.

—Somos tus amigas —continúa Lena—. Pero estamos cansadas de tus gilipolleces.

—Pues no tenéis que preocuparos más por mis gilipolleces. Me voy de aquí el lunes.

—Explícate.

—Me piro a Newford con mi madre. He intentado quedarme, sé que ahora no estamos en nuestro mejor momento, pero sois mis amigas y no quiero dejaros —suspiro—. Pero he metido a mi padre en problemas y me obliga a irme de inmediato.

Se miran durante unos segundos y me hierve la sangre cuando la comisura de los labios de Lena se alza ligeramente, a pesar de que intenta disimular.

Espero que me acribillen a preguntas. Que quieran saber cómo me siento sobre lo de tener que irme a ser una intrusa con mi madre y su familia. Que se pregunten qué va a pasar cuando llegue allí y empiece en una universidad nueva. Si me voy a despedir de los demás o no. Si estoy bien. Pero no me preguntan por eso, ni por cómo fue mi noche ayer después de que me arrestaran. Lo único que dice Lena es:

—Pues vaya.

No puedo contenerme. Me pongo en pie como si de repente el asiento pinchase y las señalo con un dedo.

—Que os follen.

—Spens… —comienza Phoebe, pero la interrumpo antes de que continúe. No quiero saber lo que tiene que decir. Ya no.

—Ni Spens ni hostias. Que os den, en serio.

—No es justo que las malas seamos nosotras con lo mal que te llevas portando todo este tiempo —oigo a Lena mientras me largo de ahí, pero ya no me importa lo que mis «amigas» tengan que decir sobre mí. Pero eso no quita que me duela el pecho a rabiar ahora mismo porque siento que lo he perdido todo de nuevo.

Mientras conduzco mi Jeep hacia el taller, todas las dudas que tenía se disipan inmediatamente. Me piro de aquí, me da exactamente igual lo que me espere en Newford.

No puede ser peor que esto.

CAPÍTULO 3

Spencer

La despedida de papá es agridulce.

No suelo llorar, pero en unos días ya lo he hecho dos veces. Irme de aquí es complicado, pero alejarme de mi padre lo es aún más. Ninguno de los dos es capaz de romper el abrazo en el que llevamos fundidos unos minutos. Finalmente soy yo la que lo hace a regañadientes.

—No creas ni por un segundo que no voy a echarte de menos, Spencie —me recuerda, mientras me acuna el rostro entre sus manos.

—Espero que me eches tanto de menos que prefieras verme en comisaría todos los días a tenerme a tantos kilómetros de distancia.

—Eres increíblemente dramática, ¿lo sabías?

Me encojo de hombros, sonriendo.

—Es parte de mi encanto.

Al final tardamos veinte minutos más en despedirnos por completo. Las maletas están cargadas tanto en el maletero como en la parte trasera de mi coche ya arreglado, llevo lo necesario para el viaje en el asiento de copiloto, y una *playlist* de Imagine Dragons para entretenerme las cinco horas de viaje hasta Newford. Llegaré para la hora de comer, menos mal que he madrugado bastante para salir temprano, ya que la despedida me ha retrasado un poco.

—No te metas en líos, ¿de acuerdo? Desde aquí no podré ayudarte.

—No prometo nada —confieso.

—Ten cuidado, Spencer. Te quiero.

—Y yo a ti, papá.

Una vez acomodada en el Jeep, meto la dirección de la casa de mi madre en el navegador y me pongo en marcha. Gradestate es una ciudad pequeña en la costa de Massachusetts, Nueva Inglaterra. Y tengo que cambiar de estado para llegar hasta Newford, que es una ciudad bastante grande al norte de Vermont, también en Nueva Inglaterra.

Mis padres se divorciaron hace casi seis años, aunque ahora se llevan bien. Mamá se fue de casa y, casi un año después, ya había rehecho su vida. Papá empezó a salir con mujeres de nuevo, aunque ahora mismo está soltero, y mamá empezó a salir con un médico y profesor también divorciado que conoció en un congreso.

Conocí a Daniel por primera vez cuando mamá anunció que llevaban unos meses saliendo, que había conseguido una oportunidad increíble para ejercer como profesora de Cardiología en la facultad de medicina en la Universidad de Keens y que había decidido mudarse a Newford para vivir juntos. Quiso presentárnoslo a papá y a mí formalmente, pues para ella nuestra aprobación era muy importante, aunque no necesaria.

Papá y yo nos trasladamos hasta la ciudad en la que voy a vivir ahora para conocer a los Sullivan, ya que para nosotros era más fácil viajar que para ellos. Cuando llegamos al restaurante en el que habíamos quedado, me quedé petrificada durante unos segundos a unos metros de la mesa en la que nos esperaban. Allí estaba mi madre, tan guapa como siempre con su pelo negro como el mío suelto y ondulado, y sus ojos marrones resaltando a causa de las sombras que llevaba. Iba vestida muy elegante, como de costumbre. Y tenía una sonrisa enorme que le iluminaba toda la cara. Hacía tiempo que no sonreía así.

Recuerdo que examiné a Daniel de arriba abajo sin prudencia alguna. Ojos azules, pelo rubio, y una expresión amigable que más tarde me hizo sentir mal por haberlo prejuzgado. A sus hijos también los escaneé por completo. El pequeño, Ben, que solo tenía seis años se parecía algo a él. En cambio, el mayor era su viva imagen. Jordan tenía quince años cuando nos vimos por primera vez, yo estaba a punto de cumplirlos. Mi hermanastro ya era por entonces increíblemente atractivo. A diferencia de lo que ambos creímos en un primer momento, nos llevamos bastante bien. Al parecer, yo no era la única que se sentía incómoda con la nueva situación familiar, y eso nos unió.

Tuve que cerrar el pico aquel día cuando comprobé por mí misma que los Sullivan eran una familia encantadora. Desde aquella vez, nos volvimos a ver en persona muchas veces más. La última fue en mayo, para celebrar mi decimonoveno cumpleaños.

Pero una cosa es ver unas veces al año a la nueva familia de tu madre y hablar con tu hermanastro a menudo, y otra muy distinta es vivir en la misma ciudad. No sé dónde voy a vivir porque mamá ha dicho que lo hablaremos en persona, pero al menos sé que no va a ser en su casa, y eso me tranquiliza.

Conforme pasan las horas y me alejo más y más de Gradestate, una sensación extraña se planta en mi pecho y me cuesta identificar qué es. Tan solo cuando las calles de Newford me dan la bienvenida, averiguo qué es: alivio. Y miedo. Me siento extrañamente en paz tras haber dejado mi ciudad atrás a pesar de todo y me sorprende un tanto percatarme de que no estoy pensando en si echaré de menos mi universidad, mi grupo de amigos, a Lena y a Phoebe, o incluso a Troy. Quizá papá llevaba razón y necesito este cambio de aires. Pero también tengo miedo, porque no sé qué me espera ahora y no tengo ni idea de cómo voy a poner en orden el desastre en el que se ha convertido mi vida, el desastre en el que me he convertido yo.

Newford tiene una zona muy moderna llena de rascacielos y edificios nuevos, aunque sé que la universidad está en la parte más tradicional. La casa de mi madre está en un barrio de la zona moderna. No es la primera vez que veo la inmensa casa de los Sullivan, aunque sí la primera que conduzco sola hasta aquí, y me vuelve a impresionar lo grande que es. No es que la nuestra fuese pequeña, siendo mi madre cardióloga y mi padre policía hemos podido permitirnos tener una vida acomodada, pero Daniel también es médico, así que ahora sus vidas son incluso más lujosas. Ambos trabajan en el hospital un par de veces por semana y el resto de los días dan clases en la universidad.

La fachada es de color gris, con grandes ventanales y una entrada muy bien cuidada. Hay un BMW aparcado en la entrada, así que dejo mi Jeep tras él. Cuando salgo del coche, la puerta principal se abre y mi madre asoma por ella.

—¡Spencer! —Baja a toda prisa las escaleras del porche, vestida con unos vaqueros y una camisa blanca. Ni siquiera me da tiempo a decir nada, porque me envuelve en un abrazo tan grande que casi no puedo respirar—. Por fin estás aquí. ¿Qué tal el viaje?

Cuando me suelta, puedo responder.

—Largo, pero sin problemas. —Ahora puedo mirarla detenidamente, está tan fantástica como siempre—. Estás guapísima, mamá.

34

Ella dibuja una sonrisa amplia y me mira de arriba abajo con emoción, como si de verdad pensase que soy un espejismo o algo. Para el viaje me he puesto ropa cómoda: unas mallas cortas, una camiseta tan larga que las tapa, y una coleta desenfadada. Cuando termina de observarme, me coge la cara con ternura y me da un beso en la frente.

—Tú sí que estás preciosa, Spens. De verdad, no puedo creerme que vaya a tenerte aquí. Te echaba muchísimo de menos.

—¡Spencer! —Daniel sale también de la casa para reunirse con nosotras. No va vestido tan formal como las otras veces que le he visto, sino que lleva un chándal—. Qué alegría verte de nuevo, qué guapa estás.

—Gracias, Daniel.

—Venga, vamos adentro —dice mamá—. Ben tiene muchas ganas de volver a verte.

—¿No debería estar en el colegio?

—Ha fingido estar malo toda la mañana cuando sabía que venías. —Enarco una ceja—. No me mires así, tú hacías lo mismo para faltar a clase.

—Eres una influencia terrible, mamá.

—En su defensa diré que yo también me he hecho un poco el loco —la defiende Daniel—, Ben estaba demasiado emocionado por verte. Anda, vamos dentro.

Río sin poder remediarlo. Ese maldito crío…

Tan solo cojo mi bolso y saco mi móvil para avisar a papá de que he llegado mientras entramos en la casa. Un gran recibidor me da la bienvenida, con las paredes de color crema y los muebles a juego. Recuerdo que mi madre presumía del buen gusto de Daniel para absolutamente todo y pude comprobar que llevaba razón la primera vez que pisé esta casa. Tiene dos plantas y un jardín con piscina enorme. Antes de que pueda llegar al salón, unos pasos a toda velocidad resuenan en la parte de arriba e, inmediatamente, Ben aparece en las escaleras. Baja corriendo como si le fuese la vida en ello.

—¡Spens! —Se lanza contra mí. Me abraza con fuerza por la cintura y apoya su cabeza en mi barriga.

No me gustan los críos, es un hecho. Pero Ben me cayó bien desde el primer momento. Es un chaval educado e inteligente, y nunca dijo que no a gastarle bromas a Jordan.

—Ey, campeón. —Revuelvo la maraña de pelo rubio de su cabeza y le sonrío cuando se separa para mirarme—. ¿Has crecido en estos últimos meses o es mi impresión?

—Pues claro, el otro día cumplí diez años. ¿Es verdad que vas a quedarte en Newford todo el curso?

—Eso parece. —Me encojo de hombros—. ¿Cómo va ese resfriado?

Ben echa un rápido vistazo a los padres y finge una tos. Yo le guiño un ojo y le choco el puño de manera cómplice.

—¿Vas a querer que te dé otra paliza en ese juego de coches?

—¡Ja, ni hablar! Acaban de sacar uno nuevo, es imposible que me ganes. Ni siquiera Jordan puede.

—Yo soy más guay que Jordan —le replico y empiezo a hacerle cosquillas. Ben intenta defenderse, pero lo vuelvo a atrapar.

—Venga, chicos, vamos a comer algo —nos dice Daniel—. Spencer vendrá muerta de hambre. Después podréis jugar si queréis.

Mi estómago ruge a modo de respuesta. Las galletas que he ido picando durante el camino no han sido suficientes para saciarme y es justo la hora de cenar. Ben se encarga de entretenerme contándome qué tal le está yendo el nuevo curso, mientras mamá y Daniel terminan de preparar la comida. El pequeño torbellino y yo ayudamos a poner la mesa y poco después estamos sentados. Han cocinado mi plato favorito a pesar de no ser nada del otro mundo: pasta con nata, beicon y queso. La boca se me hace agua antes incluso de empezar.

Daniel y mi madre me preguntan qué tal estamos papá y yo con tal de tener una conversación agradable, ya que sé perfectamente que hablan muy a menudo y están al día de nuestra vida. Yo también llevo más o menos un control sobre cómo están ellos, aunque no tan exhaustivo como mi padre. Sé que lo que están intentando es que me sienta cómoda antes de ir al tema que de verdad les preocupa: yo. Mi actitud, en realidad. Todo lo que ha sucedido en los últimos meses (años, si nos ponemos tiquismiquis) y el motivo por el que estoy aquí.

Por desgracia, cuando llegamos al postre, es imposible retrasar más la conversación. Daniel le pide a Ben que nos deje a los tres solos y es cuando empiezan las preguntas.

CAPÍTULO 4

Spencer

—Sé que la separación fue dura para ti, Spens —comienza mi madre, aunque juguetea con su postre. A pesar de que en todo momento ha sido una madre fantástica, los discursos nunca han sido su fuerte. Se le han dado siempre mejor a papá—. Y sé que la culpa fue nuestra porque nos comportamos como unos críos y nos dimos cuenta muy tarde del daño que te estábamos haciendo.

—No importa —miento al ver que hace una pausa.

Sí que importa, pero no hay nada que ninguno podamos hacer, y soy consciente de que nunca quisieron hacerme ningún mal a propósito. Bastante estaban sufriendo ellos mismos.

—Sí importa, cielo. Pero el caso es que pensaba que lo habías… superado.

—Lo he superado, mamá.

—Pero tu comportamiento…

—Mi comportamiento no tiene nada que ver con el divorcio —la interrumpo, intento no alzar la voz y mantenerme calmada—. Tiene que ver con que me han hecho daño y han traicionado mi confianza. Sé que mis reacciones han estado fuera de lugar, pero no he sabido gestionar las cosas de otro modo.

—Papá me ha estado contando todo lo que ha estado sucediendo, Spens, y estoy preocupada. Bebes demasiado, sales con muchos chicos… No te estoy juzgando —añade rápidamente cuando enarco una ceja—, pero hay una mala fama alrededor de ti que me preocupa que afecte a tu futuro. ¿Cuánto hace desde la última vez que le prestaste atención a lo que te gusta de verdad? Puedes salir con chicos y de fiesta todo lo que quieras, pero no me gusta que hayas dejado de ser tú misma. Eres mi hija y te quiero, tengo que asegurarme de que te eres fiel a ti misma y te labras un futuro. Y, si necesitas ayuda profesional, quiero que tengas claro que puedes pedirla sin vergüenza.

Me muerdo el labio y aparto la vista unos instantes. Después vuelvo a mirarlos y asiento.

—Estoy bien, de verdad —es lo único que me siento capaz de decir. Al igual que con papá, no soy capaz de mentirles diciéndoles que prometo cambiar.

—Eres más que bienvenida aquí, Spens. —Esta vez es Daniel quien habla, sonriendo con amabilidad—. Estoy seguro de que te vendrá bien el cambio de aires. Tu madre siempre dice que eres demasiado grande para una ciudad tan pequeña como Gradestate. Quizá Newford se ajuste más a ti.

Mamá suele decirme eso a menudo: que estoy enjaulada en Gradestate, que es como un frasco minúsculo, como la muestra de un perfume, en el que estoy atrapada cuando lo que debería es buscar uno más grande en el que mi esencia pueda tener sentido, donde pueda ser yo. Siempre le respondo que al final una jaula es una jaula sin importar el tamaño, pero le gusta demasiado ponerse filosófica con lo del frasquito, e insiste en que, en Newford, mi esencia cambiaría por completo.

Al menos en Newford nadie me conoce, a excepción de Jordan. No tengo amigas que no me están apoyando, ni un ex mentiroso ni un grupo de amigos que ni se ha molestado en hablar conmigo tras enterarse de que me marchaba de la ciudad. Porque lo saben, Lena tiene la lengua muy larga y, después de nuestra preciosa despedida, se fueron de fiesta con los demás. Instagram lo ve todo. Las redes sociales son geniales para estar conectada al mundo, pero también son las que te hacen separarte poco a poco de él. Aquí estoy, sabiendo lo que ha hecho mi grupo durante los últimos cuatro días, mientras que ellos ni siquiera tienen ni idea de qué estoy haciendo yo ahora mismo.

—Gracias, Daniel.

—Tienes todo el año para adaptarte —prosigue él—. La universidad te va a gustar, estoy seguro. ¿Sabes ya en qué te vas a especializar?

—Periodismo —confieso. Por fin un cambio de tema—. Digital, a ser posible.

—Eso está genial, Spencer.

Siempre me han gustado las redes sociales, además de redactar. Me fascina cómo internet puede dar la vuelta a todo el mundo y mostrar contenido con tan solo unos clics. Como decía, las redes tienen dos caras y a mí me gustaría explotar la buena y crear contenido de interés.

—Bueno… ¿dónde voy a vivir?

—Ah, sí, justo íbamos a eso —responde mamá—. Jordan este año prefirió un piso compartido, pero su compañero dejó la universidad hace unos días. Así que no le importa que seas tú quien ocupe la habitación libre. Además, así podrá echarte un ojo.

Intento con todas mis fuerzas no sonreír. Mamá y Daniel creen que viviendo con Jordan mi ritmo de vida se relajará y estaré en buenas manos. Pero al parecer tengo yo más seguimiento de la vida de mi hermanastro que ellos. ¿Qué decía? Las redes sociales. Jordan es un cliché universitario: fiestero, guapo y jugador de hockey. No es el capitán porque, si no, tendría que llevar la frase «protagonista de película estadounidense» tatuada en la frente.

Al ver que no digo nada, aunque no tenga más opción, mamá pregunta:

—¿Te parece bien?

—Claro, seguro que estaré bien.

—Jordan vendrá dentro de un rato a por ti, tenía entrenamiento esta tarde —añade Daniel.

—Puedes descansar si quieres hasta entonces, cielo. Y voy a darte la carpeta de la universidad con todos los documentos que tienes que firmar y llevar mañana a secretaría antes de incorporarte a las clases.

—Genial. Gracias, mamá. Y gracias, Daniel.

Por una vez, sonrío con sinceridad. Sé que mamá me quiere aquí de verdad, así podrá verme cada vez que quiera y no cada muchos meses. Y tanto ella como Daniel estarán aquí para cualquier cosa que necesite.

Es inevitable que una sensación acogedora me llene por completo por primera vez en muchos años.

—¡Es imposible que ganes por tercera vez, Spencer! —grita Ben, frustrado. A mí se me escapa una carcajada y alzo los brazos a modo de victoria cuando llego a la meta antes que él. Ben bufa, suelta el mando de la Play y me mira con incredulidad—. Pero ¡si el juego es nuevo y llevo practicando desde que me lo regalaron!

—En Gradestate pasaba mucho tiempo con chicos, enano. Y solo les interesaban dos cosas. Una de ellas eran los videojuegos.

—¿Y la otra?

—Eres muy pequeño todavía para que te lo diga.

—Veo que ya has encontrado sustituta, Benny.

La voz de Jordan que nos llega desde la puerta hace que ambos nos giremos para mirarlo. Está apoyado en el marco con los brazos cruzados. Lleva ropa de deporte y tiene el pelo mojado, probablemente de la ducha que se habrá dado después del entrenamiento.

—Spens me ha machacado —se queja Ben, cruzándose de brazos. Yo vuelvo a reírme y le doy un codazo cariñoso.

Jordan también ríe y esta vez sus ojos azules se clavan en mí.

—Ey, hermanita.

—No empieces. —Pongo los ojos en blanco—. Al parecer, vamos a pasar mucho tiempo juntos de ahora en adelante, así que intenta no sacarme de mis casillas muy a menudo, niño bonito.

Jordan es de esas personas que conoces y siempre recuerdas como alguien guapo, pero cuando lo vuelves a ver en persona, la palabra «guapo» se le queda corta. Y él lo sabe perfectamente. Es alto y está lleno de músculos por todos lados a causa del deporte que hace y el hockey. Tiene una cara que podría haber sido cincelada por el mismísimo Michelangelo: mandíbula definida, una nariz demasiado perfecta para ser natural y unos labios proporcionados. Súmale a eso que es rubio, con los ojos azules, y tienes a un tío por el que cualquiera perdería la cabeza. Si no fuese mi hermanastro, probablemente me habría fijado en él en algún momento.

—Cuando estés lista, nos podemos ir.

Me despido de Ben antes de bajar y permitir que mamá me dé otra minicharla de cinco minutos delante de Daniel y Jordan. Al parecer, confía totalmente en que ambos cuidemos el uno del otro. Le cuesta dejarme ir por la costumbre de que, siempre que nos decimos adiós, pasa mucho tiempo hasta que nos volvamos a ver. Pero al final Jordan consigue arrancarme de una segunda charla, alegando que ha quedado y llega tarde.

—¿Conduces tú? —me pregunta, señalando mi Jeep con la cabeza—. Voy contigo, me han traído.

—Conduzco yo. Tú guías.

Nos ponemos en marcha y abandonamos la zona residencial para dirigirnos hacia el campus de la universidad.

—Así que vamos a pasar de vernos un par de veces al año a vivir juntos —comenta Jordan mientras conduzco.

—Siento la invasión.

—Nah, sabes que no me importa. Pero hay normas.

Arqueo una ceja y desvío la vista un segundo para mirarlo. Jordan sonríe de medio lado y vuelvo la atención a la carretera.

—Normas —repito, él suelta un «ajá»—. ¿Como cuáles?

—Los chicos del equipo vienen cada vez que les da la gana. Que no te extrañe encontrar que alguno se queda a dormir en el salón sin avisar.

—¿Y la regla es…?

—Regla número uno: mi casa, la casa de mis amigos. Ahora mismo eres una intrusa, así que tienen más potestad que tú bajo mi techo.

Supongo que tiene sentido. Es tan típico de él querer poner límites y tener todo bajo control que en realidad no me sorprende.

—Bien. ¿Qué más?

—Regla número dos: ver, oír, callar. Lo que pasa en mi grupo, se queda entre nosotros. No vamos a cortarnos porque estés tú, así que he prometido en tu nombre que serás discreta.

—Un poco osado por tu parte, ¿no crees? —pregunto con burla—. Nada te garantiza que vaya a cumplir tu promesa.

—Oh, Spencie, confío en ti —se mofa—. Me han dicho que la chica mala se ha quedado en Gradestate.

—No deberías creer todo lo que te dicen, Jordie.

—Regla número tres y la más importante —prosigue—: Nada de enrollarte con mis amigos.

Se me escapa una carcajada ante eso.

—¿Va en serio?

—Y tan en serio. Gira a la derecha en la siguiente.

—¿Te preocupa que me enrolle con alguno de tus amigos, de verdad?

—Estamos solteros —me explica—, somos universitarios y lo único que queremos es pasárnoslo bien.

—¿No crees que se lo pasarían bien conmigo? —pregunto, sonrío con malicia mientras lo miro de reojo. Jordan ríe.

—Ese es el problema, hermanita, que sé perfectamente que cualquiera de ellos se lo pasaría de escándalo contigo. Y eso significaría que luego vendrían los llantos. Ninguno quiere compromiso con nadie ahora mismo e imagino que tú tampoco. Pero eso dice todo el mundo antes de pillarse por una persona. Y, si cualquiera de mis chicos se pilla por ti y tú no, o al revés… va a haber drama. Y no quiero drama. Porque son mis mejores amigos y tú eres parte de mi familia. No quiero verme en la situación de tener que elegir a nadie, ¿entiendes?

La verdad, lo único con lo que me he quedado de lo que ha dicho es «eres parte de mi familia». Sí, Jordan y yo nos llevamos bien, nos entendemos y hablamos de vez en cuando (antes mucho más que ahora), pero no sabía que me tenía tanto cariño como yo a él. Y me sorprende, para qué mentir. No me he portado bien con él últimamente.

—Entiendo —respondo tras unos segundos—. No tienes de qué preocuparte, mantendré mi boca alejada de tus amiguitos.

—Genial. Y ahora, ¿puedes por favor contarme qué mierda pasó con el pijo estirado de tu exnovio? Me has tenido abandonado estos meses.

Le cuento todo lo que pasó con Troy y lo que vino después: las fiestas, los chicos y las noches terminando en comisaría por mis jugarretas. A Jordan cada una parece divertirle más, así que ambos terminamos muertos de risa.

—¿De verdad compraste una serpiente solo para meterla en su coche?

—Era inofensiva, de esas domésticas. La compré en la tienda de animales. —Me encojo de hombros—. Pero a él no le hizo mucha gracia.

—Espero no cabrearte nunca tanto.

También le pongo al día acerca de Lena y Phoebe y de cómo me siento respecto a su actitud no solo ahora, sino estos últimos años. No me sorprende que me diga que Lena le sigue en Instagram desde hace tiempo y de vez en cuando reacciona a alguna de sus publicaciones. La muy hipócrita.

—Bueno, Spencer, parece ser que en Grade Uni la gente era muy… especial. He prometido que no voy a dejar que te metas en líos, pero aquí en Keens puedes ser tú misma. Nadie va a juzgarte por tirarte a quien te dé la gana o si te paseas en pelotas por el campus. Tan solo…

—Las tres reglas —termino por él, a lo que sonríe satisfecho—. Lo sé, lo sé.

Jordan también me cuenta unas cuantas cosas mientras entramos en el campus y me sigue indicando por dónde ir. Al parecer la temporada de hockey acaba de empezar y tengo que aplicar la norma número dos a todas horas. El entrenador no les deja pasarse de la cuenta con el alcohol entre semana, lo cual evidentemente no cumplen, y tampoco siguen la dieta que deberían. Me habla de sus amigos, a quienes llevo viendo en redes sociales años, pero no conozco en persona, y me va señalando sitios interesantes del campus como la cafetería donde sirven el mejor café, alguna fraternidad que monta fiestas increíbles, distintas residencias… Finalmente, me indica que aparque frente a un bloque de edificios de ladrillo.

A simple vista solo aprecio cuatro plantas, aunque el edificio es bastante grande.

—Es muy parecido a la residencia —me explica Jordan mientras bajamos mis maletas del coche—. Hay varios pisos por planta. Normalmente, suelen venirse a vivir parejas que no pueden hacer vida normal en las resis o en las casas compartidas. Pero también hay gente que, como yo, prefieren tener un lugar tranquilo en el que dormir.

Entre los dos podemos llevar mis cosas en un solo viaje cargando todo en el ascensor. Subimos a la tercera planta y recorremos un largo pasillo hasta llegar a la última puerta. Jordan saca sus llaves y entra primero, empujando dos de mis maletas. Yo lo sigo con las demás.

—Bienvenida a su nuevo hogar, señorita —dice, abriendo los brazos—. Por favor, absténgase de introducir reptiles o será expulsada de inmediato. Gracias.

—Imbécil —me río y entonces presto atención al piso.

La entrada es pequeña, pero acogedora. Hay un perchero en la pared, junto a un espejo y un pequeño mueble donde Jordan deja sus llaves. Inmediatamente después, está la cocina, lo suficientemente grande para dos personas, con todos los muebles de color gris claro. El diseño es de espacio abierto, por lo que el salón queda a nuestra derecha. Todo sigue la misma estética: las paredes son de un blanco roto que hace que todo parezca más grande, y los muebles juegan con las tonalidades de gris. Hay tres sofás enormes formando una U frente al televisor, una mesa de comedor con cuatro sillas, y unas cuantas estanterías.

Después hay un pequeño pasillo con cuatro puertas. La primera es simplemente un armario de almacenamiento, donde hay toallas y útiles de limpieza. La segunda es mi dormitorio. Está vacío, tan solo hay una cama doble aún sin sábanas, una estantería bastante grande, un escritorio con silla y un armario empotrado con puertas correderas.

Después de meter todas mis cosas, Jordan me enseña el cuarto de baño. Pensaba que iba a ser más pequeño, pero está bastante bien y hay espacio de sobra para sus cosas y las mías. Y, por último, está su dormitorio. Tiene la misma gama de colores que el resto de la casa y no me sorprende ver que Jordan es bastante ordenado, ya lo sabía.

—Pues esta es tu morada a partir de ahora —me dice cuando termina el tour—. Espero que te sientas cómoda de verdad, Spens. Y no dudes en pedirme lo que necesites, en serio. —Yo asiento a modo de respuesta—. Voy a salir a tomarme algo con los chicos, ¿te apetece venir?

—Creo que prefiero quedarme y empezar a colocar cosas —confieso.

Estoy agotada por el viaje y todo el cambio. Ahora mismo soy incapaz de definir cómo me siento y creo que lo mejor va a ser descansar. El alcohol seguirá ahí mañana.

—Cualquier cosa llámame, ¿vale?

Asiento, pero cuando mi hermanastro se despide para marcharse, lo llamo.

—Ey, Jordan. —Él me mira desde la entrada de forma interrogante—. Gracias. Por todo.

—Para eso estamos, hermanita.

CAPÍTULO 5

Nate

Jordan se largó con una chica morena hace un rato, así que tan solo quedamos Torres y yo.

Nos acercamos a la barra para pedir unos chupitos, abriéndonos paso entre un grupo de chicas que no nos han quitado ojo de encima en un buen rato. Johanna, la camarera, nos sirve con rapidez, privilegios de ser sus chicos favoritos. El Cheers es el único bar del campus en el que no se examinan a fondo los carnets falsos, aunque los pidan, por lo que siempre está a rebosar. Además, es el más grande y casi toda la gente que trabaja aquí son estudiantes.

Torres y yo brindamos antes de hacerle un gesto para que nos sirva otros dos. Ella arquea una ceja mientras coge la botella de a saber qué y nos vuelve a servir.

—¿No os estáis sobrepasando esta noche? —pregunta. Yo me encojo de hombros, Torres ríe.

—*Mami.* —Alza el chupito con orgullo, hablando en español, y brinda al aire sin dejar de mirarla—. Estamos de celebración. Somos titulares este año.

—Amén —añado y ambos bebemos.

El año pasado fuimos suplentes en el equipo de hockey, que tuvo una temporada mejorable, pero este año somos titulares.

—A mí me viene estupendo que bebáis como piratas, pero me niego a escucharos otra vez quejaros porque el entrenador os echa la bronca.

—¿Y quién se lo va a decir al entrenador? —pregunto, a lo que ella señala con ambas manos a nuestro alrededor. Ah, claro, media universidad está aquí—. Bah, da igual.

—Estáis avisados. —Esta vez nos apunta con el dedo, primero a mí, después a Torres—. Aquí no vengáis a ahogar vuestras penas.

—Oh, venga, Johanna. —Torres se inclina hacia delante en la barra para acercar su rostro al de ella, que no retrocede ni un centímetro—. Te encanta que ahogue mis penas contigo de vez en cuando.

—Definitivamente, estás borracho de más, porque nos hemos acostado una única vez, Diego.

—¿Solamente? —Frunce el ceño como si de verdad se acabase de dar cuenta de ese detalle—. Siempre podemos ponerle remedio, *muñeca*.

—No vamos a volver a escabullirnos al cuarto de baño, cielo —recalca ella, mientras se acerca ligeramente a los labios de mi amigo. Después se aleja y abro la boca para hablar, pero me interrumpe antes siquiera de pronunciar palabra—: Ni lo propongas.

Resoplo y me cruzo de brazos. Torres y Johanna se acostaron el año pasado, estábamos de fiesta y se cogieron ambos tal pedo que terminaron follando en el cuarto de baño de la casa en la que estábamos.

—Ya volverás a mí —fanfarronea Torres y alza las cejas repetidas veces. Johanna le saca la lengua a modo de burla y nos sirve otros chupitos antes de darnos la espalda y seguir atendiendo—. Está loca por mí.

—Estoy convencido de que sí.

Le doy unas palmaditas en la espalda. En cuanto nos giramos y vemos que las chicas de antes siguen con sus ojos puestos en nosotros, mi colega se reinicia. No hace falta que digamos nada, con un solo vistazo nos entendemos. Ambos vamos hacia el grupo de amigas, que cuchichean entre ellas cuando se percatan de que nos estamos acercando.

Por supuesto, es Torres quien hace la entrada triunfal.

—Buenas noches, *preciosas*. —Abre ambos brazos como si quisiera decir «aquí estoy yo».

Las chicas ríen. Es imposible resistirse a él cuando suelta palabras en español, es un hecho.

Unas cuantas cervezas después, estoy sentado en la parte de atrás de un coche, con una de las chicas sobre mí.

El piso de Jordan está más cerca del Cheers que mi casa, así que echo a andar hacia allí.

Después de que Anne y yo nos acostáramos en su coche, ambos volvimos adentro. No tuve que preocuparme por nada, fue ella la que me dejó claro que solo quería pasar un buen rato. Y eso hicimos. Nos tomamos unas cuantas cervezas más con el resto de sus amigas y, después de un rato, Torres se escabulló con una de ellas a saber dónde. Ahí di yo también por concluida mi noche.

Para cuando llego al bloque de pisos, la borrachera no se me ha ido ni un poco, por lo que tengo que probar un par de veces hasta que consigo meter la llave en la cerradura de la puerta de fuera. Torres y yo tenemos llaves del piso de Jordan, así que no es raro que aparezcamos por allí cuando nos plazca.

Una vez en la entrada del apartamento, intento no hacer ruido para que Jordan no me dé un puñetazo por despertarlo. Me las apaño para llegar al salón a oscuras sin chocarme con nada y me dejo caer en el primer sillón que pillo. Me quedo frito en el instante en que cierro los ojos.

La luz entra por los grandes ventanales del salón porque a nadie aquí se le ha ocurrido todavía la brillante idea de instalar persianas y las cortinas no son suficientes para impedir que el sol me dé de pleno en la cara. No estaba muy lúcido anoche si me quedé dormido en el sofá frente a las ventanas en lugar de echarme en el que les da la espalda.

Ahogo un gemido cuando me incorporo, la cabeza me repiquetea por culpa de la resaca que tengo. Tendría que haber bebido menos, pero después de haber visto a Allison por la tarde, necesitaba el alcohol tanto como el respirar. Al menos conseguí mi objetivo: no pensar en ella en toda la noche.

Voy hasta la cocina para tomarme una pastilla que me alivie el dolor de cabeza y me bebo un par de vasos de agua antes de ir hacia el cuarto de baño. Aún es temprano, así que Jordan seguirá estando de siete sueños. Me doy una larga ducha para despejarme mientras la pastilla me hace efecto y después saco el neceser que guardo en el fondo del armario para lavarme los dientes. Me gusta vivir con mis colegas, pero a veces necesito demasiado la estabilidad del piso de Jordan, así que tengo un montón de pertenencias repartidas por aquí.

Me pongo los vaqueros que llevaba, con unos calzoncillos limpios. Echo los sucios junto a mi camiseta en el cesto de la ropa sucia, porque que tu amigo te haga la colada también es un privilegio que no pienso desaprovechar. No me pongo la camiseta, pero me la echo al hombro.

Ahora lo que necesito para sobrevivir al resto del día es cafeína.

Meto una cápsula en la cafetera, que empieza a hacer ese ruido insoportable, y miro en los altillos en busca de algo dulce. Encuentro unas rosquillas aún sin abrir con las que la boca se me hace agua y las cojo a pesar de que sé que no debería comérmelas por culpa de la dieta que tenemos todos los del equipo y nadie sigue. Pero un par de rosquillas no van a cambiar mi rendimiento, así que... El café termina, cojo la taza justo cuando oigo la puerta del dormitorio tras de mí.

—Buenos días, Bella Durmien... —Pero, cuando me giro, no es Jordan el que aparece por el pasillo, sino una chica. Una chica increíblemente guapa.

Es alta y delgada, tiene el pelo negro, recogido en una coleta hecha de cualquier forma, y va vestida con un pantalón de pijama largo y camiseta de manga corta ajustada. Se ha quedado parada a unos metros, con una ceja enarcada mientras me escanea de arriba abajo como yo acabo de hacer con ella. Cuando clava sus ojos en los míos, veo que son de color miel oscuro. Me es vagamente familiar, aunque no la ubico.

Es ella la que da por concluido el silencio, ya que suspira y se acerca.

—Buenos días —es todo lo que dice mientras pasa por mi lado en dirección a la cafetera.

Inspecciona las cápsulas antes de elegir una y poner la máquina en marcha, que empieza de nuevo a hacer ruido.

No puedo evitar darle otro buen repaso mientras está de espaldas a mí y el olor de café nos envuelve por completo de nuevo. Me gusta lo que veo, aunque no tengo mucho tiempo para seguir fantaseando, porque la chica se da la vuelta, café en mano, y se acerca a la isla para sentarse en uno de los taburetes frente a mí.

No dice nada mientras le da un sorbo pequeño, pero clava sus ojos en los míos. Ahora puedo ver sus facciones con más detenimiento. Tiene unos pómulos marcados, sus ojos son grandes, la nariz pequeña y los labios gruesos. Por unos segundos, me quedo sin habla.

¿Esta es la tía con la que Jordan estaba anoche? ¿De eso me suena? ¿Cómo mierdas no me fijé en ella? No recuerdo que mi borrachera fuera para tanto como para no haberme dado cuenta de que esta chica estaba justo a mi lado. Joder.

Parece darle exactamente igual mi presencia, ya que se inclina hacia delante y roba una de las rosquillas de la caja. Me resulta imposible dejar de mirarla mientras le da un bocado. Ella frunce el ceño.

—¿Qué?

Es entonces cuando caigo en la cuenta de que esta situación no la había vivido nunca.

Ninguno solemos dormir con las chicas después de un polvo, así evitamos momentos incómodos por ambas partes, despedidas o incluso la lucidez de la mañana siguiente. Ninguna tía ha dormido nunca conmigo y ninguna ha dormido jamás con Jordan. ¿Qué tiene esta de especial para haber pasado la noche aquí?

Carraspea y vuelve a arquear una de sus cejas perfiladas. Me doy cuenta de que no le he respondido. Sigo ensimismado contemplándola. Por un segundo, tan solo uno, me pongo nervioso.

—No suelo ver a los ligues de mis amigos… después —respondo al final, aunque ella me mira como si acabase de hablar chino—. Vaya mamadas tienes que hacer para que Jordan te haya dejado quedarte.

La rosquilla se queda a medio camino de su boca abierta. Soy incapaz de interpretar su expresión conforme va cambiando. De primeras, muestra asombro, o eso creo, porque sus ojos se abren como platos. Luego va cerrando la boca poco a poco y frunciendo el ceño a la par.

—¿Perdón?

Me planteo hablarle en lenguaje de signos, pero creo que me ha escuchado perfectamente. Tan solo pongo mi mejor cara de inocente, me encojo de hombros y le doy un bocado a mi rosquilla. Desde luego, no es mi momento más lúcido, pero sigo con dolor de cabeza y, encima, me he alterado.

—Oye, tío, ¿en serio me acabas de preguntar si hago mamadas fantásticas y te quedas tan pancho?

—No te lo he preguntado, lo he afirmado —contesto y un sonido de incredulidad se escapa de sus labios—. Eres la primera chica que veo que duerme aquí.

—Y el único motivo que se te ocurre por el que haya podido dormir aquí es ese.

¿Soy yo o parece molesta?

—¿Por qué otro motivo ibas a estar aquí si no?

Jordan aparece en la cocina en ese mismo instante, bostezando. Se detiene cuando nos ve a ambos, pasea su vista de uno a otro. Después se pellizca el puente de la nariz y resopla.

—Vale, ¿cuál de los dos ha hecho qué?

—Nadie ha hecho nada. —Me llevo otra rosquilla a la boca—. Excepto robarte las rosquillas.

Jordan mira a la chica esperando que sea ella la que responda. Esta vez, cuando habla, su voz suena divertida.

—Aquí tu colega piensa que te la chupé de maravilla anoche —comenta.

Jordan inmediatamente suelta un gruñido de fastidio y niega repetidas veces antes de dejarse caer en otro de los taburetes.

—Por supuesto —masculla—. Spens, este es el imbécil de mi mejor amigo, Nate. —Me señala con la cabeza, por lo que sonrío a modo de saludo, y después la señala a ella—. Y Nate... esta es mi hermanastra, Spencer.

La sonrisa se me borra de un plumazo. Por eso me era familiar.

Oh, mierda.

CAPÍTULO 6
Spencer

Su cara es un poema. He intentado por todos los medios, con éxito, no reírme desde el momento en que me he dado cuenta de que me ha confundido con uno de los ligues de Jordan. Ha sido muy divertido verlo tan perdido y tan convencido de su teoría. Pero ahora me es inevitable echarme a reír, cuando el horror inunda su rostro y nos mira a Jordan y a mí.

Pero esa expresión solo dura unos segundos, ya que enseguida se recompone, esboza una sonrisa arrogante mientras se cruza de brazos y hace un gesto con la cabeza en mi dirección.

—¿Qué hay, Spencer?

Sus ojos azules me vuelven a examinar de arriba abajo, aunque esta vez parece hacerlo de manera distinta a hace un rato. Ya no soy el ligue de su amigo, sino su hermanastra.

—¿Qué hay, Nathaniel? —digo yo y le doy un bocado a la rosquilla.

Él hace una mueca al escuchar su nombre completo, por lo que de inmediato deduzco que no le gusta. Anotado. Un par de mechones castaños le caen sobre la frente cuando se inclina hacia delante en la isla y apoya los codos en ella y la cara entre sus manos para mirarme más de cerca.

—Nate West —se presenta—. Solo Nate.

—Encantada, West. Spencer Haynes.

Nate mantiene su sonrisa y yo no puedo evitar fijarme en sus rasgos. Es increíblemente guapo, aunque no sé de qué me sorprendo. Todos los malditos amigos de Jordan lo son por lo que he ido viendo en redes sociales estos años. Nunca les he prestado mucha atención porque me daban igual, pero ahora es una realidad. Nate tiene unos rasgos que hacen que su rostro parezca afilado, aunque su sonrisa canalla le provoca unos hoyuelos con los que pierde toda la dureza que a simple vista pueda aparentar.

Jordan es el tipo de tío guapísimo por el que cualquiera babearía, sabiendo que podría llevarte al mismísimo cielo con tan solo mirarte. Pero Nate es guapo del tipo que sabes que podría arruinar tu vida con una sonrisa y le dejarías hacerlo con gusto.

No es solo su cara, sino que el tipo está buenísimo. Va sin camiseta, dejando ver su increíble torso. Los pectorales y la tableta se le marcan de una forma jodidamente sexy. ¿Qué dieta siguen los jugadores de hockey para estar así?

No me percato de que llevamos unos segundos en silencio, observándonos mutuamente, hasta que Jordan da una palmada sobre la isla.

—¡Regla número tres! —Me señala con firmeza.

—Anda, ¿seguías aquí? —Me hago la sorprendida mientras alzo la vista hacia él y devoro el resto de la rosquilla de un bocado.

Una risa cantarina se escapa de la boca de Nate. Jordan inspira hondo, probablemente se está conteniendo para no mandarme de una patada de vuelta a Gradestate y no echar a su amigo del apartamento.

—¿No tenías cosas urgentes que solucionar hoy? —pregunta, enarcando ambas cejas sin dejar de mirarme. Pongo los ojos en blanco y le saco la lengua.

—Sí, papá.

Doy un último sorbo al café antes de bajarme del taburete, mientras noto que la mirada de Nate sigue cada uno de mis movimientos. Si el amargado de Jordan no me hubiese impuesto esa normita de las narices, sé quién sería mi próximo ligue. Y si no fuese porque mi hermanastro de verdad me cae bien y se está portando de maravilla conmigo, me darían exactamente igual sus condiciones. Ya sabemos que no soy precisamente la clase de chica que sigue las normas.

—Estoy en la obligación de decirte que me llames para lo que necesites —me dice Jordan, rodeándonos para ir a la cafetera esa tan ruidosa que tiene—. Pero tampoco te cueles, hermanita, intenta pasar de mí.

—Ugh, gracias a Dios, pensaba que mi madre te había lavado el cerebro por completo. Toda esa amabilidad tuya me estaba dando náuseas. —Jordan me lanza una cápsula de café sin utilizar que rebota en mi hombro y cae al suelo.

—Eres un incordio.

Me agacho para recoger la cápsula y se la lanzo de nuevo, aunque él la coge al vuelo.

—Olvídate de que existo, Jordan, puedo apañármelas sola.

Al fin y al cabo, llevo haciéndolo toda la vida y sigo de una pieza. Un poco agrietada, pero aún firme. Empezar en una universidad nueva no va a terminar de romperme. De hecho, en cierto modo, tengo la esperanza de arreglar… esto. A mí.

—Un placer, West —le digo a Nate, que está devorando su segunda rosquilla de chocolate con toda la tranquilidad del mundo.

—Nos vemos, Spencer.

Me despido de ellos con un simple gesto de mano antes de adentrarme en el pasillo y volver a mi habitación. Ni siquiera he cerrado la puerta cuando escucho que los dos hablan de mí.

—No me habías dicho que venía tu hermanastra, capullo.

—Os lo dije el otro día, pedazo de imbécil —responde Jordan.

Entorno la puerta lo suficiente para poder seguir oyéndolos con la oreja pegada. «Eres una maldita cotilla, Spencer Haynes».

—Sí, pero no que su llegada era inmediata. Anoche me tiré a dormir en el sofá por costumbre, porque si me llego a acordar de que la habitación estaba libre, Spencer se habría llevado una buena sorpresa. —La verdad es que si hubiese entrado en mi dormitorio en mitad de la noche, habríamos montado un buen espectáculo—. ¿Y por qué no habías mencionado lo buena que está?

—Pero si la llevas viendo en fotos desde hace años, ¿es que sigues borracho?

—Tengo resaca, Jordie. Me resultaba familiar, pero como nunca la he visto en persona, no la he ubicado.

Es cierto, nunca he conocido a los amigos de Jordan en persona. He oído hablar de ellos mucho, aunque mi mente rota nunca haya prestado especial atención, pero cuando he venido a Newford a visitar a mamá y a los Sullivan, al final hemos hecho planes en «familia» y ya está. En cambio, cuando ellos han venido alguna vez a Gradestate, sí que me he llevado a Jordan a alguna que otra fiesta, de eso conoce a mis amigas.

—Bien, porque no vas a acercarte a ella —amenaza Jordan y me lo puedo imaginar señalándolo con un dedo, intentando intimidarlo—. Ni tú ni Torres.

Sí que recuerdo escucharlo hablar a lo largo de los años acerca de Nate y Torres, sus mejores amigos. También me habrá hablado de más gente, pero he sido tan descuidada que no recuerdo a nadie más.

—Tenéis que mantener la polla en los pantalones —continúa y escucho a Nate reírse, pero Jordan vuelve a hablar antes de que él diga nada, esta vez bajando un poco la voz—. Spencer está jodida, tío. Está aquí para cambiar de aires y olvidarse de la mierda en la que se estaba hundiendo en Gradestate. Lo último que necesita es que la jodáis más.

No puedo evitar la punzada de dolor que siento en el pecho al escucharlo. No porque haya dicho alguna mentira, sino por todo lo contrario. Jordan sabe en qué punto me encontraba sin ni siquiera haber estado viviendo en la misma ciudad. Sí, estoy muy jodida. Y no, no sé cómo solucionarlo.

—No haré nada para molestarla, quédate tranquilo —dice finalmente Nate.

Por un lado, me cabrea que Jordan nos dé órdenes acerca de lo que podemos o no hacer, pero intento ser empática por una vez en mi vida y recordar que ahora mismo soy una intrusa en su vida, que me ha acogido sin miramientos y que lo único que quiere es no tener bronca con sus amigos ni conmigo. Pues nada, tendré que ser una buena hermanastra y mantenerme alejada de cualquier tipo de relación indecente con sus amigos. Como si Keens no estuviese llena de tíos con los que divertirme.

Cuando escucho que se ponen a hablar de la fiesta de anoche, dejo de escuchar y cierro la puerta con suavidad. Aprovecho que hace buena temperatura para ponerme una falda plisada negra y me pinto los labios de rojo pasión para que se vean más gruesos de lo que ya de por sí son.

Para cuando salgo del piso, no hay ni rastro de los dos chicos. Cojo las llaves que Jordan ha dejado para mí del mueble de entrada y dos minutos después ya estoy subida en mi coche, con el navegador puesto en el móvil para saber cómo llegar al edificio principal de la universidad. Recuerdo que ayer pasamos cerca, pero soy incapaz de recordar cómo se iba. No tardo ni diez minutos en llegar al aparcamiento, que ya está bastante lleno a pesar de ser temprano. Aparco y me detengo a observar a mi alrededor antes de bajarme del Jeep.

El campus de Keens Uni es gigante, por lo que la zona de clases también lo es. Impresiona la barbaridad de edificios que me rodean; son de piedra marrón, muy clásicos, con incontables metros cuadrados de césped a su alrededor. Casi todo el mundo camina en alguna dirección, aunque hay gente tirada en el césped. Grade Uni era pequeña, muy pequeña en comparación con esta universidad. Lo único en lo que puedo pensar es en la barbaridad de gente que no conozco, la cantidad de personas que no tienen ni idea de qué he estado haciendo los últimos años y que probablemente ni la cuarta parte de aquí llegará jamás a saber quién soy.

Pertenecía al grupo de las «populares» en el instituto. Por mi personalidad, siempre tenía gente a mi alrededor, aunque fue a los catorce años cuando, por primera vez, me pusieron una etiqueta. Desde entonces fui una abeja reina acompañada por un enjambre en el que se incluían Lena y Phoebe. Nunca fuimos un ejemplo a seguir, pero tampoco fuimos crueles. Al menos yo. Simplemente éramos las típicas que se rodeaban de gente, en las que se fijaban los chicos y estaban invitadas a todas las fiestas. Pero conforme pasaba el tiempo, las cosas cambiaron. Mi actitud cambió. Ya no era Spencer, la chica popular que siempre sonreía a todo el mundo. Me convertí en Spencer, la zorra. Y desde ahí todo fue en picado.

Pero aquí nadie me conoce, aquí no soy Spencer la popular, ni Spencer la zorra. Solamente soy... Spencer.

Y, por una vez, creo que me gusta quién soy ahora mismo: una don nadie.

CAPÍTULO 7

Spencer

Tardo toda la mañana en terminar el papeleo para poder incorporarme a las clases lo antes posible. Mi madre se encarga de enseñarme las instalaciones. Después me deja con una orientadora joven que me explica unas cuantas cosas más, me da un mapa del campus y un folleto en el que aparecen todas las actividades complementarias y los clubes que suman créditos a los estudios. Me señala con una equis los que más pueden interesarme por mi especialidad. Según ella, me vendría muy bien apuntarme a alguno.

Voy leyendo los clubes mientras me encamino hacia la salida del edificio. Pero ¿cuántos hay? En Grade Uni apenas había unos pocos, ninguno que me gustase. Pero en Keens tienen una variedad impresionante para elegir. Echo un vistazo a los que me ha señalado la orientadora. La verdad es que todos tienen muy buena pinta, aunque hay uno en especial que me llama la atención: el periódico de la universidad.

Dudo. Hace mucho que no escribo. «¿Cuánto hace desde la última vez que le prestaste atención a lo que te gusta de verdad?», me preguntó ayer mi madre. La respuesta es: demasiado tiempo. Sí, le escribí una redacción a Phoebe que le sirvió para conseguir lo que quería y eso me halaga, pero ahora me arrepiento de haberlo hecho. Aunque, bueno, no fue nada íntimo, nada sobre mí. Siempre me ha gustado reflejar mis pensamientos por escrito, aunque nunca he dejado que nadie leyese mis textos. Tan solo mis padres leían algunas cosas cuando era más pequeña. Una cosa es que yo sepa que mi pecho no está vacío del todo y otra muy distinta dejar que los demás también lo vean. Solo hay un desenlace cuando permites que la gente vea tu alma: que te la destrocen. Es mejor convertirse en una arpía antes de que eso pase.

Por eso guardo el folleto en mi bolso sin molestarme en ver dónde está el club, porque no voy a apuntarme. Una cosa es el cambio de aires y otra muy distinta es fingir que puedo hacer vida normal, como una universitaria cualquiera. Bastante que he hecho el papeleo a la primera y tengo intención de ir a clase.

Salgo del edificio principal y me topo con que ahora el campus está a rebosar de gente. Es la hora del almuerzo, así que apenas hay un hueco vacío en el césped que se expande por toda la zona. Mi estómago ruge a modo de queja, ya que una rosquilla y un café a primera hora de la mañana no son suficientes para no llegar a la hora de cenar muerta de hambre.

No quiero comer sola, así que ignoro la petición de Jordan de pasar de él y le envío un mensaje.

> **Yo**
> Tengo hambre.

No tarda en responder.

> **Jordan**
> Come.

> **Yo**
> Comes conmigo?

> **Jordan**
> No decías que te las apañabas bien sin mí y que te olvidase???

> **Yo**
> Eres un plasta.

> **Jordan**
> Y tú un incordio.

> Mixing House, acabamos de llegar.

Después me envía una ubicación. Una vez en el Jeep y con el navegador puesto, me pongo en marcha. No está lejos de aquí, ni siquiera tardo diez minutos en llegar. Podría haber ido andando perfectamente, pero una vez vaga, siempre vaga. Aparco a unos metros de la puerta, en un hueco que se queda libre cuando llego.

El Mixing House tiene unos grandes ventanales que permiten ver el interior desde fuera, está todo decorado de color blanco y madera. Cuando entro, observo mejor el local. Hay una gran barra en una zona y mesas con bancos pegadas a las paredes, además de unas cuantas con sillas por el centro. Cuelgan del techo unas lámparas bastante modernas, ya que el lugar en sí lo es. No está lleno, pero sí que hay bastantes mesas ya ocupadas. Localizo a Jordan en una de las que están pegadas a la pared, al fondo a la derecha junto a los ventanales. Con él hay un chico más y dos chicas. Se percata de mi presencia y alza una mano para llamar mi atención, aunque yo ya me estoy dirigiendo hacia la mesa. Todo el mundo se asoma para mirarme mientras camino.

—Hola —es todo lo que se me ocurre decir cuando llego.

Lo que me sorprende es que todos me devuelven el saludo. Sin caras de asco, sin mirarme de arriba abajo. En cambio, soy yo la que los mira uno a uno detenidamente, porque hay costumbres difíciles de quitar.

—Spencer, ¿verdad? —me pregunta una chica preciosa, de pelo moreno y ojos marrones que seguramente habré visto en el Instagram de Jordan más de una vez. Es imposible no darse cuenta de que es latina, a pesar de que no tiene mucho acento, pero sus rasgos la delatan. Imagino que Jordan ya les ha hablado de mí—. Siéntate, mujer. —Se echa a un lado en el sillón para hacerme sitio y la pelirroja que hay junto a ella también se desplaza—. Soy Morgan. O Mor.

Me siento a su lado, esbozando una sonrisa. La pelirroja se inclina hacia delante para presentarse también, con una expresión dulce en su rostro redondito cuando alza las comisuras de los labios. Tiene unos impresionantes ojos verdes y la nariz llena de pecas que resaltan en su piel clara.

—Yo soy Trinity. Teníamos muchas ganas de conocerte.

—Haz el favor de no mentirle, Trin, que su ego ya es demasiado grande —interviene Jordan, sentado frente a nosotras junto a los otros dos.

—Soy Ameth. —El chico negro de ojos marrones extiende su puño hacia mí a modo de saludo y yo correspondo—. Y sí que teníamos ganas de conocerte, aunque tu hermano sea un capullo.

—Hermanastro —corregimos los dos a la vez, ante lo que los presentes ríen.

Jordan me saca la lengua a modo de burla y yo le enseño el dedo corazón con cara de inocente.

—Bueno, Spens, ¿cómo ha ido el día? —se interesa Jordan.

Trinity coge los menús del lateral y nos los reparte.

—No he parado de firmar documentos y mi madre ha hecho de guía turística. He terminado ahora mismo.

—¿Cuál va a ser tu especialidad? —pregunta Morgan. Tiene los labios gruesos y un lunar sobre ellos en el que es imposible no fijarse.

—Periodismo.

—Entonces coincidiremos en un par de clases Nate, tú y yo —me dice Ameth—. Estoy haciendo Estudios Ingleses, tengo madera de profe.

Yo murmuro un «qué bien» antes de que sigan con la conversación.

—Mi especialidad es Psicología —anuncia Morgan.

—Yo quiero especializarme en Diseño Gráfico —añade Trinity, que se vuelve a inclinar hacia delante para mirarme—. Aunque lo mío es la equitación.

—Dice que «quiere» hacerlo porque, aunque no lo parezca, ella es la deportista de élite del grupo y quizá no le haga falta ni terminar la universidad —comenta Jordan.

No puedo negar que me sorprendo. Siempre he pensado que las chicas que montan a caballo tenían que ser delgadas, pero Trinity no lo está. Por supuesto, no tiene nada de malo, es solo algo que ha llamado mi atención porque soy, con toda probabilidad, una ignorante estúpida.

—Sabéis que quiero terminarla de todos modos para tener un plan B.

—En realidad, no le gusta estudiar —la pincha Ameth—. No te dejes engañar por esa cara de inocente, Spens, es ella la que nos arrastra siempre a las fiestas entre semana.

—Eso no es verdad, Torres es el liante.

—Pero él estudia más que todos nosotros juntos —agrega Jordan, haciendo que Trinity ponga los ojos en blanco.

—Paso de vosotros. —Trin me mira—. Me paso el día metida en los establos, no los creas.

Una camarera se acerca a tomarnos nota, cosa que me da un respiro. Hacía mucho tiempo que no conocía a gente nueva y con mi grupo de Gradestate las conversaciones no eran... reales. Se criticaba más de lo que se hablaba por gusto.

No dudo ni un segundo en pedirme una hamburguesa completa. Me alegra ver que no soy la única muerta de hambre, ya que todos piden bastante comida. Mientras nos sirven, el grupo habla de distintas cosas, pero en todo momento me incluyen en la conversación. Soy la nueva, una desconocida de la que no saben nada, y no solo están siendo amables conmigo, sino que no me están excluyendo. La Spencer que se juntaba con Lena y Phoebe jamás habría hecho esto por nadie. No puedo evitar sentirme mal por un momento.

—Cuéntanos, Spens, ¿qué te trae por Newford? —pregunta Ameth.

—Como si Jordan no os lo hubiese contado ya. —Es lo primero que me sale decir, quizá con demasiada dureza.

—No ha soltado prenda —me explica Morgan, que lo señala con la cabeza y pasa por alto mi tono—. Tan solo nos ha dicho que estabas aburrida de Gradestate y querías estar cerca de tu madre. Pero no hay quien se lo trague, la verdad. Nadie pide un traslado en segundo por sus padres, seamos honestos.

En ese momento, nos traen la comida, así que miro a Jordan durante unos segundos, confusa. ¿No les ha contado nada? Él se encoge de hombros levemente, aunque soy incapaz de salir de mi confusión. Cuando terminan de servirnos, veo que todo el mundo está esperando mi respuesta. Digo lo primero que se me ocurre, intentando que la respuesta suene convincente.

—No estaba a gusto en mi ciudad. Mi novio me engañó, mis amigas se pusieron de su parte y sentí que lo mejor era largarme aprovechando que tengo a mi madre aquí.

Parece ser que cuela, ya que nadie discrepa. Además, tampoco es mentira. Más bien una verdad a medias. Tan solo Morgan dice:

—Ugh, relaciones.

No insisten, no hacen preguntas incómodas ni presionan. Simplemente lo dejan estar y enseguida empiezan a hablar del partido de hockey de dentro de unas semanas, al que Trinity asegura que no irá con tal de no verle el careto a Ameth y Jordan, que no paran de meterse con ella mientras los demás nos divertimos a su costa.

No necesito nada más que la hora y media que paso con los amigos de Jordan para darme cuenta de que la gente que tenía alrededor en Gradestate no tiene ni punto de comparación con ellos. Me he sentido más cómoda en un rato que con mi antiguo grupo en años. Del cual, por cierto, no he sabido absolutamente nada desde que me fui.

Salimos del Mixing House cuando terminamos, aunque nos detenemos en el exterior unos minutos para seguir hablando, esta vez de la fiesta que tendrá lugar el fin de semana en una de las fraternidades.

—Me voy, chicos, que tengo entrenamiento esta tarde y tengo que cambiarme de ropa —anuncia entonces Trinity, mientras saca de su bolso unas llaves de coche—. ¿Quién se viene?

—Yo —se apunta Morgan.

—¿Has venido en coche? —me pregunta Jordan y yo asiento—. Entonces me voy contigo.

—Yo me voy andando, tengo clase esta tarde —dice Ameth, después me tiende el puño de nuevo para que choquemos—. Ha sido un placer, Spencer.

—Lo mismo digo.

Jordan y yo nos dirigimos a mi coche.

—No les has dicho por qué estoy aquí —le comento una vez nos ponemos en marcha.

—Claro que no —responde, como si fuese la cosa más evidente del mundo.

—¿Por qué?

—¿Cómo que por qué? —Lo miro de reojo y lo veo con el ceño fruncido—. Porque no me corresponde a mí contar tu historia, Spens. No sé qué quieres que se sepa y qué no, ya te encargarás tú de contar lo que te apetezca a quien quieras.

La sensación que me invade es tan rara que ni siquiera sé qué significa. Estoy acostumbrada a ser egoísta, a los cotilleos diarios, los prejuicios… Lena se habría encargado de que toda la universidad se enterase de a qué he dedicado el tiempo mis últimos años, mientras Phoebe asentiría a su lado sin entrometerse. Es lo que solía hacer siempre. Ella contaba nuestros secretos, yo contaba los suyos. Phoebe se mantenía al margen, pero jamás defendía a nadie. Pero Jordan ha guardado mi secreto y, aunque no entienda por qué lo ha hecho exactamente, murmuro:

—Gracias.

CAPÍTULO 8

Spencer

Sobrevivo a la primera clase de la mañana a pesar de que no conozco a absolutamente nadie. La chica que tenía sentada a mi lado ha sido agradable conmigo y me ha ayudado a ponerme al día con lo que me he perdido estas primeras semanas de curso. No me acuerdo de su nombre, lo que hace que me sienta un poco mal, pero es que solo me lo ha dicho una vez y ni siquiera le estaba prestando atención en ese momento. Además, la asignatura ha resultado ser un auténtico tostón.

Por el camino hacia mi segunda clase, paro en una de las máquinas de café para intentar espabilarme. Tengo que cambiarme de edificio para llegar al aula en la que se imparte Retórica, aunque está justo al lado y no tengo que ir muy lejos. Cuando entro en clase, ya hay un montón de alumnos, ya que es un auditorio bastante grande en forma de anfiteatro. Echo un vistazo para encontrar un hueco libre donde no haya mucha gente mientras subo los escalones laterales.

—¡Eh, Spencer!

Ameth se encuentra en una de las filas más arriba del lateral izquierdo del aula, tiene una mano levantada para llamar mi atención. En cuanto se da cuenta de que lo ha conseguido, me indica que me acerque. La verdad es que me cayó bien, así que antes de sentarme sola, prefiero hacerlo con él. Aunque no está solo.

Mientras subo, veo que a su izquierda está sentado Nate de cualquier manera, con los pies encima de la mesa a pesar de lo alto que es. Tiene sentido que Ameth y yo tengamos esta asignatura en común, ya que hace Estudios Ingleses, pero no tengo ni idea de qué estudia Nate.

—¿Qué hay, Spencer? —me pregunta Nate en cuanto estoy frente a ellos, formando una sonrisa burlona que provoca dos hoyuelos en sus mejillas. Sus ojos azules me recorren de arriba abajo antes de posarse en los míos. No puedo negarlo: está demasiado bueno.

—¿Qué hay, West?

—Así que la famosa hermanastra de Jordan comparte clase con nosotros.

—¿Famosa? ¿Qué va diciendo ese capullo de mí?

—Es lo que no va diciendo de ti lo que te hace interesante.

Arqueo una ceja por toda respuesta.

—Anda, pasa de tonto número dos —Ameth señala a Nate— y siéntate con nosotros.

—¿Quién es tonto número uno? —pregunto mientras me meto en la fila y me dejo caer al lado de Nate.

—Torres, el hermano de Mor. Y Jordan es el número tres. Son el Trío de Tontos.

—No te creas nada de lo que diga —se defiende el aludido, que le da un puñetazo en el brazo a Ameth. Después se inclina hacia mí, aún recostado, para susurrar—. Excepto las cosas malas. Créete todo lo malo que oigas de nosotros, Spencie.

—Así que sois los chicos malos de Keens —respondo, también bajo el tono—. ¿Os dedicáis solo a romper corazones o hacéis algo más?

Me llega el olor de la colonia de Nate, que me embriaga por completo porque huele de maravilla, cuando inclina la cabeza hacia atrás en el asiento y ríe con suavidad. Ameth imita el gesto, negando con la cabeza.

—Hacemos muchas cosas, preciosa, pero estaré encantado de romper tu corazón si es lo que quieres.

—Buena suerte con eso, West, hace mucho que dejé de tener corazón.

Estoy completamente segura de que muchísimas chicas estarían dispuestas a arriesgarse a ello, a permitir que él jugara con ellas para luego destrozar sus corazones sin ningún tipo de reparos. Pero yo ya tengo muchas grietas, así que no hay nada que pueda hacer.

—¿Qué estudias? —Esta vez tomo yo la iniciativa. Cambio el rumbo de la conversación porque todos sabemos lo que pasa cuando empiezo a tontear con alguien.

Nate baja los pies de la mesa y se sienta bien al ver que el profesor entra en el aula.

—Traducción. Me gustan los idiomas.

Ahora sí comprendo que esté también en esta asignatura. No volvemos a hablar, ya que el profesor, el señor Hollinder, me dicen, entra en la clase. Junto a él va un chico rubio que llama la atención porque lleva una chaqueta azul eléctrica que es una pasada. Desde lejos no puedo fijarme muy bien en él, pero se nota que tiene un estilo propio cuidado.

—Buenos días, clase —dice el señor Hollinder—. El señor Gregory quiere hablar con ustedes.

Le hace una señal para que comience cuando todo el mundo guarda silencio.

—Hola a todes. Soy Ethan, alumno sénior y encargado de *La Gazette* desde hace tres años. De nada, por cierto. —Hace un gesto como para restar importancia a sus palabras, haciendo que la gente ría—. Este año volvemos a necesitar redactores para la sección de noticias y para los artículos, y no nos vendrían mal algunes fotógrafes y diseñadores. Estoy a vuestra disposición para cualquier duda, ya sabéis dónde encontrarme. Si escribís, buscadme. Chaíto.

—¿Qué es *La Gazette*? —le pregunto a los chicos.

—El periódico de la universidad —responde Nate—. Todo el mundo lo lee desde que Ethan lo gestiona.

Creo que va a decir algo más, pero entonces el señor Hollinder empieza su clase y tenemos que guardar silencio. Para mi sorpresa, los dos chicos toman apuntes. Pensaba que iban a pasar por completo de la clase, pero me han cerrado la boca. Y yo que pensaba que era Lena la de los prejuicios. Es cierto que de vez en cuando sueltan bromas que, a decir verdad, son bastante graciosas. Eso hace que la clase se pase más rápido de lo que esperaba, aunque es una asignatura que no pinta nada mal. Al parecer, este profesor es muy bueno.

Yo me paso toda la clase dándole vueltas a lo que ha dicho Ethan, el chico del periódico: «Si escribís, buscadme». Hace tiempo que no lo hago, pero parece que me está llamando de nuevo. Podría buscar en internet más información, pero no me atrevo.

Cuando termina la clase, nos ponemos en pie a la misma vez que el resto de los estudiantes para abandonar el aula. Los tres estamos bajando las escaleras cuando un chico nos adelanta y le da un empujón con el hombro a Ameth, que va unos escalones por debajo de mí. Él responde enseguida.

—Vuelve a tocarme y te parto la cara, Christopher.

El chico se para, ignorando a la gente que nos esquiva para seguir saliendo, y nosotros hacemos lo mismo. Se da la vuelta y sube un escalón para encarar a Ameth, aunque este es mucho más alto y grande que el chaval.

—Te tocaré lo que me dé la gana, ¿me entiendes?

Ameth da un paso adelante, muy serio, ha perdido toda la alegría que he podido comprobar que desprende.

—A lo mejor no te quedó muy claro la última vez y tengo que volver a explicarte cómo funcionan las cosas.

—A lo mejor tan solo necesitas que te coman la polla para relajarte, Ameth, estás muy amargado.

Ameth acorta la distancia que lo separa del tal Christopher, pero enseguida Nate se mete entre ellos y mira al imbécil de frente.

—Vete de aquí si no quieres buscarte una paliza, imbécil. Esta vez nadie impedirá que te revienten la cara.

Christopher suelta un bufido, pero se percata de lo mucho que han llamado la atención, ya que hay gente a nuestro alrededor que se ha parado a observar y ya no hay tanto ruido como antes. Mira a los dos con desprecio antes de hacer un corte de mangas y largarse. Hasta que no sale del aula, Nate no se da la vuelta.

—¿Estás bien? —le pregunta a Ameth, que asiente con la mandíbula apretada.

—¿Qué ha sido eso? —pregunto a mi vez cuando los tres empezamos de nuevo a bajar las escaleras.

Para mi sorpresa, Ameth responde. Pensaba que iba a soltar un «nada» como suelo hacer yo.

—Una larga historia. Tuve algo con él el año pasado, las cosas no salieron bien y pensó que tenía derecho a tocarme cuando le diese la gana —resume—. Al final acabamos todos envueltos en una buena pelea.

—Pero parece ser que el verano lo ha dejado con ganas de otra —comenta Nate—, porque lleva desde que hemos empezado el curso dando por culo.

No pregunto nada más. A pesar de que soy curiosa, no soy cotilla. No necesito saber los problemas de todo el mundo y la verdad es que tampoco me he interesado por los de nadie. Soy egoísta o, al menos, lo he sido durante muchos años. Además, no conozco a estos chicos lo suficiente como para preguntarles cosas personales.

—Siento lo que pasó, fuera lo que fuese —le digo a Ameth con sinceridad. Él hace el amago de sonreír aunque es eso, un amago.

—Gracias. La verdad es que estoy siempre muy bien cuidado —señala con la cabeza a su amigo.

Finalmente, salimos del aula. Nate va por detrás de mí y, al ser más alto que yo, tiene que inclinarse un poco para hablarme cerca del oído.

—Esta es una de las muchas cosas que hacemos aparte de romper corazones: cuidar de los nuestros.

CAPÍTULO 9

Spencer

Comparto una asignatura más con Ameth aparte de Retórica. Hablar con él es muy sencillo, es agradable y tiene tema de conversación todo el rato. No me presiona cuando se da cuenta de que las respuestas acerca de alguna de sus preguntas como «¿De verdad te cambiaste de ciudad por unos cuernos?» o «¿Qué te dijeron tus amigas?» son bastante secas. No quiero hablar de nada relacionado con Gradestate.

Él me cuenta un par de cosas sobre su vida con total naturalidad, como si nos conociésemos de siempre. Ameth es abierto y divertido, pero divertido de verdad. Riéndome con él es como me percato de que los chicos de mi antiguo grupo de amigos no eran graciosos, eran unos payasos. Estaban acostumbrados a que todo el mundo les riese las gracias por todo y se molestaban cuando yo no lo hacía, siempre recurrían a lo de: «Eres una capulla, Spencer». Resulta que a lo mejor tan solo tenía buen gusto por el humor.

Cuando salimos de clase, Ameth me señala algunos lugares de interés y me cuenta cosas sobre el campus. Esto es diez veces más grande que la universidad de Gradestate. Keens Uni es una universidad muy volcada en el deporte, de las mejores de toda Nueva Inglaterra, famosa por conceder becas deportivas a muchísima gente. Hay pista de hockey sobre hielo, otra para patinaje artístico, un campo de fútbol, pista de baloncesto, piscina, pista de lacrosse e incluso unos malditos establos con sus correspondientes pistas de trabajo. Este sitio es una fantasía.

Nos detenemos cuando llegamos al aparcamiento.

—Bueno, Spencer, has completado tu primer día de universidad sin altercados. Espero que la compañía haya sido de tu agrado.

—La verdad, no puedo quejarme, me has hecho el día muy ameno.

No le confieso lo que su compañía ha significado de verdad para mí, la tranquilidad que he sentido al no verme sola como al principio del día.

—¿Vas a unirte a algún club? La verdad es que hay algunos que no están nada mal si quieres créditos extras.

—Creo que paso —respondo. Omito que, en realidad, debería hacerlo. Mi madre me ha escrito un mensaje hace un rato diciendo: «¿Has visto que en el periódico de la uni buscan redactores? Apúntate, Spens»—. Solo me llama el periódico y no me veo.

—¿Se te da bien escribir? —pregunta, me encojo de hombros como respuesta—. Imagino que sí, si estás estudiando Periodismo. El señor Hollinder siempre le da un punto extra a quienes hacen algo relacionado con la escritura. El periódico es muy buena opción si te gusta redactar.

—No sé, Ameth, nunca he compartido nada de lo que escribo. Tengo que pensarlo.

—Por supuesto. Bueno, me piro que tengo entrenamiento. Nos vemos, Spencer, ha sido un placer.

—Lo mismo digo.

Jordan no está cuando llego a casa, tiene entrenamiento hasta tarde, así que tengo el piso para mí sola durante unas cuantas horas. Cojo mi portátil y me dejo caer en el sofá. Intento relajarme viendo un capítulo de la última serie a la que me he enganchado, pero el runrún de mi cabeza no me permite disfrutarla al cien por cien. No paro de darle vueltas a la misma cosa una y otra vez a pesar de que intento no hacerlo. Releo el mensaje de mi madre una y otra vez, y cometo el error de buscar en internet el periódico. Cotilleo de arriba abajo la web y tengo que admitir que es un trabajo increíble. Los colores de la universidad, gris y azul acero, predominan en *La Gazette*. Hay distintas secciones, todas interesantes. Puedo imaginarme perfectamente formando parte de algo así.

Es lo que me gusta, pero no sé si estoy preparada para volver a escribir. Mucho menos aún de forma pública.

Al final me rindo.

Suelto un gruñido de impotencia, cierro Netflix y lo primero que hago es conectar el portátil al equipo de música para poner algo y que no haya tantísimo silencio en el salón antes de abrir una carpeta llena de documentos. Hacía muchísimo tiempo que no me metía aquí, por lo que tengo que leer los títulos de los archivos para intentar acordarme de qué va cada uno. Tengo que inspirar hondo cuando me armo de valor para abrir uno de ellos y leerlo.

«Déjame en paz», «Quiero estar sola», «No me molestes».

Nunca sabes cuándo esas frases tan inocentes van a pesar sobre ti de la forma más abrumadora que existe. Con el tiempo, perdemos la cuenta de cuántas veces apartamos a la gente de nuestro lado sin realmente proponérnoslo. En ocasiones tan solo necesitas un minuto de paz, un instante de silencio para reconciliarte contigo misma y continuar tu vida.

Te cabreas y le gritas a la gente que te deje en paz. Estás triste y le dices a la gente que quieres estar sola. Te despiertas de mal humor y le pides a la gente que no te moleste. Y ellos lo hacen. Te dejan sola. Y es entonces cuando tienes que luchar con tus demonios.

El problema es que a veces nuestros demonios son más fuertes que nosotros mismos y extinguirlos no es tan fácil cuando estás sola. Pero, al fin y al cabo, es lo que has pedido.

Pero un día, la semilla de la duda se planta en tu interior y día a día va creciendo mientras la vas regando con tus propios pensamientos. «Si estoy sola, es por algo», «Se han marchado por un motivo», «No va a volver, con razón».

Y de repente te encuentras rodeada de gente que ríe contigo, gente que cuenta contigo para sus planes, gente que canta contigo cuando estás borracha de fiesta, gente que liga contigo, gente que llora contigo. Y piensas que quizá no estás sola, porque ves que «la gente» y «contigo» van unidos de la mano a diario. Sí, esa gente está contigo. Hasta que les gritas que te dejen en paz, les dices que quieres estar sola o les pides que no te molesten.

Y es ahí, cuando se marchan, cuando piensas que puede que sí estés sola.

Porque quizá, y solo quizá, lo único que necesitas es decirle a la gente que se vaya...

... y que alguien se quede.

No soy consciente de que estoy llorando hasta que tengo que parpadear un par de veces por culpa de no ver nada. Me limpio los ojos empañados frustrada, con rabia. Porque cada una de las palabras que escribí siguen clavadas en mí.

Aparto el portátil y lo dejo en la mesita aún abierto. Lo miro desde el sofá como si de alguna forma él tuviese la culpa de lo que siento. «La única culpable eres tú, Spencer, y lo sabes».

Me agobio tanto en una milésima de segundo que decido que lo mejor será darme un baño para despejarme, ponerme el pijama, cenar y acostarme. Dejo el portátil abierto para que la música siga sonando, subo el volumen para que me llegue al cuarto de baño aún con la puerta cerrada.

Lleno la bañera, echo gel para que haga espuma y poder hundirme en ella. Intento relajarme y creo que lo consigo, porque hasta que no salgo del baño más de media hora después, envuelta en un albornoz para ir a mi habitación, no reparo en que la música ya no suena. Frunzo el ceño y me detengo en el pasillo. ¿Cuándo ha dejado de sonar? ¿Y cómo no me he dado cuenta de que estaba sumida en el más absoluto silencio? Quizá porque mis pensamientos eran más fuertes que las propias canciones.

Voy hacia el salón y me paro en la puerta cuando descubro por qué se ha parado la música. Jordan está sentado en el sofá en el que yo estaba hace un rato, inclinado hacia delante con los codos apoyados en las rodillas. Y está mirando la pantalla de mi portátil.

Inspiro hondo antes de decir:

—¿Qué estás haciendo?

Jordan se sobresalta y aparta la vista del documento para mirarme a mí. Su expresión es muy distinta a la que estoy acostumbrada. De hecho, abre la boca un par de veces antes de conseguir decir algo, ignorando mi atuendo.

—Lo siento. Solo quería quitar la música.

—¿Lo has leído?

—Sí. Spens...

—No digas nada —gruño y me planto ante él con unas cuantas zancadas. Cierro el ordenador en el mismo momento en que él se pone en pie—. No tenías ningún derecho a leer eso.

—Lo sé, pero...

—Cállate —lo interrumpo, porque no sabría por dónde empezar a explicarme y no me apetece discutir con él—. Déjame en paz.

Y ahí vamos de nuevo.

—Spencer, en serio, lo siento. No debería haberlo leído, pensaba que era un trabajo o algo y, cuando he empezado, ya no he podido parar. —Ante mi bufido incrédulo, Jordan sigue hablando—: No sabía que se te daba tan bien escribir. Ese texto era brutal.

—Ya, bueno. En serio, déjame, Jordan.

—Yo sí que lo digo en serio. Es… increíble. —Señala el portátil, en ningún momento hace amago de dejarlo estar o largarse. No me deja—. Se me ha puesto la piel de gallina. Sería una pena que desperdiciases ese talento.

Abrumada al ver que ni él tiene intención de irse ni de dejarlo estar, cojo el portátil y soy yo la que se da la vuelta para largarse a mi habitación, pero Jordan vuelve a hablar a mi espalda.

—Lo siento de verdad, Spens.

—Prométeme que nunca más volverás a hurgar en mi intimidad. —Es todo lo que digo. Porque sé que, si Jordan promete algo, lo cumplirá.

—Lo prometo.

Asiento y me voy a mi habitación. Tengo ganas de dar un portazo que no llega y lanzo el portátil de cualquier manera a la cama.

¿A Jordan le ha gustado ese texto? Desde luego no es el mejor que tengo, pero sí uno de los más reales. Me agobia pensar que, por unos minutos, Jordan ha estado dentro de mi cabeza. De mis sentimientos. Ahogo un gemido lastimero causado por las lágrimas que intento contener mientras doy vueltas por mi dormitorio.

Nunca nadie había leído lo que escribo, a excepción de mis padres en algunas ocasiones. Nunca he estado preparada para enseñárselo a nadie más. Por eso no entiendo por qué el nudo que tengo en la garganta arrastra un hilo de alivio. Porque, por primera vez, alguien ha leído mis sentimientos.

Y no sé si es porque necesito gritarlos a viva voz o porque tengo un arrebato del que después me arrepentiré, pero abro el portátil y busco el email de contacto de Ethan Gregory.

Escribo un mensaje y le doy a enviar antes de que me dé tiempo a arrepentirme. Porque lo haré, estoy segura.

CAPÍTULO 10

Spencer

No sé cómo me he dejado convencer. Anoche, tras el impulso tan imbécil que tuve, Ethan no tardó en escribirme. Treinta minutos, solo treinta minutos y ya tenía un mensaje suyo en el que decía que me esperaba hoy en el club del periódico.

A pesar de que no le contesté y me dije a mí misma que ni en broma iba a aparecer por ahí… aquí estoy.

Tras las clases por la mañana (una con Ameth y dos con Amanda, la chica que conocí ayer y me ha repetido su nombre hoy), he terminado en la maldita puerta del club a pesar de que siento que tiemblo como un flan. Spencer Haynes enfrentándose a sus miedos, quién me ha visto y quién me ve.

A decir verdad, no me he atrevido a venir hasta aquí porque de repente haya tenido otro arrebato. Por un lado, el mensaje de Ethan no me ha dejado de atormentar toda la noche, al igual que las palabras de Jordan. Además, cuando me he despertado, él ya no estaba en casa, pero había dejado escrito en la pizarra de la nevera un «lo siento» para después mandarme unos cuantos mensajes:

> **Jordan**
> Sigo pensando que la chica mala se quedó en Gradestate.
>
> Al fin y al cabo estás aquí para empezar de cero, no?

> **Yo**
> Nunca dije que quisiera empezar de cero.

Jordan

No habrías venido si no fuera así, Spencer, y lo sabes. Nadie te habría hecho dejar Gradestate si tú no hubieses querido marcharte.

Date una oportunidad.

Me fui de mi ciudad porque quise. Vale, sí, no tenía otra opción porque era irme o joderle la vida a mi padre, pero al final acepté porque, en el fondo, quería alejarme de todo aquello. Así que puede que Jordan tenga razón, puede que necesite darme una oportunidad. A decir verdad, ya lo estoy haciendo. He sido agradable con sus amigos, no me he saltado las clases, no me he emborrachado hasta desmayarme y aún no he hecho ninguna gilipollez. Tan solo llevo cuatro días aquí, pero es más de lo que yo misma habría esperado de mí. «Buen trabajo, Spens, papá estará orgulloso de que en cuatro días no hayas decidido estampar el Jeep contra nadie».

Y, como quiero que mi familia esté orgullosa de mí, determino darme esa oportunidad.

Abro la puerta antes de que decida mandar todo a la mierda. Ni siquiera tengo tiempo de observar el lugar en el que estoy, Ethan aparece en mi campo de visión de inmediato.

—Te estaba esperando.

—No sabía si iba a venir —replico.

—Pero aquí estás. —Esboza una sonrisa triunfante que me hace poner los ojos en blanco.

Ahora puedo observarlo mejor. Tiene el pelo rubio oscuro, con rizos salvajes que en realidad parecen estar peinados a la perfección. Sus ojos son verdes, perfilados con *eyeliner* naranja y con sombra de purpurina. Lleva *gloss* transparente en los labios y muchísimos pendientes largos y cortos en ambas orejas. Viste una camisa de manga corta con flores naranjas y azules, unos pantalones azul marino con rayas finas y unos mocasines naranjas. Las uñas también las lleva a juego. No he visto a nadie con tanto estilo jamás en mi vida.

—Vamos, que te enseño el sitio. —Ethan señala la sala en la que estamos con los brazos abiertos—. Bienvenida al *backstage* de *La Gazette*, Spencer.

La sala es bastante amplia, con dos ventanales al final. Hay varias hileras de mesas con ordenadores, algunas ocupadas. Me presenta a las cuatro personas que hay ahora mismo aquí, que me saludan con la mano. Me enseña dónde hay libros, enciclopedias, documentos y todos los ejemplares que llevan publicados del periódico. También hay un tablón de corcho con un montón de cosas colgadas.

Cuando termina, se gira para mirarme, eufórico, con una gran sonrisa en el rostro, aunque mi expresión tiene que ser la de un pez, ya que me agarra por los hombros y me zarandea ligeramente.

—Spencer Haynes, ¿te importaría quitar esa cara de amargada?

Enarco una ceja por las confianzas que se toma, pero él me ignora por completo. Coge un periódico de encima de la mesa y me lo tiende, así que lo único que puedo hacer es cogerlo tras soltar un largo suspiro de pesadez. Ethan transmite tanta buena vibra que tengo que ceder.

Ojeo el periódico que me ha tendido, es de color sepia. Es más grande que un folio, pero más pequeño que un periódico normal. En la portada se puede leer en mayúsculas con una caligrafía elegante: «LA GAZETTE» y justo debajo: «Keens University». Hay una foto central en la que aparece un aula del campus, acompañada de un texto en el que explica no sé qué de una reforma. Después hay varias noticias y un par de fotos más. Ethan me impide seguir leyendo, ya que empieza a señalarme las distintas páginas.

—*La Gazette* es el nombre oficial del periódico y esta es la sección principal, donde se ponen noticias oficiales del campus y cosas importantes. Todo lo que se publique en esta sección debe llevar el visto bueno del decanato. —Pasa un total de tres páginas para señalarme un nuevo encabezado—. Después está el *K-Press*, que es la zona de nuestros artículos, totalmente libre y revisada solo por nosotros. Y por último —vuelve a pasar las páginas, hasta llegar a las finales—, el Chatter: la columna de cotilleos. Es totalmente anónima, la gente nos manda lo que quiere publicar y lo único que hacemos es revisar que no haya insultos ni nombres y se le da a enviar. Es como *Gossip Girl,* pero algo más legal. Y, como ves, aquí se indica que nada de lo que aparece en el Chatter es información contrastada.

Una columna de cotilleos es lo que me habría faltado en Grade Uni para poner en evidencia a Troy. De haber existido, me habría quedado en la gloria hablando de él y de todo mi grupo antes de marcharme de allí. Aunque probablemente yo habría aparecido en esa columna más veces de las que ni siquiera puedo imaginar.

—El periódico se publica todos los miércoles tanto en digital, a todo color, como en papel. Así tienes un resumen de la semana anterior y puedes ver qué viene en los próximos días. Normalmente todo se deja entregado el lunes, a más tardar, el martes por la mañana —prosigue—. Así que... ¿qué me dices?

Pliego el periódico despacio, soy consciente del incómodo silencio que se ha instaurado a mi alrededor mientras tanto él como los presentes esperan una respuesta. Cuando alzo la vista, me encuentro con una sonrisa esperanzadora plantada en su cara. Ethan levanta los pulgares llenos de anillos para darle más énfasis a su expresión.

—Me encantó lo que me mandaste —añade al ver que yo no abro la boca—. Sé que debió de costarte, era algo personal y sé cuándo la gente tiene una situación complicada. No me tienes que contar la tuya, cariño, aquí nadie juzga a nadie. Todes elles —señala con la palma al resto de gente— están aquí porque adoran escribir. Se olvidan de sus problemas cuando vienen al club. Tú puedes hacer lo mismo.

Lo único que puedo hacer es resoplar, creo que ya sabe tan bien como yo mi respuesta, y eso me hace pensar en lo blanda que me he vuelto en unos días.

—Bien. Tú ganas.

—¿Podemos traducir eso como un «¡por supuesto que me uno, Ethan, estoy encantadísima de unirme a tu equipo!»?

—Podemos traducir eso como un «bien, Ethan, me uno. De momento».

Me besa la frente tan deprisa que ni siquiera me da tiempo a reaccionar, pero está tan eufórico que al final no puedo evitar soltar una carcajada. Él se gira hacia los demás y me señala con la palma de la mano.

—Esta reina es toda nuestra, chiques. —Ellos también ríen—. Échale un vistazo, si quieres, a los temas que hemos recopilado para el número de la semana que viene, aunque eres libre de escoger otra idea —me explica mientras, a mi lado, se inclina hacia la pantalla del ordenador y crea un nuevo perfil con mi nombre. Después abre un programa y me muestra cómo llegar hasta el área común, donde está lo que me acaba de decir—. Empieza a trabajar tú sola, aunque hay gente que lo hace por parejas. Si alguien más se une en estos días y quieres compañía, pídela.

—Oído cocina —respondo, mientras me echo hacia atrás en la silla—. Ahora dame un poco de espacio personal si no quieres que me largue, Ethan.

Él me hace un saludo militar antes de obedecer y dejarme asimilar lo que estoy haciendo. Sigo sin estar convencida de si estar aquí es lo mejor, aún estoy a tiempo de retroceder y olvidarme de esta estupidez. O quizá debería enfrentarme de una maldita vez a mí misma, por mucho que eso me aterrorice.

Al parecer, llevo una racha de tomar decisiones que en otro momento no habría tomado, ya que inspiro hondo antes de comenzar a leer los temas que han escogido para los artículos.

CAPÍTULO 11

Nate

Llamo a la puerta del despacho del señor Hollinder a la hora exacta en la que me ha citado: ni un minuto antes ni un minuto después. No es difícil aprender cuáles son sus manías y cómo ganarse su favor, uno tiene que estar siempre bien preparado.

—Adelante —me indica. Alza la vista cuando entro. Cierro la puerta tras de mí y él deja de inmediato lo que está haciendo para prestarme atención. De pocos profesores se puede decir que hagan lo mismo—. Por favor, siéntese, señor West.

—¿Qué tal está, señor Hollinder? —pregunto mientras tomo asiento.

Él adopta una expresión de «llevo demasiados años en esto, chico, no cuela», antes de responder:

—No me haga la pelota, Nathaniel, debería saber que eso no funciona conmigo.

—Tenía que intentarlo.

El señor Hollinder es estricto, pero es un gran tipo. Hace todo lo posible para ayudar a que sus alumnos aprueben su asignatura, que es bastante densa en contenidos, y tiene en cuenta los esfuerzos de todo el mundo. Aun así, yo no conseguí aprobar Retórica el año pasado. No es una asignatura que la gente de primer año suela coger, más bien lo hacen a partir de segundo, cuando se van teniendo claros los estudios principales, pero yo lo hice. Suspendí porque me dediqué a lo que cualquier estudiante de primero: estudiar lo mínimo, salir de fiesta casi a diario y fijarme más en las chicas que en mi horario de clases. Aun así aprobé todo lo demás, ya que siempre he sido buen estudiante. Tenía que currármelo mucho en el instituto para estar en el equipo de hockey. Sin embargo, el hockey no es tan importante para mí como lo es para Torres o incluso Jordan. Me gusta jugar, me ayuda a mantener la mente despejada y me encanta el ambiente, pero no quiero dedicarme profesionalmente a él. Para Torres sí es una prioridad. Jordan, en cambio, quiere ser entrenador. En realidad, solo un par de los chicos están pendientes de que los ojeadores se fijen en ellos en los partidos, pero los demás estamos por gusto.

—Vayamos al grano, que ya nos conocemos —dice el señor Hollinder. Apoya la cabeza en el respaldo de su silla de cuero y entrelaza los dedos sobre la mesa. Es increíble el modo en que este hombre puede transmitir tanta tranquilidad a la vez que respeto—. He visto que aún no se ha unido a ninguno de los clubs con los que sabe que ganará puntos en mi asignatura.

Tenía la esperanza de que no se percatase de ese pequeño detalle, pero a la vista está que no se le escapa nada. Intento demorar mi respuesta unos segundos, mientras paseo la vista entre las decenas de diplomas que cuelgan enmarcados en la pared tras él, pero un leve carraspeo por su parte me obliga a contestar, así que vuelvo a mirarlo.

—No, señor, no lo he hecho. No todos los compañeros se han apuntado y…

—No todos los compañeros tienen talento, señor West —me interrumpe, enarcando una ceja—. El año pasado el club de fotografía destacó gracias a su trabajo, estaba casi seguro de que este año continuaría en él.

Probablemente lo habría hecho de no ser porque Allison pertenece al maldito club y no me apetece compartir aire con la narcisista de mi ex.

—No me sentiría cómodo de vuelta en ese club, señor —confieso, esperando que no me pida demasiadas explicaciones.

—Comprendo. —Guarda silencio durante unos segundos en los que desvía la vista a su portátil, pero enseguida vuelve a prestarme atención—. Sé que le va a ir bien en mi asignatura este año, pero le convendría subir nota a la larga, Nathaniel. Hay muchos otros clubs en los que su ayuda será bien recibida. En el de teatro podría echar una mano, ya sabe que los chicos de fotografía nunca suelen ir a verlos, así que seguro que les alegrará tener a alguien que haga fotos. También puede ayudar con el blog del club de moda o incluso en el de cine. Aunque si quiere que sus fotos sean más visibles, el periódico de la universidad es una buena opción.

Suspiro levemente y lo pienso durante unos segundos. Descarto enseguida el club de teatro, estuve el año pasado haciendo fotos y me aburrí como una ostra, no es lo mío. Los demás están bien, sí, pero en realidad no estoy interesado. A Ethan lo conozco porque vivió con nosotros el año pasado. Podría unirme y ver de qué forma ayudar sin tener que dedicarle mucho tiempo al periódico, solo el justo para los puntos extras.

—De acuerdo —digo al final—. Iré a unirme al periódico.

El señor Hollinder esboza una sonrisa y asiente conforme.

—Es una buena opción, Nathaniel.

Me indica que puedo irme, pero cuando estoy en la puerta, vuelve a llamarme.

—¿Sí?

—Vaya ahora mismo —me ordena—. Que ya nos conocemos.

—Sí, señor.

El club del periódico está en la tercera planta del mismo edificio en el que doy Retórica, entre otras asignaturas. Los pasillos de Keens son tan tradicionales como los de cualquier otra universidad, con vitrinas llenas de trofeos, fotografías y nuestro emblema allá donde mires. Es un escudo de color azul acero con todos los bordes en gris y blanco. Arriba tiene una cinta de la que sobresalen las letras KU. Debajo está escrito Keens University y, en el pico final, está la silueta de un lobo, el animal que nos representa, con estilo lineal. Y a los lados está escrito el lema de la universidad en latín: «*Lupus non timet canem latrantem*». «Los lobos no temen a los perros que ladran».

Veo a Ethan cuando giro la esquina que me lleva al pasillo del aula del periódico. Está junto al ventanal del final, hablando por teléfono. Me ve mientras me acerco y enarca ambas cejas de forma interrogante sin dejar de hablar. Yo no lo interrumpo, lo espero a unos metros de distancia hasta que finalmente lo oigo despedirse y cuelga.

—¿Has venido a verme? —me pregunta con una sonrisa—. Hace tiempo que no hablamos.

—¿Si te digo que vengo a verte porque te echaba muchísimo de menos me crees?

—Jamás, se te olvida que, conviviendo juntos durante un curso, se llega a conocer muy bien a la gente. Cuéntame, ¿qué te trae por mi reino?

—El señor Hollinder no deja que me escaquee de los clubs —le explico. Omito que no quiero volver al de fotografía—. ¿Te hace falta un fotógrafo?

Abro los brazos a la vez que le regalo la mejor de mis sonrisas.

—Por supuesto que sí —responde de inmediato—. Hay una chica que va a cubrir las noticias de *La Gazette* y otra que redactará algunos artículos. Pero acabamos de tener una nueva incorporación, quizá puedas echarle una mano.

—Estupendo.

Ethan me indica que lo siga al interior del club.

—Ey, Spens, ya te he encontrado compañero —dice y eso sí que se merece toda mi atención.

Sigo su mirada de inmediato y me topo con unos ojos color miel que se clavan en los míos y me producen un cosquilleo en el cuerpo.

Spencer enarca una ceja, mientras se reclina en la silla para mirarme, y alza la comisura derecha para esbozar una media sonrisa con esos labios pintados de rojo que gritan peligro.

—¿Qué hay, West?

Tengo que humedecerme ligeramente los labios antes de responder, ya que se me ha secado la boca por completo en medio segundo.

—¿Qué hay, Spencer?

—Nate hace unas fotos muy buenas, así que podéis formar un buen equipo entre los dos. Tú redactas, él retrata —le explica Ethan, aunque ella tiene la vista clavada en mí, como una leona mirando su siguiente presa—. Así puede echarte una mano para que no estés tan perdida de primeras, ¿te parece?

—Me parece —contesta.

Spencer señala la silla que hay junto a ella con un gesto de cabeza a modo de invitación. Solo un necio no acudiría a su encuentro.

—Ale, a trabajar. —Ethan básicamente me echa de su lado haciendo aspavientos con las manos.

Spencer apoya el codo en el respaldo de la silla cuando llego junto a ella. Cierra el puño para dejar caer la cabeza sobre él y así centrarse en mí mientras me siento. Como no dice nada, imito su gesto. Su mejilla izquierda está ligeramente aplastada por la postura, cosa que realza aún más su pómulo y que hace que su ojo perfectamente delineado parezca más alargado. Es increíble lo jodidamente sexy que es esta chica sin siquiera proponérselo, ¿o quizá sí se lo propone?

—¿Le hacemos caso a Ethan o prefieres que nos miremos durante toda la hora? —pregunto tras un minuto de silencio—. Porque no tengo ninguna pega en continuar así.

—¿Qué opinas de las películas de los ochenta, Nathaniel?

—No es exactamente lo que me gusta ver.

—¿Y qué te gusta ver?

—Más actuales. Las películas de acción son mis favoritas. De superhéroes, en concreto.

Sonríe ligeramente antes de responder:

—Entiendo… —El silencio vuelve a hacerse durante unos segundos en los que Spencer parece pensar, después sonríe—. Pues tenemos cuatro días y medio para vernos las cinco películas más famosas de los ochenta.

Señala la pantalla del ordenador, en la que hay abierta una web con un ranking de películas.

—Según internet, son estas —me explica, sin esperar a que yo diga nada—. No soy muy fan de ellas, también me gustan más las de acción, pero habrá que verlas. El tema es «¿Por qué las pelis de los ochenta no pasan de moda?». En internet hay distintas opiniones, así que nos falta investigar por nuestra cuenta para contrastar y hacer el artículo.

—Si ya tienes los datos en internet, ¿por qué quieres verte cinco pelis en menos de una semana para hacer un artículo? —pregunto, apoyado ahora en la mesa.

—Porque un artículo necesita opiniones personales, no solo unos cuantos porcentajes sacados de internet. Un buen artículo requiere de investigación y, a ser posible, experiencia propia —expone. Lo hace con una firmeza imposible de discutir, porque está segura de lo que está diciendo y se nota.

—No sabía que te gustaba redactar —comento.

Spencer deja de mirar la pantalla para girarse de nuevo hacia mí y suelta un bufido divertido.

—Nos conocemos desde hace tres días, West, y hemos hablado solo un par de veces. ¿Qué esperabas? ¿Saber de mí hasta mi más oscuro secreto?

Touché.

—Al menos ahora sé que no estás en este club por obligación, como yo, sino que te gusta —contesto. Ella se encoge de hombros.

—No sé por qué estoy aquí —confiesa—. No tengo ni idea de si duraré un asalto, pero ya que voy a hacerlo, quiero hacerlo bien.

—Espero que dures más de un asalto, Spencer, o me voy a poner muy triste.

Ella vuelve a su postura inicial, se apoya en el respaldo de la silla para mirarme entre esas larguísimas pestañas que tiene. Se muerde durante un segundo el labio inferior de una forma tan dolorosamente seductora que no tengo ni idea de si lo ha hecho con toda la intención o ha sido natural. Después, la comisura de los labios se le tensa en una media sonrisa.

—No tenías dudas sobre mis capacidades cuando me viste por primera vez.

Esta vez soy yo quien sonríe.

—Era una situación completamente distinta.

—Ya.

Ninguno de los dos dice nada, así que Spencer cambia de nuevo de tema.

—Así que se te da bien la fotografía, ¿vas a ayudarme con el artículo? —pregunta—. Porque si vas a ser un estorbo, prefiero hacerlo sola.

—Tus artículos van a tener las mejores fotos, Spencer Haynes. Así que vamos a hacer oficial esta pareja ahora mismo.

Saco el móvil del bolsillo y abro la cámara frontal. Estiro el brazo y nos hago una foto a ambos. Spencer sale con una ceja alzada a modo de reproche, pero no se queja, y yo salgo enseñando los dientes con mi mejor sonrisa. Se la muestro, a lo que suspira y niega con la cabeza.

—Vas a darme dolores de cabeza, West, lo estoy viendo venir.

—Podría darte mucho más que eso, si me dejaras.

—¿Es una amenaza? —replica, inclinándose hacia mí.

Su pelo negro le cae por delante de los hombros y ella se lo aparta a un lado con lentitud.

—Es una promesa.

CAPÍTULO 12

Spencer

El viernes cuando me levanto, Jordan ya está en la cocina desayunando. El olor a café hace que me ruja el estómago, así que voy directa a la cafetera. Me mira cuando paso por delante de él, pero aunque le aguanto la mirada unos segundos, no digo nada. Estoy segura de que ya sabe a través de Nate que me he unido al periódico y no estoy preparada para enfrentarme a su charla acerca de lo impulsiva e ilógica que soy.

Mientras la máquina empieza a hacer ese ruido tan desagradable, cojo de la alacena un tarro de galletas y me lo llevo a la isla con el café recién hecho. Me siento frente a Jordan y empiezo a desayunar en completo silencio. Lo único que se oye de fondo son las agujas del reloj de pared. Al principio lo soporto, pero cada segundo que pasa, el tictac del reloj penetra en mi cabeza como un martillo golpeando una y otra vez.

Cuando me he terminado la tercera galleta, no lo aguanto más, así que lo suelto sin pensarlo.

—Lo siento.

Jordan alza la vista y me mira de forma interrogante, sin decir nada. Abro la boca para continuar, pero la verdad es que no sé muy bien cómo hacerlo. Nunca me he excusado ante nadie, hasta ahora no había sentido que debía disculparme por mis acciones, a pesar de los remordimientos que sentía por muchas de ellas. Ni siquiera le he pedido perdón a mi padre por todo lo que le hice pasar. Pero esta vez creo de verdad que me he extralimitado con alguien que no tenía intención de hacerme daño.

—Creo que exageré la otra noche —prosigo al ver que sigo teniendo su atención—. Yo... en fin, no debí haberte gritado así.

83

Me preparo para su respuesta. «Pues sí, Spencer, te pasaste de la raya», «No estás bien de la cabeza», «Eres una maldita exagerada».

—Soy yo el que lo siente. —Para eso sí que no estaba preparada. Jordan debe de ver la confusión en mi rostro, porque sonríe ligeramente antes de volver a hablar—: Invadí tu privacidad. Que el documento estuviese abierto en tu ordenador no significaba que pudiese leerlo, aunque pensara que era un trabajo. No te pedí permiso, así que fue totalmente comprensible que te enfadaras. Prometo no volver a hacerlo jamás.

Tengo que parpadear un par de veces mientras lo miro con la que debe de ser mi mayor cara de póquer. Aún recuerdo la vez que Lena cogió mi teléfono mientras estaba en la ducha para leer mi última conversación con Troy porque, según ella, no le estaba «dando suficientes detalles». Le acababa de contar que Troy y yo habíamos tenido una conversación bastante subida de tono, cuando aún estábamos tonteando y no éramos pareja. Lena quería detalles y yo le conté lo justo y necesario. Me pidió leer la conversación y le dije que no, que era algo privado y prefería que nadie lo leyese. Pero, claro, ella no podía estarse quieta. Así que cuando me fui a duchar para prepararme para la fiesta de ese día, aprovechó que se sabía mi contraseña y leyó la conversación de arriba abajo. Cuando volví a la habitación, seguía leyéndola. Me enfadé muchísimo porque ni había respetado mi intimidad ni había respetado mi decisión. Y lo único que obtuve por su parte fueron bufidos y excusas diciéndome que yo era una exagerada, que no era para tanto, que tenía que calmarme de una vez.

Lena no respetó mi intimidad, al igual que tampoco Jordan. Pero son cosas muy distintas, porque una lo hizo a propósito, ya que antes me había negado, y Jordan no pensó que pudiese molestarme. Lena no se disculpó jamás, me hizo sentir mal a mí, mientras mi hermanastro ha reconocido que lo hizo mal. Y es tan nueva esta situación para mí que aún no consigo procesarla.

—¿Spens?

—Nadie me había pedido nunca perdón —suelto de golpe y noto que se me quiebra la voz ligeramente. Carraspeo, vuelvo a mirar a Jordan, que abre los ojos a modo de sorpresa.

—¿Me estás vacilando?

—¿Tengo pinta de estar vacilándote? —replico mientras frunzo el ceño y Jordan se ríe.

—Spencer, en serio, lo mejor que has podido hacer es largarte de esa ciudad minúscula en la que vivías.

—Ya, bueno…

—¿Has sabido algo nuevo de Troy? —pregunta de repente—. ¿O de tus amigas?

—No he hablado con nadie. La verdad es que no me apetece.

Tan solo veo en redes sociales lo bien que se lo pasan a diario, saliendo de fiesta como era habitual y faltando mucho a clase. Pero nadie de mi grupo me ha escrito desde que me fui, ni siquiera Lena ni Phoebe. Que les den.

—Voy a dejar de seguirlas en Instagram —anuncia. Para él y para mí eso no es nada, pero sé que a Lena le hervirá la sangre cuando se dé cuenta—. Ya sabes que no me caían muy bien. No eras tú misma con ellas.

—¿A qué te refieres?

Jordan se levanta del taburete para llevar su taza vacía al fregadero.

—El par de veces que he salido contigo y con tu gente… parecías distinta. Tu personalidad se veía forzada, como si estuvieses interpretando un papel para encajar. Esa Spencer no me caía bien, esa era la Spencer que se buscó la mala fama a propósito.

Bufo.

—No sé de qué estás hablando, Jordan —me quejo, a lo que él niega.

—Necesitabas ser el centro de atención, no tengo ni idea de por qué, así que fingías ser quien no eras.

—Eso no es verdad, yo…

—Llevas menos de una semana aquí, Spens, y eres una persona totalmente distinta —me interrumpe—. Lo sabes tan bien como yo. Estás siendo tú misma, aunque te esté costando desprenderte de tu disfraz. Puede que no seamos íntimos, pero te conozco desde hace casi cinco años. Sabes que llevo razón.

Lo miro fijamente mientras sus palabras penetran en mi cerebro, que parece no estar despierto del todo a estas horas. No sé qué responder, porque ni siquiera soy capaz de confirmar o negar lo que dice. Jordan sonríe de forma tranquilizadora y se detiene junto a mí.

—Me alegra que estés haciendo cosas que te gustan. —Con eso me confirma que sabe lo del periódico—. Ethan es buen tío. El año pasado compartíamos casa Torres, Nate, Ethan, Cody (el novio de

85

Trinity), otro chico y yo. Nos llevamos bien y el periódico triunfa gracias a él. Estoy deseando leer lo que escribas. —Coloca su mano en mi hombro y me da un ligero apretón antes de encaminarse al pasillo. Pero antes de encerrarse en su habitación, grita—: ¡Ah, esta noche vamos a una fiesta!

Ameth y yo nos pasamos la hora entera cotilleando una aplicación de citas que tiene instalada. Me pide su opinión acerca de todos los chicos que le aparecen y nos entretenemos hasta el final. Me sorprende que tenga tanta confianza conmigo cuando solo nos conocemos de hace un par de días, pero la verdad es que sienta bien saber que piensa que puede contar conmigo.

La clase de Retórica de después se hace bastante amena. Ethan nos manda un mensaje a Nate y a mí preguntando si hemos empezado a trabajar en nuestro artículo, pero los dos nos hacemos los locos para intentar no responder a la pregunta. Una cosa es acceder a apuntarme al club y comprometerme a intentar cambiar mi vida, y otra cosa muy distinta hacerlo de verdad.

Cuando acaba la clase, los tres decidimos ir a comer algo al comedor de alumnos. Se nos unen Jordan y Morgan. Enseguida Mor empieza a hablar conmigo y a preguntarme qué tal me estoy adaptando a todo. Me sorprende lo fácil que me es responder esta vez y lo sencillo que resulta hablar con una persona como ella, que no parece estar juzgando todo lo que digo. Me cuenta unos pocos cotilleos y me dice que más me vale ir a la fiesta de esta noche. Es raro ver que parezco caerles en gracia, incluso me piden mi Instagram para empezar a seguirnos.

Las clases de después no se pasan tan rápido como las primeras, pero pronto soy libre. Jordan tenía entrenamiento, así que no lo veré hasta dentro de un rato, cuando nos preparemos para ir a la fiesta. Tras hablar por teléfono con papá, que se emociona cuando le digo lo del periódico, pongo una película en Netflix para que no haya tantísimo silencio, pero es bastante aburrida y al final termino metida en redes sociales mientras la dejo de fondo.

No me extraña ver que Lena lleva un par de horas subiendo cosas a Instagram, en Gradestate las clases acababan temprano los viernes, así que ya habrán empezado con la fiesta. Reconozco la casa del campus donde vive Phoebe. Todos mis «amigos» están ahí, Lena se encarga de enseñar a todo el mundo en sus publicaciones y de documentar lo que hacen. Hay una barbaridad de fotos y vídeos, y me es imposible no detenerme a verlos. Me resulta tan raro no estar ahí y formar parte de esos vídeos que, por un momento, me siento como una intrusa viéndolos.

Lena se graba bebiéndose un chupito de gelatina antes de girar la cámara hacia Phoebe, que está sentada en un sillón con una chica encima de sus piernas, susurrándole algo al oído. Me suena haberla visto, pero no tengo la menor idea de cómo se llamaba. La verdad es que todos los vídeos son una copia de lo de siempre, no hay absolutamente nada nuevo en ellos. Podrían decirme que fue una fiesta de la semana pasada y me lo creería. La única diferencia es que yo no estoy ahí.

Eso y lo que veo a continuación.

Lena vuelve a grabarse a sí misma riendo y bailando al ritmo de la música que retumba por toda la casa. Vuelve a girar la cámara, pero esta vez no apunta a Phoebe, sino a quien hay en otro de los sillones: Troy. Lena grita su nombre, él la mira y esboza una sonrisa que antes me gustaba. Ahora solo me da arcadas. Troy le indica con un dedo que se acerque y ella obedece. Vuelve a girar la cámara para enfocarse a sí misma y entonces se sienta sobre las piernas de Troy, que ríe y aparece también en cámara. Lena se echa hacia atrás para apoyarse en su pecho… Y lo besa. Lena besa a Troy, que le corresponde de inmediato, y lo graba. El vídeo se corta enseguida y después no hay más.

Bloqueo el móvil con un nudo en el pecho que no consigo descifrar. No estoy celosa, ni siquiera lo estuve de Olivia. No fueron los celos los que hicieron que se me fuese la cabeza, fue el sentimiento de traición. Y eso es lo que estoy sintiendo ahora mismo. Mi ex acaba de enrollarse con la que se suponía que era mi mejor amiga. La que se suponía que era mi mejor amiga acaba de enrollarse con mi ex. No estoy sorprendida, es cierto que sabía que a Lena le gustaba Troy cuando empecé a salir con él. Pero ¿están juntos y no me han avisado? Lena acaba de reírse en mi cara, porque sabía perfectamente que iba a ver ese vídeo y podrá comprobarlo más tarde. No tendría ningún problema en que alguna de mis amigas saliese con alguno de mis ligues si fuesen solo eso, ligues. Pero Lena está al corriente del daño que me hizo Troy.

Lena siempre fue envidiosa, tengo claro que cuando le dije que me iba lo único que sintió fue alivio. Jordan llevaba razón en una cosa: me gustaba ser el centro de atención. Pero no necesitaba hacer nada de lo que hacía para serlo, mi sola presencia era suficiente para captar las miradas de todo el mundo, y eso a Lena la carcomía. Eso y ver lo mucho que yo disfrutaba de mi propia prepotencia. No tengo ninguna duda de que está aprovechando para quedarse con el que era mi lugar, incluyendo a Troy.

¿Lena quiere ser la nueva Spencer Haynes de Gradestate? Adelante, bien por ella. Mientras me levanto del sofá para ir a darme una ducha y empezar a arreglarme para la fiesta, tengo clara una única cosa: la Spencer Haynes de Newford es completamente distinta a la que mi examiga intenta sustituir.

Pero esta Spencer cree que ya va siendo hora de sacar a relucir su mala fama.

CAPÍTULO 13

Spencer

—Joder, Spens —dice Jordan cuando salgo de mi habitación, ya arreglada.

Me da un repaso de arriba abajo y resopla abatido. Al menos no lo hace con desaprobación, como hacía Troy cada vez que no le gustaba cómo me vestía. «Vas enseñando mucho», «Pareces una buscona»... Bueno, no soy yo quien se enrolló con otra persona.

—¿Qué?

—¿Cómo que qué? —Me señala como si yo no supiese qué llevo puesto—. ¿Es que quieres que les dé un infarto a mis amigos o qué?

Me miro en el espejo de la entrada, él queda detrás de mí cuando me giro. Me he puesto un vestido negro muy ceñido, muy corto y con unos tirantes muy finos. Tiene un escote discreto drapeado que crea unos pliegues preciosos. A pesar de que este vestido pide a gritos una coleta, me ha apetecido más soltarme el pelo y ondulármelo, lo que hace que el negro del vestido y de mi pelo se unan. No me he puesto sombras en los ojos, tan solo un fino *eyeliner* que alarga mis ojos. Y los labios rojos, por supuesto. Sé perfectamente cómo me queda este vestido, lo que transmito con él y cómo me siento yo misma. Y es precisamente por eso por lo que me lo he puesto. Hago una mueca fingida y me encojo de hombros.

—Al menos me he puesto zapatillas y no tacones.

—No van a dejar de mirarte de todos modos.

Me giro para encararlo y esbozo una sonrisa.

—No me visto así para que me miren los hombres, Jordan. Me visto para mirarme en el espejo y decir: «Joder, qué pibonazo soy».

—Me parece estupendo, hermanita, pero van a hacerlo de todos modos.

—Pues que se alegren la vista un rato. —Jordan inspira hondo y niega—. Quita ya esa cara, haz el favor. En serio, los tíos tenéis que empezar a comprender que no todo gira en torno a vosotros. Además, lo último que quiero es que mi hermanastro me diga cómo tengo que vestirme.

—Sabes que jamás se me ocurriría decirte cómo tienes que vestir, Spencer, o qué tienes que hacer. Pero, efectivamente, eres un pibonazo. Mis amigos no dejan de hablar de ti, incluso los que no te conocen aún, y estoy viendo lo que va a pasar. Y, como familiar y amigo, me niego.

—No voy a romper la regla número tres, Jordan —resoplo y alzo la mano para retirarle una pelusa de la camiseta negra que se ha puesto y que resalta sus músculos—. A diferencia de vosotros, las chicas sí que sabemos… controlarnos. Si me apetece tirarme a alguno de tus amigos, no lo haré. Te lo prometo. Esta universidad es enorme, estoy segura de que encontraré con quién acostarme fuera de tu círculo. Pesado.

A Jordan se le escapa una pequeña risa a pesar de que vuelve a resoplar. Después me señala con el dedo con firmeza.

—Me lo has prometido. Ahora, vamos.

Los dos salimos del piso y vamos hacia su coche, un Audi que me encanta. Bajo el espejo del copiloto para mirarme por última vez mientras él arranca y salimos en dirección a la fraternidad.

—Vas estupenda, Spens —me dice y me regala una sonrisa sincera. Yo se la devuelvo.

—Tú también —respondo—. Y, Jordan… —Me mira de reojo, pero no aparta la atención de la carretera—. Puede que también me vista así porque me gusta que me miren, para qué mentir.

Su carcajada retumba por el coche antes de que encienda la radio y pongamos música para meternos en el ambiente.

La casa de la fraternidad en la que se celebra la fiesta es bastante más grande que las de Gradestate. Está en una zona del campus cuyo alrededor se compone de más fraternidades, así que imagino que en esta calle habrá fiestas casi a diario y pocas quejas. De hecho, se nota dónde se celebra la fiesta, pero esta parece extenderse a las casas de los lados también.

El jardín está lleno de gente, veo un par de barriles de cerveza y un altavoz enorme del que sale música. Hay una guirnalda de luces que va desde el porche de la casa hasta las farolas que alumbran la entrada, creando un ambiente espectacular.

Mientras Jordan y yo nos encaminamos hacia la entrada, un par de tíos lo saludan y a ninguno de los dos se nos pasa por alto el repaso que me dan. Uno de ellos es bastante mono, así que no me corto en regalarle una sonrisa traviesa cuando se despide de nosotros. Sienta bien volver al juego.

La música del jardín se pierde totalmente en cuanto ponemos un pie dentro de la casa, pues aquí retumba una canción distinta. Hace calor en el interior a pesar de que la puerta y las ventanas están abiertas.

—Allí están —me indica Jordan, señalando con la cabeza un punto al fondo del salón que estamos atravesando.

Están jugando al *beer pong* en una mesa grande, divididos en dos equipos. A un lado están Morgan, Trinity, y un chico que no conozco. Al otro, Nate y otro desconocido.

Mis ojos se desvían inevitablemente hacia el mejor amigo de mi hermanastro mientras llegamos ante ellos. No me sorprende que nuestras miradas se crucen de inmediato incluso antes de estar a su lado, como atraídas por un imán. Nate baja la vista para empezar a escanearme poco a poco, deteniéndose en las zonas que soy consciente que más resaltan a causa del vestido. Se humedece ligeramente el labio inferior antes de clavar sus ojos azules como el hielo de nuevo en los míos.

—¿Qué hay, Spencer? —me saluda, al hablar, su sonrisa le marca los hoyuelos.

—¿Qué hay, West?

Yo también lo observo. Lleva unos vaqueros claros con varios rotos en las rodillas, una camiseta blanca que, como a Jordan, le marca los músculos de su brazo y deja ver el cuerpo tan trabajado que tiene y en el que llevo fijándome toda la maldita semana. Pero no tengo tiempo para nada más, ya que Morgan se abalanza sobre mí y me da un abrazo. ¿Cuándo fue la última vez que alguien que no fuesen mis padres me abrazó? El achuchón dura apenas unos segundos, después se aparta y me mira soltando un silbido.

—Chica, vestida para matar.

—Mira quién habla —respondo, al observar su atuendo.

Lleva unos vaqueros oscuros ajustados y un top de encaje con un escote de infarto que realza sus pechos. Su melena oscura está recogida parcialmente, le cae larga y lisa por los hombros. Lleva unas sombras negras que hacen que sus ojos marrones parezcan más grandes y los labios pintados con un bonito labial marrón.

—Me alegra volver a verte, Spencer —dice Trinity, que se acerca a nosotras.

Ella apenas lleva máscara y gloss, por lo que sus pecas resaltan. Se ha recogido su melena pelirroja en una larguísima trenza, pero lleva puesto un vestido azul que parece quedarle un poco grande. Va muy guapa de todos modos, porque Trinity es preciosa, pero es como si quisiera tapar su cuerpo. No soy nadie para opinar sobre eso y es que a veces me doy cuenta de que he pasado demasiado tiempo con Lena, pero me llama la atención.

—Lo mismo digo. Estás fantástica, Trinity —le contesto.

Ella sonríe ligeramente, aunque la alegría no parece llegarle a esos impresionantes ojos verdes que tiene.

—Spencer Haynes —oigo tras de mí. Cuando me giro, me topo con un tío increíblemente guapo, que me mira con una expresión pícara—. Veo que no mentían acerca de ti.

Arqueo una ceja, mientras me giro por completo para quedar de frente a él. No necesito que se presente, sé al momento quién es porque su parecido con Morgan es impresionante y porque lo recuerdo de las fotos. Jordan me dijo que eran colombianos y mellizos, cosa que es indiscutible. Torres es muy moreno, con el pelo rapado y los ojos exactamente iguales que los de su hermana. Su nariz es grande y los labios finos, tiene una sonrisa prepotente en la cara. Lleva la barba corta, una cadena en el cuello que asoma por encima de su camisa, un pendiente en la oreja izquierda y otro en la nariz. Sus brazos están llenos de tatuajes, cosa que le da un atractivo extra.

Dije que Jordan era la clase de tío por el que suspirabas y creías estar en el cielo con tan solo una mirada de sus ojos azules. Nate, el tipo al que dejarías arruinar tu vida con gusto a cambio de una de esas sonrisas canallas. Pero Torres te arrastraría al mismísimo infierno de la mano, te haría bailar sobre el fuego y te daría exactamente igual quemarte.

—No te creas todo lo que te digan —respondo al fin, mientras imito su sonrisa, usando las palabras que Nate dijo el otro día.

—No lo hago, por eso tenía tantas ganas de conocerte, *muñequita*.

Como si lo hubiesen invocado, Jordan se mete de repente entre nosotros y señala a su amigo.

—¡Ni hablar! Ni *muñequita* ni leches, Torres. —A los presentes se les escapa una risa cuando pronuncia la palabra en español con un marcado acento estadounidense—. Spencer está prohibida.

Durante un segundo, mis pensamientos me traicionan. Sé que Jordan ha dejado claro que no quiere que me involucre con sus amigos porque no quiere dramas, pero... ¿Y si no es por eso? ¿Y si en realidad es por mí? ¿Por mi mala fama? Quizá no quiera que arrastre a sus amigos conmigo.

—Vaya, Jordan, no tenía ni idea de que eras esa clase de hermano sobreprotector —se burla Torres, sacándome de mis pensamientos—. ¿Le has preguntado a ella si está de acuerdo con eso? ¿O es que tenéis una apasionante historia prohibida de hermanastros?

—Me siento halagada a la vez que asqueada por esta pelea de machitos y por lo último que acabas de decir —intervengo, con lo que consigo captar la atención de ambos—. Así que tú —miro a Jordan, intentando creer que sus motivos son los que dice, no los que yo creo—, espero que no le vayas a ir diciendo a todo el mundo que no se me acerque o haré todo lo contrario. Ya lo hemos hablado. Y tú... —Ahora miro a Torres, le vuelvo a dar un buen repaso de arriba abajo—. No eres mi tipo.

Todos se echan a reír ante la exagerada expresión de despecho que hace Torres al oírme.

—Nunca me habían dicho que no soy el tipo de alguien antes —dice, mientras se lleva una mano al pecho.

—Sí, Johanna —interviene Jordan, que intenta aguantarse la risa. Torres resopla y hace un aspaviento con la mano.

—Pero ella no cuenta, follamos igualmente.

—Seguro que por eso no eres su tipo —lo pica su hermana, pero él le hace un corte de mangas y se vuelve a girar hacia mí.

—En fin, *mami*, si cambias de opinión... —Me tiende una mano para que se la estreche—. Diego Torres, a tu servicio.

—Lo tendré en cuenta.

—Ahora que Torres ha dejado de intentar ligar… ¿nos presentáis a los demás? —interviene el otro chico que no conocía, el que estaba en el equipo de Morgan y Trinity. Es rubio, de ojos claros. Va vestido igual de básico que los demás: vaqueros y camiseta. Es bastante mono, la verdad, aunque no sé por qué esperaba otra cosa a estas alturas de mi vida tan tópica—. Dejadlo, ya lo hago yo mismo. —Coge uno de los vasos de plástico de la mesa en la que están jugando y me lo tiende—. Soy Cody. Encantado, Spencer.

El novio de Trinity, recuerdo.

—Lo mismo digo.

—Spens, has venido. —Ameth llega donde estamos y me da un abrazo que correspondo. Con lo grande que es, el gesto tiene que verse ridículo, aunque yo no sea precisamente bajita—. Vas guapísima.

—Sí, todos creíamos que Jordan iba a prohibírtelo a lo Cenicienta —se burla Torres.

—¿Quieres que te parta la cara o qué, imbécil? —le dice mi hermanastro, aunque sé que bromean en cuanto ambos se ponen a darse puñetazos flojitos.

—En realidad, nadie pensaba eso —interviene Morgan—. Solo tú, Diego.

—Meh, ¿seguimos jugando o qué? —Torres señala la mesa de *beer pong* en el que estaban cuando llegamos.

No tiene que decirlo dos veces. Como si fuese ya una costumbre, el grupo se divide en dos. A un lado: Morgan, Cody, Ameth y yo, ya que Morgan tira de mí para colocarme a su lado. Al otro: Jordan, Nate, Torres (el Trío de Tontos) y Trinity. Mi hermanastro y Ameth se encargan de rellenar los vasos vacíos y ordenar la mesa antes de que empecemos a jugar.

—¿Se te da bien? —me pregunta Mor, mientras me pasa la pelota cuando llega mi turno.

—Demasiado —respondo, y apunto hacia los vasos del otro grupo. La pelota rebota una vez antes de colarse en uno, lo que hace que mi equipo grite de alegría.

—Tendría que haberte puesto en mi equipo —se queja Jordan, mientras coge el vaso para beber—. ¿Cómo he sido tan tonto?

—No llores, Jordie, si quieres bebo contigo —replico.

Cojo también uno de los vasos y me bebo su contenido. El primer trago de cerveza en una semana es tan malo como recordaba. Está caliente y ni siquiera está buena, pero me es totalmente indiferente. Ahora mismo lo único que necesito es pasar de todo, no pensar en lo que he visto esta tarde.

—No se trata de beber, se trata de ganar. —Me señala con un dedo—. Mi equipo nunca pierde, hermanita, y no va a hacerlo esta noche.

—¿Apostamos?

CAPÍTULO 14

Nate

Perdemos por muy poca diferencia, pero perdemos.

Pensaba que no había nadie en este mundo que pudiese beber más que Torres, pero Spencer prácticamente lo iguala. Y lo que el equipo B hace para celebrar su victoria es beber más. El equipo A también lo hacemos para consolarnos por la derrota. El caso es que no hay nadie sin un vaso en la mano.

Como siempre, acabamos dispersados. Cody se queda junto a la mesa de *beer pong* charlando con un grupo de la uni con quienes solemos coincidir en las fiestas, creo que tiene varias clases con ellos. Torres está cerca de la cocina hablando con dos chicas que no reconozco, probablemente esté ligando. Ameth, Jordan y yo estamos junto a la mesa de billar esperando a que se quede libre para poder jugar. Los tres estamos mirando hacia Trinity y Morgan, que han arrastrado a Spencer con ellas a uno de los sofás libres, donde beben y hablan sin parar. No es difícil percatarse de que todo en la postura de esta última indica incomodidad: la rigidez de sus hombros, la sonrisa tirante que esboza cuando le hablan, y lo mucho que desvía la vista hacia su móvil.

—¿Deberíamos rescatarla? —pregunta Ameth, dudoso.

Me alegra saber que no soy el único que se ha dado cuenta de que la chica parece totalmente fuera de lugar.

—Está bien —nos asegura Jordan—. Os garantizo que, si no quisiera estar ahí, no lo estaría.

—Dudo que haya tenido otra opción, ya sabéis cómo son de convincentes esas dos. No parece cómoda.

—Probablemente no lo esté. —Jordan suspira y le echa un vistazo a su hermanastra—. Pero si está ahí es porque ella quiere, creedme. Spencer tan solo necesita acostumbrarse al cambio.

—¿Por qué se trasladó a Keens tan de repente? —pregunto entonces, sin desviar la vista de ella, que en ese momento vuelve a estar pendiente de su teléfono. Su ceño se frunce antes de desviar la vista de nuevo hacia las chicas—. No hemos querido preguntarle y no sé si deberíamos.

—Si Spens quiere contarlo, lo hará. Lo estaba pasando mal por diferentes motivos, así que venirse cerca de su madre es lo mejor que podía hacer.

Si algo me enseñaron mis padres es respeto, por eso no insisto. Tampoco le preguntaré a ella, nunca he entendido el morbo que siente la gente por querer enterarse de las desgracias ajenas. Si esta chica no quiere hablar de sus problemas, por algo será. Querer enterarse de ellos no es de ser muy buena persona. Ameth tampoco dice nada más.

No conozco a Spencer, no puedo hablar apenas de ella, pero en el par de días en que he pasado tiempo con ella he podido ver una seguridad en sí misma que ahora parece haberse esfumado mientras revisa el móvil continuamente.

La mesa de billar se queda libre poco después, por lo que los tres nos apoderamos de ella antes de que nos la quiten. Torres se une a nosotros y trae con él a las chicas con las que estaba hablando.

Una de ellas va muy borracha, por lo que lo único que hace es partirse de risa cada vez que falla una tirada, que es todo el rato. Torres, en cambio, no pierde su oportunidad y enseña a la otra chica a jugar al billar. Cada vez que llega su turno, se coloca tras ella y guía su cuerpo inclinándola sobre la mesa. La rubia sonríe satisfecha cada vez que sus cuerpos quedan pegados como si fueran uno. Está claro que ambos han triunfado esta noche.

—¡Venga ya! —exclama Ameth cuando falla, bufando.

Jordan y yo nos reímos de él, ya que ver que un tío de casi dos metros se molesta por fallar una bola es de lo más entretenido. Es muy difícil cabrear a Ameth, por lo que estas pequeñas rabietas suyas nos encantan.

—Deja a los expertos —le digo. Me inclino sobre la mesa para tirar, acierto y cuelo la bola—. Menos mal que no se te da igual jugar al hockey o estaríamos perdidos.

Ameth es delantero y un goleador estupendo. La gente suele achantarse cuando patina por la pista a toda velocidad y se aparta de su camino. Los equipos de otras universidades ya saben qué significa no quitarse de en medio cuando Ameth tiene el disco en su poder: ser arrollados por él.

—Esperemos que no meta nada igual de mal que estas bolas —añade Jordan riéndose. Ameth le da con el palo de billar en el culo y el otro da un respingo aún entre risas—. Mi culito no se toca, guapo.

—Ya quisieras que te follase alguien el culo en condiciones, ma- món —responde Ameth. Jordan arquea las cejas un par de veces, lo que le hace bufar una vez más—. ¿Tiras o qué, imbécil?

Con las tonterías, Jordan falla su bola y Ameth se regodea. En- seguida ambos están enganchados pegándose pequeños puñetazos.

—¿Quién es un principito perdedor? —le dice Ameth, mien- tras frota sus nudillos en la cabeza de Jordan—. ¿Quién, eh, quién?

En los diez segundos que tardan en soltarse, el panorama ha cambiado. Algo que esperaba, todo sea dicho. La chica borracha se ha apalancado en el sofá de al lado, con los ojos cerrados. Torres y su acompañante se están dando el lote contra la pared, justo al lado de la chica, sin importarles nada. Bueno, a Torres nunca le importa que la gente lo vea montándoselo con alguien, tiene cero pudor.

—¿Nate?

Cuando me giro, me encuentro con Anne, la chica con la que me acosté hace un par de días en el aparcamiento trasero del Cheers. Esboza una sonrisa y me mira de arriba abajo. Es guapa, tiene el pelo castaño y rizado y los ojos verdes.

—Ey, ¿qué tal? —le pregunto. Le presto atención, ya que Jordan y Ameth siguen despotricando el uno contra el otro mientras juegan.

—Bien, solo quería saludarte. —Hace el amago de irse, pero se gira en el último momento y señala con el pulgar y el puño cerrado el centro de la casa—. ¿Quieres bailar?

Miro a mis amigos los segundos necesarios para saber que no hay nada que hacer con ellos, así que asiento.

—Claro.

Anne y yo nos adentramos en la multitud que baila en la zona más amplia de la casa y empezamos a movernos al ritmo de la músi- ca. Ella no intenta nada conmigo en ningún momento y yo tampoco con ella. Eso es lo bueno de que ambos dejáramos claro desde el primer momento que lo nuestro fue un polvo espontáneo y ya está.

La verdad es que me lo paso bien con ella, no hace preguntas in- cómodas y es divertida. Pero la sonrisa se me borra del rostro de un plumazo cuando veo a Allison entrar en la casa. El campus es enorme y es raro que coincidamos en las mismas fiestas, ya que se mueve en un círculo totalmente distinto al mío, más desde que lo dejamos. Pero al final es inevitable que me la cruce de vez en cuando. Y odio cómo me siento cuando eso pasa.

—¿Todo bien? —me pregunta Anne y reparo en que he dejado de bailar. Allison está saludando a una chica que no me suena de nada, acompañada de Riley, a quien sí conozco. Joder, esas dos brujas—. ¿Nate?

Aparto la vista de esas dos arpías, miro a Anne y niego.

—Lo siento. Necesito ir al servicio.

Ella asiente, aunque yo ya me estoy yendo de allí. Paso de nuevo entre la gente, dirigiéndome hacia el baño más cercano. La cola es enorme, por lo que me encamino escaleras arriba para usar el primero que pille libre.

Me empapo la cara en el lavabo y siento que me espabilo de inmediato. No voy pedo, tan solo estoy algo contento, aunque mataría por estar totalmente borracho ahora mismo. Aunque ¿a quién quiero engañar? Estaría igual de jodido.

Intento no darle demasiadas vueltas. Allison está aquí, eso es un hecho, y no puedo hacer nada contra eso. Irme no es una opción. No pienso abandonar esta fiesta solo porque mi ex se haya plantado en ella, no tengo doce años. Pero si me quedo sé que me va a ver y no sé si estoy preparado para otra de sus sonrisas burlonas.

Lo mejor es volver abajo, estar con mis amigos e intentar olvidar que ella está aquí.

Salgo del baño con tanta brusquedad que choco con alguien. Reacciono rápido y agarro a la chica por el brazo para que no se trague el suelo.

—¡Joder! —exclama. Cuando me fijo en ella, veo que es Spencer. Al ver que soy yo, resopla—. Si no quieres hacer el artículo conmigo, dímelo, pero no me desnuques.

—Lo siento —es lo único que se me ocurre decir. Ella enarca una ceja y se pone en medio cuando intento esquivarla para largarme—. Déjame pasar, Spens.

—¿Estás bien, West? —pregunta, ahora no rehúyo su mirada. Sus ojos miel me miran con el ceño fruncido.

—Perfectamente.

Esta vez no impide que me vaya. Escucho la puerta del baño cerrarse tras de mí mientras recorro el pasillo de vuelta a las escaleras. Me detengo unos segundos antes de empezar a bajarlas con lentitud, mirando a mi alrededor. «Claro que sí, campeón, buscándola entre la multitud es como vas a pasar de ella. De puta madre».

Para mi desgracia, la veo. Está cerca de la mesa de billar donde estaba antes, charlando con un grupo de chicos.

—¿Quién es la rubita? —pregunta una voz junto a mí, cosa que me sobresalta.

Spencer se ha detenido en el último tramo de escaleras, a mi lado. Dejo de mirar a Allison para mirarla a ella. Sus labios rojos muestran una mueca burlona cuando la señala con la cabeza.

—Mi ex —es todo lo que digo. Es tontería ocultarlo, al final lo acabará sabiendo.

—¿Celoso? —vuelve a preguntar, a lo que resoplo.

—No es eso.

—No paras de mirarla, West, cualquiera diría que estás celoso.

—Ya, pues no lo estoy —respondo con más dureza de la que pretendía. Vuelvo a mirarla en el instante en que alza las manos en señal de rendición—. Es complicado. Pero no estoy celoso.

No siento nada por Allison más allá de lo mucho que me molesta que esté aquí.

Spencer asiente y mira de nuevo hacia donde está Allison, aunque yo no lo hago.

—No dejes de mirarme —me indica entonces y su vista se clava en mí—. Te ha visto y está observándonos.

—Estupendo —gruño, aunque le hago caso.

Spencer finge una risa que suena bastante natural y coloca su mano en mi pecho mientras lo hace. Puedo notar la calidez de su piel a través de mi fina camiseta. Mira a Allison de reojo antes de mover su mano ligeramente por mi pecho, cosa que me hace inspirar hondo, ya que se me corta la respiración durante un segundo.

—Sigue mirando y tiene cara de pocos amigos —me explica, aunque eso no tiene ningún sentido viniendo de Allison. ¿Está molesta?—. ¿Crees que deberíamos enrollarnos para darle celos?

Eso sí que me pilla por sorpresa y no puedo evitar soltar una pequeña carcajada a la vez que alzo ambas cejas.

—¿Eso es lo mejor que se te ocurre para enrollarte conmigo, Spencer? —pregunto.

Ella sonríe de forma seductora. Allison me ha cegado demasiado y no he podido apreciar a la chica que tengo delante, tan cerca. Spencer es jodidamente seductora y lo sabe. Enfundada en ese minivestido negro que realza su cuerpo, es la perdición de cualquier hombre con ojos en la cara. Solo de pensar en besarla me entra calor y se me pone dura, maldita sea.

—Si quisiera enrollarme de verdad contigo, no te lo preguntaría.

—Y si yo quisiera darle celos a mi ex, buscaría una estrategia menos patética.

Spencer pone los ojos en blanco, se aparta un mechón de pelo y se lo coloca detrás de la oreja. No sé qué clase de imbécil diría que no a enrollarse con ella, aunque fuese por los motivos que acaba de proponer, pero al parecer soy un imbécil de la cabeza a los pies. Eso y que la voz de Jordan gritando «¡Regla número tres!» resuena en mi cabeza cada vez que miro los labios de su hermanastra.

—Aburrido.

—Patética —le replico, aunque ambos estamos sonriendo—. ¿Y a ti qué te pasa?

—¿Qué me pasa de qué?

—Llevas toda la noche pendiente del móvil y con cara de enfado.

—Y tú llevas toda la noche pendiente de mí, al parecer, West. —Sus ojos perfectamente delineados me examinan de arriba abajo con lentitud.

Por un segundo, me olvido de lo que estábamos hablando, pero entonces me percato de que eso es justamente lo que pretende.

—Puedes contármelo —digo, resistiéndome a sus encantos.

Ella parece frustrada, así que lo único que hace es apartar la vista y encogerse de hombros.

—No quiero hacerlo.

—Está bien.

Spencer me mira esta vez con el ceño fruncido, como si no comprendiese mi respuesta.

—Me vuelvo con las chicas —anuncia, y yo asiento.

Me reúno de nuevo con Jordan y Ameth, ya que Torres sigue con su tema. Les informo de que Allison está aquí, pero que irnos sería darle el gusto y me niego a concedérselo.

Seguimos a lo nuestro, aunque mi atención está totalmente dividida entre mi gente y Allison.

CAPÍTULO 15

Spencer

No cargué el móvil antes de salir, así que está a punto de quedarse sin batería mientras veo por vigésima vez los vídeos de Lena. Ha seguido subiendo cosas a Instagram, aunque nada tan destacable como su morreo con Troy. Me duele el estómago, tengo claro que no queda nada que me vincule a Gradestate, solo malos recuerdos y mi padre. No estaba segura de si irme, pero ahora no quiero volver jamás.

Y yo que había decidido salir para divertirme, he salido para estar amargada. Creo que lo que me falta es alcohol.

Morgan se asegura de que nuestras bebidas estén llenas en todo momento, aunque no puedo evitar pensar en más de una ocasión en qué hago aquí. Jordan, Nate y Ameth han vuelto a la mesa de billar junto a otros chicos que no conozco. Trinity y Cody se han apalancado en un sofá, han pasado de comerse la boca a lo que parece ser una conversación seria. Al final, tan solo Morgan y yo estamos bailando y bebiendo.

—¿Problemas en el paraíso? —pregunto, mientras señalo con la cabeza a la pareja.

—Desde hace un tiempo —responde—. Empezaron a salir el año pasado, pero han estado discutiendo todo el verano y han seguido desde que empezó el curso. Todos creemos que tienen mejor relación como amigos que como pareja, pero tienen que verlo ellos también.

—Mientras ninguno le ponga los cuernos al otro con alguno de sus amigos… —suelto, antes de darle un trago a mi vaso. Ni siquiera sé qué estoy bebiendo, pero es fuerte y llevo ya unos cuantos.

Morgan me mira sorprendida.

—¿Tu ex te engañó con una amiga tuya?

Sí que tengo que estar borracha, porque respondo en lugar de pasar del tema.

—Me engañó con otra, pero la que era mi mejor amiga y él se están enrollando ahora mismo.

—Siento decirte esto, Spencer, pero no sería tu amiga si ha hecho algo así.

Ella tampoco es mi amiga y probablemente nunca lo sea. Quizá finja serlo y luego me haga daño como las demás. Quizá ahora mismo solo está siendo agradable por compromiso, porque Jordan me ha invitado, pero en realidad no quiere estar conmigo. Dios, qué agobio.

Me bebo el vaso de un trago y me dispongo a irme, pero Morgan me llama por mi nombre.

—¿Va todo bien? Siento si te ha molestado lo que he dicho. No era mi intención meterme donde no me llaman —me dice.

—No te preocupes. Me he mareado un segundo —miento.

—Vamos a sentarnos un rato.

No me deja lugar a réplica, me arrastra hasta uno de los sillones. Trinity irrumpe en nuestro campo de visión poco después, cruza la casa mientras se seca las lágrimas y Cody la sigue.

—Está llorando —le informo a Morgan, que niega.

—Tienen que solucionarlo ellos —aclara—. Últimamente esto es habitual.

—¿Seguro que no deberíamos ir con ella? —No sé por qué insisto, no son mis amigas y dudo de que les guste, pero me nace preguntarlo.

—Seguro, necesitan hablar en privado, créeme.

Cuando han pasado unos minutos, le digo que estoy bien y volvemos a la pista de baile. No porque me apetezca divertirme, sino porque necesito beber para que el nudo del estómago y los pensamientos de mi cabeza desaparezcan.

Sé que estoy demasiado borracha cuando empiezo a teclear en el móvil sin miramientos.

Yo
Ya te vale.

Podrías habérmelo dicho.

Te va a poner los cuernos, Lena.

En cuanto envío ese último mensaje, mi móvil muere y mi autotortura llega a su fin, así que lo guardo con frustración. A la mierda todo. Bebo y bebo sin parar, aunque el bucle de mi mente no calla. Unos chicos se acercan a nosotras, así que no me corto en tontear con uno de ellos. Quizá así consiga distraerme.

—Soy Finn —se presenta, sonriendo. Creo que le digo mi nombre, porque sonríe.

Para cuando me termino un vaso más, todo me da vueltas. Pero me da exactamente igual, porque ni siquiera logro recordar por qué estoy tan enfadada. De hecho, creo que ya no estoy enfadada por nada en absoluto. Me estoy riendo de algo que ha dicho… ¿Frank? Segundos después tengo su boca sobre la mía. ¿Flynn? también ha estado bebiendo, ya que saboreo la cerveza cuando mete su lengua en mi boca.

Nos enrollamos a la vez que bailamos, mis manos sobre su pecho, las suyas agarrando mi culo por encima de la ligera tela del vestido.

—¿Quieres que vayamos al baño? —me susurra en el oído.

—Sí —es todo lo que respondo.

Quizá un polvo es lo que necesito para terminar la noche y olvidarme de lo que sea que intentaba olvidar.

¿Fran? tiene que guiarme a través de la multitud, ya que me tambaleo a causa del alcohol. Pierdo el equilibrio un par de veces y se me nubla la vista, pero cuando me recupero, estoy dentro del cuarto de baño de la planta de arriba. El chaval vuelve a besarme y nos estampa a ambos contra la puerta.

Soy yo la que empieza a desabrocharle los pantalones a él. No quiero preliminares, no quiero nada más que un maldito polvo rápido para distraerme. ¿Fred? me alza del suelo, me sienta en el lavabo, me levanta el vestido y aparta a un lado mi tanga para acariciarme. Pero yo no quiero que me acaricie, así que aparto su mano con brusquedad. Alguien aporrea la puerta del baño, pero ninguno hacemos caso.

—¿Follamos? —pregunta.

Yo asiento y lo observo sacar un condón.

Siguen llamando a la puerta y oigo voces fuera, ahogadas por la música que llega hasta aquí. Necesito que me distraiga de todo, que mis pensamientos se callen. Pero no llega a ponerse el condón, porque la puerta se abre de par en par y alguien irrumpe en el baño.

—Pero ¿qué cojones, tío? —espeta ¿Foster?, subiéndose los pantalones con rapidez.

—Fuera —dice el chico que ha entrado y entonces reconozco la voz.

Enfoco y me topo con un Jordan muy furioso. Me bajo del lavabo, me coloco bien el vestido y me acerco a él con rabia.

—¿Qué te crees que estás haciendo?

—¿Yo? ¿Qué estás haciendo tú, Spencer?

—Intentando follar —es mi respuesta—. Con Fitz.

—Finn —me corrige él, pero yo hago una mueca y niego.

—¿Me estás vacilando? —Jordan señala a Finn y yo no entiendo a qué viene tanto alboroto. Frunzo el ceño y miro fijamente al chico.

—No es ninguno de tus amigos, ¿verdad? —Vuelvo a mirar a Jordan—. No he roto tu ridícula regla, no sé a qué viene tanto alboroto.

—¡Estás borracha como una cuba, Spencer! ¡A punto de follar en el baño con un desconocido!

—¡Sí, Jordan, eso es lo que hago últimamente! —grito yo también, ignorando que el tío se escabulle y se larga sin decir nada. Imbécil—. Bebo lo que quiero y me tiro a quien me da la gana. ¿O es que me vas a decir a quién puedo follarme, hermanito?

—Puedes tirarte a quien te dé la real gana, Spencer, pero te estás tambaleando. He prometido que cuidaría de ti. He visto que ni podías caminar hasta aquí, no iba a dejarte sola con ese tío. ¿O es que tú dejarías a una amiga que va muy borracha irse con un tío cualquiera?

—Haz el favor de dejarme en paz, anda —digo, mientras me encamino hacia la puerta sin molestarme en aclarar que ya no tengo amigas a las que cuidar. No llego muy lejos, se me traban los pies y Jordan tiene que sujetarme para que no me trague el suelo—. En serio, Jord…

Acostumbrada al ardor de estómago y lo que viene a continuación, no tardo ni medio segundo en correr hacia el váter y arrodillarme ante él. Vomito todo lo que he bebido, ya que apenas he cenado. Se me saltan las lágrimas a causa de las arcadas y, solo cuando termino y puedo respirar con normalidad, me percato de que Jordan está a mi lado, sujetándome el pelo. Intento mantener la compostura mientras me incorporo, me alejo de él y me lavo la boca en el lavabo. Mis labios ya no están rojos, sino emborronados, y el *eyeliner* se me ha corrido por las lágrimas. Ahora mismo doy pena.

—Te llevo a casa —es todo lo que dice mi hermanastro.

Me dejo guiar a través de la casa hacia el exterior. El aire fresco de la noche me espabila un poco ahora que he echado todo el alcohol de mi cuerpo. Me subo en el coche de Jordan sin ni siquiera importarme si él ha bebido o no y cierro los ojos de inmediato. Tan solo me despierta cuando hemos llegado al piso. Ninguno dice nada mientras subimos. Lo primero que hago es servirme un vaso de agua, al igual que Jordan.

—¿Qué ha pasado? —me pregunta, mientras se sienta frente a mí en la isla.

—Nada.

—Spencer.

—Lena se ha enrollado con Troy —respondo. Así es como sé que sigo pedo, o no habría soltado prenda—. Si no la hubieses dejado de seguir, lo habrías visto.

—No merece la pena que estés así por esa gente, Spens. Entiendo que te han hecho daño, pero no actúas como si estuvieses dolida. Tienes rabia en tu interior y eso es lo que está acabando contigo.

—No estoy lo suficientemente borracha como para tener esta conversación, Jordan. No tienes ni idea de lo que siento, así que me voy a dormir antes de que explote como una granada y te mande a tomar por culo.

—No pretendía fastidiarte —dice y nuestras miradas se encuentran—. Estaba preocupado por ti. Lo sigo estando. Creo que necesitas…

—No se te ocurra decir que necesito ayuda, Jordan, o te juro que me voy.

Mi madre me lo ha dicho ya un par de veces desde que llegué y mi padre también cuando hemos hablado por teléfono. Lo dejan caer con disimulo, pero soy muy consciente de sus palabras. Pero estoy bien. Estoy perfectamente, puedo con esta situación.

—De acuerdo. —Se baja del taburete y se encamina hacia el pasillo—. Buenas noches, Spencer.

—Ya.

CAPÍTULO 16

Spencer

Mierda. Suelto un resoplido mientras bloqueo el móvil de nuevo. Primero, porque no recuerdo haberle dado mi número a Nate. Segundo, porque sí recuerdo decirle que se pasara por la mañana para empezar a trabajar en el artículo. ¿Qué clase de pedo me pillé anoche para pensar que era buena idea hacer algo para la universidad un sábado de resaca? Dios, Spencer, eres desesperante.

Me levanto de mala gana y voy directa al cuarto de baño para darme una ducha rápida antes de que Nate llegue. Probablemente no tarde ni diez minutos en presentarse aquí, pero yo necesito dejar de oler a alcohol y sudor.

Lo primero que hago es tomarme una pastilla para que la cabeza deje de retumbarme. En la ducha, flashes de la noche anterior me vienen a la mente, por lo que ahogo un quejido mientras pongo el chorro de agua frente a mi cara. Recuerdo que hice que una noche que estaba siendo divertida a pesar de mi cacao mental terminase siendo una de las típicas noches de la otra Spencer: acabé borracha, casi follando con un tío cualquiera y discutiendo con Jordan. Qué desastre.

Una vez limpia vuelvo a mi habitación, me pongo un pantalón de chándal gris y una camiseta corta. Me recojo el pelo en una coleta desenfadada, me pongo algo de corrector para tapar las ojeras posfiesta y un poco de máscara de pestañas.

Cuando salgo del dormitorio y entro en el salón, Nate ya está ahí, tirado en el sofá como si nada. Se me olvidaba que tiene llaves del piso.

—¿Qué hay, West? —saludo, mientras me acerco para dejar todo sobre la mesita. Él me mira de inmediato.

—¿Qué hay, Spens? —responde, incorporándose con parsimonia—. Te has tomado tu tiempo.

—Y necesito tomarme un buen café antes de hacer nada si no quieres que te muerda.

Nate se levanta del sofá, me mira desde arriba por la diferencia de altura. Sus hoyuelos hacen acto de presencia cuando planta una sonrisa bobalicona en su cara.

—¿Y qué pasa si sí quiero?

Sus impresionantes ojos bajan para clavarse en mis labios unos segundos en los que yo aprovecho para dar un paso adelante, recorto la distancia entre nosotros y acerco nuestros labios de forma que solo los separen unos milímetros. Nate inspira hondo, hincha mi ego al demostrarme una vez más que le pongo nervioso. Porque me he dado cuenta.

—Café —susurro muy despacio, con un autocontrol impresionante. Un ligero siseo se escapa de entre sus labios, cosa que me provoca una risita. Vuelvo atrás, me aparto, la sonrisa ha desaparecido de su rostro—. ¿Quieres?

Él tiene que carraspear antes de responder.

—Sí, gracias.

Es bueno saber que mis encantos no han desaparecido. Anoche terminé haciendo justo lo que mis examigos habrían esperado de mí, lo que yo habría esperado de mí. Por eso no entiendo la sensación de decepción que me invade. Me sentí fuera de lugar completamente en esa fiesta, con todos los amigos de Jordan. ¿Qué pensarán de mí? Intenté olvidarme del vídeo de Lena y Troy, y lo conseguí durante un rato en el que me divertí jugando al *beer pong* con el grupo. Luego Morgan y Trinity me arrastraron con ellas y empezaron a contarme cosas suyas. No sé si esperaban que yo también me abriese, pero no pude hacerlo. Sentí que iban a juzgarme, que no querían que estuviese allí.

Enciendo la máquina de café y saco dos tazas, en un intento por despejarme. Después nos sirvo y vuelvo al salón. Nate está trasteando con la televisión para abrir Netflix.

—¿Jordan sigue durmiendo? —pregunta tras dar un sorbo al café; yo me siento también en el sofá.

—Creo que sí, no lo he oído salir. Aunque teniendo en cuenta que estaba destruida, lo mismo ni me he enterado. —Bebo un poco de mi café antes de preguntarle algo que no estoy muy acostumbrada a preguntar—. ¿Tú estás bien?

Nate me mira como si no comprendiese al principio a qué me refiero, pero enseguida lo pilla y suspira.

—Sí, estoy bien. No fue nada.

—Ya.

Decido no insistir. La verdad es que ni me incumbe ni me importa, para qué mentir. Pero tenía que hacer la buena acción del día. Nate parece relajarse cuando ve que no le vuelvo a preguntar, pero él tampoco desaprovecha su oportunidad.

—¿Y tú?

—Yo ¿qué?

—Os vimos a Jordan y tú iros —explica, y la ansiedad acude a mí como un cubo de agua fría que te tiran sin esperarlo—. Ibas bastante perjudicada. ¿Cómo estás?

—Bien.

Alza una ceja y se encoge de hombros, acepta mi respuesta. Creo que va pillando cómo va esto. Decido zanjar el tema quitándole el mando.

—Bueno, pues tenemos tarea. Cinco películas en tres días. A ser posible, dos días, para poder redactar el artículo y hacer las fotos cuanto antes. Así que, ¿qué te parece si empezamos con… —encuentro la primera de ellas en Netflix—. *Dirty Dancing*?

—No puedo negarme, ¿verdad?

—Nop. Somos un equipo, West, vamos a divertirnos un montón juntos.

Jordan se levanta un rato después. Se detiene en la puerta del salón con tan solo la ropa interior y el pelo revuelto. Nos mira con cara de no saber por qué narices Nate y yo estamos tirados cada uno en un sillón, totalmente embelesados con el final de *Dirty Dancing*.

—Prefiero no saberlo —es todo lo que dice tras varios intentos de encontrar las palabras adecuadas.

Un rato después anuncia que se marcha con Torres y Ameth al gimnasio. ¿Qué clase de loco va un sábado al gimnasio a pesar de entrenar toda la semana? Al menos no me dice nada de anoche y lo agradezco.

Para cuando dan la una, Nate y yo hemos terminado las dos primeras películas. Hacemos una pequeña pausa para poner algunas ideas en común. Apunto lo que no quiero que se me olvide para más tarde redactarlo en condiciones.

—¿Puedes creerte que nunca había visto *Jungla de cristal*? —me dice.

—Yo tampoco.

—Es un clásico, todo el mundo habla de esta película y nosotros acabamos de verla por primera vez.

—Y no ha sido para tanto —admito—. *Dirty Dancing* ha estado mejor, aunque tampoco me ha encantado.

—¿Sabes a quién tiene que gustarle sí o sí *Dirty Dancing*? A Torres. Dios, le pega tantísimo. —Suelto una carcajada. La apariencia de Torres jamás me haría pensar que le gustan ese tipo de pelis, pero su personalidad sí—. Tengo que obligar a Jordan a verla. Va a odiarla.

Definitivamente, sí.

—Mírate, Nathaniel, eres todo un chico malo —me burlo, él pone los ojos en blanco.

—¿Piensas llamarme simplemente Nate alguna vez?

—Es más divertido si no lo hago —confieso. Sé que tengo toda su atención cuando lo llamo por su apellido o su nombre completo. Me siento poderosa, como si por una vez tuviese el control—. ¿Te molesta?

Nate niega, alzando la comisura de los labios.

—En realidad, puedes llamarme como quieras, Spens.

CAPÍTULO 17

Nate

Ni siquiera hacemos una pausa para comer en condiciones. Vemos las tres películas restantes mientras comemos palomitas. Paramos de vez en cuando para hacer comentarios o para que ella anote cosas que va a necesitar para el artículo.

—Vale, creo que tengo varias fotos pensadas que quedarían guay en el artículo —comento, mientras miro la hora.

Nos han dado las seis de la tarde. Yo iba a quedar esta tarde con una chica que conocí en la fiesta ayer y me propuso «ver una peli» en su habitación hoy, pero aquí estoy, viéndome cinco. No me quejo, tener a Spencer al lado es una fantasía a pesar de no poder cruzar los límites como me gustaría.

Ella esboza una sonrisa pícara mientras me mira. Antes de que hable, ya he supuesto lo que va a decir.

—¿Quieres que posemos a lo Sandy y Danny? Se me ocurren un par de escenas.

Cuando Jordan me dijo que su hermanastra era un terremoto, imaginé que se refería a que era muy activa, hablaba mucho o cualquier cosa por el estilo. No esperaba que se refiriese a que podía hacer el suelo temblar con tan solo una sonrisa. O que pudiese usar *Grease* para hacer insinuaciones. Spencer no es solo un terremoto, es un huracán. Y hace que se me ponga la piel de gallina.

Y también me pongo cachondo, para qué mentir.

Soy un tío soltero de diecinueve años, universitario, que no quiere una relación y deja las cosas claras desde el primer momento. Jamás he visto una chica igual de atractiva que Spencer, jamás. No solo es guapa, que lo es a rabiar, sino que tiene una personalidad arrolladora que la hace así de atractiva. Y me es imposible no sentirme atraído

111

hacia ella de la forma más básica y superficial que existe. Pero Jordan nos dejó muy claro a todos los chicos que ni se nos pasase por la cabeza la idea de ligar con ella o nos molería a palos. Por muy retrógrada que me parezca su decisión, entiendo que lo único que quiere es protegernos a todos de malos rollos. Y, como Jordan es un hermano para mí, tengo que cumplir su regla.

—Créeme, Spencer. Si no fuese por Jordan, haríamos mucho más que solo posar.

Me complace ver que esta vez soy yo quien la pilla a ella con la guardia baja. Desde que ha llegado, Spencer me ha cogido por sorpresa un par de veces, cosa que no suele pasarme. Hoy me toca a mí sumar un punto al marcador.

—Dispara, Nathaniel, ¿qué fotos tienes pensadas? —responde, volviendo al tema principal. No puedo contener una risa burlona antes de cambiar el chip por completo.

—Podemos ir al videoclub del campus. Hacer allí algunos planos, tienen unas paredes muy chulas y seguro que estas películas las tienen en cinta —explico, y las fotografías empiezan a aparecer en mi cabeza una tras otra. De repente tengo muchas ideas y eso me emociona tras el bloqueo que he tenido los últimos meses.

Le cuento las ideas que se me van ocurriendo, Spencer asiente a todas, conforme. Me resulta divertido verla tan seria y no con esa expresión altanera. No he traído la cámara, por lo que cojo el móvil como he hecho hace un rato sin que se dé cuenta y le hago otra foto de imprevisto. Ella enarca una ceja.

—¿Me acabas de hacer una foto?

—Soy fotógrafo. Ya me lo agradecerás más adelante.

Pone los ojos en blanco como toda respuesta. A esta chica de verdad que le da igual todo.

—¿Has traído la cámara? —Niego—. Ve a por ella mientras me cambio. A ver si llegamos al videoclub antes de que cierren.

—¿Quieres hacer las fotos ahora?

—Mañana Jordan y yo nos vamos de comida «familiar» —contesta, dibuja unas comillas cuando dice la última palabra—. Así que, a no ser que tengas planes, sí, quiero hacer las fotos ahora, así el lunes podré dedicarme por completo al artículo.

—Soy todo tuyo.

Spencer me recoge con su Jeep negro en la casa donde vivo con Torres, Ameth, Cody, Dan y Rick, con los que nos llevamos bien (de hecho, Dan le deja el coche a Torres cuando lo necesita), pero nos movemos en círculos distintos.

Jordan, Torres y yo vivimos aquí el año pasado junto a Cody, Ethan y otro chico. Ambos se han mudado a otra casa este año, y Jordan prefería la tranquilidad de un piso porque a veces pasa de tener diecinueve años a ochenta, así que así están las cosas ahora.

Spens y yo nos dirigimos hacia el videoclub escuchando música. Ambos canturreamos por lo bajo, sin llegar a levantar el tono en ningún momento. A mí no me incomoda no entablar conversación y a ella parece que tampoco, así que estupendo.

Aparcamos cerca del local y bajamos, ya con la cámara preparada para hacer las fotos. Spencer se ha cambiado, ahora lleva unos vaqueros apretados que le hacen un culo de infarto y una blusa negra con un escote discreto pero llamativo. Lleva los labios rojos, que sonríen socarronamente cuando se percata de que la estoy mirando. Ay, Jordan, tu maldita regla…

Abre la puerta del videoclub y la sujeta para que pase. Saludamos al dependiente y pedimos permiso para hacer fotografías. Después Spencer empieza a pasearse entre los pasillos de estanterías. No pierdo oportunidad y le hago un par de fotos de espaldas que, jugando con la luz y los contrastes, pueden quedar muy guais. Ella espera mis órdenes una vez llegamos a las estanterías donde hay una barbaridad de películas.

—Coge alguna de las que hemos visto y finge que miras la carátula —le indico, dando unos pasos atrás para encontrar el mejor ángulo mientras ella lo hace—. Súbela un poco más… Ahí.

Le hago distintas fotografías para que luego tengamos variedad donde elegir. Buscando las pelis, andando por los pasillos… A lo tonto estamos tanto rato en el videoclub que el chico nos tiene que avisar de que va a cerrar en breve.

—¿Crees que habrá fotos buenas? —me pregunta Spencer mientras salimos.

Fuera ya está atardeciendo y la temperatura ha cambiado bastante. El calorcito de la mañana nos ha abandonado para dar paso a un fresco agradable, que en unos cuantos días se convertirá en frío otoñal.

—Me ofendes con esa pregunta, ¿no confías en mí?

Spens se encoge de hombros a modo de respuesta. No la juzgo. Como ella dijo, nos conocemos de hace tan solo unos días y no parece la clase de persona que confía inmediatamente en los demás. Yo, en cambio, soy más abierto a la hora de relacionarme con la gente, pero el año pasado me habría encantado ser tan hermético como ella. Me habría ahorrado la mayor humillación de mi vida y el sufrir como lo hice.

—No te lo tomes como algo personal.

—No te preo… —me interrumpo cuando veo la estampa que ofrece la fachada del local en ese momento. Es bonita, de color morada oscura con detalles que le dan un toque antiguo. Está iluminada por las luces adyacentes, pero el atardecer que nos rodea crea un ambiente alrededor mágico—. Espera, párate ahí.

De nuevo, le doy indicaciones mientras me muevo de un lado al otro, disparando una vez tras otra. Echaba de menos el cosquilleo que siento de nuevo al hacer fotos. El año pasado las estaba haciendo constantemente, era el mejor en el club de fotografía y, de repente… Lo dejé cuando pasó lo de Allison. Desde entonces, no he tenido ganas de hacer fotos, pero esta tarde la ilusión parece haber vuelto a mí.

—Listo —concluyo y señalo el Jeep con la cabeza—. Vamos, te invito a cenar. Nos lo merecemos después de la paliza de hoy.

—No voy a rechazar esa oferta.

El Mixing House está a rebosar por ser sábado noche, aunque conseguimos una mesa libre al fondo del local. Spencer y yo echamos un vistazo a las fotos mientras esperamos que nos sirvan. Yo pido una hamburguesa con extra de patatas fritas y ella una pizza; para compartir, nachos con queso. Si el entrenador Dawson me viese ahora mismo, me mataría. Aunque creo que está al tanto de que todo el equipo ignora por completo su dieta y su orden de no beber alcohol.

Apago la cámara y la dejo a un lado cuando nuestra comida llega; es el momento en que se hace el silencio entre nosotros. De nuevo, no es incómodo, llevamos toda la tarde hablando de las películas y las fotos y ahora no tenemos más que añadir, ya que hemos dejado claro qué vamos a hacer con el artículo y las imágenes.

—Creo que va siendo hora de que nos conozcamos un poco más, ¿no crees? —Soy yo quien decide romper el silencio mientras empezamos a comer—. Vamos a pasar mucho tiempo juntos si vamos a ser compañeros en el *K-Press*.

—¿Y eso implica que tengamos que ser amigos? —pregunta ella, mientras le da un mordisco a su pizza.

—No si no quieres. —Me encojo de hombros, luego me llevo unas cuantas patatas a la boca antes de volver a mirarla—. Pero quieres.

—No sabía que eras un engreído.

—Nos conocemos desde hace tres días, Spens. ¿Qué esperabas? ¿Saber de mí hasta mi más oscuro secreto?

Spencer se ríe cuando uso sus propias palabras contra ella y asiente ligeramente.

—Bien. Tú ganas, West. Adelante, vamos a conocernos. —Da un sorbo de su bebida—. Dime, ¿qué crees que sabes de mí?

Absolutamente nada. Puedo decir lo que se aprecia a simple vista y cualquiera puede ver: que es una persona que no se anda con tonterías, que le gusta jugar. Que es plenamente consciente de su cara, su cuerpo y sus encantos. Que no es un «cambio de aires» lo único que le ha traído aquí y que, con toda probabilidad, no vamos a saber nunca el verdadero motivo. Que se siente fuera de lugar con mi grupo de gente, pero está intentando llevarse bien con todos. Que algo la atormenta y su fachada de «todo me da igual» es su mecanismo de autodefensa.

Pero decirle todo eso conseguiría lo contrario de lo que pretendo: llevarnos bien. Por eso, digo algo que ni siquiera pienso que sea totalmente verdad.

—Déjame ver… —Finjo pensar bajo su atenta mirada—. Adoras a Taylor Swift, probablemente te sepas todas sus canciones. Te encanta leer novelas de amor y sentir que eres la protagonista. Necesitas ser el centro de atención, estar siempre rodeada de gente. En Gradestate eras la abeja reina, la popular y el ejemplo a seguir por las demás. Eras animadora, salías con el capitán del equipo de fútbol, pero lo dejaste plantado al acabar el instituto. Sacabas notas espectaculares, no salías apenas de fiesta y, para terminar, aunque te gusta la literatura romántica, odias las comedias románticas navideñas.

Spencer me mira incrédula cuando termino de hablar, con los ojos como platos y un trozo de pizza a medio camino de su boca. De repente, estalla en carcajadas. Tiene que respirar hondo antes de conseguir hablar.

—Dios, no has dado ni una, Nathaniel.

—¿Ni una?

—Como me resultas divertido, voy a sincerarme contigo. —Se seca una lágrima que se le escapa a causa de la risa, antes de recostarse en el asiento—. No me gusta nada de nada Taylor Swift, me salto sus canciones en la radio. —Si Morgan la oyera, le daría un infarto. La adora y se sabe sus canciones enteras, no se lo perdonaría jamás—. Odio leer novelas de romances porque te enseñan una versión del amor que no existe y te decepcionan. Me gusta ser el centro de atención, por ahí no ibas tan desencaminado, pero es únicamente porque la soledad me parece horrible. En Gradestate era la abeja reina, sí, pero ni mucho menos un ejemplo a seguir por las demás. —Spencer alza la comisura de los labios—. Ni era animadora ni salía con el capitán del equipo. Salía con cualquier chico medianamente mono que se cruzase en mi camino, iba a todas las fiestas y bebía hasta olvidar dónde estaba. Mis notas no fueron muy buenas el último año de instituto, pero conseguí salvar el curso y entrar en la universidad. Y, para terminar: adoro las comedias románticas navideñas por el mismo motivo por el que odio la literatura romántica: porque son irreales. Ilógico, sí, pero las comedias de amor en Navidad son mi punto débil.

Es mi turno de reír. Ha despotricado todo como si fuese una competición y acabase de machacarme, y se ha quedado tan a gusto. Spencer arquea una ceja ante mis carcajadas, yo niego repetidas veces hasta que me calmo.

—No estoy sorprendido en absoluto —consigo decir y estoy siendo sincero. Todo lo que he dicho han sido estereotipos que parecían encajar perfectamente con ella, pero que no creía reales. Y, efectivamente, no lo son—. Venga, tu turno, Spens. ¿Qué piensas de mí?

—Te crees mejor que los demás por jugar al hockey —comienza y ni siquiera lo piensa un segundo, simplemente lo suelta como si las palabras estuviesen en la punta de su lengua preparadas para salir— y lo usas para ligar. Probablemente no seas muy buen estudiante, pero te lo perdonan porque compensas con el deporte. Tienes una relación chunga con tu familia que te hizo ser el chico malo en el instituto, frío, distante y misterioso. Y ahora simplemente te dedicas a ir de tía en tía, luego pasas de ellas completamente. Probablemente le has roto el corazón a más de una y te da exactamente igual. ¿Qué más...? —Finge pensar, dándose unos ligeros toquecitos en los labios para terminar encogiéndose de hombros—. En realidad, creo que eso es todo.

Cuando clava sus ojos en los míos de esa manera tan provocadora, sonrío. Cojo unas cuantas patatas y me las como antes de responder tal como lo ha hecho ella.

—No has dado ni una, Spencer.

—Ilumíname.

—Juego al hockey porque me gusta y se me da bien, pero ni quiero dedicarme profesionalmente a él ni presumo de ser jugador. Jamás lo he hecho. Si alguna chica se acerca a mí por serlo, no es porque yo lo haya ido predicando por ahí, te lo aseguro. Soy muy buen estudiante desde siempre, me estoy especializando en Traducción y el año que viene tengo pensado especializarme también en Inclusión Comunicativa. Hablo inglés, francés, italiano y español, además de lengua de signos en los cuatro idiomas, así que no necesito que me perdonen nada por ser deportista. —Sus cejas se alzan con sorpresa, pero no le dejo decir nada, continúo hablando—: Tengo una relación maravillosa con mis padres y mi hermana pequeña. Por cierto, mi padre y mi hermana son sordomudos, así que cuando hemos discutido alguna vez, la verdad es que no ha sido muy emocionante. Me llevaba bien con todo el mundo en el instituto y solo estuve con dos chicas antes de venir a la universidad. Ahora me acuesto con quien me da la gana y quiere conmigo, pero dejo claro desde el primer momento que no busco nada serio para, precisamente, no hacerle daño a nadie. Creo que no le he roto el corazón a nadie, al menos no intencionadamente, pero a mí sí me lo destrozaron el año pasado y a ella le dio igual.

Cuando acabo, la cara de sorpresa de Spencer es brutal. Parece ser que uno de los dos sí que iba con los prejuicios establecidos y no era yo.

—Eso sí que no me lo esperaba para nada —admite.

—¿Qué de todo?

—Todo. —Coge otra porción de su pizza, yo aprovecho para darle un bocado a mi hamburguesa—. Creo que eres la primera persona que me cierra el pico, Nathaniel.

—Oh, bueno, no llores, Spencer. Prometo no decírselo a nadie.

Ella me roba una patata para tirármela y hace una mueca.

—¿De verdad hablas cuatro idiomas?

—Mis abuelos maternos son franceses —explico—. Así que el inglés y el francés son mis lenguas maternas. Además del lenguaje de signos en inglés y francés. Estudié español en el instituto e italiano por mi cuenta porque me enganché a unos dibujos animados italianos cuando tenía doce años. Yo solo aprendí la lengua de signos de esos idiomas también.

—Nunca entenderé por qué no es obligatorio aprender lengua de signos en el instituto —me dice y yo río.

—Tampoco es que os hayáis interesado por aprender aun así.

Estoy demasiado acostumbrado a esa frase. «Debería ser obligatorio», «Qué pena que los sordomudos no puedan comunicarse con todo el mundo», «Qué mal lo pasarán», «¿Por qué no se nos enseña desde pequeños?»… Todo el mundo dice algo así por pena, pero nadie se interesa de verdad en aprenderlo. Todos somos muy compasivos hasta que tienes que formar parte de la solución, entonces ya no.

—No te falta razón —responde. Y sí que es la primera vez que alguien me da la razón en lugar de poner excusas—. Presumimos de…

Spencer se calla cuando su móvil suena, tiene una nueva notificación. Frunce el ceño cuando mira la pantalla, como si no esperase el mensaje o le sorprendiese quién le ha escrito. Vuelve a sonar y esta vez sí desbloquea el teléfono para prestarle atención a lo que acaba de recibir. Yo me limito a comer mientras la observo.

La expresión le cambia por completo. Su rostro se ensombrece mientras su mandíbula se tensa al apretar los dientes.

—¿Spens? —pregunto, al ver que se queda mirando fijamente la pantalla del móvil sin decir o hacer nada. Ella inspira hondo antes de mirarme—. ¿Todo bien?

—Estupendamente.

Deja el móvil y clava la vista en su pizza. Sigue comiendo sin decir nada, pero puede notarse la tensión a kilómetros. Lo que sea que le hayan dicho la ha descompuesto por completo. La mesa tiembla ligeramente. Cuando me asomo para ver por qué, veo que su pierna no para de moverse con nerviosismo. Spencer le da un bocado a la pizza con tanta fuerza que podría haberle arrancado una mano a alguien.

Incluso su respiración ha cambiado, es como si estuviese controlándose por no estallar.

—Spencer.

—¿Qué?

—¿Estás bien?

Vuelve a clavar sus ojos miel en los míos. Se muerde el labio con muchísima fuerza sin dejar de mirarme.

—Sí —responde, pero se le quiebra la voz. Yo lo noto, ella lo nota. Y creo que es por eso por lo que se pone en pie inmediatamente—. Tengo que irme.

—De acuerdo. —Me limpio las manos y la boca con la servilleta antes de ponerme en pie y sacar la cartera—. Voy a pagar y nos vamos.

—No, West, tú no vienes conmigo.

Echa a andar hacia la salida del Mixing House sin dejarme tiempo de decir nada. Voy tras ella con rapidez, deteniéndome en la barra para darle a la camarera un billete. No espero la vuelta, ya que Spencer está saliendo del local en ese momento.

La alcanzo y me coloco a su lado. Ella se dirige hacia su coche como si le hubiesen puesto cohetes en las zapatillas.

—Ey, Spencer. —No me mira—. ¿Qué ha pasado?

—¡No me ha pasado nada! —grita de repente, pero no se detiene. Al ver que continúo a su lado, aprieta el paso—. ¡Déjame, Nathaniel, en serio!

La voz se le quiebra por segunda vez y, cuando me planto delante de ella para que se detenga, puedo ver que está llorando. No pensaba que alguna vez iba a ver llorar a esta chica. Al parecer, ella tampoco, ya que se seca rápidamente las lágrimas y me mira como si quisiera matarme ahora mismo.

—Te lo digo muy en serio, déjame en paz.

—No creo que estés en condiciones de conducir, deberías respirar antes.

—La verdad es que me importa una mierda lo que creas. Aparta.

—Spens, deja al menos que te lleve…

—¡Que te vayas a tomar por culo de una vez! —me grita.

Una pareja que pasa cerca de nosotros nos mira, pero no les presto más de un segundo de atención. Los ojos de Spencer vuelven a empañarse y comprendo que no está llorando de tristeza, sino de rabia. Sea lo que sea lo que haya pasado, está furiosa.

—Spenc... —intento por última vez, pero ella me empuja para apartarme a la altura de su coche. Se mete en él a toda velocidad, aunque no arranca enseguida. Me mira a través del cristal, negando repetidas veces.

Arranca el coche a pesar de que puedo ver que le tiembla todo el cuerpo. Sale de ahí echando leches y me deja plantado en mitad de la calle.

CAPÍTULO 18

Spencer

Ni siquiera la noche en la que Troy me puso los cuernos estuve con tanto malestar como ayer. Me estaba divirtiendo con Nate, para qué mentir, pero al parecer no puedo tener ni un minuto de paz. En cuanto quiero hacer las cosas bien, el mundo me jode una vez más.

Creo que en el fondo llevaba sabiendo mucho tiempo que Lena y Phoebe, especialmente Lena, no eran amigas mías de verdad. Por eso no me extrañaron sus reacciones cuando les dije que me iba y por eso la decepción no fue tan grande, aunque dolió de todos modos. Lo confirmé el otro día cuando Lena subió a Instagram ese vídeo en el que se enrollaba con Troy. Pero lo de anoche me sentó demasiado mal.

Vuelvo a mirar el móvil y abro el chat con Lena. Ahora me ha respondido al mensaje que le envié anoche y del que ni siquiera me acordaba de lo pedo que iba.

> **Lena**
> Troy me gustó a mí antes que a ti y no te importó.
>
> Estamos saliendo, te guste o no.
>
> Yo no soy tú, Spencer, a mí no me va a engañar.
>
> Ni siquiera sabe por qué estaba contigo.

Anoche me invadió una ola de sensaciones que no supe cómo manejar. Ya había aceptado que mis amigas no lo eran y que mi ex me puso los cuernos. Pero ver que ahora está saliendo con Lena y lo que ella me ha dicho... No está ahí escrito, pero el mensaje está claro: a mí no me va a engañar porque a ti sí te lo hizo por ser tú.

Todo lo que pude sentir por Troy se ha desvanecido, solo siento impotencia por haberme sentido traicionada una vez más cuando ni siquiera estoy allí. Ni siquiera en Newford puedo deshacerme de mi carga.

No supe manejar cómo me sentí y encima no fui capaz de controlar las lágrimas de rabia delante de Nate. Sé que no tenía que haberlo tratado como lo hice, pero estaba tan desesperada, con tanta ansiedad, que me dio exactamente igual. Encima, creo que le escribió a Jordan. Cuando llegué, mi hermanastro no estaba, cosa que agradecí, pero yo aún estaba despierta cuando volvió. Lo primero que hizo al entrar fue venir directamente a mi habitación y tocar para preguntar si estaba despierta y estaba bien. Me hice la dormida, pero ese simple gesto me reconfortó tanto que logré quedarme dormida.

De hecho, he dormido hasta tarde. Y el mensaje que me llega me recuerda que tengo que levantarme ya sí o sí.

Jordan
Estoy en el gimnasio, me ducho aquí.

En una hora te recojo, hermanita.

Yo
De verdad tengo que ir?

Jordan
Es tu culpa que ahora tengamos que hacer comidas familiares.

Así que sí.

Mueve el culo.

Yo
Vaale.

La ducha me sienta de maravilla. Me arreglo como puedo, aunque la imagen que me devuelve el espejo no tiene nada que ver con cómo me siento por dentro. Al menos la fachada valdrá.

Jordan me manda un mensaje avisando de que está abajo y en dos minutos estoy subida en su deportivo. Él lleva unos pantalones beis y un polo blanco que no pegan mucho con su estilo, pero que le sientan de maravilla de todos modos. Nada podría quedarle mal a Jordan Sullivan.

—¿Vamos de comida familiar o a pedirle la mano a los padres de alguna chica? —pregunto.

Él ríe por la nariz y niega mientras arranca.

—¿Ni un segundo de tregua, Spencer?

—Para compensar diré que estás guapo.

—A mi padre le gusta que me arregle cuando salimos a comer —explica—. Para las pocas veces que son, le doy el gusto.

Que su padre y mi madre tengan tiempo libre entre el trabajo en la universidad y el hospital suele ser complicado, así que van a intentar aprovechar cuando esto suceda para tener reuniones familiares que no son en absoluto necesarias.

—Por supuesto, niño de papá —me burlo.

Él pone los ojos en blanco y enciende el reproductor de música. Se conecta automáticamente a su teléfono; «Radioactive», de Imagine Dragons empieza a sonar. Agradezco la música, que impide que me pregunte nada acerca de anoche.

Jordan y yo empezamos a cantarla al mismo tiempo, desafinando. Hasta le subimos el volumen para poder cantar más fuerte. Jordan tamborilea con los dedos en el volante mientras yo uso mis dedos como baquetas sobre el salpicadero. Cuando termina la canción, ambos reímos casi sin aliento y bajamos la voz mientras comienza una distinta. No soy capaz de decir cuándo fue la última vez que algo tan simple me divirtió tanto.

—No recordaba que también te gusta Imagine Dragons —me dice—. Sé que me lo habías dicho alguna vez.

—Son alucinantes, me encantan.

—¿Verdad? —Jordan desvía la vista un segundo para mirarme, con una enorme sonrisa—. Los chicos y yo somos muy fans. Queremos ir al concierto que hacen en enero. ¿Vendrías?

—¿Aquí en Newford? —Asiente—. Me apunto.

Unos treinta minutos después, llegamos al restaurante en el que hemos quedado con nuestros padres, un japonés muy sofisticado en pleno centro de la zona moderna de la ciudad.

—¡Jordie, Spens! —El primero en saludarnos es Ben, que se levanta corriendo de la mesa cuando nos ve y se abalanza hacia nosotros. Nos abraza a cada uno por una pierna para hacerlo a la vez y nos saca unas risas.

—Ey, mocoso. —Le doy una palmadita en la cabeza y le revuelvo el pelo para que así nos suelte—. ¿Otra vez más alto?

—Que no te mienta, sigues igual de enano —se burla Jordan, ante lo que su hermano le saca la lengua.

Los tres nos acercamos a la mesa, aunque mi madre no se conforma con un simple saludo y nos obliga a Jordan y a mí a darle un beso en la mejilla a sabiendas de lo que odio las muestras de cariño. Pero nunca se le dice que no a un beso de tu madre, lo aprendí por las malas.

Tras ser adulados diez veces por lo menos, lo primero que hacemos es pedir.

—¿Qué tal está yendo tu primera semana, cielo? —me pregunta mi madre.

Me ha llamado varias veces esta semana, pero no he entrado en muchos detalles. Solo les dije que bien, que me estaba adaptando.

—Bien, me estoy adaptando todavía —repito lo mismo, a lo que mi madre chista.

—¿Eso es todo? ¿No vas a contarme si has hecho amigas, qué asignaturas has cogido o qué tal se está en el piso con Jordan?

Le cuento que el piso de Jordan es fantástico y que convivimos bien. Le digo que no sé si he hecho amistad, ya que apenas conozco a Amanda, la chica con la que comparto una clase, y los demás son amigos de Jordan, no míos. Pero mi hermanastro protesta y dice que claro que he hecho amigos. Hasta mi madre lo mira como si supiese que miente, ya que eso no hay quien se lo crea. Él insiste en que a sus amigos les caigo bien de verdad, pero prefiero no seguir hablando de eso y cambio de tema para contarle a mamá en qué asignaturas me he matriculado. Tanto Daniel como ella me prestan toda su atención, haciendo alguna aportación de vez en cuando.

—Me alegra que estos primeros días estén yendo bien, Spens —me dice Daniel con una sonrisa sincera.

Es el típico hombre agradable a simple vista y la verdad es que mamá ha dado con un tipo genial. Ahora es feliz y se le nota, aunque me costase aceptarlo.

—¿No les cuentas lo de *La Gazette*? —me insta Jordan.

Yo lo fulmino con la mirada, pero él alza las comisuras de los labios con fingida inocencia. Traidor.

—¿*La Gazette*? ¿El periódico de la universidad?

Mientras veníamos, Jordan me ha preguntado qué tal me iba en el periódico con Ethan y Nate. Le he hecho un breve resumen de en lo que estábamos trabajando, ha prometido burlarse de Nate y me ha asegurado que no iba a sacar el tema de escribir en la comida. Esta me la paga.

—Soy redactora en la sección de artículos.

—¡Spens, eso es maravilloso! —A mi madre se le ilumina el rostro y es precisamente por eso por lo que no quería que lo supiera. Adoraba leer lo que escribía, aunque no le interesase el tema lo más mínimo. Siempre le gustó esa faceta mía. Cuando dejé de hacerlo, mamá me insistía continuamente en que lo retomase. Ahora por fin lo he hecho y no sé si soportaría decepcionarla otra vez—. Me alegra tantísimo que vuelvas a escribir…

Intento desviar el tema lo más rápido que puedo, esta vez Jordan no me traiciona y me ayuda a que hablemos de otra cosa. Enseguida estamos enfrascados en una conversación sobre el equipo de hockey.

—En dos semanas tenemos el primer partido de la temporada, espero que este año vaya mejor —explica Jordan con reproche.

—Sois un buen equipo —participa Daniel—, seguro que este año estáis mejor preparados que el anterior. Los Wolves siempre han llegado casi hasta el final.

Por lo que cuentan, el año pasado los Wolves no jugaron su mejor temporada. Este año, al graduarse los de cuarto, han hecho titulares a Jordan y sus amigos, y creen así tener más posibilidades de mejorar, porque parece ser que son buenos. A Jordan sí que le gustaría llegar en algún momento a la Frozen Four, por lo que cuenta, aunque no quiera dedicarse profesionalmente a esto, al menos, como jugador. Su sueño es ser entrenador de hockey.

Aun así, parece ser que la gente de la universidad apoya a muerte a los Wolves porque confían en ellos. Creo que aunque alguien no sea muy fan de un deporte, cuando juegan los que te representan, los animas igualmente. Es como una ley de honor no escrita.

En Gradestate solíamos ir a ver el fútbol americano, mis «amigos» jugaban en el equipo. La verdad es que nunca he ido a un partido de hockey y siento curiosidad.

Durante el resto de la comida, hablamos de distintas cosas, aunque principalmente nos avasallan a Jordan y a mí a preguntas sobre la universidad y la convivencia. Ya les hemos hablado de eso, así que no hay que ser muy avispados para darse cuenta de qué quiere saber mi madre en realidad. ¿He hecho algo de lo que tenga que preocuparse? ¿Sigo teniendo el chip de la Spencer de Gradestate? ¿Salgo de fiesta hasta desmayarme, me acuesto con el primero que se me ponga delante y rompo cosas? Creo que la respuesta a todo podría ser «quizá». Solo he hecho las cosas anteriores una vez desde que llegué (a medias) y fue por el motivo de siempre. Tanto Jordan como yo mantenemos la boca cerrada acerca de lo que pasó el viernes.

Sin embargo, tal como decía, el universo no quiere que viva en paz. Mi teléfono suena y se me corta el cuerpo al ver quién me escribe de nuevo. Lena, esta vez por privado.

> **Lena**
> En serio has hecho que Jordan me deje
> de seguir en Insta????
>
> Eres increíble, Spencer, no dejas a nadie vivir en paz.

Pero ¿qué coño le pasa a esta chica? Está claro que su problema conmigo es que nunca fue el centro de atención cuando yo estaba por allí. Pero ya me he ido, se está follando a mi ex y, aunque fui yo la que le escribió en primer lugar, ya he pasado de ella.

> **Yo**
> Déjame en paz, Lena.

> **Lena**
> Eres tú la que no me deja en paz a mí.

> **Yo**
> No tendría que haberte escrito,
> pero entiende que lo hiciese.

Yo
Estás saliendo con mi ex, joder.

El mismo que me puso los cuernos.

Lena
Te lo merecías.

Suelto un sonido ahogado de incredulidad. Cuando alzo ligeramente la vista, veo que Jordan me mira con el ceño fruncido, frente a mí, pero los demás no se percatan de lo que está pasando.

Me lo merecía. ¿Me lo merecía? No he sido la mejor amiga, ellas tampoco. Pero nunca he sido mala persona. ¿De verdad me merecía que me engañasen sin miramientos?

Yo
Ojalá te engañe y abras los putos ojos.

Me das asco. Sois basura.

Lena
Estás loca.

No me extraña que te hayas quedado sola.

Espero que allí pasen de ti, no mereces nada bueno.

—¿Spens? —susurra Jordan junto a mí. Me da un codazo al ver que no respondo. Estoy apretando el móvil con tanta fuerza con una mano que se me ponen los nudillos blancos—. Oye.

Alzo la vista y no sé qué es lo que debe de ver en mi expresión, pero frunce el ceño y se inclina hacia mí. De repente, el silencio se hace en la mesa y todos me observan.

—¿Necesitas que te dé el aire? —me pregunta en voz baja. Yo simplemente asiento.

Jordan intercambia unas palabras con nuestros padres antes de ponerse en pie y tirar de mí hacia el exterior del restaurante.

127

En cuanto salimos, me llevo las manos a la cabeza y ahogo un gemido. Jordan me dice algo, pero no lo escucho. Lo único en lo que estoy pensando es en lo que me acaba de decir Lena. «No me extraña que te hayas quedado sola», «No mereces nada bueno».

Vuelvo a leer los mensajes, pero Jordan se acerca a mí y, antes de que diga nada, le tiendo el móvil para no tener que dar explicaciones.

—¿Qué...? —Frunce el ceño. Yo señalo el teléfono y lo miro.

—¿Es verdad? —pregunto. Se me atasca la voz en la garganta cuando intento seguir hablando, pero hago un esfuerzo—: ¿No merezco nada bueno? ¿Me merezco estar sola?

—Spens... —Jordan suspira, negando—. Tranquila, no hagas caso a lo que te dice.

—No has respondido a mi pregunta —protesto con un gruñido.

—No creo de verdad que lo que has preguntado sea necesario responderlo, Spencer. Si no eres capaz de saber por ti misma la respuesta, entonces me reitero en lo que dije el otro día.

—¿En qué?

Sé perfectamente a qué se refiere, pero el cabreo me nubla los sentidos.

—Necesitas ayuda, Spens. Estás lidiando con algo que no sabes cómo manejar y te está consumiendo.

—Estoy perfectamente. Es Lena la que se ha enfadado porque la has dejado de seguir en Instagram.

—Acabas de tener un ataque, Spencer. —Su voz es firme mientras se acerca a mí, levanta el móvil e ignora lo demás—. Dijiste que esta gente no te afectaba, que lo de Troy y tus amigas no iba a poder contigo. No es malo estar mal —me tiende el teléfono y lo acepto—, pero tú has sobrepasado un límite.

Frunzo el ceño.

—¿Tú también vas a decirme que estoy loca?

—Argh, por Dios, Spencer. —Jordan bufa, su expresión se vuelve más seria—. ¿No te das cuenta de verdad que lo único que ha impedido que montes un espectáculo como el otro día es que estamos con nuestros padres? Y aun así has necesitado irte. Encima, ayer pagaste con Nate lo que quiera que pasara. Él no te hizo nada y lo dejaste tirado como a un perro. No es justo, Spencer. No llevas bien el tema y no quieres hablarlo ni con tu madre ni con tu padre ni conmigo. Estás dejando que la rabia te consuma.

—¿Por qué narices tengo que hablarlo con alguien? —digo, alzando la voz, molesta. Estoy harta de que me digan qué hacer—. ¡No llevo nada de ninguna manera! ¡Es normal que esté molesta después de todo lo que ha pasado! ¡Estoy harta de todo, Jordan, de todo! De mi vida, de los que consideraba mis amigos, de mi ex, de Lena, de Phoebe, ¡de mí! —Esa última frase se ahoga en un sollozo que me duele más en el alma que en el orgullo—. ¡No puedo más! ¡Y estoy cansada de que me digáis lo que creéis que es mejor para mí! ¡¿Cómo vais a saberlo si ni yo misma sé qué coño me pasa?! ¡Estoy perfectamente!

Con toda la rabia que siento en el momento, estampo el móvil en el suelo y suelto un grito de rabia. El teléfono se parte en mil pedazos y el silencio nos rodea de repente. No hay nadie junto a nosotros, pero la mirada de Jordan sobre mí es suficiente.

Lo comprendo al instante.

La rabia me está consumiendo.

No el dolor por lo que me han hecho, sino la rabia.

El miedo.

La inseguridad.

Asiento ligeramente cuando alzo la vista hacia mi hermanastro y sé que me comprende al momento. Se acerca a mí y me envuelve en un abrazo que no elimina el temblor de mi cuerpo ni el dolor de estómago y pecho.

—No pasa nada, Spencie, no pasa nada —susurra.

Nos quedamos unos minutos más fuera hasta que consigo tranquilizarme lo suficiente. Me seco las lágrimas que se me han escapado y volvemos adentro. Nuestros padres nos miran preocupados mientras Ben se está hinchando a comer, ajeno a todo. Quién pudiera tener diez años otra vez…

—Cielo, ¿va todo bi…?

—Mamá, llevabais razón —suelto, armándome de valor. Ignoro que me tiembla la voz, que se me acelera el corazón—. Necesito ayuda profesional.

—Oh, mi vida —es lo único que dice antes de ponerse en pie y venir para envolverme en un abrazo—. Todo va a ir bien, hija mía, lo prometo.

No estoy de acuerdo, pero de momento es a lo único a lo que puedo aferrarme.

CAPÍTULO 19

Nate

—¡Torres, Sullivan! ¿A qué estáis jugando? ¡Desde luego, al hockey no!

El entrenador Dawson siempre se ceba con Torres y Jordan. El primero es el mejor central de todo el equipo, ágil y rápido, y Jordan es un defensa brutal. Así que ambos son los que más gritos se llevan por parte del entrenador, que está desesperado por que este año machaquemos al resto de los equipos.

Peter, un chico de primero que es delantero, consigue hacerse paso esquivando a Torres, que maldice en español. Como es pequeño y rápido, Peter también se deshace de Ameth. A Jordan ni siquiera le da tiempo a reaccionar, Peter lanza el disco a la portería sin que el defensa pueda hacer su trabajo. Al menos Ray es capaz de detener el que parecía que iba a ser un gol aplastante.

—¿Es así como pretendes que se fijen en ti, Torres? —vuelve a gritarle el entrenador cuando este se acerca para respirar un poco—. Parece que es la primera vez que te pones unos patines. —Lo señala con una mano, se gira para mirarnos a los demás y alza más la voz para asegurarse de que lo oímos—. ¿Así pensáis ganar el primer partido? ¿Qué creéis, que no sé qué habéis estado toda la semana bebiendo y vagueando? —Se pellizca el puente de la nariz, suelta un suspiro y niega con la cabeza—. Haced el favor de espabilar o juro que os echo a todos a la calle. Smith, al banquillo. West, al hielo. Y no me hagas llorar, por favor.

Me cambio por Peter, aunque no me va mucho mejor que a los demás. De nuevo nos llevamos unos cuantos gritos, ninguno de los dieciocho que formamos el equipo se libra. El entrenador sigue quejándose y diciendo que va a tener que ser más firme con sus normas o mandarnos a paseo y formar un nuevo equipo. No se le ocurre que quizá habernos hecho venir a entrenar un lunes a esta hora nos tiene totalmente idos. No son ni las ocho de la mañana cuando el entrenamiento termina y nos esperan dos semanas viniendo mañanas y tardes si queremos estar listos para el partido del viernes que viene.

Todos volvemos al vestuario sin decir ni una palabra. Algunos de los chicos se cambian sin pasar por las duchas y se despiden, imagino que porque irán a sus casas directamente. Yo tengo clase en un rato, así que prefiero darme una buena ducha y desayunar antes de entrar.

Mientras me seco y saco la ropa limpia de la taquilla, me entretengo viendo que Ameth no para de darle manotazos a Torres mientras se queja. Torres está intentando hacer algo con el pelo de Ameth, pero no tengo la suficiente información como para saber a qué están jugando.

—¿Qué narices hacéis? —les pregunto, a lo que Ameth resopla.

—Torres me dijo que sabía hacer trenzas. —Se señala el pelo, que está destrozado por algunas zonas por el manoseo—. Pero evidentemente es mentira, mira lo que me está haciendo.

—Sé hacer trenzas perfectamente —se defiende él, que se cruza de brazos con toda la tranquilidad del mundo—. Se las hacía a mi hermana todo el rato después de que nuestra madre muriese. Pero nunca las había hecho en pelo afro. Lo siento, *hermano*.

—No es tu culpa —lo consuela Ameth, que se levanta para mirarse en el espejo el destrozo que le ha hecho nuestro amigo. Suelta un suspiro e intenta arreglárselo con agua, con poco éxito—. Voy a tener que ir a que me las haga mi madre, quiero las trenzas pegadas, estoy cansado de peinarme por las mañanas.

—Dime que podemos acompañarte —pido rápidamente.

Los chicos y yo hemos ido unas cuantas veces a casa de Ameth a comer y hemos salido rodando. Sus padres siempre nos sirven comida típica de Senegal y ¡menudo manjar! Ni siquiera cuando Torres se hincha a cocinar comida colombiana nos llenamos tanto.

—Voy a ir después de clase. Si os presentáis en casa sin que haya avisado a mi madre por lo menos con dos días de antelación para hacer una buena compra, me corta la cabeza.

—Así que la respuesta es no —concluyo.

—¿Qué te has hecho? —pregunta Jordan, que acaba de salir de la ducha. Enarca una ceja mirando el pelo de Ameth, que lo ignora y vuelve al banco para recoger sus cosas.

—Va luego a casa de sus padres para que se lo arreglen —explica Torres. A Jordan se le ilumina la cara de inmediato.

—¿Podemos ir?

—Ya lo he intentado yo, hermano, pero no ha colado. —Le doy una palmadita en el hombro a mi amigo, que finge un puchero y deja caer los hombros.

—Te odio, Ameth.

La mañana se hace eterna. Me la paso básicamente editando en el portátil las fotos que hice ayer para que Spencer pueda incluirlas en el artículo cuanto antes y mandárselo a Ethan. Hacía mucho que no editaba fotografías, así que tengo que hacer unas cuantas pruebas antes de estar contento con el resultado final. Aún me da rabia recordar que por culpa de Allison perdí el interés en algo que me gusta tantísimo. Y que, además, se me da bien. Han salido muchas fotos buenísimas, sé a la perfección que a Spencer le van a gustar y que van a quedar geniales en el *K-Press*.

Se las mando por email cuando están terminadas y le escribo un mensaje para que sepa que ya las tiene. No responde de inmediato, imagino que estará en clase.

No he vuelto a hablar con ella desde lo del sábado. Jordan me pidió perdón por no poder darme explicaciones acerca de qué le pasaba a Spencer y por qué se había puesto así, pero le dije claramente que no se volviese a disculpar. Yo no le había pedido explicaciones ni las necesitaba. Cada cual lidia con sus propios demonios y, aunque es cierto que Spens se portó mal conmigo sin yo merecerlo, no tengo ni idea de qué se le pasa por la cabeza como para reprocharle nada. Al menos no por haber tenido un ataque de histeria y haberse marchado. Yo también fui un capullo con mis amigos cuando pasó lo de Allison y solo necesité paciencia.

Torres pregunta por el grupo en común quién quiere comer a mediodía. La mayoría dicen que no pueden, Spencer no responde y solo aceptamos Jordan y yo.

Cuando llego al Mixing House, Jordan ya está dentro. Se está quedando sopa en el banco, pero parece espabilarse cuando me ve.

—Odio a Dawson por hacernos ir tan temprano a entrenar —dice al ver mi sonrisa burlona—. Necesito mínimo siete horas de sueño para ser persona.

—¿Mala noche?

—Spens y yo nos pasamos la tarde con su madre, mi padre y Ben en la ciudad. Cuando volvimos a casa pedimos unas pizzas y nos enganchamos a una serie, así que nos acostamos bastante tarde.

—Te importa, ¿verdad? —pregunto sin pensar. Jordan me mira confuso—. Spencer, te importa.

—Cuando nos conocimos a los quince, ambos lo estábamos pasando mal. Ninguno de los dos llevábamos bien el divorcio de nuestros padres y eso nos unió —explica—. Mi padre era un desconocido para ella y su madre lo era para mí. Creo que ambos pensábamos que íbamos a odiarnos por el hecho de ser hermanastros, pero la verdad es que eso fue precisamente lo que hizo que nos llevásemos bien. Nos entendíamos. Spens y yo empezamos a hablar bastante y nos divertíamos las pocas veces que pasábamos tiempo juntos. Fue como tener... no sé, fue como tener...

—Una hermana —termino por él, que asiente.

—Aunque Ben sea mi hermano y lo quiera con locura, es muy pequeño. Spencer era como tener una hermana melliza, como Morgan y Torres. Ambos supimos rápidamente que podíamos confiar el uno en el otro, así que nos contábamos prácticamente todo. Cuando empezamos la universidad, nos distanciamos algo más, teníamos nuevos amigos y más cosas en la cabeza, pero ahí seguíamos el uno para el otro. Desde que la conozco, he pensado en ella como parte de la familia, aunque no se lo haya dicho. Así que respondiendo a tu pregunta: sí, me importa.

En realidad, no necesitaba que respondiese para saberlo. Conozco a Jordan desde los cinco años. Junto a Torres, que lo conocimos a los ocho, es mi mejor amigo. A pesar de que en todos estos años nunca habíamos conocido a Spencer, Jordan sí que ha hablado de ella alguna vez. No mucho, porque es alguien bastante reservado a la hora de hablar de otras personas, pero sí lo suficiente para saber que su hermanastra le importaba. Y ahora que viven juntos, más que nunca.

No decimos nada más porque Torres aparece en nuestro campo de visión, al otro lado del cristal. Está hablando por teléfono frente al Mixing House, con una expresión de cabreo impresionante y se mueve de un lado a otro. Empieza a gritar en español, aunque no logro escuchar qué dice exactamente, tan solo pillo palabras sueltas.

—Pelea familiar —apunta Jordan, y yo asiento.

No es ningún secreto que los mellizos no tienen buena relación con su padre. Desde que Diana Torres murió cuando tenían catorce años, solo se han enfrentado a las dificultades que este pone en sus vidas. Ella era su pilar, la que se encargaba de sus cuatro hijos, y todo cambió de golpe, lo que obligó a mis amigos a crecer demasiado deprisa y a cargar con un peso enorme que no les correspondía.

Torres cuelga, suelta un gruñido y se dirige al interior del restaurante. Se deja caer junto a mí, abatido, y coge el menú de malas maneras.

—Hola.

—¿Todo bien? —pregunto. Él niega, pero no dice nada más—. Sabes que puedes contárnoslo.

—No quiero aburriros con mis dramas familiares.

—Somos tus amigos —le recuerdo. Conocemos sus dramas familiares de primera mano, los hemos vivido junto a él.

—Desahógate si lo necesitas, colega —añade Jordan—. Estamos para eso.

Él inspira hondo y después suspira antes de asentir.

—Ana ha llamado a Morgan hace un rato llorando porque mi padre les ha gritado a Nick y a ella. —Son sus hermanos pequeños: Ana tiene ahora once años y Nick, nueve—. Así que Morgan me ha llamado a mí para decírmelo y yo he llamado a mi padre para gritarle de vuelta.

—¿Por qué les gritaba?

—Las gilipolleces sin sentido de siempre.

—Ya sabes que, si necesitas mi coche para ir a tu casa, no tienes más que pedirlo —dice Jordan, a lo que Torres sonríe con tristeza.

—Lo sé, hermano, te lo agradezco. Probablemente vaya el sábado que viene y me quede allí el finde para llevar a mis hermanos a algún lado.

—Si quieres compañía, no tienes más que avisar —le recuerdo. Diego asiente.

—Bueno. —Da un par de palmadas sobre la mesa y sé que ya ha cambiado el chip por completo. Torres no deja que sus problemas afecten su día a día, suele lidiar con ellos en silencio—. ¿Qué vais a pedir de comer? Me muero de hambre y pienso volver a saltarme esa dieta de mierda del entrenador.

CAPÍTULO 20

Spencer

—Cuéntame, Spencer, ¿por qué estás aquí?

La sala no es muy grande, es una habitación acogedora muy minimalista. Junto a la puerta, hay un escritorio y varias estanterías repletas de libros y archivadores. Enfrente hay un par de sofás y sillones junto a una mesita pequeña. La doctora Martin está sentada en uno de los sillones individuales, con las piernas elegantemente cruzadas y una carpeta sobre ellas en la que reposa un bolígrafo. Es una mujer joven, de pelo castaño recogido en una coleta baja, y ojos verdes. Estoy sentada frente a ella, pero le estoy prestando más atención al cuadro de la pared enfrente que a lo que me dice. Cuando acepté que necesitaba ayuda, no pensaba que fuese a ser todo tan rápido. Pero por una cancelación de última hora, la universidad me ha dado hoy mismo la cita con una de las psicólogas del campus.

—Spencer.

Me obligo a mirarla, ella sonríe ligeramente de forma tranquilizadora. Mi pierna derecha se mueve arriba y abajo involuntariamente.

—No te sientas forzada a nada, puedes hablarme de lo que tú quieras.

Asiento bajo su dulce mirada. Estoy nerviosa, lo reconozco. Nunca, en los seis años que han pasado desde el divorcio, había admitido que necesitaba ayuda y, ahora que por fin lo he hecho, no tengo ni idea de qué decir.

—No sé por dónde empezar.

—¿Por qué no me hablas un poco sobre ti? De dónde eres, qué aficiones tienes… Cuéntame un poco sobre tu familia, qué estás estudiando… Cosas sencillas.

Eso puedo hacerlo. Siempre me ha resultado complicado abrirme, pero estar aquí ha sido decisión mía, así que hago un esfuerzo. Respondo esas preguntas básicas, cosas sencillas. No me pregunta nada que pueda hacerme sentir incómoda, por lo que me relajo. Me da espacio, me da tiempo, me escucha. Y, aunque parezca que la sesión de hoy no ha servido para mucho, la verdad es que me siento mucho mejor cuando abandono la consulta.

Tengo unos cuantos mensajes en el grupo en el que me añadieron el otro día, aunque ya llego tarde para comer con nadie. Jordan me ha dejado un móvil viejo durante el día de hoy hasta que vaya más tarde a comprar uno nuevo, ya que el mío quedó inservible tras mi ataque de rabia.

Jordan también me ha escrito para ver qué tal me ha ido, así que le respondo que en casa le cuento. Y Nate me ha enviado otro mensaje para avisarme de que me ha mandado las fotos ya listas para el artículo. Como no tengo clase esta tarde, decido volver al piso para terminar de redactarlo y comer algo mientras tanto.

Lo primero que hago al llegar es poner un poco de música ambiente que engulle el silencio enseguida. Me cambio de ropa y meto en el microondas las sobras de las pizzas de anoche, ya que pedimos de más. Luego me llevo el plato a la mesa del salón para empezar a trabajar.

Las fotos de Nate son increíbles. No buenas, sino increíbles. Los ángulos desde los que tomó cada imagen son muy guais y cómo han quedado después de retocarles la luz hace que sean alucinantes. Van a quedar genial en el artículo.

Volver a escribir me cuesta. Pensaba que iba a ser más sencillo, ya que tengo en mente todo lo que quiero reflejar en el documento, pero plasmarlo se me complica más de lo que pensaba. Tengo que borrar y reescribir varias veces hasta que, por fin, estoy medio satisfecha con el resultado.

Cuando alzo la vista, ya es de noche. He estado toda la tarde con el artículo, sin prestarle siquiera atención al móvil. Al mirarlo, veo que tengo un mensaje de Morgan.

Morgan
Cenas con Trin y conmigo? :)

Durante un segundo, una parte automática de mí va a responder que no. Pero la verdad es que sí que me apetece. Estoy cansada de privarme de cosas por temor. La psicóloga me ha dicho que intente enfrentarme al qué dirán, qué pensarán, si estarán quedando conmigo por compromiso… Que haga lo que me apetezca y punto.

Yo
Claro, dónde??

Morgan
Íbamos a pedir algo en la residencia,
lo que te apetezca.

Yo
Jordan tiene entrenamiento hasta tarde,
os venís a casa?

Morgan
Mejor!! En 20 min estamos ahí.

Por lo que me ha dicho Jordan, los chicos tienen entrenamiento intensivo esta semana y la siguiente de cara al primer partido de la temporada. Van por la mañana muy temprano y entrenan el doble por las tardes. No van a salir de fiesta ni una sola vez hasta que pase el partido, pero sé que después del partido van a pegarse una buena, ganen o pierdan. Y, por supuesto, yo también.

Aunque intentaré no tirarme a nadie en un cuarto de baño borracha como una cuba.

Morgan y Trinity tardan en llegar exactamente lo que habían dicho. Ambas vienen vestidas de manera informal, cómodas, con un pantalón de chándal y una sudadera, como yo.

Me dan un abrazo cada una antes de entrar al piso y van directas hacia el salón.

—¿Cómo estás? —me pregunta Morgan—. No te vemos desde la fiesta del sábado y no has hablado por el grupo.

—Estoy bien, gracias —respondo, mientras me siento en el sofá frente a ellas—. Me emborraché demasiado y Jordan tuvo que traerme a casa.

—Sí, bueno no fuiste la única. —Trinity señala con la cabeza a Morgan—. Esta de aquí era incapaz de saber cuál era su habitación con el ciego que llevaba. No paraba de intentar abrir la de al lado. Menos mal que no estaban las otras chicas y me desperté antes de que la liase.

Morgan esboza una sonrisa culpable aunque muestra cero arrepentimiento.

—¿Qué os apetece pedir? —pregunto.

Al final nos decidimos por comida tailandesa. Mientras la esperamos, Morgan nos cuenta que ha tenido un día de mierda.

—Estoy hasta arriba de trabajos de investigación —explica—. Que me gustan, pero tengo el tiempo justo para leer todo lo que necesito para hacerlos. Aunque siempre puedo pedirle ayuda a mi psicóloga y quitarme algo de trabajo de encima.

Eso me llama la atención. Creo que lo dejo ver, ya que Morgan suelta una pequeña risa.

—Sí, voy a terapia. Varias movidas.

—Lo siento, no quería parecer... —suspiro. Total, a estas alturas qué más da—. Yo también he empezado a ir.

Ninguna de las dos se lleva las manos a la cabeza. Cuando mis padres se divorciaron y empecé a bajar mi rendimiento y cambiar mi actitud, los profesores le recomendaron a mi padre que fuese a terapia para que me ayudasen a digerirlo todo. Me negué en redondo y, cuando se lo conté a Lena y Phoebe, se murieron de risa. «Vaya gilipollez ir a terapia por eso, qué vergüenza me daría», dijo Lena. Quizá su opinión fue uno de los motivos que me hizo rechazar cualquier tipo de ayuda durante los siguientes años. Pero a Morgan y a Trinity parece resultarles de lo más normal.

—Eso es genial —dice la pelirroja—. Puedo preguntarte, ¿es por lo de tu ex? No tienes que contárnoslo si no quieres, pero... Nos gustaría conocerte mejor.

El miedo se apodera de mí. Si dejo que me conozcan, eso les dará poder. No era necesario que les hablase sobre mí a mis antiguas amigas, llevábamos tantos años juntas que lo sabían todo. Ponerme a contar cosas de mí misma a alguien hace que se me erice la piel y no en el buen sentido. Por un lado, quiero abrirme a ellas. Me caen bien, se ve que son buenas personas y me encantaría poder considerarlas amigas mías en algún momento. Pero por otro lado me es imposible pensar que me harán daño a la larga, o que, en cuanto sepan cómo era yo en Gradestate, ya no querrán tener nada que ver conmigo. Soy un poco hipócrita, la verdad. Defiendo a muerte mi actitud y mis acciones, pero luego las escondo por si me juzgan precisamente por eso.

—Sí —termino diciendo, sin entrar en detalles. No estoy lista aún—. Entre otras cosas.

El timbre suena justo en ese momento y me salva de continuar con esta conversación. Cuando repartimos la comida y empezamos a comer, no seguimos hablando de mí y lo agradezco.

—¿Y tú? —le pregunta Morgan a Trinity, antes de llevarse una gran cantidad de comida a la boca, como si llevase sin comer días—, ¿has solucionado las cosas con Cody?

—Como siempre. —Se encoge de hombros. No pregunto porque no quiero inmiscuirme, pero ella me lo cuenta con total confianza—. Cody y yo estamos pasando por una mala racha, nos peleamos mucho por cualquier tontería. Nos pasamos un par de días sin hablar y después lo solucionamos.

—Y vuelta a empezar —masculla Morgan, a lo que Trinity resopla—. *Mi niña*, sabes que adoro a Cody, pero estoy totalmente en contra de que sigáis siendo pareja. Nos estáis dando dolores de cabeza a todos.

—A veces eres un poco capulla.

—Y a veces tú tendrías que quererte un poco más.

Trinity aparta la mirada y se centra en su bol de cartón, aunque más que comer, juguetea con los palillos.

—Ya lo sé —termina susurrando. Morgan se inclina para darle un ligero achuchón.

—Te quiero, *idiota*.

Acabamos de comer cambiando de nuevo de tema. Trinity nos cuenta que está terminando un cartel y unos panfletos para el evento de Halloween que se organiza en el campus el mes que viene. Tiene que presentarlo todo a finales de este mes, es un concurso donde elegirán el mejor diseño y lo usarán como el oficial. Como futura diseñadora gráfica, eso le beneficia.

Nos enseña el cartel y los panfletos para ver qué opinamos, y la verdad es que son una pasada. Tienen toda la esencia de Halloween, pero no son el típico cartel lleno de naranja, negro y morado.

—¿En qué consiste el evento? —pregunto, totalmente en la ignorancia—. En Grade Uni solo organizábamos una fiesta en alguna fraternidad.

—Es una pasada —dice Morgan—. Se ponen puestos por casi todo el campus, cerca de los edificios principales. Hay un montón de actividades para hacer por la mañana y por la tarde, y todo el mundo se disfraza. Cuando oscurece, los de teatro organizan una especie de casa del terror en la que cuentan historias de miedo y te guían por sitios del campus mientras te van representando lo que dicen. Y por la noche hay fiesta en casi todas las fraternidades, por lo que el campus entero está celebrando Halloween.

Descubro un par de cosas más sobre ellas en este rato en el que hablamos. Morgan y Trinity se abren a mí a pesar de que yo no consigo hacerlo del todo. Sí que cuento un par de cosas porque de verdad que quiero integrarme, pero nada que tenga que ver con todo lo que pasó en Gradestate.

Morgan quiere especializarse en psicología orientada a trastornos alimenticios. Le habría gustado buscarse un trabajillo un par de veces en semana, pero el programa de estudios que ha escogido este año es inmenso y no podría sacarlo todo adelante. Mor está en Keens con una beca de estudios porque fue la mejor de su promoción en el instituto.

Trinity también está becada, pero por deporte. Ella viene de Rhode Island, donde era una de las mejores jinetes de su ciudad. A pesar de que el programa de la Universidad de Brown era espectacular, a ella le gustaba más el de Keens y lo que este le aportaba. Trin compite en salto a caballo y ahora mismo tiene un futuro prometedor. Pero la equitación no solo es cara, sino impredecible. Por eso, por un lado, trabaja después de montar en los establos para poder mantener a su caballo aquí. Y, por otro lado, estudia Diseño Gráfico porque le encanta y nunca sabe si necesitará un plan B.

—Voy un segundo al servicio —anuncia Morgan después de estar un buen rato charlando.

Se pone en pie mientras yo recojo los envases de la cena con ayuda de Trinity. En el mismo momento en que escucho la puerta del baño cerrarse, la de la entrada se abre.

Jordan aparece en el salón, con la bolsa de deporte en la mano. Alza una ceja cuando nos ve y se acerca a nosotras.

—Así que ahora también invadís vosotras mi casa… Como si no tuviese suficiente con los chicos.

—Nosotras somos mejor compañía —responde Trinity, aunque arruga la nariz cuando Jordan se deja caer en el sofá junto a ella—. Y olemos mejor. Apestas, Jordan.

—Ah, ¿sí? —Él sonríe antes de envolver a Trinity en un gran abrazo que la hace soltar un quejido y removerse, ya que mi hermanastro le presiona la cabeza contra su pecho—. ¿Qué dices, no te entiendo?

Cuando la deja respirar, ella inspira hondo.

—Eres un puto asqueroso.

—A mis chicos no les importa que esté sudoroso después de los entrenamientos, así que siguen siendo mejor compañía. Lo siento, Trin.

—Ojalá te ahogases en la ducha.

Morgan vuelve a entrar en el salón, aunque no tiene muy buena cara cuando se detiene junto al sofá para saludar a Jordan con la cabeza. Tanto él como Trinity parecen percatarse.

—Mor, ¿estás bien? —pregunta ella—. Estás pálida.

Morgan asiente.

—Tengo la regla un poco descontrolada últimamente —contesta de inmediato—. Creo que me voy a ir a casa ya.

—Nos vamos juntas.

Ambas se despiden de mí con un abrazo, me dan las gracias por haberlas invitado, y le dicen adiós a Jordan con un puñetazo en el brazo. Cuando cierro la puerta tras ellas, vuelvo al salón y me siento frente a mi hermanastro.

—Me alegra que hayas quedado con ellas —me dice—. ¿Cómo ha ido la cita de esta mañana?

Me encojo de hombros.

—Bien, supongo.

—Las cosas no se solucionan en un día, Spens. Date tiempo y verás cómo en nada ves todo con distintos ojos.

—¿Tú crees? —la pregunta suena casi desesperada.

Si Jordan se da cuenta, no lo demuestra. Simplemente se inclina hacia mí y me besa la frente antes de ponerse en pie.

—Ya lo verás, hermanita.

CAPÍTULO 21

Spencer

No soy la primera en llegar a la clase de Retórica. Nate ya está ahí, sentado en el sitio habitual con los pies en alto mientras usa su teléfono. Me acerco con cautela, la última vez que lo vi lo dejé tirado frente al Mixing House, sin pagar mi cena y sin dar explicaciones. Lo lógico es que no quiera saber nada de mí, aunque ayer me escribiese para avisarme sobre lo de las fotos. Pero eso no es personal, así que no cuenta.

Me preparo para su desinterés conforme subo las escaleras y me acerco, lista para ver esa mirada cargada de reproche que tan bien conozco en ojos de otras personas. Probablemente hasta me ignore del tirón y haga como si yo no existiese.

Pero Nate no hace nada de eso.

Cuando me detengo junto a los asientos, alza la vista de su teléfono y esboza una amplia sonrisa acompañada de esos malditos hoyuelos.

—¿Qué hay, Spens?

Cortocircuito. Mi cabeza cortocircuita. No parece estar de coña, ya que sigue mirándome con esa alegría que le llega hasta los ojos. Si él va a fingir que no pasó nada, imagino que tendré que hacer lo mismo. ¿No?

—¿Qué hay, West?

Me dejo caer a su lado y saco el portátil de mi mochila.

—No me dijiste qué te parecieron las fotos.

—Son buenísimas —respondo, mirándolo. Automáticamente, me vuelvo a sentir mal. ¿Cómo puede estar aquí sentado a mi lado, tan tranquilo?—. En serio, increíbles. Tuve que hacer el artículo un poco más largo de lo que pretendía para incluirlas todas.

—¿Puedo leerlo? —pregunta, baja los pies de la mesa y se inclina hacia delante.

—Claro.

Abro el documento finalizado y giro el ordenador para que pueda verlo. Es la segunda vez que dejo voluntariamente que alguien que no son mis padres lea lo que escribo. Jordan fue un imprevisto, pero a Ethan le mandé ese texto antiguo. Esta vez lo que he escrito es un artículo totalmente terminado, creado para ser público, para ser leído. Y eso me aterroriza, pues nunca había hecho algo así.

Nate lo lee con detenimiento, yo empiezo a mover la pierna con nerviosismo. Él se percata, ya que se detiene un segundo para mirarme.

—¿Te has bebido diez cafés esta mañana o solo estás nerviosa?

—No estoy nerviosa —miento, pero Nate se ríe ligeramente antes de seguir leyendo. Cuando termina, se vuelve a recostar y me mira.

—Jordan me dijo que no solías escribir para que te leyesen y por eso dudabas en unirte al periódico. —Me encojo de hombros por toda respuesta. Sí, era eso entre otras cosas—. Ese artículo es fantástico, Spencer.

—¿De verdad?

—De verdad. Se nota que escribir es lo tuyo, ha quedado genial.

«¿Cuándo vamos a poder leer algo de lo que escribes?», me preguntó Phoebe una vez. Mis padres ya estaban divorciados y ninguna sabía que yo había dejado de escribir. Les dije que no tenía nada bueno y que prefería no enseñarlo, por lo que Lena se rio: «Seguro que ni siquiera es tan buena».

Hace dos semanas, cuando aún mis examigas eran mis amigas, no habría creído a nadie que me felicitase por mi escritura (quitando la redacción de Phoebe, aunque me lo agradeció casi sin ganas). Pero ya he visto cómo son en realidad y tres personas distintas (Jordan, Ethan y Nate) me han dicho que les gusta lo que escribo. Y de verdad quiero creer que no están mintiendo.

Es por eso por lo que suelto:

—¿Cómo lo haces? —Nate enarca una ceja confuso. Yo tengo que inspirar ligeramente antes de seguir hablando. Porque, claro, ¿para qué voy a controlar mi impulsividad?—. Hablar conmigo como si no hubiese pasado nada.

—¿Ha pasado algo entre nosotros y no me acuerdo? —Esta vez su sonrisa no es tierna, sino que está cargada de socarronería. No puedo evitar que se me alce ligeramente la comisura derecha del labio.

—Fuiste tú quien se negó a enrollarse conmigo porque te parecía una forma... ¿cómo era?

—Patética —completa.

—Eso, una forma patética de darle celos a tu ex.

—Cuando me enrolle contigo, Spencer —susurra, luego se inclina hacia delante y se humedece los labios—. Será en otras circunstancias y te aseguro que no será de forma patética.

Ahora sí sonrío e inclino ligeramente la cabeza. Mis ojos se desvían a sus labios unos segundos, después él repite el mismo gesto. «Cuando me enrolle contigo», no «si me enrollo contigo». Que lo haga. Que se lance ahora mismo y me coma la boca aquí y ahora, me daría igual.

—Me parece fantástico —musito yo, antes de acortar un poco más la distancia que nos separa—. Pero no has respondido a mi pregunta.

Nate se aleja unos centímetros y corta de un hachazo esta tensión entre nosotros.

—No me has hecho ninguna pregunta clara.

—¿No estás enfadado conmigo? —Me alejo también—. Me porté fatal el otro día. Te traté como una mierda y te dejé tirado sin que te lo merecieses. Lo siento. Lo estaba pasando mal.

—No estoy enfadado contigo, Spencer. Has admitido que lo hiciste mal y me has pedido perdón —responde, su expresión es suave y sincera—. Era todo lo que necesitaba y sabía que ibas a hacerlo cuando te encontrases mejor.

—¿Estabas seguro de que te iba a pedir perdón? —Él asiente y yo me río ligeramente—. Está claro que no me conoces en absoluto, West.

—Quizá. —Se encoge de hombros—. Pero lo has hecho, ¿verdad?

Bufo. El muy cabrón lleva razón. Antes pasaba de pedir perdón, era rara la vez que lo hacía. Ni siquiera me disculpé jamás con papá. Y, en cambio, últimamente me he disculpado con Jordan varias veces y ahora le he dicho a Nate que lo siento. Pero no por compromiso, sino porque de verdad he sentido que debía hacerlo.

También siento que debo darle las gracias por darme tiempo, pero la forma tan creída en que me mira hace que me trague mis palabras y simplemente ponga los ojos en blanco. Creo que estoy siendo demasiado suave, así que me mantengo firme.

Veo a Ameth entrar en clase y dirigirse hacia nosotros. Lleva el ceño tan fruncido que tiene hasta que dolerle.

—¿Todo bien? —pregunta Nate.

Ameth resopla mientras se sienta.

—Sí, solo el gilipollas de Christopher, que me ha intentado provocar otra vez.

—¿Qué ha dicho ahora? Va a conseguir tener pelea.

—Bah, tonterías. —Se encoge de hombros y entonces se gira hacia mí—. Tan guapa como siempre, Spens.

Habló quien pudo. Ameth es increíble, con esas facciones, su piel oscura, sus casi dos metros de altura y su cuerpo musculoso. Tiene una sonrisa preciosa y hoy lleva los rizos recogidos en pequeñas trenzas africanas pegadas al cuero cabelludo, lo que le da un aspecto incluso más sexy y adulto.

—Me encanta cómo te quedan las trenzas —comento; él me guiña un ojo.

—No te perdono que fueras a tu casa sin llevarnos —refunfuña Nate.

Al notar mi confusión ante ese gesto, Ameth resopla.

—Ayer fui a casa después de clase a comer para que mi madre me hiciese las trenzas y los pesados del Trío de Tontos querían venir conmigo.

—Su madre hace un plato de pollo con salsa de cacahuete que te mueres —me explica Nate—. *Maafe* se llama. Aunque mi preferido es el *ceebu jen*.

—Es el plato nacional de Senegal —dice Ameth—. Y mi madre tiene que cocinar para quince cuando vamos a comer. Si nos llegamos a presentar sin avisar, nos mata.

—Cuando pase el partido, vamos —declara Nate con una expresión esperanzadora—. Avisa a mamá Fatou.

Ameth me mira como buscando auxilio, pero a mí se me escapa una risa y él acaba suspirando, abatido.

—La avisaré.

Me llega un mensaje de Ethan preguntando por el artículo, así que me armo de todo el valor del que soy capaz, bajo la atenta mirada de Nate, y se lo envío. Intento prestar atención a la clase, hasta que su respuesta llega.

Ethan
Es muy bueno.

Está genial, de verdad. Me encanta.

Buen trabajo, chiques.

No puedo evitarlo, sonrío.

⌒⌒⌒

Ameth me habla un poco de su familia mientras esperamos a que empiece la siguiente clase. Sus padres decidieron venir de Senegal a Estados Unidos cuando él aún era pequeño. Su hermano mayor, Malick, tenía diez años; Ameth, cinco, y su hermana Gina, dos. Las otras dos hermanas aún no habían nacido. Su padre estudió Medicina en la Universidad de Dakar y, tras años ejerciendo allí, le dieron la oportunidad de trasladarse a Newford. Su madre era ama de casa, pero al venir aquí decidió que quería tener un trabajo que le gustase, ya que en su país no pudo hacerlo. Montó una peluquería para gente negra, empezó desde cero con la ayuda de su marido e hijos y ahora le va estupendamente.

—¿Por eso tus trenzas están hechas a la perfección? —pregunto.

Ameth suelta una carcajada mientras niega con la cabeza.

—No es porque mi madre sea peluquera. Las mujeres africanas, en general, aprenden a hacer las trenzas desde muy jóvenes. No solo porque el pelo afro es difícil de tratar, sino porque forma parte de nuestra cultura.

—¿Qué significan?

—Antiguamente, cuando la gente negra era esclavizada, las trenzas se convirtieron en una ayuda. Quienes trabajaban en los campos de arroz, a veces escondían granos entre el pelo para guardarlo o dárselo a otras personas y así nadie los pillaba. —Se señala la cabeza—. Como ves, mis trenzas son rectas, son sencillas por comodidad. Pero imagino que habrás visto que hay gente que se hace diseños llamativos que parecen caminos. Bueno, es lo que eran en realidad. Las líneas que se formaban al hacer las trenzas servían como mapa para escapar de los campos donde eran esclavos.

—Por eso consideráis una falta de respeto que alguien blanco se las haga —evidencio.

Ameth asiente.

—Si alguien quiere hacérselas, no me importa. Pero me gustaría que al menos se molestasen en saber su origen y lo que significan para nosotros. Pero te aseguro que a casi nadie le importa.

Nate resaltó la indiferencia de las personas a la hora de aprender lengua de signos, Ameth el pasotismo por conocer la cultura de otro. Hay gente que tenemos tantos privilegios de los que no somos conscientes que nos hemos convertido en ignorantes de la vida real. Vivimos bien en nuestra burbuja, así que no nos preocupamos por qué puede estar pasando a nuestro alrededor. Y la verdad es que hasta ahora ni siquiera me lo había planteado.

—Por cierto, Spens. Cuando vayamos a comer a casa de mis padres, estás más que invitada.

CAPÍTULO 22

Spencer

El lunes siguiente tengo otra vez cita con la psicóloga. Empezamos de nuevo hablando sobre mí, de cómo me ha ido esta semana. Le cuento un poco acerca del artículo de la semana pasada y del que se va a publicar este miércoles. Nate y yo hemos estado parte de la semana pasada y de este finde investigando, hablando con distintas personas del club de teatro para que nos contasen un poco acerca de la función de Navidad y la obra de la que me hablaron las chicas que representarán en Halloween. Por supuesto, ha habido tonteo e indirectas por parte de ambos en todo momento.

Un rato después, la doctora Martin intenta ir directa al grano:

—Bueno, Spencer, ¿por qué no hablamos de por qué estás aquí?

Inspiro hondo. Me siento cómoda con ella, a pesar de que hablar sobre mis problemas no me resulte sencillo. Pero decidí venir aquí, decidí poner solución al cacao de mi cabeza, intentarlo.

—No sé por dónde empezar —confieso—. Estoy... perdida.

—¿Por qué crees eso?

—Yo... —Paseo la vista por la habitación, intentando encontrar las palabras adecuadas—. Hace tiempo que no soy yo misma. O quizá sí lo soy, pero no me gusto a veces.

—No todos somos felices con nosotros mismos —comenta con tranquilidad, yo le presto atención—. Hay un porcentaje casi inexistente de población que está totalmente satisfecha con su persona. Todos tenemos algo que no nos gusta, pero eso no significa que sea malo.

—Pero esa parte de mí está haciendo que me autodestruya —termino diciendo. Ahí va—. Me estoy haciendo daño a mí misma y a la gente de mi alrededor. Y a pesar de saberlo, me cuesta comprenderlo. ¿Estoy rota, doctora?

148

Jamás en mi vida habría pensado que el sollozo que se escapa de mi garganta cargado de miedo iba a destrozarme tantísimo. La psicóloga se inclina hacia delante para posar su mano sobre la mía y darme un ligero apretón.

—No lo estás en absoluto, Spencer. Pero vamos a dar con una solución para que dejes de sentirte así. ¿Por qué no empiezas hablándome un poco de ti de nuevo?

No quiero estar aquí. No quiero hablar. No quiero contar la historia de mi vida en voz alta, ya es suficiente con vivirla en primera persona. Pero me duelen tanto el pecho y el alma, y ella me mira con esos ojos tan tiernos y llenos de comprensión, que empiezo a hablar.

—Tenéis la lista ampliada de temas propuestos —nos dice Ethan a Nate y a mí el miércoles. Está inclinado tras nosotros, señalando la pantalla del ordenador con sus uñas pintadas de azul—. Pero ya sabéis que podéis sugerir otros.

No me da tiempo a leer todas las opciones, Nate se me adelanta con un entusiasmo que me hace hasta dar un bote en el sitio.

—¡Este!

Una de las propuestas es cubrir el partido de hockey de este viernes, pero creo que hay un pequeño detalle que tener en cuenta.

—No tengo ni idea de hockey —le confieso.

Nate me mira como si acabase de decir que odio los gatitos.

—¿Perdón?

—En Grade Uni el deporte estrella era el fútbol y ni siquiera era gran cosa. No había equipo de hockey, así que… —Me encojo de hombros—. No tengo ni idea de hockey, Nathaniel.

—No sabes cuántas ganas tengo de que me llames por mi nombre de verdad, Spencer —me dice, bajando el tono de voz y ladeando la cabeza.

—Nathaniel es tu nombre de verdad —susurro, cosa que hace que sus hoyuelos salgan a saludar.

—Haré que me llames Nate en algún momento, te lo prometo.

—Es la segunda vez que me prometes algo y aún no has cumplido lo primero.

Sé que recuerda la vez que me prometió que me daría algo más que dolores de cabeza cuando se le escapa una ligera carcajada.

—Las cosas llegan a su debido tiempo —responde, inclinándose ligeramente hacia delante para igualar la altura de nuestros rostros—. Diría que tienes prisa de que sucedan.

—Creído.

—Patética.

La comisura de mi labio prácticamente se eleva sola, no puedo evitar sonreír. Nos miramos durante unos segundos, como si estuviésemos desafiándonos. ¿A qué? No lo tengo claro. ¿A romper la regla número tres? Porque está claro que, aunque nos conozcamos de hace apenas tres semanas, hay atracción física. Mucha. Si no fuese por Jordan, Nate y yo probablemente ya nos habríamos enrollado. Casi seguro que hasta nos habríamos acostado un par de veces. Porque tengo ganas, para qué negarlo, este tío me pone a mil.

—Elegiste tú el tema para los otros artículos —dice sin apartarse ni un milímetro—, así que esta semana toca el partido.

—Te lo estás pasando en grande con mi tema —protesto—. Y en los últimos tres minutos no he aprendido nada de hockey.

—Morgan, Trin y Cody van a todos nuestros partidos. Ellos te echarán una mano con la información. Les pediré que hagan unas cuantas fotos en condiciones para incluirlas y yo te ayudaré luego a redactar todo el artículo. ¿Trato?

Suspiro. Tengo que pensar más en los demás, ¿no? Pues nada.

—Trato.

—¿Por qué no me hablas un poco de Jordan, Spencer?

Es nuestra tercera consulta, la segunda en la misma semana porque ella insistió en volver a verme pronto. Así que aquí estoy el viernes del famoso partido.

Le conté a la doctora Martin qué es lo que pasó en mi vida. El divorcio de mis padres, mi cambio de actitud, el tipo de amistades que tenía, mi relación con Troy, lo que pasó con mis amigas, el traslado a otra universidad y mi mudanza a Newford. No entré en muchos detalles, ella solo quería saber un poco qué me había impulsado a venir aquí, para ir ahondando poco a poco en todo.

Así que esta vez le hablo de Jordan. Le cuento cómo fue la primera vez que lo vi. Teníamos catorce y quince años, y ninguno tenía ganas de conocer al otro. Ben, que en ese entonces tenía solo seis años, estaba jugando con unos cochecitos y no nos prestó atención ni a papá ni a mí cuando llegamos. Pero Jordan sí lo hizo. Mientras él examinaba a mi padre, yo examinaba al suyo. Y después nos miramos. Estaba preparada para poner mi mayor cara de asco a pesar de que el muchacho que tenía frente a mí era el más guapo que había visto nunca, con esos ojos azules, ese pelo rubio y el cuerpo ya trabajado que volvió loca a Lena la primera vez que lo conoció. Pero él apartó la vista sin mostrar desprecio y centró su atención en Ben. Tras sentarnos a la mesa, tan solo hablaban Daniel, mi madre y mi padre. Entonces Jordan dijo que quería tomar el aire y me propuso acompañarlo. Salimos a la terraza y, cuando los dos soltamos un suspiro exasperado, supe que él estaba tan perdido en ese momento como yo.

La madre de Jordan se había ido a Nueva York tras el divorcio, unos años antes que el de mis padres, a seguir trabajando como agente inmobiliaria de casas de lujo en su ciudad natal. No está excesivamente lejos de sus hijos, pero ha empezado su vida de cero y se ha olvidado de incluirlos. Para Jordan es como si su madre no existiese, ni siquiera habla del tema.

—Así que tu relación con tu hermanastro es buena, ¿verdad?

—Lo es. Conectamos desde el primer momento y, aunque yo he sido una hermana terrible, Jordan ha estado ahí para mí siempre.

—¿A qué te refieres con eso, Spencer? —Su voz es suave y dulce, me anima a hablar si me siento cómoda.

—Estaba tan ocupada destrozando mi vida que descuidé a Jordan. Dejamos de hablar como lo solíamos hacer, casi a diario, y no me preocupé por él en una larga temporada. Solía escribirme para ver cómo estaba a pesar de la cantidad de veces que lo ignoraba y nunca comentó nada acerca de mi pasotismo cuando nos veíamos en persona.

—Cuando hablo, siento como si todo esto hubiese pasado a lo largo de por lo menos veinte años, cuando tan solo han pasado seis desde el divorcio, casi cinco desde que conozco a Jordan—. No sé en qué momento volví a hablar con él como antes, pero el caso es que lo necesitaba. Hablar, saber que había una persona ahí, aunque fuese en otra ciudad, que estaba para mí.

—Hablando con Jordan no te sentías tan sola.

Asiento.

—Yo… No sé. Siempre he estado rodeada de gente. Todo lo que hacía llamaba la atención de los demás, nunca he estado sola. Pero sí que me sentía sola. ¿Tiene… tiene sentido?

—Por supuesto que sí, Spencer. —La psicóloga sonríe con ternura—. Estar rodeada de personas no significa que estemos acompañadas. Piensa, por ejemplo, en una margarita. Una margarita en un campo abierto, rodeada de amapolas. Todo lo que hay alrededor son flores, como ella, pero esa margarita es la única de su especie. Has estado toda tu vida rodeada de amapolas que no te daban la compañía que necesitabas o querías. Has estado llamando su atención únicamente para que te prestasen atención, porque estar sola te asustaba, ¿verdad?

Ni siquiera lo pienso cuando vuelvo a asentir.

—¿Tuvo el divorcio de tus padres algo que ver con esa sensación?

—Cuando mi madre se fue… fue como perder algo de mí. —Inspiro hondo. Jamás he dicho esto en voz alta. Ni siquiera me he permitido detenerme a pensar o a reflexionar sobre nada de esto. Era mejor evitar el dolor, evitar las respuestas—. Quiero mucho a mi padre, si él se hubiese ido habría sentido exactamente lo mismo. Lo tenía a él, pero seguía faltando la otra mitad de mi vida.

—¿Por qué se divorciaron?

—Supongo que dejaron de quererse. —Un jadeo ahogado se me atasca en la garganta, por lo que tengo que carraspear antes de continuar—: Estuvieron peleando durante casi todo un año, hasta que tomaron la decisión de separarse. A mí… bueno, me afectó mucho. En casa solo había gritos y ambos parecieron olvidarse de que yo existía. Hubo un momento en que recordaron que yo estaba ahí, sufriendo todas las consecuencias, y fue cuando decidieron cortar por lo sano. Fue duro ver que sucedía, pero cuando mi madre se fue de casa mientras empezaban con los trámites, la cosa se relajó e hicieron las paces con el tiempo. Habían dejado de quererse y eso hizo que la convivencia fuera horrible, por eso volvieron a llevarse bien cuando dejaron de vivir juntos.

—Ver que los padres se separan es duro, Spencer, por distintos motivos. Los matrimonios a veces crean unas expectativas acerca de lo que supuestamente tiene que ser el amor. Cuando esas expectativas se rompen, quedan destrozadas y confunden muchas veces a los hijos. También es complicado ver pasar por eso a las personas que más quieres y que son tu ejemplo a seguir. Te afecta incluso sin que te des cuenta. Aunque lo nieguen, los padres suelen descuidar a los hijos durante el proceso de divorcio. Dime, cuando tu madre se fue, ¿qué fue exactamente lo que sentiste?

—Rabia —respondo, pues es la primera emoción que se me viene a la mente—. Al principio fue rabia. Estaba muy enfadada con ellos por portarse como críos. Yo tenía aún trece años y estaba siendo más madura que ellos dos. Pero esa rabia dolía, así que imagino que también sentía tristeza. Por mí, por ellos. Sabía que ellos podrían rehacer su vida a la larga, pero yo... —Se me atascan las palabras, ya que no consigo encontrar las adecuadas—. Mis amigas dijeron que quizá se había hartado también de mí. —De nuevo, un sollozo—. Pero eso no era verdad. Mi madre me quería, solo había dejado de querer a mi padre de la forma en que lo hacía antes. Pero si ella me quería... —Tengo que soltar todo el aire que pueda antes de poder seguir hablando, pues las lágrimas amenazan con salir y la garganta me empieza a doler—. ¿Por qué se fue? ¿Por qué me dejó?

—¿Tu madre no te preguntó si querías ir con ella?

—No al principio. Ellos acordaron sin mí que se iría sola y yo me quedaría. Fue mucho después cuando me preguntó si quería vivir con ella o con mi padre. Para ese entonces, yo estaba aún más enfadada. Me había acostumbrado a estar sola con mi padre, así que no quise irme.

—¿Qué fue lo que sentiste de verdad cuando tu madre se marchó, Spencer? —me vuelve a preguntar—. Dices que fue rabia, tristeza. Pero hay algo más, ¿verdad? Eso que has dicho acerca de por qué te dejó si te quería... ¿cómo lo definirías?

—No lo sé... Me sentí sola. Me sentí... —La palabra aparece en mi mente sin ayuda. Quizá porque es la primera vez que expreso todos estos sentimientos en voz alta, no tengo ni idea, pero el caso es que logro dar con ella, y consigo decirla en voz alta—. Abandonada.

La doctora Martin vuelve a sonreír ligeramente, me mira comprensiva. No con pena, sino con comprensión.

—La sensación de abandono puede detonar en conductas catastróficas. La angustia de volver a sentirse así, no poder confiar en la gente, creer que no se es suficiente... Todo eso viene de la mano cuando crees que has sido abandonada o te han abandonado de verdad —me explica—. Cuando esto ocurre, normalmente las personas tienden a querer llamar la atención. Necesitan ser el centro del universo y estar rodeadas de personas para no sentirse solas. También tienen problemas de confianza y les cuesta mantener relaciones estables. A veces la gente se vuelve supercontroladora, otras veces todo parece darle igual, depende de la persona.

—Es como si acabase de mirarme en un espejo —murmuro cuando hace una pausa, ella asiente, para incitarme a seguir hablando—. Con el tiempo lo superé. El divorcio me hizo mucho daño, mi actitud cambió radicalmente, pero fui capaz de superarlo, o eso creía. El problema es que el miedo a pasar por lo mismo siempre estaba ahí, me condiciona para todo y hace que no confíe en la gente. Cuando conocí a Troy, lo intenté. Era el primer año de carrera, así que pensé que podría empezar a confiar en alguien otra vez.

—Y, en cambio, te traicionó. Esa sensación volvió cuando él te engañó, ¿verdad?

—Fue revivir lo mismo. Y encima luego me entero de que está saliendo con la que era mi amiga. Todas las personas de mi alrededor me han fallado.

—Cuando Troy te engañó, me contaste que empezaste a «liarla» para vengarte, ¿verdad? Háblame de eso.

A estas alturas, ya no me corto. Total, en solo tres sesiones ya me he abierto como no lo he hecho en años, así que, ¿qué más da? Mejor contarle toda mi mierda a una desconocida que aburrir a alguien más.

Le cuento todo lo que hice tras los cuernos. Todas las mierdas que se me pasaron por la cabeza y llevé a cabo. Las noches de verano en comisaría, las llamadas de atención en la universidad, ser detenida también allí y la decisión de irme.

—¿Lo querías? —me pregunta.

Frunzo el ceño. Durante un segundo, dudo.

—No lo sé. Creo que sí. Sé que no estaba enamorada de él, pero creo que lo quise, aunque fuese de una manera retorcida y poco sana.

—¿Qué te hace dudar?

—Si hubiese estado enamorada, la ruptura me habría dolido. Habría llorado, lo habría pasado mal y sufrido, pero solo sentí rabia. Y no se me habría ocurrido hacerle daño aunque él me lo hubiese hecho a mí. Al menos, eso creo.

—Es un razonamiento muy bueno, Spencer. —Sonríe y asiente. Por un momento, siento orgullo—. Y muy maduro. Lo que yo pienso es que Troy no te rompió el corazón, te rompió el orgullo. Porque volviste a sentirte abandonada, eso era lo que más miedo te daba, y él te hizo revivirlo.

—No solo me sentí abandonada de nuevo… me sentí reemplaza-da. No una, sino varias veces. Y no entiendo, no logro comprender por qué. Mi madre se marchó y nos cambió por una nueva familia. Troy me engañó y me cambió por otras chicas. ¿Es que no soy suficien-te? Es lo único que puedo pensar, doctora, ¿por qué no soy suficiente? ¿Qué hay de malo en mí?

Y así de fácil empiezo a llorar. Las lágrimas me empapan las me-jillas, pero yo las seco con rabia e inspiro hondo para intentar contro-larme.

—Eres más que suficiente, Spencer, te lo aseguro. Pero tú eres la primera persona que tiene que ser capaz de verlo para no permitir que otras personas te hagan dudarlo de nuevo. Eres suficiente, te lo prometo. Y voy a intentar ayudarte a que te des cuenta, si tú me dejas. ¿Qué me dices?

No lo pienso.

Asiento.

Quiero dejar de estar rota.

CAPÍTULO 23

Nate

Como siempre, el estadio está lleno. Predominan las camisetas de color azul, gris y blanco, los colores de Keens, sobre las verdes, amarillas y negras de la universidad contraria. La multitud ya está haciendo ruido, aplaudiendo y chiflando a unos minutos de que empiece el partido. Los partidos siempre son un subidón de adrenalina impresionante.

No me es difícil localizar al grupo, está en una fila central de las gradas. Trinity y Morgan sostienen un cartel en el que pone «Go, Wolves!» y aparecen nuestros números: el mío, el 13; el de Jordan, el 60; el de Torres, el 22; y el de Ameth, el 4. Sé que lo ha diseñado Trin porque está muy currado. Morgan lleva la camiseta de color blanco, Trinity la lleva gris, y Spencer no lleva ninguna de la universidad, sino que va vestida completamente de negro. Desde aquí sé que lleva los labios pintados de rojo intenso.

—¡West! —me llama el entrenador.

Dejo de mirar al exterior y vuelvo a los vestuarios, donde mis compañeros ya están totalmente listos, haciendo un corrillo para escuchar al entrenador Dawson.

En el primer tiempo salen a defender Jordan y Mike. Como atacantes, estamos Torres, Peter y yo. Y, como portero, Ray. Los demás esperan en el banquillo, algunos sentados y otros de pie por los nervios.

El otro equipo es bastante bueno, así que no podemos permitirnos ni una sola distracción. Son ellos los que marcan el primer gol, cosa que hace que Mike empiece a soltar palabrotas por haber permitido que lo sobrepasen. Jordan le da una palmada en el hombro para animarlo. Conseguimos empatar gracias a un tiro perfecto de Torres tras pasarle yo el disco. Ambos chocamos nuestros pechos como animales mientras la gente grita y aúlla en honor a los Wolves.

Mi vista se desvía un único segundo hacia donde están nuestros amigos. Ahora Trinity sujeta el cartel y Morgan tiene mi cámara en la mano, está haciendo unas cuantas fotos. Spencer anota algo en su móvil y después, cuando levanta la vista, se encuentra con la mía. Le guiño un ojo, aunque no estoy seguro de si con el casco puesto y la distancia es capaz de verlo. Me deslizo sobre mis patines de vuelta a mi posición, me centro en el juego y evito pensar que tengo su atención sobre mí.

En el segundo tiempo, me reemplaza John y Peter sale para dar paso a Ameth. Vamos perdiendo dos a uno, pero en cuanto Ameth empieza a arrasar en la pista y compagina sus movimientos con los de Torres, remontamos. Es increíble lo ágil que resulta sobre los patines teniendo en cuenta lo grande que es. Es una pena que no quiera ser jugador profesional, ya que estoy seguro de que podrían ficharlo al acabar la universidad.

En el tercer periodo, vuelvo a la pista, esta vez vamos empatados. Vuelo sobre los patines, recibo un pase increíble de Torres, que despista a los defensas del equipo contrario. Enseguida vienen a por mí, pero los esquivo con agilidad girando sobre el hielo con el disco bajo mi control.

Marco el gol que nos lleva a la victoria. La gente grita y silba desde las gradas, agitando los banderines de los Wolves, mientras todo el equipo nos reunimos en el centro de la pista para celebrarlo unos minutos antes de volver a los vestuarios.

Esto es lo que me gusta del hockey: jugar porque realmente me apetece, en equipo con mis amigos, disfrutar de la adrenalina, ver que el público lo vive con nosotros. Al final, el hockey lo comparto con mis mejores amigos y me ha dado nuevos.

Entramos al vestuario dando voces aún por la victoria. Torres saca de su taquilla los vasos de chupito y la botella que compramos entre todos y reservamos para estas ocasiones y empieza a servirnos. Incluso el entrenador hace la vista gorda ante el alcohol, dice que si alguien se entera, negará habernos visto beber.

—¡Esta noche se bebe! —grita Torres, y todos aullamos.

La fiesta se celebra en la fraternidad de nuestro compañero Mike. Cuando llegamos, tras ducharnos y vestirnos, ya está a tope. Todo el equipo empieza a dispersarse en cuanto ponemos un pie en el jardín, así que nos dirigimos al interior Jordan, Ameth, Torres y yo. El ambiente ya está cargado a pesar de que no ha pasado ni una hora desde que empezó la fiesta. La gente baila y bebe como de costumbre, solo que esta noche es de celebración.

Localizamos al resto del grupo donde siempre: junto a las mesas de billar que casi todas las casas tienen o no se podrían considerar universitarias.

No puedo evitarlo, a quien primero miro es a ella.

Baila con Morgan y Trinity de espaldas a mí, moviendo el cuerpo a un lado y a otro. No se gira mientras nos acercamos, por lo que aprovecho para contemplarla ensimismado. Su largo pelo negro recogido en una coleta alta se balancea hacia los lados mientras baila, rodeada de esa aura de sensualidad que tanto me pone. «Venga, Nate, que acabas de llegar y ya estás empalmándote, colega».

Torres se encarga de anunciar nuestra presencia alzando un vaso que no sé cuándo ha cogido, lo que me hace apartar la vista de Spencer.

—¡Han llegado los lobos! —grita, y los chicos aullamos por encima de la música.

Hay unos minutos de apretones y abrazos no solo de nuestro grupo, sino de otros colegas de la universidad que nos felicitan por el partido.

—Pero ¡si habéis jugado fatal! —se burla Morgan, que le da un golpe en el brazo a Ameth.

Es cierto, no ha sido un partido especialmente bueno, pero hemos ganado y ahora mismo con eso nos damos con un canto en los dientes. El entrenador nos exigirá que juguemos mejor en el siguiente, por lo que nos hará entrenar más duro.

—Bésame el culo, Mor —le responde Ameth mientras le revuelve el pelo para enfadarla.

—No se lo puedes reprochar, la verdad es que no habéis estado muy finos hoy. —Trin se acerca a nosotros junto a Cody y Spencer, que me mira de arriba abajo.

—*No hablo inglés, cielo, no sé lo que dices* —le replica Torres en español, con burla.

—Gilipollas, por si acaso —le responde, y Torres le besa la mejilla—. Quita, pegajoso.

—Llámame cuando dejes al imbécil de tu novio. —Le guiña un ojo, a lo que Trinity pone los ojos en blanco.

Cody simplemente niega con la cabeza y empieza a colocar la mesa de *beer pong* junto a Ameth para pasar de nosotros. Somos compañeros de casa, por eso se conocieron Trinity y él, pero la verdad es que no estamos muy unidos.

Torres le revuelve el pelo a su hermana, que se queja porque es el segundo que lo hace. Después, le pasa su brazo por encima de los hombros a Spencer y la atrae hacia sí.

—Mientras tanto… ¿qué pasa, *mami*?

—Sigues sin ser mi tipo —le responde ella.

Todos nos echamos a reír. Mi amigo finge estar dolido, aunque su expresión sigue siendo igual de alegre que siempre.

—Ya me buscarás, Spencie.

Jordan tiene que estar completamente seguro de que Torres no va a conseguir nada con su hermanastra, porque no empieza a gritar: «¡Regla número tres!» como un loco. De nuevo.

—Asume de una vez que no todo el mundo quiere enrollarse contigo —lo pica Morgan. Torres le hace un corte de mangas y suelta a Spencer—. Qué maduro eres.

—¿Os ha gustado el partido? —indaga Jordan entonces.

—¿Qué parte de «habéis jugado de pena» no habéis pillado? —repone Trinity.

Jordan la rodea por los hombros, como Torres estaba haciendo con Spencer antes, y aprieta a Trinity contra su cuerpo con fuerza, que se queja:

—Dios, qué bruto.

—¿Tú no decías que no ibas a venir para no verle el careto a Ameth? ¿Ni a mí?

—Mimimimi —Trinity le hace burla, mientras se suelta de su agarre—. ¿Vamos a divertirnos o qué?

—A tus órdenes —contesta Jordan, que tira de ella para unirse a los demás alrededor de la mesa de *beer pong*.

Morgan, Torres, Spencer y yo lo seguimos.

—¿Qué tal ha ido? —le pregunto a Spencer mientras terminan de llenar los vasos de cerveza—. ¿Has conseguido pillar algo para el artículo?

—La verdad es que sí. Morgan y Trinity me han estado explicando todo lo que pasaba durante el partido para que pudiese tomar apuntes coherentes. Aunque vas a tener que ayudarme a darles forma.

—No hay problema. ¿Mañana sobre las once?

—Estupendo.

—Ahora sé sincera, Spens, ¿te ha gustado el partido?

Ella ríe ligeramente y se humedece los labios. Es una pena que no pueda decirle lo jodidamente sexy que es ese gesto.

—No ha estado mal, la verdad. Me he divertido —responde encogiéndose de hombros.

—La próxima vez podrías llevar los colores de Keens para apoyarnos.

—Dudo que nadie necesite mi apoyo. —Alza una ceja con un brillo divertido en los ojos—. ¿O es que tú sí que lo quieres?

—Hay tantas cosas que quiero…

Mi vista se desvía a sus labios, que se elevan con picardía.

—Quién sabe, Nathaniel, por ahí dicen que soy una chica mala. Quizá pueda darte algo de lo que quieres.

Se me escapa una ligera carcajada. A pesar de que es alta, tiene que alzar la barbilla para mirarme a los ojos cuando doy un paso adelante y acorto la distancia que nos separa. Me inclino ligeramente para poder susurrarle:

—Quizá si yo no fuese un buen chico que cumple sus promesas…

Hace tiempo desde la última vez que alguien me llamaba tanto la atención. En ningún momento sé qué es lo próximo que Spencer va a decir, es totalmente impredecible, y eso hace que esté expectante. De ella me atrae no solo lo guapísima que es, sino su ingenio. Y, de la misma forma que me gusta, me crispa. Porque sé perfectamente que no puede haber nada entre nosotros por muchos motivos. Spencer me pone, bastante de hecho, pero intento obviarlo y no cruzar ningún límite. De momento, va bien la cosa. Pero esa forma en que me mira mientras me coloco junto a ella para empezar a jugar me indica que podemos echarlo a perder todo en un instante.

Y dudo que me arrepintiese de ello.

CAPÍTULO 24

Spencer

Por primera vez en años, me hago amiga del autocontrol.

Soy capaz de dejar de beber cuando siento que ya no necesito ni quiero más. Voy contenta después de unas cuantas cervezas y algún que otro chupito, pero no me emborracho. Decido no hacerlo.

He recurrido al alcohol durante años para hacer lo que quizá sobria no haría porque, muy en el fondo, no quería hacerlo. Y esta noche no quiero volver a liarla. No quiero arrepentirme de mis actos. No quiero decepcionar a nadie. No quiero decepcionarme a mí.

Y, por primera vez en años, disfruto de una fiesta.

Jugamos al *beer pong*, al billar y bailamos todos juntos. Nate y Torres dan todo el cante bailando y cantando. No permiten que nadie de nuestro grupo caiga, nos mantienen activos en todo momento. Y es completamente surrealista lo que me río esta noche. Incluso Jordan, con lo serio que parece a veces, se une a hacer el tonto con sus colegas.

Hay un momento en el que los dos sofás grandes de la sala de estar se quedan libres y es Nate quien nos lo hace saber.

—¡A por ellos!

—Y ahí va el Trío de Tontos —comenta Ameth entre risas.

Los vemos correr, abrirse paso entre la multitud y lanzarse contra los sofás. Jordan y Nate a uno, Torres al otro. Un par de personas que tenían intención de sentarse los miran mal, pero ellos esbozan la más encantadora de las sonrisas y se encogen de hombros a la vez. Dios, vaya tres.

—Vamos a sentarnos un rato —dice Trinity, que nos lidera hasta ellos.

Morgan, Trinity y yo nos sentamos junto a Torres. Nate y Jordan están en el otro sofá, que más pequeño. Cody y Ameth se apalancan en dos sillas entre medias, de modo que formamos casi un círculo.

Enseguida empiezan a contar anécdotas. Algunas son individuales, otras grupales. Para cuando Jordan empieza a contar una, me he reído más que en toda mi vida. Yo también tengo muchas historias para contar, pero estoy segura de que nadie se reiría de ellas.

—Recuerdo el Halloween del año pasado con total claridad —dice mi hermanastro y las risas nos rodean cuando algunos de los presentes reconocen la historia que va a contar.

—Esa es mi anécdota favorita del mundo —comenta Ameth—. Cuéntala, por favor.

—¿Cuál es? —Morgan frunce el ceño y mira a Trinity, que niega con la cabeza.

—¿Nunca os la llegamos a contar? —pregunta Nate, las chicas niegan—. Por favor, Jordan, haz los honores.

—Estábamos de fiesta en una de las fraternidades. Al final solo quedamos Nate, Torres y yo, así que cuando acabó la fiesta, nos fuimos andando a casa.

Jordan me ha contado que el año pasado vivían los tres junto a Cody, Ethan y otro chico, Nino.

—No sé quién iba más borracho de estos dos, pero desde luego yo era el que más sobrio estaba —continúa—. El caso es que por el camino, Torres decidió que hacía mucho calor, la madrugada del 1 de noviembre. Así que se desnudó en menos de un minuto y se quedó solo con los calzoncillos puestos.

—No puede ser —se ríe Trinity.

—Por favor —resopla Morgan, negando con la cabeza—. Es que no da para más este niño.

Torres se encoge de hombros con una sonrisa traviesa en la cara, mientras los demás intentan aguantarse la risa.

—Lo imagino y es que me muero de la risa —dice Cody. Su comentario nos hace reír a los demás.

—Sí, pero que esto mejora... —Jordan no puede contener una risa, al recordar—. Le dio por echar una carrera él solo hasta la casa, así que tonto número uno echó a correr. Nate y yo nos quedamos en el sitio, pero es que entonces me miró con cara de póquer y el muy gilipollas echó a correr detrás de Torres.

—No puedo. —Ameth se desternilla, dándose palmadas en la pierna—. Es que me los imagino perfectamente y no puedo.

—¿Cómo podéis ser tan tontos? —se burla Trin y mira a Jordan—. Dime que hay más.

—Por supuesto que hay más. Me teníais que ver recogiendo la ropa de Torres del suelo a toda prisa y saliendo a correr detrás de ellos. Pues por el camino me fui encontrando la ropa de Nate... —Nuestras risas le interrumpen, porque no podemos aguantarlas—. Los alcancé casi llegando a casa, los dos estaban totalmente desnudos a esas alturas y yo iba cargado con la ropa. Y, claro, fui el único que se dio cuenta de que en nuestra puerta había un coche.

—Todavía no supero eso —se burla Nate—. De verdad que fue lo mejor de toda la noche.

—Era de madrugada, así que supusimos que Ethan o Nino estaban con alguien que había venido en coche. —De nuevo tiene que parar porque las risas de los que ya conocen la historia son demasiado. Creo que Ameth hasta se está ahogando—. Cogieron los dos tontos y se apelotonaron en la puerta de entrada, así que me tuve que hacer sitio entre ellos para abrir. No fue necesario, la puerta se abrió antes de que yo lo hiciese.

—¿Alguno de los chicos? —pregunta Morgan, enarcando una ceja.

—La madre de Nino.

—¿Qué? —decimos Trinity, Morgan y yo a la vez.

De nuevo, más risas. Puedo ver las lágrimas en los ojos de Torres.

—*Ay, Dios.*

—El tío se iba unos días de vacaciones con sus padres, así que su madre se presentó de madrugada en casa para irse al aeropuerto. Tenían un vuelo de esos supertempranos.

—¿Cómo narices reaccionó al veros?

—Os juro que no puedo olvidar la cara de esa señora cuando me miró a mí, con toda la ropa en brazos, y después se fijó en estos dos. —Jordan inspira hondo, intenta aguantarse la risa antes de seguir hablando—. Y no contentos con el espectáculo, a Nate no se le ocurre otra cosa mejor que hacer que darle los buenos días, estrecharle la mano y presentarse.

—Ante todo, educación —se defiende mientras no podemos dejar ya de reír a causa de la historia.

163

—Este se presentó en español. —Jordan señala a Torres—. Y, tan contentos, como si nada, entraron en la casa. Nino apareció con sus maletas en ese momento y tuve que darles unas cuantas explicaciones a él y a su madre, que estaba en shock.

—Después de eso, Nino se trasladó a la residencia en el segundo semestre.

Todos volvemos a estallar en carcajadas, antes de que Torres se ponga en pie y nos ordene que vayamos de nuevo a bailar.

Me tomo un par de cervezas más, no me emborracho, pero me mantengo achispada. Bailamos en grupo casi todo el rato, hasta que Cody y Trinity desaparecen, no sé si para darse el lote o discutir. Eso hace que Ameth también abandone el grupo y se vaya a jugar una partida de billar junto a otros chicos del equipo.

—*Muñeca*, ¿me concedes este baile? —me pregunta Torres.

Se ha acercado a mí contoneando el cuerpo. Baila increíblemente bien, en todo momento sincroniza sus movimientos con la música.

—Por supuesto —respondo, esbozando una sonrisa.

Torres y yo nos acercamos para bailar al son de «Pump It» de The Black Eyed Peas, mientras Jordan, Nate y Morgan lo hacen a nuestro alrededor. Torres me agarra de la mano para hacerme girar y acercarme a él, sin pegarme a su cuerpo nunca. Me divierto como nunca, me siento a gusto, me siento incluida.

Me fijo en que hay un grupito de chicas sentadas en el sofá en el que estábamos hace un rato que no paran de mirar hacia aquí mientras cuchichean. Durante un segundo, se me forma un nudo en el pecho. Veo a Lena, Phoebe, Troy y el resto de nuestro grupo hablando de mí. Me critican por mis nuevos amigos, me juzgan por estar pasándomelo bien.

—¿Spens? —Morgan me toca el brazo y me doy cuenta de que he dejado de bailar en seco. Los cuatro me miran sin saber a qué se debe este cambio tan repentino—. ¿Estás bien? —Voy a responder que sí, perfectamente, pero ella sigue el curso de mi mirada y resopla—. Ah. Ugh. No te preocupes por ellas.

—¿Qué pasa? —pregunta Jordan, mirando hacia donde nosotras—. Ah.

Salgo de mi trance. Esas chicas no me están criticando a mí, no me conocen, no son Lena y Phoebe. Si están mirando hacia aquí entre cuchicheos y malas caras, está claro que el motivo es otro. Puedo imaginar cuál.

—Nos están taladrando con la mirada —informo—. ¿Quién ha sido el rompecorazones?

Nate, Torres y Jordan se ríen ante mi pregunta. Señalan automáticamente a Morgan, que esboza una sonrisa culpable.

—No le he roto el corazón a nadie —se defiende—. Me enrollé hace poco con una de ellas, la rubia. La verdad es que me gustaba, íbamos el año pasado juntas a un par de clases. Pero quería que estuviésemos en una relación de tres ella, un chico y yo. Soy lesbiana, no bisexual, así que le dije que no y se enfadó. Desde entonces, me mira mal cada vez que coincidimos en algún sitio.

—¿En serio?

—Como lo oyes. —Morgan se encoge de hombros y les hace un corte de mangas a las chicas, que inmediatamente dejan de mirarnos—. Voy a por algo de beber, ¿venís?

—Yo sí —responde Jordan y Torres también se les une—. ¿Os traigo algo?

—Otra cerveza —pide Nate.

—Yo estoy bien.

Jordan me regala una sonrisa, asiente como si estuviese orgulloso de mi decisión de no acabar vomitando y follando en un baño con cualquier tío. Después, los tres desaparecen entre la gente.

Tras de mí, Nate se inclina hacia delante para que nuestros rostros queden a la misma altura.

—¿Bailamos? —no susurra, pero su voz me provoca un escalofrío. Me giro despacio, él no se aparta. Nuestros ojos se encuentran, aunque no puedo evitar desviar la mirada a sus labios carnosos y después a los hoyuelos que se forman cuando sonríe con pillería—. O no. Podemos hacer lo que prefieras.

Una risa se me escapa y vuelvo a centrarme en sus ojos. Si miro de nuevo sus labios, no voy a necesitar estar borracha para romper la regla de Jordan.

—Bailemos.

Al principio lo hacemos como hasta ahora: con distancia entre nosotros, como dos amigos que se divierten. De vez en cuando,

Nate me hace girar de la misma forma que Torres antes, cantamos y lo damos todo en la pista junto al resto de la gente sin importarnos nada ni nadie.

Pero poco a poco nos acercamos más de la cuenta. En algún momento, mis manos terminan rodeando su cuello, apoyadas sobre sus hombros, y las suyas se posan en mi cintura con suavidad, pero con firmeza.

Pasamos de bailar como colegas a bailar como dos personas que se encuentran en una discoteca sin conocerse de nada y se tientan hasta que uno de los dos da el paso de comerle la boca al otro. Solo que nosotros no damos el último paso.

Nos devoramos, sí, pero con la mirada. Sus ojos celestes recorren cada parte de mi cuerpo continuamente, los míos hacen lo mismo con él. Pero está claro qué zona es la que ambos más miramos: nuestros labios. Esa zona que está totalmente prohibida porque Jordan se ha empeñado en que unos cuantos besos pueden arruinar una amistad.

Nate alza las comisuras de los labios mientras bailamos al son de «Smack that» de Akon y Eminem. Esta canción hace que nuestros movimientos se vuelvan más lentos. Sus manos guían mis caderas y me hace girar sin previo aviso. Cuando su brazo rodea mi cintura y me atrae hacia él, se me corta el aliento durante unos segundos. Joder. Mi espalda choca con su duro pecho, mi culo se encaja entre sus piernas. Nate se inclina para que su cara quede a la altura de la mía, sobre mi hombro. No tiene que guiar mis movimientos ni yo tengo que decirle a él cómo hacerlo: nuestros cuerpos se sincronizan de una forma que da hasta miedo. Nos balanceamos despacio, pegados como si no hubiese más espacio a nuestro alrededor.

Una pequeña risa se escapa de entre sus labios y me hace cosquillas en la oreja.

—¿En qué piensas? —pregunto mientras giro la cara para mirarlo.

—En que quiero besarte.

Hacía demasiado tiempo que no sentía los latidos de mi corazón.

La nueva Spencer debería apartarse de él, decirle que no podemos porque hemos hecho una ridícula promesa. Pero a la Spencer de siempre la regla número tres no puede darle más igual ahora mismo. Por eso, mientras la música sigue sonando, me giro entre sus brazos porque él no los aparta, y susurro:

—¿Y por qué no lo haces, West?

Una de sus manos asciende por mi espalda hasta llegar a la punta de mi larga coleta. Sus dedos se cierran alrededor de ella sin que sus ojos dejen de mirarme. Nate enreda todo mi pelo en su mano y tira ligeramente de él para que eche la cabeza hacia atrás. Ahora no me late solo el corazón, sino que un cosquilleo acude a mis piernas. Vaya con Nathaniel.

—Porque, como he dicho antes, soy un chico bueno, Spencer.

A mí no me lo parece ahora mismo. No quiero que lo sea ahora mismo.

—Y tu hermano viene por ahí —susurra.

Me suelta el pelo con suavidad y retira su otro brazo de mi cintura. Se humedece los labios de forma que tengo que inspirar hondo y me quedo completamente descolocada cuando da un paso atrás para alejarse de mi cuerpo, a la misma vez que la canción deja de sonar.

Hacía siglos que no me sentía así. Cuando Jordan y los demás llegan hasta nosotros, tengo que robarle su vaso de cerveza para darle un trago antes de volver a bailar en grupo para intentar recomponerme.

CAPÍTULO 25

Nate

El sábado por la mañana, mientras trabajamos en el artículo, puede que mire más veces de lo normal los labios de Spencer. No los lleva de ese rojo pasión habitual en ella que me trae por el camino de la amargura, sino que los lleva al natural. Tanto ella como yo estamos en chándal, con una sudadera, ya que el otoño está empezando a notarse, pero es pronto para poner la calefacción.

Las pequeñas sonrisas traicioneras que esboza me hacen saber que se ha percatado de la tensión que hay entre nosotros desde ayer. En realidad, desde la primera vez que nos vimos, pero ninguno de los dos había dado un paso en falso hasta que anoche decidimos olvidarnos de Jordan. Lo bueno es que la situación no es incómoda en absoluto. Es más, creo que ambos estamos disfrutándola.

Estamos sentados en el mismo sillón, ya que estamos redactando el artículo del partido. Yo le voy diciendo lo que poner, le voy dando forma a las anotaciones que tomó ayer y a mi propia experiencia sobre el campo, y ella lo va redactando a su manera. Nuestros brazos se rozan de vez en cuando como quien no quiere la cosa e intercambiamos alguna que otra mirada cómplice.

Estoy pensando en cuánto podría enfadarse Jordan con nosotros si mando su estúpida regla a tomar por culo ahora mismo, cuando llaman al timbre. Dudo que sea él. Se ha ido a correr hace un rato, pero él siempre lleva llaves.

Spencer me pasa el portátil y se levanta para abrir.

—Ey —la escucho decir en la entrada—. Pasa, Mor.

—Hola —saluda ella mientras la puerta se cierra—. ¿Está Nate?

—En el salón.

Spencer vuelve, con Morgan junto a ella, que viene directa hacia mí. Se la ve alterada por la forma en que cruza el salón en dos pasos y casi se atraganta con sus propias palabras.

—¿Dónde está? —Mi cara de «puedes estar refiriéndote a cualquier persona» parece darle a entender que no sé de quién habla, aunque en realidad sí lo sepa—. Mi hermano, Nate. ¿Dónde está?

Si Torres no le ha dicho nada a Morgan, es porque no quería preocuparla.

—Ha ido a verlo, ¿verdad? —continúa, sin darme tiempo a responder.

—Sí. —Es tontería negarlo—. Se fue hace un rato en el coche de Dan.

Morgan inspira hondo y niega repetidas veces.

—¿Puedes llevarme? —me pregunta y después mira a Spencer—. Siento interrumpiros, pero necesito que me lleve.

—No te preocupes. ¿Está todo bien? ¿Necesitas algo?

Morgan niega.

—Si Trinity pregunta, dile que he ido a casa. Mañana podríamos comer juntas y así puedo contarte de qué va todo esto.

—Estupendo.

—¿Nate? —Mor me mira casi con súplica.

—Tu hermano va a matarme. Pero vamos, voy a avisar a Jordan de que le cojo su coche.

—Me da igual, yo también soy tu amiga.

—Anda, en marcha.

Morgan se despide de Spencer y se dirige hacia la puerta mientras yo recojo mis cosas.

—¿Crees que puedes apañarte con lo que queda? —le pregunto a Spens, que me tiende las llaves del coche de Jordan.

Durante un segundo temo su reacción. Espero que se ponga a patalear o algo, pero no lo hace y tengo que recordarme que ella no es Allison.

—Sí, no hay problema, no te preocupes.

—Mándamelo cuando lo acabes y, en cuanto pueda, le echo un vistazo.

Intercambiamos una última sonrisa antes de que Morgan y yo nos marchemos. Nos montamos en el coche de Jordan y ponemos rumbo a las afueras de Newford.

—¿Por qué estás enfadada, Mor? —le pregunto mientras conduzco.

—El muy *menso* se ha ido a casa sin avisarme. El otro día discutimos por teléfono con nuestro padre, así que imagino que ha ido a pelearse con él.

—Nos lo contó. Dijo que iría hoy para pasar tiempo con Ana y Nick y sacarlos de casa. La verdad, pensaba que te lo había dicho.

—No lo ha hecho porque va a pelearse con mi padre y no quiere que acabe gritándome a mí también. Sé que es para protegerme, pero ya soy mayorcita.

—Es tu hermano, es lógico que no quiera ver a tu padre gritarte sin motivo.

—Ya, pero yo tampoco quiero ver que le grita a él. Siempre intenta llevarse las broncas para que yo no tenga que hacerlo y no me parece bien.

—Mor, es normal. Tienes que entender que evite a toda costa tus enfrentamientos con él. No quiere verte recaer de nuevo por su culpa.

Morgan me lanza una mirada asesina que amenaza con matarme si sigo la conversación por ahí. Pero me da igual, es mi amiga desde hace once años y tengo que ser honesto con ella.

—No me mires así. Tu hermano lo pasó muy mal la última vez, estaba acojonado. Solo de pensar en que puedas volver a esa situación, se vuelve loco. Hace lo posible para evitar que el detonante que ha sido siempre tu padre vuelva a apretar el botón.

—Estoy bien —responde de inmediato, con rapidez, apartando la mirada—. Y lo entiendo. Pero no puede alejarme de mi familia. Por mucho que odie a mi padre, es el único que me queda junto a Ana y Nick.

Estiro la mano derecha para darle un apretón cariñoso en el brazo a modo de apoyo.

—Estoy tan cansada de todo, Nate…

—Estás en todo tu derecho de estarlo. Pero recuerda que, cuando no puedas sostenerte en pie, puedes apoyarte en nosotros. —Mor esboza una sonrisa antes de que vuelva la vista a la carretera.

—Nunca pensé que iba a tener unos amigos como vosotros. No te haces una idea de lo mucho que os quiero, sois mi familia de verdad.

—Y nosotros a ti, *preciosa*.

Ríe ligeramente.

—Bueno, Nathaniel West. La cosa va a ponerse fea cuando lleguemos a mi casa, así que, mientras, cuéntame algo interesante. ¿Qué narices hay entre Spencer y tú?

Ahora me río yo y niego con la cabeza.

—Sabes que no puede haber nada.

—Ya. ¡Regla número tres! —grita, imitando la voz de Jordan—. A Diego le encanta burlarse de él y sus reglas. Pero que no pueda haber nada no significa que no lo haya.

—No lo hay. Me mola y ya —confieso, encogiéndome de hombros.

—Ya. Pero ¿te mola en plan «quiero follármela» o en plan «quiero ponerle velitas en el dormitorio»?

—Me mola en plan «quiero comerle la boca de una vez».

—¿Y piensas hacer algo al respecto?

—No tengo ni idea de lo que quiere ella, Mor.

—*Ay, por favor.* Os vi anoche bailando. Da gracias que no os vio Jordan o se habría puesto pesadito. —Ambos nos reímos—. Definitivamente, hay algo entre vosotros. Por lo pronto, atracción física.

—Y ahí se va a quedar la cosa.

Morgan suspira.

—Tienes que pasar página, Nate. Lo de Allison fue una mierda, pero no puedes dejar que te condicione para siempre. ¿Es que no quieres volver a enamorarte?

—No —respondo de inmediato—. Ya lo hice y mira lo que pasó. Además…

Niego. No quiero decirlo en voz alta porque me sentiría peor de lo que ya me siento. Por lo que sé, Spencer no está preparada para tener nada con nadie y no estoy seguro de si quiero ser un polvo de una noche y ya con ella. Me gusta y yo tampoco estoy preparado para una relación, pero no sé si seríamos capaces de ser amigos con derechos sin cagarla.

—Nate…

—Déjalo, Morgan —la interrumpo, porque no quiero seguir hablando del tema—. Por favor.

—Como quieras.

Dejamos atrás la zona moderna de Newford. Nos metemos de lleno en los barrios bajos de las afueras. Morgan mira por la ventana, niega con la cabeza ligeramente de vez en cuando.

—Echo de menos cómo eran las cosas cuando mi madre vivía. Odio que tuviésemos que regresar aquí —susurra.

Lo único que hago es volver a darle un apretón a modo de apoyo.

Veo el coche de Dan, nuestro compañero de casa, aparcado frente al pequeño bloque de pisos al que ya he venido demasiadas veces. Me detengo justo detrás y apago el motor.

—No es necesario que me acompañes —me dice Morgan mientras nos bajamos.

El edificio tiene tres plantas, pero no habrá más de veinte viviendas. No está muy bien conservado y tampoco es que huela precisamente a rosas.

—Quiero hacerlo —respondo cuando llego a su lado tras rodear el coche.

Inmediatamente, mi amiga me abraza con fuerza. Sus ojos negros me miran y esboza una tierna sonrisa que ilumina toda su bonita cara.

—Gracias, de verdad. Pero tengo que ir sola.

Asiento, pues lo comprendo.

—Llámame si me necesitas.

La observo subir hasta la segunda planta, ya que los pasillos no tienen paredes y desde aquí pueden verse las puertas de las casas. Cuando la pierdo de vista, saco el teléfono para escribirle un mensaje a Spencer, apoyado en el capó del coche por si mis amigos me llaman.

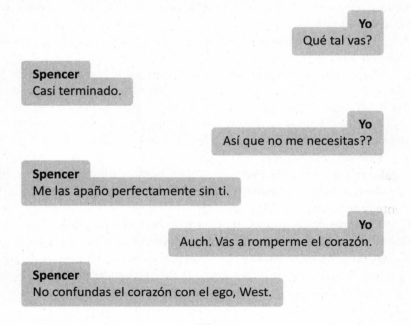

Yo
Qué tal vas?

Spencer
Casi terminado.

Yo
Así que no me necesitas??

Spencer
Me las apaño perfectamente sin ti.

Yo
Auch. Vas a romperme el corazón.

Spencer
No confundas el corazón con el ego, West.

Se me escapa una risa. No tengo tiempo de pensar algo ingenioso que decir, porque vuelve a escribir:

Spencer
Todo bien con Mor??

Yo
Sí, no te preocupes. Todo controlado.

Spencer
Sé que no soy la persona a la que buscaríais si necesitaseis algo.

Pero aquí estoy.

Sonrío sin poderlo evitar. Cuando Mor ha venido a por mí, no sé por qué esperaba un berrinche por parte de Spencer cuando está clarísimo que es todo lo contrario a mi ex. Allison era tan narcisista que no soportaba no ser el centro de atención. Sé que a Spens le gusta serlo, a su manera, pero no tiene nada que ver. Allison armaba espectáculos cada vez que mi atención estaba en mis amigos, el hockey o los estudios. Todo para que luego hiciese lo que hiciese.

Y, bueno, estoy pensando esto como si Spencer y yo tuviéramos algo, cuando ni siquiera sé si considera que somos amigos. «Vas por muy buen camino, Nate».

Yo
Muchas gracias. De verdad.

Un rato después, veo a Torres y a Mor cruzar el pasillo y bajar las escaleras que conducen hasta aquí.

—Estás aquí —dice Torres cuando me ve, como si no fuese evidente, y me abraza—. Gracias, *papi*.

—Por supuesto que sí. ¿Estás bien? ¿Qué ha pasado?

—Más de lo de siempre. Estoy cansado —resopla mientras se mueve de un lado a otro. Después le pega una patada al cubo de basura que hay junto a nosotros, aunque no lo llega a tirar—. ¡Joder!

—¿Por qué has venido solo, Diego? —le pregunta Morgan.

Torres suspira y se pasa una mano por el pelo rapado casi al cero.

—Porque estoy harto de que trate mal a nuestros hermanos y estoy harto de que te trate mal a ti cada vez que venimos.

—¿Y no estás harto de que también te trate mal a ti? No tienes que cargar tú solo con esto y lo sabes.

Se encoge de hombros y echa un vistazo rápido al edificio.

—Solo hay que aguantar un par de años más. —Vuelve a mirarnos—. Nada más.

Morgan asiente y se acerca para darle a su hermano un gran abrazo. Ambos me miran y estiran un brazo para llamarme.

—Ven aquí. —Torres tira de mí, me obliga a unirme al abrazo y me achucha con fuerza—. Gracias por estar aquí, tío.

—Siempre, hermano. ¿Cómo están Nick y Ana?

—Aguantando. Son demasiado pequeños para esta mierda. Vamos a contratar una niñera para que puedan ser normales cuando no podamos hacernos cargo de ellos. Nuestro padre no ha replicado, así que es algo.

—¿Están con él?

—No, están en casa de los Pérez —responde Mor—. Vamos a por ellos para comer algo. Vienes, ¿verdad?

—Por supuesto.

—¿Sabéis lo que mataría por comerme ahora mismo? —pregunta mi amigo mientras nos subimos en el coche—. Un perrito caliente de Joe's.

Se me hace la boca agua solo de pensarlo.

—Seguiremos buscando uno que esté igual de bueno —aseguro—. Me niego a dar por perdidos esos perritos.

—Echo tanto de menos ir a ese parque de atracciones… —suspira Mor—. Ojalá volviésemos a ser pequeños.

—Todo era más fácil antes —afirmo y los dos hermanos asienten.

Después, vamos a buscar a los pequeños.

CAPÍTULO 26

Spencer

Recojo a Morgan y a Trinity en su residencia. El césped de todo el campus es de color naranja a causa de las hojas que se han caído de los árboles, ofreciendo un paisaje espectacular. En Gradestate los otoños eran más cálidos, por lo que nunca pude disfrutar de lo que la estación tiene por ofrecer. Hoy tendré que comprarme un par de abrigos, ya que me han dicho que el invierno pega fuerte en Newford.

Mis amigas (la doctora Martin ha dicho que es un buen paso empezar a llamarlas así) se sacuden los pies antes de entrar al coche porque se les han pegado unas cuantas hojas a las botas.

—¿Qué tal? —pregunta Trin antes de ponernos en marcha—. Esta es la primera vez que vas de compras con Mor, Spencer, así que espero que estés preparada.

—Lo dices como si no te encantase ir de compras conmigo.

—Me encanta, eres la única que encuentra ropa que me queda bien. Pero creo que Spens tiene derecho a saber que vamos a patearnos todo el centro comercial y nos vas a obligar a probarnos todo lo que veas.

—No pienso hacer un desfile de modelos —aviso.

Aunque me río, el nudo en el estómago no desaparece. Lena y Phoebe siempre criticaban la ropa que me probaba. Mucho escote, poco escote, muy largo, muy corto, muy ajustado, muy holgado…

—Buena suerte. —Trin me da una palmadita en el hombro.

El centro comercial está casi saliendo del inmenso campus de Keens. Aparcamos fuera, cerca de la puerta. Aunque aún falta casi todo el mes para que llegue Halloween, el interior está ya decorado, al igual que toda la universidad. Cuelgan guirnaldas de calabazas por todos lados, hay murciélagos, telarañas y cosas típicas en cada rincón.

Morgan nos arrastra a la primera tienda, mientras se queja de lo mucho que tiene que estudiar la semana que viene para un examen importante. Tiene que mantener una media casi de sobresaliente para mantener su beca y en unos días empezará a ir una vez en semana a una consulta de psicología a hacer una especie de prácticas que cuentan como experiencia y además le suben la nota de unas cuantas asignaturas.

Trinity, en cambio, por lo que dice Mor, tiene un futuro brillante como diseñadora gráfica y como jinete. El cartel que hizo para Halloween era increíble, de hecho ganó el concurso, y en estos días toda la universidad estará empapelada con él. Además, en unos meses tiene una prueba de equitación muy importante que quizá le dé la oportunidad de irse al extranjero con una beca internacional el año que viene durante un tiempo para montar en unos establos muy prestigiosos de Europa.

No cedo ante la presión de Morgan, que insiste en que me pruebe un par de cosas que no acaban de ser de mi estilo. Dice que casi siempre voy de negro y que me vendría bien algo de color en mi armario, pero tengo clarísimo que no va a ser un vestido fucsia. Ella no se prueba nada, pero sí que mete casi a rastras a Trinity en los probadores con una montaña de ropa.

Morgan y yo nos sentamos en un sillón redondo frente al probador, esperando que comience el desfile.

—Oye, siento lo de ayer —me dice—. Sé que estabais trabajando en el artículo y me presenté para llevarme a Nate sin ninguna explicación.

—Es que no tienes que darme ninguna explicación, Mor. Nate es tu amigo y lo necesitabas. —Sonríe agradecida, pero la interrumpo cuando va a hablar—. Y no tienes que contarme nada porque sientas que tienes que hacerlo. Todas tenemos secretos y problemas.

—En realidad, quiero hacerlo. Sé que llevas aquí poco tiempo y que no nos consideras tus amigas aún, pero a Trin y a mí nos gustas. Además, eres familia de Jordan, así que no es como si fuésemos a perder el contacto contigo de un día para otro. Ya eres parte de nuestro grupo.

No soy capaz de responder. No comprendo por qué les caigo bien, pero tampoco me atrevo a preguntarlo a pesar de que quiero hacerlo. Trinity sale del probador y me ahorra tener que pensar qué decir.

—No me gustan —es lo primero que dice.

Se ha puesto un pantalón de cuero superbonito, parecido a uno que tengo yo. Arriba sigue llevando su jersey, aunque se lo levanta un poco para que podamos ver sin problema el pantalón.

—Pues te quedan genial —replica Mor y yo asiento.

—Me siento embutida en ellos. —Trinity resopla y se gira para mirarse de lejos en el espejo—. Y me aprieta demasiado en los muslos.

—Trin…

—No me gustan —repite.

Se mete en el probador y cierra la cortina antes de que podamos decir nada. Mor suspira y vuelve a dirigirse a mí.

—Mi hermano y yo hemos tenido una vida complicada.

Morgan me resume cómo fue su infancia. Su madre trabajó para sacarlos adelante y darles una buena vida mientras su padre no era de gran ayuda. Después de que ella falleciera, se vieron obligados a cambiar su vida por completo. Me habla de su padre, un hombre que jamás se ha preocupado por sus hijos. Torres y ella tienen la esperanza de conseguir la custodia de sus hermanos cuando acaben la universidad y consigan trabajos en condiciones. Después me cuenta lo que pasó ayer y por qué tuvo que marcharse.

—Y, bueno, básicamente ese es el resumen. —Se encoge de hombros.

—Gracias por contármelo, Mor. Si necesitas lo que sea, dímelo.

—Gracias. —Echa un vistazo hacia el probador y frunce el ceño—. ¿Qué narices está haciendo? ¡Trinity, llevas quince minutos ahí dentro! ¿Te ha tragado la ropa?

Al no obtener respuesta, se levanta y camina hacia él. Abre un poco para asomar la cabeza tras la cortina.

—Oh, Trin. —Suspira triste y abre algo más la cortina. Yo me levanto para ver qué ocurre y me acerco—. ¿Qué pasa, *cielo*?

Trinity está sentada en el banco del probador, con el pelo recogido en un moño rápido, la cabeza apoyada en la pared y los ojos rojos. La máscara de pestañas se le ha corrido a causa de las lágrimas.

—Me encanta este vestido —gimotea. Se mira en el espejo antes de negar—. Pero estoy horrible con él.

—¿Qué dices? A ver, ponte de pie. —Trinity niega de nuevo, pero Mor resopla y tira de ella con cuidado—. A ver, Trin.

Cede, se levanta y se ajusta el vestido que se ha probado. Es precioso, de seda verde brillante, ajustado y largo, con unos tirantes finos y un escote discreto. Y el vestido le queda como un guante, la hace parecer más alta, ya que Trinity no medirá más de metro sesenta.

—Pero ¡si estás espectacular con el vestido! —le reprocha Morgan, que hace que se gire para verla por completo.

—La verdad es que estás guapísima —añado yo—. Te queda genial y te favorece muchísimo ese color.

Trinity se mira en el espejo detenidamente, pero su labio inferior empieza a temblar antes de que pueda decir algo. Se lo tiene que morder con fuerza para no echarse a llorar, pero los ojos se le empañan y la obligan a secárselos casi con rabia.

—Me marca la barriga —dice señalando con la palma de la mano esa zona—. Y las caderas. Y me hace un culo horrible. Estoy horriblemente gorda.

—Eso no es verdad —repongo, frunciendo el ceño—. Y no estás gorda.

—Sí lo estoy —replica ella, sigue secándose las lágrimas con rabia—. Es una realidad, me guste o no. Tan solo tengo que aprender a vivir con ello y solucionar la mierda que tengo en la cabeza por culpa de este tema.

Trinity es menuda, con una cara preciosa, redondita y llena de pecas sobre la que resaltan esos ojos verdes. Me aterra ver que hay gente a la que se le va la vida por culpa de la imagen social que se ha establecido. Trin no para de tocarse el cuerpo con cara de asco y se me parte el alma al darme cuenta del complejo que tiene. También me siento mal porque la primera vez que la conocí me fijé en su cuerpo, aunque jamás he pensado que fuese feo. Solo lo hice porque era una ignorante, no porque pensase que había algo malo en él.

—Vuelvo en un minuto —escucho que dice Morgan.

No me da tiempo de preguntarle nada, porque sale de la tienda a toda velocidad. Frunzo el ceño y miro a Trinity, que suspira.

—¿Qué ha pasado?

—Nada. Morgan… A Morgan este tema le resulta un poco delicado. Me había quedado dentro del probador porque no quería que ella me viese, no me he podido recomponer antes. Siento el espectáculo.

—No te disculpes por nada, Trinity. ¿Vas a llevarte algo?

—No, voy a cambiarme.

178

—¿Voy a buscar a Mor?

—Es mejor que la dejes sola unos minutos —contesta desde dentro del probador—. Hazme caso, es mejor que no hablemos durante un rato.

Vale. Es una situación un poco extraña, pero no la cuestiono. Cinco minutos después, Trinity sale vestida y con la montaña de ropa en las manos, la cual le deja a una dependienta.

—Yo antes era muy segura de mí misma —me explica Trinity mientras salimos. Al parecer, hoy es día de confesiones—. La situación en mi casa no es buena, no me llevo muy bien con mis padres y menos aún con mi hermana. Por su culpa mi autoestima siempre ha sido una mierda, pero fue un novio que tuve en el instituto quien la tiró por los suelos. Empezamos muy pequeños, con catorce años, y estuvimos hasta los dieciséis. Todo parecía precioso al principio, pero el muy imbécil era un controlador de mierda y no me lo vi venir. Me decía cómo tenía que vestirme, con quién podía hablar, me prohibía tener amigos y a mis amigas las trataba fatal.

—¿Y permitiste todo eso dos años? —pregunto.

Me hierve la sangre. Si alguien me hubiese quitado la libertad que he tenido siempre, no sé qué habría hecho. Troy me decía que no vistiese de determinadas formas, que no le sonriese a otros tíos, que no me pintase los labios de rojo… Pero me lo pasaba todo por el forro y hacía lo que me daba la gana.

—Sip. —Trinity se encoge de hombros. Se peina con los dedos tras quitarse el moño de antes—. Intenté dejarlo muchísimas veces, pero me maltrataba psicológicamente. No podía escapar de esa relación, Spens.

—¿Te…? —me interrumpo, pues no sé si debería preguntarlo. No llego a hacerlo porque Trinity se adelanta y responde:

—Jamás. Pero me hacía sufrir de todos modos. Me machacaba la cabeza, mis ideas, mis opiniones, mi personalidad… Todo se redujo a nada. Y, cada vez que intentaba cortar con él, me comía totalmente la cabeza. «Nadie te va a querer, Trinity, no eres guapa», «¿No ves que solo te quiero yo?», «Nadie te va a querer, por gorda. Estás gorda, Trinity, soy el único que te va a querer como eres».

—Pero no te quería tal como eras. Te estaba amoldando a como él quería.

Trinity asiente.

—Tardé dos años en darme cuenta de que me manipulaba. Por su culpa, yo tenía miedo de estar sola, de que nadie me quisiese jamás, tal como decía. Dos malditos años para darme cuenta de que, en realidad, el que tenía miedo era él. Y me hizo sentir de la misma forma.

—No sabes cómo me alegro de que consiguieses salir de ahí, en serio.

—Costó, pero fue un alivio increíble. Aunque sus palabras hicieron mella en mí y me vienen a la memoria constantemente. —No tiene ni idea de cómo la entiendo. Las palabras de mis examigas aún duelen, aún hacen que se me vaya la cabeza—. Pero el año pasado conocí a Cody y me ayudó bastante. Ahora estamos mal, no voy a mentir, pero es un buen tipo.

—Eres preciosa, tienes talento y, por lo que me contáis, eres una jinete espectacular. Trinity, cualquier tío sería afortunado por estar contigo. Pero primero tendrías que trabajar quererte un poco a ti misma.

Le dijo la sartén al cazo.

—Lo sé —suspira—. Créeme que lo intento, pero es difícil.

—Es normal. Date tiempo y verás cómo todo mejorará.

«Date tiempo». Jordan suele decirme eso, la doctora Martin también me lo ha dicho un par de veces. Y aquí estoy, diciéndolo yo y dando consejos. Va a ser que Newford sí que me está haciendo bien.

Mor está sentada en unos asientos frente a la tienda. Se pone en pie y se acerca a nosotras cuando nos ve. Las tres fingimos, como si no hubiese pasado nada. Al principio, Trinity y ella no hablan, pero luego todo vuelve a la normalidad.

Unas cuantas horas después, pensaba que Morgan iba a ir cargada de bolsas, pero la verdad es que se ha comprado tan solo unos vaqueros porque dice que se le han roto otros. Yo he conseguido encontrar dos abrigos perfectos para el invierno y Trinity va con las manos vacías.

Las tres nos sentamos en un italiano y pedimos pizza. Observo a mis dos amigas mientras cuentan algo acerca de los disfraces de Halloween. Amigas. Creo que puedo llamarlas amigas. Me han aceptado desde el primer momento sin juzgarme. No me han presionado, no se han enfadado cuando he actuado como una niñata. Me están ayudando a integrarme y, según Morgan, les gusto.

Al final, no aguanto más, tengo que preguntarlo. El miedo me recorre todo el cuerpo, pero estoy aprendiendo a enfrentarme a él.

—¿Por qué os caigo bien?

Mor y Trin intercambian una mirada confusa antes de mirarme.

—No lo entiendo —prosigo—. Soy una intrusa, llegué aquí de un día para otro. Sé que Jordan no os ha contado nada sobre mí, pero estoy segura de que algo habréis encontrado por redes sociales o habréis supuesto que el motivo por el que estoy aquí no es exactamente el que os dije. Además, no soy una persona abierta ni cariñosa ni precisamente simpática. Y, sin embargo... —Me encojo de hombros—. Me habéis aceptado.

—Pues claro que sí. —Trinity se ríe y me da un ligero apretón en el brazo—. Jordan nos advirtió de que lo estabas pasando mal por distintos motivos, pero no nos contó nada más. Como habrás visto, somos un grupo bastante unido y eso es porque no nos juzgamos entre nosotros, sino que nos apoyamos a muerte con todo. Contigo no iba a ser distinto.

—Se nota que estás intentando empezar de cero desde que llegaste, Spens —continúa Morgan—. Habrá días en que te cueste más y días en que te resulte más sencillo, pero lo estás intentando. Ha pasado casi un mes y eres mucho más abierta que cuando llegaste. No sabemos por lo que has pasado y no vamos a preguntártelo. Ya nos lo dirás tú si en algún momento sientes que quieres hacerlo y estás preparada, porque en realidad no es asunto nuestro. Pero sea lo que sea, lo estás dejando atrás y eso te convierte en una persona fuerte.

—Nos gustas porque no te rindes. Estás luchando por salir adelante. Dijiste que habías empezado a ir a terapia, ¿verdad? —Asiento y Trinity me señala—. ¿Ves? Yo aún no consigo dar el paso de ir a hablar con una psicóloga. Tú lo has hecho y es algo muy valiente. Se ve a leguas que quieres ser la Spencer de Newford y no la Spencer que eras en Gradestate, fuera quien fuese esa Spencer. Para nosotras, eso es más que suficiente.

—Yo... —me trabo, porque el corazón me va a mil por hora.

Lena y Phoebe estarían retorciéndose si hubiesen escuchado lo que mis amigas acaban de decirme. Porque, por fin, alguien me acepta por quien soy ahora mismo. Por eso creo que, ya que es día de confesiones, tienen que saber quién era antes. Y por qué estoy tan jodida.

—Creo que estoy preparada para contároslo.

Mientras comemos, les cuento mi historia. No les cuento todo con detalles, estoy aterrada y hay cosas que prefiero guardarme para mí. Sí les cuento que perdí el sentido común y algunas de mis jugarretas, las más suaves. Omito las peores y no menciono las detenciones. Me escuchan, me comprenden, y me aceptan no solo a mí, a la Spencer de Newford, sino que aceptan también a la Spencer de Gradestate.

Cuando vuelvo a casa, me hincho a llorar. Pero esta vez no es de rabia o decepción, esta vez es de alegría. Porque hoy, tras soltar esa carga, soy un poco más feliz.

CAPÍTULO 27

Nate

Hoy no tenemos entrenamiento por la tarde, así que, al salir de clase, Ameth cumple con lo prometido el mes pasado: nos lleva a comer a su casa. Vamos Jordan, Spencer, Torres, Trinity y yo. Mor no podía, se ha quedado con todas las ganas de venir.

Jordan, Spens y yo vamos en el coche de mi amigo, mientras que Torres y Trinity se van con Ameth. Imagine Dragons suena mientras vamos de camino y descubro que a Spencer también le gusta mi grupo favorito.

—Vendrás al concierto que dan en enero con nosotros, ¿no? —pregunto.

—Por supuesto, no he podido verlos nunca en directo. Hace un par de años estuvieron cerca de Gradestate y no fui porque ninguna de mis superamigas quiso acompañarme. Son más de Taylor Swift.

—Con lo que te gusta a ti... —me burlo mientras miro hacia el asiento de atrás. Jordan ríe.

—Le encanta, sí.

Spencer saca la lengua entre esos labios rojos que le quitan la cordura a cualquiera. Yo los miro unos segundos de más antes de volver a girarme y concentrarme en la letra de la canción para fingir que esta chica no tiene ningún tipo de efecto sobre mí. Desde la fiesta hace unas semanas, la tensión sexual entre nosotros sigue ahí. Quiero remediarla y sé que ella también, pero nos estamos portando demasiado bien por una soberana gilipollez.

La familia de Ameth vive en un buen barrio de la zona moderna de Newford, no muy lejos del de mi familia y la de Jordan. No es ni mucho menos la zona más cara de la ciudad, pero sí es un barrio para gente con buena economía. La pedazo de casa de mi amigo es dos veces la de mis padres y eso que no es pequeña. También es verdad que Ameth tiene un hermano y tres hermanas, y cada uno dispone de su propio dormitorio aquí.

Jordan aparca tras el Range Rover de la entrada, lo que indica que los demás ya han llegado. Spens suelta un silbido cuando sale del coche mientras se baja despacio la falda del vestido que se le ha subido ligeramente. Hoy hace buen día, parece ser que el otoño nos ha dado una tregua y el sol calienta bastante, por lo que ella tan solo ha traído una chaqueta de cuero como abrigo. Al menos lleva medias y botas, o estoy seguro de que en unas horas se congelaría.

No pasan ni dos segundos desde que llamamos al timbre y Fatou, la madre de Ameth, abre.

—¡Nate, Jordan! Qué alegría veros —saluda tan alegre como siempre y nos da un abrazo a cada uno—. Tú debes de ser Spencer.

—Encantada, señora Mbaye, gracias por invitarme.

—El placer es mío. Pasad, pasad.

Fatou lleva un vestido de color amarillo chillón con estampados negros, azules y rojos, y un pañuelo en la cabeza a juego, que le recoge el pelo que en otras ocasiones le he visto trenzado. Unos pendientes gigantes tintinean en sus orejas cuando abraza a Spencer también.

He estado en esta casa varias ocasiones y aun así me sigue asombrando toda la decoración cada vez que vengo. Los padres de Ameth se han encargado de que nadie se olvide de dónde vienen, por eso han llenado la casa de alfombras, tapices, cuadros y artesanía típica de Senegal. Hay un montón de máscaras de madera y figuritas por todos lados.

Spencer observa todo a su alrededor mientras Fatou habla con Jordan. Escucho las risas de mis amigos antes incluso de llegar al comedor y el olor a comida hace que me ruja el estómago. Ameth y su padre, Mamadou, están sirviendo unos platos enormes en la mesa mientras hablan con Trinity y Torres.

—Hola, chicos —nos saluda Mamadou y nos da unos apretones de manos bien fuertes. Lleva una túnica gris y verde con pantalones a juego—. Encantado, Spencer, Ameth nos ha dicho que llevas poco tiempo en Newford. —Intercambian unas cuantas palabras antes de que Mamadou frunza el ceño—. ¿No viene Morgan?

—Tenía cosas que hacer —explica Ameth.

—Creo que hasta ha llorado —se burla Torres—. Se moría de ganas por venir.

—No pasa nada. —Fatou señala la mesa que tiene más comida de la que podemos engullir y eso que somos cuatro jugadores de hockey, dos adultos y dos chicas que parecen estar muy hambrientas—. Ameth le llevará lo que sobre.

—¿No vienen Malick y las pequeñas? —pregunta Jordan.

—Malick trabajaba hasta tarde hoy y las chicas comen en el instituto.

—Por favor —suplica Torres, que no puede dejar de mirar la mesa como si fuese la primera vez que ve comida en años—. Si estamos todos, ¿podemos sentarnos?

Nos dan el visto bueno para que todos nos sentemos alrededor de la mesa. Nos servimos un poco de todo lo que han cocinado: *ceebu jen*, mi favorito, pescado marinado; *yassa*, un plato de pollo riquísimo con cebolla, ajo, mostaza y salsa de limón; *maafe*; *lait-caillé*... Si el entrenador Dawson viese todo lo que vamos a comer ahora mismo, nos pegaría con un stick de hockey en el culo.

—*Madre mía.* —Torres gime cuando empieza a comer, cosa que hace que riamos—. Esto está de muerte, señores Mbaye.

Trinity asiente para corroborar lo que dice Torres.

—Vendería a mi hermana a cambio de comer esto todos los días —añade cuando ha terminado de masticar.

—Venderías a tu hermana por un dólar, Trin —replica Jordan; ella se encoge de hombros.

—¿No te llevas bien con tu hermana? —pregunta Fatou.

—La verdad es que no, no podemos ni vernos. Pero, bueno, ella está en Rhode Island y yo aquí, y como tampoco voy mucho a casa, no tengo que verla.

—Yo tampoco aguanto a mi hermana —dice Torres de forma burlona, riéndose. Todos sabemos que Morgan y él son uña y carne.

—Nosotros nos llevamos bastante bien, la verdad —responde Jordan, guiñándole un ojo a su hermanastra.

—A veces yo no me llevo bien con Malick —aclara Ameth—. Es un poco insufrible.

—¡Ameth Cheikh! —le reprende su madre. Después añade algo en lo que imagino que es wólof, la lengua nativa de su etnia.

Ameth pone los ojos en blanco.

—Sí, *yaay*.

Comemos mientras Fatou nos cuenta anécdotas de cuando Ameth era pequeño. Tomo nota mentalmente de guardar alguna de ellas para contársela a los demás, aunque estoy seguro de que Torres lo hará primero.

—No os hacéis una idea de lo que cuesta criar a cinco hijos —comenta la madre de Ameth—. Y encima trabajando sin parar para que todos tengan una buena vida y las oportunidades que yo jamás tuve de pequeña.

—Mi madre solía decir lo mismo. —Torres esboza una sonrisa melancólica—. Somos cuatro hermanos y trabajaba como una condenada para sacarnos a todos adelante.

—Ser madre no es tarea fácil. Vivo con el miedo de que mis hijos dejen embarazada a una chica o de que mis hijas vengan con una sorpresa algún día cuando sean mayores.

—Bueno, conmigo puedes estar tranquila —interviene Ameth—. Sabes que no voy a preñar a nadie.

—Sí, sí.

Ameth pone los ojos en blanco, pero no se me pasa por alto que lo que su madre hace es quitarle importancia a lo que acaba de decir. Me apunto eso para hablarlo con él después, ya que Spencer y yo no estamos aquí únicamente por la comida. Hemos decidido que el artículo de esta semana va a ir sobre la experiencia de nuestro amigo siendo negro, inmigrante, deportista y gay en este país.

Fatou y Mamadou nos preguntan a cada uno qué tal nos va el curso, la respuesta general es bastante buena. A Torres le está costando tener una media de sobresaliente mientras intenta destacar en el hockey y trabaja un par de veces a la semana como camarero en uno de los restaurantes más lujosos de la ciudad, cerca del campus. Trinity está llevando genial las asignaturas de este año y está contenta de estar destacando en clase de diseño, aunque la equitación roba la mayor parte de su tiempo. Jordan está bastante relajado porque es alguien que nunca ha necesitado estudiar demasiado para aprobar. Spencer aún se está adaptando a todo, pero está sorprendida de lo rápido que avanza. Y yo lo llevo todo al día, como siempre. Como Jordan, nunca he sido mal estudiante y los idiomas que estudio en Keens para ser traductor e intérprete ya los domino.

Después de comer, aprovechando el buen día que hace, salimos al jardín y nos sentamos en los sofás del *chill out*. Los padres de Ameth insisten en que nos tomemos algo caliente mientras ellos recogen la comida, así que todos bebemos café, a excepción de Trinity, que es del equipo té.

Charlamos durante un rato de cosas triviales, hasta que el primero de nosotros cae.

—Bueno, chavales, yo me piro —anuncia Torres—. ¿Alguno se va ya para el campus o cojo un Uber?

—¿Al final has quedado con la chica esa que me dijiste? —pregunto alzando ambas cejas.

—Vaya. Es una pedazo de morena con un cuerpo que... uf. —Hace un gesto con las manos como si estuviese apretando un culo, o unas tetas, quién sabe. Trinity resopla ante ese gesto.

—Superficial.

—No busco enamorarme, *mami* —replica él poniéndose en pie—, sino echar un polvo. Cuando quiera tener pareja, que va a ser nunca, entonces me fijaré en el interior. —Esboza una enorme sonrisa canalla y se inclina para besar la mejilla de Trin—. Te quiero, zanahoria, no me odies por ser un tío con ojos en la cara y ganas de follar.

—Eres un zalamero. En fin, yo también me largo, tengo que ir a los establos antes de que anochezca.

—Os llevo. —Jordan también se levanta—. Quiero ir al gimnasio un rato.

—¿Hay persona que pase más tiempo en el gimnasio que tú? —pregunta Spencer—. O corriendo.

—Me gusta el deporte, hermanita. Y tengo que mantener mi forma física para jugar.

—A veces sales a correr antes incluso de que amanezca.

—Dios, los jugadores de hockey estáis completamente mal de la cabeza —se ríe Trinity.

—¿A que te vas a patita, guapa? —Jordan da un paso hacia delante como para intimidarla, pero el metro sesenta de nuestra amiga alza la barbilla para encararlo con una sonrisa.

—Jamás permitirías que me fuese andando sola de aquí al campus, eres un cachito de pan.

—No te mereces que lo sea contigo. Torres se porta mejor que tú.

—Tampoco te pases —intervengo y suelto una carcajada ante la sonrisa inocente del susodicho—. Todos sabemos quién es la mala influencia de este grupo.

—Trinity —dicen Torres, Ameth y Jordan a la vez.

—Torres —decimos Trinity, Spencer y yo.

—Bah, paso de vosotros —suspira Trinity mientras coge su bolso—. ¿Vamos, señores?

—Vosotros os quedáis, ¿no? —nos pregunta Jordan a Spens y a mí.

—Sí, vamos a trabajar en el artículo un rato —respondo.

Los tres se despiden y se marchan.

—Bueno, Ameth —empieza Spencer—. Ya sabes que no tienes que contarnos nada que te incomode, pero la verdad es que tu historia puede ser interesante y de gran ayuda para mucha gente. Así que todo lo que puedas decirnos se agradece.

Ameth nos relata cómo terminaron viniéndose a vivir a Estados Unidos, una historia que yo ya sabía y, al parecer, Spencer también. Con los años, su padre se convirtió en uno de los mejores médicos de la ciudad y la peluquería que Fatou abrió ganó popularidad enseguida, ya que era la única en todo Newford. Con los años, abrieron otras, pero ninguna es tan prestigiosa como la suya. Su familia ya era adinerada en Senegal, ya que los padres de Mamadou le dejaron una buena herencia a su hijo tras fallecer. Estando aquí su fortuna no ha hecho más que crecer, lo que ha permitido que sus hijos tengan una buena vida y educación.

—Siento si en algún momento hago alguna pregunta de forma incorrecta —dice Spencer—, corrígeme si es así. Queremos saber qué ha sido para ti ser un hombre gay y negro en este país. Así que, cuéntame, cuando supiste que eras gay, ¿cómo cambió tu vida?

—Supe que era gay más o menos a los doce años. Pero a esa edad todo da tanto miedo que, cuando íbamos a Senegal a ver a la familia y me preguntaban si me gustaba alguna niña, no les decía que no estaba interesado en ellas. Durante unos cuantos años, pensé que estaba confuso. Mi familia siempre ha sido muy tradicional y en mi país está muy mal vista la homosexualidad. De hecho, es ilegal. Me autoconvencí de que tenían que gustarme las mujeres, así que durante el instituto, tuve un par de novias de estas que duran tres días.

—¿Y cómo te sentías? —pregunto yo sin poder evitarlo.

—Lo odiaba. Pero no fue hasta los quince cuando supe que ni estaba confuso ni era una etapa. Me gustaban los hombres y punto. Ese año había un chico en mi instituto que salió del armario. Ya sabéis lo cruel que puede llegar a ser la gente, le hicieron muchísimo *bullying*. Tan solo una chica de otra clase, Eva, y yo, lo defendimos abiertamente. Los tres hicimos una buena piña. Nadie se atrevió a meterse más con

Wyland, porque sabían que si no tendrían que pasar por encima de mí. Ya era bastante grande con quince años y había tenido unas cuantas peleas. Además, me respetaban porque era de los mejores jugadores del equipo de hockey del instituto.

No lo dudo. Ameth es gigante, parece tener mucho más de veinte años, hasta su cara tiene rasgos de hombre mayor. No querría meterme con un tipo así en la vida, menos aun teniendo quince años.

—El caso es que, con el tiempo, Eva terminó confesándonos que era lesbiana y yo les conté que era gay. Wyland fue el primer chico con el que estuve y me moría de ganas de hablarles de él a mis padres. Intenté contárselo una vez. Les dije que tenía un amigo al que le gustaban los hombres, que era fantástico y les caería genial. Pero mis padres empezaron a decir gilipolleces como: «Pobre familia, lo que estará pasando», «Seguro que está confuso», «Que Alá lo ayude», «Ameth, no te juntes con él»…, así que me cagué encima y no dije ni mu.

—¿Cuándo les contaste por fin qué sentías en realidad?

—Durante unos dos años, Wyland y yo nos estuvimos viendo en secreto. Eva también se empezó a ver con una chica a escondidas de su familia. Así que ideamos un plan magistral para que nuestros padres nos dejaran libertad a la hora de salir, volver algo más tarde a casa, ser menos controladores… Fingimos durante esos dos años que estábamos saliendo e íbamos muy en serio. Nuestras respectivas familias estaban encantadas. Pero era solo una tapadera para poder vernos con nuestras parejas y la verdad es que funcionó de maravilla. Pero los últimos meses antes de la graduación estábamos exhaustos. Así que prometimos ponerle fin a la mentira y sincerarnos el día de la graduación. Eso fue un espectáculo. Eva y yo dimos el discurso final y terminamos por todo lo alto. Contamos nuestra mentira y nos proclamamos abiertamente gay y lesbiana, lo que dejó muda a la multitud. Unos cuantos estallaron en vítores y aplausos. Eso fue suficiente para disfrutar el resto de la noche, ya que nos fuimos a la fiesta de después sin despedirnos de nuestros padres.

—Imagino que la parte fea vino después, ¿no?

—Al día siguiente mis padres me sentaron junto a Malick, Gina, Nadia y Anne para que me escuchasen repetir lo que había dicho. Esperaban que mis hermanos pusieran el grito en el cielo. Me armé de valor y lo confesé de nuevo: era gay. Malick frunció el ceño y no dijo nada mientras mis padres gritaban en francés, wolof e inglés a la vez. Para mí, que no me defendiese, fue suficiente respuesta. En cambio, mis tres hermanas, que por ese entonces tenían catorce, once y nueve años, se levantaron para abrazarme y decirme lo mucho que me querían. Les dejé clara una cosa: si no me querían y aceptaban tal como era, no seguiría manteniendo relación con ellos una vez me marchase a la universidad. Ellos insistieron en que claro que me querían, pero no conseguían entender por qué me gustaban los hombres. Fueron unos meses de discusiones en los que al final decidí posponer mi primer año en Keens, porque no me sentía mentalmente preparado. Cogí mis ahorros y me fui durante unos meses a Europa yo solo de mochilero. Les dije que lo mismo no volvería, aunque solo yo sabía que eso era mentira.

—¿Y al volver?

—Al volver todo fueron abrazos y lágrimas. Me dijeron que me habían echado tanto de menos y estaban tan asustados de que no volviese que habían estado hablando con un psicólogo especialista para que los ayudase a entender lo que estaba pasando. Me prometieron intentar entenderlo y, aunque sé que aún odian quién soy, la verdad es que no todos los padres van a un especialista para que los ayude a ver de otra forma lo que toda la vida han creído que era una aberración. Otros padres mandan a sus hijos al psicólogo, no van ellos.

Entiendo que esté agradecido por el esfuerzo de sus padres, pero ninguna persona tendría que «esforzarse» por entender las orientaciones sexuales de nadie. En el año en el que estamos, me parece una puta basura que la gente homosexual siga teniendo que reprimirse. Además, Ameth nos dice que sus padres no hablan del tema con sus amigos. La mayoría son musulmanes, así que les ocultan que su hijo es gay para no formar ningún escándalo. Ameth renunció a la que era su religión en cuanto supo que no lo aceptaba tal como era.

—Con este artículo, te estás arriesgando a que gente de fuera de la universidad lo lea, Ameth —le recuerdo, pues está a tiempo de echarse atrás—. No queremos perjudicarte.

—Me da exactamente igual lo que piensen de mí —es su respuesta.

—¿Crees que si tus padres hubiesen nacido y crecido en Estados Unidos, las cosas habrían sido diferentes? —continúa Spencer.

—La verdad, no tengo ni idea. Mis padres han pensado toda su vida lo que se les ha inculcado en su cultura y en su país. Pero Estados Unidos presume de ser un país abierto de mente y liberal y nada más lejos de la realidad. Aquí hay demasiada gente homófoba, machista y racista. Y yo he tenido que lidiar con las tres cosas —suspira—. Mucha gente me ha mirado mal a lo largo de toda mi vida por ser negro. Me han insultado, se han burlado de mí, me han intentado pegar. Cuando lo han conseguido porque me han pillado por sorpresa, no he podido defenderme porque, si lo hacía, era yo el que acaba en la cárcel… Quizá si hubiese nacido en una familia blanca, todo habría sido distinto.

—Cuando dices que también has lidiado con gente machista, ¿a qué te refieres?

—¿Te acuerdas de Christopher? —Spencer asiente—. Nos conocimos el año pasado de fiesta, nos gustamos y tuvimos algo. Pero yo no estaba buscando nada serio, se lo dejé claro desde el primer momento. Así que, cuando decidí que no quería seguir acostándome con él, se puso hecho una fiera. Abusó de mí… —Ameth sonríe con tristeza, sus ojos están apagados mientras hablan. A mí me hierve la sangre cuando lo cuenta, pues me acuerdo cuando pasó todo—. Dijo que lo que me hacía falta era follar más y pensar menos. Cuando conseguí reaccionar, pude quitármelo de encima y nos liamos a puñetazos. Días después, montó un espectáculo público que acabó de nuevo en pelea. Torres y Jordan casi le dan una buena paliza, los detuvieron a tiempo de que la cosa se pusiera seria.

Spencer tiene una expresión de cabreo impresionante. Antes de que diga nada, Ameth se adelanta:

—No me violó. Bueno, sí, me tocó sin mi permiso y eso se considera violación. A lo que me refiero es a que no fue con penetración. Lo intentó, pero no llegó más allá que a unos cuantos tocamientos.

—Dios, Ameth… —Spencer se echa el pelo hacia atrás y suelta un suspiro exasperado—. Siento que tuvieses que pasar por eso. Vaya mierda. ¿Denunciaste?

—Tendrías que haber visto cómo se rieron los policías cuando un tío negro de casi dos metros se presentó en comisaría para decir que habían abusado de él. No sirvió para nada.

Recuerdo ese día. Fuimos Jordan y yo los que lo acompañamos a denunciar. Casi tienen que detenernos a nosotros esa noche por el follón que montamos cuando los policías prácticamente se burlaron de Ameth. Si no acabamos en el calabozo fue porque él nos lo impidió alegando que no merecía la pena. Pero sí la merecía, joder.

—Qué mierda. De verdad, qué mierda. No es justo.

—La vida no es justa. —Nuestro amigo se encoge de hombros—. Si para la gente blanca no lo es, imagina para un negro gay.

—Te aseguro que me voy a encargar de que el artículo quede perfecto y retrate tu historia de la mejor manera posible.

—No lo dudo, Spens —le dice enseñando sus blanquísimos dientes—. ¿Hacemos las fotos? Voy a por mi camiseta de hockey.

CAPÍTULO 28

Nate

Es ya de noche cuando terminamos de hacer las fotos y de preguntarle un par de cosas más a Ameth. De hecho, Mamadou y Fatou insisten en que nos quedemos a cenar. Esta vez sí que se nos unen Gina, Nadia y Anne, las hermanas pequeñas de nuestro amigo, que no paran de hacernos preguntas todo el rato.

Tras ayudar a recoger todo, nos subimos en el coche de Ameth y nos encaminamos hacia el campus. Su teléfono suena cuando estamos entrando. La pantalla del coche indica que es su madre, así que descuelga de inmediato, ya que no hace ni cuarenta minutos que nos hemos ido de allí.

—¡Ameth Cheikh! ¡Te has dejado la comida de tus amigos! ¡Vuelve ahora mismo!

—¿En serio, mamá? Estoy ya en el campus.

—¡Me da igual! Tienes todo preparado, vuelve y le das la comida a Morgan por no haber podido venir y el resto, a los demás.

—Por el amor de... Vale. Voy para allá. —Cuelga y suspira mientras niega con la cabeza—. Os dejo y me piro.

—No hace falta que nos lleves —digo—. Déjanos aquí, nos vamos andando. ¿Te parece bien? —Miro a Spencer, que asiente—. Así bajamos la comida, que estoy que no puedo ni moverme por culpa de cómo nos ha atiborrado tu madre.

Ameth se ríe y detiene el coche a un lado.

—¿Estáis seguros? De verdad que no me importa acercaros, sé que va a esperarme despierta de todos modos hasta que llegue para asegurarse de que me llevo la comida.

—Por eso mismo, no la hagas esperar mucho —añade Spencer mientras abre la puerta del coche para salir—. Nos vemos mañana, Ameth.

—Tened cuidado, anda.

El Range Rover da media vuelta y desaparece. Nos quedamos en completo silencio cuando el motor ya no puede oírse desde aquí. Esta zona del campus está bastante tranquila a esta hora, ya que estamos más cerca de las tiendas y los edificios principales que de las residencias. La calle apenas está iluminada por la luz de las farolas y la verdad es que hace un frío increíble ahora mismo. Quizá no haya sido tan buena idea decirle que no nos lleve a casa.

—Me lo he pasado bien hoy —murmura Spencer mientras echamos a andar.

—Se te veía a gusto, así que lo imaginaba.

—Podría haber estado fingiendo —me replica, sonriendo ligeramente.

—No tienes pinta de ser de las que fingen, Spens.

Ella arquea una ceja y esta vez soy yo quien sonríe.

—Ah, ¿no?

—No. Estoy seguro de que eres de las personas que dicen lo que piensan de verdad. No te pega ser una mentirosa.

—¿En ningún ámbito? —pregunta mirándome divertida. Yo niego—. Ya sabes lo difícil que es hoy en día no dañar el ego de un hombre, a veces hay que fingir una cosilla o dos.

Esta chica no es buena para el ego de ningún hombre, eso es lo único que tengo claro. Dudo que intente no dañarlo, más bien todo lo contrario. Con esos ojos penetrantes que son de otro mundo, esa maldita boca de mala que tiene, ese jodido cuerpo y su actitud, Spencer tiene pinta de coger a los hombres tras un polvo y decirles todo lo que han hecho mal, en lugar de fingir que han hecho todo bien.

—Dime, Spencer, ¿has fingido alguna vez un orgasmo?

—Jamás. Si un tío no hace que me corra en condiciones, no pienso hacerle creer que sí. Por favor, que no es tan difícil complacer a una chica.

—No sé si quiero saber qué hace falta para complacerte a ti.

Miento. Claro que quiero saberlo. Me muero por saberlo. Pero el gilipollas de mi amigo tuvo que darnos a todos esa charlita que ahora me hace sentir como un capullo por desear a su hermanastra. Pero es que Spencer tiene toda mi atención desde el primer día en que la vi.

Se detiene en seco y se gira para encararme cuando yo también dejo de andar.

—Claro que quieres saberlo, West.

Coloca su dedo índice en mi pecho y lo pasa de arriba abajo despacio. Un escalofrío me recorre todo el cuerpo. Ambos seguimos la trayectoria de su dedo con la mirada, hasta que empieza a subir de nuevo, entonces alzamos la vista y nuestros ojos se encuentran.

—¿No piensas llamarme nunca por mi nombre? —mascullo con voz ronca, hago un gran esfuerzo por no trabarme. ¿Cómo puede ponerme nervioso con tan solo un roce y un par de palabras?

—No.

—¿Por qué?

—Porque te gusta más cuando no lo hago.

Atrapo su mano, que empezaba a descender de nuevo, y tiro de ella para acercarla a mí. Spencer da un ligero traspié, por lo que tiene que agarrarse a mi brazo con la mano libre, ya que he atrapado la otra entre su pecho y el mío. Inclino la cabeza hasta que nuestras caras están a apenas unos centímetros.

—Creo que es a ti a la que le gusta —susurro.

Juro que evito a toda costa pasear mi vista por su boca de demonio, pero me es misión imposible. Ella se da cuenta, así que se humedece los labios ligeramente y una palpitación entre los pantalones me recuerda lo que estoy sintiendo.

—No eres capaz de llamarme por mi nombre porque eso me convierte en alguien real, así que te escudas en «West» o «Nathaniel» para no involucrarte del todo conmigo.

Durante un segundo, aparta la mirada. Es tan solo un segundo, pero es suficiente para hacerme saber que he dado en el clavo.

—Eso es una chorrada.

—Llamas a todos por sus nombres menos a mí desde el día en que nos conocimos. Ha pasado un mes, Spencer, y no has pronunciado mi nombre ni una sola vez.

—Porque me resulta divertido ponerte nervioso —se excusa—. No te creas tan importante.

Estamos tan cerca que puedo sentir su respiración contra mi boca, más rápida de lo normal. ¿Está nerviosa?

—Di mi nombre —exijo. Spencer frunce el ceño—. Dilo, Spens: Nate. —Y repito mi nombre una vez más, marcando bien las dos vocales.

—Estás fatal.

—Y tú me estás dando la razón.

—No es cierto. Puedo decir tu nombre perfectamente, pero no me apetece hacerlo, Nathaniel.

Río, porque sé que llevo razón. Porque tengo clarísimo que, si no hemos cruzado aún la línea que Jordan ha trazado, no es por falta de ganas. Spencer se está reprimiendo a su manera y yo a la mía, que no parece ser tan retorcida.

La suelto e, inmediatamente, ella da un paso atrás y echa a andar. Me anoto un tanto en el marcador, ya que por fin he conseguido ponerla nerviosa después de que ella lo haya hecho conmigo incontables veces desde que llegó.

Caminamos en silencio durante un rato, luego hablamos de un par de cosas sin importancia, hasta que llegamos a la zona central del campus. Aún queda un buen tramo para las residencias y el frío ahora es peor. El calor que ha hecho durante todo el día se ha esfumado y nos ha devuelto el otoño que nos había quitado. A Spencer le recorre un escalofrío de arriba abajo y no me extraña. Ese vestido negro apenas le llega a las rodillas y la chaqueta de cuero ahora mismo es inútil. Se frota los brazos para intentar entrar en calor, pero no va a conseguirlo.

—Te vas a congelar —le digo mientras me quito mi chaqueta vaquera, con borreguito por dentro. Me mira a mí, luego a la chaqueta, y abre la boca para protestar mientras se la paso por detrás—. No te quejes y mete los brazos.

—Te vas a helar tú —replica.

—Créeme, ahora mismo no tengo ni una pizca de frío. Póntela.

A regañadientes, mete los brazos por las mangas. Me permite que ajuste la chaqueta y le abroche los botones. Le queda gigante, pero la verdad es que está preciosa con mi chaqueta. «Oh, joder, ¿a qué juegas, Nate?».

—Ya te estás arrepintiendo —comenta y enarca una ceja al ver que no dejo de mirarla—. Pues no pienso devolvértela. Está calentita por tu calor corporal y me está viniendo de perlas, así que habértelo pensado antes.

Esta chica es de lo que no hay, de verdad.

—Eres mala.

—Suelen decírmelo a menudo. Bueno, solían.

—¿En Gradestate? —Ella asiente—. ¿Por qué?

Titubea durante unos segundos mientras volvemos a caminar. Abre la boca un par de veces antes de encontrar las palabras adecuadas.

—No tenía la mejor reputación en mi ciudad —confiesa—. Mi vida era un desastre, me gané una mala fama de la hostia, y se me fue la pinza por completo.

—¿En qué sentido?

—¿Sabes? Pensaba que jamás iba a contarle esto a nadie, que iba a enterrar a la Spencer de Gradestate bajo tierra y no dejar que nadie la encontrase jamás. Pero resulta que me está haciendo más bien dejar que la conozca la gente. Así que, si ya se lo he contado todo a una psicóloga y el otro día me sinceré con Trin y Mor… —Se encoge de hombros—. Supongo que puedo añadirte a la lista.

Mientras llegamos a la zona residencial, Spencer se abre a mí. Me cuenta lo que pasó durante y tras el divorcio de sus padres. Su cambio de actitud, su relación con Troy y sus amigas. Siento que no me lo cuenta todo, que hay cosas que omite, pero con cada palabra que dice, parece relajarse. Eso hace que la tensión que se podía apreciar en su cuerpo cuando ha empezado a hablar desaparezca por completo, como si se hubiese quitado un peso de encima.

—Me jode tener que darle la razón a todo el mundo, pero irme de Gradestate es lo mejor que he podido hacer en mi vida. Un mes, solo llevo aquí un mes y mi vida es completamente distinta —concluye.

Spencer, como todos nosotros, tiene sus demonios. Y, probablemente, si no fuese porque ya estamos en la puerta de su bloque de pisos, yo le habría contado los míos esta noche. De momento, tendrá que esperar.

—Gracias por contármelo —le digo cuando estamos frente a frente.

Y soy totalmente sincero. Ahora comprendo de dónde viene, sé que es buena gente porque me lo ha demostrado y… me siento seguro con ella. Mierda.

—No seas muy duro conmigo.

En cuanto dice eso, a mí se me escapa una sonrisa burlona. Ella se da cuenta de cómo ha sonado y ríe.

—Ya te gustaría, West.

—Ya te gustaría a ti, Spencer.

—¿No te quedas a dormir en el sofá?

Durante un segundo, lo pienso. Me ahorraría el paseo que me queda hasta mi casa, sí, pero no estoy seguro de que sea buena idea. No con ella a unos metros. No sabiendo las ganas que tengo de mandarlo todo a la mierda.

—No creo que sea buena idea —confieso—. No es momento de comprobar si te gustaría que fuese duro contigo o no.

Suelta una carcajada mientras se desabrocha los botones de la chaqueta y se la quita para devolvérmela.

—Quizá, en otras circunstancias, lo habríamos comprobado —escupe mientras termino de ponérmela.

—Quizá —murmuro entrecerrando los ojos. Ella se muerde el labio inferior—. Eres mala. Serás la nueva Spencer y todo eso, pero sigues siendo mala.

—Por supuesto que sí. —Se encoge de hombros y da un paso adelante. Se acerca a mí como ha hecho hace un rato. Se pone ligeramente de puntillas, para depositar un beso en mi mejilla. Después me mira a los ojos mientras retrocede—. Buenas noches…, Nate.

Mi única respuesta mientras desaparece dentro del portal es un gruñido. Porque es la primera vez que escucho mi nombre de sus labios, porque mi chaqueta huele a ella, a su perfume, y porque quiero pegarle un puñetazo a mi mejor amigo.

Y porque ya no hay vuelta atrás.

CAPÍTULO 29

Spencer

Las chicas tenían razón cuando dijeron que aquí Halloween se celebra a lo grande. A pesar de ser sábado, el campus está lleno. Absolutamente todo está cubierto de hojas de tonos marrones y naranjas, parecen parte de la decoración. No hay ni un solo rincón que no esté lleno de calabazas, telarañas y cosas así.

Frente al edificio principal, hay un montón de puestos distintos de comida, disfraces, libros o cómics de terror... Y absolutamente todo el mundo va disfrazado a pesar de que la fiesta de verdad no es hasta esta noche. Todo el mundo menos Nate y yo, que hemos quedado aquí para hacer unas cuantas fotos y recopilar algo de información para un nuevo artículo.

—No vas disfrazado —le recrimino.

Lleva unos vaqueros, un jersey de cuello alto negro y un abrigo largo de color beige, además de unas botas. Nate enarca una ceja y me mira de arriba abajo con sus ojos azules que me han estado atormentando durante el último mes y medio.

—Tú tampoco.

—Ya, pero yo no sabía que había que disfrazarse. Somos los únicos que vamos así, estamos dando el cante.

Nate se ríe y echa un vistazo a su alrededor.

—Pensaba que te encantaba ser el centro de atención, Spencie.

Suelto algo similar a un gruñido. Después de que le explicase mi superhistoria (de nuevo, no entera), me armé de valor para contárselo también a Torres y Ameth. Para mi sorpresa, aunque después de casi dos meses aquí no sé por qué me sigo sorprendiendo, ninguno se burló. Ahora todos me conocen y Nate no ha dudado en usar a su favor algunas de las jugarretas que hice para picarme, de la misma forma que yo lo hago con él. Y no, no me molesta como pensaba que iba a suceder, sino todo lo contrario: me gusta demasiado.

He estado toda mi vida acostumbrada a que me bailen el agua, a que los tíos hiciesen exactamente lo que yo quería, con lo que demostraban sus ganas de llevarme a la cama de forma patética. En cambio, Nate no me llena de palabras bonitas que cree que quiero oír, no hace lo que le pido, no me pone en un pedestal. El muy cabrón juega conmigo y me provoca aprovechándose de que ambos sabemos la atracción que hay entre nosotros. Nos estamos portando muy muy bien. Y todos sabemos que a mí nunca me ha gustado portarme bien.

—Si quisiera ser el centro de atención ahora mismo, Nathaniel, créeme que lo sería —murmuro—. Y sin esforzarme mucho.

No seré el centro de atención, pero tengo la suya por completo.

—¿Por qué narices no vais disfrazados? —escucho tras de mí.

Nos giramos y nos topamos con Morgan y Trinity, que se han metido dentrísimo del día de hoy.

Mor lleva un disfraz muy trabajado de bruja: un vestido de color negro y morado, una capa a juego y botas de tacón. El maquillaje mezcla los dos colores y se ha dejado el pelo suelto con muchos rizos. Lleva un montón de collares y pulseras, además de un pequeño caldero colgando del brazo. Trinity va de pirata, con unos pantalones de cuero negros, botas altas, camisa, chaleco, muchísimas joyas, un pañuelo en la cabeza y diminutas trenzas llenas de aritos plateados. Sus ojos verdes resaltan por las sombras granate y negras. Incluso se ha hecho una cicatriz que parece bastante real y lleva los labios negros. Como complemento, sostiene en la mano una espada de plástico.

—Estáis guapísimas —les digo, sin hacer caso a la pregunta.

—¡No vais disfrazados! —vuelvo a escuchar.

Se nos unen Jordan y Torres, que es quien se ha quejado. Jordan lleva la cara pintada de esqueleto y un traje ajustado que simula los huesos del cuerpo, con el pelo engominado hacia atrás. Torres lleva también un traje, pero rojo, con unas pequeñas alas a la espalda y una larga cola con la que juega entre sus manos. Su maquillaje es buenísimo, lleva toda la cara pintada de distintos tonos de rojo y va con unos pequeños cuernos en la frente.

—¿Por qué no vais disfrazados?

—Nadie me dijo que os disfrazabais por la mañana —me defiendo.

Todos resoplan a modo de protesta.

—Estoy seguro de que te lo hemos dicho más de una vez —dice Jordan.

—No, me habíais dicho que nos disfrazaríamos para esta noche, que es el disfraz que tengo. No tenía uno para ahora.

—¿Y tú qué excusa tienes? —le pregunta Jordan a Nate.

—El entrenamiento de ayer me dejó muerto. Esta mañana no tenía ganas de disfrazarme —responde encogiéndose de hombros.

—¿Cómo puedes ser tan mentiroso? —exclama Torres, que golpea a Nate con fuerza con la cola falsa del disfraz—. Estás reventado porque te fuiste de copas con la tía esa que te abordó al salir del entrenamiento y volviste tardísimo.

Así que el donjuán se lo estuvo pasando en grande anoche... Me alegra saber que este tonteo nuestro no es nada más que eso y que, al igual que yo, Nate no tiene ningún tipo de expectativas respecto a mí más allá de la atracción física. Es un buen tío, se ve a leguas. Es increíblemente atractivo, no puedo negarlo cuando fantaseo a menudo con él. Muy a menudo. Demasiado. Con esos ojos azules como el cielo, con los hoyuelos que se le forman al sonreír, con sus labios, con los abdominales que se gasta... Y, además de eso, es inteligente, respetuoso y, por lo que he podido comprobar de primera mano, un buen amigo que cumple sus promesas. Pero fuera de lo que sea que hay entre nosotros, él sigue con su vida y yo sigo con la mía. El otro día salí con las chicas y me terminé enrollando con un jugador de fútbol bastante mono. Y lo hice porque quería, no porque fuera pedo a más no poder y necesitara esa salida.

—¿Y tú qué hacías despierto a esa hora? —le recrimina Nate alzando ambas cejas.

La expresión de Torres cambia. Pone cara de travieso, o más bien de diablo, teniendo en cuenta que es de lo que va vestido, y empieza a girar la cola del disfraz entre sus manos.

—Estaba con alguien. Pero yo —se señala con la mano de arriba abajo— he cumplido.

—¡No vais disfrazados!

Cuando Ameth y Cody, el novio de Trin, se unen a nosotros con la misma frase, todos estallamos en carcajadas. Se miran un segundo entre ellos sin comprender. Antes de que podamos explicarles nada, Trinity los señala.

—¡Eh! Los disfraces en conjunto son para esta noche, ¿por qué vais combinados?

Cody va vestido de Mario y Ameth, de Luigi.

—No sabíamos de qué disfrazarnos durante el día, así que se nos ocurrió esto —explica Cody, pero hace que todo el mundo resople. Al parecer, hay unas normas establecidas.

No se me pasa por alto que Cody ni siquiera ha saludado a su novia. Ni un beso ni una mirada ni un hola.

—Estamos rodeados de traidores —comenta Torres señalándonos a los cuatro—. Espero que esta noche no falléis.

—Prometo que no —digo y él me extiende el meñique para que enlace el mío a modo de promesa—. ¿De qué vais a disfrazaros vosotros esta noche?

—Es sorpresa —contesta Jordan—. Igual que vuestro disfraz conjunto.

—Voy a verte antes que nadie —le recuerdo.

—Te aseguro que no vas a vernos hasta que hagamos nuestra entrada triunfal, hermanita.

—Ya lo veremos.

Pasamos la mañana recorriendo los distintos puestos del campus. Al final Nate y yo terminamos con la cara pintada, ya que había unas chicas cargadas con maquillaje y pinturas que asaltaban a los pocos que, como nosotros, iban sin disfraz. Conmigo han tardado cero coma en maquillarme, me han hecho un diseño básico de esqueleto con algo de purpurina. Pero con Nate se han regodeado lo suyo. No paraban de reírse como tontas mientras le hacían un esqueleto en condiciones y él les respondía con cordialidad y se reía con ellas. El muy capullo es sexy y formal al mismo tiempo.

Nate y yo recopilamos información bastante útil para el artículo y él hace unas fotos que ya sin editar son una pasada. También me hace unas cuantas a mí desprevenida, a lo que solo reacciono con resoplidos.

Compramos comida en algunos puestos y comemos todos juntos tirados en el césped. Nos hacemos unas cuantas fotos grupales con una cámara de las que imprimen fotos al momento, cortesía de Morgan. Todos nos quedamos con una y yo sonrío al ver la mía. Es mi primera foto con todos ellos. Estoy sentada junto a Jordan, que me rodea los hombros con el brazo. Los dos estamos sonriendo y me alegra decir que mi sonrisa es totalmente sincera y natural.

Un rato después, nos despedimos y cada uno se marcha a su casa para prepararse para esta noche.

Jordan y yo entramos en el piso a empujones peleándonos por ver quién se va a duchar primero.

—¡Yo tardo más en vestirme y maquillarme! —me quejo.

Intento llegar al cuarto de baño antes que él. Pero me atrapa, tira de mi brazo hacia atrás y me adelanta.

—Me da igual, yo tengo que quitarme todo esto, vestirme e ir a la casa de Nate y Torres para que me pinten y peinen.

—¿Quién va a pintaros? ¿Trin?

—Nop, ella tampoco tiene permitido ver el disfraz hasta que lleguemos a la fiesta. Es un exrollo de Ameth, siempre maquilla a los de teatro.

—Pues estupendo, buena suerte —digo y echo a correr por el pasillo. Jordan sale detrás de mí, pero cuando llega a la puerta del baño, yo ya estoy dentro y la he cerrado con pestillo—. ¡Eres muy lento, Jordie!

CAPÍTULO 30

Spencer

Mor, Trin y yo somos las primeras del grupo en llegar a la fiesta que se ha organizado en el Mixing House. Han dispuesto todas las mesas para dar paso a una pista de baile. Está entero decorado para la ocasión. Dejamos nuestros abrigos en la zona habilitada como ropero y vamos directas a las mesas de comida en las que hay pizzas, patatas, chucherías de Halloween, refrescos... No hemos tenido que pagar mucho para entrar, lo cual es genial porque, después de cenar y divertirnos un rato aquí, nos iremos al Cheers. Después continuaremos la fiesta en alguna casa.

—¡Eh, cómo molan vuestros disfraces! —nos dice una chica que lleva una cámara enorme colgada del cuello—. ¿Puedo haceros una foto?

—¡Claro! —responde Morgan.

Las tres vamos de las Supernenas. Trinity va de Pétalo, lleva media melena recogida en una coleta alta, sujeta con un lazo fucsia gigante. Lleva un top del mismo color de una sola manga y una falda de cuadritos rosas y negros, además de unas botas rosas superaltas. Su maquillaje combina con el *outfit*. Morgan va de Burbuja, con una peluca rubia recogida en dos coletas altas a los lados, y el mismo *outfit* que Trin, pero en color celeste. Y yo voy de Cactus, vestida y maquillada de verde y negro, con mi pelo ondulado y unas falsas mechas verdes.

La verdad es que estamos espectaculares. Los chicos que nos rodean nos confirman lo que ya sabíamos cuando nos silban al pasar por su lado o al soltar algún comentario de orangután que ignoramos por completo.

Llevamos un rato comiendo y bailando cuando vemos entrar a los chicos. Van enfundados en unos abrigos largos que tapan por completo sus disfraces. Ameth entra corriendo y se dirige a la barra donde está el DJ. Le dice algo y este baja el volumen de la música, lo que provoca que todo el mundo mire hacia ellos.

—Esto va a estar bien —se ríe Trinity.

Las tres nos acercamos para verlos más de cerca.

Una banda sonora que conozco muy bien empieza a sonar y entonces Nate da un paso adelante y grita:

—¡Vengadores, reuníos!

El DJ sube el volumen de la banda sonora de *Los Vengadores* y la gente empieza a chillar y a silbar mientras los chicos se quitan los abrigos para revelar sus disfraces.

—No puede ser —soltamos las tres a la vez.

No me lo puedo creer. Van de los putos Vengadores de verdad. Y, oh, qué Vengadores. Los chicos de Keens no tienen nada que envidiarles a los de Marvel.

Se mezclan entre la multitud, saludan a la gente que los para para hacerse fotos o saludar, así que yo aprovecho para mirarlos uno a uno detenidamente conforme se acercan en fila.

Cody encabeza al grupo, enfundado en un traje de Capitán América muy ajustado. A pesar de que no tiene el cuerpo grande y fuerte de un jugador de hockey, le sienta de maravilla. Lleva el escudo del Capi en la mano, probablemente oculto antes por el abrigo. Como tiene el pelo rubio y los ojos azules, el disfraz es totalmente acertado.

Le sigue Ameth, vestido entero de negro y con el característico collar de T'Challa. Hace un par de veces el gesto de «Wakanda por siempre». Con un Black Panther así de grande, el mundo no tendría nada que hacer contra él.

Detrás viene Torres, vestido con lo que simula ser el traje rojo y dorado del Iron Man más guapo que he visto nunca. De hecho, lleva un maldito guante real que hace ruiditos al presionar los botones. ¿Cómo se lo han currado tantísimo?

Me quedo sin habla cuando veo a Jordan. Si mi hermanastro está bueno de normal, vestido con la armadura de cuero sin mangas de Thor en *Ragnarok*, está indescriptible. Sus músculos de deportista resaltan por lo que imagino que es purpurina o alguna crema. Le han pintado dos rayas rojas en la cara, desde la frente hasta el cuello, que le cruzan el ojo izquierdo, cosa que hace que su color azul resalte más. Y juega con Mjolnir, el martillo, dándole vueltas.

Y luego está Nate. Es imposible que lo supiese, pero el muy desgraciado va vestido de mi personaje favorito: el Soldado de Invierno. Va entero de negro, con una chupa de cuero sin una manga, por la que asoma el brazo de metal. Lleva la máscara de Bucky que le cubre la boca y la nariz, con lo que sus ojos azules están totalmente a la vista.

Cuando nos ven, hacen lo mismo que hemos estado haciendo nosotras: repasarnos de arriba abajo. Cody se inclina para darle un beso a Trinity, que parece hasta sorprendida. Al menos ahora sí la saluda.

—Estás genial —le comenta, ella se ríe.

—Estáis todas espectaculares —asiente Jordan, que nos da un beso en la mejilla a cada una.

—Que se dejen de delicadezas. —Torres nos señala con el guante a Trinity y a mí—. Estáis para comeros, *muñecas.* —Luego señala a su hermana—. Menos tú, Mor, eso sería asqueroso.

—Tú sí que eres asqueroso —responde su hermana, que le da un manotazo—. A ver si aprendes a hablar bien.

—Sí, estamos guapísimas, ya lo sabemos —afirmo yo. Los señalo a todos—. Pero ¿me podéis explicar qué fantasía es esta?

—¿Estás diciendo que te gusta nuestro disfraz conjunto? —pregunta Jordan, enarcando una ceja. Venga ya, ya quisiera Chris Hemsworth ser mi hermano—. Sinceramente, esperaban que te metieses con nosotros.

—¿Estás de coña? Vais de los personajes de mi saga favorita de películas. Y os lo habéis currado un montón. En serio, me habéis sorprendido.

—¿Habéis oído eso, chicos? —dice esbozando una sonrisa triunfante—. Tenemos la aprobación de Spencie. ¡Me debéis veinte pavos cada uno!

—¿En serio, Jordan?

Su sonrisa se ensancha de forma burlona.

—Sé perfectamente que adoras Marvel. Todos apostaron que ibas a burlarte de nosotros, menos yo.

—Eh, que Nate y yo estuvimos a punto de unirnos a él, solo que nos rajamos en el último minuto —interviene Torres—. Tendríamos que habernos fiado de Jordan, al fin y al cabo, te conoce mejor que nadie.

—Eso parece.

Las comisuras de los labios se me alzan sin querer, porque Torres lleva razón: Jordan me conoce mejor que nadie. Son muchos años, a pesar de todo.

—Yo me muero de hambre —anuncia Ameth—. Así que vamos a zampar y a tomar algo antes de irnos al Cheers.

Todos se dirigen hacia las mesas. Nate y yo nos quedamos algo más rezagados, como si tuviésemos la necesidad de dedicarnos un minuto para él y para mí. Eso hacemos. Él me mira de abajo hacia arriba muy despacio, lo que me provoca un estúpido cosquilleo en el estómago. No es solo Nate el que me mira, sino el maldito Bucky Barnes. ¿Estoy en el paraíso? Intento disimular que estoy nerviosa, porque eso es algo que llevaba años sin pasarme. Me niego a volver a experimentarlo, así que clavo mis ojos en los suyos para intentar intimidarlo. «Eso es, Spencer, recupera el control». Nate se quita la máscara y sonríe.

—¿Qué hay, Spencer?

Nate no me dice lo guapa que estoy. De hecho, él nunca ha halagado mi físico de ninguna forma. Me ha hecho ver lo que piensa, pero nunca lo ha dicho en voz alta. Y eso es una de las cosas que me atraen de él. Los tíos siempre me dicen cosas que ya sé, pues creen que caeré a sus pies si me recuerdan que soy guapa o estoy buena. Nate no me lo dice, Nate hace que me sienta así. Y eso, sentirse deseada, es muy pero que muy peligroso.

—¿Qué hay, West?

—Bucky, durante esta noche, si no te importa —me dice y yo río.

—Cactus, entonces, sargento Barnes.

—Fantástico, Cactus.

Nos lo pasamos en grande durante toda la noche. Del Mixing House vamos al Cheers, donde una chica llamada Johanna, con la que Torres no para de tontear, nos invita a unas cuantas copas y a un par de rondas de chupitos.

El chico que ha maquillado a nuestros superhéroes se une a nosotros, aunque Ameth y él terminan yéndose a un sitio más apartado para bailar.

—No me cae bien ese tipo —murmura Cody.

Todos miramos hacia allí. Ambos chicos están intercambiando un par de besos.

—¿Por qué no? —pregunta Trinity—. Ellos se llevan bien aunque tuviesen algo el año pasado.

—Llevan viéndose otra vez las últimas semanas, viene bastante por casa. Pero no sé, será cosa mía. —Cody se encoge de hombros y no le da más importancia.

Cuando la fiesta en el Cheers termina y hemos bebido todos de más, nos trasladamos a una fraternidad. Con nosotros se viene Jackson, el amigo de Ameth, y la amiga de Torres, Johanna.

Como siempre, terminamos separándonos. Ameth y Jackson se van a enrollarse a uno de los sillones. Cody se une a unos colegas que están jugando a la Play. Jordan y Johanna charlan mientras se echan una partida de billar por parejas con otras dos chicas. A Nate lo pillan por banda unos chicos del equipo porque querían presentarle a alguien. Así que Morgan, Trinity, Torres y yo nos unimos a la mesa de *beer pong* y jugamos contra unos cuantos jugadores de fútbol.

Horas después, llevo un buen pedo encima. No me he cortado esta noche, he bebido todo lo que me ha apetecido. Quizá debería haberme controlado, pero la verdad es que creo que soy capaz de beber sin montar un espectáculo. No reviso mi móvil cada dos por tres para ver qué hacen mis examigas o mi exnovio. La doctora Martin sugirió que debería bloquearlas en redes sociales para darme un respiro, así que eso hice. Y qué razón llevaba, qué bien me ha sentado eliminarlas así de mi vida. De momento, no tengo intención de terminar tirándome sin ganas al primero que me pase por delante solo por despecho. «Tú puedes con esto, Spencer».

En algún momento de la noche, hemos hecho un corrillo alrededor de Iron Man y Bucky porque están bailando y cantando «Hips don't lie» de Shakira como si les fuese la vida en ello mientras los demás los vitoreamos.

Volvemos a juntarnos y a bailar en grupo. Esta vez no me siento fuera de lugar, sino que creo que puedo encajar aquí, que de verdad me quieren aquí. Más tarde nos separamos otra vez, aunque no sé identificar dónde está cada uno. Lo único que sé es que el Soldado de Invierno está bailando conmigo y no hay ni rastro de los demás a nuestro alrededor. Entre eso y la borrachera, mi mente cree tener una buena excusa para pegarse a él.

—Se va a volver costumbre que nos busquemos en una pista de baile cuando nadie nos ve —me dice Nate mientras nos movemos al ritmo de la música.

—La regla de Jordan no dice nada sobre bailar —comento y él suelta una carcajada.

—Entonces, bailemos.

Las manos de Nate saben dónde tocar para que Jordan no pueda decir en ningún momento que estamos sobrepasándonos. Un roce en el hombro, un toque en la cadera, un dedo que acaricia lentamente mi mandíbula… Yo también lo toco, pero yo sí que soy indecente. Total, estoy borracha y no tengo ni idea de dónde está Jordan. Le paso las manos por el pecho sin dejar de moverme al compás de la canción que suena ahora mismo. Tengo un ardor en el estómago debido probablemente al alcohol o eso quiero creer. Aunque no sé si el alcohol es el culpable de que también me arden otras partes de mi cuerpo.

—Cact… Spencer —me llama y yo alzo la vista para que nuestros ojos se encuentren—. Necesito… Necesito tomar el aire, ¿vienes?

—No va a ningún lado —escucho. Es Morgan, que llega a nosotros junto a Trinity—. Te la robamos.

Nate se despide y me deja con mis amigas. Ellas me miran con una sonrisa socarrona en la cara. Yo frunzo el ceño.

—¿Qué?

—No, nada. Ya hablaremos cuando no vayas como una cuba.

Ambas se ríen y me arrastran con ellas de vuelta al baile.

Un rato después, un Torres también bastante borracho irrumpe en mitad de la pista y grita:

—¡Es la hora de verdad o atrevimiento! Quien quiera jugar, que haga un círculo en esa zona. —Señala hacia los sofás.

—Odio ese juego —resopla Morgan—. Es para críos.

—Eso es porque no has jugado nunca conmigo —respondo arqueando las cejas.

En Gradestate era la que ponía los peores retos y la que cumplía absolutamente todos. La parte de verdad era distinta, ya que casi siempre mentía.

Las tres nos unimos a un grupo bastante grande, Cody también está aquí. Localizo a Jordan y Johanna en un sillón cercano, se están riendo bastante juntos. También veo a Nate, que charla apoyado en una pared con la chica que le han presentado antes, una morena bastante mona. No sé por qué, pero no puedo dejar de mirarlos.

El juego empieza y estoy tan absorta en lo cerca que están Nate y esa chica, que Trinity tiene que llamar mi atención cuando llega mi turno.

—¿Qué?

—Verdad o atrevimiento —dice una chica enfrente de mí.

—Verdad —contesto.

He decidido empezar suave. Y tan suave… la chica que me hace la pregunta solo quiere saber si mis labios y mis tetas son operadas. No parece muy convencida cuando le digo que no, pero no es mi problema.

Mi maldito problema ahora mismo es que no entiendo por qué narices, mientras seguimos jugando, mi atención está en otro sitio. Nate y yo no tenemos absolutamente nada, tan solo un tira y afloja causado por la atracción física que sentimos el uno por el otro. Si no fuese por Jordan, ya habríamos solucionado este conflicto. Lo que tenemos encima es simplemente un calentón sin resolver. Sí, es eso.

—Atrevimiento —elige Trinity.

Un chico que no conozco la desafía a beberse dos chupitos de tequila del tirón. Ella lo hace básicamente sin parpadear y sonríe triunfante.

Cuando Cody gira la botella, apunta a Ameth, que elige verdad.

—¿Es verdad que Jackson y tú estáis viéndoos de nuevo? —inquiere.

Hasta a mí, que no estoy en condiciones de nada, me sorprende que le haga esa pregunta delante de todo el mundo, Jackson incluido.

—Puede ser. —Ameth frunce el ceño y gira la botella antes de que Cody diga nada más.

Llega el turno de Torres, que elige atrevimiento. La chica que ha girado la botella no pierde su oportunidad, le pide un beso que él le da encantado de la vida.

Entre confesiones, retos y un par de chupitos más, veo que la chica morena le pone una mano a Nate sobre el pecho. O Bucky, yo qué sé. Él no corresponde al gesto, pero sí que le sonríe sin apartarse.

—¿Vais en serio? —le pregunta Cody de nuevo a Ameth, que tarda unos segundos en responder.

—¿A qué viene esto ahora?

—Es mi turno de preguntas.

—No lo sé. Quizá.

—Bien.

Ameth gira la botella y la ronda continúa. Me toca un rato después.

—Verdad.

—¿Es verdad que te acuestas con tu hermanastro? —me pregunta uno de los chicos y yo casi me ahogo con la risa.

—Si te pone cachondo pensar que lo hago… —Me encojo de hombros y giro la botella.

Reto al chico a llamar a una persona al azar de su lista de contactos sin mirar quién es y fingir que está acostándose con alguien. Para mi sorpresa, lo hace. No podemos dejar de reír mientras el chaval finge gemidos y suelta guarrerías, pero cuando de verdad estallamos en carcajadas es cuando se pone blanco al ver que ha llamado a su madre y esta empieza a gritar al otro lado del teléfono.

Nate y la chica han cambiado de sitio: se han sentado en un sillón cerca de donde está Jordan, que le está metiendo la lengua a Johanna hasta la campanilla. La chica se inclina para susurrarle algo y yo aparto la vista inmediatamente, porque estoy ardiendo por dentro. No de celos, sino de rabia. Rabia por mí misma, por permitir que alguien haya llamado mi interés aunque sea un poco. No estoy celosa porque no siento nada por Nate, pero mi ego está dañado porque hace un rato estábamos tonteando juntos y ahora está tonteando con esa chica. Comprendo de qué va todo esto: de mi maldito ego. De mi orgullo de mierda y de mi estúpida manía de sentir que la gente siempre me cambia por alguien más.

—¿Por qué cojones habéis vuelto a veros? —le plantea Cody a Ameth.

Me doy cuenta de que arrastra las palabras demasiado. «Guay, no soy la única pedo».

—Cody, en serio, déjalo ya —le dice Ameth—. Vas fatal.

—Te he hecho una pregunta, Ameth.

—No voy a discutir ahora mismo contigo lo que haga con mi vida. No sé cuál es tu problema.

—Pues que él no me cae bien —dice, señalando a Jackson, que simplemente frunce el ceño—. No me gusta que tengáis una relación.

Parece ser que a Ameth se le han hinchado ya las pelotas, porque suelta:

—Quizá, en vez de estar metiéndote en mis relaciones, deberías preocuparte por la tuya, que se está cayendo a pedazos.

—Ameth —lo reprende Trinity, sorprendida de que haya dicho eso delante de todos los presentes.

—Lo siento, Trin, pero es la verdad. —Ameth se pone en pie y le hace un gesto a Jackson para que lo acompañe—. No voy a dejar que pague conmigo la frustración de su propia relación. Arreglad vuestra mierda de una vez, que estamos todos ya cansados.

Y dicho esto, se larga.

—Gilipollas —suelta Cody, mientras le pasa el brazo por los hombros a Trinity. Ella lo rechaza apartándose.

—Te has portado como un imbécil —le dice.

Cody se mosquea, así que suelta un par de palabrotas mientras se pone en pie y anuncia que también se pira.

—Dejadlos —indica Morgan, que niega con la cabeza—. Estamos todos borrachos, lo mejor es que se vayan a dormir. Seguid jugando.

Eso hacemos. Ni siquiera el espectáculo que acaba de suceder ha hecho que Nate y su compañía miren hacia aquí. Siguen absortos en esa conversación tan divertida que parecen estar teniendo.

—Te reto a que te enrolles con Torres.

Hasta que Trinity no me da un codazo no me doy cuenta de que es a mí. Es una de las chicas del grupo que juega con su novio. Todo el mundo me está mirando, expectante por ver qué voy a hacer. Mis amigas sonríen con picardía, Torres alza ambas cejas y abre los brazos a modo de invitación. Está claro que a él se la suda la regla de Jordan. Pero por esa maldita regla es por la que estoy en esta situación. Así que, para demostrarme a mí misma que lo que tengo es un ego muy grande y una borrachera impresionante encima y no siento absolutamente nada más, gateo hasta Torres.

—Por fin va a pasar, *mami* —presume—. Sabía que era tu tipo.

—Cállate.

Más bien, lo callo yo.

Estampo mi boca contra la suya. Torres sabe a alcohol, probablemente igual que yo. Pero no parece ser un problema para ninguno, ya que ambos dejamos que nuestras lenguas se encuentren. Torres intensifica el beso y la verdad es que es buenísimo. Besar a un tío así es la fantasía de cualquiera, pero yo no estoy disfrutando del beso, por alucinante que sea que Diego Torres te meta la lengua.

Me aparto frustrada y es cuando alzo la vista. Veo que tanto Nate como Jordan me están mirando y sé que todo se acaba de ir a la mierda.

CAPÍTULO 31

Nate

Se puede apreciar la tensión entre Jordan y Torres en el entrenamiento del lunes por la tarde.

Después de que ambos viésemos cómo Spencer y Torres se comían la boca, la fiesta terminó por completo. La verdad es que esperaba que todo el mundo se pusiese a gritar, pero nada más lejos de la realidad. Torres y Spens se pusieron de pie sin apartar la vista de Jordan, que echaba chispas por los ojos. Torres abrió la boca para decir algo, pero no tuvo tiempo, Jordan pasó por su lado, lo empujó con el hombro y se largó sin decir nada. Spencer le soltó a Torres algo a lo «sigues sin ser mi tipo» antes de mirarme a mí unos segundos y abandonar también la fiesta.

No tengo ni idea de qué pasó después. Hoy no teníamos clase juntos, así que llevo sin verla desde el sábado. Tampoco he querido preguntarle nada a Jordan, pues sigue de mal humor.

—¡Cambio! —grita el entrenador Dawson—. Sullivan, al hielo.

A Jordan le toca ser defensa del equipo rojo y a Torres, delantero del azul. Ni tiros a portería ni velocidad ni control del disco, hoy en el entrenamiento simulamos un partido con jugadas sucias. El entrenador no podría haber elegido peor día para esto.

El equipo azul abre la jugada, tiene la posesión del disco. Peter controla el disco con soltura, aunque no logra esquivar a Mike, el defensa rojo que se lo quita. El entrenador le grita a uno y felicita al otro, mientras lanza consejos que suenan más bien a órdenes. El equipo rojo consigue marcar y Ray, uno de nuestros porteros, suelta unas cuantas palabrotas.

Es Torres quien tiene el disco y va a toda velocidad hacia la portería. Juega como centro, ya que es el más rápido del equipo y quien más goles marca desde el año pasado. Probablemente cuando Davis, el actual capitán, se gradúe este año, el puesto lo ocupará Torres. Está perfectamente cualificado para ser nuestro capitán y mantiene siempre la cabeza fría sobre el hielo. Deja fuera de la pista el resto de las cosas que estén pasando en su vida.

Hay un par de pases antes de que el disco vuelva a Torres, que se prepara para lanzar a portería. Pero Jordan no se lo permite y lo embiste sin piedad para quitárselo. El golpe es tan fuerte que Torres cae y se desliza por el hielo antes de poder volver a ponerse en pie.

—¿Habéis visto eso? —nos pregunta el entrenador a los que estamos en el banquillo—. Esas son las jugadas sucias que me gustan: las permitidas.

Como esa, hay unas cuantas más. Tanto Torres como Jordan se empujan en un par de ocasiones, se hacen la zancadilla, se convierten en un grano en el culo para el otro. El entrenador no les grita para regañarles por estar jugando como una mierda, sino para felicitarles porque «han entendido a la perfección de qué va el entrenamiento de hoy».

Hasta que en uno de los empujones, Torres acaba hasta los huevos y se detiene frente a Jordan.

—¿No crees que ya es suficiente? —le pregunta.

—No.

—Te estás portando como un crío, Jordan.

Él no responde. Cuando Torres se gira para seguir jugando, Jordan pasa por su lado y le da un nuevo empujón.

—Se acabó.

Torres se quita el casco, lo lanza al suelo y se dirige hacia Jordan, que hace lo mismo.

—¡Los cascos! —grita el entrenador—. ¿Qué narices hacéis?

—Creo que necesitan desfogar —comenta Ameth, que resopla. El entrenador Dawson enarca una ceja—. Hubo movida el fin de semana y no llegaron a pelearse.

—¡Torres, Sullivan, fuera del hielo, YA! —les grita, pero ninguno le hace caso.

—No se te ocurra tocarme, Diego —advierte Jordan cuando este se acerca a él—. No después de lo que has hecho.

—¿Qué he hecho, Jordan? ¿Es que se te ha ido la cabeza o qué? No puedes portarte como un capullo por una gilipollez.

—No es ninguna gilipollez. Hiciste lo único que pedí que no hicieses. En mis narices. Lo peor es que desde el principio sabía que tú ibas a hacerlo y me relajé cuando pensé que ni de broma. ¡Y sorpresa!

—¿En serio, Jordan? ¡No fue para tanto! Me enrollé con tu hermana jugando a un maldito juego. No es como si fuésemos a empezar a salir sin la bendición del hermano celoso.

Jordan hace una mueca y después lo señala. Está cabreado de verdad.

—Dejé bien claro que no quería que eso pasase y los motivos. No estoy celoso de nada.

—Creo que somos mayorcitos todos para decidir con quién nos enrollamos sin que tú pongas reglas estúpidas.

—Sabes perfectamente que no va por la regla, Diego. —Jordan lo señala y avanza hacia él para volver a los jodidos empujones—. No quiero que jodáis las cosas ni vosotros ni ella, no quiero verme en la situación de elegir entre nadie. Y sé que no es el caso. Me da igual que te enrollases con Spencer por un juego, sé que eso no va a ir a más. No va de eso, va de que faltaste a tu palabra, no de lo que hiciste.

Recuerdo una vez, cuando éramos pequeños, que estábamos los tres pasando el día en casa de Torres (la antigua, cuando su madre aún vivía). Jordan había traído una bolsa enorme de chucherías. Nos hizo prometer que no la abriríamos hasta que volviese del servicio. Pero Torres y yo no pudimos resistirnos, la abrimos y empezamos a comer chuches antes de que él regresara. Tan solo teníamos diez años, pero para él aquello fue una de las mayores traiciones. No se me olvida la decepción con la que nos miró antes de ponerse a gritar. Cuando unos años después recordábamos lo que para nosotros era una broma entre niños, Jordan dijo: «No se trataba de las chuches, sino de que habíais roto vuestra promesa», respondió. Lo entendimos al momento. Nunca más volvimos a traicionar su confianza. Aún hoy, las promesas son importantes para él.

Esta situación es exactamente igual. No se trata de que Torres y Spencer se enrollaran. Todos comprendemos que fue un juego, que no significó nada y que no hay nada más entre ellos. Hasta yo, que no puedo sacarme a la maldita Spencer de la cabeza y sentí un puto pinchazo en el estómago cuando los vi, lo entiendo. Sé que ella se ha enrollado con otros, la he visto o lo ha mencionado. No tengo derecho a sentir celos, no somos nada más que amigos y yo también veo a algunas chicas…, pero no me gusta. Y mucho menos verla con mi mejor amigo. Pero… eso lo entiendo.

Jordan también lo entiende, por lo que el motivo de su cabreo es más que evidente. Torres parece comprenderlo en ese instante, ya que deja caer los brazos, abatido, y suelta un suspiro.

—Estás cabreado porque rompí mi promesa —afirma. Jordan imita su gesto y da un paso atrás—. Joder, Jordie. Cuando lo hice, ni siquiera estaba pensando en la promesa o la regla o como quieras llamarlo.

—Ese es el problema, Torres, que faltaste a tu palabra con demasiada facilidad.

Torres sabe lo muchísimo que significa la lealtad para nuestro amigo. Joder, somos mejores amigos desde que su familia se mudó a nuestro barrio cuando teníamos ocho años y empezaron a ir a nuestra escuela. Por eso no discute.

—Lo siento, *hermano*. Siento haber roto mi promesa, de verdad. No volverá a pasar. —Torres se acerca a él—. Spencer está muy buena, me acostaría con ella sin dudarlo. —Jordan enarca una ceja, por lo que él se apresura a explicarse mientras levanta las dos manos a modo de defensa—. Si no fuese por la fantástica, lógica y nada lunática regla número tres. Pero no hay nada más, te lo aseguro. No tienes que preocuparte por si vivimos una apasionante historia de amor que luego termina en tragedia. No vas a tener que elegir entre tu mejor amigo y tu familia, te lo aseguro. Siento de verdad haber faltado a mi palabra.

Escucharlo decir eso hace que algo se remueva en mí. He estado tentado de romper la jodida regla en innumerables ocasiones. No lo he hecho porque, en el último momento, al final Spencer y yo hemos mantenido la cabeza fría. Pero yo no pensaba con la cabeza cuando estaba a punto de besarla, de tocarla, sino que pensaba con la polla. Lo nuestro no habría sido un beso por un juego, habría sido mucho más. Habíamos llegado hasta el final. Eso me convierte en el peor amigo del mundo, porque, a pesar de saber cómo se lo tomaría Jordan, sigo deseando hacerlo.

—La próxima vez que rompas una promesa, te daré un puñetazo por capullo —dice Jordan. Entonces los dos se dan un abrazo bastante aparatoso a causa de la equipación.

A nuestro lado, el entrenador suelta un resoplido. Todo el equipo se había quedado en completo silencio, prestándoles atención a Torres y a Jordan.

—¿Habéis terminado, parejita? —grita Dawson cruzándose de brazos—. ¡Fuera del hielo, AHORA!

—Lo sentimos, entrenador, pero teníamos que arreglar nuestras mierdas —responde Torres mientras ambos se acercan a la puerta, esbozando una sonrisa socarrona—. Ya sabe cómo son las parejas.

—No te aguanto, Torres, lo juro. Pero eres demasiado bueno para expulsarte del equipo.

—Me adora, entrenador. No sé qué va a hacer sin mí cuando me gradúe.

—No le haga ni caso —dice Jordan cuando llega a la salida—. Ya sabe lo dramático que es.

—Pensaba que eras el más formal de los tres, Sullivan —le reprocha. El entrenador niega y pita con el silbato—. ¡Acabamos el entrenamiento por hoy! Pero gracias a la parejita del año, os quiero mañana a primera hora a todos aquí. Dadles las gracias a los tortolitos.

CAPÍTULO 32

Spencer

—Pensaba que lo tenía todo controlado —confieso.

—¿El qué exactamente, Spencer?

—A mí. —Con solo un asentimiento de cabeza, la doctora Martin me pide que continúe explicándome—. No he pensado en los de Gradestate en todo este tiempo, he estado bebiendo alcohol solo si me apetecía, controlándome. Me he abierto a la gente, no he hecho ninguna barbaridad... Lo llevaba bien, lo tenía todo controlado. Me tenía controlada a mí, a mis pensamientos. Y el viernes lo eché todo a perder.

—Spencer, llevas tan solo mes y medio en terapia. Lo estás haciendo genial, pero los problemas no se solucionan de un día para otro. Es normal tener recaídas, es humano. Sería complicado si no vieses esas pequeñas caídas o no las admitieses, pero sí que lo estás haciendo, y eso es bueno. Significa que de verdad estás trabajando en lo que te hace daño y no te gusta.

Silencio por mi parte. Tan solo aparto la vista y asiento ligeramente. Supongo que lleva razón.

—¿Qué fue lo que te llevó a actuar así? —me pregunta con tranquilidad. Como siempre, sus preguntas son formuladas de forma que no te presionan, con una voz relajada que hace que suenen como una invitación—. Si en realidad no querías besar a ese chico tanto por ti como por Jordan, ¿por qué lo hiciste?

—Porque... porque sentí miedo. —Hago una larga pausa, intento encontrar las palabras adecuadas. La psicóloga la respeta con paciencia—. Me sentí vulnerable. Expuesta. Débil.

—¿Por qué?

—Porque me permití sentir. Y no quiero volver a sentir, doctora. —Se me ahoga en la garganta la última palabra, por lo que paro un segundo para respirar antes de continuar—: No puedo sentir.

—Eso es muy cruel para ti misma. Las personas sentimos todo tipo de cosas y no podemos controlarlo. Es lo que nos hace humanos y en lo que basamos prácticamente toda nuestra vida —me explica—. ¿Qué fue lo que sentiste que te dio tanto miedo?

Dudo. No sé expresarlo porque en realidad no sé qué fue lo que pasó. Solo sé que, cuando vi a Nate con esa chica, no fueron celos lo que me invadió, sino pánico. De sentir que me estaban reemplazando, de que lo que tenemos Nate y yo no es solo algo nuestro. De que, enseguida, alguien iba a volver a romperme en mil pedazos porque no me consideraba suficiente. Si no eran celos, sino miedo, ¿por qué suenan de manera similar?

—¿Por qué ese miedo te llevó a besar al otro chico? Diego, ¿verdad? —me pregunta cuando consigo darle voz a mis pensamientos.

—No fue el miedo lo que me llevó a besarlo. Pensé que, si lo hacía, me demostraba que efectivamente era miedo lo que sentía, no celos.

—¿Y a qué conclusión llegaste? ¿Era miedo o eran celos?

—Al final las dos cosas van de la mano, ¿no? —planteo y suelto una pequeña risa amarga.

—¿Por qué no me cuentas qué es lo que ocurre exactamente con Nate?

Lo hago. Porque necesito liberarme, necesito que alguien me diga qué narices está pasando en mi cabeza.

Le cuento que siento atracción física por él desde el momento en que lo vi. Que ya habríamos tenido algo si no fuese porque le prometimos a Jordan que no lo haríamos. Que después de dos meses, me llevo tan bien con él que no quiero perderlo como amigo, pero tampoco quiero que pare el tonteo que tenemos. Que puede que tuviese algo de celos cuando lo vi prestarle atención a aquella chica y no a mí, pero que no siento nada por él más allá de deseo.

La psicóloga me dice que los celos no siempre implican sentimientos románticos, ya que normalmente son una representación de comportamientos posesivos. En mi caso, lo que me llevó a tener algo de celos fue la sensación de estar siendo reemplazada por otra persona cuando ni siquiera hay nada entre nosotros más allá de una amistad con tensión sexual.

—¿Qué pasó entonces con Jordan? ¿Se molestó porque rompiste tu promesa?

—Sí.

Le relato lo que pasó. Cuando me fui de la fiesta detrás de Jordan, nos gritamos en mitad de la calle. A pesar de la borrachera, recuerdo lo que nos dijimos. Jordan no estaba cabreado porque besase a Torres, pues sabía perfectamente que era un estúpido juego y no íbamos a montar ningún drama por eso, aunque el drama al final lo montó él. Mi hermano se enfadó porque tanto su mejor amigo como yo rompimos una promesa. Me defendí diciendo que no era para tanto, pero comprendí que llevaba razón al haberse molestado.

Cuando estaba en el instituto, me compré un vestido precioso para el baile de primavera. A Lena le gustó muchísimo y dijo (según ella, de broma) que se lo iba a comprar. La conocía de sobra, así que le hice prometer que no se lo compraría. Era mi vestido y ella llevaba días con el suyo en el armario. Me lo prometió. Faltó a su palabra. El día del baile, apareció con mi mismo vestido alegando que el que había comprado en un principio no le hacía la piel tan bonita como ese. No me cabreé por el maldito vestido, podría haberlo quemado y me habría dado igual porque ni siquiera quería asistir a ese dichoso baile. Pero Lena me había hecho una promesa que rompió sin pensarlo. Y, por desgracia, esa no fue la única.

Por eso entendí, a pesar de estar casi tambaleándome por el alcohol, que Jordan se había sentido traicionado y que le daba igual el beso, la regla y toda esa mierda. Lo único que le importaba era la lealtad.

Después de unos cuantos gritos, un llanto estúpido por mi parte, unas disculpas sinceras y la confesión de que me sentía de nuevo perdida, volvimos a casa. Nos hicimos un chocolate caliente a pesar de la hora y nos lo bebimos acompañado de galletas. Jordan dijo que comprendía mis motivos, que no eran excusa para romper la promesa, pero que entendía qué me había llevado a hacerlo. Pero no por qué Torres lo hizo, así que siguió molesto con él hasta ayer, cuando solucionaron las cosas.

—Tienes un buen hermanastro, Spencer. Parece buen chico.

—Lo es. A pesar de esa tontería de norma que ha puesto.

La psicóloga se ríe.

—Pero lo ha hecho por un buen motivo, ¿verdad? Él siente que así os está protegiendo a todos. —Asiento—. ¿Qué opinas tú al respecto?

220

—Pienso que tiene sentido. Es lo único que se le ha ocurrido para que en un futuro no haya dramas. Jordan me conoce, doctora, sabe a la perfección que los habría. No lo culpo, por eso comprendo por qué ha decidido ponerse en modo sargento. Pero también me parece una tontería porque no puede controlar lo que queremos los demás y lo único que consigue es ponernos en una situación comprometida. Ya he roto mi promesa una vez, podría olvidarse de la maldita regla número tres antes de que la rompa por segunda vez.

—¿Lo harías, Spencer? ¿La romperías después de lo que ha pasado?

No quiero hacerlo, lo prometo. Lo que quiero es que Jordan pase de la regla de las narices y nos deje hacer a todos lo que nos dé la gana. Porque la tensión entre Nate y yo aumenta cada día más. Sé que en algún momento vamos a dar el paso, a cruzar la línea y a romper nuestra promesa. No quiero volver a fallarle a Jordan, pero tampoco es justo privarme de algo que quiero por suponer lo que puede pasar si llegamos al siguiente nivel. Así que, confieso:

—Sí. Lo haría.

CAPÍTULO 33

Nate

No quiero hacer este artículo. Por primera vez desde que empezamos en el *K-Press*, no me gusta el tema que hemos elegido. Algunos de los que hemos hecho han sido más aburridos que otros, pero me lo he pasado bien en cada momento que Spencer y yo hemos trabajado codo con codo. En realidad, gracias al tiempo que pasamos juntos, consigo conocerla cada día más. A pesar de que, desde que se abrió a mí hace unas semanas, Spencer me cuenta más cosas sobre sí misma, no es así como la estoy conociendo de verdad. Pasamos muchas horas juntos tanto en clase como fuera, no es difícil apreciar los pequeños detalles. Como que mueve la pierna sin parar cuando está nerviosa o se muerde el labio inferior cuando soy yo quien la pone nerviosa. Se toma mínimo tres cafés al día y está gruñona por las mañanas hasta que se bebe el primero del día. Le gusta dormir, su comida favorita es la pasta carbonara y podría comerse dos menús de adulto del Mixing House ella solita sin ni siquiera parpadear. Bebe con más facilidad que Torres, el negro es su color preferido y tiene más de una barra de labios de color rojo. Odia el silencio con toda su alma, aunque no intenta rellenar ninguno de los silencios que a veces se instalan entre nosotros, por lo que imagino que en realidad es la soledad lo que le crispa y no la tranquilidad. Tiene muy buena relación con sus padres, aunque habla más de su padre, Vincent, que de Alice. No le gustan los niños, aunque adora al pequeño Ben y haría cualquier cosa por Jordan. Lo que me lleva al siguiente punto: está haciendo todo lo posible por autocontrolarse, al igual que yo, porque aunque queremos sobrepasar los límites, después de lo de Torres, ninguno se atreve a liarla. Y, de igual modo que yo la conozco a ella, sé que ella me conoce a mí. Por eso se da cuenta inmediatamente de que no quiero estar aquí ahora mismo.

—¿Qué ocurre? —me pregunta mientras entramos en el edificio donde está la pista de patinaje artístico. Niego, pero ella se detiene para encararse—. West, llevas con cara larga desde que hemos escogido el artículo, ¿qué ocurre?

Es tontería ocultarlo. Ella me ha contado muchas cosas y yo todavía no he sido del todo sincero, así que es el momento.

—La chica a la que vamos a entrevistar es una de las amigas de mi ex. No acabé muy bien con Allison, así que no me apetece nada ver a sus amigas.

—¿La rubita de aquella fiesta? —asiento—. ¿Y por qué no lo has dicho? Habríamos intentado buscar otro tema.

Dudo que lo hubiésemos conseguido. Ethan necesitaba que alguien cubriese este artículo porque Sasha Washington es la mejor patinadora artística universitaria de Nueva Inglaterra. Quería la primicia porque en nada se presenta a un campeonato internacional en el que tiene muchas posibilidades de ganar. Ha suplicado que nos encargásemos nosotros y no he sido capaz de negarme.

—No importa. Tampoco tenía mucha relación con ella.

De hecho, creo que interactué con Sasha un par de veces en todo el tiempo que salí con Allison. Es una chica fría, imperturbable y callada. Pero cuando abría la boca, salía veneno por ella. En el grupito eran cuatro: Allison, Riley, Sasha y Brooke. Las dos primeras eran inseparables y las dos últimas también, a pesar de que las cuatro pasaban mucho tiempo juntas.

—¿Vas a contarme alguna vez que pasó con tu ex? —me pregunta mientras recorremos el pasillo de camino a la puerta que da a la pista de hielo.

—Allison y yo...

—¡Por fin! —La voz de una mujer con un marcado acento ruso me interrumpe.

Ambos miramos hacia ella, que acaba de salir por la puerta a la que nos dirigíamos. Sé quién es: Tanya Petrova, campeona olímpica de patinaje artístico durante no sé cuántos años consecutivos hasta que se lesionó. Es alta, delgada y elegante. Lleva el pelo rubio recogido en un moño tirante que hace que sus facciones parezcan duras. Cuando nos acercamos a ella, veo que tiene unos ojos azules intensos y los labios gruesos. El parecido con su hija es increíble.

—No podemos perder el tiempo, tenéis treinta minutos como mucho.

—Somos Spencer y Nat... —empiezo, pero ella me mira de arriba abajo y chista antes de darse la vuelta y volver al interior de la pista. Spencer no puede contener una carcajada que me hace reír a mí también cuando mascullo—: Perdóneme la vida, señora.

Entramos después de ella. Esta pista de hielo es del mismo tamaño que la de hockey, pero parece totalmente distinta. Es más... simple. Mientras nosotros tenemos por todos lados el escudo de los Wolves, aquí tan solo se aprecia en dos sitios el símbolo de la gente de patinaje. Además, faltan las mamparas de plexiglás que separan la pista de las gradas, lo que hace que el espacio parezca más grande.

Hay unas cuantas parejas patinando en el extremo derecho de la pista mientras una entrenadora les da indicaciones.

—¡Aleksandra! —grita Tanya, añadiendo algo en ruso de mala gana.

Ella deja de patinar y se acerca a nosotros. Es la viva imagen de su madre, pero en joven. Rubia, preciosa e impenetrable. Mira a Spencer de arriba abajo antes de detenerse, y Spens hace lo mismo con ella mientras enarca una ceja. Después, Sasha me mira a mí.

—Tú —dice.

—Yo.

—¡Veintiocho minutos! —nos advierte Tanya cruzándose de brazos—. No podemos perder el tiempo, Aleksandra tiene que seguir entrenando.

—Mamá, ¿te importaría dejarnos a solas? —pregunta su hija. Tanya resopla, pero al final accede y se marcha. Después, Sasha nos mira—. Bien. Decidme.

—Así que... Aleksandra Washington —empieza Spencer—. Como diminutivo, Sasha, ¿cierto?

Spens le hace varias preguntas acerca de cuándo empezó a patinar, a qué edad ganó su primera medalla, si siente presión de cara al campeonato... Sasha responde todo de forma automática, como si cada respuesta la tuviese calculada al milímetro. En ningún momento muestra simpatía, pero tampoco es maleducada. De vez en cuando, tomo un par de fotos.

Un mensaje hace que deje de prestarle atención a Sasha, ya que me importa una mierda lo que tenga que decir esta tía.

Torres
Me muero de hambre. Comida.

Yo
Estoy terminando un artículo con Spencer.

Torres
Comida.

Yo
Nos quedan unos quince minutos, estamos en la
pista de patinaje.

Torres
Jordan me deja ahí en 5 min. Y, después, comida.

Torres tarda exactamente siete minutos en llegar. Lleva unos vaqueros y un abrigo amarillo chillón, sería imposible no verlo ni a diez kilómetros de distancia. Viene con su típica sonrisa de «soy el Dios de Keens» plantada en la cara, pero en cuanto llega a nosotros y se fija en a quién estamos entrevistando, se le borra de un plumazo.

—Ugh —dice sin poder contenerse.

Tanto Sasha como Spencer lo oyen, ya que dejan de hablar para mirarlo. La patinadora pone una cara de asco impresionante mientras mira a mi amigo de arriba abajo.

—¿Qué hace este aquí?

Yo no me llevo bien con Sasha porque pertenece al grupito de Allison, pero es que Torres no puede ni verla. Cuando pasó todo, tuvieron un buen encontronazo. No han vuelto a dirigirse la palabra desde entonces, pero el par de veces que se han encontrado por el campus no han necesitado palabras para decirse lo mucho que se odian.

—Desde luego, venir a verte a ti no, *princesa* —replica Torres, que gira la cara para ignorarla—. ¿Qué os queda?

—La entrevista está terminada —contesta Spencer—. Pero vamos a hacerte un par de fotos patinando, si te parece.

Sasha asiente una única vez a modo de respuesta.

225

—Rómpete una pierna —le escupe Torres.

Ella le dice algo en ruso con todo el asco que puede antes de deslizarse sobre los patines y alejarse de nosotros. Torres chista y murmura para sí mismo:

—*Pobre diabla.*

—Hace que parezca muy fácil... —comenta Spencer mientras hago las fotos.

—¿No has patinado nunca? —pregunta Torres. Imagino que niega, porque él continúa hablando—: Me rompes el corazón, Spencie. Otra vez.

Spencer ríe ligeramente. Entre ellos es como si no hubiese pasado nada, así que estoy tranquilo. Durante un día, de verdad pensé que a Torres podía gustarle Spencer o viceversa, pero está claro que no. Son solo amigos y ambos han olvidado lo sucedido.

—Creo que podrás vivir con ello, Dieguito.

—No me puedo creer que no hayas patinado nunca —comento mirándola. Ella se encoge de hombros—. Hay que ponerle solución a eso de inmediato, Spencer, estás en Newford.

—¿Y qué tiene eso que ver?

Torres y yo nos miramos como si acabase de decir la mayor barbaridad del mundo.

—¿No has venido a Newford nunca en Navidad? —pregunta mi amigo.

—Alguna vez, sí. —Frunce el ceño y nos mira como si fuéramos bichos raros.

—Probablemente solo haya estado de restaurantes y compras —digo, ella bufa, pero arqueo una ceja para que se atreva a negarlo. No lo hace—. Newford se llena de pistas de hielo en invierno y hay un mercado de Navidad espectacular. No me puedo creer que Jordan no te haya llevado nunca.

—Puede que me lo haya propuesto alguna vez. Y puede que yo haya rechazado la oferta.

—¿Qué número de pie tienes? —pregunto.

—Un siete.

De nuevo, Torres y yo nos miramos.

—¿Sigue teniendo Mor los patines? —pregunto. Él asiente—. Luego le escribo para que me los deje.

—Estupendo.

—Hola. Sigo aquí. —Spencer carraspea y se cruza de brazos.

Me vuelvo hacia ella, esbozando mi mejor sonrisa. Por la forma en que arquea ambas cejas, sé que ya sabe que algo se viene.

—¿Qué es esta vez? —pregunta.

—Voy a enseñarte a patinar.

Se ríe.

—Ni hablar.

—Vaya que sí.

—He dicho que no.

—A cambio, te cuento todo lo que quieras saber sobre Allison.

—Me lo ibas a contar de todos modos, Nathaniel.

—Pues ahora solo te lo voy a contar si te enseño a patinar.

—Por Dios —gruñe y se gira hacia Torres—. Tenías que preguntar si sabía patinar…

—No puedes culparme, *muñeca*. —Se encoge de hombros.

—Decidido, esta noche te enseño a patinar.

—¿Esta noche?

CAPÍTULO 34

Nate

Spencer sale del edificio abrigada a más no poder. Lleva unas mallas negras, botas y unos calcetines blancos que sobresalen de ellas. El abrigo le llega casi hasta las rodillas y, por debajo del gorro de color blanco, asoman dos larguísimas trenzas. Hasta se ha puesto guantes.

No puedo evitar reírme cuando entra en el coche de Dan, que me lo ha prestado hoy, y suelta un suspiro.

—Dios, qué calor hace aquí dentro. ¿De qué te ríes?

—¿Dónde vas tan abrigada? Vamos a patinar sobre hielo, no a escalar el Everest.

—Estoy desesperada con la ropa, Nathaniel. En Gradestate por estas fechas hacía mucha mejor temperatura, así que no tengo ni idea de cuánto abrigarme.

—Hace dos semanas ibas con una chaqueta de cuero a esta misma hora —me burlo.

—Y te recuerdo que tuviste que darme la tuya y luego me pasé cuatro días enferma. No vuelvo a cometer ese error. Hasta que llegue el buen tiempo, prefiero llevar capas de sobra aunque las odie a morirme de frío.

—Acabas de sonar como Trinity. —Vuelvo a reír, lo que provoca que se quite el gorro y me pegue con él.

—Necesito quitarme ropa ahora mismo —dice.

Empieza a desabrocharse el abrigo casi con desesperación. Parece darse cuenta de lo que ha dicho y, como si supiese que yo iba a comentar algo, me mira automáticamente. Se encuentra con una gran sonrisa y una ceja enarcada.

—Puedes quitarte toda la ropa que quieras, Spencie, no pienso quejarme.

Ese ego que tanto me excita acude de inmediato a ella, aunque nunca la abandone realmente.

—Me quitaré la ropa para ti cuando te lo ganes. Y teniendo en cuenta que eres... ¿cómo dijiste? Ah, sí, un chico bueno, va a estar complicado.

—No me tientes, Spencer.

—No me atrevería.

Cuando se deshace de yo qué sé cuántas capas, se queda tan solo con las mallas y un jersey blanco a juego con el gorro, que vuelve a ponerse. Aun así, me obliga a bajar un par de puntos la calefacción. Lo hago, porque estando con ella uno entra en calor automáticamente.

«Whatever it takes» de Imagine Dragons suena en mi lista de reproducción mientras conduzco hacia la pista de hockey. La confianza entre nosotros a estas alturas hace que ya no tarareemos las canciones, sino que las cantemos sin vergüenza alguna. No puedo evitar mirarla de reojo. Spencer está sonriendo mientras mueve las manos al ritmo de la música, como si tocase la batería. No puede evitar mirarme cuando canta las frases con doble sentido como «azótame», «móntame como a un caballo de carreras», «yo quiero ser el desliz»..., así que yo hago lo propio y le dedico las partes como «la palabra sobre tu labio», «rómpeme y constrúyeme». Ambos cantamos juntos el estribillo: «lo que sea necesario», «me encanta la adrenalina en mis venas», «llévame a la cima, estoy listo»

No puedo evitarlo, asocio cada palabra de esta canción con nosotros. Porque Spencer hace que la adrenalina me llene el cuerpo cada vez que la veo, cada vez que hablamos. Quiero ser su desliz, quiero que ella sea el mío. Quiero que me rompa y me reconstruya en todos los sentidos que pueda dársele a eso. Quiero que me lleve a la cima. Porque estoy listo. Porque Spencer y yo haremos lo que sea necesario para que la jodida regla de Jordan no eche a perder lo que hay entre nosotros.

Cuando me paro en un semáforo, ella me mira. Aprovecho para decirle lo que pienso de la única forma en que sé que no va a comprenderlo. Exactamente esa misma frase que he pensado: «Tú y yo haremos lo que sea necesario para que la jodida regla de Jordan no eche a perder lo que hay entre nosotros», en lengua de signos.

—¿Qué significa eso? —me pregunta con curiosidad.

—«Whatever it takes» —es lo único que digo.

No es la primera vez que me cuelo en la pista de hockey cuando ya está cerrada, pero sí la primera que vengo solo con una chica. No es que lo haya hecho muchas veces, solo tres o cuatro, y la verdad es que hace mucho de la última vez. Fue el año pasado, casi a final de curso, cuando a Torres se le ocurrió dar una fiesta para despedir la temporada tan floja que tuvimos en el equipo. Al final vino demasiada gente, alguien nos denunció y tuvimos que desalojar echando leches.

Spencer no cuestiona lo que hago en ningún momento. Fuerzo la ventana que hay en la zona trasera, junto a los vestuarios, por el punto exacto en el que sé que hay que hacer presión para que se pueda abrir desde fuera. Así es como nos hemos colado siempre. Una vez abierta, entro rápidamente porque soy consciente que tan solo tengo unos minutos para desactivar la alarma antes de que suene. Por supuesto, todo el equipo nos sabemos el código. Corro hasta la entrada para quitarlo y vuelvo cuando ya está hecho. Los vestuarios están en un nivel más bajo, por lo que le tiendo una mano a Spencer para ayudarla a bajar, pero ella enarca una ceja y da un pequeño salto para aterrizar sin mi ayuda.

—Probablemente me he colado en más sitios que tú, West —dice.

—Por supuesto. Anda, vamos.

Me conozco los pasillos de este edificio de memoria, pero aun así alumbro el camino con la linterna del móvil. Spencer mira todo a su alrededor con curiosidad, analizándolo. Llegamos a los vestuarios, enciendo la luz y abro mi taquilla para sacar mis patines.

—Toma. —Le tiendo la bolsa de deporte que llevaba al hombro y me siento en uno de los bancos—. Son los patines de Morgan. Son un número más que el tuyo, pero servirán.

—¿Mor patina? —pregunta.

—No, pero aquí casi todo el mundo tiene patines. Las pistas de hielo se llenan en diciembre, sale más rentable tener tus propios patines que alquilarlos cada vez que vas.

—Entiendo.

Cuando me pongo los míos, me arrodillo frente a ella para ayudarla a abrocharlos y que no se le salgan. Cuando alzo la vista, Spens tiene una sonrisa de diabla en la cara. No necesito preguntar por qué, lo sé a la perfección. Hemos llegado a un punto en que nuestras mentes están conectadas cuando se trata de tontear y decir guarradas.

—¿Te gusta tenerme arrodillado ante ti?

Su sonrisa se ensancha. Spencer se inclina ligeramente hacia mí y coloca un dedo debajo de mi barbilla para obligarme a alzar el mentón.

—¿Te gusta estar arrodillado ante mí?

—No te haces una idea —susurro.

Sus ojos color miel brillan con maldad cuando se inclina más y nuestros alientos se encuentran. Si tan solo moviese mi cabeza dos centímetros, podría besarla.

—Nos lo podríamos pasar de maravilla si nos dejásemos llevar, ¿sabes? —le digo.

—Yo nunca he dicho que no a dejarme llevar —protesta.

Puedo oler su aroma almendrado a la perfección, me embriaga por completo.

—Tampoco has dicho que sí.

Spencer ríe y la piel se me pone de gallina porque se muerde el labio inmediatamente después mientras me mira fijamente durante unos segundos. Después niega.

—Debo de ser la mejor hermanastra del mundo —comenta mientras se aleja lentamente—. Créeme, Nathaniel, si no he roto ya la gilipollez de regla de Jordan, no es por falta de ganas.

—No te importó romperla con Torres —digo y ella alza una ceja.

—¿Celoso?

«Sí».

—No. Curioso.

—Curioso —repite—. ¿Por qué? Déjame adivinar. Porque no entiendes que rompiese la regla con él en un estúpido juego, pero no la rompa contigo, habiendo... esto... —nos señala a ambos— entre nosotros. La respuesta es sencilla, Nate. —Pronuncia mi nombre por segunda vez en todo este tiempo, cosa que me hace inspirar hondo por lo bien que suena entre sus labios—. Lo de Torres fue una tontería de la que Jordan no tenía que preocuparse.

—¿Y lo nuestro no es una tontería? —pregunto.

No, no lo es. Pero quiero escuchárselo decir.

—Sabes muy bien que, si tú y yo rompemos la regla número tres, Jordan tendría motivos por los que preocuparse.

Río ligeramente. Confirmo así que lo nuestro es diferente a lo que pasó con Torres. Y, joder, siento alivio. Creo que es tontería a estas alturas negar que me gusta mucho y que siento que yo a ella también. No tonteamos por tontear, sino porque entre nosotros de verdad hay una conexión.

—Te juro que, como me caiga, te parto una pierna para que no puedas volver a jugar en tu vida.

—No vas a caerte. Haz el favor de soltarme, Spencer. —No puedo aguantar la risa cuando, al intentar que me suelte las manos, se agarra con más fuerza a ellas—. Lo que vas a conseguir es tirarnos a los dos.

—Ni se te ocurra soltarme, West.

Patino hacia atrás, tirando de ella con cuidado para que se deslice hacia delante. Spencer parece un pato intentando aguantarse sobre los patines mientras tropieza por culpa de estar agarrada a mí y querer usarme como punto de apoyo.

—Te prometo que es más fácil si me sueltas. No voy a contarte nada hasta que lo hagas.

—Empieza a hablar de una vez y quizá te suelte. Yo estoy cumpliendo con mi trato, que era patinar. Estoy patinando.

—Sí, bueno… —Vuelvo a reír y me llevo una mirada asesina como respuesta—. Vale, vale —suspiro—. Allison.

—Allison —repite.

—Nos conocimos el año pasado en el club de fotografía —comienzo. Esta vez, mientras cuento mi historia, no me duele—. Ella enseguida mostró interés en mí. Allison era la típica chica popular: guapa, rubia, de ojos azules que fascinaba a todo el mundo. No me fijé de inmediato en ella porque su forma de ser no acababa de llamarme. A veces soltaba comentarios fuera de lugar o era cruel con la gente. Pero cuando se pegó a mí, creí conocer una nueva faceta en ella. Supuse que esa «maldad» era todo fachada porque me contó que lo había pasado mal en el instituto y, aunque no lo justificaba, lo comprendí. Evidentemente, luego eso resultó ser mentira, pero bueno. Empezamos a pasar mucho tiempo juntos tanto en el club como fuera de él y, al final, Allison me encandiló. —Spencer me escucha con atención, tan solo desvía la vista de vez en cuando para mirarse los pies, como si así se asegurase de que no va a pegarse un trompazo mientras patinamos por toda la pista—. Yo no quería nada serio al principio, pero conforme pasaron los meses, no pude evitarlo. Al final me pillé por ella. Empezamos a salir oficialmente y después…

—Te rompió el corazón —comenta cuando hago una pausa.

—Hizo más que eso. Hubo un día en el que quise darle una sorpresa. En un principio, no podía ir a la fiesta de su cumpleaños, pero al final estaba libre, así que me presenté sin avisar en la sororidad donde vivía con su mejor amiga, Riley, y otras chicas más. Cuando llegué y pregunté por ella, Riley me miró con una sonrisa increíble en la cara, intentando no reírse. Me dijo que Allison había subido a su cuarto un segundo, que fuese a buscarla.

—Déjame adivinar, no estaba sola.

—Estaba muy bien acompañada, con la polla de otro tío en la boca cuando abrí la puerta.

—Hostia —dice. Algo en su expresión hace que los dos soltemos una risa a pesar de que en su momento no tuvo ninguna gracia—. Perdón, no es gracioso.

—No lo es, pero a estas alturas lo único que puedo hacer es reírme. El caso es que esperaba que ella se sorprendiese, me pidiese perdón y me dijese lo arrepentida que estaba. Lo único que hizo fue apartarse del tío y mirarme de arriba abajo antes de preguntar qué hacía allí. La mandé a tomar por culo y bajé las escaleras con un cabreo monumental dispuesto a largarme. Pero entonces Riley me cortó el paso y me soltó: «¿De verdad creías que Allison estaba enamorada de ti?». Allison se rio detrás de mí. Me había seguido y estaba cruzada de brazos. Y ahí fue cuando supe que la Allison de la que me había enamorado no existía, sino que la verdadera era la que había conocido desde el primer momento y de la que no me fiaba.

Suspiro y hago una pausa bajo la atenta mirada de Spencer.

—Era tan narcisista que no soportaba estar solo conmigo. Necesitaba la atención de todo el mundo y, si ella pensaba que no tenía la mía al cien por cien, montaba espectáculos. O la buscaba en otros chicos, resulta que me estaba poniendo los cuernos desde el principio. Cuando le pregunté que por qué había aguantado durante tanto tiempo conmigo, su respuesta fue: «Follas bien, Nate, había que aprovecharte».

—Madre mía… —Spencer da un traspié, por lo que se tiene que agarrar a mí con fuerza otra vez—. Siento todo eso. Cuando te conocí, pensaba que eras el típico jugador de hockey que iba tirándose a todas las tías de la universidad y riéndose de ellas. Te prejuzgué porque es a lo que estaba acostumbrada con mis amigas y me cerraste la boca. Eres buen tío, West, y Allison era una zorra. Y que sepas que estoy en contra de llamar así a cualquier chica, pero la verdad es que se lo merece.

—Muchas gracias —digo, riendo—. Ahora sabes por qué paso de involucrarme sentimentalmente de nuevo con alguien. No me rompió solo el corazón, sino que le hizo mucho daño a mi autoestima.

—Parece que estamos en el mismo punto. Ninguno de los dos queremos nada serio porque nos han destrozado —comenta y vuelve a mirarse los patines antes de clavar sus ojos en los míos—. Pero estamos deseando follarnos.

Esta vez quien da el traspié soy yo. Y como está enganchada a mí como si le fuese la vida en ello, la desequilibro y hago que se tropiece. En menos de dos segundos, los dos caemos al hielo. Yo caigo de culo, me doy un buen golpe, y Spens cae sobre mí, con sus piernas entre las mías.

Se le escapa una risa mientras apoya sus manos sobre mi pecho para incorporarse un poco y mirarme a la cara.

—¿Te has puesto nervioso, Nathaniel?

—No puedes decirme eso y pretender que me haga el tonto, Spencer —protesto.

Claro que me he puesto nervioso, joder. Porque escucharla decir que quiere follarme me ha puesto cachondo y no esperaba que lo admitiese de una forma tan directa. Llevamos tonteando desde el primer día, pero en ningún momento ha manifestado esa realidad. Le dije que quería besarla, ella me incitó a hacerlo y yo me controlé. Pero si esto sigue así, no sé si quiero seguir conteniéndome.

—¿Y si no quiero que te hagas el tonto? —Inspiro hondo sin poder dejar de mirarla.

De nuevo, una risa floja se escapa de entre sus labios rojos. Quiero morder de una puta vez esos labios. Lamerlos, meter mi lengua entre ellos. Dios.

Spencer hace amago de incorporarse, hace fuerza sobre mi pecho para impulsarse hacia atrás. No se lo permito. Le agarro la muñeca y la obligo a perder el equilibrio y caer sobre mi pecho de nuevo. Entonces ruedo, mientras la sujeto por la cintura. Se le escapa un quejido de sorpresa cuando lo hago. Ahora es Spencer la que está tirada sobre el frío hielo y yo el que estoy sobre ella.

Su respuesta es enarcar una ceja de modo sugerente. Estoy harto. Estoy cansado de que no se queje cuando hago o digo algo comprometido. Porque lo que necesito es que me diga que pare, que no podemos hacer esto, que no quiere hacerlo. No necesito que me incite a seguir, porque quiero hacerlo. Esta vez respondo a su invitación. Con mi rodilla, separo la pierna que tiene entre las mías y me encajo en su cuerpo. Mi cintura choca con la suya y ahora mismo doy gracias a que haya dejado el abrigo en el coche y lleve puestas esas mallas, porque yo voy en chándal y la puta tela no sirve apenas de separación entre nuestros cuerpos.

Spencer carraspea cuando me nota, pero en su cara hay una maldad notable que me deja claro lo que está pensando.

—Estoy harto de esto —confieso.

Poso mi mano izquierda sobre su rodilla y empiezo a ascender lentamente. Spencer no aparta sus ojos de los míos; de hecho, apoya sus manos en mis hombros y las deja reposar ahí.

—¿De qué?

—De querer tocarte y no poder hacerlo. —Mi mano sube hasta su muslo, se detiene unos segundos ahí para darle un ligero apretón—. De querer besarte y no poder hacerlo. —Subo por su vientre. El jersey es mucha más separación que las mallas, aunque no me da un respiro mientras llego hasta su escote, hasta su cuello—. De querer follarte y no poder hacerlo.

Mi mano agarra su cuello con suavidad. No es así como quiero agarrarlo, pero me controlo. Spencer inclina la cabeza hacia atrás ligeramente y suelta un pequeño gruñido que hace que una descarga eléctrica me recorra todo el cuerpo. Cuando muevo ligeramente mi cuerpo, vuelve a gruñir. Sí, definitivamente está notando lo empalmado que estoy.

Spencer me mira, mi mano aún está en su cuello.

—Estoy deseando que rompas la puta regla de Jordan, Nate.

Ahora gruño yo. Porque escucharla decir eso ha sido como echarme un jarro de agua fría por encima. Me ha recordado el motivo por el que no he hecho nada hasta ahora. El motivo por el que los dos estamos aguantando esta tensión sexual cuando no tenemos ganas de reprimirla. Porque Jordan sigue existiendo y, por mucho que quiera a mi mejor amigo, ahora mismo desearía matarlo con mis propias manos. Parece ser que no solo ella va a llevarse el premio a la mejor hermanastra del mundo, sino que yo voy a llevarme el premio al mejor amigo. Porque aparto mi mano de su cuello, me separo de su cuerpo y me pongo en pie con facilidad.

Después, le tiendo una mano. Ella la acepta sin decir nada. Y, sin mencionar lo que acaba de pasar, abandonamos la pista de hockey. Fingimos que nada ha pasado durante todo el camino, hablamos de cosas triviales a pesar de la tensión que hay en el ambiente. Spens me guiña un ojo cuando se baja del coche de Dan y yo me voy a casa a bajarme el jodido calentón de la única forma que soy capaz: solo.

CAPÍTULO 35

Spencer

> **Yo**
> Comemos? Necesito consejo.

> **Morgan**
> Salgo de clase en 30 min.

> **Trinity**
> Estoy terminando en los establos.

> **Morgan**
> Mixing House?

> **Yo**
> Allí nos vemos en un rato.

Soy la primera en llegar y eso hace que me ponga de los nervios. No puedo dejar de jugar con la carta del menú entre mis manos. Una esquina se rompe, así que la dejo para intentar distraerme con el móvil. Reviso Instagram una y otra vez a pesar de que estoy al día. Cuando vuelvo a recargar la aplicación, la primera foto que aparece hace que suelte un resoplido. «Venga ya, joder». Nate aparece sonriendo junto a Jordan. O, más bien, Bucky está junto a Thor. Es una foto del otro día, de la fiesta de Halloween. No le doy a «me gusta» porque ahora mismo odio con todo mi corazón a Nathaniel West.

Me doy cuenta de que me han subido muchísimo los seguidores. Tenía apenas doscientos y ahora mismo tengo unos seiscientos. Sé que es gente de Keens y que me han seguido a raíz de los artículos, pero me parece de locos. El artículo sobre Ameth tuvo un feedback increíble. Las redes sociales de *La Gazette* echaban humo, todo el mundo estuvo comentando durante días lo bueno que era ese artículo y lo valiente que había sido Ameth al hablar sobre el tema. Él también ganó muchísimos seguidores más por eso. Aún lo siguen parando por la calle para saludarlo.

Cierro la aplicación en el mismo momento en que Morgan entra en el restaurante, tan guapa como siempre.

—Ey —me saluda. Se quita el abrigo antes de sentarse—. Miedo me da que tú pidas consejo sobre algo. ¿Estás bien?

—Perfectamente —miento tras poner los ojos en blanco—. O no. No sé. Estoy hecha un lío. Esperamos a Trinity y os cuento.

No tenemos que esperar demasiado, tan solo diez minutos después entra por la puerta. Aún va vestida con la ropa de equitación: un pantalón ajustado azul marino, una sudadera gris en la que aparece la silueta de un caballo y el escudo de la universidad, y encima lleva un abrigo estilo *bomber* también con el logo y el caballo. Lleva deportivas y unos calcetines grises a cuadros hasta por debajo de las rodillas. Lleva el pelo recogido en dos trenzas largas y un gorro gris. La ropa le queda de maravilla, la verdad.

—Siento llegar tarde —dice—. Vengo directa de las cuadras porque me ha puesto nerviosa que Spencer necesite consejo.

Morgan me mira y señala a Trin mientras toma asiento junto a ella.

—¿Ves?

—Lo pillo, graciosilla.

—Desembucha —exige Trinity—. Antes de que me monte toda una película yo sola. Y créeme, ya tengo la mitad montada desde hace tiempo.

—Tenemos —corrige Mor—. Y es una película muy buena.

—Pues vengo a cumplir vuestras fantasías.

—Pero si ni te hemos dicho cuáles son.

—Morgan, pongo la mano en el fuego al decir que vuestra película nos incluye a Nate, a mí y muchas cosas guarras.

Decir su nombre delante de la gente no me supone nada, lo pronuncio con naturalidad. Es cuando tengo que dirigirme a él cuando esas cuatro letras parecen arder en mi boca. Se lo dije, no llamarlo por su nombre me da control, me divierte. Y, cuando lo he hecho, lo pierdo absolutamente.

—Demasiadas —aporta Trinity—. No te haces ni una idea.

—No soy de esas personas que no saben ver lo que tienen delante —digo—. Sé que entre él y yo hay una atracción muy fuerte y que absolutamente todo el mundo se ha dado cuenta. Y sé que nadie dice nada por la maravillosa, estupenda y nada irritante regla número tres, para que Jordan no se ponga pesado.

—Entre Nate y tú no hay solo atracción —me corrige Trin—. Hay mucho más.

—No, qué va —me apresuro a decir.

Pero ella finge cerrarse los labios con cremallera mientras dibuja una sonrisa de traidora en ellos.

—Vale… ¿Sobre qué necesitas consejo exactamente? —Morgan enarca una ceja invitándome a hablar. Yo inspiro hondo—. Desembucha.

—Jordan.

Trinity suelta un resoplido.

—Lo sabía.

Hacemos una pausa porque vienen a tomarnos nota, pero en cuanto el camarero se va, mis amigas me miran de forma inquisidora.

—No aguanto más —confieso—. Nate me atrae desde la primera vez que lo vi. El tonteo que llevamos teniendo estos meses empezó como una coña inocente porque ambos sabíamos que no iba a pasar nada entre nosotros y ahora es insoportable.

—Porque queréis que pase.

—Hemos estado a punto en un par de ocasiones. —Ambas sonríen con picardía cuando digo eso—. Nos hemos rajado en el último momento. Y yo no soy una rajada, me gusta hacer lo que me apetece.

—Pero os estáis conteniendo por Jordan —apunta Mor. Yo asiento.

—Ugh, que le den a Jordie, en serio —replica Trinity haciendo un gesto de despecho con la mano—. Por mucho que lo quiera, está siendo un plasta con este tema.

—Pero ¿Jordan te ha dicho algo acerca de esto?

—No he hablado con él. No sé qué hacer.

—Habla con él antes de hacer nada —dice Morgan.

—Cómele la boca a Nate de una vez —responde Trin a la misma vez.

Dios, los chicos llevaban razón cuando dijeron que Trinity no es el angelito que aparenta ser. Una sola palabra más suya y mando todo a tomar por culo sin escuchar a la voz de la razón, que parece ser Morgan.

—Si no ha pasado nada entre vosotros todavía, es porque estáis respetando la regla de Jordan, por muy estúpida que nos parezca a todos —prosigue Mor—. Estáis manteniendo vuestra palabra.

—No como hiciste con Torres —interrumpe Trinity. Levanta ambas cejas repetidas veces con cara de mala.

—Exacto. ¿Por qué te enrollaste con mi hermano y no lo haces con Nate? ¿Qué diferencia hay?

No necesitan que yo se lo diga, lo saben a la perfección. Pero lo que Morgan intenta es que me aclare yo misma diciéndolo en voz alta. Es lo mismo que la doctora Martin ha estado haciendo.

—Porque por muy bueno que esté tu hermano, no me siento atraída por él. Nos llevamos bien, pero no hay entre nosotros la química y la tensión sexual que existe entre Nate y yo. Enrollarme con Torres era una tontería de un segundo que no iba a dar problemas. Enrollarme con Nate define la palabra «problemas».

—¿Sientes algo más por él? —pregunta Trin.

Niego inmediatamente, aunque ella no parece muy convencida.

—Nada más allá de lo físico —contesto—. A ver, se ha convertido en una persona importante para mí, como vosotras y el resto de los chicos. Sois mis amigos y todos significáis algo para mí. Pero aparte de eso, no, no siento nada por él.

—¿Qué quieres hacer tú?

—Dejarme llevar. Quiero que la próxima vez que Nate y yo vayamos a besarnos, lo hagamos. Quiero tirármelo de una vez para resolver este asunto de la tensión y seguir siendo amigos al día siguiente como si no hubiese pasado nada. Y repetir cada vez que nos dé la gana. Pero… —suspiro—. No quiero fallarle a Jordan.

—Spens, la tontería esta de Jordan es porque quiere que el grupo no se divida en ningún momento, lo sabes —explica Mor—. No le estarías fallando si le dijeses lo que quieres. Estoy segura de que lo entendería. Incluso aunque no le comentases nada, decir que le estarías fallando es algo exagerado.

—Jordan está confiando en mí desde el primer día. Me acogió en su piso, me presentó a su gente, me dejó entrar en su vida mucho más allá de lo que llevamos compartido estos años. En ningún momento me ha puesto una pega y yo no le he dado jamás motivos para confiar en mí. Lo ha hecho y ya. Lo mínimo que puedo hacer es mantener la única promesa que le he hecho.

—Me estoy poniendo un poquito nerviosa ya con esto de las normas y las promesas —dice Trinity—. En serio, es absurdo.

—Lo es —afirma Morgan—. Pero lo que Spencer dice tiene todo el sentido del mundo. Por eso creo que lo mejor que puedes hacer es hablar con Jordan. Dile que te mola Nate, que el tonteo que tenéis no es solo una coña. Sería egoísta por su parte si te dijese que no puedes tener algo con él.

Jordan es la persona menos egoísta que conozco. Siempre está dispuesto a ayudar a pesar de lo serio que es la mayoría del tiempo. Mi hermano tiene un gran corazón y por eso me asusta plantarle cara. Porque es la única persona que ha apostado por mí desde el principio, todos estos años. Sí, hablar con él sería lo más lógico. Pero a la nueva Spencer le importa la relación con Jordan, mientras que la antigua la habría echado a perder enseguida por todo lo alto.

—Yo me enrollaría con Nate y ya está.

—La próxima vez que votemos quién es la mala influencia del grupo, no pienso votar por Torres —le digo a Trin señalándola de forma acusadora—. Llevaban razón en que eres tú.

—Mentira.

—Y tú. —Miro a Mor—. Vas a ser una gran psicóloga, que lo sepas. Me has dicho básicamente lo mismo que mi psicóloga.

—Espero que hayamos sido de ayuda.

—Gracias, chicas.

La realidad es que sí, necesitaba escuchar sus opiniones. Pero no tengo ni idea de qué voy a hacer.

CAPÍTULO 36

Nate

—Jordan está aquí en diez minutos —digo cuando bajo las escaleras de la casa, listo.

Torres ya está esperándome. Me mira con una gran sonrisa, abre los brazos y gira para que lo mire.

—¿Cómo estoy?

Lo único que Torres lleva ahora mismo que no me hace reír es el pantalón de chándal. Porque arriba lleva una camiseta de manga larga ridículamente ajustada que se le pega como una segunda piel, de color rosa chicle con dibujitos por todos lados. Se ha puesto ya las alas de hada que yo llevo en la mano. Porque voy vestido exactamente igual que él.

—Guapísimo —respondo—. Sabes que vamos a volver con la cara llena de purpurina, ¿verdad?

—Me queda bien absolutamente todo, *papi*, no me asusta la purpurina.

—No me extraña que Clare te adore.

—Todo el mundo me adora. Lo que me lleva, aunque no tenga nada que ver, a la conversación que tú y yo aún no hemos tenido.

Enarco una ceja. Así que esto va a pasar.

—No hay nada que hablar, Torres.

—Yo creo que sí.

Suspiro.

—Tú dirás, hada madrina.

—¿Hay algo entre Spens y tú? Porque todos pensamos que sí, pero como te has cerrado en banda desde lo de Allison y no sueltas prenda, ya no estoy seguro. Encima, me enrollé con ella el otro día y no sé si te ha molestado. Evidentemente, ya no puedo remediarlo, pero quería hablarlo contigo y disculparme.

Se me escapa una carcajada cuando veo a Torres nervioso. Es casi imposible que mi amigo pierda los nervios y hable de una forma tan atropellada, así sé que está preocupado de verdad.

—Diego —lo corto—. No estoy enfadado, no tienes que disculparte por nada. Me gusta Spencer, sí, pero es complicado, ya lo sabes. Se me pasará.

—Te diría que te la tirases de una vez, pero que antes le digas a Jordan que tienes intención de hacerlo.

—Claro, ahora cuando nos recoja, le voy a decir que pienso comerle la boca a su hermana y follármela en cualquier momento, a ver qué le parece.

Ambos nos miramos unos segundos antes de echarnos a reír.

—Nop, no es muy buena idea, la verdad.

El sonido del claxon nos anuncia que nuestro amigo ya está aquí, así que zanjamos el tema de inmediato con unas palmadas en la espalda.

Cuando nos subimos al coche, Jordan lleva las mismas pintas que nosotros.

—¿Los disfraces de hada eran de verdad necesarios? —pregunta—. Teníamos los de Los Vengadores guardados.

—Clare lo dejó bien claro —protesto.

—Esa pequeña demonio tiene suerte de que la adore.

Jordan conduce hacia fuera del campus y nos adentramos en la ciudad. La lista de reproducción de Imagine Dragons suena de fondo mientras hablamos del partido de ayer. Ha sido el tercero desde que empezó el curso y también lo ganamos. Jugamos bastante mejor que en los dos primeros, sobre todo teniendo en cuenta que estos últimos han sido fuera de casa, pero no fue suficiente ni para el entrenador ni para algunos de los jugadores, entre ellos Torres. Necesitamos no conformarnos si queremos llegar a algún lado este año.

Llegamos al que ha sido nuestro barrio toda la vida y pasamos por delante de nuestro antiguo instituto.

—Qué recuerdos —comento, ya que los tres hemos desviado la vista para mirarlo.

—Siempre odié el instituto, pero mataría por volver —dice Torres—. Todo era más fácil.

—La verdad es que el último año fue alucinante —añade Jordan.

Es cierto, nuestro último año de instituto fue la leche.

Cuando pasamos por la antigua casa de Torres, habitada por la misma familia a la que se la vendieron, nadie dice nada. Él ni siquiera es capaz de mirarla, sino que mantiene la vista al frente con una indiferencia que sé que no siente.

Finalmente llegamos a mi casa. Ni siquiera nos hemos bajado del coche cuando mi hermana sale disparada del interior de la casa y cruza el jardín para recibirnos. Va vestida totalmente de hada, con un vestido rosa y blanco, una corona de flores, una varita en la mano, el pelo castaño trenzado y purpurina alrededor de sus ojos azules como los míos.

—¡*Ey, pequeña!* —la saludo mientras se acerca. Hablo a la vez que interpreto en lengua de signos. Clare se abalanza a mis brazos dando un pequeño salto para que la alce.

—Nate —murmura a pesar de que no puede pronunciarlo con claridad. Es tan solo un ruidito que sale de su garganta, pero que conozco a la perfección.

—*Feliz cumpleaños* —le digo cuando la bajo. Ella sonríe mientras mira mis manos signar a la vez que hablo en voz alta—. *Estás preciosa, ¿lo sabías?*

—*Mamá me ha vestido* —responde con sus pequeñas manos, con soltura.

—¡Clare! —Jordan se sitúa a mi lado, para que Clare le vea las manos—. *Muchas felicidades, enana.*

—*Soy grande* —protesta Clare, hinchando los mofletes. Jordan le hace burla.

—*¿Cómo está mi muñequita?* —le signa Torres y se agacha para darle un gran abrazo a mi hermana—. *¿Cuántos cumplías, tres?*

—*Siete* —protesta con dignidad, cosa que nos hace reír.

Sí, mis mejores amigos hablan lengua de signos. Cuando éramos pequeños y venían a casa, Torres y Jordan se preocupaban porque no podían comunicarse bien con mi padre. Mi madre o yo interpretábamos por ellos, pero se sentían mal. Así que cuando en secundaria ofertaron la asignatura de lengua de signos en el instituto, no dudaron en matricularse. Cuando ya llevaban unos meses y sintieron que podían mantener una conversación, se atrevieron a hablar con mi padre signando. Se echó a llorar de la emoción. Por entonces teníamos ya doce años, llevaba conociendo a Jordan seis y a Torres cuatro, y fue el momento exacto en el que supe que iban a ser mis mejores amigos para toda la vida.

Para Clare está siendo fantástico crecer rodeada de gente que hable lengua de signos fuera de su colegio. Ella nació sordomuda, como mi padre. Mis padres llevan debatiendo desde el día en que mi hermana nació si realizarle la operación del implante coclear para que su vida pueda resultar algo más sencilla de cara al futuro. Pero mi padre se opone por miedo a que algo pueda salir mal y porque cree, como tantísima gente sorda, que si Clare se opera, estamos admitiendo que hay algo mal en ella. No hay nada malo en ser sorda, pero por desgracia este es un mundo en el que, o te adaptas, o te pierdes. No es justo que mi hermana tenga que luchar en un futuro el triple que otras personas por las mismas oportunidades.

—*Estáis muy guapos* —afirma Clare cuando nos ponemos las alas de hada.

—*Por supuesto que lo estamos* —se recrea Torres.

Luego se da una vuelta para que le mire por completo. A mi amigo le pega poquísimo adorar a los niños, pero lo hace. Adora a sus hermanos pequeños con locura y adora a Clare desde el día en que nació.

Mamá nos espera en el porche, desde el que vigilaba a la mocosa. En cuanto llegamos a ella, esboza una amplia sonrisa y extiende los brazos para envolverme y darme un beso en la mejilla. Clare corre directa hacia dentro de la casa, probablemente a preparar lo que sea que tenga en mente para nosotros.

—No estaría de más que vinieses a ver a tus padres más a menudo.

—Prometo venir más.

—Eso dices siempre. —Se separa para mirarme de arriba abajo—. Cada día te pareces más a tu padre. —Después mira a los chicos—. Cómo me alegro de veros. Haced el favor y venid a darme un buen abrazo.

—Te echábamos de menos, Rose —le dice Jordan, que obedece su orden.

—Echabais de menos mi tarta de manzana —protesta ella.

—¿Por quién nos tomas? —replica Torres abrazándola—. Teníamos muchas ganas de verte.

—Os recuerdo que os he criado, muchachos.

Clare asoma su cabecita por la puerta y nos mira de forma interrogante.

—*Quiero jugar, ¿entráis ya?* —signa.

—*Ya van, cielo, primero tienen que saludar o no van a probar la tarta de manzana* —contesta mi madre.

Clare ríe, asiente y vuelve adentro.

Mi padre está sentado en el suelo del salón cuando entramos, con la cara llena de purpurina. Cuando nos ve, su cara refleja un alivio impresionante.

—*Por fin* —signa—. *Os toca, Clare es toda vuestra, yo ya he cumplido mi función como padre por hoy.*

—*Pero si estás guapísimo, Jeremy* —se burla Torres.

Mi padre le hace un corte de mangas muy disimulado para que mi hermana no lo vea. Luego se pone en pie para darme primero un gran abrazo a mí, y después a Torres y Jordan.

—*Si no vais a jugar con Clare ahora mismo, os matará con su varita mágica o algo así ha dicho* —nos dice—. *Pero a la hora de comer quiero que me pongáis al día de lo mal que os estáis portando en la universidad.*

—*Nos estamos portando de maravilla* —responde Jordan, a lo que mi padre asiente para darnos a entender que no se cree ni una palabra.

Tomamos el relevo y nos sentamos frente a Clare, que empieza a llenar nuestras caras de purpurina. Nos dibuja lo que supuestamente son mariposas, aunque Jordan le dice que parecen patatas y la hace rabiar.

Pasamos toda la mañana jugando con mi hermana, mientras nos cuenta qué tal le va el colegio. Mi padre es maestro allí, en el colegio para niños sordos, así que se queja de que a veces es un poco pesado con ella. Mi madre, en cambio, es abogada especializada en casos de exclusión.

A la hora de la comida, ponemos al día a mis padres sobre cómo va la uni, hablamos en voz alta y signamos a la vez. Torres y Jordan han ido adquiriendo una soltura impresionante con los años, por lo que ni siquiera tienen que esforzarse. La familia de verdad es así.

Estamos un rato más con Clare por la tarde. Soplamos las velas de su cumpleaños por segunda vez y nos comemos la tarta que ha sobrado a mediodía. Para cuando volvemos a Keens, está anocheciendo. Los tres nos subimos en el coche de Jordan, exhaustos.

—Gracias por hacer esto cada año —les digo a mis amigos.

Se giran desde los asientos de delante para mirarme. Ambos extienden sus puños hacia mí.

—Siempre, *hermano.*

—Siempre.

CAPÍTULO 37

Nate

Spencer va a acabar conmigo. Es un hecho. Lo he asumido.

Desde que llegó, cada vez que nos hemos provocado o nos hemos dicho cosas guarras, después no ha habido ningún tipo de tensión rara entre nosotros. La tensión sexual sí ha estado siempre presente, pero jamás hemos estado en el punto en el que pase algo raro.

Desde que hace una semana casi se fuese todo a la mierda, el ambiente ha estado cargado en todo momento de algo que no sé cómo definir. Nos miramos a los ojos más tiempo del usual, nos miramos los labios, nos rozamos, nos soltamos más indirectas y pullas que nos dejan sin aliento. Hasta Ameth se ha dado cuenta de que pasa algo, porque hizo un comentario ayer viernes en clase, después de toda la semana aguantándonos.

El artículo de esta semana ha sido una completa condena. Hemos tenido que quedar tan solo dos tardes: una para ir a la única tienda de discos que hay en el campus e informarnos sobre cuáles son los CD más vendidos y hacer unas cuantas fotos. Superamos esa tarde a pesar de todo, pero fue horrible porque no podíamos caminar sin rozarnos, sin provocarnos. La segunda fue en su piso para comparar los discos físicos vendidos con las canciones más escuchadas online, redactar el artículo y añadir las fotos. La primera hora fue una auténtica tortura, que acabó con un suspiro de alivio cuando Jordan llegó a casa y se sentó en el salón con nosotros. Es el único momento en el que voy a agradecer que mi amigo se convirtiese en carabina porque, de haber seguido solos, me habría lanzado a besar a Spencer sin ningún tipo de remordimiento.

—Eh, la gente está llegando.

Torres entra en mi habitación sin llamar, por supuesto. Lleva puesta una camiseta de manga corta que deja ver todos sus tatuajes, aunque lleva un jersey negro en la mano que se pone sobre la marcha. Ambos sabemos que no le va a durar puesto ni una hora. Yo llevo una sudadera de color camel, vaqueros y deportivas.

—Pues que empiece la fiesta —respondo esbozando una sonrisa.

Mi amigo me la devuelve y me hace un placaje que nos tira a ambos a la cama. Me revuelve el pelo como si fuese un crío mientras forcejeo con él.

—¡Hoy se lía! —grita incorporándose—. No se cumplen diecinueve años todos los días.

Todos sabemos por qué Torres adora el día de su cumpleaños: porque significa que queda un año menos para graduarse, tener veintiuno y poder reclamar la custodia de sus hermanos.

La fiesta de cumpleaños de los mellizos se celebra en nuestra casa. No solemos hacer muchas fiestas aquí porque nuestros compañeros, Dan y Rick, no se juntan con la misma gente que nosotros. Ellos son jugadores de fútbol y, aunque nos llevemos muy bien, tenemos distintas amistades. Pero esta noche es de Torres y Morgan.

Cuando bajamos, toda la casa está ya llena de gente. De nuestros amigos solo veo a Ameth, que charla con Jackson, el ex con el que parece haber vuelto y que tan mal le cae a Cody a pesar de que es un buen tío.

Torres empieza a recibir un aluvión de felicitaciones conforme se pasea por el salón y las acepta con gusto. Saluda con ganas a sus amigos y se vuelve todo un zalamero con las chicas, va regalando sonrisas y guiños como siempre.

Cody, Trinity y Morgan llegan poco después. Ahora todo el mundo le presta atención a la otra cumpleañera y se repite el proceso de felicitaciones. Va preciosa, con un vestido rojo que la convierte en la dueña del lugar.

—Feliz cumpleaños, preciosa —le digo al llegar a ella y le doy un beso en la frente—. Estás espectacular.

—Gracias, *amor*. Voy a seguir saludando.

Cuando me giro, todo mi cuerpo se tensa. A pesar de que quiero a mi amiga con locura, es increíblemente guapa y es su cumpleaños, para mí es otra persona la que se adueña de esta sala y de toda mi atención. Spencer lleva una minifalda negra y una camiseta del mismo color con transparencias que deja ver un sujetador con muchas tiras y lazos cruzados sobre sus pechos. Sus piernas desnudas parecen más largas por culpa de esa falda; no lleva tacones, sino zapatillas. Recuerdo que me comentó una vez que antes siempre se ponía tacones, pero que en realidad los odia.

Lleva el pelo negro suelto, en ondas, y le cae alrededor de sus hombros. Sus ojos, que perfilados de negro parecen más afilados, me penetran cuando estamos cara a cara y sus labios pintados de rojo esbozan una sonrisa tirante que hace que todo mi ser arda. No puedo más con esto, de verdad.

—¿Qué hay, West?

—¿Qué hay, Spens?

—Ey —saluda Jordan tras ella. No le había prestado atención porque su hermana lo había eclipsado—. ¿Los cumpleañeros están ya borrachos como cubas o siguen estables?

—De momento están sobrios —contesto riéndome—. Aunque eso va a durar poco.

—Torres siempre se desmadra el día de su cumpleaños —le dice Jordan a Spencer, que arquea las cejas y asiente con aprobación.

—¿Más de lo habitual?

—Más.

—Voy a felicitarlos —anuncia Spencer.

Antes de mezclarse con la multitud, me escanea de arriba abajo. Yo intento no mirarla demasiado, ya que tengo a Jordan al lado.

—¿Les damos el regalo antes de que caigan en coma etílico o después? —pregunta mi amigo—. ¿Estamos ya todos?

—Sip, faltabais solo vosotros. Yo creo que lo mejor es que soplen las velas ahora, les damos el regalo y a seguir con la fiesta.

—Pues voy al coche, que he dejado el sobre ahí. Si quieres, reúne a los demás y lo hacemos ahora.

—Marchando.

Uno a uno, reúno al grupo. No tardo porque la mayoría estaban juntos, así que en cinco minutos estamos en el centro del salón, donde está la mesa, rodeados por toda la gente que hay ahora mismo en la fiesta. En un rato, habrá el doble de personas, seguro.

—¿Tenemos que hacer esto? —se queja Morgan. Pone los ojos en blanco mientras alguien baja la música y apaga las luces.

—Cada año —responde Torres.

Trinity sale de la cocina con una de las cinco tartas que hemos comprado para que haya para todo el mundo. Está llena de velas. Empieza a cantar el cumpleaños feliz y todos nos unimos. Torres sonríe con la alegría de un niño pequeño, mientras que Mor se limita a reírse y poner los ojos en blanco.

Soplan las velas y reciben una ola de aplausos y vítores mientras las luces vuelven a encenderse. La música también vuelve a sonar, así que la gente se dispersa para continuar con la fiesta. Yo anuncio que hay tarta en la cocina para quienes quieran comer.

—Y ahora… —Ameth hace redoble de tambores sobre la mesa, acompañado por mí—. Nuestro regalo.

—Os dijimos que este año no se os ocurriese comprarnos nada —protesta Torres.

Todos nos acercamos un poco más a la mesa para tener algo de intimidad en un salón rodeados de gente que bebe y baila.

—Y evidentemente no os hemos hecho ni puto caso —responde Jordan, que les tiende el sobre tamaño folio.

—Sois unos *petardos* —se queja Morgan mientras lo coge—. Os lo digo en serio.

—Sois unos *petardos* —se burla Trinity—. Abridlo ya.

Lo hacen entre más protestas. Lo primero que sacan son dos tarjetas de felicitación gigantes firmadas por todos: Jordan, Ameth, Trin y yo. Y Spencer, que ha querido participar en el regalo. Cada uno le ha escrito un pequeño párrafo a los hermanos. Las leen y no pueden evitar que se les salten un par de lágrimas, mientras nos insultan a todos tanto en inglés como en español por hacerles eso. Después sacan los panfletos y los billetes de avión que les hacen fruncir el ceño. Los miran y después nos miran a nosotros, sin comprender.

—¿Qué…?

—Nick y Ana siempre están diciendo lo mucho que les gustaría visitar Nueva York en Navidad —comienzo a explicar.

—Así que este año vais a poder llevarlos —termina Jordan.

—¿Cómo? —Torres nos mira con los ojos como platos—. No. Ni hablar. No podemos aceptarlo.

Ambos revisan todo lo que tienen en sus manos: los billetes de avión de ida y vuelta para los cuatro, el bono del hotel y unas cuantas reservas para restaurantes, todo ya pagado.

—No se admiten devoluciones —advierte Trinity encogiéndose de hombros.

—Lo digo en serio, chicos. Esto es demasiado. Sabéis que podem… —dice Torres.

—Sois unos pesados —le suelta Jordan—. Vais a ir aunque tengamos que subiros nosotros al avión.

—Pero ¿es que sois imbéciles? ¡Panda de huevones! ¿Cómo vais a pagar todo esto? —empieza a gritar Morgan, lo que hace que todos riamos.

Creo que todos la entienden porque estamos acostumbrados a oírla maldecir.

—Que sí, que sí —interviene Spencer—. Ya nos contaréis qué tal las vacaciones por Nueva York.

Torres y Morgan se miran durante unos segundos y entonces hacen lo que ninguno esperábamos: se echan a llorar. Nos abrazan de uno en uno, mientras nos dan las gracias entre lágrimas. Sabemos las ganas que tenían de poder hacer algo con sus hermanos fuera de Newford y estos llevan un par de años pidiendo ir a ver Nueva York en esta época, pero año tras año los mellizos han tenido que explicarles que no pueden permitírselo. Este año sí que pueden, porque todos sus amigos hemos contribuido a que se escapen unos días de la realidad, junto a Nick y Ana.

—Os quiero, *gilipollas* —nos confiesa Torres cuando ha terminado de abrazarnos a todos—. Pero os odio por hacerme llorar en mi cumpleaños. Así que ya podéis estar poniéndoos a beber y a bailar para que me ría de vosotros.

Eso hacemos. Nos vamos a la mesa de *beer pong* y nos dividimos en dos equipos: el de Torres y el de Morgan. Con el primero vamos Jordan, Ameth y yo. Con Morgan van Trinity, Spencer y Cody.

—Os vamos a machacar —anuncia Trinity, que es la primera en tirar.

Por desgracia, con las tres chicas en el mismo equipo, aunque tengamos a Torres, no tenemos nada que hacer. Hasta Spencer sola sería capaz de ganarnos a todos.

—Sigue soñando, *preciosa* —le dice Torres.

Cuando llega el turno de Cody y acierta la pelota, le indica a Ameth que beba él.

—¿Dónde te has dejado a Jackson? —le pregunta.

No hemos vuelto a verlo desde antes del regalo, imagino que estará por la casa con algunos colegas.

—¿Vamos a empezar con esa mierda, Cody? —protesta Ameth.

—No empecéis —les reprende Trinity, aunque está mirando a su novio.

—Tú no te metas —le bufa este.

El silencio reina entre nosotros cuando Cody le dice eso a Trinity. No tiene sentido. Él jamás ha sido maleducado con nadie, no ha alzado jamás la voz, es tranquilo... Incluso cuando Trinity y él discuten, son peleas demasiado bien llevadas. Por eso nos sorprende que le hable así de repente.

—¿Qué narices te pasa? —le pregunta ella, que frunce el ceño y lo encara.

—Nada. Da igual. Voy a que me dé el aire —responde Cody negando con la cabeza—. Seguid sin mí.

Se marcha antes de que nadie pueda detenerlo.

—¿Qué acaba de pasar? —pregunto yo.

Todos se encogen de hombros antes de mirar a Ameth, que bufa.

—No me apetece hablar de esto. Es el cumpleaños de Torres y Morgan, vamos a tener la fiesta en paz.

Ya...

—Vamos a seguir jugando —dice Morgan para aligerar el ambiente mientras recupera una de las pelotas—. Os toca.

Jordan nos mira, después las mira a ellas y, en un abrir y cerrar de ojos, rodea la mesa para colocarse junto a las chicas.

—¿Qué haces? —inquiere Spencer.

Su hermanastro esboza una amplia sonrisa.

—Unirme al equipo ganador.

—Chaquetero —protesta Torres.

Cuando tiro y acierto, no lo dudo. Señalo a Spencer con la cabeza, que enarca una ceja de manera provocadora. Coge el vaso para bebérselo de un trago, sin apartar los ojos de mí. El alcohol ya está haciendo estragos, porque no soy capaz de pensar en otra cosa que no sea en ella.

Cuando pasamos a jugar al billar, mis ojos recorren una y otra vez cada uno de sus movimientos. Me fijo en que se le tensa la minifalda cada vez que se inclina sobre la mesa y maldigo porque me imagino a mis manos colándose debajo de ella para acariciar esas piernas. Me fijo en que se muerde el labio cuando se concentra en una tirada y me imagino cómo sería mordérselo yo. Me fijo en que agarra el taco del billar entre sus manos y lo desliza entre sus dedos, mientras imagino que es mi polla la que agarra con esas manos. Me fijo en tantas cosas y me imagino tantas otras que tengo que alejarme inmediatamente de ahí tras unas cuantas partidas porque no aguanto más.

Subo al cuarto de baño de la planta de arriba, frente a mi habitación, para echarme agua fría en la cara y despejarme. Cuando abro la puerta para salir, la tentación del mismísimo demonio está frente a mí, con una sonrisa de diabla plantada en la cara.

—¿Todo bien, Nathaniel? —me pregunta.

La muy cabrona sabe perfectamente lo que me pasa, el motivo por el que he tenido que subir aquí.

—Todo de maravilla. ¿Tienes que usar el baño?

La pregunta suena atropellada porque necesito perderla de vista de inmediato. Si no, voy a volver a empalmarme y vamos a tener un problema. O quizá haga alguna tontería.

—No.

«No». Esa única palabra sale de entre sus labios rojos como si fuese una burla. Sé que está jugando conmigo, así que decido que yo también voy a hacerlo. A estas alturas, ¿qué más da?

—Pues tú dirás a qué has venido aquí, Spencer. —Doy un paso para recortar la distancia entre nosotros. Y otro. Ella no retrocede—. Porque a mí se me ocurren muchos motivos y solo me gusta uno.

—Probablemente sea el único que no deberíamos hacer —dice.

Levanta la barbilla y queda totalmente expuesta a mí.

Doy otro paso, lo que la obliga a retroceder esta vez y chocar con la pared. Mi cuerpo está sobre el de ella de inmediato. La acorralo con ambas manos a los lados de su cuerpo en la pared.

—¿A qué has subido? —repito.

—A ver cómo estabas. He visto que ahí abajo estabas un poquito… alterado.

—Estaba jodidamente cachondo, Spencer —le confieso, ante lo que ella enarca una ceja—. Estoy jodidamente cachondo.

—Yo también.

Imagino que, de igual modo que yo he ido siguiendo todos sus movimientos, ella ha seguido los míos. La atracción que hay entre ambos es mutua. Spencer se muere por mí de la misma forma en que yo me muero por ella.

—Te dije que estaba harto de esto. —Una de mis manos empieza a jugar con su pelo, lo enredo entre mis dedos sin apartar la vista de sus ojos color miel—. Muy harto.

Las manos de Spencer también encuentran un quehacer. Las coloca sobre mi pecho y empieza a acariciarme por encima de la sudadera con parsimonia. Una de sus uñas rojas se desliza por mi garganta, sube hasta mi barbilla, la cual agarra para forzarme a acercarme unos centímetros más a ella. «Me cago en la puta».

—Y yo te dije que estaba deseando que rompieses la puta regla, Nate.

Ya está. Lo único que faltaba es que pronunciase mi maldito nombre de esa forma: cargada de deseo. Es lo que necesitaba para perder el control, para decidir mandarlo todo a la mierda. Para romper la regla. Inspiro hondo, y suelto un gruñido. Es entonces cuando una bombilla se enciende en mi cabeza de repente, como una estrella fugaz.

Oh, Dios.

—No pienso romper la maldita regla —respondo.

Me aparto de ella tan solo lo justo y necesario para abrir la puerta que hay a su lado: la de mi habitación. No está totalmente a oscuras porque siempre dejo un par de lámparas de mesa encendidas cuando estoy por casa, pero el ambiente es tenue. Con la cabeza, le indico a Spencer que me siga. Ella obedece sin cuestionarme. Cuando la puerta se cierra tras nosotros, vuelvo a acorralarla.

—Pero quien hace la ley hace la trampa.

—Ilumíname —me pide, mientras vuelve a colocar sus manos donde estaban antes.

—La norma de Jordan prohíbe que nos enrollemos, Spencer. En ningún momento ha hablado de hacer otras cosas.

Entonces, nuestras sonrisas se sincronizan ante la comprensión de mis palabras. Porque esta tensión entre nosotros se termina hoy. Aquí y ahora.

CAPÍTULO 38

Spencer

Se me acelera el pulso, se me corta la respiración. Nate acaba de encontrar el vacío legal en la puta regla de Jordan. Podemos hacer lo que nos dé la gana, simplemente no tenemos que besarnos y ya. Aunque me muera de ganas de hacerlo.

El cuerpo de Nate está totalmente pegado al mío, me arrebata mi espacio personal y la poca cordura que pudiese quedarme.

—¿Y qué cosas vas a hacerme, Nathaniel?

—Todas las que me permitas. ¿Qué cosas quieres que te haga, Spencer?

—Todas las que quieras.

Su mano acaricia mi cintura por encima de la finísima camiseta transparente que llevo y baja lentamente por mi falda de cuero hasta el final de esta. Entonces su piel entra en contacto con la mía, ya que agarra mi pierna y me obliga a levantarla y enroscarla en su cadera. Eso hace que su cuerpo se pegue más al mío y note así su erección. Si tan solo tocase bajo mi ropa interior, sabría que estoy igual de cachonda que él. La mano de Nate es grande, cálida y ligeramente áspera. Me toca la pierna desde la rodilla hasta el muslo, justo hasta donde se me ha levantado la minifalda a causa de la postura. Me arde la piel. Aprieta los dedos, yo apoyo por completo la cabeza en la pared para contenerme. Sus ojos azules se clavan en los míos con un brillo de lujuria que me excita más.

Deslizo mis dedos por su pecho, subo hasta su cuello y los enredo después en su pelo. Nate suelta un pequeño gruñido cuando mis uñas le acarician la cabeza despacio.

—Vas siempre abrigada hasta arriba —dice. Sus labios están tan cerca de los míos que podría besarlo si tan solo me inclinase hacia delante—. Y hoy vas con esta minifalda y nada más. No pareces tener frío.

Nadie se abriga para las fiestas, todo el mundo sabe que hace calor en cuanto empiezas a beber y bailar. Pero no es eso lo que respondo.

—Sabía que el ambiente iba a caldearse rápido. Ahora mismo no tengo ni chispa de frío, West.

—Lo sé. —Una ligera risa se escapa de entre sus labios mientras su mano se desliza un poco más bajo mi falda—. Lo noto. Estás ardiendo.

Estoy ardiendo y mojada. Ahora mismo necesito que lo sepa, porque eso significará que me está tocando. Y, oh, Dios, quiero que me toque.

La última vez que deseé a alguien fue a Troy y ni siquiera fue tan intenso. Encima, toda la química se fue a la mierda después. Con los otros tíos con los que he estado no sentía nada, ni deseo ni placer ni remordimientos después. Casi siempre estaba borracha y hoy estoy sobria como nunca.

Empujo con suavidad su cabeza para que se acerque a mí. Él obedece. Nuestros labios se rozan ligeramente cuando vuelvo a hablar y tengo que hacer un gran esfuerzo por no besarlo.

—Pensaba que eras un chico bueno, Nate.

Sus labios se curvan en una sonrisa y vuelven a rozar los míos.

—Lo soy, Spencer, por eso no voy a besarte.

Yo sí lo beso. No en la boca, por mucho que quiera, sino en la comisura. Deposito un beso ahí, otro en su mejilla, otro en su mandíbula, y voy bajando por su cuello mientras la respiración se le agita. Cuando me topo con la sudadera, gruño de frustración. Nate se percata, porque se aparta de mí solo para quitársela. No le permito volver a pegarse a mí, tiro primero de su camiseta para deshacerme también de ella. Se me hace la boca agua con su perfecto torso de jugador de hockey, trabajado y lleno de músculos por todos lados. Vuelvo a acariciarlo bajo su atenta mirada y vuelvo a lanzarme a su cuello para repartir besos y bocados en dirección descendente.

Nate tira de mi camiseta transparente y la lanza al suelo sin ningún cuidado. Me mira las tetas con descaro, bien alzadas con este sujetador tan maravilloso y sexy que tiene tiras por todos lados. Después, me imita. Empieza a comerme el cuello a besos. Al principio son solo eso, besos, pero después sus dientes también intervienen y se convierten en besos húmedos que incluyen mordiscos y lametones ahí donde clava sus dientes. Cuando sus labios aterrizan directamente en mis pechos, gimo. Los lazos no son ningún impedimento para Nate, que sigue besando y mordiendo toda la piel que encuentra a su paso mientras mis manos lo acarician con desesperación.

Porque eso siento: desesperación. Por que me toque, por que me muestre lo mucho que me desea, por demostrarle lo que le deseo yo, por tocarlo a él. Necesito acabar con esta tensión. Y él también. Nos movemos en perfecta sincronía, fruto del deseo que flota entre nosotros. Mis manos van a su pantalón para desabrocharlo con agilidad y tirar de él hacia abajo, las suyas me suben la falda todo lo que pueden y vuelven a colocar mi pierna en su cintura.

Deslizo una mano entre sus calzoncillos y su piel. Agarro sin dudar su miembro, duro y caliente por mi culpa. Oh, joder. Nate reacciona tensándose y jadeando, moviendo sus caderas hacia delante para facilitarme el movimiento que comienzo, arriba y abajo.

—Joder.

«Joder» es lo que pienso yo cuando sus dedos me apartan el tanga a un lado y me tocan. Nate usa tan solo un dedo para recrearse, me toca de arriba abajo con una lentitud agonizante, mientras se empapa de mí.

—Maldita sea, Spencer —suelta mientras juega conmigo.

—Tócame —ordeno con la voz ronca mientras lo masturbo.

Obedece. Un dedo se desliza dentro de mí y me hace gemir. Esta vez, con él, no estoy fingiendo lo que siento. Porque estoy excitada, estoy disfrutando de lo que sea que estamos haciendo.

Su dedo índice se mueve dentro de mí a un ritmo que me hace sincronizarme con él, contra esta maldita pared, mientras muevo las caderas. Su dedo pulgar busca mi clítoris, una descarga eléctrica me recorre la columna vertebral cuando lo presiona. No recuerdo la última vez que alguien que no fuese yo misma me tocase ahí.

—Mierda —mascullo entre dientes por culpa del placer que siento cuando un segundo dedo se une al primero.

Nate ríe ligeramente repartiendo de nuevo besos por toda mi cara y mi cuello.

Yo también aumento el ritmo y le saco unos gruñidos que hacen que se me vaya la cabeza. Cierro más el agarre y su reacción me hace ver cómo le gusta: duro. Como a mí.

Nate aparta su boca de mi cuerpo para mirarme a los ojos. Me masturba sin piedad mientras su mirada está clavada en la mía.

—No deberíamos estar haciendo esto —dice con socarronería, sin detenerse, con la voz agitada.

—Por supuesto que no —respondo.

Técnicamente, no estamos rompiendo la regla de Jordan. Moralmente, estamos haciendo algo peor. Pero ahora mismo no parece importarnos a ninguno de los dos.

—Voy a follarte, Spencer —anuncia. A mí se me corta la respiración a la vez que mi parte íntima se contrae—. Cuando haga que te corras, voy a follarte.

—Bien.

Solo de pensar en él dentro de mí… Madre mía. Lo necesito. Necesito sentir lo que tengo entre las manos en mi interior. En mi boca. Donde él quiera, porque ahora mismo accedería a cualquier cosa.

Su polla se tensa en mi mano y todo su cuerpo se tensa con ella.

—Voy a correrme —anuncia, aunque no es necesario.

Aparto la mano en el momento indicado y lo observo cómo morderse el labio cuando se viene. Él se encarga de que yo también llegue.

Lo hago. Vaya que si lo hago. Me tiemblan las piernas ligeramente cuando me frota el clítoris con más dureza y mueve los dedos a la perfección dentro de mí. Me corro de inmediato, cierro los ojos con fuerza para soportar la idea de que esta primera ronda ha terminado. Necesito más. Quiero que me folle, tal como ha prometido.

Pero entonces, por supuesto, llaman a la puerta. Ambos nos tensamos. Nos quedamos en silencio, pero no se vuelve a repetir. Oímos risas tras ella y unos pasos que se alejan. No estaban llamando, pero nos han cortado el rollo y tenemos que volver a la realidad.

—Deberíamos salir —evidencio—. Llevamos aquí demasiado rato.

—Vamos a limpiarnos primero. Salimos para que nadie sospeche nada y, después, tú y yo vamos a hablar de lo que acaba de pasar.

—Genial.

CAPÍTULO 39

Nate

No volvemos a hablar en toda la noche de lo que ha pasado. Es imposible, porque siempre estamos en presencia de alguno de nuestros amigos. Nos lo estamos pasando tan bien celebrando el cumpleaños de los mellizos que lo único que hacemos es mirarnos de vez en cuando, rozarnos, tontear.

En algún momento, Torres ha decidido cambiar la música para dar paso al reguetón, sin importarle una mierda que la gente no entienda las canciones: obliga a todo el mundo a seguir bailando y ya canta él a todo pulmón por los demás, acompañado de Morgan y de los pocos que sí que se saben alguna estrofa.

Me lo estoy pasando tan bien con mis amigos que la hostia de realidad me viene tan de golpe que me paraliza durante unos segundos. Jordan me pasa el brazo por encima de los hombros mientras bailamos y cantamos, cerveza en mano, al ritmo de una canción que todos nos sabemos. Mierda. Puede que no haya roto mi promesa porque no me he enrollado con Spencer, pero lo que hemos hecho ha sido de otro nivel. Sé que a Jordan le va a dar exactamente igual qué es lo que hayamos hecho, no se trata de eso, sino de que se supone que no debo involucrarme con ella de esa forma. Da igual que sea besándola, tocándola o acostándonos, para Jordan todo va a ser lo mismo. De lo que se trataba era de que ninguno tuviésemos la oportunidad de joderla o de que ella nos jodiese a nosotros.

Tengo que contárselo. Jordan es mi mejor amigo, no puedo mentirle. Torres lo hizo en su cara y le molestó, no quiero ni pensar cómo le sentaría si se enterase de que nosotros lo hemos hecho a sus espaldas. No puedo, no puedo engañar a mi hermano.

Así que voy a decírselo.

Pero no hoy, que estamos en el cumpleaños de nuestros amigos. Sé que va a haber algo de bronca, así que no quiero joder la noche. Hoy no. Mañana.

Sí, mañana.

No consigo decírselo durante la hora que pasamos corriendo alrededor del campus. El viernes volvemos a tener partido, así que ni siquiera un domingo de resaca ha impedido que Jordan me saque a rastras de la cama para salir a correr. Anoche durmió en mi habitación, así que no he podido evitarlo. Torres se ha librado porque, cuando hemos ido a levantarlo, seguía despierto, algo borracho y con una chica en la cama. Ha prometido que saldrá a correr e irá al gimnasio por la tarde, así que hemos hecho la vista gorda. Sabemos que es verdad, él se toma el hockey mucho más en serio que nosotros.

Jordan y yo no hemos hablado mucho mientras corríamos para controlar nuestra respiración, pero en la poca conversación que hemos tenido, no he sido capaz de sacar el tema. No sé cómo hacerlo. «Ey, Jordan, anoche tu hermana me hizo una paja y yo le hice un dedo, lo siento. Pero no nos besamos, si te sirve de algo». No hay ninguna forma sutil de contárselo, lo tengo claro.

—¿Estás bien? —me pregunta cuando nos detenemos y empezamos a caminar para hacer un descanso. Ambos estamos chorreando de sudor, cosa que no es agradable con el frío que hace.

—Sí, ¿por?

—Te noto raro hoy.

No me sorprende, llevamos juntos toda la vida, siempre sabemos cuándo le pasa algo al otro.

«Es el momento, Nate, díselo». «Jordan, me mola Spencer y he roto de alguna forma mi promesa». Abro la boca para decirlo, pero no puedo. Las palabras no salen de mí, soy incapaz de confesar y no sé por qué. Quizá porque es una decisión que no debería tomar solo. Esto nos incumbe a Spencer y a mí, hemos sido los dos los que la hemos liado. Quizá debería consultarlo antes con ella, antes de decir nada. Sí, quizá sí.

—Estoy hecho mierda —es lo que respondo—. Sigo con resaca.

Jordan se ríe.

—Yo también. Pero me niego a que esos capullos de Castleton nos machaquen otra vez. Tenemos que estar a tope para este partido.

El año pasado, los Spartans de la Universidad de Castleton nos dieron una buena paliza y perdimos con mucha diferencia. Pero este año estamos mucho mejor preparados. Son muy buenos, pero si jugamos bien, tenemos posibilidad de ganarles.

Jordan y yo seguimos corriendo un rato más antes de volver a detenernos, ya cerca de su piso.

—Oye, Nate... Tengo que preguntarte una cosa.

—Claro, dime.

Aminoramos el paso, pero no nos paramos. Durante un segundo, creo que va a decirme que lo sabe, que sabe perfectamente lo que Spencer y yo hicimos anoche. Casi suspiro de alivio al ver que no es eso, aunque sí que tiene que ver con ella.

—Eres el que más tiempo pasa con Spens por las clases y el club —comienza—. ¿Cómo la ves? Me refiero, ¿crees que es feliz? Sabes cómo era cuando llegó hace dos meses y por todo lo que ha pasado. Ella dice que está bien aquí y lo que yo veo me hace creer que es así, pero necesito asegurarme.

—Por fuera parece que lo es —respondo—. Yo creo que sí que es feliz aquí. Es una persona completamente distinta y se está esforzando.

—No quiero que finja, quiero que esté bien de verdad. Como dices, es una persona completamente distinta. Hacía años que no la veía tan radiante, ¿sabes? —confiesa esbozando una sonrisa—. De hecho, creo que nunca la había visto así. Spens siempre estaba rodeada de esa oscuridad que la estaba arrastrando, de toda esa gente tóxica y esa vida falsa que llevaba. Por primera vez, la estoy viendo ser ella de verdad.

—Siempre has sido el mejor hermano para Torres y para mí, Jordan, y ahora lo estás siendo también para ella. No sé si sois conscientes, pero cada vez que uno habla del otro, se os ilumina la cara. Spencer habla de ti y tú hablas de Spencer con un orgullo y una devoción increíbles. Tú también pareces más feliz desde que está aquí, ¿sabes?

Es cierto. Jordan siempre ha sido protector, amable, leal y justo. Pero también algo serio y un poco reservado. Desde que Spencer llegó, Jordan parece haberse soltado algo más, parece más vivo. Esa es la influencia que tienen el uno sobre el otro, sacan lo mejor de ellos, se ayudan mutuamente. Jodan no es alguien con grandes problemas en su vida, que es bastante normal, pero sí que lo pasó mal con el divorcio de sus padres. A pesar de que los mellizos hubiesen perdido a su madre antes y comprendiesen en cierto modo por lo que estaba pasando nuestro amigo, la única persona que de verdad comprendía la situación al cien por cien, porque estaba pasando exactamente por lo mismo, era Spencer.

Nunca la habíamos conocido en todos estos años porque, cuando ella venía a Newford era para estar con su madre, sus hermanastros y su nuevo padrastro. Jordan tampoco hablaba demasiado de ella, era como si se metiese en una burbuja en la que Spencer solo existía en su mundo, no dejaba que nosotros formásemos parte de él. Torres bromeó un día con que probablemente iban a tener una de esas historias de amor prohibidas de hermanastros en la que follaban a escondidas de sus padres, pero nada más lejos de la realidad. El amor que Jordan siente por su hermana es grande e indudable, pero es fraternal. Jordan necesitaba una hermana y Spencer necesitaba un hermano. Se encontraron y protegieron su relación de forma que nadie pudiese romperla jamás: no mostrándola. Así nadie puede comentar, nadie puede hacerte daño.

Por eso comprendo perfectamente por qué la putita norma. Y por eso, ahora más que nunca, me siento un maldito egoísta. Soy el peor amigo del mundo. Tengo que hablar con Spencer cuanto antes.

CAPÍTULO 40

Spencer

Agradezco no tener clase con Nate los lunes. No lo he vuelto a ver desde el sábado, cuando pasó… todo. Ayer, cuando subió al piso al volver de correr con Jordan, me hice la loca y no salí de mi dormitorio hasta que supe con seguridad que se había ido. No me sentía capaz de enfrentarme a él y menos delante de Jordan. Soy una cobarde.

No he dormido una mierda desde el sábado y es por culpa de algo que no había sentido jamás: remordimientos. Nos vinimos arriba cuando dijimos que podíamos hacer eso sin estar rompiendo la regla, pero la verdad es que fue una excusa barata para ponernos las manos encima de una vez. Porque ya sabemos que no se trata de la regla, sino de involucrarnos de esta forma. Al menos creo que ambos tenemos claro que no vamos a dar pie a más, tanto Nate como yo estamos en un punto en el que los sentimientos nos repelen como el agua y el aceite, así que, de momento, el miedo de Jordan está bajo control. La que no lo está soy yo. Porque he intentado contárselo esta mañana, pero he sido incapaz. Me aterra decepcionarlo y sé que, al decírselo, voy a hacerlo. Y quiero contárselo no solo porque sé que debo, sino porque quiero dejarle claro que esto que hay entre Nate y yo va a seguir.

Amanda me pregunta si me encuentro bien, pues me ve algo distraída. Le digo que sí, que tan solo algo cansada, ya que no quiero entrar en detalles. Me cae bien, ha sido agradable conmigo desde el primer día y pasamos algunos descansos entre clases juntas, pero no tengo con ella la confianza que tengo con Morgan o Trinity.

Cuando llego al club más tarde, Nate ya está ahí, recostado en la silla como si nada, usando su móvil. Como si hubiese sentido mi presencia, alza la vista. Inmediatamente, su rostro pasa de ser dulce a ser el del cabrón que va a hacerme perder los estribos. Cuando me siento a su lado, me hace una foto con el móvil.

—Me tienes harta con las fotos —le hago saber. Él se encoge de hombros.

—Mala suerte.

El estómago se me revuelve cuando me inspecciona de arriba abajo. Llevo unos vaqueros negros, un jersey de color crema, botas, el pelo suelto y liso, un fino *eyeliner* y los labios rojos, pero su forma de mirarme hace que me sienta desnuda. ¿Cómo narices lo consigue cada vez? Cada maldita vez.

—¿Qué tal el fin de semana? —me pregunta apoyando la cabeza en la palma de su mano sin borrar esa estúpida sonrisa.

¿Vamos a jugar? Vamos a jugar.

—Aburrido.

—Aburrido —repite, asintiendo.

—Sip. No he hecho nada memorable, la verdad.

—Mmm.

Esta vez, cuando me humedezco los labios con la lengua, lo hago siendo plenamente consciente de su mirada, de lo que este gesto provoca en él. Nate deja escapar un suspiro entre los dientes y niega con la cabeza.

—¿Y qué tal tu fin de semana, West?

—Mejorable —es su respuesta, que me hace sonreír.

—Entiendo.

—¿En tu casa o en la mía, Spens? —Nate mira mis labios de nuevo, antes de alzar la vista a mis ojos. Enarco una ceja—. El nuevo artículo. ¿Lo hacemos en tu casa o en la mía?

Tengo que contener la sonrisa mordiéndome la boca. Asiento por el tanto que se ha anotado.

—¿Qué has elegido al final? —me pregunta.

—Los dos libros eróticos más famosos de este año.

—¿Literatura erótica?

—Según internet —explico—, los libros más leídos durante los años de universidad son los eróticos. La gente no lo admite, pero las cifras de ventas de las librerías pertenecientes a los campus universitarios hablan por sí solas.

—Estupendo. ¿Empezamos hoy?

—Hoy no puedo.

Nate no pregunta por qué, pero sigue mirándome. Nunca ha pedido explicaciones acerca de nada, menos aún desde que sabe mi historia. Pero no sé por qué, hoy me apetece darle una. Con lo que me costó abrirme al principio y lo bien que me viene ahora ser sincera con los que se han convertido en mis amigos…

—Tengo cita con la psicóloga después de clase —le cuento.

—¿Qué tal vas con ella?

Me encojo de hombros por costumbre. Ese gesto ha sido siempre mi salvoconducto para no decir nada, pero respondo:

—Bien, supongo. —Aparto la vista.

De repente, me siento intimidada. Yo. Dar el paso de ir a terapia fue duro, difícil. Pero no tengo nada de que avergonzarme, ya que ir a las sesiones de la doctora Martin me han servido más de lo que jamás creí. Después de estos meses viéndola, puedo decir que soy la mejor versión de mí misma, aunque quede mucho que pulir. Pero por primera vez en demasiados años, soy yo. Spencer Haynes.

—Muy bien, en realidad —rectifico y vuelvo a mirarlo—. Es una pena que no conocieses a la antigua Spencer, West, así podrías ver el cambio.

Nate se ríe ligeramente.

—La antigua Spencer me habría gustado igual.

Ojalá yo misma supiera por qué coño lo miro a los labios cuando suelta eso. Bueno, en realidad lo sé. Porque quiero besarlo. Porque el muy imbécil dice cosas como esas continuamente y hacen que mis pensamientos tropiecen en mi cabeza. Antes, tropezar significaba perder el control. Ahora significa que estoy viva, que siento. Pero no puedo dejar que lo vea, no puedo cederle tanto control.

—La antigua Spencer era una zorra.

—No tengo ni idea de qué quieres decir con eso porque es una expresión muy fea. —Arquea las cejas—. Pero la Spens que perdió el norte en Gradestate seguías siendo tú. Con una coraza por fuera, pero eras tú.

Bufo por toda respuesta, porque no se me ocurre cómo rebatir esa afirmación. Estoy harta de que me deje sin posibilidad de réplica.

—Mañana después del entrenamiento, voy al piso —dice—. Nos lo vamos a pasar bien.

CAPÍTULO 41

Spencer

Nate viene a casa después del entrenamiento, tal como prometió. Jordan tiene planes con el resto a los que Nate no se une por trabajar en el artículo.

—¿Preparado para leer... *Mi jefe el empotrador* y... *Sedúceme?* —pregunto cuando se tira junto a mí en el sofá.

—Por supuesto que sí.

Me es imposible concentrarme. Tener a Nate a escasos centímetros de mí cuando estamos solos se ha vuelto una condena. No quiero estar leyendo estos libros, quiero estar encima de él. Intento centrarme en el libro que estoy leyendo yo, *Sedúceme*, pero leer solo empeora la situación. Los personajes no pueden estar juntos, así que todo entre ellos es prohibido y morboso, me recuerda a nosotros. Cuando leo la primera escena de sexo... Mierda. Joder.

De repente, Nate suelta una carcajada que rompe la burbuja de mi alrededor en la que me estaba ahogando. No tengo palabras suficientes para agradecerle que me traiga de vuelta a la realidad.

——Vale, no aguanto más —dice antes de carraspear y empezar a leer en voz alta:

Su gran polla aparece dura y larga frente a mí cuando se baja los bóxeres, haciendo que mi parte más íntima palpite de deseo. Norman camina como un Dios hacia mí y me arranca el sujetador con una mano mientras con la otra agarra mi cuello con rudeza. Gimo excitada sin poderlo controlar, estoy lista para él desde el momento en que entré en este despacho por primera vez y me miró.

—Voy a follarte como nunca —me susurra y creo que estoy a punto de correrme. Ese es el efecto que tiene en mí.

Norman me da la vuelta con brutalidad y me inclina sobre su escritorio. Noto el frío cristal en mi vientre, erizándome la piel. Ni siquiera pregunta antes de metérmela de una sola estocada, llenándome por completo con su enorme falo. Tiene que taparme la boca para ahogar mis gritos mientras me embiste una y otra vez sin piedad. No tardo ni un minuto en correrme, explotando como una granada aún con su polla dentro.

—¿Me estás diciendo que esto es lo que queréis las chicas? —pregunta mirándome hasta con pena. Es imposible no reírme, pero como no respondo, él sigue—: ¿De verdad es esto lo que esperáis de nosotros? ¿Que tengamos una polla gigante que os haga correros al segundo de metérosla? Vaya complejos les tienen que crear estos libros a los tíos y vaya falsas expectativas para vosotras.

—Pues claro que no —respondo sin parar de reír—. Pero es exactamente igual que vosotros con el porno. Solo veis escenas totalmente ilógicas y tías ultradelgadas con las tetas muy bien puestas que aguantan follando horas y horas y tienen el orgasmo de su vida. Imagina los complejos que nos crea eso a nosotras. O a vosotros. Te sorprendería la de tíos que no consiguen hacer que una tía se corra.

—Pues nunca lo había pensado, la verdad —admite y hace una mueca.

—Por supuesto que no. Pero no sufras, al menos nosotras somos más realistas y conscientes del sexo real.

—No pienso discutir eso.

—El que yo estoy leyendo es bastante bueno —le digo—. Las escenas de sexo están bien escritas y nadie se corre en dos segundos por una mirada ni hay pollas tamaño XL.

—Genial.

Para cuando termino de leer… estoy cachonda. El libro es brutal, tener al lado a Nate ha sido lo peor, y más aún imaginarnos a nosotros como los protagonistas. Tengo que inspirar hondo y cerrar los ojos unos segundos para no volverme loca.

Intercambiamos los libros y el calentón se me baja enseguida cuando leo *Mi jefe el empotrador*, porque es muy malo. Ni siquiera soy capaz de concentrarme y esta vez no es por el motivo de antes, sino porque las caras de Nate leyendo son dignas de admirar.

Tiene una ceja enarcada y una sonrisa estúpida en la cara. Se da cuenta de que estoy mirándolo porque alza la vista.

—Esto sí me gusta. —Vuelve a mirar el libro y se ríe ligeramente—. Joder, esto es mejor que el porno.

—Porque el porno es basura misógina.

—Lo sé. —Vuelve a mirarme—. Cuando me di cuenta, dejé de verlo.

Oh, venga ya. ¿Puede haber algo mal en este chico?

Nate es incapaz de dejar de leer y yo soy incapaz de dejar de mirarlo. Lo veo revolverse en el sofá de la misma manera que yo quería hacer antes. Carraspea y se lleva una mano a los pantalones, pero entonces me mira y se detiene. Yo no puedo evitar sonreír de esa manera en la que Jordan dice que traigo problemas.

—Por mí no te cortes —le digo.

—Solo necesito… acomodármela.

Echo un vistazo para nada disimulado.

—Estás cachondo, West.

—Sí.

Mis ojos se clavan en los suyos y todo en mi interior se revuelve. De nuevo siento ardor en todas las partes de mi cuerpo.

—Lee en voz alta —le pido.

Ni siquiera lo piensa un segundo.

Sentía que, si Zac no me tocaba, iba a perder la cordura. Necesitaba cada parte de su ser cerca de mí, mi cuerpo pegado al suyo. Nunca en mi vida había sentido tanto deseo y menos aún la desesperación que este acarreaba.

—Zac —susurré al separarme de sus labios. Así rompí el beso que me estaba volviendo loca—. Tócame.

—No —sonrió él y se alejó unos pasos de mí—. Tócate tú, quiero verte.

Podría haberle prendido fuego al mundo si me lo hubiese pedido. Me desnudé frente a él mientras Zac hacía lo mismo. Sus ojos marrones estaban clavados en mi mano cuando empecé a acariciarme, se mordía el labio inferior. Se le escapó un quejido lastimero cuando introduje un dedo en mi interior. Yo tuve que armarme de autocontrol para no sustituir la mano con la que empezaba a masturbarse con la mía. Quería ser yo quien lo tocara, pero estaba demasiado excitada con este juego como para interrumpirlo.

Nate lee todo el capítulo en voz alta mientras yo lo miro embobada. Y cachonda.

Tengo que cruzar las piernas y apretarlas con toda la fuerza de la que soy capaz para aliviarme a mí misma. El problema es que Nate se da cuenta y su expresión burlona lo único que hace es excitarme más. Joder.

—Por mí no te cortes —dice. Usa mis propias palabras contra mí.

—Podrías hacer algo al respecto.

Todo su rostro cambia cuando digo eso. Tiene que apretar los dientes e inspirar hondo antes de responder.

—No me hagas esto, Spencer.

—¿Hacer qué, Nathaniel?

—Provocarme.

—Fuiste tú quien cruzó la línea —le reprocho.

—Recuerdo perfectamente que no te negaste a cruzarla conmigo.

—Ya. Y ahora no quiero dar marcha atrás.

—¿Qué quieres, Spencer? Porque esto no está bien.

Me encojo de hombros.

—Que me toques.

Inclina la cabeza hacia atrás para soltar un largo suspiro.

—Voy a ir al puto infierno. —De repente vuelve a mirarme y puedo ver una vez más que se le ha encendido la bombilla—. No voy a tocarte. Hazlo tú, Spencer, tócate para mí.

Las comisuras de los labios se me elevan sin yo pretenderlo. La temperatura sube mil grados en el salón y eclipsa los remordimientos.

—Solo si tú lo haces también para mí —respondo.

—Cómo podría negarme.

Empiezo a acariciar mi cuerpo bajo su supervisión. Me deslizo las manos por los pechos y el vientre hasta llegar al elástico de los pantalones de chándal. Nate se acaricia por encima de los suyos. Introduzco mi mano derecha entre la ropa y la piel, me rozo ligeramente el clítoris.

—Quiero verte —me pide.

Así que tiro de los pantalones y la ropa interior hacia abajo, me muestro ante él sin vergüenza. Nunca la he tenido, aunque por dentro esté temblando. Le indico con un gesto de la cabeza que haga lo mismo, él obedece.

No puedo ni quiero apartar la vista de su pene. El otro día le hice una paja, él me hizo un dedo, pero no nos vimos. Ahora lo estamos haciendo de una forma que podría incendiar todo el apartamento.

Sin más dilación, empiezo a tocarme como es debido frente a él. Cada uno está ahora en una esquina del sofá, intentando no abalanzarnos el uno sobre el otro. Empieza a masturbarse, desliza una mano arriba y abajo despacio. Yo introduzco un dedo en mi interior mientras con otro me acaricio el clítoris. Un gemido se me escapa de entre los labios y Nate sisea.

—Joder —exclama apartando la mirada.

Yo chisto para llamar su atención.

—Mírame —exijo.

Imagino que son sus manos las que me están tocando, que estamos rompiendo la regla al completo y no de esta forma a medias. Imagino que me besa, que mandamos todo a la mierda y nos dejamos llevar.

Nate se toca la polla de la manera en que yo querría estar haciéndolo. Yo me masturbo como si fuesen sus dedos los que lo hacen otra vez. Ni siquiera hablamos más allá de unas cuantas palabrotas que resumen muy bien lo que estamos sintiendo. Antes de que pueda procesar correctamente lo que estoy sintiendo, llego al orgasmo y me corro. Nate lo hace poco después.

—Increíble —murmura, me señala con un dedo y después se señala a él—. Vas a acabar conmigo.

—Estoy segura de que puedes con esto, West —respondo y ambos nos reímos.

Los dos vamos al servicio para limpiarnos, pero cada roce de su cuerpo con el mío, aún sensible, es una agonía. Por eso mantengo ligeramente la distancia cuando volvemos al sofá, vestidos, satisfechos y con la conciencia manchada una vez más. Él parece pensar lo mismo, así que continuamos con el artículo mientras nos ahogamos en nuestros pensamientos.

CAPÍTULO 42

Spencer

El resto de la semana es agonizante. Tengo varios trabajos importantes que hacer y algún examen. Vuelvo a ver a la doctora Martin, así que le cuento lo estresada que me tiene el tema de Nate. He quedado con él de nuevo, pero no a solas, sino con el resto del grupo. Vuelve a haber tensión porque nos rozamos cada dos por tres como si nos gustase esta tortura.

Por mucho que el maldito Nathaniel West me ronde la cabeza, en cuanto Morgan entra en mi coche, puedo apartarlo de ella. El partido de hoy empieza en menos de dos horas y Trinity aún está en los establos. Nos ha pedido que le llevemos ropa limpia y cosas de aseo para poder ducharse allí y llegar a tiempo para verlo.

—Sabía que al final no te habías comprado la camiseta del equipo —me reprocha Mor cuando se sube e inspecciona mi ropa—. No puedes asistir a otro partido sin la camiseta o Diego va a ponerse a hacer pucheros. Y probablemente Nate también.

—No he tenido tiempo de ir a comprarla —me justifico.

Ella bufa y abre la mochila donde van las cosas de Trinity. Saca una camiseta gris y me la tiende.

—Te hemos comprado una porque no nos fiábamos de ti.

—¿En serio?

Se me escapa una carcajada mientras observo la camiseta. La verdad es que es una pasada. Es de color gris, simulando ser una camiseta de hockey, con los bordes blancos. En la parte delantera lleva el logo azul acero de los Wolves en grande, con el lobo gigante en el centro. La equipación de ellos es del mismo azul tan bonito que representa a Keens junto al gris y al blanco. La camiseta de Mor es blanca, así que supongo que Trin irá hoy de azul, a juego con los chicos.

—Y tan en serio. Luego te la pones sin falta, que siempre vas de negro.

—Es mi color. —Me encojo de hombros.

Mor sube el volumen de la radio a tope y ambas cantamos de camino a los establos. Están en uno de los extremos del campus, así que tardamos casi veinte minutos en llegar. Está empezando a atardecer, por lo que el paisaje es precioso. Se extiende ante nosotras mientras entramos por el camino principal y dejamos a los lados parcelas con algunos caballos sueltos.

No es difícil encontrar a Trinity cuando nos bajamos del coche. Ella misma se asoma por la puerta de una nave y suelta un suspiro de alivio al vernos.

—¿Sigues pringando? —pregunta Mor al llegar junto a ella.

Lleva unas mallas de montar negras, las botas, los guantes y un chaquetón con el logo de los jinetes de salto.

—Estoy acabando —resopla—. Me falta echar de comer a los caballos de esta fila y listo. Gracias por venir, chicas.

—Hoy pagas tú las bebidas y fin —dice Mor, que sonríe con picardía.

Trin y ella chocan los cinco en señal de acuerdo.

Trinity no tarda ni diez minutos en terminar. La acompañamos a la zona de vestuarios, donde se da una ducha completa en tiempo récord. Las tres hablamos de distintas cosas mientras está dentro de la ducha. A pesar de que me muero de ganas por contárselo, no les hablo de lo que pasó con Nate. Primero tengo que decírselo a Jordan.

El teléfono de Trin suena mientras sale envuelta en una toalla. Lo ha dejado en el banco donde estamos sentadas, así que lo señala con la cabeza.

—¿Podéis mirar si es Cody? Llevo todo el día intentando hablar con él.

—Es tu madre —responde Morgan mirando la pantalla. Trin hace una mueca.

—Ignórala, querrá que le pida perdón porque, tras recordarme ayer por enésima vez lo maravillosa que es mi hermana y lo bien que le va en Brown, le dije que me daba exactamente igual.

—Veo que todo sigue como siempre en casa de los Cooper...

—Meh. Las pruebas para irme al extranjero son el mes que viene. Si consigo pasarlas, dejarán de darme la tabarra un tiempo.

El teléfono deja de sonar. Trin se pone unos vaqueros y, tal como pensaba, la camiseta azul de los Wolves. Se seca el pelo y se lo recoge parcialmente hacia atrás, luego se maquilla un poco con *eyeliner* y *gloss*. Su teléfono vuelve a sonar e, inmediatamente, se gira hacia él.

—¿Cody? —nos pregunta. Ambas negamos.

—Tu madre.

Nuestra amiga frunce el ceño y se queda parada mirando el teléfono desde la distancia.

—¿Trinity? —pregunto a mi vez para hacerla salir del trance en el que se había metido.

Nos mira a ambas y se muerde el labio con fuerza.

—Creo que Cody me está engañando.

Tanto Morgan como yo nos miramos unos segundos con los ojos como platos antes de mirar a Trin de vuelta.

—¿Por qué lo crees? —inquiero.

—No sé. Está muy raro desde que empezó el curso. Sé que nuestra relación es una mierda desde hace demasiado, no hace falta que me lo recordéis, pero este mes no es solo nuestra relación la que está mal. Él también lo está. Parece una persona completamente distinta. Está de mal humor casi siempre y ya habéis visto la que tiene tomada últimamente con Ameth y Jackson.

—Quizá lo está pasando mal con algo que no quiere contarnos —dice Morgan.

Ella intenta buscar algo lógico que no tire a lo que Trinity piensa. Yo llevo tanto tiempo desilusionándome que nada me sorprendería.

—Sabes que él no es así, siempre ha sido abierto con sus problemas. Llevamos dos meses sin acostarnos. —A ambas se nos escapa un suspiro de fastidio cuando dice eso. Definitivamente, hay algo raro—. No me ha dado un beso en condiciones en semanas, tan solo unos cuantos besos rápidos por cumplir, y evita quedar conmigo.

—¿De verdad crees que te puede estar engañando? Es Cody. —Morgan suspira, como si eso fuese suficiente explicación—. Nunca me habría esperado algo así de él.

—Yo qué sé… —Trin suspira también y se pellizca el puente de la nariz antes de inspirar hondo—. Da igual, vámonos o llegaremos tarde al partido. Esta noche pienso beber como una condenada.

Lo hace: bebe como una condenada. Los chicos ganan el partido de hoy, lo que los lleva a posicionarse muy bien en la liga esta temporada. Esta vez nos hemos ido de celebración al Cheers, que está a rebosar. De hecho, no hemos visto a los chicos del equipo de hockey más de cinco minutos en el rato que llevamos aquí, ya que están rodeados de gente que los felicita y chicas que pululan a su alrededor. Ahora mismo tan solo estamos Mor, Trin, Ameth y yo junto a la barra, bailando y bebiendo. Aunque Trinity más bien hace lo segundo, ya que Cody no solo no ha dado señales de vida en todo el día a pesar de que Ameth ha confirmado que lo ha visto vivito y coleando, sino que ni se ha presentado en el partido.

—¡Ponme otra! —le grita Trinity al camarero.

—No sé yo si es buena idea que sigas bebiendo tan rápido —le dice Ameth cuando le da un enorme sorbo a su nueva cerveza.

Trin lo encara con una enorme sonrisa y se encoge de hombros antes de volver a dar un trago.

—Trin, contrólate —añade Mor, pero ella no le hace ni caso.

—Creo que le da exactamente igual lo que le digamos ahora mismo —advierto, yo también le doy un sorbo a mi cerveza—. Está cabreada, dejadla.

—Ahora mismo la que mejor me cae es Spencer. —Trinity me rodea la cintura con un brazo, ya que es mucho más baja que yo.

—¿Qué le pasa a *My Little Pony*? —Jordan aparece tras nosotras, nos abraza a ambas por los hombros—. ¿Ya vas borrachilla?

—Estoy perfectamente —protesta Trinity, que levanta la cabeza para mirarlo, arrastrando las palabras.

Jordan suelta una risa y le da una palmadita en la cabeza.

—Claro que sí… —Trin le enseña el dedo de en medio y mi hermanastro se ríe de nuevo—. Echaba de menos a la Trinity mala influencia, ¿dónde estabas?

—Reprimiéndome para que me quisieran —espeta—. Pero ni así.

Dicho eso, se libera del agarre de Jordan, me suelta la cintura y se pierde entre la multitud sin decir nada. Los cuatro nos miramos pasmados.

—Creo que me he perdido un episodio de la no relación de Cody y ella —comenta Jordan—. Por cierto, ¿dónde está Cody?

—Eso le gustaría saber a Trinity —responde Morgan—. Voy a buscarla.

—Déjalo, voy yo.

Jordan se va por el mismo camino por el que Trinity ha desaparecido.

—¿Cómo están mis chicas? —Torres hace exactamente lo mismo que Jordan antes: nos abraza a Mor y a mí por los hombros. Su hermana hace una mueca y se suelta, así que Diego me presta atención a mí—. ¿Qué tal, *mami*?

—Mucho mejor ahora que te veo, *mi amor* —bromeo.

Nate se une a nosotros. Como si lo hubiesen tenido planeado, Ameth y él sueltan a la vez, señalándonos a Torres y a mí:

—¡Regla número tres!

Todos reímos ante la imitación de Jordan. Torres me da un beso en la coronilla antes de soltarme y apoyarse en la barra para pedir.

—Hoy sí que habéis jugado bien —los felicita Mor.

Tanto Nate como Ameth chocan el puño con ella.

—Es porque hoy Spens nos ha deleitado con esa camiseta —dice Ameth señalándome con la cabeza—. Ya eres completamente una chica de Keens.

—Tengo que matar mi aburrimiento de alguna forma. —Me encojo de hombros con una sonrisa—. No está mal eso de animaros.

—Sigue haciéndote la dura, bonita... —Torres me señala con su cerveza—, pero a nosotros ya no nos engañas: nos adoras.

—Meh.

Durante un rato, bailamos y charlamos. Nate y yo no hablamos solos, sino que en todo momento nuestra conversación se limita a seguir la del grupo. Pero no paramos de mirarnos. He de admitirlo: verlo jugar hoy ha sido excitante. No podía apartar los ojos de él mientras se deslizaba sobre el hielo a toda velocidad, mientras embestía a otros tíos y controlaba el disco con soltura. Al final me va a acabar gustando el hockey y todo.

Ahora lleva unos vaqueros y un jersey blanco que se ajusta a sus músculos. Me tientan como un pecado tienta a alguien de corazón puro. Quiero tocarlos. Quiero pasar las manos y las uñas por ellos. Quiero besar esa boca que sonríe cuando se percata de que me lo estoy comiendo con la mirada. Cuando levanto los ojos, me encuentro con los suyos, que se entornan ligeramente. «¿Qué?», me pregunta sin hablar, moviendo los labios. No me da tiempo a responder porque unas chicas se meten entre medias sin ningún miramiento.

—¿Bailáis? —les preguntan a Nate y Torres.

Ni siquiera nos prestan atención a Mor, Ameth y a mí.

Me arde la sangre por dentro cuando los dos aceptan. Nate lo hace mirándome con una sonrisa burlona y permite que la chica morena lo agarre de la mano y tire de él para apartarlo del grupo y llevárselo hacia el centro. El muy cabrón no para de mirarme mientras se aleja. Pero yo no hago nada, no me comporto de manera posesiva. Primero, porque no somos nada. Segundo, porque es lo que él espera y no pienso complacerlo de esta forma. Y tercero, porque me debo a mí misma algo más que un simple ataque de celos por alguien por quien solo siento deseo.

Morgan, Ameth y yo nos quedamos juntos. Unas cuantas cervezas después, los tres bailamos al ritmo de la música sin que nos importe nada ni nadie. Le lanzo alguna mirada furtiva a Nate, que sigue bailando con esa chica, y él hace lo mismo. Pero cada uno sigue a lo suyo.

—Ugh —exclama Ameth mirando tras de mí—. El imbécil de Christopher está ahí.

—¿Ha seguido dando por culo? —pregunta Morgan.

Nosotros asentimos. En el último mes, ha buscado pelea unas cuantas veces más. Yo he tenido que controlarme por no tirarlo por las escaleras o atropellarlo más de una vez, sobre todo sabiendo todo lo que le hizo a mi amigo.

—Viene hacia aquí.

El gilipollas tiene los santísimos cojones de pasar por nuestro lado con una copa en la mano como si no hubiese más bar. Nos mira de arriba abajo a todos mientras camina y entonces choca su hombro con el de Ameth.

Normalmente, nadie se atrevería a buscar pelea con un tío de casi dos metros y la musculatura que tiene Ameth, pero tontos hay en todos lados. Y, normalmente, cualquier otra persona habría reaccionado partiéndole la cara, pero mi amigo no hace eso. Tan solo inspira hondo y se gira para ignorarlo.

—Gallina —le dice Christopher.

Reviento. No sé si por las cervezas que llevo encima, por las ganas de pelea que tengo o por el cabreo que me produce, pero el caso es que exploto como una bomba de relojería que tenía los segundos contados.

Le doy un empujón que hace que se tropiece con sus propios pies. Suelta una palabrota mientras se gira y me encara, pero no le doy tiempo a decirme nada. De un manotazo, le tiro la copa, lo que llama la atención de la gente que nos rodea.

—¿De qué coño vas, zorra? —me pregunta.

Doy un paso al frente alzando la barbilla.

—Vuelve a cruzarte en nuestro camino y acabo contigo —amenazo.

Christopher se ríe burlándose de mí.

—¿Y qué vas a hacer? ¿Pegarme tú solita?

Esbozo una sonrisa.

—Quizá te creas muy guay y protegido porque piensas que, si mi amigo te denuncia por ser un puto asqueroso de mierda, nadie le va a creer. Pero no quieres vértelas conmigo, créeme.

—Estás loca.

—Aléjate de nosotros o te prometo que todo el mundo sabrá que eres un mierdas. Acabarás expulsado de la universidad e incluso en la cárcel.

—Voy a matarte —gruñe y da un paso hacia delante.

Ameth se mete en nuestro camino para separarnos, pero ambos intentamos esquivarlo. A nuestro alrededor la gente murmura, unos animan la pelea y otros están sobrecogidos por lo que pueda pasar.

—Déjame pasar —le pido a Ameth.

Vuelve a cortarme el paso, pero Christopher sí que puede rodearlo y se acerca a mí. Yo me lanzo contra él. Pero, antes de que pueda estamparle un puñetazo, un brazo me agarra por la cintura y tira de mí hacia atrás mientras Ameth lo empuja.

—¡Suéltame! —grito.

Echo un vistazo hacia atrás para ver quién coño me sujeta. Nate.

—Me la llevo antes de que nos echen —dice él sin hacerme caso.

Me remuevo y pataleo, pero no me suelta. A Christopher lo han agarrado entre dos tíos que no conozco y le impiden avanzar.

—¡Ah! —exclamo al ver que no consigo liberarme, mientras Nate me saca a rastras de ahí—. ¿He mencionado que mi padre es policía?

Christopher palidece y deja de pelear. Baja los brazos, abatido. Tiene un cabreo monumental encima, pero se queda totalmente paralizado. Espero que esto sea suficiente para acojonarlo y que no vuelva a acercarse a Ameth. No puedo ver nada más porque, en un abrir y cerrar de ojos, Nate me ha arrastrado en dirección a los baños del Cheers.

Solo dejo de patalear cuando entramos en el almacén que hay al final de los cuartos de baño. Se supone que no se puede entrar aquí, pero parece ser que se la suda y, además, la puerta estaba abierta.

—Ese imbécil te habría pegado sin pensarlo —dice cuando me suelta.

Yo bufo y me arreglo la ropa mirándole directamente.

—No se lo habríais permitido.

Ríe.

—No puedes ir buscando pelea y esperar que otros se den de hostias por ello.

—No he buscado pelea, solo le he dejado las cosas claras a ese gilipollas.

—Y lo has hecho muy bien. —Nate da un paso adelante. Yo no retrocedo, sino que le miro con altanería y subo mi mirada cuando se acerca más—. Y me has puesto a mil.

—¿Te ha puesto cachondo ver que insultaba a alguien? —Se me escapa una carcajada, él se encoge de hombros—. Estás fatal, West.

—Lo que estoy es hambriento —espeta acortando los centímetros de distancia que quedaban entre nosotros—. De ti. No hemos tenido ni un momento a solas desde el otro día.

Me aparto la larga melena negra hacia atrás con cuidado antes de humedecerme los labios, mirando los suyos, y alzar la vista para clavarla en sus ojos.

—¿Y para qué quieres estar a solas conmigo?

—Para poder comerte la boca —determina.

Yo alzo la comisura derecha del labio ligeramente a modo de burla.

—No vas a besarme, Nathaniel. —Aprieta la mandíbula como si odiase escuchármelo decir—. Fuiste tú quien dijo que no iba a romper la regla.

Aunque, moralmente, lo hemos hecho.

—Pero sí que vas a tocarme ahora mismo —le digo.

Es una orden. Y él es un chico muy obediente.

Tarda medio segundo en tirar de mi camiseta hacia arriba y quitármela. Ahora es cuando debería besarme hasta que se nos desgastaran los labios. Pero se contiene, por duro que sea, y yo también. Se lanza a mi cuello y reparte besos por él mientras yo juego con el bajo de su jersey.

Voy a desabrocharle el pantalón cuando la puerta se abre. Johanna, la chica que es amiga del grupo y se enrolló con Jordan cuando yo lo hice con Torres, nos mira con una ceja enarcada. Lleva una caja de plástico llena de botellines vacíos que deja donde las demás.

—Oh, ¡venga ya! —protesta Nate.

Se agacha para recoger mi camiseta y dármela. Yo me la pongo lentamente.

—Mucho estabais tardando —es lo único que dice Johanna—. Pero tengo que cerrar con llave, así que vais a tener que seguir la fiesta en otro lado.

—Ni una palabra de esto a nadie —le pide Nate.

Ella se encoge de hombros y nos sonríe a ambos mientras salimos.

No podemos seguir la fiesta en ningún lado porque, nada más salir, Torres nos pilla por banda y nos obliga a unirnos al resto del grupo; Trinity y Jordan ya han regresado.

Cuando vuelvo a casa esa noche, tengo que hacer uso de mi amiguito para bajarme el calentón, mientras maldigo en doscientos idiomas que Nate tenga ese poder sobre mí.

CAPÍTULO 43

Nate

Casi beso a Jordan cuando, después de ver *Los Vengadores: Endgame*, dice que se va al gimnasio. Esta vez ni siquiera Spencer se mete con él.

Tan solo nos falta una película para terminar de ver las cinco de la lista de un artículo extra que estamos haciendo porque terminamos el anterior muy pronto. Spencer la busca con el mando y le da a reproducir. *La la land* comienza.

—Palomitas —le pido.

Ella tiene el bol, sentada en el sofá frente a la tele.

—Vente aquí —responde dando una palmadita a su lado.

—Cómo negarme...

Me levanto y me dejo caer a su lado. Ella extiende la manta con la que está tapada para que yo también lo haga y coloca el bol de palomitas sobre su pierna. Al principio vemos la película con normalidad, comentando lo que nos llama la atención o de lo que podemos hablar en el artículo. Para las fotos tendré que apañármelas el lunes con lo que puedan tener los del club de cine. La peli solo lleva veinte minutos cuando chocamos por tercera vez las manos al ir a coger palomitas. Esta vez, no retiro la mano, sino que acaricio la de Spencer lentamente con los dedos.

Extiende la palma, deja que la recorra una y otra vez, ambos con la vista fija en nuestras manos. Empiezo a subir por su brazo a pesar de que lleva sudadera y llego hasta su cuello. Paso los dedos por él cuando lo que quiero en realidad es rodearlo y apretar con fuerza mientras meto la lengua en su boca, mientras muerdo sus labios o mientras me la follo. No sé si ella estará pensando algo parecido, pero el caso es que una ligera queja se escapa de entre sus labios cuando abandono su cuello y subo a la mejilla. Por eso vuelvo atrás, pero esta vez hago lo que quería: rodeo con la mano su cuello, aprieto ligeramente y atraigo su rostro hacia mí. Esta vez, lo que se le escapa es un jadeo que hace que una descarga eléctrica me recorra todo el cuerpo. Aprieto la mandíbula y eso la hace sonreír. Fija sus ojos miel en los míos con descaro. Vuelvo a apretar la mano, Spencer inspira hondo y lleva sus dedos a mi pelo para enredarlos en él, luego tira para acercarme más a ella.

Nuestros labios se rozan. Solamente se rozan un nanosegundo, pero es suficiente para que todo mi cuerpo proteste y se manifieste. Estoy jodidamente cachondo y solo nos estamos tocando, y no en el sentido sucio de la palabra, como el otro día.

—Somos unos malditos cobardes —susurra a escasos centímetros de mi boca—. Nunca en mi vida he sido cobarde, Nate, y tú me estás convirtiendo en una.

Lo somos, no lo niego. Porque si tan solo hablásemos con Jordan, podríamos hacer esto sin sentirnos como una mierda. O podría comerle la boca de una puta vez. En realidad, podría hacerlo ya, puesto que Jordan va a enfadarse igualmente por lo que estamos haciendo, pero parece ser que ambos nos estamos aferrando a no romper la regla en sentido literal para no sentirnos peor aún.

—Di mi nombre otra vez —le pido.

—Nate.

Beso la comisura de sus labios y empiezo a repartir besos por su cara, su mandíbula, su cuello. Spencer no pierde el tiempo, aparta la manta y se aleja para ponerse en pie. Tira de mi mano para que la acompañe. Ni siquiera dudo.

Me lleva hasta su habitación. He entrado unas cuantas veces antes, pero ahora percibo este espacio de forma distinta. Cierro la puerta tras de mí y veo que Spens se quita la sudadera. No lleva nada más debajo. Nada. No sé qué expresión debo tener, pero esboza una amplia sonrisa. Hoy sus labios no están pintados de rojo y aun así son igual de apetecibles.

—Eres una condena —digo mientras acorto la distancia que nos separa, con los ojos clavados en su cuerpo expuesto.

Coloco las manos en su cintura. Tiene la piel caliente, suave. Tira de mi sudadera, que acaba también en el suelo, junto a mi camiseta. Examina mi torso a conciencia y lo acaricia después como si llevase queriendo hacerlo desde la primera vez que lo vio. Después me empuja, me hace caer sobre la cama de forma dominante. Spencer se sienta encima de mí, yo me incorporo para hundir los labios de nuevo en su cuello y coloco las manos alrededor de sus pechos. Un sonidito sale de su garganta cuando los aprieto, me empalmo más si eso es posible. Sus tetas son perfectas, están cubiertas casi totalmente por mis manos, hechas para ellas. Las uñas de Spencer me arañan la espalda suavemente, así que no tardo ni medio segundo en perder el control.

Me impulso para tumbarla, me coloco encima de ella. Beso su cuerpo sin control ninguno, con ansiedad. Beso el hueco de su cuello, sus hombros, sus pechos, su vientre. Spencer juega con mi pelo cuando le muerdo las tetas, le lamo y le mordisqueo los pezones duros. Primero uno, luego otro, y vuelta a empezar.

Ella también se desespera, porque me obliga a apartarme para tirar de mi pantalón de chándal. Mientras, ella se quita el suyo. Recorro sus piernas con las manos, las beso, las muerdo. Spencer intenta incorporarse para, probablemente, tomar el control, pero no se lo permito.

—Túmbate —le ordeno cuando vuelve a intentar moverse. Ella bufa.

—No me gusta que me dominen —protesta, aunque vuelve a tumbarse.

—Si quieres mandar, solo tienes que decírmelo. Pero quiero besar cada rincón de tu cuerpo. —De rodillas entre sus piernas, me coloco una de ellas en el hombro, la acaricio y paso mis labios por toda ella—. Quiero tocarte… —Mis dedos juegan esta vez por encima de las braguitas, lentamente, la torturo tanto a ella como a mí porque está tan mojada que se me está yendo la cabeza—. Y quiero morderte. —Lo hago, le muerdo el muslo, ella suelta aire entre los dientes—. Así que dime si de verdad quieres que pare porque no quieres que lleve el control ahora mismo y lo haré… o si prefieres que siga haciendo lo que estoy haciendo.

Tan solo lo piensa unos segundos en los que me fulmina con la mirada.

—Sigue.

Sigo.

Juego con el borde de su ropa interior mientras sus tetas tienen de nuevo toda la atención de mi boca. Me permite hacer lo que quiera, pero eso no impide que Spencer meta una mano dentro de mis calzoncillos, me agarre la polla y me haga que suelte un gemido ante el contacto. Ríe con suavidad mientras empieza a hacerme una paja con una lentitud agonizantemente placentera. La muy desgraciada clava la vista ahí abajo cuando tiro de los calzoncillos hacia abajo para liberarme y me los quito. Se muerde el labio mientras mueve la mano arriba y abajo, con suavidad pero con la fuerza exacta para volverme loco.

Sus bragas también acaban fuera, ahora tengo a Spencer totalmente desnuda ante mí. El otro día fue impresionante porque pude tocarla por primera vez. También fue jodidamente excitante tocarnos mientras nos mirábamos la siguiente vez, pero tenerla totalmente a mi merced no tiene precio. Esto es una fantasía.

—Tócame —ordena.

Paso un dedo entre sus piernas. Está increíblemente mojada, joder. Spencer jadea y yo sigo con la vista el curso de mi dedo mientras lo introduzco en su interior. Ella se remueve y detiene el movimiento de su mano unos segundos. Dios, qué bien sienta volver a estar dentro de ella. Cuando añado un dedo más y empiezo a moverlos a la vez que froto su clítoris con otro, Spencer es incapaz de coordinar el movimiento de su mano con disfrutar por completo de lo que le estoy haciendo, así que me suelta.

—Qué egoísta —bromeo.

—Si me dejaras levantarme, serías tú el que se estaría retorciendo debajo de mí —ataca, yo río.

—Pero si ni siquiera he empezado, Spencie.

Mis dedos la abandonan y ella me mira como si estuviese loco por atreverme a ello. Pero entonces le beso la tripa, empiezo a bajar, y lo comprende. Spencer se medio incorpora para mirarme mientras reparto besos húmedos por el interior de sus muslos, pero cede en cuanto mi lengua entra en contacto con su coño. Cae hacia atrás con un quejido de placer que se me queda en los oídos como una canción.

Beso y lamo toda la zona, primero con suavidad, luego de una manera algo más agresiva, que provoca que enrede sus manos en mi pelo y tire de él de vez en cuando mientras se le escapan gemidos de entre esos labios malditos. Estoy disfrutando como un niño pequeño con un caramelo teniendo ahí tumbada a Spencer, abierta para mí, totalmente a mi merced. Aunque sé que en cualquier momento van a cambiar los papeles y va a hacerme sufrir de lo lindo. Por favor y gracias.

A mi lengua se une un dedo que juega con su clítoris. Spens se retuerce de vez en cuando y se agarra a las sábanas con una de las manos que retira de mi cabeza.

—Joder —jadea cuando ejerzo más presión.

Yo la saboreo como si fuese el mejor postre del mundo. Disfruto de practicar sexo oral como nunca lo había hecho, porque estoy muy cachondo por la situación, aunque sea una mierda, y porque Spencer me tiene loco.

Las piernas le tiemblan, así que no se me pasa por la cabeza detenerme bajo ningún concepto. Quiero que se corra en mi boca, quiero que llegue y se quede satisfecha.

Lo hace. Con un increíble gemido que me indica que ha llegado al orgasmo, Spencer termina. Suelta las sábanas y mi pelo para dejar caer los brazos a los lados, abatida. Incluso las piernas le fallan. Yo río, me aparto y me lamo los labios para saborearla. Ha tenido que cerrar los ojos, pero en cuanto los abre, se clavan en mí.

—Túmbate ahora mismo —dice, aún con la voz agitada.

—Soy todo tuyo, Spencie.

Se incorpora para dejar que me tumbe donde estaba ella y cruzo los brazos detrás de la cabeza. Spencer se arrodilla frente a mí, se inclina para hacer lo mismo que yo antes: besarme todo el puto cuerpo. La muy cabrona me mira cada vez que sus dientes entran en contacto con mi piel. Me besa, me muerde, me lame, me araña. Me hace perder la puta cabeza.

Entonces vuelve a agarrar mi miembro, bajo mi atenta mirada, y me masturba a conciencia. Tengo que sacar las manos de detrás. Agarro a Spencer de un brazo para que se incline hacia delante y manoseo una de sus tetas mientras sigue bombeándome. No tarda mucho en volver a detenerse, pero esta vez no me suelta.

Spencer desciende sin dejar de mirarme, sus ojos miel me taladran. Entonces sonríe con maldad como la diabla que es y se mete mi polla en la boca. Gimo sin poderlo evitar, me arqueo por culpa de las hormigas que recorren cada parte de mi cuerpo. Ella me acaricia mientras succiona mi glande, mientras me lame de arriba abajo, se la saca de la boca y se la vuelve a meter de nuevo. Lo que peor llevo es cuando me mira durante el proceso, hace que pierda la poca cordura que me queda. Enredo las manos en su pelo, tiro ligeramente de él y presiono con suavidad su cabeza un poco más. Casi me da algo cuando Spencer gime al notarme al fondo de su boca, aprieta más los labios a mi alrededor.

—Dios mío —murmuro—. Voy a correrme, Spencer. —No se quita, sino que me la come con más ímpetu, así que se lo repito—: Voy a correrme.

Esta vez sí se quita, pero no deja de masturbarme con una sonrisa dibujada en los labios, que se lame con lentitud. Tengo que cerrar los ojos cuando rodeo su mano para indicarle cómo quiero que apriete y la mueva ahora mismo, entonces me corro. Me vengo con un buen gemido que la hace reír con malicia, con satisfacción.

Abro los ojos cuando Spencer me suelta. Aún tiene esa expresión triunfante en la cara y se levanta de la cama para coger una caja de pañuelos de la mesita. Se limpia la mano y después me tiende unos cuantos para que yo haga lo mismo.

—Vas a acabar conmigo —le digo, ignoro que ya es una frase recurrente.

Mientras se pone las braguitas de nuevo, yo busco mis calzoncillos.

—¿Les dices eso a todas las chicas que te hacen sexo oral o solo a mí porque te he dado el mejor que has tenido en tu vida?

No puedo evitar sonreír.

—No te creas especial, se lo digo a todas.

Ahora es ella quien sonríe poniéndose la sudadera mientras que yo me pongo los pantalones.

—Eso pensaba, West, no vaya a ser que confundamos esto. —Nos señala.

Ni siquiera ella puede negar que entre nosotros hay algo más que atracción física. Hay una conexión, aunque eso no implique sentimientos. Sé que ella no quiere implicarse, pero hay cosas que no pueden obviarse, aunque ambos las callemos por distintos motivos.

Terminamos de vestirnos y ambos usamos el servicio antes de volver al salón. Yo necesito echarme agua fría en la cara para tranquilizarme antes de volver a enfrentarme a ella, porque no consigo asimilar lo que acabamos de hacer. Dios, ha sido brutal. Y si pensaba que esto iba a saciarme de alguna forma, me equivocaba. Ahora solo tengo más ganas de ella.

Cuando salgo, volvemos al salón y nos sentamos de nuevo en el mismo sillón, aunque no nos tapamos con la manta, y le damos otra vez al play. Vemos la peli como si nada hubiese pasado entre nosotros, como si en ningún momento nos hubiésemos levantado del sofá, aunque cada vez que nos rozamos, la forma en que mi cuerpo reacciona me recuerda que sí que ha pasado algo.

Jordan se une de nuevo a nosotros cuando apenas quedan quince minutos para que termine, aunque yo no tengo ni puta idea de qué ha pasado en la película, porque solo he estado pensando en tres temas: el primero, en mi boca entre las piernas de Spencer, la suya alrededor de mí, y en las putas ganas que tengo de besarla de una maldita vez. El segundo, en que Spencer va a arruinarme la vida porque me gusta demasiado. Y el tercero, en que soy una puta mierda de amigo porque estoy sentado al lado de Jordan sabiendo que he faltado a mi palabra. Y no sé cómo voy a lidiar con todo esto.

Estoy jodido.

CAPÍTULO 44

Spencer

—Te noto distraída —dice la doctora Martin—. Aunque también percibo que estás contenta. ¿Qué ha pasado desde la última vez que nos vimos, Spencer?

—¿Es posible sentirme bien por haber hecho algo por lo que me siento mal?

La psicóloga enarca ligeramente una ceja. Es un gesto apenas perceptible porque siempre intenta no reflejar lo que piensa en sus expresiones, pero lo noto.

—Deduzco que esto tiene algo que ver con la norma de tu hermanastro y ese chico, Nate, ¿verdad?

La psicóloga ha conseguido que pase de estar tensa en sus sesiones a considerarlas una charla con una amiga. Por eso soy capaz de sincerarme. Además, necesito la opinión de una experta para saber por qué siento lo que siento.

—No la he roto. Al menos técnicamente. No nos hemos besado. En realidad, hemos hecho algo mucho peor. —Asiente y me señala con la mano para que continúe—. Nate y yo no nos hemos besado ni tampoco nos hemos acostado. Pero hemos… hecho otras cosas.

—Entiendo. Supongo que estás contenta porque disfrutaste con él, porque querías eso, pero ahora te sientes culpable porque sientes haber traicionado a Jordan.

—Pleno.

—Es totalmente normal, Spencer. Has hecho algo que te apetecía hacer y nadie tiene derecho a prohibirte, pero tu conciencia no está tranquila porque sabes que alguien que te importa va a molestarse por eso. ¿No has pensado en hablar con Jordan?

—Quiero hacerlo, necesito hacerlo —confieso—. No puedo seguir con esto sin hablar antes con él. Pero no sé cómo afrontarlo, sé que a estas alturas ya va a enfadarse y eso no puedo evitarlo.

—Estoy segura de que encontrarás la forma de hacerlo. Y, al final, te sentirás mucho mejor, ya verás.

Seguimos hablando durante un rato de este tema. Después pasamos a qué tal me siento conmigo misma, en Newford, cómo llevo las clases de Keens, el hecho de que no estoy pasando totalmente desapercibida porque mis seguidores siguen aumentando gracias a los artículos y la gente me saluda por los pasillos...

Al salir, papá me llama para confirmar si voy a pasar el día de Acción de Gracias con él. No le viene bien desplazarse ese día, así que seré yo quien vaya a Gradestate para estar con él. A mamá no le importa y menos mal. No puedo estar más agradecida de que, a pesar del divorcio, mis padres se lleven bien y se comporten como adultos. No sé qué habría sido de mí si, encima, se llevasen mal. Probablemente me habría convertido en una persona mucho peor que quizá no hubiese podido dar marcha atrás.

He quedado con Trinity y Morgan para cenar. Nos encontramos en el Mixing House, que está bastante lleno a pesar de que es lunes. Han llegado antes que yo, así que ya están sentadas la una frente a la otra. Me siento junto a Trin tras saludarlas.

—¿Cómo estás? —le pregunto.

No la he visto desde el sábado, aunque hemos hablado por mensaje.

—Me pasé todo el día de ayer de resaca y vomitando, así que estoy destrozada.

—¿Has hablado con Cody?

—Esta mañana he ido a su casa y ha empezado a poner excusas. Que estaba cansado, que tenía muchas cosas que hacer, que no encontraba el móvil... —Se encoge de hombros—. Blanco y en botella. Me está engañando.

—¿Y por qué no cortas con él? —le planteo—. Siento ser directa, pero está claro que lo vuestro no funciona. ¿Estás siquiera enamorada de él, Trinity?

Nos mira a ambas con el semblante serio. Abre la boca un par de veces mientras busca las palabras adecuadas.

—Lo quiero mucho —responde—. Pero nunca he estado enamorada de él. Y él de mí tampoco. Pero eso no significa que quiera dejarlo. Me gustaría que todo fuese como al principio.

—Pues eso no va a pasar —espeta Morgan, que suspira—. Tienes que asumirlo ya, Trin. No vais a volver a estar como antes. Sois dos amigos que han intentado tener algo y no ha funcionado. Debes tener coraje para ponerle fin. Y sobre todo ahora que no sabes qué narices está pasando.

—Estoy con ella. —Me encojo de hombros—. No puedes aferrarte a algo que ya no existe.

—Lo sé, chicas. Es solo que… —Inspira hondo—. No soy capaz, ¿vale? Yo… No sé explicarlo, pero me da miedo. No soy capaz de pensar en qué pasará después sin cagarme de miedo.

Sí que la entiendo, sobre todo sabiendo los problemas de autoestima que tiene y por lo que ha pasado. Está acojonada porque cree que, si lo deja con Cody, no va a estar con nadie más jamás. Si lo dejan, va a sentirse insuficiente. Da igual lo que nosotras le digamos, es ella quien tiene que ver que todo va a salir bien y, con el tiempo, se dará cuenta de que la querrán incontables veces.

—Piénsalo, ¿vale? —dice Morgan—. Y ya sabes que puedes contar con nosotras para lo que necesites.

Morgan nos cuenta que el sábado ligó. Se enrolló con una chica en el Cheers, pero ni siquiera intercambiaron sus Instagram, así que no hay planes de volver a verla.

—Yo tengo una buena noticia para ti —miro a Trinity— y una mala para ti. —Miro a Morgan.

Ellas intercambian una única mirada antes de centrarse en mí y decir a la vez:

—¡Te has follado a Nate!

Tengo que chistar para que bajen la voz porque las chicas de una mesa cercana se giran para mirarnos y no me apetece que la gente vaya diciendo que me he tirado al jugador de hockey.

—No hemos follado. Ni nos hemos enrollado. El día de tu cumpleaños acabamos en su habitación masturbándonos —confieso. Morgan abre mucho la boca, Trinity se ríe—. El martes nos tocamos mutuamente mientras nos mirábamos. Y el sábado estábamos viendo una película en casa y terminamos practicando sexo oral.

—¡Sí! —Trin da una palmada de orgullo—. Pero ¿no os habéis comido la boca?

Niego.

—Imagino que aún no has hablado con Jordan…

Niego de nuevo.

—Voy a hacerlo, lo prometo. En cuanto encuentre el momento adecuado. Pero tenéis que prometerme que no vais a decirle nada.

—Spens, Jordan es mi amigo de la infancia —protesta Mor—. No voy a decirle nada, pero no quiero estar en la situación de saber algo que puede hacerle daño. Promete que se lo dirás pronto.

—Lo prometo, de verdad. Solo necesito encontrar la forma y el momento.

—Estupendo. —Trin asiente, pero después su cara cambia—. Quiero saber qué sabe hacer Nate con esa boquita. Desembucha, Spencer, o me chivo a Jordie.

Les cuento absolutamente todo mientras comemos. Trinity disfruta de los detalles el triple que Morgan y eso que las dos son unas malditas cerdas. Mor anuncia que va al servicio un segundo antes de irnos. Cuando vuelve, tiene mala cara. Frunzo el ceño, porque me percato de que no es la primera vez que parece no encontrarse bien tras volver del baño.

—Mor, ¿estás bien?

—Sí, claro —responde, demasiado deprisa. Veo que Trinity arruga la frente, pero no dice nada—. ¿Vamos?

Las tres nos despedimos. Ellas vuelven a la residencia en el coche de Trinity, yo vuelvo a casa. Jordan aún no ha regresado, así que aprovecho para darme una ducha en la que le doy vueltas a un tema en concreto. Cuando salgo, está en la cocina comiendo algo.

—Ey —saludo.

—Ey. ¿Qué tal el día?

—Muy bien, hoy tenía cita con la psicóloga —le digo con naturalidad. Sé que ahora sería el momento oportuno de confesar mi pecado, pero tengo que preguntar primero por lo que me preocupa—. Oye, Jordan, ¿Morgan tiene algún problema con la alimentación?

Él reacciona de la misma manera que Trinity: frunce el ceño.

—¿Qué ha pasado?

—Me he dado cuenta hoy cenando con ellas, es como si se me hubiese encendido la bombilla de golpe. Desde que estoy aquí, me he dado cuenta de que Mor suele ir al servicio después de comer y no tiene buena cara al volver.

—Joder. —Jordan suspira y apoya los codos sobre la isla—. No debería contártelo yo si ella no lo ha hecho, pero imagino que es mejor que lo sepas. Morgan es bulímica desde hace muchos años. Pero llevaba año y poco perfectamente gracias a los profesionales y a su fuerza de voluntad, o al menos eso creíamos todos. Si ha vuelto a recaer, Torres tiene que saberlo.

Me cuenta ligeramente la historia sin entrar en detalles que no le corresponden a él contar. Se me corta el cuerpo de pensar que mi amiga tiene un trastorno tan complicado y nadie más sabía que no lo estaba llevando bien. Me da rabia saber que no puedo ayudarla de ninguna forma, pero sé que he hecho bien en mencionárselo a Jordan.

Ahora entiendo varias cosas. Entre ellas, lo que pasó en el centro comercial. Trinity me dijo que lo que pasó era un tema delicado para Morgan, ahora sé por qué.

—Ella no dirá nada, ¿me informarás con lo que sea? —le pido. Jordan asiente.

—Por supuesto.

—Hay algo más —digo. Y no, no es lo mío con Nate. De verdad que quiero hacerlo, lo juro, pero necesito algo más de valor. «Cobarde, cobarde, maldita cobarde»—. Pero tienes que ser discreto. ¿Crees que Cody está engañando a Trinity?

Su expresión se vuelve dura, deja el vaso de agua a mitad de camino.

—¿Por qué piensas eso?

Le resumo lo que Trinity piensa y él escucha con atención sin replicar en defensa de su amigo.

—Juraría que Cody es incapaz de ponerle los cuernos a Trinity —dice—. Pero es verdad que lleva muy raro un tiempo. Ameth no para de repetir lo jodida que está siendo la convivencia con él sin ningún motivo. La tiene tomada con él y con Jackson. Además, se comporta también así con Trin… No sé, la verdad es que es raro.

—Sé que Cody es tu amigo. Y sé que, si la estuviese engañando y lo supieses, no me lo dirías. Pero Trinity es mi amiga, me duele verla sufrir por esto.

—Trinity también es mi amiga —me reprocha—. Si Cody la estuviese engañando y lo supiera, yo mismo se lo diría. No se me ocurriría ocultar eso en mi propio grupo de amigos. Además, no es tan íntimo nuestro. Tengo más relación con Trinity que con él.

—Pues si te enteras de algo, ya sabes. Lo está pasando mal de verdad.

—Lo sé. El sábado en el Cheers, cuando fui tras ella, no me contó qué le pasaba. Se dedicó a insultar a su exnovio por joderle la vida y a decir que se odiaba a sí misma por no quererse lo suficiente. Ahora todo cuadra. Me mata que piense esas cosas, quiero muchísimo a Trin, así que ten por seguro que si me entero de algo, lo sabréis.

—Gracias, Jordie.

—¿Algo más?

Es el momento. Ahora, Spencer, díselo. «Sí, Jordan. Me mola tu amigo, así que lo siento, pero vamos a romper tu norma de la única forma en que no la hemos roto ya». Casi me ahogo con mi propia voz cuando intento hablar.

Cobarde de mierda.

—No, nada. Buenas noches.

—Buenas noches, Spens.

CAPÍTULO 45

Nate

La excusa de por qué hoy no he hablado con Jordan es porque estamos juntos todos y no es el momento adecuado. A pesar de ser martes, vamos a salir de fiesta porque tenemos un par de días de vacaciones por Acción de Gracias, así que aprovechamos para tener una noche únicamente de chicos. Trin, Mor y Spens han salido por su cuenta y no tenemos intención de encontrarnos con ellas. En lugar de quedarnos en el campus, hemos ido a un bar de la ciudad, no muy lejos de la universidad, cerca del restaurante pijo donde trabaja Torres.

Da igual que sea martes, esto está a rebosar. Parece ser que no somos los únicos que hemos tenido la misma idea de salir de Keens, ya que hay un montón de estudiantes aquí.

—¿Cody sigue sin responder? —inquiere Jordan.

Todos le hemos escrito tanto por privado como en el chat común.

—Sip —contesto sin más.

Me está resultando horrible estar con mi amigo ocultándole cosas. Cody no estaba en casa cuando nos hemos ido, así que nadie tiene ni puta idea de qué está pasando con nuestro colega, que últimamente parece un desconocido.

—Ya bebo yo por él —dice Torres, que se abre paso hacia la barra.

Los cinco lo seguimos y pedimos cerveza para todos.

—¿Cuándo fue la última vez que salimos solo los chicos? —pregunto.

—A principio de curso —bufa Ameth. Se ha quitado las trenzas, así que hoy lleva el pelo recogido en un moño. Todos sabemos que no va a tardar mucho en volver a casa para que su madre se las vuelva a hacer o en raparse, como dijo que iba a hacer la última vez y al final no hizo—. Estamos perdiendo la costumbre.

En realidad, estamos siendo algo responsables. El año pasado fue una locura. Salíamos casi todos los días, incluso íbamos aún borrachos o de resaca a entrenar. Faltábamos a clase, nos enrollábamos con gente a cada instante, pasábamos de todo la mayor parte del tiempo... Este curso, en cambio, todos nos hemos centrado algo más en nuestro futuro. Es cierto que no fuimos irresponsables al cien por cien en primero, ya que todos teníamos algo de lo que preocuparnos: Jordan, en mantener un buen fondo físico; Torres, en no bajar su rendimiento para no perder la beca y en trabajar las pocas horas que consiguió en el restaurante y este año ha doblado; Ameth, en dar clases particulares; y yo, en el club de fotografía. Todo eso además del hockey. Pero este año sí que nos estamos tomando algo más en serio las cosas, aunque hasta el curso que viene no vamos a tener que hincar codos y centrar la cabeza por completo.

Pero hoy...

Bebemos durante un rato en la barra hablando de todo un poco. Hay dos chicas a nuestro lado que no paran de mirarnos y reírse cuando hacemos algún comentario gracioso. Son bastante guapas, así que no pasa mucho rato hasta que Torres muestra interés por ellas.

—¿Os unís a beber con nosotros? —les pregunta, cosa que hace que una de ellas ría con algo de nerviosismo.

—Claro, ¿por qué no?

Sabemos que las noches de solo chicos nunca acaban siéndolo todo el rato. Siempre hay alguno que acaba ligando. Hoy le toca a tonto número uno, que termina bailando con las chicas mientras los demás nos quedamos en la barra, cerveza en mano. Intento hablar lo menos posible con Jordan sin que parezca raro, pero es que cada palabra que intercambio con él es un recordatorio de que le estoy mintiendo a la cara. Bueno, no le estoy mintiendo, pero sí le estoy ocultando la verdad. Y me siento como una puta mierda.

—Torres ni siquiera tiene que esforzarse —comenta Ameth mientras los observamos—. Tan solo se limita a parpadear y tiene a la gente pululando a su alrededor en medio segundo.

—Y cuando abre la boca, quien no le estuviese prestando atención, lo hace —añado; ellos dos asienten.

—Ojalá no fuese hetero.

Jordan y yo nos reímos y de nuevo se clava en mí esa punzada de culpabilidad.

El grupo nos arrastra con ellos y las chicas al centro del bar, donde la gente baila como si fuese la pista de una discoteca. Así al menos no tengo que hablar con Jordan. Dios, soy una persona horrible.

—Queremos ir a un karaoke que hay aquí cerca —informa una de las chicas—. ¿Venís?

—Yo no canto —dice Jordan.

—Pues yo sí —responde Torres esbozando una sonrisa canalla—. Así que vamos.

—¿Nuestra opinión cuenta para algo? —pregunta Jordan, que enarca una ceja a pesar de que se le asoma una pequeña sonrisa.

—No.

—Qué mal me caes.

—Oh, Jordie, ¡si me adoras!

Torres se lanza a darle un gran abrazo, por lo que Jordan resopla e intenta librarse de él. Estoy pendiente de ellos hasta que mi vista se clava en otra cosa. O, más bien, otra persona.

No tardé en superar a Allison porque todo lo que pude sentir por ella quedó eclipsado por la rabia después de lo que me hizo. Sí me afectaba verla, pero no porque siguiese queriéndola, sino porque la odiaba con todo mi corazón y me destruyó demasiado. El caso era que Allison aparecía en mi campo de visión y me obcecaba. En cambio, ahora, cuando la veo pasar frente a nosotros en el bar, no siento nada. Ni amor ni rabia ni odio. Nada. Es simplemente un fantasma de mi vida que ya no me atormenta. Lo seguía haciendo hasta hace poco, lo admito. Daba igual con cuántas chicas me enrollase o me acostase, Allison me martilleaba en la cabeza para dar por culo. No Allison, sino el dolor y miedo que dejó en mí. Ahora la única que tengo en mente es Spencer y por un motivo muy distinto a por qué tenía a mi ex.

Y Jordan, que sí que es el fantasma que me atormenta hasta que decida enfrentarme a él.

No soy el único que advierte la presencia de Allison y su perrito faldero, Riley. Vienen acompañadas por las otras dos que no se sabe si son o no amigas en realidad: Sasha, la patinadora a la que entrevistamos, y Brooke. Los chicos las ven y ellas nos ven a nosotros y se detienen cuando llegan a nuestra altura.

Esta vez no me cabrea la sonrisa burlona que esboza la chica rubia de ojos azules a la que una vez quise. No me dan ganas de gritarle y decirle lo hija de puta que es, tan solo siento lástima por haber permitido que me afectase durante tanto tiempo.

—Hola, Nate —saluda casi riendo y me mira de arriba abajo—. Apostaría a que todo te va bien.

—Ni te molestes, Allison —respondo yo sin alterarme ni un ápice cuando recalca la palabra «apostaría».

Ni siquiera se me acelera el corazón, ni me da miedo que pueda montar un drama como solía hacer. Ella frunce el ceño. Las otras veces, cuando ha buscado pelea, he terminado diciéndole algo y yéndome, en lugar de plantarle cara. Como no se va, añado:

—¿Sigues aquí?

—Eres un poco imbécil, Nate —me dice Riley.

Yo sonrío.

—Mejor no te digo lo que creo que eres tú, Riley. Ni siquiera mereces la pena.

—Tus patéticos amigos y tú podéis iros a la mierda —espeta cruzándose de brazos.

Oh, sí, esta vez son ellas las que se están cabreando por mi indiferencia y no al contrario.

Torres se pone a mi lado, cruzado de brazos de esa manera que hace que su presencia imponga. Con un dedo, las va señalando una a una.

—A ver, Barbie mentirosa —Allison—, Barbie arpía —Riley—, Barbie patinadora —Sasha— y Barbie... como más te guste, *mami*, ni siquiera sé cómo te llamas —Brooke—. No nos apetece veros las caras, ¿por qué no os perdéis entre la gente y nos olvidáis?

—Este tío es tonto —suelta Sasha arqueando una ceja.

Torres se ríe.

—Tu voz me da arcadas —le espeta.

Ella le hace un corte de mangas.

—No creo que sea necesario repetirlo —afirmo yo—. Seguid caminando.

—¿O qué, Nate? ¿Vas a obligarnos? —Allison hace un puchero—. Qué miedo.

—¿Sabes qué? —Doy un paso adelante para encararla—. Puedes quedarte con todo el bar si te apetece. Somos nosotros los que nos largamos, aquí el aire está demasiado contaminado. —La miro de arriba abajo con asco—. Demasiado veneno.

Antes la evitaba, pero me quedaba en el mismo sitio por orgu-llo, por no darle el placer de verme jodido por ella. Pero hoy no me puede dar más igual lo que piense de mí. Yo sé que ya no me impor-ta, sé que ya no significa nada para mí, ni para bien ni para mal. Por eso prefiero largarme con mis colegas y seguir la fiesta antes que quedarme por aquí.

—¡Karaoke! —sentencia Torres y se abre paso para liderarnos hacia la salida.

—Un placer veros —dice Jordan con sarcasmo cuando pasa por al lado de ellas.

Riley, que estuvo coladita por él, aparta la mirada ante el asco con el que mi amigo la mira.

—Hasta nunca, Allison.

CAPÍTULO 46

Spencer

El jueves por la mañana me despido de Jordan y pongo rumbo a Gradestate para pasar estos cuatro días seguidos libres por las vacaciones de Acción de Gracias con mi padre. Salgo temprano de Newford para llegar un par de horas antes del almuerzo, a pesar de que no tengo ningunas ganas de volver allí, solo lo hago para ver a papá.

Durante el camino, pongo la lista de reproducción de Imagine Dragons, pero cuando una canción en concreto aparece, la dejo en bucle durante el resto del trayecto. «Whatever it takes» suena a todo volumen en el Jeep y yo la canto a pleno pulmón una y otra vez. No puedo evitarlo: pienso en él. Desde el momento en que escuchamos esta canción juntos, cuando me intentó enseñar a patinar, se convirtió en nuestra canción. Nunca he tenido una canción con nadie, así que no sé muy bien qué significa o si debería preocuparme. El caso es que cada una de las palabras que Dan Reynolds canta me recuerda a Nate.

Pienso en el puto Nathaniel West todas las horas desde Newford hasta Gradestate. En cómo me tocaba el otro día, en cómo sus labios, dientes y lengua recorrieron toda mi piel. En cómo, literalmente, me comió. En todo lo que le hice yo a él. Y en que tengo demasiadas ganas de besarlo, joder. Me prometo a mí misma hablar con Jordan cuando vuelva el domingo, no puedo permitir que esto se nos vaya más de las manos sin haberle contado nuestras intenciones. Quiero acostarme con Nate. Me gusta y quiero que podamos hacer lo que nos apetezca sin sentirnos como unos traidores. No es como si nos fuésemos a enamorar. O, peor, rompernos el corazón como teme Jordan. Tan solo seríamos un rollo de universidad. De esos que vives con intensidad durante un tiempo y, luego, de repente, simplemente se acaba y seguís siendo amigos como si no hubiese pasado nada.

Las calles de Gradestate se me hacen raras mientras conduzco por ellas, con un nudo en el pecho que solo me hace querer dar marcha atrás y volver al que ahora es mi sitio. Tan solo hace tres meses que me fui, pero parece un lugar completamente distinto. O quizá soy yo, que he cambiado. El caso es que no siento nostalgia ni alegría estando aquí, tan solo me apetece darme la vuelta y volver a Keens. Pero tengo demasiadas ganas de ver a mi padre.

Ha salido antes del trabajo para estar en casa cuando llego. Aparco el Jeep tras su furgoneta y cojo la mochila que me he traído para estos días. No me hace falta mucho, aún tengo demasiadas cosas en casa. Abro la puerta de entrada, el olor a pasta hace que me ruja el estómago.

—¿Mi comida favorita? —digo alzando la voz tras cerrar la puerta.

Dejo la mochila en el recibidor y entro en la cocina. Papá sonríe al verme, deja el trapo en la encimera y viene hacia mí con ese delantal que simula ser un uniforme de policía.

—¡Spencie! —Me abraza con fuerza durante más tiempo del necesario—. Cómo me alegro de verte.

—Te juro que los abrazos no tienen que ser tan largos, papá —protesto. Él se ríe.

—Tan cariñosa como siempre. Te he echado mucho de menos.

—Yo también a ti.

—Sé que hablamos casi a diario por teléfono —dice cuando por fin me suelta—, pero no es lo mismo, así que empieza a desembuchar todo.

Esta vez, mientras comemos, me explayo un poco más y le cuento cómo ha ido todo desde que llegué a Keens. Esta vez, me apetece hablar. Le resumo cómo fue todo a mi llegada, que me apunté en el club del periódico, lo que hago ahí. Le hablo de la convivencia con Jordan, de mis nuevos amigos, de que este año estoy disfrutando la universidad, de mis sesiones con la doctora Martin. Hablar con tanta naturalidad con mi padre es algo que echaba de menos y me sienta bien. Sin mentiras, sin gritos, sin reproches. Por primera vez en demasiado tiempo, papá sonríe mientras me escucha hablar.

—Me alegra que la convivencia vaya bien con Jordan. Me dio pena que pasarais de estar tan unidos a casi ni hablaros.

—Bueno, eso fue todo cortesía mía —suspiro—. Jordan sí intentaba mantener el contacto. La verdad, estoy contenta de haberlo recuperado, papá.

—Es como el hermano que nunca tuviste —dice, yo asiento—. Siempre decías eso. Es muy buen chico, Spens.

—Lo sé. Pero…

Me callo. Antes, siempre le consultaba todo a mi padre antes que a mi madre. Nuestra relación siempre fue más estrecha y después del divorcio nos unimos más. Luego se me fue la cabeza y él siguió apoyándome, aunque yo lo hubiese apartado de mi vida. Pero ahora mismo siento como si nada de eso hubiese pasado nunca. Puedo volver a abrirme a papá, contarle mis preocupaciones y mis dudas. Ni la doctora Martin ni mis amigas van a aconsejarme nunca como sé que lo hará mi padre.

—Pero… —repite—. Puedes contármelo, Spencie.

—Estoy haciendo algo mal respecto a Jordan —confieso. Él enarca una ceja como invitación a que continúe—. Cuando llegué, me pidió que… bueno, que no ligase con ninguno de sus amigos. —Mi padre asiente con una expresión que dice: «Sé perfectamente a lo que te refieres y agradezco que no hayas sido directa esta vez»—. Y, bueno, me gusta uno de ellos. Ha pasado algo entre nosotros y me siento terriblemente mal por ello. No se lo he dicho a Jordan, pero a la vez me siento bien porque quería que pasase.

—Entiendo. Cielo, lo mejor es que hables con Jordan. Estoy seguro de que lo va a entender. Va a preferir que seas sincera con él cuanto antes a enterarse más adelante de que le has mentido.

—¿Y si se enfada conmigo igualmente y todo lo que he construido con él estos meses se va a la mierda? No quiero perderlo, papá.

—Si Jordan te apartase de él porque tienes sentimientos, me decepcionaría mucho. Aun así, cielo, no puedes dejar de hacer cosas en la vida por miedo a que se enfaden contigo. —Abro la boca para responder, pero me indica con el dedo que aguarde—. Siempre que sean cosas que no hacen daño a nadie. Si tú quieres estar con una persona y el único motivo por el que no lo haces es por miedo a que tu hermanastro se moleste… eso no es un motivo real, Spencer. Pero si le estuvieses haciendo daño de verdad a alguien, la historia cambiaría.

—Gracias, papá. Hablaré con él.

—Quiero que tengas una cosa muy clara, hija —me habla clavando sus ojos en los míos—: Estoy tremendamente orgulloso de ti. Siempre lo he estado, pero ahora lo estoy más que nunca —extiende una mano para acariciarme la mejilla con ternura—. Eres la persona más fuerte que he conocido jamás, Spencie, y no sabes lo feliz que estoy de ver que vuelves a ser tú misma. Sé que te ha costado, que lo has pasado muy mal y te estás esforzando a diario para ser la persona que quieres ser. Te quiero más que a mi vida, Spencer, no lo olvides.

Ya está, me tenía que hacer llorar. Sabe que odio los sentimentalismos, ponerme blandita y aún más llorar. Pero esta vez no contengo las emociones, las dejo fluir. Papá se ríe cuando ve que se me derraman las lágrimas y las intento secar a toda prisa. Se pone en pie para darme un abrazo y apoya mi cabeza en su pecho.

—Siento tantísimo los años tan horribles que te he hecho pasar… —murmuro—. Lo siento de verdad, papá.

—No tienes que pedir perdón, cielo. —Me acaricia el pelo mientras no puedo evitar sollozar. Joder, me ha detonado como a una bomba.

—Lo siento —repito—. Te quiero mucho.

—Y yo a ti.

Mientras papá prepara la cena de Acción de Gracias, me acerco al supermercado a por un par de cosas que hacen falta para pasar el finde y a él no le ha dado tiempo a comprar.

No me siento cómoda caminando por los pasillos. Gradestate es pequeño, no hay muchos supermercados, así que ya me han saludado unas cuantas personas en los diez minutos que llevo aquí. No sé quiénes son la mayoría, pero en fin. No quiero encontrarme con determinada gente y las posibilidades son de un cincuenta por ciento.

Cuando cambio de pasillo empujando el carrito, suelto una palabrota. Por supuesto que las posibilidades no iban a ser de un cincuenta por ciento, sino de un cien por cien. «Mi vida, un cliché real» sería el título que le pondrían si alguna vez hicieran una película sobre mí. Me doy la vuelta a tiempo para que no me vean, pero los escucho hablar mientras me escondo como si tuviese cinco años. Más que hablar, Troy y Lena están discutiendo.

—¿No entiendes que me molesta? —le dice ella—. Si estás conmigo y tonteas con otras en mi cara, es normal que me enfade.

Troy bufa.

—No quiero dramas, ¿vale? —responde él.

—No son dramas, Troy. Estamos juntos, joder. La gente está empezando a decir que vas a engañarme.

—Joder, Lena —suelta un gruñido—. No me toques más las narices. Dios, Spencer estaba zumbada, pero con ella todo era más fácil.

No necesito ver a Lena para saber que ahora mismo la rabia y probablemente el dolor la estén bombardeando. Troy es imbécil y, aunque en este momento odie a mi examiga, sé que no se merece lo que acaba de decirle. Quizá yo sí merezca lo que ha dicho de mí.

Estoy tan absorta en mis pensamientos que no me doy cuenta de que han llegado a la esquina y han girado en mi dirección hasta que me topo de frente con ellos. El impacto de verlos juntos es complicado de digerir. No porque siga sintiendo algo por Troy, sino porque la sensación de traición vuelve a mí.

Troy abre mucho los ojos al verme, Lena tiene los suyos llenos de lágrimas que se seca con rapidez. La expresión de su cara cambia, frunce el ceño para mirarme con todo el odio del que es capaz.

—¿Qué coño haces aquí? —me espeta.

Enseguida la pena que estaba sintiendo por ella se esfuma. Alzo todas mis barreras y me pongo en guardia.

—Es un supermercado, Lena, ¿qué crees que estoy haciendo?

—Contigo nunca se sabe.

Bueno, quizá eso me lo merecía.

—Pues nada, yo os dejo a lo vuestro —digo y me echo a un lado para pasar. Pero ella se pone en mi camino con los brazos cruzados.

—¿Ya se han cansado de ti en Newford? —pregunta.

Uf. Sé lo que está haciendo. Sabe perfectamente que los he escuchado discutir, sé la inseguridad que acaba de causarle Troy y que su única manera de lidiar con ello ahora mismo es atacarme. Al fin y al cabo, hemos sido amigas durante muchísimos años.

—Te doy un consejo. —Señalo con la cabeza a Troy—: No merece la pena. Déjalo antes de que te ponga los cuernos y seas el hazmerreír de la universidad. Sabes que no la tomarán con él, son todos imbéciles.

—¿Eres gilipollas o qué te pasa? —bufa Troy, que da un paso adelante.

Yo no me inmuto ni aparto la vista de Lena, que enseguida sale también en su defensa.

—Yo no soy tú, Spencer —repite las palabras que me dijo por mensaje un día. Esta vez no me afectan de la misma manera, pero sí que me duelen—. El problema eras tú, no él.

Aprieto las manos alrededor de la barra del carrito porque no quiero perder los papeles. No quiero creerla, sé que no lleva razón, pero una parte de mí sigue pensando que hay algo mal en mí.

—Piérdete de nuestra vista —añade al ver que no respondo.

Yo simplemente sonrío con falsedad.

—Te he avisado.

Después nadie me impide seguir mi camino, aunque sí que la oigo decirle a Troy:

—Es normal que todo el mundo la odie, no merece la pena. Se va a quedar sola.

Pago la compra sin perder los nervios, sin temblar o gritar por lo que sus palabras hacen en mí esta vez. Pero en cuanto me siento frente al volante y cierro la puerta, los sentimientos me abordan. Se me acelera el corazón mientras empiezo a sollozar, tengo que agarrar el volante con fuerza para controlar los nervios y las ganas de pegarle a algo. Las lágrimas me empapan las mejillas e incluso suelto un grito que queda amortiguado por la lluvia, que comienza a caer más fuerte.

Los odio, los odio, los odio. Sé que lo que ha dicho es mentira, pero duele porque durante unos segundos me es inevitable pensar: «¿Y si es verdad?».

No, no lo es.

Pero ¿y si lo es?

No. No, Spencer, no. No puedes volver a caer en esto. Tus amigos te quieren. Sí, eso es. Son buenos contigo, se divierten contigo. Tú eres feliz con ellos, Spencer. Eres tú misma, no finges. Tranquila. Respira, Spencer.

Respira.

Respira.

Respiro.

Despacio, respiro hondo, varias veces. Respiro una y otra vez hasta que calmo el llanto, hasta que consigo que las manos dejen de temblarme tras soltar el volante. Hago los ejercicios que la doctora Martin me recomendó para estos ataques. Funcionan. Al principio no lo hacían, pero ahora funcionan.

Cuando por fin me recompongo, me limpio el rímel que se me ha corrido, me retoco el pintalabios rojo y finjo una sonrisa frente al espejo del coche. Después arranco, pongo la radio y vuelvo a casa como si nada de esto hubiese pasado.

CAPÍTULO 47

Nate

Supe que quería ser traductor e intérprete cuando tuve la edad suficiente para darme cuenta de que la sociedad jamás iba a hacer nada por adaptarse a las personas con algún tipo de dificultad. Si eres sordomudo, como en el caso de mi padre y mi hermana, es tu problema. Eres tú quien tiene que apañarse y buscar cómo comunicarse con el resto de la gente, ya que nadie va a intentar ponértelo fácil a ti.

He visto a mi padre pasarlo mal durante toda su vida. Él está orgulloso, con razón, de quién y cómo es. Jamás se ha quejado de no poder oír ni hablar, jamás. Pero yo lo he visto frustrarse, enfadarse e incluso llorar por culpa de la barrera de comunicación existente. Mi madre lo confiesa: sintió alivio cuando fue consciente de que mi audición era perfecta y lloró muchísimo cuando le dijeron que Clare era sorda, porque no quería que lo pasara mal.

Crecí con el inglés como lengua natal por vivir en Estados Unidos. Mis abuelos maternos son de origen francés, pero me enseñaron el francés desde el día en que nací. Tanto mis padres como mis abuelos fueron los que me inculcaron la lengua de signos en ambos idiomas. A los doce me enganché a una serie italiana y fue ahí cuando me di cuenta la facilidad que tenía para los idiomas, porque en un año ya lo hablaba con fluidez y había aprendido a signarlo. En el instituto, di español, que se me hizo facilísimo gracias a los idiomas que ya hablaba, lo he ido mejorando con Torres y Morgan y también aprendí la lengua de signos.

El caso es que, para cuando terminé el instituto, hablaba y signaba casi como un nativo en cuatro idiomas. Por eso la universidad está siendo pan comido para mí. Sí, estudio y hago todos los trabajos que debo, pero solo porque necesito el título, ya que la formación la tengo prácticamente completa.

Me empecé a interesar por la fotografía a los dieciséis, aprendí mientras lo compaginaba con jugar al hockey. No es nada más que una afición, no me gustaría ir más allá, pero la verdad es que disfruto muchísimo capturando en la cámara distintos momentos o paisajes. Dejé de hacerlo por culpa de Allison. La fotografié incontables veces y era de los mejores en el club de fotografía, teniendo en cuenta que ni soy profesional ni ponía muchísimo empeño. Pero lo aborrecí cuando cortamos, ya que coger la cámara me recordaba a ella, a su traición, al dolor.

Acepté retomarla cuando el señor Hollinder me dijo que intentase aportar algo a algún club con mi talento porque pensaba que iba a librarme de hacerlo de alguna forma. Pero no. Lo que hice fue volver a coger la maldita cámara porque Spencer pedía a gritos ser fotografiada una y otra vez. Con la cámara, con el móvil, con mis ojos. No podía no retener esa cara, esos labios, esos ojos, esos pómulos, con todo lo que tuviera. Dios, si ella supiera lo que su llegada hizo en mí...

—¡Nate! —la vocecita de Clare llama mi atención, me hace alzar la vista. Entra a toda prisa a mi dormitorio, signando como loca—. *Papá no me deja maquillarlo para cenar y prometió que iba a poder usar mis nuevas pinturas con él.*

—*¿Por qué no te deja?*

—*Está haciendo la cena con mamá.*

—*En ese caso, reina, es normal. ¿Quieres maquillarme a mí en su lugar?* —A Clare se le iluminan los ojos.

—*¡Sí! Vamos a mi habitación.*

Clare me hace sentarme sobre su alfombra gigante de Pikachu que le regalaron Jordan y Torres por su cumpleaños. El cuarto de mi hermana es un caos ordenado que me encanta; lo mismo encuentras purpurina y muñecas en una estantería, que una colección de camiones y superhéroes.

—*Después de cenar, podemos jugar un rato* —me dice. Señala la Nintendo que tiene conectada a la pequeña tele color rosa chicle de su cuarto.

—*Vale, pero nos llevamos la consola a mi tele, que ahí no se ve nada.*

Paso las vacaciones de Acción de Gracias enteras en casa, ya que desde que empezó el curso solo he venido días sueltos. Mis padres me preguntan una y otra vez qué tal voy en la universidad a pesar de que se lo haya contado unas mil veces. Les hablo sobre las asignaturas que más me gustan y las que menos, les resumo qué tal vamos los Wolves esta temporada: mucho mejor que el año pasado. Nos estamos posicionando muy bien en la liga porque nuestro rendimiento también está siendo mejor. También les cuento que he vuelto a hacer fotos, les hablo del periódico y los artículos que hago con Spencer. De hecho, pillo el sábado por la mañana a ambos cotilleando *La Gazette* digital, concretamente la sección del *K-Press*, donde están los artículos. Según mi madre, les producía curiosidad por qué hablaba con tanta emoción de esos artículos y de esa tal Spencer. Durante la cena, me preguntan por ella. Saben lo básico: es la hermanastra de Jordan, se ha trasladado este año a Keens y, por lo que se ve, hablo mucho de ella.

Ahora sí lo hago a conciencia, pero omito ciertos detalles. Entonces me preguntan por su relación con Jordan y vuelvo a sentirme una mierda. Llevo estos tres días dándole vueltas sin parar al hecho de que estoy siendo el peor amigo del mundo por ocultarle a Jordan lo que ha pasado con Spencer y mis intenciones con ella. No puedo seguir haciendo esto. No puedo volver a verla hasta que hable con Jordan. Y esta vez sí que voy a hacerlo.

Sé que Spencer llegaba hoy, domingo, por la noche de Gradestate, así que aprovecho para ser yo quien dé el primer paso. Cuando le pregunto a Jordan a mediodía si está en su casa, me dice que acaba de llegar al campus, así que recojo mis cosas y vuelvo a Keens. Lo aviso de que voy para el piso con comida de mi madre para los dos.

No sé cuántas veces resoplo durante el camino. No hay ni una hora desde nuestra casa al campus, pero a mí el viaje se me hace eterno. Me vine en autobús, pero mi madre ha insistido en llevarme de vuelta.

—Nate —me dice cuando resoplo por vigésima vez—, ¿qué te pasa, hijo?

Me muerdo el interior de la mejilla mientras la miro de reojo, ya que no sé si contárselo o no.

—Puedes decírmelo —insiste—. ¿Hay algo que te preocupa? Porque si resoplas otra vez, te vuelves el resto del camino andando.

—Tengo que hablar de una cosa importante con Jordan ahora —confieso—. Y es probable que se enfade conmigo.

—¿Tiene que ver con su hermanastra, Spencer? —Arquea una ceja cuando lo pregunta, yo me doy un ligero cabezazo con el reposacabezas del coche.

—¿Cómo lo has sabido?

—Uno, porque soy tu madre. Dos, porque soy abogada. ¿Qué ocurre con ella?

Una de las cosas que mis amigos siempre han envidiado de mi familia, en el buen sentido, es la buena relación que tengo con ellos. Nunca he tenido problema en hablar con mi madre abiertamente de ningún tema. Por eso sé que puedo sincerarme.

—Es genial, mamá —confieso—. Me motiva a hacer lo que me gusta y desafía mi ingenio. Me ha hecho perder el miedo a sentir otra vez y no pensaba que eso fuera a ser posible.

Le hablo de ella. De que también ha pasado malos momentos, pero que los está superando con fuerza de voluntad y ayuda. Le hablo de sus gustos, de lo bien que nos lo pasamos juntos, de que ambos somos mejores juntos. Y ella escucha con atención.

—Si tanto te gusta, ¿por qué no estáis juntos? Me da la sensación de que no es porque ella no quiera…

—Jordan no quiere que eso ocurra porque le da miedo que rompamos el grupo si nos peleamos.

—Tiene sentido —me dice. Sé que me está aconsejando como madre y no abogada—. Jordie y tú sois como hermanos, y ahora también tiene a Spencer. Es lógico que quiera evitar perderos a alguno de los dos. Pero también tiene que respetar tus decisiones.

—De eso es de lo que voy a hablar ahora con él. ¿Por qué te crees que llevo diez táperes de comida?

—Tú sí que sabes cómo ablandar a la gente, hijo.

Cuando mi madre se detiene frente al piso de Jordan y cumple sus deberes recordándome que estudie, que no beba, que no deje a ninguna chica embarazada, que me porte bien, etcétera, me besa la frente y se despide. Pero antes de que baje del coche, me retiene.

—Cielo… ¿Merece la pena? —Frunzo el ceño porque no lo comprendo. Ella suspira—. Esa chica, ¿merece la pena? No quisiera que Jordan y tú os pelearais por alguien que puede volver a hacerte daño.

—No lo sé, mamá —confieso—. No tengo ni idea de si me hará daño o no. Pero quiero intentarlo.

—Es suficiente.

Cinco veces he tratado de decírselo. Hemos hablado de nuestras familias, de nuestros amigos, del hockey, de absolutamente todo, pero no consigo iniciar la conversación. Lo admito: estoy cagado. Jordan es mi hermano y me acojona la idea de perderlo. Pero voy a hacerlo. Ahora mismo.

Voy a hacerlo.

—Nate —me dice. Chasquea los dedos delante de mí para que levante la vista del plato, pues llevo unos minutos contemplándolo—. ¿Qué pasa?

—¿Qué pasa? —repito, aunque tengo que carraspear.

—Eso me pregunto yo, colega. Llevas un tiempo más raro que yo qué sé y ahora estás como ido. —Abro la boca para responder, pero se me adelanta—. Y ni se te pase por la cabeza negarlo, porque me has estado evitando últimamente como si te fuese a contagiar algo. Así que empieza a desembuchar o me voy a cabrear.

Inspiro hondo, asiento y aparto el plato de comida, ya que se me acaba de cerrar el estómago. Jordan se cruza de brazos, clava sus ojos azules en los míos de esa forma intensita que él tiene de mirar.

—Jordie, eres mi hermano —comienzo— y te quiero un montón. Y precisamente estoy cagado porque vas a enfadarte.

—No me gusta cómo empieza esto, Nate. Si estás convencido de que voy a enfadarme, ¿por qué me lo cuentas?

—Porque vas a enfadarte tanto si te lo cuento como si no y prefiero que lo hagas por el motivo correcto, porque he sido honesto contigo. Sé lo mucho que odias las mentiras.

—Bien. —Extiende la mano como para invitarme a hablar. Está serio, pocas son las veces que nos hemos peleado por cosas graves, y supongo que ahora nota que esto es algo grande—. Desembucha ya.

—Lo he evitado, te lo juro. He hecho lo posible para no caer, pero ha sido imposible.

—¿A quién cojones te has follado para ponerte así, Nate? —me interrumpe.

—A tu hermana —suelto. En cuanto los ojos se le abren como platos, me apresuro a corregirme—. ¡No, no, no! ¡No me he tirado a Spencer! —Jordan se pone de pie, yo también. Se acerca a mí, pero yo retrocedo con las manos por delante—. ¡No nos hemos acostado, para, para!

Se detiene, la expresión de su cara pide una explicación inmediata. Dios, estoy de los nervios. Soy una persona tranquila, no me suelo poner nervioso por nada. Pero Spencer altera todas mis terminaciones nerviosas, me sofoca hasta cuando pienso en ella o tengo que hablar de ella. Como ahora, que me he puesto de los nervios y he soltado eso sin pensar, porque va a darme algo si no lo cuento todo de una vez.

—Explícate antes de que pierda los nervios, Nathaniel, porque me queda muy poco. ¿Qué narices está pasando?

—No hemos roto tu regla —continúo, bajando la guardia cuando veo que Jordan vuelve a cruzar los brazos—. No nos hemos enrollado. Pero… —Ese «pero» le hace avanzar un paso, esta vez yo no retrocedo. Sé que solo me está intimidando, Jordan no me daría una paliza. Espero—. Pero ha pasado algo entre nosotros.

—Define «algo».

—No me jodas, Jordan.

—Define «algo», Nate. Estoy conteniéndome muchísimo por dejarte terminar en lugar de matarte después de lo que has dicho, así que dime a qué te refieres con pelos y señales.

Bufo, me paso una mano por el cabello. Estoy temblando, joder. Sé que no quiere saberlo, que me está haciendo sentir incómodo a propósito por la situación, porque sabe que he faltado a mi palabra.

—Spencer y yo hemos… —resoplo. Mi amigo y yo nunca hemos tenido problema en hablar de lo que hemos hecho con las chicas, nunca, pero ahora mismo preferiría que la tierra me tragase—. Joder, Jordan. Nos hemos tocado y hemos tenido sexo oral —suelto y de inmediato me arrepiento. ¿Cómo narices se me ocurre soltar eso? Ay, va a matarme. O quizá me mate yo mismo—. Pero no nos hemos acostado ni enrollado.

Jordan no se mueve. Me mira fijamente, como si estuviese procesando la información en su cabeza; a mí me sudan las manos.

—Solo ha pasado tres veces —continúo, ya que se ha quedado como un pasmarote. Tengo ganas de vomitar. Creo que las palabras «solo» y «tres veces» no tienen sentido—. Y he intentado contártelo en varias ocasiones, pero me he cagado. Pero es que ya no aguanto más. Me estaba muriendo por dentro de pensar en mentirte, Jordan, lo juro.

—Me enfadé con Torres por mucho menos —es lo primero que dice, mirándome fijamente de forma acusadora.

—Lo sé. Pero… —A la mierda, si ya he llegado hasta aquí, le soy sincero del todo, aunque se me vaya a salir el corazón por la boca—. Mira, Jordan, tu regla es una putísima mierda. La entiendo, te lo juro, sé por qué la pusiste y lo que intentas evitar con ella, pero es una mierda. Spencer me gusta, ¿vale? Lo que no me gusta es sentirme como el culo por ello. Sí, tendría que habértelo dicho antes y no haberle tocado ni un pelo hasta haber hablado contigo, pero surgió sin más y no quise parar. Lo siento, de verdad. Estás en todo tu derecho de enfadarte porque te he mentido, pero quiero que tengas una cosa clara: voy a seguir viéndola. No por haberme sincerado voy a dejar de hacerlo.

De nuevo, silencio.

—Spencer te gusta.

—Sí.

Ahora sí hay una reacción por su parte. Deja caer los brazos a la misma vez que bufa, luego resopla y hace otros mil sonidos distintos que no sé cómo clasificar.

—Joder, Nate.

Esta vez soy yo el que no reacciona, pues espero algo más por su parte.

—Dios, no sé qué decirte —me señala—. Tengo muchas ganas de darte un puñetazo ahora mismo porque no puedes ser más gilipollas. ¿Qué mierda es eso de «no he roto la regla pero hemos tenido algo»? Las cosas no son literales, imbécil, sabes a qué me refería. —Yo asiento para darle la razón mientras empieza a despotricar. Ale, a desfogar—. Al ocultarme lo que has hecho, me has mentido, capullo. Pero también acabas de ser sincero y eso lo valoro. Y sigo teniendo muchísimas ganas de pegarte un puñetazo, pero yo qué sé. Creo que en realidad ya lo sabía. No que habíais hecho… Prefiero no pensarlo, la verdad, estamos hablando de mi hermana y es raro. El caso es que sabía que había algo entre vosotros. Creo que todos lo saben y llevan haciéndose los locos todo este tiempo por mí. Pero es que se ve a mil leguas, no me jodas. ¿Puedo pegarte un maldito puñetazo?

—Ni se te pase por la cabeza —respondo conteniendo una sonrisa.

—¿De verdad te gusta, Nate? ¿O es un capricho?

—Me gusta, Jordan. Sonará muy cliché y todo lo que tú quieras, pero Spencer es la única tía que de verdad ha despertado mi interés desde lo de Allison.

—Ya. Lo veo. Es que, joder... No podía evitar que esto pasase, pero es justo lo que pretendía. Porque a partir de aquí, todo puede ir muy bien o muy mal. Y juro que, si las cosas van muy mal, entonces sí que te voy a dar un puñetazo. Mínimo.

—Las cosas no tienen por qué ir mal, Jordie. Prometo que Spencer y yo vamos a dejar las cosas claras desde el primer momento para que luego no haya malentendidos. Nos llevamos bien y nos atraemos. Si dejamos todo claro, no va a pasar nada.

—Ya... —Vuelve a suspirar, después se pellizca la nariz—. No te enamores de ella, Nate. Porque ella no va a hacerlo. Entonces sí que vas a pasarlo mal, y yo no pienso escoger un bando.

—No voy a enamorarme de ella, Jordan. No podría soportarlo si no fuese mutuo.

—Ya.

Como vuelva a decir «ya» una vez más, voy a ser yo quien le pegue un puñetazo.

—¿Estás enfadado conmigo? —pregunto poniendo mi mejor cara de niño bueno.

—Sí —bufa—. Y no. Sois un par de imbéciles, os odio muchísimo.

—Si te soy sincero, pensaba que esta charla iba a ir peor.

—Eres mi hermano, colega, ¿de verdad creías que no iba a entenderte?

—Tienes muy mala hostia, Jordan. Estaba convencido de que iba a haber muchos más gritos y menos comprensión.

—Estoy empezando a pensar que no me conoces en absoluto.

—A Torres, por un beso de mierda en un estúpido juego, lo estuviste machacando en el hielo —le recuerdo.

—¿Y quién dice que no vaya a hacer lo mismo contigo?

—Eso ya me gusta más.

Ambos nos reímos y sí que nos soltamos un par de puñetazos de broma antes de empezar a retirar los platos. Me quedo con él un rato, en el que compruebo que nada entre nosotros ha cambiado. Dios, me siento estúpido por no haber hablado con él antes y por haber tenido miedo de hacerlo. Es mi mejor amigo de toda la vida, es mi hermano, claro que iba a comprenderme. «Eres gilipollas, Nate», pienso.

Pero ya está dicho. Ya lo he soltado todo. Por eso, cuando me voy a media tarde porque Jordan prefiere hablar primero con Spencer antes de que nos veamos, siento que el nudo de mi pecho ha desaparecido.

Por fin me siento bien. Por fin me he quitado ese peso de encima.

Por fin puedo besar de una maldita vez los labios rojos de Spencer.

CAPÍTULO 48

Spencer

—Tengo que hablar contigo.

Ale, ahí, sin anestesia, del tirón. Di que sí, Spencer. Ni un «¿qué tal Acción de Gracias, Jordan?», «¿cómo están Ben y Daniel? ¿Y mi madre?». Nada, al grano.

Jordan alza una ceja. Está sentado en el sofá y me acerco a él tras dejar la mochila en el suelo.

—Hola, Spencer. Mi fin de semana ha estado genial, gracias por preguntar. Tu madre te ha echado de menos y Ben esperaba verte, pero ya le he dicho que cenarás con nosotros en Navidad. ¿Tú qué tal?

—Vale, vale, lo pillo —lo interrumpo dejándome caer en el sofá de al lado—. Pero de verdad que tengo que hablar contigo.

Porque si no lo suelto ya, voy a volver a cagarme y a saber cuándo me volveré a armar de valor para hacerlo.

—Está bien, tú dirás, hermanita.

Hay mil maneras de hacer esto. Lo lógico sería hacerlo de forma sutil, ponerlo en contexto, explicárselo detenidamente, pedir perdón y rogarle que no se enfade demasiado. Pero no sería yo si hiciese las cosas bien, así que, de nuevo, voy al grano.

—He roto tu estúpida regla. Bueno, no literalmente, pero he hecho lo que pretendías evitar. En parte. —Hago una mueca—. De hecho, moralmente habría sido hasta mejor romper la regla y ya, pero no. La he cagado, porque es lo que hago siempre y ya está.

Silencio.

Jordan me mira, aún con esa puñetera ceja enarcada. Encima se cruza de brazos mientras asiente ligeramente.

—Ya. ¿Te quieres explicar mejor, Spencer?

—Nate. El putito Nate, Jordan. Me gusta, ¿vale? No nos hemos enrollado ni nos hemos acostado, pero hemos hecho… cosas.

—Define «cosas».

—No.

—Define «cosas», Spencer.

—Que no, imbécil. Imagínatelas tú solo, que ya eres mayorcito.

No sé por qué, Jordan se ríe. Es solo una carcajada que parece habérsele escapado, pero a mí ya me distrae y me confunde. Pero ¿ha escuchado lo que le he dicho?

—No estoy de coña —le reprocho—. Me siento como una mierda y jamás en mi vida me había costado tanto confesar algo, así que no te burles de mí.

—No me estoy burlando, lo siento.

—¿Has escuchado algo de lo que he dicho?

—Sí. Entre Nate y tú hay algo. Os habéis pasado por el forro mi regla y habéis hecho lo que os ha dado la gana. Y ahora te sientes mal. ¿Me dejo algo?

Me muerdo el labio con fuerza porque, de repente, me entran ganas de llorar de lo surrealista que es la situación y la impotencia que siento.

—¿No estás enfadado? —Antes de que responda, continúo hablando—: Yo… Lo siento, Jordan. No me disculpo porque haya pasado algo con Nate, de eso no me arrepiento, sino porque primero tendría que haber hablado contigo. O, en su defecto, contártelo en cuanto pasó. En mi defensa, diré que tu norma es la mayor gilipollez que se te ha ocurrido jamás, pero entiendo tus motivos y preocupaciones. Siento de verdad haberla cagado. No era mi intención que te enfadases conmigo ni decepcionarte.

—Eh. —Jordan se inclina hacia delante para estar más cerca de mí. Me coge la barbilla para obligarme a mirarlo y mi ansiedad se reduce un poco—. No estoy enfadado ni decepcionado contigo, Spencer.

—¿No? —se me quiebra la voz con esa única palabra.

—No.

—¿Por qué no?

—Porque llevas razón. Mi regla era una estupidez. Estaba intentando evitar algo sobre lo que yo no tengo control ninguno. Hasta me enfadé con Torres por esta tontería cuando no debería haberlo hecho. Bueno, tuve mis motivos, pero ya me entiendes. Te he puesto en una situación difícil y, por lo que veo, te he hecho sentir como si debieses tener miedo de hablar conmigo. No me gusta eso, no quiero que jamás tengas miedo de hablar conmigo por miedo a que me enfade. Eres mi hermana, Spencer, deberíamos poder contarnos todo sin problema.

Ale, venga, ya estoy llorando. El corazón me da un vuelco ante las palabras de Jordan. Porque estaba tan cagada que se me olvidó lo bueno y comprensivo que es en realidad. Jordan es más serio que el resto de sus amigos, sí, pero es una persona increíble. Me siento estúpida por haber pensado siquiera que mi relación con él iba a irse a la mierda por esto.

—Te quiero —confieso, aún entre lágrimas—. Creo que nunca te lo he dicho, Jordan, pero te quiero mucho.

A él se le escapa una risilla con la que intenta camuflar que los ojos se le empañan. Ni siquiera puede evitar que un par de lágrimas se le escapen.

—Yo también te quiero, Spencer.

Los dos nos fundimos en un gran abrazo que me reconforta lo más grande. Dios, cómo lo necesitaba.

—¿Te gusta de verdad o es un capricho? —me pregunta.

—No es un capricho. Nate me gusta, nos entendemos y hay química. Y es mi amigo.

—No quiero que os hagáis daño. Me mantengo en lo que dije: no pienso elegir entre ninguno de los dos si hay problemas.

—Estás hablando conmigo, Jordie —bromeo—. La chica que no tiene sentimientos, ¿recuerdas?

—Sigue pensando eso, Spens, los demás sabemos que no es cierto.

—Voy a tirarme a Nate —le digo, lo que le provoca una mueca.

—¿Me estás pidiendo permiso?

—Te estoy informando. Por si llegas a casa un día y te asustas.

—Me caes muy mal.

—Seguro.

Jordan y yo pasamos el resto de la tarde hablando, él me cuenta qué tal le han ido los días de fiesta, y yo le cuento el mío. Se cabrea cuando menciono lo de Lena y Troy, pero también me dice lo orgulloso que está de mi reacción. Después cenamos y vemos una película juntos, aunque en realidad seguimos hablando con ella de fondo.

Cuando me duermo, lo hago con una sonrisa de felicidad.

CAPÍTULO 49

Spencer

Las clases del lunes por la mañana son agonizantemente lentas. Solo veo a Nate un segundo porque hoy no coincidimos en Retórica, pero nos cruzamos por el pasillo unos segundos en los que bien podría haberse cortado la tensión con un cuchillo.

Sí que veo a Ameth, que me distrae de pensar en las ganas que tengo de salir de aquí y decirle a Nate que me acompañe al piso. Me cuenta que no tienen ni idea de qué está pasando con Cody. Lo ven entrar y salir de casa y por eso saben que está bien, pero los ignora a todos. Han intentado hablar con él varias veces por si le pasa algo, pero siempre pone excusas baratas y se va. Trinity dice que tan solo se han enviado un par de mensajes estas vacaciones y que espera abordarlo hoy de alguna forma para que le explique qué coño está pasando. A Cody es al que menos conozco de todos, nunca hemos intercambiado más de unas cuantas frases, pero todos aseguran que siempre ha sido un buen chico. No le deseo ningún mal, pero juro que como esté engañando a mi amiga va a desear no haberme conocido.

Después de clase voy al club. Cuando entro, Nate ya está ahí, en nuestro sitio de siempre. Y su mirada también está en el sitio de siempre: sobre mí.

Lleva una sudadera de los Wolves de color azul acero que hace que sus ojos se vean más azules cuando lo tengo frente a mí.

—¿Qué hay, Spens? —saluda con esa sonrisa que le provoca los malditos hoyuelos.

—¿Qué hay, West?

—Te he echado de menos —me dice mientras me siento a su lado. Se gira en la silla para tenerme de frente. Yo pongo los ojos en blanco.

—Han pasado cuatro días, Nathaniel.

—Y han sido cuatro días eternos.

—Pobrecito.

Mientras Ethan nos explica las estadísticas de la última publicación de *La Gazette*, Nate y yo no prestamos mucha atención. Lo miramos fingiendo escucharlo, sí, pero nuestros pensamientos están en otro lado. Y sí, afirmo por él porque sé que está perdido donde yo. Nuestras manos se rozan continuamente sobre la mesa, nuestras piernas bajo ella.

Ethan cuenta cómo han ido los artículos del *K-Press*, entre ellos el nuestro; Nate mueve su mano derecha y la coloca sobre mi pierna. Finjo que no me afecta, a pesar de que me revuelvo ligeramente en la silla por el contacto. Nate sabe perfectamente que sí me afecta, por eso lo hace. Nos miramos de reojo cuando aprieta y me provoca una descarga eléctrica que hace que me den ganas de levantarme y tirar de él para largarnos de aquí ahora mismo.

—Admite que tú también me has echado de menos —susurra cuando Ethan pasa a hablar con una de las compañeras. Yo sonrío y niego, él vuelve a apretar—. Venga, Spencie.

—No vas a conseguir que admita nada haciendo eso.

—Pero sí con lo que tengo pensado hacerte después.

Quiero saber qué tiene pensado hacerme. O, mejor aún, quiero decirle qué tengo pensado hacerle yo ahora que tenemos vía libre.

—Bien, chiques —Ethan alza la voz para llamar la atención de todos los presentes—. A elegir nuevos temas y a trabajar.

—Escoge tú —me dice Nate, aunque no aparta la mano de mi pierna. Ambos echamos un vistazo a los temas propuestos.

—«Mejores planes de entre semana y fin de semana sin salir del campus de Keens» —leo en voz alta—. Y tenemos hasta el 15 de diciembre para hacerlo. Justo dos semanas.

—Me apunto.

—No lo dudaba.

—Spens —Ethan se acerca a nosotros con el ceño fruncido—, tengo que hablar un segundo contigo, ¿te importa venir fuera conmigo?

—Sí, claro.

Nate y yo intercambiamos una mirada confusa antes de ponerme en pie y seguir a nuestro amigo. Una vez fuera, cierra la puerta. Antes de que hable, le pregunto:

—¿Qué pasa?

—Acabo de comprobar todos los *emails* recibidos durante las vacaciones —explica—. Entre ellos está la información que suelen mandar anónimamente para el Chatter. —La columna de cotilleos no verificados—. Y hay un email sobre ti.

—Explícate —pido poniéndome nerviosa.

—Hay fotos y vídeos de cuando vivías en Gradestate —dice cruzándose de brazos mientras yo voy arrugando la frente conforme habla—. De fiesta, con chicos, siendo detenida… Y vienen con un texto redactado bastante feo.

Se me para el corazón. Sé perfectamente que Lena ha hecho esto porque nos encontramos el otro día. Es su manera de marcar territorio y sentirse segura. Me daría igual si no fuese porque lo puede ver la gente que me importa. De hecho, Ethan ya lo ha hecho. Dios, ¿qué habrá pensado? Está siendo un mentor para mí, estoy aprendiendo mucho de él y sentía que estaba orgullosa de mí. Pero… ¿ahora? A saber qué piensa.

—¿Estás bien, cielo? —Me mira con esos ojos verdes adornados hoy con brillantes.

—Yo… —Inspiro hondo—. Siento que hayas visto eso. Yo ya… Yo… Yo ya no soy así. No quiero dejar el periódico, por favor.

Ethan frunce el ceño y da un paso hacia mí.

—¿Por qué ibas a dejar el periódico, Spencer?

—¿No vas a echarme?

—Por favor, eres mi mejor redactora, ¿cómo se te ocurre pensar eso?

—Pero…

—Pero nada. Me da exactamente igual lo que hicieses en un pasado, Spencer. A no ser que me digas que asesinabas perritos, entonces sí que lo pensaría. —Suelta una risa contagiosa—. Eres fantástica, cariño, no dejes que un pasado tonto destruya en quien te has convertido.

—Gracias —es todo lo que puedo decir.

—¿Quieres ver el email? —Niego—. Bien, pues voy a borrarlo de inmediato. No te preocupes, nadie va a saberlo, ¿de acuerdo?

Cuando vuelvo dentro, Nate me mira con preocupación.

—¿Todo bien? —pregunta cuando llego a su lado.

—Solo mi pasado dando por culo —respondo—. Nada de lo que preocuparse.

No le digo más, porque durante un momento entro en pánico al pensar que él no sabe todo lo que he hecho, ya que no fui sincera al completo. Si llegase a ver esos vídeos... No sé qué sería de lo que tenemos.

—¿Nos vemos después del entrenamiento? —pregunta Nate cuando llega la hora de irnos y ambos nos ponemos en pie. Arqueo una ceja porque, aunque sepa a qué se refiere, tengo ganas de jugar. Y él a estas alturas me conoce demasiado bien, porque especifica—: Para empezar con el artículo, por supuesto.

—Qué decepcionante. —Alzo la comisura del labio—. Pensaba que tenías un plan mejor.

—Dime qué quieres hacer, Spencer, y lo haré.

—¿Aunque Jordan se enfade? —provoco, porque aún no sabe que he hablado con él.

—Porque Jordan ya sabe mis intenciones contigo —contesta, cosa que me sorprende. Yo me paro en seco justo al salir del aula—. Hablé ayer con él, antes de que tú llegaras.

—¿Has hablado con Jordan?

—Tenía que hacerlo —se excusa—. Es mi mejor amigo, no podía seguir mintiéndole.

Me echo a reír. Tanto que me duele hasta la barriga. Me muero de risa, porque el cabrón de mi hermano nos la ha jugado a su manera. Nate me mira sin comprender, así que me intento calmar para explicárselo.

—Yo también hablé ayer con él. Y no mencionó que hubieses estado en casa.

—Y yo he estado con él esta mañana y tampoco ha dicho nada.

—Se ha quedado con nosotros, West, hay que asumirlo.

—Será... —Nate se ríe negando un par de veces con la cabeza. Pero después clava sus ojos en mí, y todo el peso de la realidad cae sobre nosotros—. Vámonos de aquí ya.

No espera a que le responda, me agarra de la mano y tira de mí hacia la salida. Le sigo el juego sin decirle que tengo cita con la psicóloga en un rato.

—¿Piensas llevarme así hasta donde sea que me estés llevando? —pregunto, ya que va dando grandes zancadas que ni siendo alta consigo seguir. Nate afloja el ritmo y me mira por encima del hombro.

—Da gracias que no te cargo en mi hombro y echo a correr. Tú y yo tenemos asuntos pendientes, Spencer, y vamos a resolverlos ahora mismo.

Me paro en seco, tiro de él para forzarlo a parar también y acercarlo a mí. Nate me mira con una ceja arqueada.

—Vamos a resolverlo ahora mismo. Aquí. —Doy un paso hacia delante para acortar la distancia que nos separa—. Bésame de una puta vez, Nate.

Me mira los labios rojos. Se muerde los suyos. Da un paso más, nuestros pechos casi se chocan.

—Bien.

Nos da igual la gente. Nos da igual estar a unos escasos metros de la salida del edificio, rodeados de estudiantes que van y vienen. Nos da todo igual. Va a pasar, vamos a besarnos de una maldita vez.

—¡Nate! —Es que me cago en toda mi maldita suerte, en mi vida y en la gente que respira ahora mismo. Nos apartamos con un resoplido, mirando hacia Ameth, que se acerca a nosotros—. Lo primero, buscaos un hotel. Gracias. Lo segundo —mira a Nate—: ¿demasiado ocupado con Spencie para leer los mensajes?

—No te pongas celoso —me burlo, él me saca la lengua.

—¿Qué pasa? —pregunta Nate sacando el móvil.

—El entrenador quiere vernos en quince minutos porque tiene que hacer yo qué sé qué y organizarnos para el próximo partido. Así que —agarra a Nate por el hombro y me regala una sonrisa—, siento aguaros la fiesta que estabais a punto de montar, pero yo me llevo al ojitos azules y tú te vas a casa con tu vibrador.

—Eso ha dolido, Ameth.

—Estás muy graciosillo hoy —protesta Nate—. A ver si sobre el hielo te ríes tanto.

—Vamos. —Ameth tira de él.

—Te veo después del entrenamiento —dice Nate señalándome con el dedo mientras se alejan.

Tal como estaba previsto. Con suerte, a Jordan hoy le apetecerá pasarse la vida en el gimnasio, como siempre. Y Nate y yo podremos estar solos. Por fin.

Le cuento a la doctora Martin lo sucedido en las vacaciones con mis exnovio y examiga, mi reacción y cómo me sentí después. También le menciono lo del email.

—¿Habrías tenido la misma reacción hace unos meses, Spencer?

—No.

—¿Qué habrías hecho?

—Lo que tenía ganas de hacer. Quería gritarles e insultarlos. Me habría encantado hundirlos, porque puedo hacerlo perfectamente solo con palabras. Y luego habría vuelto a casa con una sonrisa de satisfacción, sintiendo absolutamente nada.

—¿Y qué diferencia has notado entre ese primer impulso y lo que hiciste en realidad?

—Que las emociones duelen. Porque sentí dolor, mucho. Pero me lo tragué, después exploté en el coche y tuve que volver a reponerme.

—¿Te gustó la sensación?

—No. Pero me sentí humana. Sentí que me rompía en ese momento, doctora, pero no me sentí rota de verdad. Por una vez, me sentí completa, real.

—Las emociones son lo más humano que existe —explica—. Antes también sentías, Spencer, pero lo rechazabas. Ahora estás dejando fluir tus sentimientos respecto a todo y estás siendo la persona que tú quieres ser. Estoy muy contenta de verdad de ver el progreso en ti.

—Yo también lo estoy —admito—. Me siento bien, soy feliz. Además, ayer hablé por fin con Jordan.

—¿Sí? Qué bien, Spencer. ¿Quieres contármelo?

Y se lo cuento.

CAPÍTULO 50

Spencer

El putito Jordan se ha sentado entre nosotros. Literal.

Nate y yo estábamos en el sofá. Habíamos empezado con el artículo mientras veíamos si Jordan se iba o se quedaba y, de repente, ha venido y se ha sentado entre nosotros. Incluso ha colocado los brazos a nuestra espalda. Y está sonriendo como un condenado. Está disfrutando de lo lindo porque sabe perfectamente la situación que está creando.

—¿Qué tal el día? —nos pregunta con un fingido interés que me hace resoplar—. ¿Qué pasa, hermanita? Pareces molesta.

—Eres una mosca cojonera.

—¿Por interesarme por vuestro día? Qué borde.

—Y yo que pensaba que tonto número uno iba a ser siempre Torres… —añade Nate. El caso es que decide seguirle el juego—. Mi día ha ido de maravilla, Jordie, aunque te he echado mucho de menos.

—¿Por eso no me dejabas en paz en el entrenamiento?

—Me has tirado al hielo tres veces porque eres un maldito tocapelotas que necesitaba chocarse conmigo cada dos por tres para demostrar algo.

—Ups.

—¿Vas a ayudarnos con el artículo o solo piensas molestar? —planteo, exasperada. Quiero mucho a Jordan, pero ahora mismo le arrancaría los ojos.

—Vamos a ver una peli los tres juntos o algo, ¿no? La última vez fue genial. Y podemos pedir pizza.

—Claro y, si quieres, invitamos a todo el equipo —protesta Nate.

Ambos nos miramos al ver que Jordan sigue sonriendo. No piensa moverse de aquí. Es su castigo por haberle mentido, aunque no esté enfadado. Vale, es justo. Pero estoy de los nervios.

Cedemos. Pedimos pizza y ponemos una película. Nos lo pasamos bien, no puedo negarlo, el ambiente entre nosotros es agradable. Pero la tensión es inaguantable.

Con Jordan en medio, Nate y yo lo único que podemos hacer es lanzarnos miradas de deseo de vez en cuando. Cuando nos pasamos las palomitas o cogemos un trozo de pizza, nos rozamos disimuladamente las manos. Miro sus labios cuando se relame para limpiárselos tras dar un bocado, él hace lo mismo, y yo me recreo pasando la lengua muy despacio por los míos.

Durante las dos horas que dura la película, nos comunicamos con gestos, con los ojos y nada más. Le digo sin palabras las ganas que tengo de que Jordan se vaya de una vez, él me dice todas las cosas que va a hacerme. Para cuando termina la película y recogemos la mesa, estoy muriéndome de deseo. Quiero a Nate de una jodida vez. Quiero sus labios sobre los míos, su lengua en mi boca, su cuerpo aplastándome, a él dentro de mí.

Y lo sabe. Vaya que si lo sabe.

—Qué tarde se ha hecho, ¿no? —dice Jordan mirando la hora de su reloj. No es tarde. O sí, depende de cómo lo miremos—. Creo que me voy a dorm… —No sé de qué forma lo miramos Nate y yo a la vez, pero no termina la frase. Se le escapa una carcajada que a mí solo me pone más de los nervios—. Es broma. He quedado con Torres para tomarnos algo. ¿Te vienes, Nate?

Nate enarca una ceja a modo de respuesta.

—Eso creía.

Jordan coge su chaqueta sin dejar de sonreír, mirándonos al uno y a la otra. Después se mete el móvil en el bolsillo. La cartera. Las llaves. Con una lentitud desesperante. Nate y yo nos hemos puesto también en pie porque un minuto más sentados y le prendemos fuego al piso.

—Portaos bien —nos advierte, dirigiéndose hacia la puerta. Cuando ya ha abierto y va a cerrar, asoma la cabeza para reírse una última vez de nosotros—. Ah. No duermo aquí.

Y cierra.

El silencio reina a nuestro alrededor de golpe, como si alguien hubiese bajado el volumen de nuestras vidas. Nate y yo nos miramos y todo cobra sentido a nuestro alrededor.

Sus ojos color del cielo se clavan en los míos. Me desnudan, me hacen temblar por un nanosegundo. También lo miro. Y sonríe. Se le marcan los hoyuelos que me pierden desde el primer día, me vuelven completamente loca. Yo también sonrío. Y eso es todo lo que necesitamos para dar vía libre al descontrol.

Dos pasos. Únicamente tenemos que dar dos pasos cada uno para acortar la distancia que nos separa. Nuestros labios se estampan con ansiedad y una descarga eléctrica me recorre desde la cabeza a la punta de los pies. Nate acuna mi cara entre sus manos grandes, yo entrelazo las mías tras su nuca. Nos besamos, por fin, con desesperación, con hambre. Con todas las ganas reprimidas durante estos meses, como si fuese la primera vez que bebemos agua tras días sin hacerlo.

Ni dos segundos pasan antes de que meta mi lengua en su boca. Nate gime, yo gimo cuando me encuentro con la suya. Dios, tenía tantas ganas de besarlo que no puedo creer que lo esté haciendo de una jodida vez. Sus labios son suaves, pero firmes, dominantes.

Nate empuja mi cuerpo con el suyo sin apartar sus labios ni un milímetro de los míos. Cuando mi espalda topa con la pared, me agarra del culo para impulsarme hacia arriba. Rodeo su cuerpo con mis piernas y me acorrala entre su cuerpo y la pared. «Por favor, sí».

Muerdo su labio inferior, cosa que le hace sisear entre dientes. Yo me río, lo que provoca que separe nuestras bocas para mirarme con esa maldita sonrisa.

—¿Qué hay, Spencer? —susurra con voz ronca.

—¿Qué hay, Nate?

—Es la primera vez que respondes a este jueguecito con mi nombre.

—Creo que te lo has ganado.

Nate asiente antes de volver a mi boca, esta vez con calma. Me agarra con fuerza, se separa de la pared y me lleva hasta el dormitorio. Me choca contra el marco antes de conseguir entrar entre risas y cerrar la puerta.

Me suelto del agarre, me quedo de pie ante él de nuevo. Se quita la sudadera de los Wolves, despeinándose en el proceso. ¿Cómo puede ser tan guapo hasta con el pelo para todos lados? Nate se inclina para darme otro beso, yo aprovecho para tirar de su camiseta. Es que es increíble lo bueno que está, lo juro. Ya he lamido esos abdominales donde se puede rallar queso, ya he tocado ese pecho duro y firme, pero me sigue pareciendo surrealista. Un putito cliché. Dejo que Nate me quite también la sudadera y la camiseta antes de llevar mis manos a su cuerpo para manosearlo como es debido. Las suyas rodean mis pechos, ya que no llevo sujetador, y volvemos a besarnos.

Retrocedemos hasta la cama, parando apenas unos segundos para colocarlos: yo, tumbada boca arriba; él, a mi lado, apoyado en un costado.

Nate me acaricia la barriga con la mano libre, ya que en la otra recuesta la cabeza. Sus largos dedos suben lentamente, provocándome escalofríos a pesar del calor que desprendemos. Todo mi cuerpo reacciona a él, a sus caricias, a los besos que va depositando sobre mis labios.

Intento incorporarme para tomar el control cuando el beso se intensifica, pero me lo impide agarrándome por el cuello.

—Tranquila... —me dice, chistando.

—Ya empezamos a controlar —protesto.

Nate sonríe de medio lado y me pasa el dedo pulgar por el labio inferior. No puedo evitarlo, lo muerdo.

—Voy a follarte, Spencer, lo prometo —susurra cuando introduce ligeramente el dedo en mi boca. «Ay, Dios»—. Esta noche. Pero primero quiero seguir besándote un rato más, porque llevo imaginándome cómo sería meses y quiero disfrutarlo todo lo posible.

Se me acelera el corazón cuando dice eso. Mucho. Y no me gusta la sensación de vulnerabilidad que se apodera de mí durante un breve instante.

—Pues sigue besándome —es lo que respondo antes de empujar su cabeza hacia la mía para continuar con esto.

Nate lame mis labios lentamente. Me da un suave beso. Me muerde. Me vuelve a besar. Mete la lengua entre mis labios. Una y otra vez sin parar. Se me olvida cómo se respira, pero tampoco lo necesito porque me siento más viva que nunca así, con nuestras bocas jugando sin cesar. Nos besamos mientras acariciamos nuestros torsos desnudos durante minutos, horas o yo qué sé cuánto tiempo pasa.

Me noto los labios hinchados cuando nos detenemos para coger aire. Nate acaricia mi cara como si fuese una obra de arte y me coloca el pelo tras la oreja. Y entonces pienso: «¿Alguno de los tíos con los que he estado ha hecho algo similar? Besarme durante tiempo indefinido, acariciarme como si le hubiese tocado la puta lotería por tenerme entre sus brazos, mirarme como si fuese un atardecer frente al mar». No. Tampoco los culpo, la verdad, yo tampoco lo he hecho con ellos. Íbamos a lo que íbamos: a follar y ya. Pero ni siquiera Troy, que era mi novio, me miró así. Ni yo lo miré a él de esta forma, como hago con Nate. ¿Que cómo le estoy mirando? Como si viese por primera vez mi película favorita, sabiendo que desde este día voy a repetirla en bucle incontables veces año tras año. Como si acabase de descubrir que, aunque no soy muy de dulces, adoro las rosquillas con todo mi corazón y me comería diez seguidas. Como si me sintiese real. Pero sin el «como». Me siento real.

—¿Por qué me miras así? —pregunta y vuelve a atrapar mis labios.

—Porque puedo.

Se ríe y asiente como diciendo: «Me parece bien». Y nos besamos otra vez. De nuevo, se me eriza la piel y se me encoge el estómago de esa forma en que lo hace cuando te subes en una montaña rusa y estás arriba del todo, cuando sabes que vas a bajar en picado. El problema es que es una sensación adictiva.

Esta vez, Nate no me detiene cuando voy más allá del beso. Es más, me acompaña. Me ayuda a incorporarme y nos quedamos ambos de rodillas en la cama. Nos detenemos un instante para deshacernos de nuestros pantalones de chándal y nuestra ropa interior, y volvemos a comernos en cuanto estamos desnudos.

Mi mano busca su polla, la agarra con delicadeza pero con firmeza. Empiezo a masturbarlo a la vez que sus dedos me acarician a mí. Primero por encima, después introduce un dedo. Jadeamos entre nuestros labios, Nate atrapa mi labio inferior y tira de él. Me mira a los ojos cuando un nuevo dedo se une al anterior y gimoteo. El pulgar también se une, juega con mi clítoris para provocarme calambres en las piernas cuando toca exactamente donde debe.

Con la mano libre, lo agarro por la nuca para atraerlo a mí y besarle el cuello. Le muerdo y le chupo mientras nos masturbamos mutuamente. Estoy muy cachonda, muchísimo, así que no espero más. Me detengo, lo empujo por el pecho para que se tumbe en la cama. Nate obedece como un niño bueno, mirándome con una lujuria que me pierde.

Nate sisea en el momento exacto en que mi boca rodea su miembro. Pero no quiero que sisee, quiero que gima. Porque la última vez lo hizo y me volvió loca. Troy era un robot en la cama. Hacía todo de forma automática y jamás emitía ni un solo sonido. Ni siquiera cuando se corría hacía ruido más allá de resoplar. Y yo lo odiaba. Pero Nate tiene voz, me muestra qué le gusta y cuánto, y eso me excita a continuar. Por ejemplo, cuando mi lengua lame su pene de arriba abajo y me recreo en el glande, succionando, el gemido que suelta es jodidamente estimulante. Le sale del fondo de la garganta a modo de vibración a la vez que se retuerce. Como no me detengo, Nate enreda su mano en mi pelo. Me guía ligeramente, presionándome un poco más.

—Para —murmura poco después, casi sin aliento—. No quiero correrme ya.

Paro y me lamo los labios bajo su atenta mirada mientras me coloco sobre él. Pero Nate no me permite seguir teniendo el control, me agarra de las caderas con fuerza para obligarme a girar y colocarse él encima de mí. Besa mis labios antes de empezar a hacerlo por todo mi cuerpo.

—¿Sabes? —dice, mordiendo una de mis tetas y apretando la otra. Chupa mi pezón antes de soltarlo y sonreír—. Era cierto lo que pensé de ti la primera vez que te vi. —Enarco una ceja para invitarlo a terminar—. Haces unas mamadas espectaculares.

Se me escapa la risa porque no puede ser más imbécil y el muy desgraciado aprovecha que he bajado la guardia para descender y colar la lengua entre mis piernas. Soy yo quien le regala los oídos ahora, pero es que el muy cabrón sabe perfectamente qué está haciendo. Nate, literalmente, me come, usando sus dedos como ayuda para estimularme más. Y no para hasta que me corro en su boca.

Se relame mientras sube, pasando su mano por mi cuerpo hasta que llega a mi cuello.

—Ahora sí voy a follarte.

Bien. Me tiemblan las piernas solo de oírlo. Señalo el cajón de la mesilla de noche y lo abre para coger un condón de la caja que guardo. Por supuesto, lo miro ponérselo. Sería imbécil si no aprovechara para mirar esa maravilla que va a introducir en mí. La polla de Nate es fantástica: no es en absoluto pequeña, pero tampoco es una monstruosidad. Tiene el tamaño adecuado para hacerme disfrutar sin hacerme daño. Y sé que me lo voy a gozar de lo lindo.

—Iba a preguntar si estás segura antes de seguir —dice mientras se coloca entre mis piernas—. Pero por la forma en que me miras, creo que vas a degollarme si te lo pregunto.

—Haz el favor de follarme de una vez, Nate.

Por fin empieza a hacerlo. Nate se introduce en mí despacio, haciendo que ambos suspiremos cuando nuestros cuerpos conectan. Dios, estoy hasta nerviosa y tensa mientras empuja, y yo levanto las caderas para facilitar el movimiento. Cuando está del todo dentro, me relajo. Los dos nos quedamos quietos unos segundos para concienciarnos de lo que estamos haciendo. Atrapo sus labios para besarlo, Nate empieza a moverse a un ritmo agonizantemente lento.

La lentitud desaparece cuando empezamos a comernos la boca de nuevo como dos locos. Nate aumenta la velocidad y la fuerza de la penetración, yo lo acompaño con mi cuerpo para que ambos disfrutemos lo máximo posible.

Nate me agarra las piernas para colocárselas sobre los hombros y embestirme con más facilidad, más brutalidad, más deseo. Esto es una locura. Jamás he disfrutado así de un polvo. Jamás. Tantos polvos borracha, tantos orgasmos fallidos, tanta gente que no me hacía sentir. Y ahora estoy sintiendo, vaya que sí.

—Sigue, Nate —gimo.

Él resopla cuando me escucha y se muerde el labio inferior mientras me penetra una y otra vez, haciéndome agarrar las sábanas.

Baja las piernas para volver a la postura inicial. Y, aunque me muero por ponerme encima, las ganas se esfuman cuando se inclina hacia mí para que nuestras pelvis queden perfectamente encajadas, de forma que su polla roza mi clítoris. Y, encima, me agarra por el cuello. «Madre mía. Joder».

Le araño la espalda mientras me arranca un gemido tras otro en esta postura. Me empiezan a temblar las piernas, se me contrae la vagina y hasta veo lucecitas a causa del placer.

—Dios —mascula él entre dientes, mirándome a los ojos mientras me aprieta más el cuello.

El beso que me da esta vez es húmedo, guarro, sucio. Nate me folla mientras su mano me ahoga con la fuerza justa para sentir este placer exagerado, y no dolor.

Me vuelvo a correr con un orgasmo tan grande que siento que me muero en el momento. Las piernas me caen muertas en el mismo instante en que él se deja ir, demostrándome que estaba aguantando por mí. Nate gime cuando también se corre, contrae ligeramente su cuerpo a causa del espasmo. Y yo me recreo, exhausta, mirándolo terminar.

Me siento vacía cuando Nate sale de mí, pero totalmente satisfecha. Tengo que cerrar los ojos unos segundos para intentar reponerme. Lo noto levantarse de la cama, imagino que para tirar el condón, y después se deja caer a mi lado con una risa ronca. El corazón me va a mil por hora y soy incapaz de respirar en condiciones, pero no puedo evitar reír con él. Cuando abro los ojos, me encuentro con los suyos, con sus hoyuelos y con su pelo revuelto y sudado.

—¿Qué hay, Spencer? —susurra, acariciando mi cara.

—¿Qué hay, Nate?

Nos inclinamos a la vez para darnos un único beso antes de volver a mirarnos fijamente.

—Ha sido increíble —afirma, yo asiento—. Mejor de lo que esperaba.

—Ha merecido la pena la espera.

—¿Te ha gustado? —pregunta y noto cierta inseguridad en su voz.

—Te dije una vez que jamás había fingido en la cama y no he empezado a hacerlo hoy. —Nate sonríe—. Me ha gustado, West. Mucho. Y no pienso preguntarte a ti, porque sé que ha sido el mejor polvo de tu vida.

Se ríe de esa forma tan sincera que contagia y se gira para ponerse boca arriba. Me indica que me acerque y coloca un brazo tras de mí para abrazarme.

—Ugh, ¿vamos a hacer esto de abrazarnos y darnos mimitos tras acostarnos? —digo a modo de burla. Más bien, estoy insegura porque nunca lo he hecho.

—Si no quieres hacerlo, no tienes más que decirlo —responde, mientras empieza a acariciarme el cuerpo lentamente de manera relajante. Yo bufo, pero me pego algo más a él porque me siento increíble—. Eso creía.

—No te pongas muy cómodo, Nathaniel. En cuanto descansemos y te repongas, pienso follarte yo a ti.

—No esperaba menos de ti, Spencie. Dame cinco minutos y soy todo tuyo.

Cinco minutos después, tengo a Nate a mi merced.

CAPÍTULO 51

Nate

Como queremos evitar que Jordan se ponga como un imbécil graciosillo otra vez, me voy del piso en cuanto a Spencer le suena el despertador. Nos cuesta salir de debajo de las sábanas. Tenemos nada más
que unas cuantas horas de sueño en el cuerpo, ya que anoche follamos un par de veces y hablamos durante horas.

Cuando llego a casa, Torres está en la cocina desayunándose un
cuenco enorme de lo que creo que es avena con leche, aunque tiene
dos kiwis y un zumo de naranja al lado.

—¿Qué narices estás desayunando? —le pregunto.

Él mira la comida con cara de asco y después me mira a mí.

—Yo qué sé, esto no sabe a nada. Es la dieta del entrenador.

—¿Esa que ninguno seguimos?

—La misma.

—¿Y por qué has decidido empezarla hoy?

—Porque tengo que ponerme en serio con el hockey, tío. Estos
dos años me los he tomado demasiado a la ligera y no puedo seguir así
si quiero que se fijen en mí. Pero el hockey ahora mismo me importa
tres cojones. —Torres esboza una sonrisa y me señala con la cuchara—. Desembucha.

Sabe que ayer quedé con Spencer, que ya habíamos hablado con
Jordan y que era inevitable lo que iba a suceder a continuación.

—Nos hemos acostado —confieso. Él da una palmada en la mesa
de la alegría.

—¡Habéis follado! —En ese momento, Dan y Rick, nuestros
compañeros, pasan por delante de la cocina y se detienen a mirarnos—. Eh, tíos, nuestro Nate por fin ha consumado su amor con
Spencer.

—¿La chica prohibida? —pregunta Dan riéndose. Yo pongo los ojos en blanco—. Guay, tío.

—Ya iba siendo hora —añade Rick—. Por cierto, el baño de abajo no funciona desde anoche. Vendrán esta tarde a arreglarlo.

Después ambos se marchan tras despedirse.

—Espero que haya sido tan alucinante como todos esperábamos —me comenta Torres, antes de llevarse una cucharada de esa pasta horrible a la boca sin dejar de sonreír.

—Ha sido alucinante.

Le cuento cómo fue todo mientras yo también desayuno. Mi amigo disfruta de la historia como si la hubiese vivido él mismo. Recordar todo lo que pasó anoche me hace sonreír y vuelvo a ponerme cachondo, para qué mentir, solo que con Torres delante se me baja rápido el calentón.

Tal como le he dicho: fue alucinante. Poder por fin besarla con todas las ganas que llevaba guardando dentro estos meses, tenerla en la cama a mi merced, ponerme yo a la suya. Una puta locura.

—Siento aguar la fiesta —me dice mientras hunde la cuchara una vez más en esa masa pastosa que parece no acabarse por más que coma—, pero tengo que preguntarlo. ¿Spencer es una más o tienes otras intenciones con ella?

—Es diferente. No es cosa de una vez, eso lo tengo claro —explico sin darle muchas vueltas en mi cabeza, porque no es necesario—, pero tampoco es nada serio.

—Ya… —Torres me señala con la cuchara—. Es que te has quedado allí a dormir, hermano.

—¿Y?

Me mira durante unos segundos sin decir nada. En ese tiempo, mi cabeza responde por él: nunca me he quedado a dormir con una chica, a excepción de Allison. Sí, me he quedado con alguna de ellas en la cama unas horas, pero siempre me he ido antes de que amaneciese. No me gusta la mañana de después. No quiero encontrarme en esa situación incómoda en la que no sabes cómo despedirte. Tan solo nos acostamos y ya, ni siquiera nos conocemos, y hay que decidir si vamos a volver a vernos o no. Siempre soy claro cuando me acuesto con una chica, pero eso no evita que alguien pueda confundirse en algún momento.

Sin embargo, anoche tenía tan claro que Spencer buscaba lo mismo que yo, que no se me pasó por la cabeza irme en ningún momento.

Quise quedarme. Y el despertar ha sido tan normal que me alegro de haberme quedado. No ha habido ni un solo segundo incómodo. Ella se ha burlado de mí, yo la he provocado, nos hemos comido la boca y hemos jugado un rato antes de despedirnos con un «nos vemos en clase» normal y corriente.

—Tú sabrás lo que haces —es lo único que dice mi amigo mientras se encoge de hombros—. Es Jordan quien va a mataros si se os ocurre cagarla.

—No vamos a cagarla. Somos adultos y sabemos lo que queremos. Solo nos estamos divirtiendo.

Torres alza las palmas de las manos y asiente por toda respuesta. Después esboza una sonrisa.

—Pero yo la besé primero.

Cojo uno de los kiwis y se lo lanzo, aunque lo coge al vuelo entre risas.

—Voy a darme una ducha, imbécil —le digo.

—Frótate bien, *papi*, que hueles a sexo desde aquí.

Le hago un corte de mangas antes de ir hacia arriba y encerrarme en el cuarto de baño. Esta casa no es muy grande en comparación con la de las fraternidades aunque tenga bastantes habitaciones (un salón y cocina amplios, y un pequeño aseo sin ducha en la planta de abajo; seis dormitorios y un baño completo arriba), pero es acogedora y nos apañamos bien. Preferiría estar conviviendo tan solo con mis colegas, pero nos fue imposible encontrar una casa para nosotros, así que esto es lo que hay. Nos llevamos bien con Dan y Rick, sobre todo con Dan, pero la verdad es que apenas nos juntamos. Ellos se mueven en otro círculo y juegan al fútbol, así que ni siquiera coincidimos en casa más allá de por las noches.

Mientras me ducho, es inevitable que los recuerdos de anoche acudan a mí en bucle. Mi boca sobre la de Spencer, mi lengua colándose entre esos labios, sus dientes mordiendo los míos. Dios. Su cuerpo tendido sobre la cama, su piel suave y caliente, lo mojada que estaba por y para mí. Joder. Estoy empalmado. Mucho. Mientras el agua cae sobre mí, arrastrando el jabón, me toco. Necesito aliviar la tensión acumulada en mis huevos por culpa de ella.

Jamás había deseado tanto a alguien. Me han atraído incontables chicas, deseé a Allison muchísimo en su momento, pero la atracción que siento por Spencer está a otro nivel. Desde el primer momento en que la vi, algo se removió en mí. Pensaba que quizá después de enrollarnos y acostarme con ella este deseo iba a menguar. Pensaba que era por el hecho de ser algo prohibido, por no poder enrollarme con la tía más guapa que jamás he conocido... Pero no. Sigo deseándola con todas mis fuerzas, maldita sea.

—¡NATE! —El hijo de puta de mi amigo aporrea la puerta como un condenado. Detengo la mano y abro los ojos frustrado—. Abre la puerta, hermano, necesito usar el váter.

—¡Me estoy duchando, Diego! —gruño.

—¡Te estás duchando, los cojones! —grita al otro lado—. ¡Me estoy cagando, Nate!

Voy a gritarle que use el baño de abajo cuando me acuerdo de que Rick ha avisado de que está estropeado. Aprieto la mandíbula y después suelto un largo suspiro mientras la polla se me baja por completo. Juro que voy a matarlo.

—Me he comido un tazón de avena, dos kiwis, un zumo y medio aguacate —recita tras la puerta, volviendo a aporrearla—. ¡ME ESTOY CAGANDO!

Cierro el grifo del agua, salgo y me enrollo una toalla en la cintura antes de abrir la puerta. Voy mojando el suelo a mi paso. Torres ni me mira, va directo al váter.

—¿Es en serio? —pregunto mientras se baja los pantalones a toda prisa y se sienta—. Podrías esperar a que saliese al menos.

—Pero si hemos cagado juntos y nos hemos visto la polla más veces de las que podemos contar —protesta.

Yo bufo y salgo de ahí en el momento exacto en que Torres evacúa. «Por el amor de Dios...».

Me visto, me pongo unos vaqueros y un jersey verde oscuro. Me calzo las Converse, me peino y cojo mi mochila y el abrigo. Salgo del dormitorio a la misma vez que Torres del baño, tiene una cara de alivio impresionante.

—Odio al entrenador —me dice—. Y a su dieta.

—Eres tú el que ha decidido seguirla —me burlo.

Ambos salimos juntos de casa en dirección a la universidad y vamos dando un paseo porque no estamos lejos de los edificios.

—Oye, ¿Morgan ha hablado contigo últimamente? —me pregunta.

—Hablé con ella un poco este finde, sí. ¿Por?

—¿Y cómo la notaste? Porque conmigo está seca.

—Hablamos tan solo por mensajes para felicitarnos Acción de Gracias. ¿Qué ha pasado? Pensaba que el finde no había ido mal del todo.

Torres y Morgan fueron estas vacaciones a casa para pasarlas con sus hermanos. Su padre se dedicó a ignorarlos durante los cuatro días y las tres noches. De vez en cuando, soltaba comentarios que hicieron que Torres perdiese los nervios una vez más, pero la cosa no llegó a los puños porque supo controlarse muy bien con la ayuda de Morgan, Ana y Nick. Le dieron la sorpresa de que en unas semanas los cuatro se van de viaje a Nueva York, así que las fiestas fueron muy bien a pesar de que Pablo estaba ahí.

—Ha recaído.

—Mierda. ¿Te lo ha dicho ella?

—Trinity se percató y me lo contó. Hasta Spens, que no tenía ni idea, le preguntó a Jordan porque había visto las señales y él me lo dijo a mí. No es como la última vez, no está tan descontrolada. Por lo que he hablado con ella, que no es mucho porque se ha cerrado en banda, se está provocando el vómito de vez en cuando después de comer. No es siempre, no está consumiendo diuréticos de nuevo y no está mostrando la ansiedad que solía tener. Pero es cuestión de tiempo si no se trata. Le he pedido que se lo cuente a su psicóloga y que vuelva a acudir a los médicos oportunos, pero no me fío de que me mienta como el año pasado.

—Joder. No me había dado cuenta, tío —bufo porque me cabreo sobre la marcha.

Morgan es mi amiga desde que éramos pequeños. He estado ahí desde que apareció la bulimia cuando tenía catorce años. La he visto tenerla bajo control, recaer en más de una ocasión y tener la fuerza de salir adelante cada vez. A estas alturas, debería de haberme fijado en las señales, debería de haber visto que mi amiga estaba mal de nuevo.

—Yo tampoco y eso me cabrea muchísimo —responde Torres—. Soy su hermano, joder. ¿Cómo no he podido verlo? ¿Tan distraído estoy? ¿Me estoy pasando con esto de querer ser un universitario normal y corriente?

—Ni se te ocurra pensar eso —lo corto antes de que siga.

Torres está haciendo todo lo posible para asegurarse de que tanto él como sus hermanos tienen un futuro en condiciones. Está cuidando de su familia y trabajando en un restaurante a la vez que estudia para ser un maldito ingeniero aeronáutico a pesar de que no le gusta, pero sabe que le dará dinero y estabilidad si no consigue lo que de verdad quiere: jugar al hockey para un equipo importante de la NHL. Por eso se quiere poner las pilas, porque quiere estar a tope para cuando los ojeadores empiecen a aparecer en los partidos. Me niego a que mi amigo se culpe por intentar ser un universitario normal y corriente que sale con chicas, va de fiesta y se emborracha los fines de semana. Joder, es lo que todos estamos haciendo, ¿por qué él iba a sentirse mal por eso? No puede hacer más, de todas formas, tiene derecho a intentar vivir.

—Pero…

—Pero nada, Diego. No es culpa tuya. No nos hemos dado cuenta ni tú ni Jordan ni yo. Lo han visto las chicas porque pasan más tiempo con Morgan y comen bastante juntas. No habríamos podido evitarlo de todos modos. Lo único que podemos hacer ahora es estar ahí para ella y asegurarnos de que sigue el tratamiento.

Nos detenemos cuando llegamos al punto en el que nos separamos para ir a edificios distintos.

—Yo qué sé, me siento como una mierda y encima no me dirige la palabra más allá de lo necesario.

—Dale tiempo. Lo ha estado ocultando a saber durante cuánto tiempo, ahora tiene que procesar que ya lo sabemos.

Nos despedimos y cada uno nos vamos por nuestro lado. No paro de darle vueltas a lo de Morgan mientras camino. Me da rabia que mi amiga lo esté pasando mal de nuevo y me siento impotente por no poder hacer nada para ayudarla.

Cuando llego a clase de Retórica, Ameth ya está ahí. Paso por al lado de Christopher mientras subo las escaleras, al menos tiene la decencia de apartar la vista y encogerse en su asiento en lugar de provocar cuando lo miro. Parece ser que el follón que le montó Spencer sirvió para algo.

—Buenos días —le digo mientras me siento junto a él—. No te he visto esta mañana en casa.

—Jackson me ha recogido temprano para ir a desayunar juntos —responde—. Tengo que contarte algo.

—Dime.

—Cuando salía de casa, Cody entraba borracho como una cuba. No sé cómo no os habéis despertado… —No lo interrumpo para decirle que no he dormido en casa—. Lo he intentado ayudar a llegar a su cuarto, pero el muy imbécil no paraba de tirarse al suelo e intentar darme puñetazos.

—¿Qué pasa con él? —pregunto—. ¿No ha contado si tiene algún problema familiar, con los estudios o algo?

—Le he preguntado y lo único que ha soltado es que lo dejemos todos en paz. Me ha dicho que no quiere volver a verme la cara y que le diga a Trinity que siente estar siendo un capullo con ella, pero que no es capaz de verla ahora mismo.

—¿Crees que puede estar comportándose así por Trinity? Es muy raro. Todos sabemos que están destinados al fracaso desde hace tiempo, incluidos ellos. No sé si se está comportando así porque no sabe cómo cortar con ella.

—Está claro que lo dejaron hace tiempo, aunque ninguno lo admita —responde Ameth—. Es algo más. Encima la tiene tomada conmigo y ya sabéis cómo ha estado portándose con Jackson.

Frunzo el ceño mientras ato cabos en mi cabeza.

—Ameth… ¿Crees que esto puede ser por ti?

—¿Crees que es gay? —Ameth arruga la frente.

—O bi. ¿No soléis detectarlo vosotros o algo así?

—Yo qué sé. Ni siquiera lo había pensado. Puedo intentar hablar otra vez con él y desviar el tema —suspira—. Quizá consiga algo.

Mi vista se distrae inmediatamente cuando veo de refilón esa melena negra y esos labios rojos acercarse. Spencer tiene una media sonrisa dibujada en la cara mientras se acerca, con sus ojos miel clavados en los míos.

—¿Qué hay, Spens? —saludo cuando llega.

—¿Qué hay, Nate?

Nate. ¿Cómo puede sonar tan jodidamente bien mi nombre entre sus labios? Me pone a mil escucharlo.

—Habéis follado —determina de repente Ameth, haciendo que nos giremos hacia él con una carcajada.

—¿Cómo narices puedes saberlo? —pregunto.

—Te ha llamado Nate. —Se encoge de hombros—. Y los dos estáis más radiantes que de costumbre.

—Eso es un mito —digo sin poder dejar de reír.

—Pero ¿habéis follado o no? —Spencer y yo nos miramos un segundo antes de que sea ella quien responda.

—Sí.

—Necesito que alguien me diga si Jordan es consciente de esto o va a matarnos a todos.

—¿Podemos dejar de meter a Jordan en medio de esto? —pregunta Spencer sentándose a mi lado—. Pero si os quedáis más tranquilos: sí, lo sabe. No va a matar a nadie.

El señor Hollinder llega antes de que podamos continuar con esta conversación absurda. Spencer me regala una sonrisa pícara que yo correspondo, pero se le borra cuando su móvil vibra y le echa un vistazo.

—¿Has hablado con Mor este fin de semana? —me pregunta.

Siento un *déjà vu* por un momento.

—Sí, ¿por?

—No nos habla ni a Trinity ni a mí desde antes de las vacaciones —suspira—. No responde a ninguno de nuestros mensajes e ignora a Trin en la habitación de la residencia.

—Sé lo de su recaída —le digo al ver que no me da más detalles—. Me lo acaba de contar Torres.

Spencer asiente casi con alivio.

—Creo que está enfadada porque yo hablé de ella con Jordan, y Trinity, con Torres.

—No voy a negarlo —bajo la voz y me acerco un poco más a ella para que no se nos escuche—. Tampoco habla con Torres. Dadle tiempo, estoy seguro de que volverá a hablaros en cuanto sepa que no pretendíais hacerle daño al contar que estaba mal.

—Me siento fatal. Quizá debería de haberlo hablado primero con ella.

Niego.

—Hiciste lo correcto. Mor lo habría negado todo y te habría convencido de que no le pasa nada, te lo aseguro. Que os dieseis cuenta es lo mejor que ha podido pasar. Así que no te preocupes, se le pasará.

Spens asiente y ambos empezamos a tomar apuntes, aunque no paramos de mirarnos continuamente. Todo lo que hicimos anoche vuelve a mí como un torrente de imágenes. Llega un punto en que tengo que morderme el labio inferior con fuerza para no levantarme de aquí y arrastrarla conmigo.

—¿Tienes flashes de guerra, soldado? —inquiere con maldad.

—No te haces una idea —admito, ella ríe.

—No sufras, West. Te aseguro que vamos a repetir.

Joder.

CAPÍTULO 52

Spencer

Hoy miércoles los Wolves tienen partido fuera de la ciudad y el viernes tienen el antepenúltimo antes de Navidad, en casa. Por eso estos días Nate y yo no hemos podido estar casi a solas. Trinity se ha venido a casa a comer aprovechando que estaba sola, ya que estaba desesperada en su dormitorio de la residencia. Morgan no nos habla a ninguna de las dos por mucho que lo intentemos. Y he insistido, a pesar de que eso es algo que yo jamás he hecho antes. Pero Mor es mi amiga, sé que lo está pasando mal y no me gusta que esté enfadada conmigo por haber hecho lo mejor para ella. Trinity me asegura lo mismo que Nate y Jordan, que se le pasará, que solo necesita procesarlo y calmarse. Al final Trin se quedó a dormir, así que ambas nos quejamos cuando suena el despertador.

—No tengo ganas de ir a entrenar —protesta, mientras se incorpora y se frota los ojos.

—Ya mismo son las pruebas, ¿no?

—El sábado que viene. Pero hay un ambiente horrible en los establos últimamente, más de lo usual. Además, me están dando el doble de trabajo del habitual y tengo poco tiempo para entrenar. Y cuando lo hago, estoy reventada. Encima, Lucifer lleva un par de semanas rarísimo y me estoy empezando a estresar por todo. Y ni hablemos de Cody.

—Antes de preguntarte por lo demás… ¿tu caballo se llama Lucifer de verdad?

—Bueno, legalmente se llama *Lord Lucifer of Shadows*. —Se encoge de hombros—. Lucifer para todo el mundo, Luci para los amigos. Era un diablo cuando lo compré, no podía tener otro nombre.

—Apruebo totalmente el nombre. Ahora cuéntame bien qué pasa para que te estés estresando.

Trinity me resume que el mundo de la equitación es tan precioso como horrible, es una balanza equilibrada en la que disfrutas igual que sufres. Hay mucha competitividad y es un deporte elitista en el que la gente es muy soberbia. Trinity no pertenece a esa clase, ella ha trabajado muy duro para comprarse su caballo y sigue haciéndolo para mantenerlo estando a disposición de toda esa gente que la mira por encima del hombro. El programa ecuestre de Keens es brutal, por lo que hay jinetes muy buenos aquí. Trinity está becada porque era la mejor de Rhode Island y la ficharon en una competición de salto, y eso también parece ser un problema para las chicas del establo. Al parecer, de cara a las pruebas para la beca en Europa, todo el mundo está siendo más insoportable de lo normal. Trin está trabajando el doble porque le dan muchas más tareas que le quitan tiempo para entrenar. Al no poder dedicarle el tiempo que necesita a montar y estar tan estresada, se lo está transmitiendo a Lucifer, que no parece estar ayudando para nada. Y a todo esto tiene que sumarle estudiar.

No quiere hablar de Cody, simplemente me dice que le mandó un mensaje diciendo que necesitaba espacio para pensar, que no le pasaba nada con ella, pero necesitaba respirar un poco de todo. Ella ha preferido asumirlo sin más, porque seguir detrás de él le hace más daño.

Un rato después se marcha, así que yo busco el canal donde televisan el partido de hockey para verlo. Lleva unos minutos cuando mi móvil empieza a recibir notificaciones como loco.

Cuando lo desbloqueo, se me hiela la sangre.

Mi Instagram está que arde por unas historias y publicaciones que, evidentemente, yo no he subido. Hay fotos y vídeos míos de cuando vivía en Gradestate por todos lados, con notas al pie explicando el contexto.

Es una maldita locura.

Me veo de fiesta, bailando y bebiendo sin control entre la gente, borracha a más no poder. Salgo demasiadas veces enrollándome con tíos a los que no recuerdo. Dios, me repugna verme de boca en boca sabiendo que jamás deseé hacer nada de eso. También discuto con distintas personas, se me ve tirar al suelo vasos y cervezas como una loca en días diferentes. Más tíos. Más peleas. Vómitos. Casi desmayada en sofás que no sé a quién pertenecen. Hay un jodido vídeo en el que me están deteniendo y subiendo al coche de policía, con las risas de mis amigas de fondo. No sé cómo pude aferrarme a la idea de que esas personas eran mis amigas. Estaba tan borracha, tan mal e ida todo el tiempo que no fui capaz de ver que se reían de mí, que se aprovechaban, que jamás se les ocurrió cuidarme cuando me veían mal.

Hay fotos de las jugarretas que le hice a Troy, explicándolas. Cada una de mis detenciones está perfectamente documentada. Me tiemblan las manos y me cuesta respirar mientras reviso todo lo que está publicado en mi perfil. La última publicación tiene un texto enorme que leo con lágrimas en los ojos.

MALA FAMA

Spencer Haynes, la redactora de *La Gazette* que esconde quién es en realidad.

Oculta tras el periódico de Keens, esta recién llegada de Gradestate finge llevar una vida normal y corriente. Os sonará porque, junto a Nate West, ha publicado en el *K-Press* numerosos artículos, imagino que por eso la seguís aquí, pero ¿conocéis de verdad a esta chica?

No hay mucho que decir cuando las pruebas hablan por sí mismas, pero os lo resumo: Spencer Haynes es una pobre zorra que anda detrás de cualquier tío que se le cruce por delante, tiene problemas con el alcohol y con su temperamento. Acabó detenida en varias ocasiones y ha montado numerosos espectáculos como el que podéis ver a continuación.

¿Qué creéis? La mala fama de Spencer la ha perseguido hasta Newford aunque haya intentado mantenerla bajo llave. ¿Qué esperaba? No se puede cambiar de la noche a la mañana.

Disfrutad, Wolves.

Inspiro una y otra vez. Suelto todo el aire que puedo en un intento por relajarme. Me tiembla todo. Se me va a salir el corazón del pecho. Tengo ganas de vomitar.

Me estoy agobiando. No quería que la gente supiese cómo era antes de llegar aquí. Estaba haciendo un jodido borrón y cuenta nueva, estaba rehaciendo mi vida y siendo la Spencer que quería ser, dejando mi pasado atrás. ¿Por qué me tiene que seguir atormentando?

Lloro a causa de la rabia y de lo estúpida que he sido. ¿Cómo no se me ocurrió cambiar la contraseña de mis redes sociales al irme de Gradestate? Lena las sabía a la perfección. Joder, joder, joder.

La Spencer de Gradestate se habría reído ante este asunto, habría alzado la barbilla y habría salido a la calle para ir a clase sin dejarse intimidar a pesar de estar destrozada. Pero la Spencer de Newford no quiere fingir. Necesito soltar todo lo que tengo dentro, así que grito y lloro todo lo que soy capaz tras borrar las publicaciones. Probablemente no sirva para nada, estas cosas se hacen virales aunque se borren.

Tengo muchos seguidores en Instagram, absolutamente casi todos son alumnos de Keens que me siguen por los artículos. ¿Qué imagen tienen ahora de mí? Jordan sí que sabía todo, pero... ¿cómo va a lidiar con que la gente sepa lo que ha hecho su hermanastra? ¿Y mis nuevos amigos? ¿Y Nate? Jamás van a querer saber nada más de mí y no podría culparlos.

Termino por apagar el teléfono, porque no quiero tener la tentación de mirar nada de lo que la gente haya podido escribirme. Me quedo dormida un rato después y amanezco a la mañana siguiente sin fuerzas. Me da igual que sea jueves y tenga que ir a clase. No voy, no me siento capaz.

No sé cuántas horas me paso encerrada, pero ni siquiera me levanto cuando escucho la puerta de casa. La de mi habitación se abre segundos después y un Jordan nervioso se acerca a mí. Se sienta en la cama sin pensarlo, mirándome a los ojos.

—Spencer... —murmura, sentándose junto a mí.

—Jordan, vete...

Se me rompe la voz.

—Ni hablar, me quedo.

Y entonces, me lanzo a sus brazos y empiezo a llorar.

CAPÍTULO 53

Spencer

En algún momento, me quedé dormida de nuevo. Lloré tanto ayer que caí rendida hasta ahora. Estuve con Jordan todo el día, contándole lo que había pasado. Los chicos se enteraron de lo sucedido después del partido, intentaron llamarme mil veces, pero tenía el móvil apagado. Jordan dice que en cuanto llegaron a Newford querían venir a casa, pero que él les dijo que era mejor que viniese solo él. No me creo que nadie quisiera venir, pero no discuto.

Hablar con Jordan es fácil, soy como un libro abierto para mi hermano, me siento comprendida. Y, lo más importante, no me siento juzgada. Hablar con él me tranquilizó mucho, pero sabía que no era suficiente. No de momento. Me lavé la cara y llamé a la doctora Martin para ver si podía verme. Tenía hueco, así que fui directa para allá para contarle lo que había pasado. Hablar con ella también fue de mucha ayuda, ya que siempre sabe qué preguntas hacerme para que suelte todo sin pensar. Después volví a casa, volví a llorar para desahogarme y me quedé dormida hasta por la mañana.

Tengo los ojos hinchados cuando me levanto, por lo que voy al baño a enjuagarme la cara. Termino dándome una ducha para espabilarme y después vuelvo a mi cuarto. Llevo ignorando el teléfono dos días, rechazo las llamadas de todo el mundo y no leo los mensajes. Pero creo que tengo que enfrentarme a la realidad. Vuelvo al dormitorio para vestirme y me miro en el espejo intentando reconocerme. Lo único que veo es a mí, sola.

Suspiro, salgo de la habitación para desayunar algo e irme a clase.

—Jord…

Me paro en seco cuando veo que en el salón no está Jordan. Bueno, sí está, pero no solo. Nate, Torres, Ameth, Trinity e incluso Morgan están repartidos en los sillones, mirándome. Mi única reacción es arrugar toda la cara sin entender nada, lo que hace que estallen en risas. Bien, ahora sí que estoy perdida.

—Buenos días, Bella Durmiente —se burla Torres—. Ya pensábamos que teníamos que mandar a Nate a darte un beso a ver si resucitabas. Menudos dos días desaparecida.

Abro la boca para responder, pero vuelvo a cerrarla. ¿Qué...? ¿Cómo...? ¿Por qué...? ¿Qué?

—Creo que en su cabeza está llevándose a cabo un debate bastante serio —dice Nate, que asiente con convencimiento—. Lo hace a menudo, eh, aunque no se dé cuenta ni ella.

—¿Vienes a desayunar o vas a quedarte ahí como un pasmarote? —me reprocha Trinity, señalando la mesa.

Cuando me acerco, veo que han comprado mil cosas para que desayunemos todos juntos.

Nate y Jordan están en uno de los sillones. En el otro, están Morgan y Ameth. Trin está en el tercero, junto a Torres.

—Haz el favor de sentarte de una vez, tenemos hambre —protesta Jordan, dando una palmadita junto a él.

Si es que ni siquiera los he oído llegar y eso que no tenía música puesta. Ya no necesito tapar el silencio tanto como antes, ya no me consume, aunque estos dos días hayan sido horribles.

Me siento, aún confusa. Se me tiene que seguir notando en la cara, porque todos vuelven a reír. Al final, reviento.

—¿Qué hacéis aquí? —pregunto. Ahora los confusos son ellos—. Visteis... todo.

Como no añado nada más, Ameth interviene:

—Justifica tu respuesta.

—¿Qué más tengo que decir? Visteis los vídeos, punto. Así es como era, o soy, yo qué sé. No entiendo qué hacéis aquí.

Jordan, que es el único que sabe cómo me siento de verdad y qué pienso, no dice nada, se limita a sonreír.

—Creo que le estás dando demasiada importancia, *mami* —afirma Torres—. Tan solo son unos vídeos en los que sales haciendo cosas que cualquiera de nosotros podría hacer.

—No es...

—Torres tiene razón. —Ameth se encoge de hombros—. Creemos que te estás torturando a ti misma sin motivo.

343

—Es que… Yo…

—Te entendemos perfectamente —me interrumpe Trinity—. De verdad, Spens, entendemos tus miedos. Pero somos tus amigos, nos has hablado de cómo eras antes, pero nosotros conocemos a quien eres ahora. Y te queremos. Unos vídeos de cuando ni siquiera vivías aquí no van a cambiar eso.

—Pero… pero no os conté nada —sollozo—. Os oculté esa parte de mí tan oscura y fea. Yo… Lo siento.

—Eres nuestra amiga —añade Morgan, esbozando una pequeña sonrisa. Sé que sigue molesta, pero que esté aquí a pesar de eso dice mucho de ella—. No te disculpes por haber cambiado a tu ritmo.

—Y los amigos nos apoyamos en los momentos difíciles —concluye Nate, que me regala una de esas preciosas sonrisas con hoyuelos.

—Yo… —Inspiro hondo—. Pensaba de verdad que no queríais volver a verme después de eso.

—Tonterías —vuelve a decir Nate—. ¿Te han dicho alguna vez que eres un poco dramática?

Se me escapa una carcajada que, inevitablemente, va a acompañada de un par de lágrimas de alegría.

—Ethan vino ayer a casa mientras dormías —me explica Jordan y yo me sorprendo—. Estaba muy preocupado por ti. Dice que ni se te ocurra faltar un día más al club.

—Nadie va a querer leer mis artículos después de esto —protesto negando con la cabeza.

—No lo vas a saber hasta que lo intentes, Spencer. Levanta la cabeza y demuestra quién eres ahora y qué quieres conseguir. Sigue haciendo lo que se te da bien y no cedas ante nadie.

Asiento lentamente.

—Lo voy a intentar.

—Bueno, Spencie, *reina*, ¿te ha quedado claro que nos da igual que fueses una malota en Gradestate? Es que me estoy muriendo de hambre. —Torres sonríe de oreja a oreja, señalando toda la bollería que han traído.

—Sois los mejores —digo, esbozando una sonrisa y mirándolos a todos—. Gracias. —Después miro a Jordan, que a su vez me mira con orgullo aunque quien siente orgullo soy yo por tenerlo junto a mí—. Gracias —susurro y él me besa la frente.

CAPÍTULO 54

Nate

Como esta tarde tenemos partido otra vez, Spencer y yo no hemos pasado tiempo a solas ni hemos hablado después de lo de esta mañana. Pero después del partido, este fin de semana somos totalmente libres. Hasta el siguiente, por lo menos.

—¡Wolves! ¡Acercaos! —grita Davis, nuestro actual capitán. Todos dejamos nuestra preparación para reunirnos en el centro del vestuario—. Los Thunder vienen con las pilas cargadas, pero nosotros estamos haciendo una temporada muy buena, así que vamos a machacarlos. Recordad las estrategias que hemos estado viendo. Conocemos sus puntos débiles y sus movimientos habituales. West, Mbaye y Smith, salís en el primer tiempo. Torres —lo señala—, te quiero observando a todos para salir en el segundo tiempo y barrer la pista con ellos. Sullivan, conmigo a defender. Rogers, a portería.

—¡Vamos a destrozarlos! —chilla Torres, que empieza a aullar—. ¡Vamos, Wolves!

Todos aullamos y terminamos de prepararnos para salir al hielo. Localizo a mis amigos donde siempre, aunque falta Cody. Seguimos intentando hablar con él a diario, pero nos ha dicho lo mismo que a Trinity: que le dejemos espacio, que está bien pero solo necesita aclarar unas cuantas cosas. Ni siquiera Ameth ha tenido la oportunidad de preguntarle nada sobre lo que dijimos el otro día. Lo único que podemos hacer es hacerle caso, dejarlo tranquilo hasta que sea él quien acuda a nosotros tras aclarar lo que sea que le pasa por la cabeza.

Spencer, Trinity y, menos mal, Morgan, están en las gradas con un cartel enorme y las sudaderas del equipo. Echo un último vistazo a Spens antes de centrarme en la pista. Tenemos que seguir ganando si queremos llegar a semifinales. Hay que aprovechar lo mucho que hemos remontado esta temporada y llegar al límite.

El partido empieza y yo centro mi atención en el disco y en sortear los defensas contrarios para abrirme paso hasta la portería. Seguimos las estrategias del entrenador, cambiamos las veces que él y Davis nos dicen, y es así como llegamos a la victoria con bastante diferencia de puntos.

Todos estamos increíblemente contentos cuando volvemos a los vestuarios, aullando y dándonos palmadas los unos a los otros, pero Torres está eufórico.

—¡Sí que funciona la asquerosa dieta del entrenador! —exclama, chocando su pecho con el mío y luego con Jordan.

—¿Es que no estabas siguiendo la dieta hasta ahora? —La voz del entrenador Dawson hace que nos giremos.

Torres carraspea y sonríe de esa forma zalamera que indica que va a inventarse el mayor cuento de su vida.

—Claro que sí, entrenador —miente—. Solo estaba recalcando un hecho.

—¿Que está asquerosa? —Dawson alza una ceja, cruzándose de brazos.

—Que funciona.

—¿Estáis siguiendo todos la dieta que os mandé? —pregunta, alzando la voz. Un «sí, entrenador» común es la respuesta. Todos mentimos y él lo sabe—. No os hacéis una idea de cómo os odio… —Suspira, negando con la cabeza. Después cambia el chip—: Habéis hecho muy buen trabajo hoy, chicos. Esta semana trabajaremos lo que se puede mejorar, pero podéis estar satisfechos: no habéis jugado como una mierda. Divertíos esta noche y procurad no beber ni una gota de alcohol.

—Por supuesto que no, entrenador —respondo yo, cosa que lo hace resoplar de nuevo antes de largarse. Ese hombre nos quiere demasiado, aunque lo niegue.

—¡Fiesta en mi fraternidad! —grita Mike y aullamos de nuevo.

Salimos de los vestuarios ya duchados y vestidos para irnos a celebrar la victoria. Al salir, las chicas nos están esperando, aunque no están solas.

—¡NATE! —Clare sale disparada en cuanto me ve. Corre hacia mí y hace que me muera de alegría por verla.

—*¡Princesa! ¿Qué haces aquí?* —pregunto, signando a la vez mientras me reúno con ella. La cojo en brazos, le doy un par de vueltas en el aire y la abrazo después con fuerza.

—*Queríamos darte una sorpresa* —explica—. *Pero papá no ha podido venir.*

—*No se lo digas a papá, pero me gusta más verte a ti.* —Clare ríe, aunque no me presta atención durante mucho más tiempo.

—*Ya no me quieres, pequeña granuja* —dice Torres y abre los brazos para cogerla—. *Saludas a tu hermano antes que a mí, ¿cómo es?*

—*Espero que a mí también me des un abrazo, Clare* —añade Jordan, que la hace sonreír.

Llegamos donde están los demás, junto a mi madre.

—No sabía que veníais —le digo, dándole un beso en la mejilla.

—Clare quería que fuese una sorpresa. Le ha encantado verte jugar de nuevo. Quiere que le compre una camiseta con tu número.

—Rose, me alegra volver a verte —saluda Jordan.

Torres suelta un «pelota» mientras mantiene una conversación con Clare.

—Habéis estado genial, chicos.

—No se lo diga más que se les sube a la cabeza, señora West —se burla Trinity.

Jordan la rodea por los hombros para empezar a meterse con ella.

Mor y Spencer, a su lado, se ríen. Mi madre ya conocía, por supuesto, a Morgan. Pero a Spencer solo la conoce de oírme hablar de ella.

—Mamá, no conocías a Spencer, ¿verdad? —pregunto, deseando que no haga ningún comentario típico de madre. No lo hace, tan solo sonríe y puedo ver el brillo malicioso en sus ojos al mirarme.

—Mor nos acaba de presentar —es lo que responde. Puedo ver la vergüenza rodear a Spencer como si fuese una burbuja. Mi madre la mira y sonríe—. Espero que coincidamos en alguna otra ocasión, Spencer. Clare y yo tenemos que irnos. Ha sido un placer.

—Encantada de conocerla, señora West.

Clare nos dice adiós a todos, repartiendo abrazos y besos por doquier. Mientras los chicos se adelantan hacia los coches, yo me despido de mi familia. Mi madre no pierde oportunidad y me dice:

—Es preciosa, Nate. Y educada. ¿Has hecho lo que tanto te preo-cupaba, hablaste con Jordan?

—Tenías razón, salió bien —le confieso.

—No lo dudé ni un segundo, hijo. Anda, vete a disfrutar con tus amigos y con esa pedazo de mujer. Sí que tienes buen ojo, en eso has salido a tu padre.

—Creída —me burlo y le doy un beso—. Tened cuidado de vuel-ta a casa.

No tengo ni idea de en qué momento hemos llegado a esta situación, pero me lo estoy pasando de lo lindo. Un grupo del club de baile nos ha retado a un jodido duelo, ya no sé ni por qué. Torres y yo hemos aceptado sin dudarlo a pesar de que los demás se han negado. El caso es que hemos empezado a imitar los pasos de los bailarines, cuando el único que sabe moverse de verdad es Torres, y ahora estamos hacien-do bailes para TikTok. Ameth se nos ha terminado uniendo bajo pre-sión y también hemos convencido a Mor, que parece estar de mejor humor hoy. Trinity se niega a bailar porque siempre dice que es arrít-mica, aunque de fiesta se suelta que da gusto, así que está grabando todo lo que hacemos desde su teléfono para burlarse de nosotros des-pués y tener ella las pruebas de esta noche.

Son Jordan y Spencer los que no se unen, nos miran desde un sofá con caras que alternan entre la diversión y la vergüenza ajena. Me acerco cuando terminamos uno de los bailes y me lanzo sobre ellos. Coloco las piernas sobre Jordan y la cabeza en el regazo de Spencer.

—Podríais pasar por hermanos de sangre perfectamente —les digo, arrastrando un poquitín las palabras—. Porque tenéis la misma cara ahora mismo.

—Lo que tenemos es un poquito de dignidad —se burla Spencer.

—Y sentido del ridículo —añade Jordan.

—Lo que no tenéis es sentido del humor.

Spencer esboza una sonrisa y a mí solo me apetece besarla. Pero aún no lo hemos hecho en público, y menos delante de Jordan, así que me aguanto las ganas y me muerdo el labio con fuerza. Ella pare-ce darse cuenta, ya que imita mi gesto sin dejar de mirarme.

—Esta es mi señal —dice Jordan, que me aparta las piernas y se incorpora—. Voy a beber algo.

Vuelvo a acomodarme en el sofá, aún con la cabeza sobre las piernas de Spencer.

—¿Qué hay, Spencie? —musito, humedeciéndome los labios.

—¿Qué hay, West? —Arqueo una ceja, ella ríe porque sabe perfectamente a qué me refiero con ese gesto—. Solo te llamo Nate cuando te lo ganas.

—Pues tendré que ganármelo.

Spencer se inclina hacia delante, acerca su rostro al mío y me embriaga con ese perfume dulce. Sus labios rozan los míos cuando habla.

—¿Y cómo piensas ganártelo?

La agarro de la nuca para que no se aleje ni un milímetro, todo mi cuerpo reacciona ante ella.

—Creo que te gustan un par de cosas que hago con la boca —susurro—. Y con los dedos. —La acerco más a mí, nuestros labios se unen sin llegar a ser un beso—. Y con la polla.

Spencer sisea ligeramente antes de sacar la lengua y lamerme los labios. Joder. Después se aparta y mueve las piernas para empujarme.

—Levántate —ordena.

—¿Para? —la provoco con una fingida inocencia—. ¿Dónde vamos?

—A que me hagas gritar tu nombre.

CAPÍTULO 55
Spencer

El sábado tenemos que encender la calefacción porque amanece todo nevado y hace bastante frío. Anoche, mientras estábamos en la fiesta, empezó a nevar. Los primeros copos dieron paso a una buena tormenta que ha dejado el campus totalmente blanco.

Aún es temprano, pero ya podemos ver a la gente que vive en esta zona empezar a jugar con la nieve.

—La nieve es exactamente igual todos los años y, aun así, nos volvemos locos cuando la vemos —comenta Jordan detrás de mí, mientras se asoma por el ventanal para echar un vistazo fuera.

—En Gradestate nevaba mucho menos. Mis examigas odiaban salir con este frío y, cada vez que nevaba, cancelaban todos los planes.

—Pues aquí a todos nos encanta la nieve. Créeme que vas a acabar suplicando que te dejen encerrarte en casa. —Jordan se aparta del ventanal y va hacia la cocina—. ¿Café?

—Por favor.

La máquina empieza a hacer ese ruido horrible al que a estas alturas ya me he acostumbrado. Mientras Jordan sirve los cafés, yo saco algo de comer. Ni siquiera hemos terminado de desayunar cuando Nate entra en el piso usando su copia de las llaves.

—Buenos días —dice con una amplia sonrisa mientras se quita el abrigo negro cubierto de nieve, el gorro del mismo color y las botas. También trae la cámara, que deja en la entrada—. Me muero de hambre.

—¿No tienes comida en tu casa? —pregunta Jordan, pero Nate le hace burla y se sienta en el taburete junto a mí con una enorme sonrisa.

—Sé que íbamos a ir primero a comer algo diferente y luego a los recreativos —comienza—, pero el campus está precioso recién nevado. ¿Qué te parece si primero jugamos a tener cinco años y, si da tiempo, hacemos todo lo demás?

—¿Me estás proponiendo que pasemos el día haciendo muñecos de nieve, Nathaniel? —pregunto, enarcando una ceja—. ¿Como los niños pequeños?

—Eh…, ¿sí?

Esbozo una amplia sonrisa.

—Por supuesto que sí.

—Eres un poquito estúpida, ¿no crees? —se burla—. Pensaba que ibas a mandarme a la mierda.

—Lo hará de un momento a otro —lo pica Jordan.

—¿Te unes?

Jordan mira el reloj.

—Calculo que tengo entre dos y tres horas antes de que Torres y Morgan se presenten aquí con los trineos y me arrastren, así que nos vemos más tarde.

—Venga, Spens, a vestirte —me insta y me echa con un gesto—. Tenemos que pillar la nieve nuevecita, así que deprisa. Abrígate.

Eso hago. Me pongo unas mallas debajo de un vaquero grueso para no pasar frío y un par de capas debajo de la sudadera. Un gorro negro, mi abrigo más calentito y las botas cortas. Me dejo el pelo suelto, me pongo un poco de máscara y me pinto los labios.

Nate ya está preparado para irnos cuando salgo del dormitorio. Me rodea por los hombros y me arrastra hacia la puerta con una enorme sonrisa en la cara. Sí que les gusta la nieve a estos chicos, sí.

En cuanto cerramos la puerta al salir, Nate me agarra la cara para atraerme hacia él y me besa. Bendito labial permanente que me permite corresponder con las mismas ganas sin preocuparme.

—Ahora sí, buenos días —dice cuando se separa y se relame los labios—. ¿Qué hacer un sábado sin salir del campus? Número 1: disfrutar de la nieve en la mejor compañía.

—Estás de buen humor, ¿eh?

—He dormido como un rey.

Yo también. Nos fuimos de la fiesta anoche para devorarnos en su habitación y volver a follar. Y, joder, fue fantástico. Si creía que después de acostarme con Nate esto iba a remitir, estaba muy equivocada. Sus besos son adictivos y el sexo es maravilloso. Sobre todo teniendo en cuenta que es la primera vez que disfruto de verdad acostándome con un tío.

Nate y yo vamos hablando mientras cruzamos el campus. Todo está completamente blanco, los coches están cubiertos y el césped oculto, ni siquiera se aprecia qué es carretera y qué acera. Imagino que durará poco porque vendrán las quitanieves a despejar esto, pero la verdad es que el paisaje es precioso. Y cada vez hay más gente saliendo a disfrutar de esta primera nevada.

Nos alejamos de donde está la multitud y llegamos a una zona algo más tranquila cerca del pabellón de patinaje artístico. Nate enciende la cámara y hace un par de fotos antes de dejarla a un lado y agacharse para hacer una bola de nieve. Como veo sus intenciones de lejos, me adelanto. Hago una bola rápido y se la lanzo en cuanto él se incorpora. La bola se estampa en su hombro y le hace reír.

—Así que elegimos la violencia, ¿no?

—Ataco antes de ser atacada —me defiendo.

Nate sigue dándole forma a la bola de nieve entre sus manos. Con una expresión divertida, me la lanza y me da en el pecho.

—Vamos a aprovechar el tiempo —me dice acercándose. Yo alzo la barbilla para mirar esa preciosidad de ojos—. Siento que nos conocemos a la perfección, pero que a la vez no tenemos ni idea de nada del otro.

Voy a protestar, pero la verdad es que lleva razón. Conocemos lo que hemos ido aprendiendo el uno del otro estos meses, lo que nos hemos contado y poco más. Nate nunca me ha hecho preguntas sobre mí porque sabía que no iba a responderlas y yo en realidad nunca me interesé por él porque me daba igual todo. Sin embargo, ahora quiero que me pregunte y quiero preguntarle.

—Entonces —continúa—, he pensado que podríamos hacernos preguntas por turnos. Nos tiramos bolas de nieve y, quien le dé al otro, pregunta. Si fallas, el otro pregunta. Si te parece bien, claro. Sé que no te gusta mucho hab...

—Me parece bien —interrumpo—. Quiero que nos conozcamos, Nate. Creo que ya es hora.

—Estupendo. —Sonríe de una manera tan tierna que me llena el pecho de una sensación acogedora inexplicable—. Empiezo.

Nate se agacha para volver a hacer una bola, así que me alejo. Pero la puntería de un jugador de hockey es impecable, además de que es rápido, así que la bola estalla en mi espalda antes de que llegue muy lejos.

—Ups. —Se encoge de hombros—. Color favorito.

—Negro —respondo con rapidez, esta es fácil—. Y rojo. Me toca.

Hago una bola bastante grande y, aunque intenta esquivarla (con mínimo esfuerzo, todo hay que decirlo), le roza el brazo.

—Color favorito —repito.

—Azul.

Esta vez me agacho cuando me lanza una bola y me río triunfante.

—Comida favorita —pregunto.

¿Cómo no sé algo tan insignificante como esto? «Porque no has prestado atención a los detalles en tu vida, Spencer, por eso».

—Los perritos calientes.

Se me escapa una carcajada.

—¿Los perritos calientes?

—Se ríe la que pierde el culo por la pasta a la carbonara —dice, cosa que me sorprende. No sabía que se había percatado de eso y ahora me siento peor—. Tiene un porqué —empieza a explicar—. Cuando éramos pequeños, todos los domingos mis padres, los de Jordan y los de Mor y Torres, nos llevaban a un parque de atracciones muy pequeño que cerró hace unos años. Pasábamos toda la mañana jugando los cuatro, pero en realidad lo único que queríamos era que llegase la hora de comer, porque todos los domingos comíamos lo mismo: perritos calientes. Había un puesto muy guay, con sus mesas enfrente: Joe's. Al final, de ir todos los domingos, empezamos a ir dos veces al mes. Nos hacíamos mayores y nuestros padres ya no tenían que llevarnos a desfogar continuamente. Seguimos yendo por nuestra cuenta una vez al mes tan solo a comer perritos calientes. Hasta que hubo un día, cuando teníamos unos catorce años, que fue el último y ninguno lo supimos en el momento.

—¿Qué pasó?

—Murió Diana Torres. Después de eso, ninguno quiso volver. Cada vez que como perritos calientes, me acuerdo de esa época, aunque no consigo encontrar ninguno igual que los que hacía Joe.

—Tuvo que ser duro, para Diego y Morgan, imagino. Lo de Diana.

—Lo fue. —Nate suspira—. Después de eso, su vida no ha sido fácil. Pero no vamos a ponernos tristes ahora, no es el momento. Te toca atacar.

Fallo mi bola, por lo que le toca a Nate preguntar.

—¿Por qué Periodismo?

—Me gusta informar. —Me encojo de hombros, porque en realidad nunca le he dado muchas vueltas ni mucha importancia a por qué he escogido estudiar esto—. Me gusta y se me da bien redactar. Nunca ha sido el sueño de mi vida que tenía que alcanzar sí o sí. Escribir es simplemente algo que disfruto haciendo.

—Totalmente válido —responde—. Estoy de testigo, se te da bien. Tus artículos son maravillosos.

—Gracias. De verdad.

Le vuelve a tocar tirar, esta vez me da de lleno en la frente y me hace recular.

—¡Esa ha dolido! —protesto, aunque él está muerto de risa. Me levanto el gorro para acariciarme la frente dolorida. Nate se acerca para examinarme.

—Eres una exagerada, ha sido un golpecito de nad…

Enredo mis piernas entre las suyas para hacerle perder el equilibrio y lo tiro a la nieve de espaldas. Pero Nate es más rápido que yo, tira de mí para que caiga sobre él, también de espaldas.

—Me sigue tocando —dice. Me rodea la cintura con los brazos y me habla al oído. Se me pone la piel de gallina por estar así, pegados, y por escuchar su voz tan baja.

—Has perdido tu turno por darme en la cara —le imformo, aunque estoy intentando no reírme—. Me toca a mí. ¿Por qué Traducción e Interpretación?

—Se me está helando el cuerpo, así que te lo cuento si te apetece levantarte para que no muera por congelación.

—No puedes ser más ridículo —me burlo levantándome.

Le tiendo una mano para ayudarlo a incorporarse. Cuando lo hace, sus labios vuelven a buscar los míos. Y yo no me aparto, porque me gusta que lo haga.

Troy solo me besaba en público cuando quería marcar territorio, aunque no sé ni por qué se molestaba si está claro que nunca fui nada para él. Y solo me besaba a solas si era para follar. Nate me besa porque…

—¿Por qué me besas? —pregunto, sin más.

Él enarca una ceja, confuso.

—¿No puedo hacerlo? —De repente, parece nervioso, ya que da un paso atrás y me suelta con cuidado—. Lo siento, Spens. Ni siquiera había preguntado. Simplemente me apetecía y pensaba que… Joder, lo siento.

—No, no, no —me apresuro a corregirlo al ver el malentendido. «Dios, ¿me está pidiendo perdón porque cree que no ha sido consentido, que no quería que me besase? Este chico es de verdad increíble»—. Sí quiero, puedes besarme cuando te apetezca. —Parece relajarse—. Era una pregunta de verdad. Quiero saber por qué lo haces, por qué te apetece hacerlo.

Su expresión va cambiando de la confusión a... más confusión pero de forma divertida.

—¿De verdad quieres que te explique por qué me apetece besarte, Spencer?

—Sí.

Parece pensarlo durante unos segundos, pero finalmente asiente y da de nuevo un paso hacia mí.

—En primer lugar, está lo evidente. Sé que odias que te regalen el oído y que te digan lo que ya sabes, pero ya que preguntas, te lo digo: eres preciosa. De una forma que duele, porque es imposible mirarte y apartar la vista voluntariamente. Eres cautivadora y sexy. Es obvio que eso fue lo primero que me atrajo de ti.

Siempre fui el centro de atención, incluso mucho antes de buscarlo yo misma. Los chicos se acercaban a mí sin conocerme por mi atractivo y yo me lo pasaba bien con ellos, disfrutaba de la atención que recibía por su parte. Hasta que me di cuenta de que solo querían enrollarse (y, más adelante, follar) con la tía buena. No les interesaba conocerme, solo les importaba mi físico. Por eso empecé a repudiar los cumplidos. Porque odiaba que eso fuese lo único que resaltasen de mí.

Pero cuando Nate lo dice, no me siento un objeto. Me gusta. Porque sé que hay más.

—Luego vi lo ingeniosa que eres, el modo en que me llevas a pensar mis respuestas y no saber qué vendrá después. Eres inteligente y, aunque nadie lo diría a simple vista, divertida. —Se me escapa una risa cuando dice eso, pero no puedo protestar porque lleva toda la razón—. Eres fuerte. —Nate alza una mano y la acerca a mi rostro, pero decide bajarla en el último momento, así que maldigo por dentro porque quiero que me toque—. Y, a pesar de que tú estás empeñada en creer que no, eres buena persona. Y luchas cada día por intentar demostrártelo, no tiras la toalla, te das oportunidades una y otra vez. Y, bueno, eres fan de Marvel, eso es el principal motivo, a quién pretendo engañar.

Ahora sí que me río de verdad y ahora sí que coloca su mano fría en mi cara y da un paso más hacia delante.

—Me gusta besarte porque me gustas tú. Me gustan tus malditos labios rojos que me traen por el camino de la amargura. Cuando me miras con esos ojos de color miel. Tu sabor. La forma en que te niegas a decir mi nombre y la forma en que lo pronuncias para provocarme. Tus besos. —Me obliga a alzar el rostro, él me mira desde arriba, nuestros pechos se rozan—. Tus gemidos. Tu cuerpo. Me gusta besarte porque disfruto sabiendo que tú también lo haces. —Se inclina para que nuestros labios se rocen sin llegar a tocarse del todo—. Pero si me dices que no lo haga más, aunque me vuelva loco, no lo haré.

—Bésame —ordeno—. Ahora mismo, Nate.

—Como tú mandes.

Mi lengua está dentro de su boca en cuanto nuestros labios se juntan, porque deseo tanto besarlo que creo que se me va a ir la cabeza. ¿Por qué narices siento esto? Este hormigueo, que el corazón se me va a salir del pecho, la desesperación por sentirlo cerca. Dios, es completamente surrealista lo mucho que deseo a Nate. Mis manos, heladas a estas alturas porque no he cogido guantes, se enredan tras su nuca para atraerlo más a mí, porque no tengo suficiente. Besar a Nate es una adicción, una que me gusta demasiado.

Sus labios sobre los míos ya no están fríos, sino calientes. Como yo, que me estoy poniendo a mil por hora. Gimo cuando muerde y lame mi boca sin miramientos antes de volver a besarme con una pasión propia del dormitorio, donde deberíamos estar ahora mismo. Voy a proponerle que nos vayamos, que me folle duro y siga besándome durante horas, pero Nate rompe el beso con una sonrisa satisfecha y me quedo muda mirándolo. ¿Por qué cojones es tan guapo? Joder. Es que es increíble la cara que tiene, tan perfilada, con esos labios ahora hinchados por el beso, sus ojos color del hielo, los hoyuelos… Maldita sea.

—¿Te has quedado satisfecha con mi respuesta? —pregunta. Yo asiento—. ¿Tengo permiso para besarte cuando me apetezca?

—Lo tienes —respondo, aunque tengo que carraspear para aclararme la voz.

—Pues ahora voy a contarte por qué Traducción e Interpretación, mientras empezamos a hacer un muñeco de nieve para ir sacando ventaja, porque en cuanto Torres se presente aquí, va a retarnos.

CAPÍTULO 56
Spencer

Los motivos por los que Nate ha escogido sus estudios son sencilla-
mente espléndidos. Nate es todo lo que está bien en el mundo, no hay
más. Este chico es increíble y, por mucho que me haya dejado sin habla cuando ha explicado por qué quiere tener algo conmigo, sigo sin
comprenderlo. Por Dios, no puedo ser más opuesta a él.

Seguimos con este juego de las preguntas durante un rato mientras hacemos el muñeco de nieve más grande que podemos. Poco después, Jordan, Torres, Morgan y Trinity se nos unen. Mor y Trin vienen
hablando, lo que me alivia.

—Sois unos pedazos de tramposos —se queja Torres, señalando
nuestro muñeco—. ¿Qué bazofia es esta?

La verdad es que ahora mismo solo tenemos el cuerpo y parte
de la cabeza, pero es que ni siquiera es redondo, solo es nieve sobre nieve.

—No te metas con Wolfie —protesta Nate dándole a Torres un
puñetazo en el pecho que este le devuelve.

—Vais a perder de todos modos.

—La verdad es que es horrible —aporta Jordan, mirando el supuesto muñeco.

—Como tú —se burla Trinity, dándole una palmadita en la espalda
al pasar por su lado. No llega muy lejos, Jordan le hace la zancadilla,
provocando que se caiga de boca en la nieve.

—¿Decías? —Se agacha frente a ella con una sonrisa traviesa y
esta vez es él quien traga nieve cuando Trinity se lanza sobre él.

—¿Spens? — me llama Morgan—. ¿Te importa que hablemos un
segundo?

—Por supuesto.

Ambas nos alejamos un par de metros de los chicos, que siguen insultando a nuestro muñeco de nieve mientras se tiran bolas. Mor me mira mientras juega con su pelo, nerviosa.

—Siento haberme enfadado —comienza—. Me sentí traicionada cuando sé perfectamente que lo único que Trinity y tú intentabais era ayudarme. Yo... —Suspira—. No llevo bien el tema, por eso tampoco te conté nunca nada. Necesitaba asimilar yo misma la recaída. La estaba ocultando porque así sentía que no era real. Pero lo es y voy a tomar la ayuda adecuada de nuevo. Solo quería pedirte perdón por haber sido una estúpida estos días.

—Es totalmente comprensible —respondo y le coloco una mano en el brazo para tranquilizarla—. No quise seguir insistiendo porque sé que necesitabas tu tiempo. Créeme, Mor, te entiendo perfectamente. Pero estaba, y estoy, preocupada. Solo quiero saber que estás bien.

—Lo estaré. No es... no es mi primera vez.

—Sabes que puedes contar conmigo para lo que necesites, ¿verdad? —Mor asiente y acorta la distancia que nos separa para darme un inmenso abrazo que creo que nos reconforta a ambas por igual.

—¿Tú cómo estás? —pregunta tras separarse—. Por lo de Instagram.

—¿La verdad? Bien —Es cierto. No me he querido fijar en si la gente habla de ello o no, lo que me ayuda a no perder la cabeza. Nadie me ha dicho nada directamente y mi Instagram está tranquilo después de que le pidiese a Jordan que lo revisase y eliminase cualquier rastro de lo sucedido—. La verdad es que no me importa tanto que todo eso haya salido a la luz, porque lo que piense la demás gente no me importa. Yo solo estaba preocupada por vosotros, por perderos.

—Estás llevando la situación muy bien. Ya verás cómo en un par de días nadie va a acordarse de ello.

—Gracias por estar ahí, Mor.

Volvemos a darnos un abrazo antes de regresar con el resto del grupo.

—¿Ameth no se une? —inquiero.

—Había quedado con Jackson —contesta Jordan. Ni siquiera me da una advertencia, me lanza una bola de nieve al pecho.

—Acabas de sentenciarte a muerte —le digo agachándome rápidamente para hacer una bola.

En un abrir y cerrar de ojos, nos dividimos en dos equipos y nos acribillamos los unos a los otros con nieve. Durante la batalla, Nate coge un par de veces su cámara. Tengo cero dudas de que va a conseguir unas fotos espectaculares, como siempre.

Después de la guerra de bolas, empieza lo que parece ser el verdadero desafío: hacer el muñeco de nieve más grande. Nate y yo continuamos con el nuestro, Trinity y Jordan se ponen juntos, y Morgan y Torres se burlan completamente de todos nosotros mientras hacen el suyo. Los hermanos ganan por goleada, hacen un muñeco espectacular en tiempo récord.

—Nadie vence a los Torres —declara Diego, chocando los cinco con su hermana.

—Lo siento, *huevones* —se burla Morgan—. Un año más que mordéis el polvo.

Después nos divertimos con los trineos, echamos carreras en las que los tres chicos juegan sucio para ganar al contrario. Me lo paso tan bien y me río tanto que siento que jamás he sido infeliz. Es como si nada de eso importase mientras estoy disfrutando con mi gente. Tan solo hacemos una pausa rápida para comer antes de volver a la calle como niños pequeños.

Para cuando nos damos cuenta, se ha pasado todo el día.

—Algo me dice que no vamos a seguir con el artículo hoy —dice Nate mientras dejamos atrás el césped aún cubierto de nieve y vamos hacia la cerca que ahora sí puede verse.

—Lo de hoy sirve y, además, has hecho fotos.

—¿Qué te parece si pedimos una pizza en mi casa y te las enseño?

—Me parece genial.

Eso hacemos. Pedimos una pizza para los dos y nos acomodamos en su cama nada más llegar. Mientras cenamos, echo un vistazo a las fotos. Son buenísimas. Salimos todos divirtiéndonos, con planos individuales y grupales.

—Definitivamente, las quiero todas —le digo.

Más tarde recibo unos mensajes y, cuando veo quién me ha escrito, me sorprendo.

Phoebe
Ey.

Vi lo que pasó. No tuve nada que ver, lo prometo.

Sé que nuestra amistad se rompió hace mucho, pero nunca habría hecho algo tan rastrero. Cómo estás?

Lena y yo discutimos cuando subió todo eso a tu Instagram. Ya no somos amigas.

Lo siento mucho.

—¿Qué pasa? —me pregunta Nate.

Le enseño los mensajes, pero sé que le falta información para comprender todo. Así que… desembucho. Esta vez le cuento con pelos y señales toda mi historia, todo lo que hice. La presión que sentía en el pecho, ese nudo que me estaba ahogando, desaparece en cuanto termino de hablar, como si me hubiese quitado una carga de encima que me estaba asfixiando poco a poco.

—¿Vas a responderle?

—Creo que sí —digo—. Yo… Quiero cerrar etapas.

Yo
Gracias por escribir. Estoy bien.

Sinceramente, me alegra que te alejes de ella. Tú vales más.

Todo bien?

Phoebe
Me han dado la beca. Me voy a Canadá después de Navidad.

Creo que yo también necesito alejarme de Gradestate.

Yo
Eso es genial, Phoebs! Me alegro, de verdad.

Cuídate.

Suelto todo el aire que estaba conteniendo cuando vuelvo a bloquear el móvil. Nate enseguida me rodea con sus brazos y yo apoyo la cabeza en su pecho.

—¿Cómo te sientes?

—¿La verdad? —Lo miro, alzando la cabeza—. Muy bien.

Tengo una sensación agridulce tras hablar con Phoebe, pero creo que era necesario para despedirnos sin estar enfadadas la una con la otra. Ella nunca fue mala, tan solo el perrito faldero de Lena por la presión que esta ejercía sobre ella. Saber que se ha alejado de mi examiga me da alegría, porque ahora podrá ser ella misma y disfrutar de la beca por la que tanto ha trabajado.

Después de cenar, Nate y yo hablamos durante un rato. Estamos tan cansados que ni siquiera somos capaces de levantarnos a por el ordenador para poner una película.

—¿Spencer? —me pregunta y noto la duda en su voz.

—¿Mmm?

—¿Te quedas a dormir?

Ahora entiendo la duda. Nate me dijo que nunca duerme con las chicas con las que se acuesta para no dar lugar a confusiones, para evitar momentos incómodos. Pero se quedó a dormir la noche que nos acostamos por primera vez y me está preguntando si me quedo hoy, que estamos tan cansados que no nos apetece hacer nada. Imagino que esto es porque tiene tan claro que no va a haber confusiones entre nosotros, que no le importa dormir juntos. Y el caso es que quiero hacerlo, porque estoy cómoda así, entre sus brazos.

—Sí —respondo. Poco después ambos caemos rendidos.

CAPÍTULO 57

Nate

Eran los minikarts o el local de baile latino. Spencer y yo íbamos de cabeza a los minikarts, pero los demás se han enterado del plan y al final hemos acabado divididos. Morgan se ha empeñado en que Trinity y Spencer tenían que soltarse un poco y bailar, así que las ha arrastrado con ella a pesar de sus negativas. Y aunque Torres quería apuntarse a ese plan, ha acabado cediendo para venir con nosotros a los minikarts.

Así que Spencer va a cubrir uno de los puntos de la lista de cosas que hacer en el campus y yo, otro.

La nave de los karts no está exactamente dentro del campus, sino algo más alejada, pero van tantos estudiantes de Keens que al final es como si perteneciese al área universitaria.

—¿Sabéis qué vais a hacer en Nueva York? —le pregunto a Torres mientras esperamos nuestro turno. Se van en dos semanas y se quedan allí unos cinco días.

—Mis hermanos están deseando visitar la ciudad en esta época. Además, Ana se muere por ver el Museo de Historia Natural. Desde que sabe que vamos, no ha parado de ver *Noche en el museo*. Y Nick quiere ver un musical que se sabe de memoria.

—¿Y Mor y tú? ¿Hay algo en especial que queráis ver?

—Mor solo quiere hacer mil fotos de la ciudad. A mí me encantaría visitar el Prudential Center y el Madison Square Garden.

La casa de los dos equipos soñados de Torres. Desde que somos pequeños, ha tenido claro que algún día jugaría en la división metropolitana para no tener que asentarse muy lejos de Newford. Los New Jersey Devils siempre han sido sus favoritos y su opción A, pero también le gustan los New York Rangers. No es ninguna sorpresa que quiera aprovechar para visitar los estadios de ambos.

Para cuando llega nuestro turno, he hecho unas cuantas fotos con el móvil que pueden servir para el artículo. Además de que nos mandarán a nuestro email un vídeo de nuestra carrera. Cada uno se sube en un minikart mientras el encargado nos explica las normas y se asegura de que todo está correcto para poder darnos luz verde. El circuito es grande, está lleno de curvas y neumáticos que dan forma a la carretera por si alguien pierde el control y se choca. No es nuestra primera carrera, así que los tres salimos a toda velocidad cuando nos dan la señal.

Voy en cabeza casi hasta la mitad del circuito, después Torres me embiste para adelantarme, pero eso nos hace perder velocidad a ambos. Jordan nos adelanta y suelta el volante para hacernos una peineta al dejarnos atrás. Puedo escuchar su risa socarrona perfectamente en mi cabeza. Cuando llego a la meta, en segundo lugar, Jordan ya se ha bajado del coche y se ha quitado el casco. Efectivamente, tiene una gran sonrisa en la cara.

—Menudas tortugas —se burla mientras me bajo. Torres llega unos segundos después—. Os invito a comer para que no lloréis.

—Me aburre que se te dé bien todo —responde Torres—. Eres como el novio de Barbie, aunque al menos tienes algo entre las piernas. —Sonríe—. O eso creo.

Jordan le da un empujoncito.

—¿Quieres comprobarlo, *papi*?

—*No, vaya a ser que me enamore y no me corresponda, mi amor* —dice en español.

Jordan enarca una ceja y me mira para que le traduzca. Lo hago y él pone los ojos en blanco antes de dirigirnos a la salida. Imagine Dragons, como de costumbre, suena en el coche. Los tres cantamos al ritmo de «Natural», una de mis canciones favoritas, mientras Jordan conduce en busca de un buen sitio para comer.

Se puede ir por la calle con tranquilidad, pero todo sigue cubierto de nieve porque esta noche ha vuelto a nevar. Ni siquiera he notado el frío que Torres decía que hacía esta mañana porque, cuando me he despertado, mi cuerpo estaba ardiendo a causa del de Spencer, que estaba enredado con el mío. Ni siquiera sé por qué le dije que se quedase a dormir. No duermo con las chicas con las que me acuesto y con Spencer ya van dos veces. También es cierto que no suelo follar con la misma tía más de una vez porque no quiero arriesgarme a que ninguno de los dos se enganche. Y con Spencer ya van un par. Estoy cruzando todos mis límites con ella y el problema es que me da igual. Quizá sea por la tranquilidad de saber que ninguno va a querer más del otro. Ni Spencer ni yo estamos preparados para volver a sentir nada romántico por nadie, pero al menos se nos da bien divertirnos juntos.

O al menos eso es lo que quiero pensar.

La pregunta de Jordan mientras precisamente pienso en ella, me sorprende:

—¿Qué tal con Spencer?

Torres se gira desde el asiento del copiloto para mirarme. Ni siquiera tiene que hablar para saber lo que piensa: «Qué incómodo».

—No sé dónde está la línea de lo que puedo y no puedo hablar contigo. —Sinceridad ante todo, no me apetece que mi mejor amigo me patee el culo por decir algo inapropiado de su hermana.

—Ahórrate los detalles que tú tampoco querrás saber cuando Clare sea mayor y los que Torres no quiere saber sobre Morgan, y listo. —Lo veo sonreír irónicamente a través del espejo retrovisor.

—Puedes contarme esos detalles a mí más tarde. —Torres arquea ambas cejas un par de veces y Jordan le da un manotazo.

—Nos va bien —respondo, repantingándome en el asiento trasero—. Me gusta estar con ella y nos entendemos en todos los sentidos.

—Pero ¿estáis juntos juntos? —pregunta Torres.

—No. Ninguno de los dos quiere comprometerse. —Todavía.

—Pero aun así no estáis viendo a nadie más.

—No hemos hablado de exclusividad, la verdad.

Lo cual me lleva a pensar que tenemos que hacerlo. Lo cierto es que no me gustaría que Spencer viese a otros chicos mientras tengamos… esto. Y yo tampoco quiero ver a nadie más.

—Si te soy sincero —comienza Jordan—, me gusta que estéis juntos. Se os ve bien y Spens parece feliz.

—Eso es porque ella está haciendo un tremendo esfuerzo, no por mí.

—Lo sé, pero tú también influyes. Esta es la primera vez que está teniendo algo sano con un tío y eso afecta a su día a día, quieras o no. Me gusta verla con tanta vida, los últimos años ha sido una persona totalmente… oscura. Creo que jamás la había visto reír tanto como ahora.

—A mí me encanta haberla conocido —dice Torres—. Aunque me ofende que haya elegido a Nate antes que a mí. Es que... —nos señala a ambos—, en fin, para gustos colores. A lo que iba, que me encanta haber conocido a Spencer después de tantos años sabiendo de su existencia, pero no sabiendo nada de ella. Es una tía genial.

—Lo es —coincido—. Y yo tamb...

Me interrumpo cuando pasamos frente a un local que me llama la atención. Tardo medio segundo en procesar qué es exactamente lo que me ha hecho fijarme en el sitio.

—¡Para, para, para! —grito, señalando a través del cristal.

Jordan da un frenazo que nos sacude a los tres y se gira para mirarme con el ceño fruncido.

—¿Qué narices pasa? —Mira por el espejo—. Menos mal que no venía nadie detrás, joder.

—¡Es Joe!

—¿Qué Joe?

—¡Joe! ¡El del puesto de perritos calientes del parque de atracciones!

Jordan y Torres se miran unos segundos con cara de circunstancias antes de volver a mirarme a mí.

—¿Nuestro parque? —pregunta Torres; yo asiento.

—Hay un local ahí con su nombre y lo acabo de ver a él.

—No puede ser... —Torres intenta quitarse el cinturón tan rápido que se le atasca.

—Espera que aparque. —Jordan se mete en un hueco que hay un poco más adelante.

No perdemos ni un segundo, salimos del coche en cuanto apaga el motor.

Volvemos hacia atrás caminando y doy con el local enseguida. Es pequeño, la fachada mantiene el estilo que tenía el carrito: roja, blanca y amarilla. Encima del toldo se puede leer «Joe's». A través del único ventanal que hay, junto a la puerta, lo vemos. Joe sigue exactamente igual que hace seis años, cuando lo vimos por última vez, solo que con unas cuantas canas más.

—Es él de verdad —dice Jordan, con la boca abierta—. No me lo puedo creer.

—No hay ningún otro sitio al que podáis llevarme a comer ahora mismo —añade Torres.

Abro la puerta para entrar. El local es pequeño también por dentro, con tan solo cuatro mesas vacías a un lado de la pared, ya que al otro lado está el mostrador. Está claro que está pensado para ser un sitio donde comprar comida y comérsela fuera, no aquí. Dios, el sitio hasta huele igual que solía oler el puesto.

—Buenas, chicos —nos saluda Joe—. ¿Qué os pongo?

Los tres lo miramos, pero nadie dice nada. Es como ver un fantasma que te lanza emociones. Joe sonríe ligeramente, señalando un cartel:

—Tengo hamburguesas, patatas fritas y pizza. Pero mi especialidad son los perritos calientes.

A los tres tontos se nos escapa un gemido al oírlo.

—Me resultáis familiares —afirma, examinándonos al ver que ninguno habla. Como si cayese en la cuenta de repente, abre mucho los ojos—. ¡Me acuerdo de vosotros! Sois esos chicos que venían todos los domingos al parque de atracciones, ¿verdad? —Nos señala uno a uno—. Jordan, Nate y Diego. Tú tenías también una hermana melliza. Morgan, ¿no es cierto?

—¿Se acuerda de nosotros? —digo emocionado.

—¿Cómo no iba a hacerlo? Estuvisteis viniendo durante siete años. Os he visto crecer, muchachos. El primer domingo que faltasteis, me pregunté qué habría pasado, hasta que me di cuenta de que solo os estabais haciendo mayores y cada vez veníais menos. Si no veníais, pensaba que os vería el siguiente fin de semana. Hasta que ya jamás volvisteis a aparecer. ¿Qué pasó?

—Usted mismo lo ha dicho —responde Jordan con un suspiro—. Nos hicimos mayores. Y después cerraron el parque.

—¿Lleva aquí desde entonces? —pregunto.

—Tuve suerte de encontrar este local cuando cerraron. Venga, chicos, sentaos. Os invito a unos perritos calientes.

Tomamos asiento en una de las mesas mientras él los prepara. El estómago me ruge mientras todo el local se impregna del olor de los perritos, la mostaza y el kétchup. Joe nos los sirve acompañados de patatas fritas que pone en el centro. También trae uno para él, así que se sienta junto a nosotros, que miramos los perritos como si fuesen alienígenas.

—En serio, ¿estáis bien?

—Antes de que supiéramos que el parque había cerrado, nos plantamos allí para comer —explico—. Creo que teníamos dieciséis o diecisiete. Desde entonces, cada vez que pasamos por un puesto de perritos calientes, nos comemos uno. Y nos decepcionamos porque ninguno sabe como los suyos. No me creo que vaya a comerlos de nuevo.

Joe se echa a reír.

—Comed antes de que se enfríen.

Los tres le hacemos caso. Cuando le doy un bocado al perrito, siento que voy a llorar. Sabe exactamente igual a como lo recordaba. Los recuerdos de mi infancia junto a mis mejores amigos me vienen a la mente. Lo felices e inocentes que éramos en ese entonces y lo bien que nos iba. Dios, creo que voy a llorar mientras mastico.

—Creo que voy a llorar —dice Torres en voz alta, mirando el perrito como si fuese una obra de arte. Jordan sorbe y lo miramos—. ¿Estás llorando?

Lo está. Intenta hacerlo en silencio, pero tiene los ojos empañados y las lágrimas le caen por las mejillas mientras asiente y le vuelve a dar un bocado al perrito. Jordan, el serio.

—No quiero comer nada más en mi vida.

—Sois bienvenidos cada vez que queráis, muchachos.

Cada uno se come dos perritos más mientras recordamos detalles de nuestra infancia junto a Joe. Durante un rato, nos permitimos volver a ser los niños que iban todos los domingos al parque de atracciones y nada más.

CAPÍTULO 58

Spencer

Torres cuenta por el grupo que tenemos juntos que hoy ha visto a Cody antes de salir de casa. Dice que tenía aspecto de cansado, pero que no quería hablar de nada. Torres ha insistido y le ha recordado que todos se están preocupando por él, pero Cody ha asegurado que tan solo está pasando por un bache que necesita superar solo. Le ha prometido que no tiene ningún problema con los chicos ni con Trinity, pero que no quiere involucrar a nadie y le ha pedido que no vuelva a sacar el tema. Al menos sabemos que el chaval está de una pieza.

Trinity, Morgan y yo quedamos para comer en mi piso, aunque la paz no dura mucho tiempo. Jordan, Nate y Torres llegan un rato más tarde y se unen a nosotras. Sin embargo, no comen lo mismo, sino que se hacen unas ensaladas gigantes con un montón de ingredientes porque, al parecer, Torres les está obligando a todos a seguir la dieta del entrenador Dawson para que rindan mejor en el hielo.

No se me pasa por alto que Morgan come muy poco y muy despacio.

Por la tarde, los chicos se van a entrenar, así que nosotras nos quedamos haciendo una sesión de estudio en el salón. Hablamos más que estudiamos, pero al menos aprovechamos algo de tiempo. Me alegra ver que Mor vuelve a estar como siempre con nosotras. Ni a Trinity ni a mí se nos ocurre preguntarle nada acerca de cómo está, ahora mismo su trastorno es un tema tabú y tenemos que fingir que no existe delante de ella para no agobiarla. Torres nos dijo que tiene que ser ella la que tome la iniciativa para hablar y que es él quien va a asegurarse de que sigue los tratamientos necesarios.

Nate y yo hemos quedado más tarde para ir al cine a ver una peli navideña e incluirla en el artículo. Yo habría propuesto ver otra de las que emiten, pero Nate dijo que recordaba que las comedias navideñas me encantan, así que quería ir a esa. Me niego a admitir en voz alta lo blandito que se me puso mi estúpido corazón con ese gesto. Nate se acuerda de todo lo que hablo con él porque presta atención a lo que digo. Es algo nuevo, pero me gusta mucho la sensación de sentirme valorada y escuchada.

Jordan vuelve del entrenamiento cuando las chicas se van y yo empiezo a vestirme. Hace un frío impresionante en la calle por culpa de la nieve que ha seguido cayendo el fin de semana, así que me pongo unos vaqueros negros, botas y un jersey color verde. Me hago un semirrecogido en el pelo, me aplico máscara de pestañas y me pinto los labios como siempre.

—Me voy —le digo a Jordan, que está sentado en la mesa del salón inmerso en su portátil—. Te quiero.

Me sale tan natural que no me percato de que se lo he dicho hasta que levanta la vista del ordenador con una ceja enarcada. Jordan sonríe de oreja a oreja.

—Olvídalo, no he dicho nada —protesto, pero él se ríe.

—Yo también te quiero, hermanita. Ten cuidado. —Pongo los ojos en blanco—. Y pórtate bien.

—Siempre lo hago.

Está empezando a nevar de nuevo, así que me apresuro a subirme en el Jeep y poner la calefacción aún con el chaquetón puesto. Conduzco hasta casa de Nate y toco el claxon dos veces cuando me detengo en la puerta. No tarda en salir, ataviado con unos vaqueros y un jersey negro bajo el abrigo abierto. Cuando se sube en el coche, puedo ver que sus ojos parecen más azules si es posible por el negro de su ropa.

—¿Qué hay, Spens? —saluda. Me regala una sonrisa con hoyuelos mientras deja su cámara en el asiento trasero.

—¿Qué hay, West?

Me mira durante unos segundos antes de ser yo la que lo bese. Porque, joder, es una necesidad hacerlo. Nate gruñe ligeramente en mis labios cuando introduzco la lengua en su boca. Ha pasado exactamente una semana desde que nos acostamos por primera vez y después solo lo hemos hecho una más, cuando nos fuimos de la fiesta. Las ganas que tengo de volver a sentirlo dentro de mí son surrealistas. No tenía ni idea de lo que era desear de verdad a una persona hasta

Nate. No puedo sacarme de la cabeza su boca sobre la mía, sus caricias, lo bien que se nos dio la cama. Quiero repetir y no solo una vez más. Le muerdo el labio inferior como si así le hiciese saber todo eso antes de apartarme. Sus ojos me miran con un brillo que me excita mientras se relame.

—No te haces una idea de lo muchísimo que me pones, Spencer —suelta, cosa que me hincha el ego.

—Una idea sí me hago —jugueteo.

—Arranca el coche ya si no quieres que pase de la película y te arrastre a mi habitación.

—No te atreverías, Nathaniel, eres un chico bueno.

Arranco antes de provocarlo más, sé que ambos tenemos las mismas ganas de mandar los planes a la mierda. Pero la verdad es que me apetece ir al cine con él. Hemos hecho muchos planes desde principio de curso gracias al artículo, pero esta vez es… distinto.

Nate conecta su teléfono al coche para poner Imagine Dragons durante el camino. Ambos cantamos juntos a estas alturas sin vergüenza alguna. «Whatever it takes» suena cuando estamos llegando al cine. Aparco en una calle estrecha cercana, pero ambos nos quedamos en el coche hasta que la canción termina.

—¿Cómo era «Whatever it takes» en lengua de signos? —pregunto al acordarme de que me lo dijo cuando fuimos a patinar. Nate signa, pero frunzo el ceño—. Recordaba algo más largo.

—Porque dije algo más largo.

—¿Qué dijiste?

Parece pensarlo unos segundos mientras me mira fijamente, pero finalmente confiesa:

—Que haría lo que fuese necesario para que la regla de Jordan no echase a perder lo nuestro. —Se encoge de hombros—. Pensaba que, por su norma, al final lo que había entre nosotros iba a joderse y a desaparecer, por eso hice esa promesa. Y, bueno, parece ser que ha salido bien al final.

Sonrío. Eso fue hace más de un mes y, por alguna extraña razón, me gusta saber que entonces ya ambos teníamos claro que no podíamos perder esto que tenemos.

—Enséñame de nuevo como se dice «whatever it takes» —pido.

—Vale, pero después tienes que dejar que te haga unas fotos en la entrada del cine.

No hay casi nadie en el cine. No sé si porque es lunes o porque es tremendamente mala. Adoro hasta las comedias navideñas más malas de Netflix, pero esta es literalmente horrible. Hay una pareja en las primeras filas, un grupo en un lateral por en medio, y Nate y yo estamos en el lateral contrario, al fondo. No hay nadie más en la sala porque otro grupo que había se ha ido a la mitad de la película. No los culpo, esto es un tostón.

—Por supuesto que iba a hacer una declaración de amor pública —se ríe Nate en voz baja mientras se inclina hacia mí.

—¿Odias las declaraciones de amor en público?

—Me parece romántica la idea de hacerle saber a la persona que quieres lo que sientes delante de un montón de testigos. Pero la idea de que todo el mundo se entere a la misma vez no me acaba de hacer gracia. Si hubiese alguna forma de que solo ella supiese lo que él le está diciendo a pesar de estar toda esa gente presente, sería genial.

Se me escapa una risa, pero estoy de acuerdo con él.

Seguimos viendo la peli sin parar de comentarla.

—¿Cuánto le queda a esto? —me quejo suspirando. Parece que no se acaba nunca.

—Podemos irnos si quieres —dice de inmediato, casi hace el amago de levantarse.

Me he percatado de que a veces teme mi reacción a determinadas situaciones y sé que es culpa de su ex, la narcisista que montaba espectáculos. Por eso le coloco una mano en el brazo y niego con tranquilidad.

—No podemos hablar en el artículo de una película que no hemos visto completa. —Me recuesto en el asiento y ladeo la cabeza para mirarlo—. Pero se me ocurre algo para que verla sea más divertido.

Nate también se recuesta. Se muerde el labio inferior un segundo y sonríe después con alivio y picardía. No hacía falta nada para excitarme, ya lo estaba, pero con ese gesto incrementa lo que siento.

—¿Por qué no me cuentas en qué estás pensando? —Baja la voz, mientras dirige su mano a mi muslo y sus labios a mi boca. En el momento en que nos besamos, me aprieta la pierna con su enorme mano, haciendo que me dé una descarga por todo el cuerpo.

—Tócame —le ordeno aún en sus labios.

Nate echa un único vistazo a la sala antes de volver a besarme y dirigir su mano a mis pantalones. Los desabrocha con agilidad, introduciéndola en ellos sin pensarlo.

Se separa y con la mano libre, agarra mi rostro y lo gira hacia el frente.

—Sigue mirando la película.

Lo hago mientras sus manos se abren paso por la ropa. Sus dedos están calientes cuando acarician mi sexo. Quizá esté mirando la pantalla, pero mi atención está entre mis piernas mientras un dedo se desliza en mi interior.

Nate me masturba y yo tengo que contener la respiración para que la poca gente de la sala que sí presta atención a la película no se gire hacia nosotros. Aprieto las piernas a causa del placer, aunque lo único que consigo así es sentirlo mejor. Ahogo un gemido mordiéndome el labio inferior y no puedo evitar mirarlo. Nate tiene sus ojos clavados en mi cara de una forma que me pone a mil por hora. Llevo la mano a su polla para acariciarla, pero él niega y me la aparta.

—La vista al frente.

Joder. Dos dedos se mueven dentro de mí mientras el pulgar acaricia mi clítoris con algo de dificultad por culpa de los putos vaqueros que desearía quitarme ahora mismo. A Nate se le escapa una pequeña risa cuando me retuerzo en el asiento. No puedo controlar el placer que estoy sintiendo y la desesperación por no estar tocándolo a él.

Nate se inclina más hacia mí, me roza la mejilla con los labios. Deposita un beso en mi mandíbula, después otro en mi cuello.

—No sabes lo sexy que estás ahora mismo —susurra sin dejar de tocarme—. Sufriendo, disfrutando y sin tener el control.

Me muerdo el labio con fuerza, pero entonces los créditos aparecen en pantalla y yo reacciono de inmediato. Aparto su mano, me levanto, me abrocho el pantalón a toda prisa y lo agarro para tirar de él fuera de la sala. Nate no protesta mientras lo arrastro por el vestíbulo del cine hacia la salida. Llegamos a la pequeña calle en la que he aparcado. El Jeep está casi a oscuras porque una única farola alumbra esta zona y está bastante lejos. Bendito aparcamiento. Abro el coche y la puerta trasera, y solo miro a Nate para que comprenda lo que le pido.

Se sienta atrás, yo me deslizo a su lado y cierro la puerta. Luego lanzo nuestros chaquetones a la parte de delante.

No perdemos más el tiempo, nos comemos la boca como locos. Nate me devora de la misma forma que yo a él: con hambre, con pasión. Es surrealista lo muchísimo que me pone enrollarme con él.

—Condón —murmuro entre beso y beso.

—En la cartera.

Busco su cartera en el bolsillo del chaquetón y saco el condón para dárselo. Me quito el jersey mientras Nate hace lo mismo y tira la ropa hacia delante. Me deshago de los pantalones agradeciendo que el Jeep es amplio y me permite cierta movilidad. Nate se los quita también y, por último, lanzamos la ropa interior. No quiero esperar más, quiero sentirlo dentro de mí. Me coloco sobre sus piernas mientras se pone el condón, observando con ansia.

Me levanto ligeramente para colocar su pene en mi entrada y después me deslizo con suavidad pero firmeza, notando a Nate completamente en mi interior.

—Oh, Dios —suspiro antes de que me agarre por la nuca y me atraiga a sus labios otra vez.

Nate enreda una mano en mi pelo mientras me besa; con la otra aprieta uno de mis pechos. Yo empiezo a montarlo a un ritmo impetuoso, casi desesperado.

Nuestros gemidos se ahogan dentro del coche, donde no hace ya ni una pizca de frío. De hecho, empezamos a sudar enseguida porque no nos estamos quietos ni un solo segundo. Me follo a Nate con brusquedad, él acompaña mi vaivén con sus caderas, se clava más en mí y me hace gruñir de placer. Me besa todo el cuello, me muerde las tetas y las estruja sin delicadeza. Me echo ligeramente hacia atrás para sentirlo mejor, haciendo que ambos básicamente gruñamos a causa de la postura.

—Eso es —mascula—. Sigue, Spencer, joder.

Por supuesto que sigo. Hasta que mi cuerpo se contrae y me cuesta moverme, pero no me detengo. Continúo y me libero con un tremendo orgasmo que me deja sin fuerzas. Pero me obligo a seguir, mirando a Nate a los ojos. Se está mordiendo el labio con fuerza, sus manos están clavadas en mis nalgas, ayudándome a continuar a pesar de que no siento las piernas. Unos minutos después, Nate se corre con un sonido animal que sale de su garganta y me vuelve loca.

Ambos nos detenemos progresivamente, volvemos a besarnos cuando paramos. Esta vez es un beso lento, suave, en el que intentamos recobrar el aliento poco a poco.

—Eres una locura —dice en mi boca cuando me aparto para que salga de mí. Nate se quita el condón y lo deja a un lado mientras lo miro bajo la poca luz que entra en el coche; aún estoy sobre sus piernas—. No quiero que te folles a nadie más —suelta de repente—. Mientras nos estemos acostando, no quiero que lo hagas con más gente.

Me mira esperando mi respuesta, que es un estado de shock al que no sé reaccionar. Durante unos segundos, me agobio. Exclusividad implica algo más que solo amigos que se acuestan de vez en cuando. Es un paso más. Pero... pero es que yo tampoco quiero que él se acueste con otras personas. Lo quiero solo para mí, no me apetece compartirlo.

—No tengo intención de estar con nadie más —respondo entrelazando ambas manos en su nuca.

Cuando empezamos con todo esto, le dije que no quería que confundiésemos lo que pasaba entre nosotros. Quizá ser exclusivos es un paso hacia esa confusión, pero ahora mismo me da igual. Nate sonríe satisfecho y lo que creo que es alivio cuando me atrae hacia él.

—Exclusivos, pues —determina antes de unir sus labios a los míos.

CAPÍTULO 59

Spencer

El martes fuimos a un concierto de un grupo de chicos de la universidad. Era en un bar que no conocía, alejado de la zona por la que solemos movernos. El grupo no estaba mal, aunque no llegó a gustarme, pero Nate y yo nos divertimos. Nos tomamos unas cuantas cervezas mientras seguimos jugando a lo que empezamos el día que nevó. Nos hicimos preguntas para conocernos más y me sorprendió ver lo compatibles que somos a pesar de todo. Me gusta Nate, es un hecho.

Después salimos de fiesta los dos solos a un local cercano que tampoco conocía y que, la verdad, era horrible. Pero nos dio igual, disfrutamos los dos solos en la pista de baile, moviendo nuestros cuerpos completamente pegados al ritmo de la música mientras nos besábamos sin parar.

El miércoles fuimos a los recreativos. En un principio, íbamos los dos solos, así que jugamos a un par de cosas como el *air hockey*, los dardos y echamos unas carreras de coches en el simulador. Todos los juegos iban con más y más preguntas sobre nosotros. A estas alturas, conozco a Nate como si llevase toda la vida a su lado, me siento cómoda con él.

El resto del grupo se nos unió más tarde, así que pasamos lo que quedaba de la tarde picándonos los unos a los otros con los distintos juegos. Echamos unas cuantas partidas al billar por equipos y después jugamos a los bolos.

Hoy jueves, después de su entrenamiento y mi cita con la doctora Martin, vamos a un restaurante en el que sirven comida típica de otros países además de platos muy raros que son imposibles de encontrar en otro sitio. Hay bastante gente porque es un local nuevo y todo el mundo quiere probarlo, así que tenemos suerte de conseguir una mesa.

—Patas de gallina —leo la carta en voz alta, arrugando la cara conforme voy avanzando—. No sé si ha sido buena idea venir aquí.

—¿Qué son los escamoles? —pregunta Nate, con la misma cara que yo. Cuando lee la descripción que hay debajo del plato, su expresión es totalmente de asco—. Larvas de hormiga. Spencer, son jodidas larvas de hormiga.

—Creo que quiero irme. He leído algo con gusanos y grillos y he perdido totalmente el apetito.

—¿Todo bien por aquí, chicos? —pregunta un camarero. Al ver nuestras caras, suelta una risa—. Estáis mirando la carta de comida extrema. Hay otra que es de comida cotidiana de otros países y os prometo que no lleva nada raro. Os dejo tiempo para que la leáis.

—Dios, gracias —suspiramos cuando nos la da y echamos un vistazo.

Al final pedimos unos cuantos platos para compartir. Samosas, unas empanadillas hindús con guisantes y patatas; bibimbap coreano, que es un plato con arroz blanco, pasta picante, ternera y huevo; y manti turco, pasta rellena de cordero con salsa de yogur, cebolla y especias. Nada de insectos, por favor y gracias.

Nate hace unas cuantas fotos cuando nos traen los platos, que tienen una pinta increíble, antes de que empecemos a comer.

—Esto está buenísimo —digo tras probar las samosas mientras él prueba los manti.

—Brutal. Ten, prueba.

—¿Cómo se signa «está buenísimo»?

Nate alza una ceja con una expresión de sorpresa y levanta la comisura de los labios.

—¿Quieres aprender lengua de signos?

—Nunca es tarde para aprender unas cuantas cosas. —Se queda mirándome sin decir nada con la misma expresión, así que continúo—: Sería genial si me enseñases cosas básicas de vez en cuando.

—Por mí, encantado.

Nate signa varias veces lo que he preguntado hasta que consigo hacerlo bien y con soltura. Me enseña unas cuantas frases más mientras seguimos comiendo. Decía en serio lo de que nunca es tarde para aprender. Para él es parte de su vida, así que es importante, y yo... yo me estoy empezando a preocupar de más por Nate. Él se molesta en conocerme a fondo, en hacer cosas que me gustan. Lo mínimo es que yo haga lo mismo. No lo hago por compromiso, sino porque de verdad me apetece. Además, ya no es solo por él, sino porque llevaba razón cuando dijo que las personas siempre decimos la pena que da que la gente sordomuda no pueda comunicarse con tanta facilidad, pero la realidad es que no hacemos nada para facilitarles la comunicación.

—Cuéntame qué es lo que más te gustaba hacer de pequeña —pregunta Nate. Ni siquiera tengo que pensar la respuesta.

—Escribir. Todos los días lo hacía un rato, tenía un diario en el que iba describiendo cómo me sentía cada día y soltaba todos mis pensamientos.

—¿Has pensado en escribir un libro alguna vez?

—Nunca, no escribo narrativa. Me gusta redactar, dar mi opinión, soltar lo que pienso y siento, pero no crear historias. Por eso elegí Periodismo.

Le cuento por qué dejé de escribir tras el divorcio de mis padres, cómo me sentía, cómo me volví durante ese tiempo… todo. Y Nate, de nuevo, no me juzga. Me escucha, me comprende y me deja claro que lo importante es haber seguido adelante y haber tenido la fuerza de volver a ser quien una vez fui. El mundo necesita más Nathaniels West.

Después de cenar nos acercamos al Cheers para tomar algo. Está lleno, aunque al ser jueves no está tan a tope como los fines de semana.

—Ameth viene en un rato —anuncia Nate mirando su móvil.

Miro la pantalla del mío y veo que ha escrito en el grupo. Un nuevo mensaje llega.

—Trinity también.

Mientras los esperamos, nos acercamos a la barra para pedir algo de beber abriéndonos paso entre la gente que se agolpa ahí.

—Pero si está aquí mi jugador de hockey menos detestado. —Johanna, tras la barra, sonríe al vernos—. Me alegra verte de nuevo, Spencer.

—Lo mismo digo.

—¿Menos detestado? Pero si soy tu favorito —protesta Nate.

—Es justo lo que he dicho.

—Que no te oiga Torres o vamos a tener problemas.

Johanna pone los ojos en blanco.

—¿Qué os sirvo?

Nate y yo no nos alejamos mucho de la barra, pero bailamos al son de la música mientras esperamos a los demás. Mi mirada se cruza con la de una chica rubia, unos metros más alejada, que me mira con el ceño fruncido. Me resulta familiar, pero no la consigo ubicar. Está acompañada de otra morena que tiene una cara de asco impresionante mientras cuchichean. De golpe, me pongo nerviosa porque no paran de mirarme. Es por lo de Instagram, seguro, me han reconocido. Me prometí que no me iba a importar, porque la gente que me preocupaba que me desplazase no lo ha hecho, pero me es imposible no sentirme mal, angustiada. Pensaba que todo el mundo ya lo había olvidado. Cierro los ojos unos segundos. «No pasa nada, Spencer. Te da igual lo que piense la gente. Ya no eres esa persona, ni siquiera eras tú misma entonces. No pasa nada. No pasa nada».

No pasa absolutamente nada.

—Spens. —Abro los ojos cuando Nate me alza la barbilla con delicadeza y me topo con los suyos—. ¿Estás bien?

Asiento ligeramente. Mi vista se desvía a las chicas que me siguen mirando y esta vez Nate se da cuenta. Echa un vistazo atrás y suelta una palabrota.

—No les hagas ni caso, solo les gusta molestar —me dice. Es entonces cuando recuerdo por qué la chica me resultaba tan familiar. Es Allison, su ex—. Cada vez que esas dos se encuentran conmigo, buscan pelea por gusto.

—Están intentando intimidarme —afirmo y una pequeña risa escapa de lo más profundo de mi garganta.

Las tornas han cambiado. La inseguridad que sentía porque pensaba que me estaban juzgando por el vídeo desaparece para dar paso al ego que siento al pensar que Allison está muerta de envidia o celos.

—No es contigo —explica Nate—, sino conmigo. Cada vez que nos encontramos, se empeña en fastidiar. Allison no soporta verme bien. Es como si esperase que estuviese mal durante el resto de mi vida por lo que me hizo.

—Es justo lo que esperaba, Nate. Le hiere el orgullo saber que estás bien sin ella, aunque lo vuestro terminara de aquella forma.

Nate se ríe amargamente.

—Esa arpía jamás sintió nada por mí.

—No se tomaría las molestias de dar por culo si no fuese así. Fue el año pasado, no sigues molestando a una persona tanto tiempo por el simple placer de hacerlo y ya. Créeme, Nate, algo había.

—Pues mala suerte. —Se encoge de hombros—. Hace demasiado tiempo que no siento nada por ella.

Una pequeña punzada de inseguridad se arremolina en mi pecho y me hace maldecir por dentro porque es un sentimiento nuevo. Como no sé muy bien cómo enfrentarlo, decido hacerlo de cara.

—¿Nada?

Mi voz se ahoga ligeramente por la música, pero sé que me ha oído porque Nate sonríe y da un paso hacia delante para acortar la distancia entre nosotros.

—Absolutamente nada —responde. Su mano se coloca en mi nuca, me obliga a mirarlo e impide que me aleje, aunque no tenía pensado hacerlo—. Ni amor ni odio ni rencor ni nostalgia… Nada. Me es totalmente indiferente.

Me besa, lo cual agradezco, porque tampoco habría sabido qué responder sin meternos en un tema que no creo estar preparada para tratar. Nate y yo nos olvidamos de nuestro alrededor mientras nos comemos la boca y bailamos, con las bebidas en mano. Poco después, llegan Ameth y Trinity.

—Acompáñame al servicio, porfa —me dice mi amiga.

Estamos en la cola cuando Allison y la otra chica salen del baño. Nuestras miradas se encuentran de inmediato. Sé perfectamente lo que habría hecho la Spencer de Gradestate: sonreír burlonamente, pavonearse, soltar quizá algún comentario hiriente o egocéntrico para venirse más arriba, discutir con Allison y dar un espectáculo digno de acabar de nuevo en la comisaría del campus. Pero no hago nada de eso, porque no me apetece y porque no está bien. No quiero ser esa Spencer nunca más. Así que, cuando ambas pasan por nuestro lado y veo que Allison abre la boca para decir algo, yo simplemente aparto la vista y me pongo a hablar con Trinity, que también aparta la vista de ellas para centrarse en mí.

Lo que siento cuando Allison se larga sin oportunidad de buscar pelea, porque sé que es lo que quería por haberme visto con Nate, es satisfacción. No siento celos de ella porque no es una amenaza para lo que tengo con Nate, sino que permito que la seguridad en mí misma aumente un tanto por ciento al saber que, ahora mismo, él me elige a mí a pesar de todo. A pesar de quién fui, a pesar de mis miedos, a pesar de que probablemente esto termine en algún momento. A pesar de que siempre pensé que nunca nadie iba a elegirme a mí. No a Spencer la zorra superficial de Gradestate con la que cualquiera podía acostarse, sino a mí, a la Spencer real.

Pero él lo ha hecho.

CAPÍTULO 60

Nate

El viernes vamos a una exposición de fotografía de una alumna de último año. Coincidí con ella en el club de fotografía el año pasado y era muy buena. Su sueño era exponer su trabajo para empezar a abrirse camino en este mundo y me alegra ver que lo ha conseguido. Mientras miramos las fotos, Spencer me pregunta por qué nunca me he planteado llegar más lejos con mis fotografías dado lo buenas que son.

—Para mí es un hobby —explico—. Me gusta hacer fotos y me encanta ver el resultado después, pero no es algo que me llene como para no hacer nada más. Disfruto y me da satisfacción de hacer un buen trabajo, pero nunca sería feliz dedicándome solo a la fotografía.

—Nunca he tenido un hobby —responde ella, arrugando la frente. Me parece tan divertido lo expresiva que es, transmite todo con gestos faciales, no necesito preguntarle qué piensa para saberlo—. Aparte de escribir, me refiero. Al final no es solo un hobby, es algo que voy a hacer para ganarme la vida. Nunca me ha gustado hacer otra cosa solo por el placer de divertirme, no sé si me explico.

—Perfectamente. Nunca es tarde para encontrar cómo pasar el tiempo, Spens. Estoy seguro de que al final darás con algo.

—Tampoco es que lo necesite, estoy bien así. Creo que mi trabajo puede llegar a ser mi hobby, no te haces una idea de lo bien que me lo paso desde principio de curso haciendo investigaciones contigo para los artículos.

Su expresión se ablanda y aparta la mirada de mí porque aún es incapaz de mirarme cuando se permite ser cien por cien humana. Sé que se siente vulnerable, que aún tiene miedo y, a pesar de todo, se enfrenta cada día a eso, se abre cada vez un poco más, me deja entrar poco a poco. A mí y a todos los demás.

—Que me obligasen a unirme al club del periódico es lo mejor que me ha pasado este año —confieso. Spencer se detiene frente a una enorme fotografía de un paisaje precioso y me mira—. Me sentía algo perdido, ¿sabes? Jugaba al hockey por costumbre, pero no tenía ganas de hacer nada productivo, mucho menos coger la cámara de nuevo. No estaba mal, no voy a mentir, pero tampoco estaba bien del todo y no me he dado cuenta hasta ahora de que sí lo estoy. Me gusta lo que hacemos.

Spencer sonríe de esa forma perversa que tanto me pone.

—¿Qué de todo? —Da un paso adelante y levanta la barbilla para encararme con chulería.

—Todo —murmuro.

Acerco mis labios a los suyos, pero me aparto antes de darle un beso, provocando que se ría. Sé lo mucho que le gusta jugar y a mí me encanta seguirle el rollo.

Hoy sábado amanece soleado a pesar del frío y de la barbaridad de nieve que hay por todo el campus. Me alegra que no llueva ni nieve, porque las pruebas de Trinity para la beca internacional son en unas horas y bastante nerviosa tiene que estar ya como para que hiciese mal tiempo.

Jordan nos recoge a Torres y a mí después de desayunar para ir hacia los establos. La zona de aparcamientos está llena, pero encontramos un hueco no muy lejos del Jeep de Spencer.

Hay muchísima gente paseando alrededor de las cuadras y las pistas, donde ya hay caballos y jinetes entrenando. Nosotros vamos directos a donde sabemos que están los demás.

Trinity está terminando de preparar a Lucifer, va de un lado a otro del caballo para comprobar que todo está correcto. Spencer, Morgan y Ameth simplemente se dedican a mirarla en un silencio absoluto.

—¿Está en ese momento de histeria en el que no se puede hablar? —pregunta Jordan.

Los tres asienten. Trinity se detiene y nos mira a los recién llegados. Lleva su larga melena pelirroja recogida en un moño trenzado bajo la nuca y el casco negro ya puesto. Viste unos pantalones blancos de montar, un polo del mismo color y una chaqueta negra con el cuello lleno de brillantes. Pero sus ojos verdes echan fuego mientras nos repasa uno a uno y, por último, se detiene en Jordan.

—Calladito estás más guapo.

—Encima que vengo a verte eres una borde conmigo —protesta con burla.

Trinity simplemente le hace un corte de mangas y vuelve a centrarse en Lucifer.

Me acerco a Spencer, la saludo con un beso en la mejilla que la hace sonreír. No intercambiamos ni una palabra, porque Trinity empieza a contarnos cómo va a ser la prueba para que le hagamos las fotos y tomemos apuntes para el artículo que vamos a hacer sobre ella aparte del otro que estamos haciendo. Le tomo unas cuantas fotos mientras limpia las botas que ya estaban impolutas, mientras vuelve a cepillar al caballo, mientras corretea de un lado para otro histérica.

—¿Hora?

—Las diez menos cuarto.

—Me toca a y media, ya tendría que estar subida y calentando —suspira mientras desata al caballo—. Sujetadlo, por favor, no se está quieto hoy.

Ameth sujeta a Lucifer mientras Trinity se sube de un salto tras apoyarse en el estribo. Nuestra amiga está guapísima sobre él, así que le tomo unas cuantas fotos más.

—Va a ir bien —le asegura Morgan—. Respira, no es nada que no hayas hecho nunca.

—Respira de verdad, Trinity —añade Spencer.

Trin suelta todo el aire que estaba reteniendo y asiente con la cabeza.

—No va a venir —dice, esbozando una triste sonrisa. Todos sabemos que se refiere a Cody—. Gracias por estar aquí, chicos.

Se va hacia la pista de calentamiento y nosotros buscamos un buen sitio en las gradas. Las pruebas empezaron hace rato, así que tenemos cuidado de no molestar mientras nos sentamos. Vemos a Trinity de lejos empezar a trotar y galopar por la pista antes de dar unos cuantos saltos con el que creo es su entrenador supervisándola. A las diez y cuarto, la llaman por megafonía para que entre a pista, lo que provoca que empiece a discutir con alguien desde lo alto del caballo. Le tocaba a y media, no ha tenido tiempo de entrenar todo lo que quería. Al parecer no pueden hacer nada, porque Trinity entra en la pista principal, dispuesta con un montón de obstáculos.

Los siete nos sumimos en el silencio durante el segundo en que Lucifer empieza a galopar y se dirige hacia el primer salto. Hemos visto a Trinity saltar un montón de veces, pero sigue impresionando una barbaridad. Recuerdo la primera vez que la vimos caerse y el susto que nos llevamos a pesar de que no se hizo nada, pero fue un mal trago increíble para los que no entendemos de caballos.

No sé decir cómo lo hace Trinity porque no tengo ni idea, pero ha superado todos los obstáculos, que son altísimos, sin ni siquiera rozarlos y a una velocidad impresionante. Ella parece contenta con el trabajo, porque acaricia el cuello de Lucifer un montón de veces tras dar el último salto.

Regresamos a las cuadras justo cuando ella se está bajando del caballo, jadeando y sudando. Se quita la chaqueta a pesar del frío polar que hace y se deja caer en una silla.

—No había estado tan estresada en mi vida —confiesa.

—¿De verdad? —se burla Torres—. No nos habíamos dado cuenta.

—Ni caso a estos capullos —le dice Ameth con una sonrisa.

—Estaba de los nervios porque no he calentado lo suficiente —nos explica—. Han cambiado el orden sin avisar, pero Lucifer se ha portado genial.

—¿Cuándo dicen los resultados? —pregunto.

—El cuatro de enero. Queda un montón, pero bueno.

—Ey.

Todos nos giramos cuando escuchamos la voz de la última persona que creíamos que íbamos a ver hoy. Cody saluda con la mano nervioso. Llevamos semanas sin hablar con él porque nos rehúye a todos, a excepción de la pequeña conversación que Torres tuvo con él. Hemos decidido que si va a seguir llevando la situación de esta manera, nosotros no vamos a estar rogándole. Trinity se pone en pie cuando lo ve, aunque no se acerca.

—Solo quería decirte que has estado genial, Trin —comenta Cody.

—¿Me has visto?

—Claro, esto era importante para ti, no podía perdérmelo.

—No es como si estuvieses muy presente últimamente —protesta ella, cruzándose de brazos.

Sé que hablaron, que Trinity accedió a darle el espacio que Cody parece necesitar para a saber qué, y que ninguno ha hablado aún de dejarlo, pero esta relación está muerta lo mires por donde lo mires.

—Ya —es lo único que dice—. Bueno... me voy. Enhorabuena por la competición, Trinity. Me alegra veros, chicos.

Lo despedimos secamente. No se me pasa por alto, y creo que a los demás tampoco, la miradita que le echa a Ameth antes de marcharse. Esperamos que salga de las cuadras para hablar, aunque no mencionamos nada de esa mirada.

—Al menos ha tenido la decencia de venir —señala Morgan.

—Espero que no crea que así va a redimirse —añade Jordan cruzándose de brazos.

—¿Estás bien? —le pregunta Spencer a Trinity, que asiente.

—Voy a quitarle todo el equipo a Lucifer. Podéis iros si queréis, a mí me queda un buen rato aquí trabajando cuando yo termine.

—Hemos dicho de ir esta tarde al *paintball* —le informo—, por el artículo. ¿Te vienes?

—¿Con el frío que hace? —protesta, pero al ver que enarcamos una ceja y miramos sus brazos descubiertos porque sigue en manga corta, suspira—. Contad conmigo.

CAPÍTULO 61

Spencer

El artículo de «Los mejores planes sin salir del campus» nos queda fantástico. Es el más largo que hemos hecho hasta ahora y se publica a la misma vez que el que hicimos sobre Trinity y sus pruebas. Ethan dice que está muy orgulloso de nuestro trabajo y a mí me hace muy feliz contar con su aprobación. No la necesito, pero sí me hace querer superarme cada día, se ha convertido en un mentor para mí.

Nate me está acariciando la pierna bajo la mesa mientras revisamos la lista de los nuevos artículos que ha incluido Ethan. Yo me limito a hacerme la tonta y a fingir que no me afecta notar el calor de su mano sobre mi pierna. Finalmente, propongo hablar sobre el mercadillo navideño que abrió el otro día y estará hasta principios de enero. Es el último artículo que vamos a escribir hasta después de las vacaciones de Navidad y me da hasta pena pensar que vamos a estar unas semanas sin hacer esto que se ha vuelto una costumbre.

Paso el resto de la tarde haciendo trabajos y estudiando para los exámenes que me quedan. Después del entrenamiento extra de hoy de cara al partido de este viernes, el último del año y que se celebra fuera de Keens, voy a casa de Nate para cenar y ver una peli juntos.

—Así que tú eres la famosa Spencer... —me dice uno de sus compañeros cuando me abre la puerta, mirándome de arriba abajo—. Eres igual de guapa de lo que imaginaba.

Ugh, cumplidos.

—Soy Dan, encantado.

—No necesito presentarme. —Sonrío irónicamente, Dan me indica que pase.

—Nate está arriba.

Me cruzo con Torres en las escaleras, que me da un beso en la mejilla para saludar.

—Si vas a dormir aquí, criatura infernal, deja dormir a los demás, ¿vale? —me advierte—. Nada de ruidos en mitad de la noche.

—Te encanta escucharme en mitad de la noche, Dieguito, no intentes negarlo.

—Me toco pensando en ti, Spencie, ya lo sabes —bromea, esbozando una amplia sonrisa.

Es surrealista lo guapo que es. El pelo rapado está empezando a crecerle, aunque debería recortarse un poco la barba porque es un pecado ocultar la cara que tiene. Algún día, esos ojos marrones van a ser la perdición de cualquier chica, lo tengo clarísimo.

—Que no te escuche Nate si quieres mantener tus pelotas intactas.

Torres finge cerrarse la boca con cremallera antes de guiñarme un ojo y seguir bajando las escaleras.

Cuando entro en su dormitorio, descubro por qué Nate no ha salido a recibirme. Tiene el ordenador abierto sobre la cama, él está sentado enfrente signándole a la pantalla. Desvía la vista cuando me ve entrar y sonríe.

—*Ha llegado Spencer* —anuncia en voz alta para que lo entienda, sin dejar de signar—. *¿Quieres saludarla?*

Me acerco y me siento junto a él en la cama. En la pantalla aparece Clare, su hermana pequeña, que sonríe al verme.

—*Hola, Spencer, ¿qué tal?* —signa y me da alegría poder entenderla gracias a lo poco que Nate me ha podido enseñar estos días.

—*Hola, Clare. Muy bien, ¿y tú?*

—*¿Has visto?* —señala Nate—. *Ha aprendido un poquito de lengua de signos.* —Mira lo que le contesta Clare y después traduce—. Te da las gracias por haberle signado, no se lo esperaba.

Nate me va traduciendo lo que dice su hermana, que se muere por hacerme miles de preguntas e interpreta para ella lo que yo respondo. Clare es adorable y eso que no soy fan de los niños pequeños.

Me da apuro que Nate tenga que estar todo el rato repitiendo lo que ambos decimos porque no puedo comunicarme con Clare. Me siento mal, no es justo. Nate me contó el otro día que están intentando convencer a su padre para que puedan ponerle el implante coclear y así darle una vida más fácil a Clare, pero no insisten demasiado porque es una operación delicada y les da miedo que pueda salir mal.

Clare no tendría que pasar por eso, ni nadie, si todos aprendiésemos lengua de signos desde pequeños y no tuviesen la necesidad de oír para llevar una vida cien por cien normal. Estoy tan cansada de ser egoísta que no puedo evitarlo. Mientras Nate habla con su hermana, le escribo un mensaje a Jordan.

> **Yo**
> Tú sabes lengua de signos a la perfección, verdad?

No tarda en responder.

> **Jordan**
> Se podría decir, sí.

> **Yo**
> Puedes enseñarme?

> **Jordan**
> Por supuesto.

Vamos al mercadillo después de clase, antes de que los chicos tengan que irse a entrenar. Se han apuntado Jordan, Torres, Trinity y Morgan aparte de Nate y de mí. El mercadillo está justo entre los edificios de patinaje artístico y de hockey. Han instalado una pequeña pista de hielo en el centro, con un árbol de Navidad gigante en medio. Alrededor hay un montón de casetas que venden todo tipo de cosas navideñas.

—No hemos decorado el piso —protesto, mientras camino junto a Jordan y miramos los puestos.

—No tengo decoración, te recuerdo que es mi primer año en el piso —protesta.

—No es excusa. —Miro a los chicos—. ¿Habéis decorado ya la casa?

—Torres lo hizo él solito el uno de diciembre —responde Nate, dándole con el hombro al susodicho, que sonríe con orgullo.

—Morgan hizo exactamente lo mismo —se ríe Trinity—. Por si alguien dudaba que son hermanos.

—Mellizos —puntualizan los dos a la vez.

Miro a Jordan con esa sonrisa canalla que pongo cuando sé de antemano que voy a salirme con la mía. No tengo que decirle nada, me entiende a la perfección.

—Compraremos todo lo que quieras y decoraremos el piso.

—¿Os habéis dado cuenta de lo facilón que se vuelve Jordan con Spencer? —se burla Torres—. Es como un hermano mayor cediendo a los encantos de una hermanita pequeña, solo que tienen la misma edad.

—Es decir, como tú con Morgan —dice Nate—. Y Ana.

—Y tú con Clare —añade Morgan.

—Y tú con Nick —apunta Jordan, mirando a Mor.

—Y tú con Ben —continúa ella.

—¿Veis? Mi hermana no tiene ese problema conmigo. —Trinity se encoge de hombros—. Nos odiamos mutuamente.

—¿Vas a ir a casa por Navidad? —pregunto.

—Qué remedio. Sigue siendo mi familia por mucho que lo deteste, así que iré y volveré cabreada, como siempre. Estoy cargando las pilas para todo lo que vamos a discutir la increíble Isabella y yo.

Echamos un vistazo a todo el mercadillo antes de que propongan lo que me llevo temiendo todo el rato: patinar. Me niego a volver a hacer el ridículo, esta vez delante de tanta gente. Pero no puedo protestar mucho, ya que me arrastran hacia la pista.

—Como me caiga, juro que os empujo a todos —advierto poniéndome los patines.

—Siempre puedes caerte sobre Nate —se ríe Morgan.

—Yo encantado de amortiguar el golpe. —Nate me guiña un ojo, pero yo bufo.

—Procurad que no me caiga.

Por supuesto que me caigo. Todos saben patinar excepto yo. Al parecer, hay una pista de hielo natural a las afueras de Newford donde practican en invierno. Hay un río que se congela por completo en medio del bosque y desemboca en un lago, por lo que se ha convertido en una atracción muy guay en esta época. Me cuentan que siempre van antes de que acabe el año, pero mi negación es tan rotunda que no insisten. Sé que acabarán arrastrándome, por desgracia. El caso es que me caigo de culo al poco de empezar, provocando las risas del grupo.

—Lo prometido es deuda —les digo mientras me lanzo contra ellos, ahora no me importa que me vuelva a caer. Mi objetivo es tirarlos.

La primera en caer es Morgan, después va Trinity. Me es totalmente imposible tirar a los chicos, porque ni siquiera consigo alcanzarlos. Soy yo la que traga hielo en el proceso una y otra vez. Solo a mí se me ocurre intentar enfrentarme a unos jugadores de hockey sin tener ni idea de cómo deslizarme sobre el hielo. Nate ni siquiera se preocupa por la cámara de fotos, porque sabe que no va a tocar la pista con el cuerpo por mucho que lo intente.

Al final, se apiada de mí y me da la mano para ayudarme a mantener el equilibrio.

—Yo te ayudo a tirarlos —me susurra—. Conozco sus movimientos a la perfección.

Primero cae Jordan, después Torres, que es el que más cuesta y más bien se tira él solo al hielo entre risas.

Tras patinar, Jordan y yo arrasamos en los puestos. Compramos todo lo que nos había gustado para decorar el piso, incluido un árbol de unos dos metros que viene por partes y sale mucho más barato que uno natural. Los chicos se tienen que ir a entrenar, pero los seis volvemos al piso cuando terminan, lo decoramos juntos y después pedimos pizza para cenar.

Vemos una peli de Marvel mientras comemos. A ninguno de los chicos parece importarle esa supuesta dieta que han empezado, ni siquiera a Torres. Morgan come poco y despacio, bajo la supervisión de su hermano.

Cuando aparece mi personaje favorito en pantalla, una bombilla se me enciende en la cabeza. Sonrío mientras miro al Soldado de Invierno en la pantalla y me inclino hacia Nate.

—Oye… ¿sigues teniendo el disfraz de Bucky?

Enarca una ceja y me mira divertido. Asiente.

—¿Quieres que lo saque del armario?

—Por favor.

El viernes Morgan, Trinity y yo hacemos una buena sesión de estudio para los exámenes restantes, aprovechando que los chicos tienen el último partido fuera de casa y vuelven tarde, con una victoria más encima. El sábado somos Jordan y yo los que pasamos el día juntos para estudiar, aunque más tarde se nos une Torres alegando que en su casa es imposible hacerlo por culpa de Dan y Rick, que tienen una pequeña fiesta montada y, poco después, Nate termina también en el piso con nosotros.

Los cuatro nos tomamos en serio la sesión de estudio, especialmente Torres, que no se permite ni una sola distracción. Me sorprende verlo tan concentrado en sus apuntes, que están muy bien ordenados y con distintos colores para que resalten las cosas importantes.

Solo rompemos el silencio, que ya no es incómodo ni me martillea la cabeza, para comer y, más tarde, cenar. Ambos se quedan a dormir: Nate en mi cama, Torres en el sofá.

El domingo permanecen en el piso para seguir estudiando a pesar de que Jordan y yo nos vamos a casa de su padre y mi madre porque hemos quedado para comer.

Ben se pega a nosotros como una lapa desde que entramos en la casa. Ni siquiera nos deja ayudar con la comida, nos arrastra a su habitación sin que podamos intercambiar más de un saludo con nuestros padres.

—Soy buenísimo ya en las carreras —nos dice, encendiendo la Play—. Es imposible que me ganéis.

—¿Eso ha sido un reto? —pregunta Jordan. Mira a su hermano con una ceja enarcada y después me mira a mí.

—A mí me parece que sí —afirmo, chistando—. Ay, Benny, Benny… ¿no aprendes la lección?

—Ya veréis cómo vais a morder el polvo, tontos del culo.

—Esa boca —le regaña Jordan.

Quien sí que muerde el polvo es Jordan. Ben llevaba razón, ha mejorado mucho jugando y, aunque ha estado reñida la partida, al final le ha ganado a su hermano mayor.

—No vas a tener la misma suerte conmigo —me burlo.

No le dejo ganar, lo machaco porque eso es lo que hace que el crío quiera luego superarnos, y está bien tener un poquito de ambición, aunque sea por un videojuego. Ben protesta cuando pierde y dice que la próxima vez voy a ser incapaz de seguirle el ritmo.

Bajamos a comer poco después, donde se lleva a cabo el interrogatorio de siempre: cómo os va, qué tal estáis, las notas qué tal, esperamos que la convivencia esté siendo buena, no bebáis demasiado, usad protección, tenéis alguien especial, bla, bla, bla... Preguntas a las que Jordan y yo respondemos de manera automática intentando aguantar la risa porque literalmente no hay ni una sola diferente y hablamos con ellos un par de veces a la semana.

—Papá, ¿te acuerdas del puesto de perritos calientes en el que comíamos siempre que íbamos al parque de atracciones? —pregunta Jordan. Daniel se ríe.

—¿Cómo olvidarlo? Era vuestro momento favorito de la semana. Había días que hasta llorabais si no podíamos ir o no os dejábamos comer más de un perrito.

—Pues el otro día los chicos y yo encontramos a Joe. Ha abierto un local cerca del campus.

—¡No me lo puedo creer! —Daniel mira a su hijo con expresión divertida—. Llevabais años buscando unos perritos como los de Joe.

Nate me contó la historia detrás de su comida favorita y también que habían dado con ese sitio y lo feliz que les hizo volver a comerse el perrito caliente de su infancia. Fue ahí cuando me di cuenta de que yo había omitido totalmente de mi cabeza los recuerdos de mi infancia. Es como si hubiese borrado todo lo bueno que pasó antes del divorcio. Me pidió que le contase algo y me sorprendió al ver lo feliz que era hace no tantos años y que dejé de serlo en un abrir y cerrar de ojos. Le conté lo mucho que me gustaba subirme en el coche de policía de mi padre y que pusiese las sirenas mientras conducía. Que me encantaba ir al parque con mi madre porque había una niña algo mayor que siempre me contaba historias chulísimas y yo se las contaba después a mi madre. Que los fines de semana no iba al parque de atracciones con mis padres y más amigas, sino que hacíamos pequeñas excursiones y pícnics por los alrededores de Gradestate. Después del divorcio, solo acumulé malos recuerdos y es ahora cuando, por fin, estoy volviendo a recuperar los buenos.

—Daniel y yo hemos pensado una cosa —dice mi madre cuando estamos comiéndonos el postre—. Ya que en Acción de Gracias estuvimos separados porque Spens fue a Gradestate, ¿qué os parece si para Navidad viene Vincent a casa?

—¿De verdad? —pregunto, sorprendida.

—Claro, tu padre y yo nos llevamos muy bien —declara Daniel—. Si te quedas aquí por Navidad, él estaría solo y, si te vas, estaríamos sin ti. Queremos estar todos juntos. ¿Os parece bien?

Tanto Jordan como yo asentimos. Quería pasar Navidad aquí, con mi madre y Jordan y Ben, pero me daba pena dejar a papá solo. Sabiendo que él va a venir, me quedo tranquila. La verdad es que me hace muy feliz la idea.

—También hemos pensado otra cosa, a ver qué opináis.

—Podríamos invitar a los West y a los Torres —dice mi madre.

Sé que tiene relación con la familia de Nate, porque Daniel sigue siendo amigo de ellos y viven en el mismo barrio, pero no con los Torres.

—¿En serio? —Esta vez es Jordan el sorprendido, aunque a mí también me asombra—. Hace muchos años que no nos juntamos todos.

—Por eso. ¿Os parece bien?

Mi hermano y yo nos miramos antes de sonreír.

—Por supuesto.

Pasamos la tarde con nuestra familia. Por fin, después de tanto tiempo, me atrevo a decir que Daniel y Ben también son mi familia. No han hecho más que portarse bien y cuidarme desde el principio, y los quiero por ello. Mi padre es mi familia, pero mi madre, su nuevo marido y sus hijastros también lo son. Ahora tengo un padre, una madre, un padrastro y dos hermanos, y me parece maravilloso.

Hemos venido en el coche de Jordan, así que es él quien conduce de vuelta a casa.

—¿Antes solíais pasar el día de Navidad juntos? —le pregunto.

—No siempre el día de Navidad, pero todos los años nos juntábamos por estas fechas para comer juntos las tres familias —responde Jordan y lo veo sonreír con tristeza—. La verdad es que Nate y Torres van a estar encantados con la idea. Rose y Jeremy quedan bastante con nuestros padres, pero juntarnos también nosotros, Nate y Clare va a ser genial. Y Torres y Morgan… —Suspira—. No te haces una idea de cómo van a agradecerlo. Vuelven de Nueva York la noche de antes, así que tenían pensado ir directamente a casa de su padre para dormir allí con Nick y Ana y pasar el día de Navidad juntos. Pero esto es mil veces mejor, va a ser un soplo de aire fresco para ellos. Ahora, cuando los recoja, se lo digo.

Jordan me deja en casa antes de ir a recoger a Torres y Mor. Después irán a por Nick y Ana, y directos al aeropuerto, pues su vuelo sale en unas horas.

Estoy entrando por la puerta del piso cuando Nate me escribe.

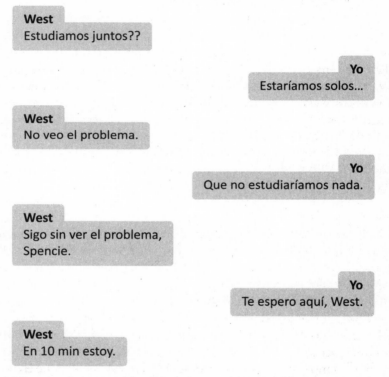

West
Estudiamos juntos??

Yo
Estaríamos solos...

West
No veo el problema.

Yo
Que no estudiaríamos nada.

West
Sigo sin ver el problema, Spencie.

Yo
Te espero aquí, West.

West
En 10 min estoy.

Ni más ni menos. En diez minutos exactos, Nate está aquí, con sus hoyuelos saludándome antes de que lo hagan sus labios.

CAPÍTULO 62

Nate

Clare está emocionada por celebrar el día de Navidad de una manera distinta. En sus seis años, no ha vivido lo que viene a ser una buena reunión de los West, los Sullivan y los Torres. Y, aunque ahora vaya a ser totalmente distinta, estoy seguro de que irá genial. Mi hermana adora estar rodeada de gente, así que esto será como el patio del recreo para ella.

—*Deberíamos de haber traído algo más* —dice mi padre con una mueca tras bajar del coche, después coge un montón de bolsas cargadas probablemente de comida.

—*Alice dejó muy claro que ni se nos ocurriese volver a traer tanta comida como la última vez* —reprocha mi madre.

Es Jordan quien abre la puerta cuando llamamos al timbre. Su atención va inmediatamente a Clare, que se abalanza sobre él para abrazarlo.

—*Adelante* —dice, hablando y signando—. *¿Qué tal estáis?*

—*Felices de pasar la Navidad todos juntos* —responde mi madre.

En el comedor, decorado muy navideño, están Spencer y Ben, preparando la enorme mesa y la mesa auxiliar que han puesto para que podamos comer todos juntos. Nuestras miradas se encuentran de inmediato, como siempre, como si no estuviésemos tranquilos hasta que eso pasa.

—¿Qué hay, West? —saluda, pero después su atención se desvía a mis padres, que entran detrás de mí—. Hola de nuevo, señora West, es un placer. —Hace una pausa cuando mira a mi padre y sé que se pone nerviosa por cómo cambia su postura corporal. Voy a decirle que esté tranquila, que puede saludar con normalidad porque mi padre sabe leer los labios, pero Spens me sorprende. Levanta las manos y con una timidez poco típica en ella y algo de temblor, signa—: *Encantada de conocerle, señor West. Soy Spencer Haynes.*

A mi padre se le ilumina la cara y responde. Sin embargo, esta vez sí que tengo que traducir porque noto el pánico en la expresión de Spencer. Le he enseñado un par de cosas, pero no las suficientes como para que pueda mantener una conversación.

—*Encantado, Spencer, puedes llamarme Jeremy. Tenía muchas ganas de conocerte por fin.* —Después mi padre me mira a mí y me dice casi en secreto—: *Ya me cae bien, chico.*

No pregunto qué le ha contado mi madre, prefiero no saberlo porque seguro que se han montado una historia paralela a la realidad en su cabeza. Spencer y Clare también se saludan, pero la atención de mi hermana ya está totalmente en Ben cuando mis padres dejan de decirle lo guapo y mayor que está. Sí, Ben también habla lengua de signos, Jordan pidió enseñársela y los Sullivan estuvieron encantados. Bueno, al menos Daniel, apenas recuerdo a Laureen, la madre de mi amigo. Torres y Morgan también les enseñaron a Nick y a Ana desde que aprendieron.

Clare y Ben empiezan a hablar y se alejan de nosotros para sumergirse en su mundo. Mis padres siguen a Jordan hasta la cocina, pero yo me quedo rezagado para saludar a Spencer como es debido. Me acerco a ella, vigilando que no haya nadie mirando, y le planto un beso en esos labios rojos que sé que no van a pintar los míos porque, sinceramente, menudos pintalabios resistentes gasta.

—Nos van a ver —protesta, aunque ni se separa ni retrocede.

—¿Y?

—No querrás que te vean con la chica de la mala fama, ¿no? —Aunque lo dice como una burla, sé que lo piensa de verdad. Por eso acuno su rostro en la palma de la mano y vuelvo a besarla.

—¿Con quién? No me suena.

Spencer se ríe y deposita un último beso suave en mis labios antes de separase. Un carraspeo tras nosotros hace que ambos nos giremos. Inmediatamente, doy un paso para alejarme de ella, pues el hombre que me mira con el ceño fruncido no parece muy feliz. No es difícil adivinar quién es por la forma en que parece querer matarme ahora mismo.

—Papá, este es Nate —dice Spencer por toda presentación.

—Señor Haynes. —Me acerco tendiéndole la mano. Él me mira de arriba abajo antes de aceptar y apretármela con fuerza.

—Me lo he imaginado —responde sin apartar sus ojos exactamente como los de Spencer de los míos.

—Papá, por Dios —bufa Spencer, se acerca a nosotros y pone los brazos en jarras—. Es mi amigo, ¿vale? Déjate de tonterías.

—No me ha parecido tu amigo hace un momento —gruñe, pero me suelta la mano.

Spens siempre presume de que su padre es agradable y simpático, pero, claro, nos acaba de ver besarnos y no ha tenido que hacerle mucha gracia. Y no tengo ni idea de si sabe que también me tiro a su hija, pero desearía que no.

—Porque en el año en el que estamos los amigos se enrollan y se acuestan sin etiquetas —le contesta. Esta vez Vincent Haynes sí que mira a su hija con una ceja enarcada. Dios, sus expresiones son exactamente iguales, aunque Spencer se parezca más a su madre. Antes de que él replique, ella sigue—: Ya hemos hablado de esto, no finjas que te ha pillado por sorpresa verme con Nate. Vas a asustarlo.

Vincent suspira y vuelve a mirarme.

—Como le hagas algo a mi pequeña, será ella quien te partirá las piernas —me advierte y yo intento no reírme porque lleva toda la razón—. Puedes llamarme Vincent.

Ni de puta coña.

—Señor —digo.

A Spencer se le escapa una carcajada. Su padre vuelve a la cocina y nos deja solos. Yo la miro de inmediato.

—Me odia.

—Sabe que follamos, Nate, claro que te odia. —No sé qué cara tengo que poner, pero ella se parte de risa—. No te odia, West, solo cumplía con sus funciones de padre que odia que toquen a su hija.

—¿Y por qué sabe que estamos junt...? —me interrumpo, porque ni siquiera estoy seguro de que «estar juntos» sea la definición correcta. Hemos hablado de exclusividad, pero no de qué somos. No creo que ninguno quiera hablar de eso, a pesar de lo que sintamos—. ¿Por qué sabe que nos acostamos?

—Porque se lo dije. Le pedí consejo cuando me daba miedo contárselo a Jordan y luego le conté cómo había ido todo. Me pregunta por nosotros de vez en cuando.

«Nosotros». Como si no fuésemos solo Nate y Spencer por separado, sino nosotros. Algo en mi interior se remueve, porque me gusta demasiado cómo suena.

—Es probable que mis padres también sepan algo —confieso y ella abre los ojos como platos.

El timbre suena en ese momento, evitando el ataque de pánico que probablemente iba a darle.

—Voy a abrir —anuncia.

—Y yo voy a saludar a Daniel y a tu madre.

Daniel me da un gran abrazo cuando lo saludo, Alice lo imita con ternura. Al padre de Jordan lo conozco desde que era pequeño, pero con Alice apenas he tenido trato. Hemos coincidido algunas veces, pero hasta ahora siempre había sido la madrastra de Jordan y ya. Ahora también es la madre de Spencer, la chica con la que me acuesto. Pero ella no parece ir a enterrarme de un momento a otro.

Hay murmullo en el comedor. Dos segundos después, Torres y Morgan entran en la cocina, cargados de cosas.

—¡Por el amor de Dios, Diego, Morgan! —exclama Daniel—. Dije que no trajeseis nada.

Torres arquea una ceja mientras dejan todo sobre la encimera.

—¿De verdad creíais que íbamos a venir con las manos vacías? *De eso nada.* Comida colombiana para que sepáis lo que es comer de verdad, que esta semana en Nueva York ha consistido en comida basura —dice, después abraza a Daniel—. Mil gracias por invitarnos. —Mira a Alice—. Señora Sullivan, está tan guapa como siempre.

—Gracias, de verdad —agrega Morgan, saludando también—. Significa mucho para nosotros.

Los hermanos saludan a mis padres también con grandes abrazos. Spencer presenta a su padre a Morgan y después a Torres.

—Así que usted es mi suegro —se burla Torres tendiéndole la mano.

Vincent enarca ambas cejas y mira directamente a su hija, que se ríe.

—No le hagas ni caso, ignóralo.

—Su hija no sabe elegir correctamente —comenta Torres señalándome con la cabeza—. Yo habría sido un yerno espectacular. —Después frunce el ceño, nos mira a Spencer y a mí respectivamente—. No era un secreto, ¿verdad?

—Desde luego, si lo era, ya no —respondo poniendo los ojos en blanco—. ¿Y Nick y Ana?

—Se han quedado jugando con Ben y Clare, vienen enseguida a saludar.

Entre todos, terminamos de poner la mesa y empezamos a llenarla de platos. Los padres van a su bola mientras Jordan, Spencer, Morgan, Torres y yo vamos a la nuestra. Una vez todo está servido, llamamos a los niños para que los catorce nos sentemos a comer.

Nick y Ana saludan con efusividad a todo el mundo. Es increíble cómo se parecen a los mellizos. Ana, que tiene once años, lleva el pelo negro cortito. Nick, de nueve, lo lleva algo más largo, casi por los hombros, totalmente rizado. Ambos tienen los mismos ojos que sus hermanos.

Nick y Ana me dan un abrazo y se me enganchan cada uno en una pierna.

—¿Qué tal estáis? —les pregunto, agachándome para mirarlos bien.

Es muy fuerte lo grandes que están ya. Ana lleva un peto vaquero con un jersey celeste debajo. Nick lleva unos pantalones y un jersey blanco con unas cuantas princesas Disney en él. Ambos sonríen de oreja a oreja.

—Feliz —dice Ana—. Quería veros a todos.

—Papá no quería que viniéramos —añade Nick. Frunzo el ceño y miro a Torres, que tiene la vista clavada en nosotros. Asiente ligeramente—. Pero Diego y Morgan lo han convencido porque quieren que seamos felices.

Se me parte el alma. Estoy harto de Pablo Torres, no veo el día en que mis amigos puedan por fin conseguir la custodia de sus hermanos y librarse de él para siempre.

La comida transcurre de forma que me hace sentir nostalgia. No estamos los mismos que antes, falta gente (Pablo, a quien nadie echa de menos; Diana Torres, a quienes absolutamente todos sí echamos de menos porque era maravillosa), pero hay gente nueva: Spencer, Alice y Vincent. Lo que me hace feliz es el ambiente que se crea al volver a reunir a las personas con las que he crecido. Los West, Sullivan y Torres éramos una sola familia. Agradezco cada día que, a pesar de que todo empezase a ser distinto, Jordan, Torres, Morgan y yo siempre hayamos seguido juntos. No sé qué sería de mí sin mis amigos.

Nuestros padres nos preguntan cosas a todos para ponerse al día con nosotros y conocernos mejor en el caso de las nuevas incorporaciones. Los Torres nos cuentan cómo ha ido su viaje en Nueva York, lo que han visitado y lo que han comprado de recuerdo. Contamos anécdotas, recordamos viejos tiempos y nos reímos una barbaridad. Todos. Spencer sonríe como lo hace últimamente: con naturalidad, con sinceridad. No hay rastro en ella de la chica que llegó en septiembre, cerrada, triste y asustada bajo esa fachada de orgullo. Torres y Morgan no paran de reír a carcajadas junto a los demás, miran a sus hermanos cada dos por tres para cerciorarse de que hacen lo mismo, de que están felices aquí.

Mi padre participa en las conversaciones sin mucha dificultad. Entiende casi todo porque sabe leer los labios, solo que hay mucha gente hablando. Cuando él quiere decir algo o bien somos mi madre o yo quienes traducimos para quienes no hablan lengua de signos (Daniel, Alice, Spencer y Vincent); Clare está entretenida con Ben, Nick y Ana, así que genial.

Sobra muchísima comida, así que decidimos pasar la tarde jugando a juegos de mesa como en los viejos tiempos. Los pequeños reciben un par de regalos y después cenamos las sobras.

Para cuando nos despedimos, es bastante tarde. Spencer acerca a su padre a un hotel cercano en el que va a hospedarse unos cuantos días. Clare, Nick, Ana y Ben se niegan a despedirse, así que convencen a todos para quedarse a dormir. Mis padres se marchan poco después, cuando Spencer está de vuelta y se despiden de ella. Sé que les cae bien por la forma en que me guiñan un ojo cuando me dicen adiós. Los demás volvemos al campus después de prometer que mañana para vendremos para hacernos cargo de los enanos un rato y echar una mano con la comida.

Torres, Morgan, Jordan, Spencer y yo nos dirigimos a los coches de Jordan y Spens.

—Este ha sido mi mejor día de Navidad en años —afirma Morgan deteniéndose junto a los vehículos.

—No tenemos palabras para agradecéroslo todo —añade Torres—. Nick y Ana han pasado la mejor semana de sus vidas en Nueva York y ahora esto. —Nos mira sonriendo. Esta vez no es esa sonrisa burlona que siempre tiene en la cara, sino una tranquila, sincera, agradecida—. No os hacéis una idea de lo que os quiero, colegas.

—Somos familia —declara Jordan—. Esto es para lo que está la familia.

—Haced el favor de darnos un abrazo. —Morgan abre los brazos. Los cinco nos fundimos en un cálido y gran abrazo que nos hace reír—. Gracias por estar siempre ahí, de verdad.

—Siempre, Mor —digo y le doy un beso en la coronilla.

CAPÍTULO 63

Nate

El día de Nochevieja lo pasamos todos juntos en el campus. Ya que apenas nos hemos visto durante estas vacaciones, nos apetece despedir el año entre amigos. Spencer, Jordan, Torres, Morgan y Ameth no se han movido de Newford. Trinity se fue a Rhode Island, pero ha acabado tan harta de su familia que ha preferido volver antes de tiempo y estar con nosotros.

Spens y yo nos hemos visto casi todos los días, después de que ella pasase tiempo con su padre, pues han estado haciendo turismo por la ciudad, y de que yo pasase tiempo con los míos. Hemos ido al cine, hemos salido a cenar o a comer, y nos hemos acostado.

Me preocupa darme cuenta de lo adicto que soy a ella. La veo todos los días y, aun así, quiero más. La echo en falta cuando nos despedimos, no quiero que se vaya cuando estamos juntos. No se me quitan las ganas de hacer cosas con ella, no solo en la cama, sino en el día a día. Me gusta pasar tiempo con Spencer, me hace reír, me hace desafiarla, me hace vivir. Y no es todo eso lo que me asusta, sino el hecho de darme cuenta de que precisamente ya no tengo miedo a sentir.

Mientras los chicos dejamos la casa lista para la fiesta de más tarde tras haber pasado el día juntos, las chicas se están empezando a arreglar en la planta de arriba. Cuando todo está casi listo, somos nosotros quienes tenemos que subir para cambiarnos, ellas bajan para ultimar detalles. Morgan y Trinity van guapísimas, lo habitual. Spencer… Spencer me deja sin habla. ¿Cuándo voy a acostumbrarme a lo espectacular que es? Lleva un vestido rojo largo, con una raja en la pierna y un escote bonito y sensual que madre mía. Se ha hecho una coleta que le despeja el rostro, maquillado con unas sombras claras y pintalabios del color del vestido. Está increíble enfundada en él, pero ahora solo puedo pensar en quitárselo.

Spencer sabe lo que estoy pensando, porque se acerca a mí con una sonrisa maliciosa y me planta las manos en el pecho.

—Te permito adularme el oído solo por hoy.

Se me escapa una carcajada. Enredo mis manos tras su cintura y la pego a mí sin importar los demás.

—Bien, porque pensaba decirte de todos modos que estás espectacular y que me muero de ganas de ver qué llevas debajo.

—Todo a su debido tiempo —murmura y deposita un beso en mi mandíbula.

Los chicos nos vestimos en la mitad de tiempo que han tardado ellas, bajamos justo en el momento en que suena el timbre. Aún es pronto para que empiece a llegar gente, no son ni las once. Que en otra ocasión sería muy tarde, pero vamos a despedir el año a las doce, así que hemos convocado la fiesta más tarde de lo habitual.

Es Jordan quien abre la puerta.

—¿Qué haces aquí? —pregunta.

Todos nos volvemos a mirar a quién le dice eso.

Es Cody quien está ahí plantado, echando un vistazo al interior de la casa. Todos estamos bastante mosqueados por su comportamiento. Entiendo que pueda tener problemas y que quiera llevarlos solo, eso es respetable. Pero nos está ignorando por completo y a Trinity le está haciendo demasiado daño.

—¿Está Trinity? Me gustaría hablar con ella —pide.

Jordan se cruza de brazos como si fuese un portero de discoteca.

—Solo si ella quiere.

Me giro para ver a Trinity, que está junto a las chicas con el ceño fruncido. Finalmente asiente. Jordan resopla antes de dejar pasar a Cody.

—¿Nos dejáis solos? —nos pide a los que estamos en el salón.

Todos nos vamos a la cocina, donde podemos escucharlos perfectamente. El silencio se hace entre nosotros, pues queremos saber qué tienen que hablar.

—Trin, sé que me he estado portando como un capullo... —empieza Cody, nosotros asentimos como si pudiese vernos—. Lo siento. Te dije que necesitaba tiempo y...

—Cody —lo interrumpe ella—. No tienes que darme explicaciones, a no ser que haya algo que tengas que hacerme saber. —Se hace el silencio durante unos segundos en los que imaginamos que Cody ha negado—. Bien, entonces eso, no tienes que explicarte. Los dos sabemos que esto terminó hace mucho, pero no queríamos decirlo.

—Te he querido, Trinity.

—Pero no ha sido suficiente. Hemos intentado querernos como algo más que amigos y no ha salido bien. Estas cosas pasan cuando los amigos inician una relación, cuando ya hay amistad de por medio.

No puedo evitarlo, miro a Spencer. Ella me está mirando también. No creo que el problema fuese que iniciasen una relación cuando ya había amistad de por medio, sino que directamente entre ellos no había nada más y lo forzaron.

—Nunca he querido hacerte daño.

—Lo sé. Y yo nunca he querido atarte a mí, pero lo hice.

—Voy a necesitar tiempo antes de… volver —dice Cody—. Al grupo, me refiero. Tengo aún que aclarar unas cosas y poner mi vida en orden antes de regresar a la normalidad.

—Sabes que puedes contarnos lo que sea por lo que estés pasando, ¿verdad?

—Lo sé, pero creo que quiero hacerlo solo por ahora.

—Sin problema.

—Me alegra haber hablado contigo, Trin.

—Nos ha llevado más tiempo de la cuenta, pero lo mismo digo.

—Gracias.

La conversación termina ahí. Los escuchamos ir hacia la puerta, que se abre y vuelve a cerrarse. Es entonces cuando salimos. Trinity tiene la espalda apoyada en la puerta, nos mira cuando nos acercamos a ella. Entonces suelta todos los sentimientos que estaba reprimiendo mientras hablaba con Cody. Su labio tiembla unos segundos antes de echarse a llorar mientras se tapa la boca. Todos acudimos ante ella, pero alza una mano para detenernos y niega con la cabeza.

—Estoy bien —miente. Se seca las lágrimas y carraspea intentando recomponerse—. Necesito una copa.

La casa está a rebosar apenas una hora después. Quedan tan solo veinte minutos para la llegada del nuevo año, así que preparamos copas de champán del malo para repartir entre los invitados.

—Creo que deberíamos hacer propósitos para este nuevo año —propone Torres, bebiendo directamente de una de las botellas.

—¿Para luego no cumplirlos? —se burla su hermana. Ameth le choca los cinco.

—A mí me parece buena idea —lo defiende Trinity, está sirviendo las copas que aún quedan vacías.

—Bien, pues entonces vamos a pensar todos en nuestro propósito y, cuando llegue la medianoche, nos lo decimos.

Repartimos las copas entre los invitados, que se preparan para decir adiós a este año y para recibir el nuevo. Hemos puesto la hora en la televisión, aunque la gente mira sus móviles. Tan solo quedan siete minutos.

—Empiezo yo —dice Ameth, alzando su copa—. Mi propósito es pasar más tiempo en casa en lugar de esconderme de mis padres. Quiero que vean que soy el mismo de siempre y no otra persona por ser gay, como a veces creo que piensan.

Todos bebemos por su propósito.

—Voy a tomarme más en serio el hockey, a reducir las fiestas y las chicas, y a estudiar más para sacar a mi familia adelante —se compromete Torres. Morgan frunce el ceño.

—Diego...

—Es mi propósito —sentencia.

—El mío es buscar un trabajo a media jornada como entrenador —revela Jordan—. Quiero conseguir experiencia mientras termino la universidad.

—El mío... —Morgan hace una pausa y se muerde el interior de la mejilla—. El mío es intentar recuperarme... Ya sabéis.

Bebemos por ella, por su valor.

—El mío es quererme de una maldita vez —espeta Trinity—. Valorarme.

—Yo quiero dejar de ser un conformista —anuncio en voz alta. Llevo tiempo dándole vueltas a esto, especialmente desde que le conté a Spencer que la carrera para mí es un suspiro porque no estoy haciendo nada nuevo, no estoy aprendiendo nada que no sepa ya. Siento que me estoy conformando con lo que ya sé, en lugar de aspirar a más. Y este es el momento exacto de decirlo—: Quiero aprender algún idioma más y quizá enseñar lengua de signos.

Todos beben, Spencer no deja de sonreír mientras lo hace, mirándome.

—Mi propósito es dejar de tener miedo —confiesa ella—. Dejar de pensar que todo el mundo tiene dobles intenciones, permitirme vivir y sentir de verdad, sin miedo. Mi propósito es ser yo misma por completo.

Bebemos de nuevo justo en el momento en que dan las doce y todos gritamos para recibir el año nuevo, antes de fundirnos en abrazos y besos.

CAPÍTULO 64

Spencer

El primer día de vuelta a clase es un tostón. Cuesta arrancar después de las vacaciones, pero al menos estoy contenta de estar en un sitio que me gusta con gente a la que quiero. Nunca pensé que iba a llegar a admitir que adoro Newford y adoro Keens. Por fin siento que he encontrado mi lugar.

Amanda me cuenta en las horas de clase que compartimos qué tal le ha ido la Navidad con su familia y yo le hago un resumen de cómo me ha ido a mí. No sé si somos amigas, pero al menos somos compañeras que se llevan bien y es de agradecer.

Después de clase, tengo cita con la doctora Martin. Le cuento qué tal han ido las vacaciones con pelos y señales, ella tiene una expresión de alegría constante mientras hablo.

—Spencer, quiero que me digas si notas algo en especial en todo esto.

Pienso a qué se refiere, pero no llego a donde ella quiere, así que me encojo de hombros.

—¿Cómo te has sentido mientras me contabas tus vacaciones?

—Feliz —respondo de inmediato.

Ella asiente y extiende la palma de la mano como diciendo: «Ahí lo tienes».

—¿Y qué tal llevas esa sensación de felicidad?

—Es… rara. En el buen sentido. Creo que se me había olvidado cómo era ser feliz.

—Estoy muy contenta de ver tu evolución, Spencer. Espero que te sientas de la misma manera.

—Sigo teniendo miedo —confieso—. Mucho. De que pase algo que saque a relucir a la persona que ya no soy, de defraudar a mis amigos, a mi familia. A mí.

—Cuando llegaste hace cuatro meses, no tenías ni una pizca de control sobre ti misma —me dice con calma—. Estabas en modo autodestructivo, pero habías tomado la decisión de buscar ayuda. Ese fue el primer paso para tener el control sobre ti misma. Ahora lo tienes completamente. Ni siquiera has buscado venganza por lo que pasó con Instagram, cuando en otro momento lo habrías hecho, ¿verdad? —Asiento, ella continúa—. Puedes cometer errores, todas las personas los cometemos y es normal, pero a partir de ahora tienes la libertad de elegir cómo te enfrentas a ellos. Antes lo hacías sin pensar, te dejabas llevar por la rabia y la ira, y eras impulsiva. Ahora eres completamente tú, Spencer. Ahora mandas en ti misma. Harás cosas que enfaden a otros, es normal, pero que sientan decepción ya solo depende de cómo tú gestiones los sucesos.

—Acudir a usted es sin duda una de las mejores decisiones que tomé.

Seguimos hablando durante un rato más. Le cuento que la relación con mis padres está mejor que nunca. Ambos están orgullosos de mí, incluso Daniel, y decirlo en voz alta hace que se me escapen unas cuantas lágrimas. Nunca pensé que podría hacer que la gente de mi alrededor volviese a sentir orgullo por mí. También le cuento cómo he lidiado últimamente con el tema de mi vídeo, el que se filtró: bien. Gracias al apoyo de mis amigos y de mi habitual pasotismo lo he llevado bien. Tan solo tenía que controlar el miedo y comprender determinadas cosas, como que no van a dejarme de lado solo por algo que hice en el pasado y, en realidad, no tiene importancia alguna. No más de la que yo le daba.

Hablamos de Nate y de mí, pero no estoy segura de qué siento al respecto.

—Entonces, ¿sois pareja? —me pregunta la psicóloga.

Yo frunzo el ceño antes de contestar:

—No. Solo somos amigos.

—Comprendo. Pero tenéis una relación sexual y afectiva, ¿cierto? No es necesario que hablemos de esto ni que respondas a mis preguntas si te incomodan, Spencer, pero creo que es bueno que expreses tus sentimientos en voz alta, hasta ahora te ha ido bien.

Asiento.

—Nate y yo... No sé. Somos amigos y nos acostamos, pero nada más.

—Está bien si no queréis ponerle una etiqueta a lo vuestro, no pasa nada siempre y cuando estéis en el mismo punto para no haceros ningún daño.

—Estamos en el mismo punto —aseguro, aunque creo que titubeo. ¿Lo estamos? ¿Acaso lo hemos hablado?—. Hemos establecido algunas normas, como la exclusividad.

—Bien, estupendo. Eso significa que hay comunicación. ¿Hay algo en especial de lo que quieras hablar sobre esto?

—¿Qué pasa si no sé lo que quiero? Es decir..., sé lo que quiero. Creo. Pero no estoy segura de si estoy preparada o de si él lo está.

—Comunicación, Spencer, recuérdalo.

No seguimos hablando de Nate y de mí porque me agobio. Ni siquiera me permito pensar yo misma en qué siento, qué quiero o de qué va todo esto, porque me pongo nerviosa y no quiero tener otra crisis. Prefiero evitarlo e ir dejando las cosas fluir. Quizá vuelva a estar teniendo miedo, pero creo que a esto no estoy preparada para enfrentarme aún.

Voy a casa de Nate por la tarde, pero la cabeza no para de darme vueltas y vueltas por lo que he estado hablando con la psicóloga. Soy imbécil por darle vueltas a una tontería tan grande, pero es que tengo el trofeo a la más imbécil desde el día en que nací.

Nate me besa cuando me ve. Hace que se me olvide la confusión con la que acarreo, porque es el efecto que tiene sobre mí. Sus labios son como una droga, pero esta vez en el buen sentido.

—¿Qué hay, Spens?

—¿Qué hay, West?

Cuando su brazo me rodea los hombros para conducirme hacia el piso superior, un calambre me recorre de arriba abajo. Odio y amo al mismo tiempo esa sensación. La odio porque no la puedo explicar (o no me atrevo), y la amo porque es magnífica.

—¿Qué tal ha ido el día? —pregunta, yo me dejo caer en su cama tras quitarme las botas y el abrigo.

Le hago un resumen de mi mañana y después le pregunto a él qué tal. Nate se ha tumbado a mi lado y me ha pasado un brazo por detrás de la cabeza para abrazarme. Yo me apoyo en el hueco de su hombro, observando esa cara perfecta mientras habla.

—Me he apuntado este semestre a clases de chino. —Lo miro boquiabierta—. Necesitaba ponerme un reto de verdad. También voy a poner un anuncio en *La Gazette* ofreciendo clases de lengua de signos. —Abro la boca para responder, pero él me interrumpe colocándome un dedo sobre los labios—. Y eso no me va a quitar tiempo de enseñarte a ti.

Me río. ¿En qué momento Nate ha pasado a conocerme tan bien? Ya ni siquiera necesito exponer mis pensamientos en voz alta, él los sabe.

—Estoy muy orgullosa de ti —le digo incorporándome para mirarlo. Sus ojos azules brillan con alegría—. Creo que nunca te lo he dicho.

—Me alegra que lo hagas ahora.

—Lo siento de verdad. Eres una persona increíble, Nate. —Sonríe cuando pronuncio su nombre—. Te admiro, ¿sabes? Me gustaría ser la mitad de buena persona que eres tú.

—Eres buena persona, Spencer.

—Depende de a quién le preguntes.

—Me basta con pensarlo y saberlo yo.

—¿Por qué tus padres saben… esto? —nos señalo. Cambio de tema por dos motivos: uno, no soy capaz de seguir con la conversación sentimental sin entrar en pánico; dos, necesito tener esta conversación que seguramente me hará entrar en pánico.

—Mi madre simplemente lo notó —responde, no hace ningún comentario respecto al cambio de tema—. Estaba hablando de cómo me iba todo… y me preguntaron por qué hablaba tanto de ti. Le conté a mi madre que me preocupaba la reacción de Jordan. Básicamente el mismo motivo por el que lo sabe tu padre.

—En realidad, ya lo sabe todo el mundo después de la cena de Navidad. Y, si faltaba alguien por saberlo, ya se encargó Torres. —Ambos reímos.

—¿Por qué lo preguntas?

—Curiosidad —miento. Y Nate lo sabe, porque enarca una ceja—. No sé, me sorprende que les hayas hablado de mí a tus padres.

—¿Por qué?

—Sabes por qué.

—No hay nada malo en ti, Spencer —declara incorporándose para mirarme con seriedad—. Ni nada de lo que avergonzarte.

Voy a hacerlo. Voy a preguntarle qué narices es esto, qué estamos haciendo, porque cada vez estoy más confusa y ni siquiera tengo motivos para estarlo, solo mi propio calentamiento de cabeza y mi miedo. Pero me salva el teléfono. Los teléfonos, en realidad. Nuestros móviles empiezan a vibrar una y otra vez, así que los revisamos. Es Trinity al grupo común que tenemos: «K-Wolvies».

Trinity
ME MUERO

CHICOS

ME LO HAN DADO!!!!

!!!!!!!!!

Me voy a Alemania el curso que viene con la beca!!!!

No me lo puedo creer!!!!!

En realidad sí, pero AAAAAAAH!!!!!!!!!!!!!!!!

Cenamos para celebrarlo???

CAPÍTULO 65

Nate

La semana pasa volando. Spens y yo elegimos el nuevo artículo: el año nuevo chino y nos pasamos los días investigando y entrevistando a gente de ese origen. De hecho, hay un club dedicado a la cultura china. La chica que va a darme clases del idioma pertenece a él y está encantada de echarnos una mano.

He estado más de una vez tentado de preguntarle a Spencer qué le preocupa, pero no quiero atosigarla. Si no me lo dice ella es porque no está preparada. Pero sé que hay algo que le ronda por la cabeza, me he dado cuenta de que se me queda mirando de vez en cuando mientras se debate entre si me lo dice o no. Reconozco que entro en pánico en alguna ocasión, porque pienso que está buscando la forma de decirme que ya se ha aburrido de mí, que no soy suficiente para ella y que es mejor que seamos solo amigos. Pero por la forma en que me besa cada día, por la forma en que follamos y la complicidad que hay entre nosotros, me aferro a que no es eso lo que la tiene preocupada.

Es viernes por la noche y los chicos hemos decidido salir juntos con el resto del equipo tras el entrenamiento. Estamos pidiendo en el Cheers cuando Spencer me escribe.

> **Spencie**
> Juro que esta me la pagas.

> **Yo**
> No te gusta la noche de chicas??

> **Spencie**
> Mor me está poniendo cosas raras en la cara.

Yo
Pensaba que te encantaba cuidarte la piel.

Spencie
Me gusta.

Con cremas.

No sé qué tengo puesto ahora mismo.

Yo
Pobrecita. Beberé por ti, Spens.

Spencie
Te odio.

Yo
No es verdad.

—Deja de hacer *sexting* con mi hermana, guarda el móvil y hazle caso a tu equipo —me dice Jordan mientras me tiende una cerveza.

—¿Qué tal va la relación prohibida? —se burla Davis, nuestro actual capitán.

—No digas la palabra «relación» en voz alta —me advierte Torres—. Creo que les da alergia.

—¿Y eso?

—Uuuh —interviene Ray, nuestro portero de primero—. Aquí alguien no ha tenido todavía la conversación de «¿qué somos?».

—A ver cómo sales de esta, campeón —me dice Jordan dándome una palmadita en la espalda.

—Es muy sencillo, Nate —repone Davis, que se planta delante de mí—. ¿Os enrolláis? —Asiento—. ¿Folláis? —Vuelvo a asentir sin mirar a Jordan—. ¿Hacéis algo más aparte de estar en el dormitorio o solo os veis ahí?

—Estamos casi todos los días juntos —respondo—. Cuando no es por los artículos, es porque quedamos.

412

Algunos se ríen ante mi respuesta, porque Davis asiente con convicción.

—Estupendo. ¿Exclusividad?

—Total.

—¿Sentimientos?

—No voy a hablar aquí de eso.

—Y... *voilà!* Chicos, nuestro delantero, Nathaniel West, está en lo que viene a ser una relación de toda la vida, pero al parecer están: opción número uno, un poco ciegos; opción número dos, un poco cagados.

—Voto por la dos —dice Ameth cruzándose de brazos—. Los dos están un poco susceptibles con el tema de las relaciones por culpa de los ex.

—No tengo ningún problema por culpa de Allison —protesto—. Lo tenía, sí, pero ya no. Es solo que...

—Oh, mierda —se queja Jordan. Suelta un bufido y da un trago a su cerveza—. Sabía que esto iba a pasar.

—No va a pasar nada —respondo—. Soy yo el que está jodido, no pienso cagarla con ella y nadie va a verse involucrado.

—Jodido, ¿en qué sentido, *papi?* —me pregunta Torres.

—Estoy colado por ella, ¿vale? —confieso. Jordan vuelve a resoplar negando con la cabeza—. Pero es algo que no pienso decirle a Spencer.

—Tío, si te mola, díselo —interviene Davis—. La universidad termina antes de que te lo esperes y luego te dará rabia no haber aprovechado el tiempo.

—Estoy con él —dice Torres—. ¿Qué es lo peor que puede pasar, que te rechace? Pues bueno.

—No sé si preferiría que lo rechace o que le corresponda —añade Jordan—. Yo me lavo las manos en este asunto.

—Vamos a dejar el tema antes de que me arrepienta de haberos dicho nada —pido y todos están de acuerdo.

No volvemos a hablar de ello en lo que queda de noche. Los chicos y yo nos divertimos y bebemos, bailando en la pista sin vergüenza alguna. Me he dado cuenta de que en los últimos meses nos hemos hecho más populares. Los chicos de los Wolves de hockey siempre han estado en boca de todos y han llamado la atención, pero por culpa de la temporada pasada, perdimos mucho público. Hasta que este año hemos remontado y vamos camino de las semifinales. No solo tenemos el doble de público que al principio de la temporada, sino que las chicas se pegan más a nosotros. Torres está encantado, aunque parece mantener lo que dijo en Nochevieja, ya que se sume en un autocontrol nunca visto en él para ignorar a las chicas que intentan tontear.

—Diego —lo llama Jordan con una risa—. Sabes que porque folles menos no vas a ser ni mejor jugador ni mejor estudiante ni mejor hermano, ¿verdad?

—Pero me hace sentir menos culpable si fallo en algo —responde encogiéndose de hombros.

No bebemos demasiado porque mañana nos gustaría ir al lago Izoa a patinar. En realidad, el recorrido empieza en una zona del río Izoa que se congela todos los años y luego desemboca en el lago. Es un paseo precioso entre el bosque que merece la pena hacer cada invierno.

Jordan, Torres, Ameth y yo salimos del Cheers, dejamos a los demás en el interior continuando la fiesta. Echamos a andar de vuelta a casa. Recortamos por el parque y lo cruzamos. No hay apenas gente a esta hora, tan solo una pareja que habla y otra más adelante que se está dando el lote. No hacemos caso ni a una ni a otra, hasta que Ameth se detiene en seco, haciendo que todos nos choquemos con él, y frunce el ceño. Se gira para mirar a la pareja que está dándose el lote en uno de los bancos.

—Decidme que estáis viendo lo mismo que yo.

Todos miramos entonces hacia ellos. Está oscuro, pero la farola que hay a unos metros ilumina a los dos chicos que no paran de comerse la boca. Si no fuese porque Ameth se ha fijado, nadie se habría dado cuenta. De hecho, tengo que mirar detenidamente para reconocer a quien ha llamado la atención de mi amigo.

—Pues al final sí que habíamos acertado —digo.

—¿Es Cody? —pregunta Torres—. Hostia.

Como si hubiese escuchado su nombre, que es lo que ha pasado, Cody se separa del chico al que está morreando y nos mira. Se pone en pie como si tuviera un resorte.

—Ey, chicos... —dice, totalmente de los nervios, mientras se acerca. El otro chico lo sigue, aunque se queda unos pasos por detrás. Cody se gira hacia él—. Son mis amigos. —Después vuelve a mirarnos—. Puedo explicarlo, ¿vale?

—No tienes que explicarnos nada —niega Ameth. Cody abre la boca, pero lo interrumpe—: Va en serio, Cody. Sé lo que es estar ahí. Me duele que no hayas confiado en nosotros para contarnos qué estaba pasando, pero lo entiendo. Así que no tienes que explicarnos nada.

—Es complicado —dice Cody, mirándonos uno a uno.

—Lo entendemos —respondo—. De verdad, colega, no pasa nada.

Cody asiente, pero entonces Jordan habla. Su voz suena profunda y seria cuando lo hace:

—Cody... Voy a hacerte una única pregunta y espero que seas completamente honesto. —Cody aprieta la mandíbula como si supiese lo que va a preguntar. Jordan señala al otro chico con la cabeza—. ¿Esto ha pasado mientras estabas con Trinity?

Joder. No lo había pensado. Estaba centrado en lo mal que lo ha tenido que pasar nuestro amigo y he asumido que todo esto ha pasado después de que Trinity y él hablasen.

—Es complicado —repite él y le tiembla la voz ligeramente—. Yo... No sabía que también me gustaban los chicos.

—Créeme que te entiendo. —Ameth da un paso adelante para acercarse a él, pero Cody retrocede. El chico con el que estaba se mantiene donde está, nos mira a todos con cara de confundido—. Sé que es difícil y confuso...

—Fue culpa tuya, ¿sabes? —Cody lo interrumpe, mirándolo fijamente—. Cuando te conocí el año pasado, empecé a sentir cosas. Y este año eran más fuertes, no las entendía.

—¿Qué...?

—Pero cuando empezaste a salir con Jackson de nuevo, me puse celoso. —Cody resopla y se lleva una mano a la nuca—. Quería probar contigo, ¿sabes? Salir de dudas contigo, Ameth. Pero como no se podía, lo hice con otros. —Señala al otro chico, que simplemente se cruza de brazos y suspira como si la cosa no fuese con él.

—Cody... —Ameth se pasa una mano por el pelo, negando con la cabeza—. No sé qué decir, la verdad. Ojalá lo hubieses hablado al menos conmigo, estábamos preocupados por ti.

—Entiendo que haya sido muy difícil —interviene Torres—, nos habría gustado estar ahí para ti y entiendo que no nos lo dijeras. Pero... no has respondido a la pregunta.

Cody traga saliva y su expresión vuelve a cambiar por completo, esquiva nuestra mirada.

—Responde a la pregunta, Cody, o voy a empezar a sacar conclusiones —insiste Jordan.

Está muy cabreado. Es el más leal de todos nosotros y, aunque sé que comprende a la perfección la situación, ahora mismo solo está pensando en nuestra amiga. Jordan odia las mentiras, odia las infidelidades y odia a los amigos desleales.

—Chicos, estaba confuso… Tenía que salir de dudas antes de…

Jordan da un paso adelante y señala a Cody.

—Estar confuso acerca de tu sexualidad no te daba derecho a engañar a tu novia. Lo justo habría sido que lo hablases con ella o, si no te atrevías, que la dejases directamente y luego te enrollases con quien te diese la gana.

—¿Has engañado a Trinity de verdad? —Torres resopla.

—Cody, joder… —suspiro negando con la cabeza.

—Te hemos dado tu espacio —continúa Jordan—. Estábamos muy preocupados por ti, has visto a Trinity sufrir por ti. ¿Y tú la estabas engañando porque no eras capaz de dejarla? ¿Por qué, por si salía mal todo esto y necesitabas volver a ella?

—Yo…

—Mejor no digas nada, *maldito gonorrea*. —Torres lo mira con la decepción que todos sentimos ahora mismo.

—Cody —la forma en que Ameth pronuncia su nombre esconde una tristeza enorme—, di la verdad.

—Lo he hecho. Le he puesto los cuernos a Trinity —confiesa, intentando rehuirnos la mirada—. Más de una vez.

—Menudo desgraciado.

Jordan gruñe y se aleja de él negando con la cabeza varias veces seguidas.

—Eres nuestro amigo —le digo yo, aunque Cody me mira avergonzado—. Sabes que habríamos estado ahí para ti en todo momento. Pero le has puesto los cuernos a Trinity, tío. La situación es compleja, lo sabemos… Pero no tenías que haberla engañado. No se lo merece.

—Estoy muy decepcionado ahora mismo contigo —añade Torres, chistando.

—¿Sabes qué es lo peor? —Jordan lo señala con el dedo—. No tenías por qué contárnoslo a nosotros. Pero si tan solo te hubieses atrevido a decírselo a Trinity, ella te habría entendido. No había necesidad de engañarla.

Cody aparta la mirada, es incapaz de mantenérnosla.

—Lo siento —murmura.

—Nosotros también —agrego yo.

No decimos nada más mientras nos alejamos y lo dejamos envuelto en sus mentiras.

CAPÍTULO 66

Spencer

Cody es un desgraciado. Los chicos escribieron anoche de madrugada diciéndonos que nos viésemos por la mañana en el piso, así que aquí estamos todos. Le han contado a Trinity lo que pasó anoche. La han dejado igual que a Morgan y a mí: alucinada. Es que no me jodas, ¿me está vacilando el imbécil o qué? Trinity se ha portado bien de más con él cuando, personalmente, opino que no se lo merecía. El muy caradura tuvo valor de venir el otro día a hablar con ella y terminar por fin esa no relación y no dijo nada. ¿Cómo pudo mirarla a la cara sabiendo lo que había hecho? No quiero ni pensar lo duro que tiene que estar siendo para él descubrir una parte de su sexualidad que no conocía, pero no es excusa. Entiendo perfectamente cómo se está sintiendo Trinity porque es igual que me sentí yo. No está dolida porque el amor de su vida la engañase con otra persona, sino que se siente humillada, como yo con Troy.

—En serio, id vosotros a patinar —insiste Trinity por quinta vez—. Estoy bien.

No lo está y todos lo sabemos.

—No vamos a ir a ningún lado sin ti —protesta Nate.

—Es que no sé qué pretendéis hacer aquí. De verdad, agradezco que queráis hacerme compañía, sois los mejores, pero es que es una tontería. No voy a sentirme mejor hasta que lo asimile y me niego a joderos los planes. Teníais muchas ganas de ir a patinar al lago Izoa.

—Teníamos —corrige Jordan, incluyéndola. Ella resopla.

—Lo digo en serio, id sin mí. Yo me quedo aquí en el piso tranquila viendo una peli. Lo mismo hasta pido pizza. Total, ¿qué más da un kilo de más? Si con uno de menos me han engañado igualmente.

—Deja de decir estupideces —la regaña Morgan, que le da un manotazo en la espalda. Trinity solo se encoge de hombros.

—Hechos.

—Gilipolleces —suelta Torres—. No te infravalores de esa manera, tú no has tenido la culpa.

Trinity vuelve a encogerse de hombros. No estoy en su situación, pero comprendo la sensación. Sentirte que no eres nada, que tú tienes la culpa de lo que pasa, que no mereces más… Es horrible.

—Prometo que voy a enfadarme con todos si os quedáis aquí compadeciéndoos de mí en lugar de ir a patinar.

—Está bien, vamos a patinar —accede Jordan—. Pero tú te vienes con nosotros.

—Paso.

—Levántate, Trinity Grace Cooper, o prometo que cargo tu medio metro a mi hombro ahora mismo y te arrastro hasta el lago Izoa —amenaza Jordan acercándose a ella.

—Me gustaría regodearme en mi miseria, muchas gracias, Jordan Caleb Sullivan.

—Chicos —es lo único que dice mi hermano. A Torres se le escapa una risa malvada antes de que todos se acerquen a ella.

—¡Ni se os ocurra! ¡He dicho que quiero pijama, manta y pizza!

—Pues primero vamos a patinar —replica Nate, mientras todos rodean el sillón—. Y después todos vamos a hacer una noche de pijamas, potingues de esos asquerosos de Morgan en la cara, manta y muchísima pizza. ¿Te parece?

Trinity los mira haciendo un puchero, infla los mofletes como una niña pequeña.

—¿Mucha pizza? ¿Todos juntos? —pregunta. Los chicos asienten, ella suspira—. Soy demasiado fácil.

Entre risas, muchas manos agarran a Trinity para levantarla y tirar de ella para ir juntos a patinar y que se despeje.

El domingo Nate me pregunta si quiero acompañarlo a casa de sus padres. Le prometió a Clare que la llevaría al cine, así que los dos vamos en mi Jeep a recogerla.

—Gracias por venir —me dice Nate de camino, mostrándome sus hoyuelos.

—Lo hago encantada.

Salimos del coche para acercarnos a Jeremy West, que espera en la puerta con la pequeña. Clare sale corriendo en cuanto nos ve para abrazar a su hermano. Después me sonríe a mí y me saluda.

—*Hola, Clare, ¿qué tal?* —signo.

Ella sonríe mucho más y Nate asiente con lo que creo que es orgullo. No le he dicho que estoy aprendiendo lengua de signos por mi cuenta, que Jordan me está enseñando y, que cuando tengo un hueco, miro vídeos online para seguir practicando. Me da vergüenza decírselo, no sé por qué. Quizá porque soy muy torpe y me suelo trabar con las manos o quizá simplemente porque soy estúpida. Pero el caso es que para Nate ahora mismo solo me está enseñando él.

—*Hola, Spencer, guapa* —me responde ella.

Nos acercamos a Jeremy, que tiene una expresión alegre en el rostro. Tiene el pelo castaño y los ojos azules como Nate.

—*Hola, señor West* —saludo intentando que no me dé algo.

—*Me alegra verte, Spencer.*

—*¿Qué tal, papá?* —es lo único que entiendo de lo que le dice Nate. Solo pillo unas cuantas palabras sueltas: «cine», «tarde», «palomitas».

Los tres nos despedimos de su padre y volvemos al coche. Nate se sube atrás con Clare. Tienen una conversación en la que él habla en voz alta mientras signa y va repitiendo lo que su hermana dice para que yo lo entienda.

Cuando bajamos del Jeep, Clare le da una mano a Nate y me tiende la otra a mí. No entiendo por qué me produce tanto cariño una criatura que nunca me ha gustado. Los niños son raros y ahora resulta que me gustan dos.

Nos ponemos en cola para comprar palomitas y refrescos, es Nate quien los pide mientras nosotras esperamos.

—*Spencer* —Clare signa mi nombre a la vez que intenta pronunciarlo en voz alta—. *¿Eres…* —dice algo que no logro entender—… *de Nate?*

—*Perdón* —le digo, también hablando en voz alta—. *¿Puedes repetir?*

Ella asiente.

—*Tú. ¿Eres…* —De nuevo, no entiendo la palabra—… *de mi hermano?*

—*Lo siento, Clare...*

Tras nosotras, Nate se ríe.

—Pregunta si eres mi novia —me dice con esa expresión alegre que tanto adoro—. *Spencer está aprendiendo* —le explica a su hermana—. *Todavía no sabe muchas palabras.*

Clare responde y nos señala a ambos. Nate me mira unos segundos, se muerde el labio, antes de negar y contestar.

—*Somos amigos.* —Clare vuelve a decir algo que Nate no repite y le responde en silencio.

Carraspeo porque sé que están hablando de mí y enarco una ceja. Nate me mira y se encoge de hombros.

—Clare insiste en que somos novios porque nos ha visto darnos besos. Le he dicho que a veces los amigos también lo hacen.

—Creo que darle a tu hermana de siete años clases de sexualidad es un poco precipitado —me burlo, porque es la única forma que tengo de evitar prestarle atención a lo que ha dicho.

¿Por qué de repente todo el mundo quiere saber si Nate y yo somos pareja o no? Primero la doctora Martin, más tarde Morgan y Trinity cuando hablé con ellas, luego mis padres, ahora Clare... Joder, ¿por qué no pueden dejarlo estar y ya?

La peli que hemos venido a ver es la última de Disney, subtitulada. Me inclino hacia Nate mientras empieza, al recordar que Clare tan solo tiene siete años.

—¿Puede seguir los subtítulos tan pequeña?

—Está acostumbrada —responde en un susurro—. Aunque lo que más le interesa es ver a las princesas, dudo mucho que se pase toda la película leyendo.

Nos hinchamos a palomitas durante toda la peli. De vez en cuando, Clare le pregunta algunas cosas a Nate que no logro entender. Cuando volvemos a dejarla en casa, Nate y su padre tienen una pequeña conversación que tampoco entiendo mientras yo me despido de Rose.

Tengo que ponerme más en serio con el aprendizaje de lengua de signos. Quiero que la próxima vez que vea a Clare y a Jeremy pueda tener una conversación en condiciones con ellos y no decir únicamente «*Hola, ¿qué tal estás?*». No quiero ser esa persona que espera que le repitan todo porque es más fácil que alguien lo diga en voz alta a que yo aprenda a signar. Quiero ser esa persona que se ha

420

esforzado para que nadie se sienta incómodo. Quiero que, si una persona sordomuda necesita algo, pueda entenderla. Quiero que la familia de Nate hable conmigo con tranquilidad y naturalidad sin necesidad de esperar a que alguien me repita lo que han dicho, yo responda, y él vuelva a signarlo.

Me agobio cuando me percato de que los motivos por los que estoy aprendiendo lengua de signos no son únicamente desinteresados, sino que conllevan algo más. Lo estoy haciendo por Nate y su familia, porque doy por hecho que voy a ver a sus padres y a su hermana a menudo, porque quiero que él se sienta orgulloso de mí. Porque veo esto a largo plazo. «Dios, Spencer, ¿en qué momento ha sucedido esto?».

Me paso todo el camino de vuelta en completo silencio porque mi cabeza no para de dar vueltas y vueltas. No me puedo creer que esté en este punto. Me prometí que esto no iba a pasar bajo ningún concepto y, sin embargo, aquí estoy, confusa. No quiero tener novio otra vez. No puedo tener novio otra vez. No después de que me permitiese confiar en alguien que me traicionó. No después de que me destrozaran el orgullo. No el corazón, de eso ya me di cuenta, pero dolió igualmente. Y, si me rompió en pedazos que pisoteasen mi orgullo, ¿qué tiene que sentirse cuando te rompen el corazón? No quiero saberlo. No lo soportaría.

—¿Spens? —pregunta Nate cuando aparco frente a su casa y sigo sin decir nada—. ¿Subes?

Lo miro. Quiero decir que no. Quiero poner una barrera entre nosotros para evitar la realidad que no estoy preparada para enfrentar. Pero Nate me mira con esos ojos que me impiden negarle nada y termino asintiendo. «Has encontrado tu debilidad, Spencer».

Su compañero Dan está en el salón cuando entramos. Nos saluda antes de que vayamos escaleras arriba, a su dormitorio. Cuando cierra la puerta y el silencio nos rodea, Nate se acerca a mí y me levanta la barbilla con los dedos para obligarme a mirarlo.

—Desembucha.

—¿El qué?

—No te hagas la tonta, Spencer. Hay algo que te preocupa y me gustaría que me lo contases.

«Me gustaría que me lo contases», no «cuéntamelo». Una petición, no una orden.

—Es una tontería —respondo.

—No lo es si te preocupa.

—¿Por qué todo el mundo se empeña en ponernos una etiqueta? —suelto. Nate alza ambas cejas—. Todos quieren saber si somos novios o no, si vemos a otra gente o no. ¿Qué más les da lo que hagamos y lo que tengamos?

—Si esto es por Clare, Spens, creo que deberías tener en cuenta que solo tiene siete años.

Se me escapa una risita, pero niego y vuelvo a ponerme seria. Nate se deja caer en la cama, se sienta en el borde mientras yo paseo por el dormitorio.

—Claro que no es por ella, es en general. Estaba pensando en que todos tienen la necesidad de estar al tanto de lo que pasa entre nosotros y ponerle un nombre.

—No tenemos que ponerle un nombre a esto, Spencer. Eso es una tontería, aunque tampoco pasaría nada si así fuese —responde—. Pero tenemos la tendencia a etiquetar las cosas porque es la única forma que tenemos de entenderlas por completo.

—No necesito etiquetar qué siento por ti.

Me muerdo los labios en cuanto digo eso. Nate arquea esta vez una sola ceja.

—Por supuesto que no. Pero ahora quiero saber qué significa eso.

Bufo. Tenía que haberme quedado calladita. No pienso decir nada. Admitir las cosas en voz alta las volvería reales y no estoy preparada para ello. Ni siquiera consigo admitírmelas a mí misma.

—No tengo nada que decir.

—Creo que hemos abierto la caja de Pandora con este tema —declara con cuidado, se cruza de brazos y se pone rígido—. Pensaba que no teníamos por qué hablarlo, pero ahora sí que lo veo necesario.

—¿Por qué?

—Porque veo que te preocupa.

—No me preocupa.

—Estás a la defensiva, Spencer. Sí que te preocupa —suelto un «psé» como toda respuesta—. Ya hemos hablado de exclusividad, nuestros amigos y familias saben… esto.

—¿Y qué?

Un poco a la defensiva sí que puede que esté.

—Pues que quizá tendríamos que hablar de por qué hemos permitido que la gente crea que tenemos una relación si no la tenemos.

Me quedo muda, aparto la mirada de él porque no soy capaz de enfrentarme a esa realidad. Lleva razón. Si solo fuésemos amigos con derechos, quizá nos habríamos esforzado un poco más en mantener esto oculto, al menos a ojos de nuestros padres. O no, quién sabe, porque el caso es que ni lo hemos pensado hasta ahora. Seguramente también habríamos negado incontables veces tener algo, ser algo, cuando han preguntado. El caso es que ni hemos negado ni confirmado nada, ni a nadie ni a nosotros mismos, y ese es el problema.

—Sé que no quieres una relación, Spens —dice con una suavidad y una calma dolorosas. Me obligo a mirarlo y aprieto los dientes—. Pero me importas y necesito saber qué es esto.

Nos señala a ambos.

—Es lo que es —respondo simplemente.

El corazón se me acelera y siento un pellizco en el estómago inexplicable. No puedo decirlo, de verdad.

Nate frunce el ceño y sé que su paciencia se está empezando a agotar cuando se pone en pie, pero no se acerca. No lo culpo, la verdad.

—¿Soy para ti lo mismo que Torres? —pregunta entonces y sé que su paciencia está llegando a un límite—. ¿Lo mismo que cualquier otro? ¿Quieres ser para mí lo mismo que Trinity o Morgan?

—No quiero tener esta conversación —le advierto, empiezo a agobiarme. Él resopla, negando con la cabeza.

—Solo quiero aclarar esto, Spencer, solo esto.

—¡¿Qué es esto?! —grito de repente, alzando las manos. La que ha perdido la paciencia soy yo y ni siquiera sé por qué, joder. O sí—. ¡¿Qué narices quieres saber, Nate?! ¡Pregúntalo directamente y déjate de rodeos!

—Quiero saber qué coño sientes por mí —espeta y se detiene a unos metros de mí para mirarme—. Antes me daba igual, pero ahora no, joder. Quiero saber si para ti soy uno más del que te aburrirás de repente una mañana. Quiero saber si esto lleva a alguna parte o para ti es solo el morbo de follarte al mejor amigo de tu hermano con el que no deberías de haber empezado nada. ¡Quiero saber qué hay entre nosotros!

Aprieto los dientes más y más con cada palabra. Un nudo se me forma en la garganta mientras mi cabreo y mis ganas de llorar aumentan. ¿En qué puto momento hemos llegado a esta conversación? Todo iba bien, estábamos genial y, de pronto…, toma, a dar voces por algo que no nos había preocupado hasta ahora. O sí, pero no lo habíamos manifestado. El caso es que no me esperaba terminar así el día.

Me duele lo que dice. Me duele que piense, después de todo, que es uno más. Que solo estoy con él por hacer la gracia. Que esto no es nada. Por eso alzo la barbilla con altanería, con orgullo, para que no se le olvide ni a él ni a mí que sigo siendo Spencer Haynes, y digo:

—Que tengas siquiera que preguntarlo significa que no entiendes nada.

Me largo de ahí antes de que pueda replicar. No miro atrás y él no me sigue. Solo cuando llego a casa y estoy en mi habitación, me permito gritar y llorar de rabia contra la almohada.

CAPÍTULO 67

Nate

No nos hablamos más de lo necesario en toda la semana. Nos sentamos juntos en clase como siempre, pero no tonteamos. Trabajamos en el artículo de esta semana, pero no hablamos de nada más. No nos besamos, no nos acostamos. Y es agonizante, porque ambos sabemos que queremos estar como siempre.

La conversación (o discusión) del otro día ha puesto un muro entre nosotros cuando lo único que pretendía era que se destruyesen los pocos ladrillos que quedaban. Estaba preparado para decirle que yo ya no tenía miedo. Que lo he tenido durante todos estos meses en los que no me sentía capacitado para estar con nadie otra vez y por eso he ido con cuidado, pero que ahora me siento preparado para intentarlo de nuevo con ella. Como mi novia, mi pareja, mi algo, mi nada… como quiera llamarlo. Lo único que quería era dejarle claro mis sentimientos por ella. Porque no son de amistad y me estaba empezando a hacer daño pensar que solo somos amigos.

Siento algo muy fuerte por Spencer y quiero que ella lo sepa. Porque igual que yo sigo teniendo mis preocupaciones acerca de nosotros, ella también tiene las suyas. Por eso se puso a la defensiva. Quiero creer, por lo que dijo y por lo que la conozco, que no soy únicamente lo que me da miedo ser. Sé que soy mucho más, aunque no lo admita. Pero necesito saberlo con seguridad para tomar una decisión. Es muy sencillo, aunque sea duro. Si Spencer siente lo mismo que yo, estupendo, no hay más que decir, tan solo seguimos con esto como hasta ahora, dejándonos llevar. Pero si no…, hasta aquí ha llegado lo que sea que tenemos. No porque no quiera seguir, no porque necesite que esté totalmente loca por mí ni porque quiera una etiqueta… Sino porque si continuamos con esto sintiendo cosas distintas, voy a volver a sufrir. Y puede que ahora mismo sí esté preparado para desprenderme de ella si fuese necesario, pero tengo claro que no lo soportaría si Spencer me rompiese el corazón en unos meses. Mejor cortar de raíz y seguir siendo amigos antes de que lleguemos al punto en el que nunca podríamos volver a serlo.

Tengo que forzarme a quitármela de la cabeza cuando entramos al hielo. El equipo contrario no tiene nada que hacer contra nosotros, pero no puedo permitirme ninguna distracción. Me centro en el partido mientras me toca jugar y no pierdo a mis compañeros de vista cuando salgo de la pista en el último tiempo. Lo que sea para no mirar hacia las gradas y llevarme una hostia de realidad cuando no la vea ahí.

Ganamos con bastante diferencia, así que lo celebramos en el vestuario aullando y brindando como de costumbre después de que el entrenador Dawson nos felicite y se largue antes de que saquemos el alcohol.

Nos duchamos y nos cambiamos de ropa para ir al Cheers a seguir celebrando la victoria. Estamos a un paso de las semifinales; si seguimos jugando así, podemos llegar a la Frozen Four este año y, joder, eso sería genial.

Cuando salimos del pabellón, Mor, Trinity e incluso Jackson, que se ha unido a animar, están esperándonos.

Y Spencer.

Me detengo un segundo cuando la veo, sorprendido. ¿Ha venido a ver el partido? Bueno, seguramente haya venido para apoyar a Jordan, Torres y Ameth, no significa nada. Pero entonces me mira y sonríe ligeramente antes de darse la vuelta para que mire la parte de atrás de su camiseta de los Wolves: WEST. Ha grabado mi puto apellido. Y lleva mi número, el 13. Vuelve a girarse y se encoge de hombros ante mi mirada de incredulidad mientras llego a ella.

—Has venido —le digo. Ella enarca una ceja.

—Claro que he venido.

—Y llevas mi apellido y mi número.

—Eras el único al que no se le iba a subir el ego si lo hacía, así que... —Se encoge de hombros.

—A Ameth tampoco se le habría subido el ego.

—No me acuesto con Ameth.

Se me escapa una risa.

—¿Venís o no? —nos pregunta Mor. Es entonces cuando me doy cuenta de que todos están ya a unos metros de distancia.

—Vamos en mi coche y hablamos —me propone Spencer, yo asiento.

—Allí nos vemos —les digo a los demás.

Se hace el silencio cuando nos subimos en el Jeep. No me atrevo a empezar la conversación, no quiero volver a agobiarla. Por suerte, es ella quien lo hace. Lo que dice me pilla por sorpresa.

—Lo siento. —Sus ojos color miel se clavan en los míos—. El otro día me puse demasiado a la defensiva y te grité.

—Te abordé por sorpresa —admito yo—. Lo siento.

—El tema lo saqué yo. Es normal que después de lo que dije quisieras... aclarar algunas cosas.

—Sí.

—No estoy preparada para tener esta conversación.

Asiento sin decir nada. Lo comprendo, yo tampoco lo estaba hace unas semanas. No quiero forzarla, pero tengo que protegerla tanto a ella como a mí. Por eso digo:

—No pasa nada. Pero me gustaría que lo hablásemos en algún momento. Creo que es necesario por ti y por mí, Spencer. Antes de que le demos la razón a Jordan de que esto no fue una buena idea desde el principio.

Un pequeño suspiro escapa de entre sus gruesos labios rojos. Finalmente acepta.

—Bien. Pero necesito tiempo. Unos días o una semana, no sé.

—Lo que necesites.

—Déjame hasta el concierto de la semana que viene para aclararme.

—Sin problema.

Nos quedamos mirándonos unos segundos durante los que parecemos analizar nuestros rostros al detalle. Yo, por lo menos, lo hago. Una semana sin tocarla, sin mirarla tan descaradamente, ha sido horrible. Necesitaba que esos ojos volviesen a mirarme así, que esos labios se curvasen para mí.

—Haz el favor de comerme ya la boca, Nate —protesta.

No la dejo decir nada más, porque cumplo sus (nuestros) deseos.

Voy a perder la cabeza. Spencer no para de restregar su culo contra mi entrepierna mientras baila y pasear mis manos por su cuerpo no es suficiente. Todos bailamos al ritmo de la música, pero solo ella parece estar al tanto de mi sufrimiento, porque sonríe como una condenada cada vez que clava la vista en mí y ve mi expresión.

—Te noto alterado —se burla cuando se gira para estar de frente a mí. Mis manos se clavan en su cintura—. ¿Va todo bien?

—Eres una persona horrible, Spencer Haynes.

—Qué pena.

Finge un puchero mientras pasa sus uñas por mi pecho lentamente. Las mías se deslizan hacia abajo, acariciando su cuerpo, no me importa que nuestros amigos estén a nuestro alrededor. Ahora mismo esa es la menor de mis preocupaciones con todo lo que tengo en la cabeza.

—Tan solo dime que sí y nos vamos ahora mismo de aquí —le susurro al oído, aunque tengo que alzar un poco la voz por culpa de la música.

Sus labios rozan mi oreja y hacen que me recorra un escalofrío.

—Sí.

Ni siquiera nos despedimos. Salimos del Cheers y nos subimos al Jeep en tiempo récord. Tengo que morderme el puño para controlar mis ganas de saltar sobre ella mientras conduce hacia mi casa. Aparca en la entrada, subimos las escaleras y en medio segundo estamos en mi habitación.

Es Spencer la que se abalanza sobre mí tirando de mi nuca para comerme la boca. No es un beso suave ni lento, es un beso desesperado como el de la primera vez. Mi lengua pelea con la suya por hacerse con el control mientras un hormigueo trepa por todo mi cuerpo. No logro comprender cómo puede ser tan maravilloso besar a Spencer. Qué infravalorados están los besos con la persona que de verdad te hace sentir y perder la cordura. Joder, estoy de mierda hasta el cuello, es un hecho.

Un gemido vibra en la garganta de Spencer cuando la agarro por el culo para levantarla y obligarla a enredar sus piernas alrededor de mi cuerpo. Nos dejo caer sobre la cama, la atrapo entre mi cuerpo y el colchón. Reparto besos por su garganta y mandíbula a la vez que tiro de su jersey para quitárselo. También me deshago del sujetador con habilidad antes de morder sus pechos. Los pezones de Spencer me reciben de la misma forma que mi polla ahora mismo: duros.

Es imposible controlarnos o bajar el ritmo de lo que hacemos, estamos completamente fuera de control. Por mi parte, ya no es solo la atracción física la que se ve envuelta en lo que hacemos, sino los sentimientos que sé que tengo por ella y que van a acabar conmigo. Nos separamos solo para deshacernos de absolutamente todas las prendas de ropa que impiden que nuestra piel se roce antes de volver a tocarnos. El vello se me eriza cuando sus dedos me acarician los brazos, me aceleran el corazón en contra de mi voluntad. Intento apartar el pensamiento de que esta puede ser nuestra última vez, no quiero ni pensar en eso.

Reparto besos por todo el cuerpo de Spencer de manera descendente. Ella suelta un quejido cuando lamo el interior de sus muslos, muy cerca de donde realmente quiero estar. Muerdo su piel, acariciando con un dedo su entrada húmeda. Húmeda no, empapada.

—Estás muy mojada —le digo con voz ronca.

Ella resopla con ansia porque sigo jugando con mi dedo. Sisea cuando lo introduzco en ella, cosa que me manda un calambre directo a la entrepierna. «Por el amor de Dios, me vuelve loco. Y no solo sexualmente hablando, joder».

Es cuando acaricio su clítoris con el pulgar que Spencer se remueve ligeramente. A la mierda ir con todos los preliminares, necesito saborearla de una puta vez, antes de que mis pensamientos decidan consumirme. Saco el dedo de su interior para sustituirlo con mi boca. Cuando mi lengua entra en contacto con su coño, ella se arquea me agarra el pelo entre sus dedos.

—Joder —brama.

Juego con mi dedo con ese botón que la vuelve loca mientras la devoro. No se me ocurre bajo ningún concepto detenerme hasta que sus piernas tiemblan y Spencer se corre en mi boca. Me relamo los labios al separarme bajo su atenta mirada. Tiene las mejillas rojas y se muerde los labios mientras yo sonrío. Está jodidamente preciosa así y no soportaría dejar de mirarla para siempre si mis sentimientos la alejasen de mí. Spencer intenta calmar su respiración, yo paseo toda la palma de mi mano por su vientre, sus pechos, hasta llegar a su cuello. Cuando cierro los dedos alrededor de su garganta, el suspiro torturado que suelta tras inspirar, lento y sensual, me nubla el juicio. Más aún.

—Me gusta demasiado que hagas esto —admite acariciándome la mano con la suya. Yo me río y me inclino para besarla.

—Lo sé.

—Túmbate. —Spencer intenta incorporarse, pero yo niego sin soltarle el cuello. Noto en mi palma cómo traga saliva.

—Ya estamos con las órdenes…

Ambos gemimos cuando volvemos a besarnos.

—Quiero follarte ya —murmuro en su boca.

—Pues fóllame ya, West.

Spencer me muerde el labio inferior con fuerza, me hace maldecir. Me aparto solo para coger un condón de la mesilla y ponérmelo. Sus ojos miel no se apartan ni un solo segundo de mí.

—Ven aquí —le pido.

Lo he aprendido a base de acostarnos: Spencer ama dar órdenes, llevar el control… Pero se vuelve loca si en la cama se las doy yo, si la desafío.

Se incorpora y se pone de rodillas frente a mí. Le lamo los labios antes de obligarla a girar. Spencer apoya sus manos en la cama y se queda a cuatro patas frente a mí. Me mira por encima del hombro con picardía mientras exploro su espalda con mis manos.

—No tengo todo el día… —me provoca, meneando el culo de forma que roza mi pene.

Joder.

Acaricio de nuevo su entrada antes de colocarme en ella y empujar. Gruño cuando la penetro. No voy a durar una mierda. Después de una semana sin follar, voy a terminar demasiado rápido, por eso me muevo despacio al principio, a pesar de que mi cuerpo me pide todo lo contrario. A Spencer tampoco parece apetecerle ir con tranquilidad hoy, porque protesta.

—Has dicho que ibas a follarme, Nate. Hazlo.

—Tú mandas, Spencie.

Agarro su culo con ganas cuando me retiro para volver a penetrarla con fuerza. Los dos gemimos cuando notamos que nuestros cuerpos se reciben como imanes. A partir de aquí, ninguno de los dos hace nada por mantener el control, aunque yo he perdido el mío hace mucho.

Enredo una de mis manos en el pelo de Spencer para tirar de él mientras me la follo una y otra vez. Ella se aprieta alrededor de mí, robándome quejidos de placer. Spencer se asegura de que su cuerpo está a cada momento en la mejor postura para ambos. Se me nublan las ideas cuando siento que voy a correrme.

Spencer se aferra a las sábanas con fuerza cuando lanzo una última estocada en la que termino gruñendo de placer.

—Estoy casi —me hace saber entre jadeos.

No me detengo, sino que sumo mis dedos a la penetración, hasta que el orgasmo llega a ella y se deja caer exhausta en la cama.

Me quito el condón y me tumbo a su lado. Ambos estamos sudando, intentando recuperar el aliento, pero eso no impide que Spencer se acerque para besarme y me haga temblar otra vez.

—Te echaba de menos —susurra y a mí se me encoge el corazón.

Y es ahí, con esas palabras que sé que se le han escapado de la boca, cuando sé que da igual lo que yo quisiera en un principio. Da igual que no quisiera nada serio, que no buscase sentir algo tan inmenso por nadie. Se ha ido todo a la mierda. Estoy tan loco por ella que sería incapaz de negarlo si me preguntase. Hace que el corazón me lata de una forma que ahora mismo duele, porque sé que cabe la posibilidad de que me lo parta en dos y no sé si estoy preparado para ello.

Mentira. Lo sé perfectamente: no lo estoy. No estoy en absoluto preparado para que Spencer Haynes me destroce el corazón y todo lo que siento por ella.

CAPÍTULO 68

Spencer

Aunque Trinity finja estar bien, la autoestima en la que la había visto trabajar estos meses está destrozada. Sigue culpándose por lo de Cody, aunque no lo admita en voz alta. Intenta que su día a día siga siendo el de siempre: nos muestra diseños que hace para el curso, se pasa horas en los establos, sale con todo el grupo… Pero hay una pizca de esa alegría que siempre radia que parece haber desaparecido.

No sabría decir cómo va Morgan. Al parecer está bien, pero su problema con la bulimia no es algo que muestre. No habla de ello y nosotras no le preguntamos. No sale a comer fuera de casa tanto como antes y, si lo hace, come muy poco. Le cuesta, lo sé, debe de estar pasándolo mal. Tan solo sé que no hay nada de lo que preocuparse ahora mismo porque me lo ha dicho Jordan. Torres lleva el control de su hermana, así que podemos estar tranquilos de momento.

Nate y yo estamos como antes. Trabajamos en el artículo de la obra de teatro de esta semana como de costumbre, hacemos nuestros planes juntos, salimos con los demás… Y, en un abrir y cerrar de ojos, vuelve a ser viernes. Mañana es el concierto de Imagine Dragons, así que mi plazo para pensar en lo que hablamos ha terminado.

Y yo no he pensado absolutamente nada.

Es decir, ¿cómo se hace? ¿Te sientas en el escritorio y empiezas a hablar en tu mente intentando descifrar el caos de tu cabeza? ¿Le hablas al espejo? No tengo ni idea de cómo hacer esto. No estoy preparada y punto.

Tiemblo cuando Nate entra en el piso, porque ambos sabemos que esta conversación va a suceder. Nos ponemos a redactar el artículo y a ver dónde encajan mejor las fotografías que ha hecho. Jordan sigue en el gimnasio cuando terminamos, así que la putita charla es inevitable. Sin embargo, no es Nate quien la inicia. Me da mi espacio porque él sabe tan bien como yo que hoy era el día que dijimos, tan solo espera que yo hable primero.

No puedo esconderme para siempre ni quiero ser una cobarde, así que hablo:

—No sé muy bien qué tengo que decir.

Nate tampoco parece saberlo, porque guarda silencio.

—No sé qué quieres que diga, Nate —continúo, noto que empieza a acelerárseme el pulso por el estrés—. No me gustan las etiquetas, deberías saber que estoy cansada de ellas porque siempre he llevado una pegada en la frente.

—Esto no tiene nada que ver con las etiquetas. —Frunce el ceño.

—Entonces, ¿de qué va esto?

—Joder, Spens. Hacemos todo juntos, nos entendemos, no nos estamos viendo con nadie más…

—Exacto —me interrumpe—. Ahí está, ¿por qué tenemos que ponerle un nombre?

—¡No he dicho en ningún momento que haya que ponerle un nombre! —alza la voz de una manera tan moderada que hasta asusta, porque no llega a gritar. Aun en esta situación, mantiene la calma conmigo.

—¡La gente quiere que le pongamos un nombre!

—Yo no soy la gente —me recuerda.

—Sigo sin comprender entonces de qué va esto.

—De compromiso, Spencer. Va de aceptar que hay algo más entre nosotros que solo atracción física.

Un pellizco en el pecho me corta la respiración. La mirada de Nate se vuelve más profunda, más seria. Yo soy tan estúpida que aparto la vista.

—Pensaba que estaba claro —murmuro.

—No puedo confiar en que lo que pienso que hay entre nosotros sea lo que hay en realidad. No puedo arriesgarme a creer que tú sientes lo mismo que yo y que luego no sea así.

Comprendo lo que quiere decir. Entiendo ahora por qué quiere tener esta conversación: Nate tiene miedo. Miedo de dejarse llevar, de sentir, de sufrir otra vez. Miedo por lo mismo que yo. La diferencia es que él está siendo valiente y exponiéndolo en voz alta. A mí sigue dominándome la cobardía.

—No puedes dejar que lleve yo la conversación entera.

—Yo también tengo mis miedos, Nate —respondo a la defensiva.

—Precisamente por eso tenemos que hablar.

—¿Qué quieres que diga? —gruño—. Dímelo claramente, porque no sé qué es lo que esperas de mí.

—¿Me estás vacilando? —Nate se levanta del sofá y empieza a pasear por el salón. Se detiene delante de la tele para mirarme—. ¿Es en serio, Spencer? —Me encojo de hombros—. Por Dios. Te lo dije el otro día, maldita sea. Quiero saber qué soy para ti, si uno cualquiera o algo más —repite, sus palabras se me clavan como puñales—. Si tengo que mantener mis barreras altas porque lo mismo mañana me dices que seamos solo amigos porque estás aburrida de mí o si puedo bajarlas porque estamos en el mismo punto. Quiero saber si vas a destrozarme el puto corazón a propósito o vas a intentar no hacerlo porque eso también te haría daño a ti.

Hace una pausa, espera a que yo diga algo que no sale de mi boca.

—Bien, no piensas decir nada. Pues permíteme que yo sí lo haga, porque me niego a seguir cargando con esto y tú necesitas saberlo. —Inspira hondo antes de clavar sus ojos color cielo en mí—. Para mí, eres mucho más que una amiga con derechos. Si no estaba claro, ahora va a estarlo. Estoy loco por ti, Spencer. No te voy a decir que eres el amor de mi vida, porque no lo sé, pero siento muchas cosas por ti. Se me corta la respiración cada vez que te veo, Spens. Se me acelera el pulso, me pongo nervioso. No soy capaz de hartarme de tus besos y se me va la cabeza si pienso en no probarte nunca más. Se me encoge el corazón de pensar que de un día para otro esto puede terminar, porque no quiero que termine.

Se me parte el alma a la misma vez que empiezo a hiperventilar. «Estoy loco por ti». Ay, ay, ay. ¿Cómo le digo en voz alta lo que yo siento de la forma en que él lo está haciendo? ¿Cómo le pongo voz a las palabras que se me atascan en la garganta? Me da pánico hacerlo a pesar de todo.

—Necesito que digas algo —me pide.

Noto que las palabras se le ahogan en la garganta. A mí se me empañan los ojos sin poder evitarlo.

Abro la boca, pero nada sale de ella. «Dios, Spencer, ¿qué cojones pasa contigo?». Se me escapa un sollozo, pero ya está. Nada de palabras.

Espero a que Nate grite, que me diga lo cobarde que soy, que se vaya dando un portazo. Espero cualquier cosa, cualquier reacción, excepto lo que hace. Esboza una triste sonrisa y deja caer los brazos a los lados, abatido.

—Todo claro —murmura—. Ha sido un placer, Spencer. Lo digo en serio, ha sido genial.

Después se inclina para depositar un beso en mi frente.

Lo único que hago cuando se marcha es llorar.

Sigo llorando cuando Jordan vuelve. Solo sé que ha regresado porque me sobresalto cuando se sienta junto a mí y me acaricia el pelo.

—¿Qué ocurre? —pregunta.

Me permite que llore durante un rato más en el que siento que mi pecho va a estallar de dolor. Esto es precisamente lo que quería evitar, es por esto por lo que me negaba a sentir de nuevo. Pero no he podido evitar ni una cosa ni la otra. Rectifico: no he podido evitar lo segundo, no he sido capaz de evitar lo primero. Por imbécil.

—Creo que Nate y yo hemos roto —susurro cuando consigo tranquilizarme.

—Creía que solo erais amigos —me recuerda. Yo lo fulmino con la mirada—. ¿Qué ha pasado?

—Nate me ha confesado sus sentimientos.

Le explico brevemente lo sucedido, las palabras de Nate y las que yo no he pronunciado. Dios, cómo duele.

—¿No has dicho nada de nada? —niego y puedo ver que Jordan está flipando porque me mira como si fuese un extraterrestre—. Por Dios, Spens…

—No he sido capaz, Jordan. Tengo miedo. Mucho.

—¿De qué exactamente?

—De que me haga daño. De no saber gestionar ni el dolor ni la ruptura. De no saber gestionarme a mí. No quiero volver a ser esa Spencer, Jordan.

Mi hermano suspira y me abraza contra él.

—Ya estás sufriendo, Spencie. ¿No habría sido más fácil decirle lo que piensas?

—No es lo mismo el dolor de ahora que el dolor que puede venir si esto llega a más —protesto.

—Oh, venga ya, déjate de tonterías. —Jordan me aleja de él para mirarme con seriedad—. Lo que tenéis ya es «más», ha sido más todo el tiempo. Yo no voy a meterme en esto, pero estoy en la obligación, como tu hermano y su mejor amigo, de dejar las cosas claras. Esto es precisamente lo que quería evitar cuando puse esa regla, que sufrierais. Porque pensaba que podríais haceros daño de otra forma, no de esta tan estúpida. Sé que tienes miedo, Spencer, es normal y lo respeto. Pero ¿crees que Nate no lo tenía? Precisamente porque estaba cagado es por lo que te ha dicho todo lo que siente. Y tú le has destrozado del modo en que evitabas que él te rompiese a ti. No es justo. Deberías decirle lo que sientes. Deberías tener un poquito de coraje y enfrentarte al miedo. Porque sí, Spencer, puede que en un tiempo os hagáis daño el uno al otro, pero al menos lo habréis intentado.

Asiento ligeramente haciendo lo posible por controlar el llanto.

—No quiero volver a sufrir.

—Es parte de la vida, hermanita. Sé que no es justo, pero es así. No puedes renunciar para siempre a lo que te hace feliz por miedo a perderlo en algún momento. Eso no es vivir.

Me seco las lágrimas y vuelvo a acurrucarme junto a él. Estamos en silencio durante un rato. Jordan me abraza y me consuela hasta que me tranquilizo, yo no dejo de pensar.

—¿Cómo es que no tienes novia? —le pregunto, él se ríe.

Jordan es un partidazo, sería el novio perfecto. Cualquier chica que estuviese con él viviría en un paraíso por muchos motivos. Sale con chicas de vez en cuando, pero no es un mujeriego como, por ejemplo, Torres.

—Cuando la chica adecuada y yo estemos preparados, tendré novia.

—Qué rarito eres.

—Mira quién fue a hablar...

Un rato después, tomo una decisión.

—¿Jordie? ¿Puedo pedirte un favor más? Puede que nos lleve toda la noche.

—Dispara.

CAPÍTULO 69

Nate

Rehúyo su mirada. Me busca, Spencer me busca, pero yo la rehúyo porque soy incapaz de enfrentarme a ella ahora mismo. Tenía pensado alejarme durante un tiempo para asimilar esto, que lo que había entre nosotros se ha acabado. ¿Cómo he podido equivocarme de nuevo? ¿Qué he vuelto a hacer mal? Necesitaba pensar solo, sin verla, pero hoy es el maldito concierto y hemos venido juntos los que somos fans: Jordan, Spencer, Trinity, Torres y yo.

El estadio está a rebosar, agradezco haber dejado los abrigos en el coche aunque hayamos pasado frío hasta que hemos conseguido entrar. Una vez dentro hace bastante calor. Compramos las entradas en cuanto salieron, así que tenemos muy buen sitio a pie de pista. Las canciones del grupo suenan de fondo sin letra, esperando a que llegue la hora para empezar, creando ambiente.

—Nate. —Spencer se acerca a mí e intento de verdad que no me duela el pecho cuando la miro. Pero duele—. ¿Podemos hablar?

—No es el mejor momento —respondo.

Nuestros amigos no nos miran directamente, pero sé que están pendientes de nosotros. Anoche, cuando volví a casa, derrumbado, se lo conté todo a Torres. Y sé que los demás también lo saben.

Va a decir algo, pero se calla en cuanto las luces se apagan y la música resuena en todo el pabellón. Imagine Dragons aparece en el escenario cantando a todo pulmón «Radioactive». Intento dejarme llevar y disfrutar del concierto lo máximo posible. Lo hago en cierta medida porque estoy con mis amigos, gritando y saltando con cada canción, pero no puedo dejar de mirarla a ella. Lleva el pelo parcialmente recogido, tiene los ojos afilados por el maquillaje y los labios rojos. Va entera de negro, con los dedos llenos de anillos y la pulsera que nos han regalado en la entrada a todos y brilla en la oscuridad en un tono azul. Es tan guapa que me hace pensar si de verdad alguna vez he sido suficiente para ella.

Spencer me pilla mirándola mientras «I bet my life» termina y «Next to me» empieza.

—Nate —vuelve a decir y alza la voz acercándose. Escuchar mi nombre de entre sus labios me produce un escalofrío. Simplemente niego—. Por favor.

Me centro en la música y no en lo que estoy sintiendo. Pero entonces suenan los primeros acordes de «Whatever it takes» y siento que se me viene el mundo abajo.

—Tengo que irme —murmuro, aunque dudo que los demás me hayan escuchado.

Me doy la vuelta y empiezo a abrirme paso entre la multitud. Me parece escuchar mi nombre, pero no me detengo.

Estoy llegando a la zona que divide nuestra área de la siguiente cuando vuelvo a escucharlo.

—¡Nate!

No me giro. Los guardias de seguridad me dejan pasar, así que empiezo a subir las escaleras hacia la salida. Cometo el error de girarme. Spencer está saliendo ahora de nuestra zona, pero se detiene en cuanto ve que tiene mi atención, al pie de las escaleras. Dice algo que no consigo escuchar porque nuestra canción retumba por el pabellón junto a los gritos de la gente. Niego para hacerle entender que no la escucho y que me voy. Pero Spencer llama mi atención de otra forma. Consigue que la escuche de la única manera posible ahora mismo.

—*Nate, espera* —signa. Sus labios no se mueven. Me giro para mirarla de frente desde los escalones—. *He sido cobarde. Siempre lo he sido. Fingía seguridad delante gente. Creía haberlo superado. Y lo he hecho. Creo. Pero no cuando se trata de ti.*

Me quedo sin habla. Creo que hasta se me desencaja la mandíbula. ¿Cómo...? ¿Cuándo? ¿En qué momento Spencer ha aprendido lengua de signos? No lo hace perfecto, sería una locura si no cometiese errores, pero la entiendo perfectamente. Y eso me hace temblar.

—*Tenía miedo de hicieses daño. He terminado haciendo yo a ti.* —Hace una pausa en la que se mira las manos, como si de repente se diese cuenta de que está signando. Pero se recompone rápidamente y vuelve a mirarme. ¿Es posible que alguien note desde esta distancia

438

cómo me late el pulso?—. *No quería hacer daño. Me asusté ayer. Volvió real lo que yo también siento. No me salían las palabras. Pero así es más fácil.*

Esbozo una sonrisa que hace que ella me imite. No se hace una idea de lo orgulloso que estoy de ella ahora mismo. Más de lo que ya lo estaba. No se hace ni una mínima idea de lo que siento por ella.

Spencer vuelve a mirarse las manos unos segundos y hace una pausa para pensar. Después asiente.

—*Eres mucho más que un amigo* —dice. Se traba con las manos un momento antes de continuar despacio, lo que me saca una pequeña risa de ternura—. *Siento por ti tantas cosas. Yo tampoco quiero que te aburras de mí. Nunca había sentido esto, Nate. Tengo miedo. No puedo explicarlo. Tú me haces sentir viva. Quiero superarme a mí misma. Me apoyas, me valoras, me respetas.* —Vuelve a parar unos segundos para pensar—. *Quiero que esto lleve a algún lado. Quiero intentarlo.*

Spencer da un par de pasos hacia arriba, pero vuelve a detenerse a una distancia corta de mí.

—*Podemos ponerle nombre.* —Me mira con ternura sonriendo—. *Pero no vuelvas a irte. No te vayas, Nate. Por favor.*

Y, por si había alguna mínima posibilidad de que fuese a decir que no, añade:

—*Whatever it takes, ¿recuerdas?*

La canción termina a la misma vez que ella baja las manos.

—*Whatever it takes* —signo. Es lo único que respondo antes de acortar la distancia que nos separa.

Nos envolvemos en un beso que transmite lo que ambos sentimos, esta vez lo sé seguro. Acuno su rostro entre mis manos mientras mis labios le hacen saber a los suyos lo mucho que la necesito.

Todo el dolor que sentí ayer, que seguía sintiendo hace unos segundos al pensar que la había perdido, que esto había sido un sinsentido, desaparece. No hay absolutamente nada en el mundo que iguale la euforia que estoy sintiendo ahora mismo, con Spencer entre mis brazos, besándola.

—¿Cuándo has aprendido a decir todo eso? —pregunto con una risa cuando nos separamos.

—Anoche —confiesa—. Jordan me ayudó, estuvimos hasta las cinco de la mañana. Pero llevo aprendiendo a signar con él y por mi cuenta más tiempo, así que no fue tan difícil.

—¿Por qué?

—Porque es parte de tu vida —contesta, como si fuese evidente—. Y de la de tu familia.

Eso me basta. Esta vez, su respuesta sí que es suficiente, porque comprendo todo lo que hay detrás aunque no lo diga en voz alta.

—Quiero intentarlo —continúa—. Esto. Nosotros.

—No tenemos que ponerle una etiqueta —le recuerdo, aunque a mí no me importe hacerlo, pero Spencer niega.

—En realidad, quiero hacerlo. No porque haya que hacerlo sí o sí, sino porque creo que es algo a lo que tenemos que enfrentarnos. Unos más que otros. —Se encoge de hombros como diciendo «culpable»—. Se trata del compromiso, como tú dijiste.

—Yo también quiero intentarlo, Spencie. Merecemos la pena.

Volvemos a besarnos, ambos con una enorme sonrisa en la cara.

—¿Volvemos con los demás? —me pregunta, yo asiento.

Nos unimos al resto del grupo de nuevo cuando empieza a sonar «Natural». Creo que no he sido tan feliz en mi vida como lo soy ahora mismo.

CAPÍTULO 70

Spencer

El domingo Nate y yo no nos separamos ni un solo segundo. El lunes, el inicio de la semana no es tan amargo. De hecho, creo que es la primera vez que madrugar e ir a clase no me altera el ánimo. Tengo cita con la doctora Martin más tarde y hoy voy hasta emocionada.

Cuando me pregunta qué me tiene tan contenta, le cuento todo lo que ha pasado con Nate.

—Me parece muy inteligente y muy valiente lo que hiciste —señala—. No te veías capaz de decir lo que sentías en voz alta y no tenías por qué forzarte a hacerlo si no te sentías preparada. Pero encontraste una forma original y válida de hacerlo.

La consulta va de maravilla. Me hace muy feliz ver que la psicóloga piensa que he hecho un buen trabajo estos meses. Sé que aún me queda mucho por conseguir y tratar, pero ahora soy una persona distinta (más bien ahora soy yo misma) y estoy dispuesta a recuperarme por completo.

El martes Nate y yo elegimos el nuevo tema para el artículo de la semana: «¿Por qué debería normalizarse ir a terapia?». En este artículo me atrevo a algo nuevo: a hablar de mi propia experiencia.

El viernes los chicos tienen partido fuera. Por desgracia, lo pierden y se quedan fuera de las semifinales por segundo año consecutivo para ellos, y por cuarto para los Wolves. Les ha sentado fatal esta derrota y están bastante desanimados después de la charla que les dio el entrenador. Es Torres quien está más molesto, pues ha prometido que el año que viene llegarán sí o sí a las semifinales y a la Frozen Four. Estoy segura de que van a ponerse las pilas de cara a la siguiente temporada.

El sábado, para subir el ánimo, vamos todos juntos a un *escape room* ambientado en Los Vengadores que hay en la ciudad. Yo tomo notas y Nate hace fotos donde le dan permiso para guardarnos la información para algún futuro artículo.

Febrero llega a Keens como cada festividad: quitando la decoración de la de antes y poniendo la nueva. Todo lo que había por los pasillos y el campus de Navidad es sustituido por los adornos de San Valentín. Tanto rosa y tantos corazones me dan náuseas, pero la gente está emocionada y Ethan nos encasqueta el artículo de «Planes para hacer en San Valentín con tu pareja o amigos» que debemos tener listo unos días antes de la fecha para que la gente pueda leerlo con antelación.

—Podemos hacer una lista de cosas que hacer y ponerlas en práctica nosotros —me propone Nate. No sé cómo podría decirle que no a esos hoyuelos.

—Sabes que el romanticismo no es lo mío —protesto—. Voy a matar a Ethan por darnos este artículo, yo tenía otro en mente.

—¿Cuál?

Titubeo unos segundos.

—No voy a decírtelo porque voy a hacerlo de todos modos y quiero que sea sorpresa.

Nate alza una ceja, pero yo hago lo mismo y sabe que no tiene nada que hacer contra mí.

—De acuerdo, yo me encargo de confeccionar la lista. Con una condición.

—¿Cuál?

—Que vamos a hacer todo lo que yo elija y no vas a saber qué es hasta que llegue el momento.

—Dios, Nate, suena a que vas a llevarme a cien citas empalagosas distintas con esta excusa.

Él se ríe y se encoge de hombros.

—Trabajo de campo, Spencie.

Un trabajo de campo que el muy capullo lleva a cabo durante toda la semana.

El martes me lleva de ruta gastronómica. Improvisa un pícnic en mitad del campus a la hora del almuerzo por el que casi lo degüello porque todo el mundo puede vernos. Él solo se burla de mí diciendo que no recordaba que tuviese ninguna vergüenza. Después de clase, vamos a tomar un helado y quedamos por la noche para ir a cenar al restaurante pijo en el que está trabajando Torres algunos días. De hecho, nos atiende él, pero nos deja muy claro que como escuche una

442

única burla por su uniforme de traje, nos tira el vino por la cabeza aunque se arriesgue a que lo despidan. Tras cenar, Nate conduce el Jeep y se aleja del campus, sube por un camino que lleva a la zona alta del bosque que nos rodea. Como sigue nevando, nos abrigamos todo lo que podemos antes de salir y subirnos al capó para tumbarnos y mirar las estrellas, que desde aquí brillan una barbaridad. Aunque no sé quién querría ver las estrellas teniendo a semejante sol al lado.

Porque Nate es eso: un sol. No logro comprender qué he hecho para tener tanta suerte y tenerlo a mi lado. Nate es todo lo que está bien en este mundo, todo lo que necesito y quiero ahora mismo. Nunca pensé de verdad que alguien iba a aceptarme de la forma en que él lo hace o que iba a encontrar a alguien que me llenase y completase como él. No necesitamos palabras para comprendernos y, para alguien a quien le cuesta expresarse con palabras, eso es una fantasía. Tuve que hacer algo bien en otra vida para que me haya tocado conocer a Nate en esta en la que me he portado tan mal.

El miércoles por la noche, pedimos tailandés para cenar y hacemos maratón de las películas de San Valentín más vistas.

El jueves vamos a un spa de la ciudad que nos sale a mitad de precio por ser estudiantes de Keens. El viernes vamos todos juntos al karaoke, pues no nos dio tiempo a ir cuando quisimos cubrir los planes que hacer dentro del campus. El sábado me salgo con la mía y vamos a los minikart, ya que me quedé con ganas la última vez. Después el Trío de Tontos nos arrastra a comer al local de Joe. Tenemos que admitir que son los mejores perritos calientes que hemos probado nunca. Morgan se echa a llorar cuando lo prueba y les da la razón a los chicos, que habían apostado que lloraría al volver a comer los perritos de Joe.

El domingo nos entretenemos redactando el artículo y ordenando las fotos para mandárselo cuanto antes a Ethan. No lo publica hasta este miércoles día diez, cuando sale el especial San Valentín, pero yo quiero terminar de retocar mi artículo personal, así que echo a Nate de casa sin miramientos a pesar de sus intentos de quedarse ante los que casi cedo.

Me pongo delante del ordenador, releo lo que llevo escrito y empiezo a darle a las teclas sabiendo que esto va a ser algo totalmente nuevo y valiente por mi parte.

Esta vez, cuando le doy a «enviar», no dejo que el miedo me domine.

No otra vez.

No puedo dejar de mirar el teléfono. Hay una última cosa que tengo que hacer para librarme de mi pasado y dejar atrás esta carga que me persigue. Es Jordan quien está junto a mí, esperando a que tome la decisión.

Lo hago. Me pongo a teclear sabiendo que tengo a mi hermano apoyándome.

> **Yo**
> Hola, Lena. Soy Spencer, por si has borrado mi número. Tan solo quiero despedirme para siempre. Quiero que sepas que comprendo por qué hiciste lo que hiciste, pero no te perdono por ello. Nuestra amistad estaba podrida desde hacía años, éramos tóxicas juntas y no supimos verlo. A partir de ahora, no volveré a pensar en ti, ya que aquí se termina todo. Espero que todo te vaya bien.

Nos quedamos en silencio unos minutos, los mismos que tarda ella en responder. Es una única frase la que aparece en el chat.

> **Lena**
> Tenías razón, me ha engañado.

> **Yo**
> Lo siento.

> **Lena**
> Ya. Adiós, Spencer.

Y con eso, cierro por completo el capítulo de la Spencer de Gradestate y guardo mi mala fama bajo llave.

CAPÍTULO 71

Spencer

El feedback que tiene el artículo acerca de ir a terapia es surrealista. Mis redes sociales echan humo, no paro de recibir mensajes de gente que me da las gracias por darle visibilidad. Mis seguidores siguen aumentando. Llegué a Keens con unos doscientos, llevo más de siete mil ahora mismo. El Instagram de *La Gazette* ha pasado de diez mil seguidores a veinte mil en estos meses. Es increíble, pero esto significa que estamos haciendo algo bien.

Nate y yo elegimos un nuevo artículo para empezar a trabajarlo esta semana y que se publique la siguiente, una vez pasado San Valentín. Ni siquiera tenemos que darle muchas vueltas, lo tenemos claro: «¿Por qué aprender lengua de signos debería ser una asignatura obligatoria desde primaria?».

—¿De verdad no vas a dejarme leer tu artículo? —me pregunta por quinta vez desde el domingo.

—Podrás leerlo mañana cuando se publique.

Ojalá no quisiera leerlo. Me he tragado el miedo, pero estoy acojonada por qué dirá la gente cuando lea eso, especialmente mis padres y los suyos (fans declarados del *K-Press*) y, sobre todo, mis amigos.

—Eres mala, Spencie —protesta a centímetros de mis labios para besarme después.

Yo susurro un «qué pena...».

Paso la tarde con Morgan y Trinity en el centro comercial. Trin quiere comprase algo elegante para la ceremonia que quiere llevar a cabo la universidad a principios de marzo en la que entregarán de forma oficial las becas internacionales a los distintos alumnos que las han conseguido.

Elegimos varios vestidos para que se pruebe, pero ninguno le convence. Decidimos hacer una pausa para merendar algo cuando

Mor y yo reparamos en que está entrando en crisis. Después de horas y horas, y conjuntos y conjuntos, Trinity parece decantarse por un vestido azul precioso. No es que los demás le quedasen mal, porque ha descartado un montón que le quedaban de maravilla, pero este es el único con el que parece sentirse cómoda al completo.

Por la noche, todos vienen al piso y pedimos pizza para cenar. El artículo se publica a las doce en punto y me gustaría que todos lo leyesen juntos y me diesen su opinión al momento. Quiero que sean los primeros en decirme qué les parece lo que he escrito, la forma en que me he abierto, antes de mirar las reacciones del resto de la gente.

—Spens, *muñeca*, estoy empezando a pensar que has sacado nuestros trapos sucios —dice Torres inclinándose para coger una porción de pizza.

—Algo así —me río.

—Espero que hayas puesto a caldo a Cody —bromea Trinity.

—Secundo la propuesta —dice Ameth.

—Yo creo que ha escrito algo guarro sobre todos nosotros —vuelve a intentarlo Torres.

—Aquí el único guarro eres tú —protesta Trinity lanzándole una servilleta.

—Probablemente se haya unido a una secta —intenta adivinar Morgan—. Y esta cena es su despedida.

—¡Es la hora! —anuncia Torres y hacen que todos saquen el móvil.

—¿Podemos leerlo ya? —pregunta Nate. Yo asiento.

Tiemblo cuando veo a los seis concentrados en las pantallas de sus teléfonos. No puedo quedarme quieta, simplemente paseo frente a ellos, que están repartidos en los sofás. El corazón me va a mil por hora. Se ha instalado un silencio sepulcral en el salón que hace que escuche mi propia respiración acelerada.

Jamás en mi vida había expuesto mis sentimientos de esta forma. Nunca me había abierto tantísimo a nadie. Los nervios me comen, me hacen sentir un hormigueo desesperante por todo el cuerpo. Nadie levanta la vista mientras lee, nadie dice ni una sola palabra.

Veo que Morgan se lleva una mano a la boca y que un pequeño sollozo se le escapa. Eso hace que a mí se me salten las lágrimas. Dios, no aguanto más, necesito saber qué piensan. Estos están siendo los minutos más agonizantes de mi vida.

Vale, no, retiro lo dicho, no estoy preparada.

Juro que voy a vomitar por los nervios. Estoy de los nervios. «Me da, me da…».

—¿Spencie? —Jordan me saca de mi ataque y me obliga a mirarlos. Todos han dejado ya sus móviles y tienen la vista clavada en mí.

—Si no decís algo, juro que voy a empezar a convulsionar.

—Spencer… —Jordan se pone en pie con el teléfono aún desbloqueado y mi artículo ahí—. Esto es lo más bonito que he leído nunca. No te haces una idea de lo orgulloso que estoy de ti.

Jordan me abraza y a mí se me escape un sollozo que se ahoga en su pecho, porque me aferro a mi hermano con fuerza.

—Te quiero —me susurra en el oído, yo asiento para darle a entender que yo también.

Cuando me suelta, veo que mis amigos se han puesto en fila para hacer lo mismo que él.

—Sigo enfadado contigo porque no me eligieses a mí —me dice Torres de forma burlona—, pero solo por esto voy a perdonarte.

Me da un abrazo y un beso en la coronilla antes de dar paso a Ameth.

—No te haces una idea de lo muchísimo que agradezco que te fueras de Gradestate. —Me envuelve en sus brazos de manera ridícula, ya que es tan grande que me engulle por completo—. Gracias por todo, Spencer.

Trinity me da un beso en la frente antes de hablar:

—Eres tan maravillosa y tan fuerte… No te haces ni una idea de lo que te admiro.

—No sabía que te necesitaba hasta que llegaste a nuestras vidas —me confiesa Morgan, envolviéndome en sus brazos con cariño.

Cuando llega el turno de Nate, todos se han vuelto a sentar en los sofás, aunque nos observan en silencio y con sonrisas radiantes en la cara.

Me pierdo en sus ojos azules cuando me mira y me abraza por la cintura.

—Hoy vas a permitirme que te diga lo que ya sabes, Spens. Eres maravillosa. Eres fuerte. Eres preciosa. Y estoy tan agradecido de que formes parte de mi vida que no sé ni cómo expresarlo. En cambio, tú te has coronado. Gracias por dejarme conocer a la verdadera Spencer Haynes.

Nate me besa y los imbéciles de nuestros amigos a los que tantísimo quiero empiezan a aplaudir y chiflar.

Se me escapan las lágrimas al saber que mi artículo, lleno de las fotografías que Nate nos ha hecho a todos y a mí de improviso cada vez que estábamos juntos (llevaba razón, al final se lo he agradecido), les ha gustado tanto. Al saber que han leído esa parte de mí que soy aún incapaz de transmitir en voz alta. Pero ahora me he abierto completamente a ellos y puedo respirar.

Porque esta no es una cena de despedida como Morgan había dicho de broma.

Esta es una cena de presentación.

Porque a partir de ahora soy completamente yo.

Hola, me presento: soy Spencer Haynes.

Esta vez sí.

EPÍLOGO
«El amor»

Se define el amor como el sentimiento que nos lleva a la búsqueda del encuentro y unión con otro ser humano por la insuficiencia de uno mismo.

Permitidme que discrepe.

Si me hubieseis preguntado hace unos meses, os habría dicho que el amor es una mierda. Que solo unos pocos encuentran ese verdadero amor del que tanto presumen las películas y los libros, pero que la mayoría solo nos pasamos toda la vida sufriendo por lo que creemos que es el amor.

Durante unos cuantos años, estuve perdida. Muy perdida. No sabía quién era, no sabía gestionar mi vida y me hacía daño tanto a mí como a la gente que me rodeaba. Me alejé de mi padre, quien me ha criado con la paciencia más extraordinaria del mundo. Me alejé de mi madre cuando más necesitaba mi apoyo. Me aleje de la única persona que me había comprendido entre tanta miseria: mi hermanastro. Y me alejé de mí misma.

Me rompieron el corazón demasiadas veces. Primero mis padres, después mi novio y después mis amigas. Me dejaron tan destrozada que no supe cómo salir de ese agujero negro. De verdad que pensé que jamás iba a volver a ser la misma.

Hasta que conocí el amor.

Si me preguntáis ahora qué es el amor, lo tengo clarísimo.

El amor es darte cuenta de que tu padre sigue apoyándote y confiando en ti a pesar de la barbaridad de veces que lo has defraudado. El amor es ver que tu madre no ve decepción en ti cuando te mira, sino alegría por tener a su hija junto a ella. El amor es saber que tienes una nueva familia que te acepta incondicionalmente.

El amor es ver que tu hermano sigue a tu lado a pesar de que fuiste tú la que lo alejaste, contar con el mayor apoyo del mundo cada día, a cada minuto, sin que espere nada a cambio. Saber que siempre va a estar ahí, pase lo que pase, hagas lo que hagas. Tener claro que tu otra mitad es alguien que jamás te abandonará... Eso es amor. Gracias, J.

El amor es conocer a gente nueva que confía en ti y a quien le da igual tu pasado porque solo les importa tu presente y futuro. Sentir que por primera vez en tu vida puedes decir con seguridad que tienes dos amigas increíbles con las que hablar cada vez que lo necesites es indescriptible. Que te apoyan, que te animan, que te cuidan... Eso es amor. Gracias, T. Gracias, M.

El amor es que pongan en tus manos la historia de un pasado y un presente duro porque esperan que hagas el bien con esa información. Eso es amor. Gracias, A.

El amor es reír hasta llorar porque la persona más divertida del mundo no permite que estés seria en ningún momento... Eso es amor. Gracias, T.

El amor es que esté a tu lado pase lo que pase, que desafíe una estúpida regla solo por estar contigo, que no se marche de tu lado a pesar de que a veces puedes ser fría como el hielo y una cobarde, que te enseñe que puedes volver a sentir, que puedes volver a confiar... Eso es amor. Gracias, N.

El amor es poner las cartas sobre la mesa y decir «hasta aquí». Es darse cuenta de que te has descuidado, de que no te estás portando bien contigo misma y de no te mereces eso. Es asumir que tu mala fama es solo eso: fama y no te define en realidad. Es tomar la decisión de buscar ayuda para que te recuerden lo que era quererte a ti misma, para que puedas darte cuenta de que otra gente te quiere y de que tú también puedes querer. Es darse cuenta de que, en realidad, lo que importa no es si el frasco es pequeño o grande, sino la esencia que contiene. Es tomar decisiones que te hagan bien, es alejarse de lo que te hacía daño, es cerrar capítulos y empezar otros sin mirar atrás. O mirando, pero aprendiendo de ellos y no sufriendo. El amor es quererse a una misma por encima de todo y no sentirse egoísta por ello.

Así que, sí, discrepo con la definición del amor. El amor no significa buscar la aprobación de otra persona, el amor no es necesitar la unión con otra gente porque tú seas insuficiente. El amor es saber que tienes a otras personas a tu lado, pero también que te tienes a ti misma.

Porque yo no soy insuficiente. Nunca lo he sido y nunca lo seré.

Y por hacerme abrir los ojos y ver eso por fin, te doy las gracias. Porque eso es amor.

Gracias, Spencer.

Gracias.

AGRADECIMIENTOS

Es increíble estar escribiendo unos nuevos agradecimientos. Siempre dudo de si llegará el momento, pero eso es porque, como Spencer, dudo mucho de mí misma. Pero cuento con gente maravillosa que me recuerda a diario que valgo más de lo que pienso. Y por eso jamás me cansaré de darles las gracias.

A María, por darme siempre la mano mientras escribo, por hacer mis historias tuyas. Por darme ese empujoncito que no sabía que necesitaba para que los personajes de esta saga no se despidiesen para siempre en este libro.

A Yaiza, porque tu trabajo conmigo es de veinticuatro horas diarias. Pausas tu vida solo por ayudar a arreglar la mía, me impulsas, me haces ser mejor, me inspiras. Le das coherencia a mis historias y a mi vida.

A Julia, por las horas investigando, los audios eternos, las risas y las correcciones. Por formar parte de mi vida y mis proyectos.

A Laura, la mayor fan de absolutamente todos los personajes. No hay nadie que haya vivido esto con tanta intensidad como tú y que me haya motivado a continuar.

A mis agentes, Pablo y David, por confiar en mí desde el minuto uno y llevarme a cumplir mi sueño de esta manera tan grande, por todo lo alto. Sois fantásticos (@editabundoagencialiteraria)

A mis editoras, Laia y Marta, por apostar por mí y esta novela por todo lo alto. Por el cariño dedicado en cada página y la ilusión con la que se ha mimado este proyecto de principio a fin. No podría estar más feliz por haberme topado con alguien como Marta, que se ha metido de lleno en esta historia y conoce a los personajes hasta mejor que yo. Ha sido increíble trabajar junto a ti, de verdad. Y, por supuesto, a todo el equipo editorial que ha formado parte de este proceso.

A Carla (@azasliterature) y Nadia (@nadiagodwin_) por ser mis primeras lectoras cero, por mejorar el libro y amar esta historia desde el principio. Os adoro.

A mis padres, Rafa y Sankhya, mi hermano Félix, mi tita Paqui y mi prima Lola por ser los pilares de mi vida y quererme con locura.

A Ana, Marta y Alicia, por estar siempre ahí pase lo que pase, por haber leído este libro en dos noches, por vivir mis sueños junto a mí.

A Carmen, Andrea y Laura, que hicieron que mereciese la pena trabajar y escribir a la vez tantos meses.

A May, Josu y Andrea, por el apoyo, la confianza y los empujoncitos hacia arriba mucho antes de que yo confiase en mí misma. (@mayrayamonte, @josudiamond, @andreorowling)

A Marta Lario, porque no fallas nunca. A Fransy (@lecturasfransy), porque eres el mejor.

A Lorena (@laranna_art) por aceptar un nuevo encargo sin pensarlo y hacer reales los logos de la universidad y del equipo.

A los Mediterráneos: Sergio (@sergio.rocas), Irene (@booksbycinderer), Lidia (@castlebooks), Laura (@laurablackbeak), Meri (@merikigai) y Carla (@azasliterature), por vivir este proyecto con tanta ganas que me hicieron no dejar de teclear.

A toda la gente de bookstagram que me apoya día sí y día también: Patri Ibárcena, Fran Targaryen, Maribel Palomo, Carmen, Ale, Fátima y todas las que no puedo mencionar porque me quedaría sin páginas, y a las autoras que ya son amigas (Alina Not, Myriam M. Lejardi, Beatriz Esteban, Laura Tárraga…).

A la gente que me lee y confía en mí. A quienes lleváis desde el principio y a quienes os unís ahora: gracias por apoyarme, gracias por darme oportunidades.

Espero que os sintáis como en casa en la Universidad de Keens y que llevéis a los Wolves en el corazón.

ESTE LIBRO SE TERMINÓ DE IMPRIMIR
EN EL MES DE ABRIL DE 2023.